世界著名科幻故事精华

第 一 卷

（法）凡尔纳（Verne，J.）等著

金诚致　编译

时代文艺出版社

图书在版编目（CIP）数据

世界著名科幻故事精华／（法）凡尔纳（Verne, J.）
等著；金诚致编译. - - 长春：时代文艺出版社，2011.10
ISBN 978 - 7 - 5387 - 3821 - 6

Ⅰ.①世… Ⅱ.①凡… ②金… Ⅲ.①科学幻想小说
- 小说集 - 世界 Ⅳ.①I14

中国版本图书馆 CIP 数据核字（2011）第 213923 号

出 品 人：陈　琛
责任编辑：刘瑀婷
封面设计：世纪鼎　　周腾蛟

世界著名科幻故事精华

（法）凡尔纳（Verne, J.）等著　金诚致编译

吉林出版集团　时代文艺出版社　出版发行
长春市泰来街 1825 号
邮政编码：130011
总编办：0431 - 86012927　　发行科：0431 - 86012957
网址：www.shidaichina.com
全国新华书店经销
三河市冠宏印刷装订有限公司　印刷
开本 710 × 1030 毫米　1/16　印张 48　字数 720 千
2011 年 10 月第 1 版　2018 年 4 月第 3 次印刷
定价：369.00 元（全四卷）

图书如有印装错误　请寄回印厂调换

前　言

科幻故事，主要是描写想象中的科学或技术对社会或个人的影响的虚构性文学作品。

著名科幻小说家罗伯特·海因莱因对科幻故事所下的定义是："在这种作品中，作者表现了对被视为科学方法的人类活动之本质和重要性的理解，同时对人类通过科学活动收集到的大量知识表现了同样的理解，并将科学事实、科学方法对人类的影响及将来可能产生的影响反映在他的小说里。"简短些说，我们引用艾萨克·阿西莫夫的话来说，"科幻故事可界定为处理人类回应科技发展的一个文学流派"。

科幻故事是西方近代文学的一种新体裁，诞生于 19 世纪，是欧洲工业文明崛起后特殊的文化现象之一。人类在 19 世纪，全面进入以科学发明和技术革命为主导的时代后，一切关注人类未来命运的文艺题材，都不可避免地要表现未来的科学技术。而这种表现，在工业革命之前是不可能的。

科幻小说极易与其它臆想小说相混淆。事实上，甚至有些科幻作家有时也给弄糊涂了，称其作品为幻想之作，而有时又把一些幻想故事贴上科幻小说的标签。科幻故事的确和幻想小说一样，都与臆测未知有关，甚至有时可能享有共同主题，它们的目的，基本上是通过想象的叙述为读者提供线索，就像巫医和外科医生的目的都是要给人治病，两者都创造诡异的情境和描述怪诞现象。不同的是它们的处理手法。如果将科幻故事视为幻想（从不严格的意义上说），那么，科幻故事是一种独特的幻想，它对奇迹的解释是"自然的"，而非"超自然"的。主题展开是具有逻辑推理性的，每一步都必须考虑到必要的科学细节，有合理的科学构思；而幻想小说则没有这些限制，它可以天马行空，为所欲为。

科幻故事的情节不是发生在人们已知的世界上，但它的基础是有关人类或宇宙起源的某种设想、有关科技领域（包括假设性的科技领域）的某种虚构出来的新发现。科幻故事最大的特征就在于，它赋予了"幻想"依靠科技在未来得以实现的极大可能，甚至有些"科学幻想"在多年以后，的确在科学上成为了现实。因此，科幻小说就具有了某种前所未有的"预言性"。

在当代的西方世界，科幻故事是最受人欢迎的通俗读物之一，其影响和销售量，仅次于惊险故事和侦探故事。

美国著名文学评论家伊哈布·哈桑曾说："科幻小说可能在哲学上是天真的，在道德上是简单的，在美学上是有些主观的，或粗糙的，但是就它最好的方面而言，它似乎触及了人类集体梦想的神经中枢，解放出我们人类这具机器中深藏的某些幻想。"

科幻故事与一般的传统故事不同，其特殊性在于它与科学技术的发展有着直接的联系，但它又是一种文艺创作，并不担负着传播科学知识的任务。

从抒写幻想的方式来看，它应归属于浪漫主义文学的范畴。一些优秀的科幻故事也像优秀的浪漫主义作品一样，扎根于社会现实，反映社会现实中的矛盾和问题。其中某些杰出的科幻故事，往往能在科学技术发展的方向上，提供若干有参考价值的预见。有时，某些科学发明尚未出现，科幻故事里则已经进行生动的描绘，如潜水艇、机器人、宇宙航行等。

我们编辑的这套《世界著名科幻故事精华》，精选了包括法国著名科幻作家、科幻小说之父儒勒·凡尔纳和英国著名科幻作家威尔斯等人的作品近百篇，既有一定的代表性，又有一定的普遍性，非常适合青少年阅读和学习。

本套丛书的出版，对于启迪读者心智、丰富读者知识和开发读者智力，都能产生巨大的作用，是各级图书馆收藏的最佳版本。

世界著名科幻故事精华

第一卷 目 录

第一章 太空环游

第二章　星球纵览

世
界
著
名
科
幻
故
事
精
华

第一章　太空环游

丹尼和飞碟

克林是个古怪的老教授。他住在流星山的山顶上，整天把自己关在小屋里不出门。谁也不知道他在屋里干什么。

山下有个叫丹尼的小男孩，年仅 12 岁，聪明、善良。他喜欢上山去玩，每次路过山顶上的小屋时，总看见门窗紧闭，从来没有发现教授出过门，他感到十分奇怪。为了弄清小屋的秘密，他决心作一番侦察。

一天晚上，他偷偷溜出家门，来到山顶小屋的窗外。只见屋里摆满了各种各样的仪器，墙上挂满了星图。忽然，屋门开了，克林教授走出来，向小屋旁边的一个水泥墩走去。水泥墩上有几根铁管子，就像高射炮一样，指向天空。

正在这时，一道闪电划破天空，接着下起雨来。教授头顶上方，一个不断变大的绿色圆盘飘浮在风雨中。

"飞碟！那一定是飞碟！"丹尼高兴得差点喊出声来。

"唰唰唰……"只听一阵响声从水泥墩上发出，紧接着是一阵震耳欲聋的爆炸声，飞碟"啪"地一声从空中降落下来。

一切都明白了，教授用自制的激光炮把飞碟射下来了。教授急忙跑到受伤的飞碟旁，用一根铁棍把飞碟的门打开走了进去。过了一会儿，教授双手抱着一个圆鼓鼓的东西从飞碟里走出来，回到了小屋里。

　　丹尼四处看了看，没有任何动静。他壮了壮胆子，钻进了飞碟。顺着入口处的斜坡，丹尼来到了一个圆形的小舱。舱里到处都是仪器，上面布满了红红绿绿的指示灯。突然，从天花板上掉下一个东西，又圆又硬，正好掉在丹尼肩上，把他吓了一大跳。他仔细一看，只见地板上有两个菠萝一样的小东西在蠕动。它们浑身发紫，四周长满了绒毛一样的触手，头上有一对绿色的眼睛。这两个小东西害怕地望着丹尼，似乎在请求丹尼别伤害它们。

　　"别害怕，"丹尼安慰地说，"我不会伤害你们的。你们是谁，怎么来到这里的？"

　　沉默了片刻，那小东西忽然说话了："看来你是个好人，你能帮助我们吗？"

　　"你们懂英语？"

　　"我们不懂，是翻译器在帮忙。"

　　"你们从哪儿来？"丹尼问道。

　　"从朱比特星球上来。"

　　"怎么降落到这里了呢？"丹尼又问。

　　"唉，别提了，都是我们的过错……"朱比特人伤心地向丹尼讲述了他们的来历。

　　原来他们是两个朱比特小孩，趁爸爸不在，偷偷溜进了爸爸的飞船，想到高空玩玩，没料到发动机出了毛病，飞船被气浪推到了地球附近，不巧又被教授的激光炮打中了。他们一共有三人，还有一个不知到哪里去了。

　　朱比特人恳求丹尼说："请你帮我们找到弟弟好吗？"

　　"试试看吧。"丹尼暗下决心，一定要帮他们找到亲人。

　　他忽然想起，教授刚才从这里抱走了一个东西。那会不会是他们的弟弟呢？想到这里，他飞快地向教授的小屋跑去，趴在窗户上向里面偷看。只见教授正在追逐那个小朱比特人。丹尼带着两个朱比特人悄悄溜了进去，准备设法搭救那个朱比特人。

　　教授一见丹尼，连忙说："小家伙，快帮我逮住那个小怪物，我会给你钱的。"

"钱再多我也不干！"丹尼一边说，一边拉起小朱比特人就跑。可教授一把抓住了丹尼的胳膊。另一个小朱比特人急忙跳到教授的肩上，用触手去挠他的鼻子。教授痒得难受，连忙放开丹尼去抓肩膀上的朱比特人。结果，教授顾了东，顾不了西，一个也没抓住。丹尼带着三个朱比特人跑进了树林。

教授拿着一支手枪追了过来，对丹尼说："我本来不想杀死他们，都是你逼我干的。要是我不把他们制成标本，他们还会逃走的。快把他们交出来，不然我就开枪了！"

丹尼吓得不知如何是好，但他还是不肯把朱比特人交给教授。在这危急关头，一个巨大的身影向教授走来，用鞭子打掉了教授手中的手枪，接着又是一鞭子，把教授打倒在地。

丹尼还没明白是怎么回事，只见三个小朱比特人欢快地向那人奔去。丹尼明白了，这一定是他们的亲人来救他们了。那巨大的身影对丹尼说："太谢谢你了。我那不听话的孩子告诉我，要是没有你的帮助，他们早就变成标本了。"朱比特人准备返航了。小朱比特人深情地向丹尼告别，并答应说，等他们取得飞船驾驶执照后，一定到地球来看他。

丹尼依依不舍地目送着飞碟消失在无垠的天空。

"我们被关起来了！"

"这是一座监狱！"

"现在该怎么办？"

"我真不知道你们这些家伙懂不懂英语，"黑暗里传出了一个怠倦的声音，"你们倒是让我睡个安稳觉呀！"

这两个囚徒这才意识到他们并不孤独，在这地窖的墙角里有一张床，床上躺着一个衣着不整的青年人，正用一双不满的眼睛迷茫地注视着他们。

"天哪!"当斯特嚷道,"你看他是个危险的罪犯吗?"

"暂时看起来不像很危险。"克利斯梯尔审慎地说道。

"喂!你们怎么也进来了?"青年人问道,摇晃着身子坐了起来。"看来你们是刚参加完化装舞会吧。哟,我这该死的头!"他难受地朝前俯伏下去。

"化了装就得像这样被关起来吗?"善良的当斯特说道,然后继续用英语说:"我真不知道我们怎么会到这儿来的,我们只是告诉了警察我们是从哪儿来的,这就是全部经过。"

"那么,你们是谁?"

"我们刚刚降落——"

"喂,没有必要再重复了,"克利斯梯尔打断他的话,"没有人会相信的。"

"嘿!"青年人再次坐了起来,"你们用什么语言讲话?我才疏学浅,从来未听过你们这种话。"

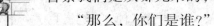

"我看,"克利斯梯尔对当斯特说道,"你应该告诉他,反正在警察回来之前什么也干不成。"

这时,亨克斯正在电话中同当地疯人院院长认真地交谈着,院长一再坚持他的病人一个也没有少,然而还是答应再检查一遍,待有了结果就给他回电话。

亨克斯怀疑是否有人在故意跟他开玩笑,放下听筒后,便悄悄地走向地窖。看起来这三个犯人正在友好地交谈,他便踮起脚尖走开了。应该让他们冷静一下,这样对他们有好处。他轻轻揉揉眼睛,脑子里还萦绕着他清晨时抓格拉哈姆进监狱时的那场搏斗。

这位年青人现在已经清醒过来了,他对昨天能参加圣餐庆祝会并不感到后悔。可是当他听到当斯特讲的故事并期望得到他的回答时,又开始担心是否自己还未完全清醒。

格拉哈姆想,在这种情况下,最好的办法还是在幻觉消失以前就把这事儿尽量当成真的。

"如果你们真在山里有飞船,"他说道,"那你们肯定可以同他们取得联系,并让他们派人来救你们。"

"我们想自己解决，"克利斯梯尔不卑不亢地说，"另外，你还不了解我们的船长。"

格拉哈姆想，看来他们非常自信。这整个故事凑在一起也很合理，可是……

"你们能建造星际飞船，可是连一座乡村派出所也出不去，真叫人有点不敢相信。"

当斯特看了看拖着沉重脚步的克利斯梯尔。

"要逃出去真是太容易了，"人类学家说道，"但是，我们不到万不得已时是不会轻易使用暴力手段的。你不了解这会引起什么麻烦，也不了解我们将填写一种什么报表。此外，如果我们逃走了，你们的追捕队恐怕在我们到达飞船以前就会抓住我们的。"

"起码在小米尔顿是抓不着的，"格拉哈姆笑着说，"如果我们能设法穿过'白鹿'，他们就更抓不着了，我的汽车就在那儿停着。"

"啊，是这样呀。"当斯特说道，他的精神又重新振作起来。他转过身去和他的同伴激动地交谈了几句，然后谨慎地从内衣口袋里掏出一个黑色的小钢瓶，他小心翼翼地摆弄着它，就像一个少女第一次拿着一支上了膛的火枪一样。克利斯梯尔很快地退到地窖的墙角里。

就在这时，格拉哈姆忽然肯定地觉得自己非常清醒，确信刚才听到的故事完全是真的。

没有忙乱、没有电火花或五颜六色的射线，一段三英尺见方的墙壁悄悄地溶化了，崩溃成一堆锥形的小沙堆。阳光射进了阴暗的地窖，当斯特松了一口气，一边把他那神秘的武器收了起来。

"好了，过来吧，"他对格拉哈姆说道，"我们等你呐。"

没有人追他们，因为亨克斯还在电话中争吵不休。如果几分钟以后他回到地窖时，一定会发现他政治生涯中最令人惊奇的事。当格拉哈姆重新在"白鹿"出现时，没有人感到奇怪，他们都知道昨天晚上他到哪儿去了，并希望在开庭审判时法官会宽恕他。

克利斯梯尔和当斯特极为不安地爬进一辆"班特力"牌小轿车的后座，这辆汽车样子奇特，显得很不平稳，可是格拉哈姆亲切地称它为"玫瑰"。幸而放在一个生了锈的铁罩子下面的发动机是好的，很快，他们以每小时五十英里的速度吼叫着驶出了小米尔顿，这简直是一种慢得惊人的相对速度，因为近几年来，克利斯梯尔和当斯特一直是以每秒钟几百万英里的速度遨游太空，现在却感到从未有过的害怕。克利斯梯尔稍微恢复正常后，便掏出袖珍报话机向飞船喊话。

"我们正在返回途中"，他在狂风中嚷道，"我们找到了一个非常有知识的人，他现在正跟我们在一起，我们大概——呜——对不起——刚才我们正穿过一座桥——十分钟以后就回来。什么？不，当然不是，我们一点麻烦也未遇到，一切都很顺利。再见。"

格拉哈姆回过头看了一眼他的乘客，这一看使他感到很不安，他们的耳朵和头发由于粘的不够牢，已经被风吹掉了，他们的真面目开始显露出来。格拉哈姆开始不安地怀疑，这两个人似乎连鼻子也没有。唉，没什么，习惯成自然，呆长了什么都会习惯的，今后他还有足够的时间同他们打交道。

当然以后的事不说你们也会知道，可是这个关于第一次到地球着陆的故事，以前从来还未记述过。就是在那种特殊的条件下，格拉哈姆成了人类奔向浩瀚宇宙的第一位代表。我们这些材料，都是我们在天外事务部工作时，经过克利斯梯尔和当斯特的允许，从他们的报告中摘录出来的。

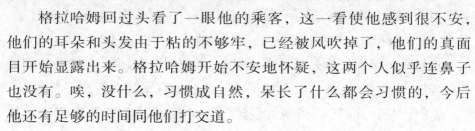

宇宙漂流记

我和爸爸刚躺到床上，忽然响起了报警的铃声，爸爸连忙从睡袋中爬了出来。

在这座"人造航标站 OP17 号"上，只有爸爸和我两人。"人造航标站 OP17 号"是出入太阳系的航线——冥王星航线——上唯一的一座载人航标站。

我叫良雄·KON，今年13岁，是在冥王星基地出生的。由于爸爸工作调动，我便跟着一起来到了这座宇宙航标站上。至于学校嘛，有的。我从冥王星带来了一台"教育机"，它虽然只有一本书那么大，可里面却装着从小学到大学的全部课程。这台机器就像一位严厉的老师。我已在这航标站上生活了3年，并不感到寂寞。这里可以收到冥王星基地的电视节目，每年还有4次机会到冥王星上去玩玩。

冥王星是进入太阳系后的第一站，在到达冥王星之前，先要在我们航标站附近更换动力或接受检疫，这种时候，我常和爸爸一起去听那些远航归来的宇航员讲有趣的故事。所以如果是通知有恒星际宇宙飞船靠近的美妙动听的钟声，那我打心眼里高兴。不过报警的铃声却很叫人讨厌。

有一次一颗有半个月亮大的流星以很快的速度朝航标站飞来。那流星是个巨大的磁石，航标站差点被它吸过去，站上的机器也都因磁场的作用而失灵了。所以，我一听到那刺耳的警铃声，就不禁毛骨悚然。

我赶快来到控制室，看到爸爸正和冥王星航线指挥总部的威巴先生通话："12小时前，一艘近距离宇宙飞船失踪了，可大约在20分钟以前，我们又突然发现了它，它正以每秒200千米的速度向航标站飞去，请你们迅速采取紧急措施。飞船船名：'宇宙呼声号'，220吨，识别号码ZA306，火星教育部所属太阳系游览火箭载有6名13至15岁的儿童……"

爸爸表情严肃地关掉对讲机，命令我立刻将雷达调到最大功率，然后便开始换宇宙服。

与此同时，扩大器中传出"嘟——嘟——"的信号声，电光板上打出一行字：

Z……A……3……0……6……

"爸爸，来了！'宇宙呼声号'！它就在附近，最多不超过30万千米。"

我急得满头大汗，一个劲儿地用无线电通讯机呼叫"宇宙呼声号"，而它却毫无反应。这时爸爸已顺着紧急出动滑降道滑到了航标

世界著名科幻故事精华

第一卷

站底部进入了停在那儿的救助飞艇。

我连忙走到透明球体的前面，那上面布满刻度，透明球体显示宇宙空间。我打开第一个开关，球的上部出现一个绿色的光点，那就是我们雷达追踪的宇宙飞船，我再打开第二个开关，球体上出现一个小红点，那就是救助飞艇的发射方向。当红点和绿点接近时，我按下了"允许发射"的按钮。

霎那间，爸爸的救助飞艇腾空飞起。

"良雄——"爸爸痛苦地呼唤着我的名字，一定是由于加速度过快，导致爸爸体重急剧增加 6 倍，连张嘴说话都很困难了。"呼声号从雷达上消失了，迅速确认方向！"

我抬起头，重新注视荧光屏，光点果然不见了。竟有这样的怪事？

"救命啊！"这声音不是从耳朵传来的，而是直接响在脑海里的。

我抓起对讲机，正要向爸爸报告，几乎就在同时，冲撞报警器发出震耳欲聋的声响。荧光屏上出现的那只巨大的宇宙飞船正以每小时 30 千米的速度缓缓地移动着，离航标站仅五六百米。

"救命啊！"呼救声再次响起，"我叫卡尔，我们这里有 6 个人和一只动物，我们的无线电通讯设备失灵了，我正用精神感应法同你讲话，趁宇宙飞船还没跳跃，快救救我们！"

我飞快地跑到隔壁房间，将所有宇宙服统统扔进紧急出动滑降道，然后自己也滑了下去，坐进一只双人宇宙飞艇"银星号"。

我死死地盯着机库的气压表，终于闪光指示灯变成表示真空的鲜红色，旁边的紫色信号灯也一明一暗地闪动起来，这表示可以出发了。

我小心翼翼地把写着"1"的操纵杆推向前方，"银星号"出现一阵微动，机库大门打开了。

我推下 2 号操纵杆，钳着"银星号"的巨大铁臂——发射台缓缓地将"银星号"推出机库。

我提起 3 号操纵杆，将那擎着飞艇的铁臂高高举起，此时，"宇宙呼声号"与"银星号"正处于相对而视的位置，距离仅三四千米。

我吃惊地发现"宇宙呼声号"全身闪着银光，且银光里又带有粉红色。我断定"宇宙呼声号"一定是出了什么问题。

我急忙将飞艇发射操纵杆向前推进，巨大的铁臂放开了"银星号"，轻巧的小艇滑向宇宙。

我一边操纵飞艇一边用对讲机同卡尔联系：

"请将飞船的行李筒伸过来，行吗?"

我已经来到"宇宙呼声号"跟前，在船体侧面找到了一个用红色发光涂料画出的圆圈。我看着圆圈中的符号，心想，这大概就是行李筒吧。想到此，我放出两只磁铁制成的锚，将"宇宙呼声号"和"银星号"连到了一起。

我慢慢开动着倒车引擎，这时"宇宙呼声号"船体上红圆圈部分开始伸出，直径约4米的一只圆筒正对着"银星号"缓慢地伸过来。当它伸出有10米左右时，两端的门打开了。

我将引擎由倒车改为前进，缓缓地向那敞开的门接近。就在飞艇即将钻进行李筒时，我发现一个奇迹，不禁大叫起来：

"卡尔，'宇宙呼声号'全身都射着粉红色光芒，太漂亮啦!"

"哎呀，不好，赶快离开!"卡尔发出惊叫。

但是，晚了。飞艇已滑入到行李筒里去了。

这时，"银星号"忽上忽下地颠簸起来，船身一下撞到了墙壁上，但墙壁却像用橡胶制成的一样柔软，又将"银星号"弹回到对面。

在极为强烈的震动下，我全身如散了架一般，头痛得快要炸裂开似的。我失去了知觉。

当我醒来时，发现自己已躺在床上，12只不同颜色的眼睛充满不安地注视着我。

他们告诉我，现在"宇宙呼声号"已经远离太阳系，这只宇宙飞船一跃飞出了1亿千米，多奇怪的现象!

最后，我们互相作了介绍：灰眼睛男孩叫吉尔，15岁；东方人长相的男孩叫查恩，14岁；黑人小孩布卡，12岁；那个呼救的卡尔是个金色眼睛的男孩，13岁；还有两个女孩：一个叫路易莎，金发蓝眼，14岁；一个叫梅伊，褐色眼睛，12岁。我们成了很好的伙伴。

假如有人突然遭到不幸，或突然遇到危险，这时，什么最重要呢？这是爸爸常叫我思考的问题。

遇到这种情况，千万不能慌张，最重要的是临危不惧，沉着、冷静地思考，尽快查找出危险的原因，然后妥善处置。尽可能不要单独行动，要尽量争取外援，要尽最大可能争取生存，要和在一起的人同心协力、避免冲突。

想到这儿，我向吉尔询问飞船上的粮食贮存情况。

吉尔低头想了想说："我查过了，这只飞船原来是太阳系中的近距离游览飞船，所以没带很多的食物。"

其他的孩子也对这只船表示不理解。比如世界上速度最快的光每秒也只跑30万千米，而这只飞船一跳竟是光的300倍，这简直就是用物理知识解释不了的怪现象！

"你们能不能从头给我讲讲'宇宙呼声号'是怎么起飞的？飞船上为什么一个大人也没有？"

吉尔点点头，大家也都围拢过来，只有卡尔开始显得局促不安。

吉尔开始用平静的语调讲起他的经历："我们都住在火星的埃利休姆市，从小就在一起。只有卡尔是4年前从地球上来的，但我们很快就成了好朋友。后来，我们听说埃利休姆市博物馆来了一只新的太阳系游览宇宙飞船，于是就赶去看看。值班员跟我们很熟，就把我们放进去了。"

"当时，'宇宙呼声号'停在'仓房'角落里待检修，我们兴冲冲地凑到这间'活动教室'跟前。这学期末，班上的同学们将要一同乘这只飞船去木星卫星基地，我们很想先看看这只飞船是什么样子，然后报告给大家，让他们高兴高兴。"

"我们走到宇宙飞船近前，梅伊发现升降口的门开着，有一只梯子在那里，就偷偷地钻了进去，经过客舱，一直走到驾驶舱。"

"查恩坐到了正驾驶席上，把手伸向开关。"

"'别动！查恩！'路易莎喊叫起来。"

"就在这时，下面传来砰的关门的声音，大家都吓坏了。但查恩确实没有碰开关，而且动力也是切断着的。"

"突然间，飞船摇晃起来，所有的墙壁都放射出粉红色的光。大家一下子被摔倒在地上，紧接着便感到一阵恶心。"

"这一切很快就过去了，大家从地上爬起来。卡尔从驾驶舱的小窗口向外望去，禁不住惊叫起来：'不好啦！飞船正在向宇宙飞行！'"

"事情的经过就是这样，"吉尔说，"直到和你取得上联系，我们在太阳系一直被一种奇怪的力量抛来抛去。"

"但是宇宙飞船为什么会跳呢？"

"不知道，假如我们找到使飞船跳跃的原因，我们就可以使它改变方向，向太阳系方向跳跃。"吉尔低声说。

正说着，跳跃又开始了。这次跳跃时间很长，而且很剧烈。跳跃终于停止了。路易莎却尖叫起来："快来看呀！'宇宙呼声号'正朝着一个从没见过的星球接近呢！"

大家急忙冲到窗前向外望去，外面是耀眼的红光和白光组成的旋流。

大家都屏住呼吸，注视着这颗奇异的星球。在这颗扁平的、巨大的、正在燃烧着的星球旁边，有一颗放射出刺眼的白光的小星球。它正对着大星球的那一面有些突起，呈圆锥形，很像梨的上半部。

那颗放射着红光的大星球，从中间喷出两道暗红色的气流，朝着那颗小星球，一左一右地将它夹住，并越过它，在黑暗的宇宙中卷起血一般的旋涡。旋涡的尾部像一条怪状的巨大的尾巴，直朝我们的"宇宙呼声号"伸过来。

是三重连星！

吉尔解释道："在地球上看到白太阳只有一颗，可在宇宙中往往是两颗或三颗太阳连在一起的。一颗亮的太阳和一颗暗的太阳共同围绕一个重心旋转。当暗的太阳运行到亮的太阳前面，遮住亮的太阳时，如果用望远镜观察，就会觉得那颗亮的太阳的光一下子减弱了，这叫'食变光星'。在宇宙中，有不少二重太阳、三重太阳，这样的连星。"

这时，卡尔脸色苍白地问道："吉尔，这艘飞船朝三重太阳移动的速度大约是多少？"

"估计不会太快。"

听到他的解释，我不禁大声喊道："那可就不得了呀！这只宇宙飞船在三重太阳的动力圈里以多大的'运动量'（重量×速度）运动着，这是我们不知道的，但如果相对于那颗星星几乎是不动的话，那么我们的飞船就会朝着那颗太阳落下去。"

"你说得对。"吉尔敏锐地朝窗外望去。只见一红一白的两颗星星几乎一动不动。

"现在我们必须开动这只船，我大体了解远程宇宙飞船的动力系统和操纵原理，而且从空中发动引擎，危险会很少的。"我说。

"大家都到驾驶舱去看看！"吉尔喊了一声。

我在驾驶席上坐稳，打开了主电源的开关。这时卡尔找到了操纵指令软件。

咔嚓，响起了按键的声音。磁带里传出一道道指令，要求检查各项设备、仪表。我急忙按照指令按动许多按钮。绿色指示灯亮了，它表明一切正常。

这时，计算结果出来了。我们距红、白两星 3 亿 5 千万千米，这相当于地球到太阳距离的 2 到 3 倍。辐射量虽然还不清楚，但它们的体积相当于太阳的 200 倍，我们的飞船正以相当快的速度向那里坠落下来，必须马上脱离！

"等等！"一直在观察雷达屏幕的布卡喊起来："右弦 40° 方向发现一颗行星，很近！"

"卡尔，把握住方向！"查恩厉声命令道："千万别撞上那颗行星！"

这时我发现卡尔被查恩这么一说，脸白得像张纸。他把身子伏在罗盘上，避开了我的视线。

布卡迅速用望远电视捕捉到那颗行星，开始调节光谱分析仪。

"这颗行星距离我们约 70 万千米，直径约 9500 千米，比地球略小，反射能力很强，外围有一层很厚的大气层，其中有水蒸气、40% 的氧气、40% 的氮气，两极有小极冠，好像温度不高。啊！光谱仪上出现了植物带吸收线！"

吉尔仔细地考虑了一下，"我们的粮食不够，而且水的再生净化装置也出了毛病，需要补充用水。卡尔，修正航向，接近那颗行星。"

我一直望着卡尔，这时，大汗淋漓的卡尔脸上竟流露出一丝坦然的表情。

我用力按下化学燃料火箭的点火按钮，自控飞行器运转正常。

这枚火箭上装有起飞、着陆和紧急启动用的化学火箭，也装有远程离子推进火箭。

离子火箭是将金属钾和铯溶化，喷射到白炽的钨上，产生阳离子磁场，它加速喷出时，虽推力不大，但用少量燃料就可维持较少时间的运行。

化学火箭主要是用液态氧、轻油或者固体氟化物做燃料。要想在短时间内达到很快的速度，还是化学火箭的效果更好。

加速度4G，大家的体重增加了3倍，速度也在不断加快，达到了时速72000千米。我按动火箭转换钮，加速表指针一下子回到1G。

几个小时后，"宇宙呼声号"进入了一颗不知名的行星的卫星轨道。我发现，这颗行星和地球极其相似。重力、大气、地形都很相似，有陆地也有海洋。

"是不是干脆进入着陆状态？"我一边准备启动制动火箭一边说。

这时，我又注意到卡尔神情有些异样。他用出神的目光盯着望远电视，眼睛里放着奇异的金光。

这是一颗奇特的星、暗淡的星。它的表面既没有花朵，也没有沙漠，整个星球表面全都被一种厚叶子的植物覆盖着。

在卫星轨道上，我将驾驶舱从飞船船体上分离了出去，利用驾驶舱自身携带的逆向火箭进行着陆。在此期间，飞船船体将继续在轨道上飞行。返回船体时，用驾驶舱上的火箭起飞，然后追上在宇宙空间飞行的船体，与它对接。

我们一面减速，一面寻找着陆点。

"看啊！有一片湖！"梅伊大声喊叫起来。

那是一片圆得像用圆规划出来的人工湖！湖边有一片宽约200米的黑黢黢的土地。高度只有700米了，我大喊一声："就在湖边降落！"

"良雄！着陆架还没放出来呢！"卡尔说："要不要我来换换你？我长时间生活在地球上，对重力已经很习惯了。我还驾驶过小型气垫船。"

我把操纵系统转换到卡尔坐的副驾驶席上。

卡尔手握操纵杆，紧咬嘴唇，眼睛一眨不眨，全神贯注地盯着电视屏幕。

屏幕上，那条黑带子正在迫近，它比我们想象的更凸凹不平。

巨大的震动摇撼着我们的座舱。喀嚓、喀嚓！座舱好像掉到了什么硬东西上似的，发出吱吱呀呀的声响，好像马上就会粉碎。

卡尔死死抱住操纵杆。在接触地面的一瞬间，我果断地收回三角翼的手柄推了下去。

电视屏幕上出现了交错在一起的网状藤蔓，接着又变成了一片又混又深的水面。座舱东歪西扭地跳跃着前进，最后，转3个圆圈。

"制动伞失灵！着陆架的制动已经到了极限！"卡尔大声喊道。

大家失声叫起来！就在这时，座舱随着一阵猛烈的冲撞，猛然停了下来，我们得救了！

接着，吉尔指定我、查恩、路易莎和他4个人可以穿宇宙服出去，其他的孩子留在舱里。

随着放气的声响，空气门打开了。我们4个人从舷梯上爬下来，伫立在飞船座舱的旁边。

眼前的景象太奇异了！那植物是我们从未见到过的。草的根茎又粗又硬，简直像胶皮管一样。这些植物没有叶子，粗大的"胶皮管"有我肩膀那么高，一根紧挨一根，互相缠绕在一起，好像一张很大的鱼网。

在薄云缭绕的天空中挂着一颗葫芦状的太阳，那是两个大小不同的太阳挤到一起形成的。虽说此刻是晌午时分，可周围却是昏暗的，使人觉得阴森。

这时，我看见在与双重太阳相反方向的天空中，出现了一个几乎是正三角形的月亮。一会儿，又有一轮弯月以极快的速度超过它，消失在天空的那一端。我看它出了神，突然再看那正三角形的月亮，不知什么时候它已变成了一个细长的三角形了。

吉尔用吃惊的口气对我说："以那颗月亮的圆缺变化来看，它很可能是个四面体，而且能自转。"

多奇怪的现象！

正在这时，忽然传来梅伊的尖叫声："啊！卡尔！你怎么啦?! 你要到哪里去?!"

我们不由得大吃一惊，急忙朝座舱望去。

只见座舱门敞开着，脸色苍白的卡尔，像夜游症病人一样摇摇晃晃走出了座舱。他没穿宇宙服，他那双金色的眼睛里闪着恍惚的神色，飘飘晃晃地像一个醉鬼。

"卡尔！你怎么啦?! 不准违反命令!!"吉尔用话筒高声喊道。

卡尔好像根本没听到吉尔的声音，他摇摇晃晃地朝我们走来。他用那双失神的眼睛扫视着我们，好像要对我们诉说什么。

"你们，你们……"卡尔突然倒在吉尔肩上。

这时，耳机里传来布卡的叫喊声："空气里没有什么细菌！你们可以脱掉宇宙服啦!"

夜幕降临到这个神秘的星球上。那只奇怪的正三角形月亮从傍晚时分就落了下去，到现在还没有露面，而那一钩弯月却已经是3次匆匆而过了。

这时，座舱门打开了，路易莎从座舱里走了出来。

"卡尔怎么样了？"吉尔问。

"他睡着了，给他吃了镇静药。不过他烧得很厉害，一个劲地说胡话。"

布卡好像想说什么，两只手插在裤子口袋里，用脚踢着石头。终于他好像下定决心似地说："我总觉得卡尔好像同这颗星球有些关系，你们怎么觉得呢？"

布卡继续说："我在进行大气分析时，忽然看到卡尔抱着头自言自语地说着什么，好像在和什么人吵架。我只记住了其中两句地球上的语言。一句是：'为什么?! 为什么把其他人也……'另一句是：'不行！现在绝对不行！'"

大家都屏住呼吸，静静地听着。在布卡拿出分析结果之前，卡尔就连宇宙服也不穿地走出了座舱，他是否已经知道大气中不含特殊有害物质或细菌了呢？

"这颗星与卡尔能有什么关系呢？卡尔是我们的朋友，是地球上的人。"吉尔严肃地说。

"你对卡尔很了解吗？"查恩说："我听我在地球上的一个叔叔说，卡尔是养子。那是在我们刚出生不久，新加坡的一个村庄遭到一块大陨石的袭击，全村覆灭，只有一个婴儿幸存下来，他就是卡尔。"

"卡尔的奇怪之处还不仅仅是这些。"路易莎插话说："我觉得宇宙飞船的跳跃好像跟卡尔有什么关系。我计算过，每次出现跳跃现象之前，卡尔的眼睛准要有些变化，而从卡尔眼睛开始变化到飞船跳跃，中间相隔整整 5 分钟。"

"啊——"梅伊大叫起来，一个手指哆哆嗦嗦地指着座舱，"有个黑东西在动，在座舱侧面。"

吉尔一下子窜了起来，路易莎也跟着向座舱跑去。

"有人跑到草丛那边去了！"吉尔说。

"卡尔不见了！"路易莎慌慌张张地喊道。

我和吉尔、查恩抄起座舱中仅有的两支光子枪，顺着地上的鞋印，一直追到一片植物形成的绿色屏障前。

绿色屏障枝条紧紧地缠绕在一起，没有空隙，仿佛连蚂蚁也爬不进去，卡尔到哪儿去了呢？

"卡尔，卡——尔——你在哪儿?!"我大声喊叫着。

突然，我的脑海中又回响起卡尔微弱的呼唤声。这时眼前的那些枝条慢慢地活动起来。原先紧紧缠绕在一起的枝条迅速地分开了，转眼间，我们面前出现了一条由枝条构成的通道。

我们勇敢地走进了枝条构成的隧道中去。

隧道地面很硬，长度约 10 米。当我们走到四五米的地方时，前面又打开了一段，而后面的枝条却合拢上了。我们被关在里面了！

我们脚下的路突然变得软软的，开始往下陷。原来，我们站着的地面是由许多圆圆的、柔软的、像橡胶棒似的东西紧紧地排在一起构成的。与此同时，"橡胶棒"里还渗出滑溜溜的液体，将我们连推带滑地向前运送着。

隧道不断地向前延伸，弯度也开始加大。我们好像坐在雪橇上似地左右摇晃着，头越来越晕，神志也开始不清了。

就在这时，我突然觉得被抛到了一块硬东西上，后背被狠狠地摔了一下，差点停止了呼吸。可是，这一下却把头晕驱赶跑了。

我们双手按着滑溜溜的地面，好不容易才站了起来。不知什么时候，我们已经走出了那条植物隧道，来到了小土丘旁的一块平地上。

卡尔身上的衣服全都被撕破了，脸色白得像死人一样，眼里却放出奇异的光彩。他也摇摇晃晃地站在小土丘的山脚下。

"我根本没想把你们带到这颗星球，"卡尔用令人毛骨悚然的声音说道："这都是由于那种宇宙的呼叫声！我很小的时候，就经常听到脑海里有一种声音。那声音在宇宙深处，在很远很远的地方呼唤我：'你在哪？你回来呀！卡——尔——'在火星基地的时候，我又听到那种声音：'时机到了！起飞！'我当时并没有那种想法，可是不知怎么的，我自己不由自主地在心里喊了一句：'起飞！'于是……"

卡尔说完这些，就瘫倒在地。突然，他又爬了起来，摇摇晃晃地向山顶跑去。我们也紧追不放。

当我们拨开荒草追到山顶时，发现小山丘的顶部像被刀切了一样平，一棵草也没有。整个顶部是一块巨大的岩石，像被磨亮的金属一样光滑。有 3 棵圆柱形的岩石矗立在那里，在它的顶端有闪闪发光的黑色圆球。

那石柱有 5 米多高，圆球直径有 3 米左右。

卡尔就倒在石柱下。

突然，我的脑海里又响起了卡尔那种神经感应现象，不过，这声音比卡尔的语调更奇特。

（我是费特，你们是谁？）

"我们是卡尔的朋友！你是谁？"吉尔问道。

（卡尔？是不是这个费特 5 号？他是我的孩子。我和你们一样是生物，你们刚才经过的是我的身体，现在你们看到的是我的心脏和

世界著名科幻故事精华

第一卷

头部。我有很多的头，可以生孩子。我的心脏寻找撒种的星球，然后将种子撒出去。我已经撒过 5 颗种子了，费特 5 号偏离了轨道，不知飞到哪里去了。我现在终于把它呼唤了回来。）

一定是那颗种子附在了卡尔身上，卡尔的谜终于解开了！

费特的种子是无形的，它潜藏在卡尔的意识当中，它也只有附着在别的物体上才能够移动。

虽然卡尔的谜是解开了，可是我们怎样才能返回太阳系呢？

当我们飘流在宇宙之中的时候，太阳系已经度过了 3 个月的时光。这一天，"宇宙呼声号"又突然出现在冥王星与海王星的轨道之间！当时，整个太阳系的居民都为之而震惊！

说来也巧，第一个发现我们飞船的竟是我爸爸！

"宇宙呼声号"平安归来的消息传遍了整个太阳系，成了整个太阳系的一大奇闻。

我们，吉尔、查恩、调皮的梅伊、金发的路易莎、黑人布卡、还有我，都被欣喜若狂的父母紧紧地、紧紧地搂在了怀里。

卡尔呢？卡尔也和我们一起回来了。他要是不和我们一起回来，我们是无法回来的！因为能使"宇宙呼声号"一跳跳出几百光年，并且连续跳跃几个星期的，正是寄生在卡尔身体中的那种奇怪生物的无形的种子，它叫费特 5 号。

学者们想把费特 5 号留下来研究，但我们不能出卖朋友。于是，我们按照卡尔回来的一种奇特的办法，让费特 5 号重新寄生在一只小兔子身上。然后，把它放入一只密闭的容器中。

载着小兔子的容器腾空而起，朝无边无际的宇宙深处飞去。费特 5 号借助小兔子的身体，重新回到了它的父母身边。

卡尔经过住院治疗，不久就恢复了正常。他眼睛里原有的金光消失了，神经感应的能力也随之消失了。但是，他却得到了我们这些非同寻常的好朋友！

我们 7 个人，虽然散居于宇宙空间的不同地方，但我们的友谊是割不断的。我们常在火星、土星的卫星上或者冥王星上见面，大家凑到一起，就会兴致勃勃地谈起那次奇迹般的冒险旅行。谈够一阵子，我们就跑到天文台去，用电波望远镜捕捉那遥远的宇宙深处传来的奇特的电波。

每当我们听到那"哗——哗——"的奇特的声音时，就会感到那是从遥远的天际传来的"宇宙呼声"！这呼声告诉我们，在这茫茫无际的宇宙之中，有许许多多的像费特星球那样的星球，人类还不了解它们的奥秘，那呼声招呼我们去探访无尽的宇宙世界。

太空潜艇

一　神秘的旅客

丹麦首都哥本哈根。卡斯特鲁普机场。

一架巨型的 707 客机在夜幕中徐徐降落，从舷梯下来的旅客大多是丹麦人，从他（她）们那晒得红红的脸膛可以判断，他们是从南方度假归来。有的旅客还提着东方国家的纪念品，像木刻的骆驼、铜盘以及古老图案的挂毯……

当旅客们排着队在海关等候检查行李和护照时，有一名旅客却悄悄地穿过玻璃壁的长廊，他是最后一个下飞机的旅客。他走进空荡荡的换机候机室，在一张黑色的皮沙发坐下后，接着便向四下张望。

恰巧，机场负责安全保卫的一名警官经过候机室，这位旅客走上前去，说道："我要见这儿负责的保安官员，可以吗？"他说的是英语。

警官上下打量着这个旅客："你可以先告诉我有什么事……"

这个旅客改用丹麦语说："我有机密事要见他。"

"你是丹麦人？"

"我是什么国籍无关紧要。"旅客答道，"我只能告诉你，这件事关系到国家安全，假如您聪明的话，请立即带我去见您的上司。"

窗外，大雨倾盆，夜色深沉。

警官将这个行迹可疑的旅客领到楼上一间办公室，向保安官员左根生上尉说明情况，随即离开了。

"请坐，"左根生上尉等屋里只剩下他们两个人的时候，接过那个旅客递过来的护照。他翻开护照不禁吃了一惊。"你是以色列人？你讲一口标准的丹麦话，我还以为……"左根生上尉把护照放在桌上，"你的护照没有问题，我能帮你什么忙吗？"

"我要求在丹麦入境，现在就入境。"那个矮个子的旅客提出了自己的要求。

"这是不可能的，你只是在这儿换飞机，"上尉提醒对方，他的机票是飞往贝尔法斯特的，"你没有得到丹麦的签证，我建议你继续飞往目的地，到贝尔法斯特的丹麦领事馆去，签证只花一天，最多只要两天嘛。"

但是，那个旅客却提出种种理由，执意要求马上入境。最后，他从公文包里取出一个薄薄的地址簿，一边小心地翻阅着，一边说："我并不想胡闹，不过我到这儿来，可以说是件国家大事，你可以给我挂一个电话，请罗穆生教授听电话吗？你听说过他的名字吗？"

谁不知道罗穆生教授的鼎鼎大名，他是丹麦著名的物理学家，诺贝尔奖金的得主。"可是，三更半夜打扰他，那……"保安官犹豫了。

"我跟他是老朋友，他不会计较的。"那个神秘的旅客说，"目前情况是严重的，吵醒他也没什么大不了的……"

果然不出保安官所料，电话接通后，罗穆生教授怒不可遏地吼道："是谁？什么意思？半夜吵醒人！"但是当那个旅客接过话筒说话时，对方惊讶不已。

"你就呆在那儿，千万别走开，我一穿上衣服就赶来。"罗穆生在电话中说。

45分钟后，满脸膛髯曲胡子的罗穆生教授冒着大雨赶到机场，随后丹麦政府保安部长又和许多高级官员来到这间小小的办公室，经过反复磋商，终于同意那个来自以色列的矮个子旅客入境，但必须绝对保密。

安德生部长把年轻的左根生叫到一旁，低声说："记住，你要忘掉这件事，什么也不许讲，你从来没有见过他的名字，也没有见过他，不管谁问你，你都说不知道！"

左根生上尉耸了耸肩膀，这到底是怎么回事呢？

二　神奇的实验

这个神秘的旅客是谁呢？

他就是以色列的国宝、著名的物理学家克莱因教授。

在克莱因踏入丹麦国土的前一刻，以色列特拉维夫大学物理实验室发生了一次意外事故。随着一声猛烈的爆炸，实验室的西墙被炸开了，顿时烟尘滚滚，一片狼藉。

这是一个极其炎热的下午，实验室位置僻静，又加上只有克莱因教授独自一人在里面工作，这就使得后来许多不该发生的事发生了。

爆炸中克莱因教授幸免于难，那是因为一座结实的钢铁工作台挡住了飞来的碎片，他只是震跌在地，脸被碰破了。他从最初的惊吓中清醒过来，第一个念头就是使劲地拉开炸弯的抽屉，找出里面一个薄薄的卷宗，还有旁边的一个破旧的文件夹子，那是他6年来的研究成果和最近几个星期来没日没夜所做实验的记录。看到文件依然完好，他才算松了口气。

克莱因教授对这次爆炸起火似乎特别高兴，就像当年诺贝尔试验火药那样，他钻出浓烟笼罩的实验室，飞快地从一条阳光照耀的小路奔回宿舍。他脱掉脏兮兮的衣服，很快洗了淋浴，洗净脸上的伤口，贴上一块小小的胶布。他机械地做完这些事情，换上干净的衣服，便站在房间里呆呆出神。

实际上，他的脑子里一直在思考着，6年来他专心致志研究的问题，是以爱因斯坦的相对论为基础，探索重力分析变异及其两种可行性的数学模式，现在看来，这一声爆炸完全证实了他的假设的可能性。然而，想到这儿，克莱因教授心里感到了事态的严重性，他当然懂得这项重大研究成果将会带来怎样可怕的后果，尤其是他的祖国以色列，军方将会利用这项成果……"不，我必须离开这

世界著名科幻故事精华

第一卷

儿!"他的潜意识在提醒他。

克莱因教授马上打开一个公文包,里面有一本旅行支票和他的护照,他把那两份重要的研究文件小心翼翼放进去,别的什么也没有带,便走下楼梯,径直朝海边走去。

这当儿,特拉维夫大学已经乱作一团,人们在实验室的废墟上搜寻,没有发现克莱因教授,后来又在他的宿舍发现了他换下的脏衣服,还有地上的血迹,更是疑虑重重,会不会是被人绑架了呢?

就在人们乱作一团时,克莱因教授却在路旁一家咖啡馆悠闲地喝着咖啡,而后找了一辆出租汽车直驶机场。一路上,他几乎没有遇到麻烦,很快登上了飞往贝尔法斯特的 SAS 航空公司的航班,只不过,他是中途在哥本哈根下飞机的。关于他为何要到丹麦来,说来话长,因为克莱因教授虽然是犹太人,却是在丹麦出生,在丹麦长大的,他和丹麦有着非同寻常的故土之情。尤其不能叫他忘怀的是,二次大战期间,当德国希特勒的纳粹匪徒灭绝人性地屠杀犹太人,欧洲许多国家居住的犹太人遭到厄运时,只有在丹麦,犹太人受到了丹麦居民的保护和关心,当时警察听说纳粹即将开始大屠杀,立即将这个消息透露出去,于是许多汽车司机带着电话簿,挨家挨户通知犹太人逃跑;连小学生也到犹太人家里传口信;每一座医院都打开大门,把犹太人藏了起来。因此几天工夫,居住在丹麦的犹太人都安全地偷渡到了别的国家,而当时年幼的克莱因对此记忆刻骨铭心,一辈子也不会忘记。

几天之后,克莱因教授已经从逃亡的紧张状态中恢复过来,他的情绪又像在特拉维夫大学的物理实验室一样,沉浸在科学研究的亢奋之中。他告诉老朋友罗穆生教授:"我们需要一艘船,我们要大规模进行试验时,就得有一艘船……"

他们是在海边的帕维朗尼餐厅谈话的。从玻璃窗望去,开往瑞典的渡轮升起一股白烟,正从海港开出。岸边的美人鱼雕像——那是安徒生童话中的人物,吸引着各国游人,照相机拍个不停。

罗穆生端着酒杯,警觉地朝四周望了一下。克莱因教授似乎也察觉出这里不适合谈话,压低声说:"最初我搞的试验,装置太小了,只是为了证实理论,这种试验是不够的,得弄一个大装置,就可以在更大规模上试验它。看看我们能不能弄出比那一次更大效力的东西来。"

罗穆生会意地点点头："会行的，我相信一定会成功。"

一个寒风刺骨、天空阴云密布的日子，克莱因和罗穆生坐着一辆破旧的"奥普"牌汽车，绕过僻静的街道，在确信无人跟踪后，驶向海港一座游艇码头附近。开车的是个外貌傻乎乎的中年人，穿着又旧又破的外套，活像个喝得半醉的酒鬼。他叫宁士高，一位经验丰富的保安官员。

克莱因和罗穆生下车步行，朝海边码头尽头停泊的一艘船走去。那是一艘旧式破冰船，名叫伊斯波号。"真是一艘老古董了，"罗穆生登上甲板后说，"不过倒还算是结实的。"

克莱因到处察看着，对这艘旧船也还满意。等水手们把装有仪器的几个箱子抬上船以后，他和罗穆生选定引擎间作为工作室，这里是船上的动力部位，安装了发电机和通向船舱各部分的电缆开关。他们把各种电子仪器开箱安装，并一一调试，罗穆生又用锤子和凿子把一处龙骨上面厚厚的油漆铲掉，露出一块闪亮发光的钢板。

这位诺贝尔奖金获得者脱下手套，满意地说："行了，正极连接这儿，就通遍整个船壳了。"

克莱因把连接仪器的一根粗电线焊接在刚打磨干净的钢板上，说："但愿如此，连接这一关是最重要的。"

这时，电话铃响了，罗穆生拿起话筒。

电话是保安官宁士高打来的："观察的人已经到齐，他们想知道什么时间开始实验。"

"可以立即开始。"罗穆生答道，"告诉他们，我现在就去跟他们会合。"

挂上电话，他问克莱因："准备好了吗？"

"好了，你快上岸，在那边同我用电话保持联系吧。"

罗穆生推开舱门，迎面刮来一阵风雪，使他赶紧把大衣扣紧，竖起衣领。天突然变坏了，狂风卷着大雪漫天飞舞。码头远处临时搭起的一个观察棚。聚集了许多头面人物，其中有海军和空军的高级将领。宁士高告诉罗穆生教授，70多岁的海军上将也来了，政府总理临时因故不能前来，但派了代表。

果然，罗穆生一进观察棚，气势不凡的海军上将用命令的口吻提出："我希望能有所解释……"

"好吧，我先讲几句，诸位先生，我们要进行的是一次戴尔斯反应的实验……"罗穆生说。

"戴尔斯？什么意思？"一位将军问。

"这是希伯莱文中的第四个字母，相当于 D 字，克莱因教授以此命名他的发明。"罗穆生企图用浅显的语言来表述极其深奥的科学原理，他努力寻找最准确的语言，但却感到十分困难，"戴尔斯反应，也可简称 D 字反应，在理论上已经得到证实，而且在实验室已进行过试验，现在是在进行更大规模的试验，由于在安全和物理学方面还存在很大困难，不敢保证不会失败……"

众人纷纷提问，罗穆生提高声音道："我看这样吧，几分钟就有结果，大家观察吧……"这时，电话响了，是在船上的克莱因打来的，"准备开始吗？"他问。

"可以，先从最低电力开始。"

"好，最低电力。"那边克莱因说："开始！"

"请大家看着那艘破冰船！"罗穆生用手捂住话筒，回过头朝众人说。

雪下得很大，人们睁大眼睛才看见破冰船收起舷梯，随着汹涌的海潮离开码头。

"还看不出什么。"岸上的罗穆生对着话筒道。

"我加大功率吧。"船上的克莱因说。

突然，阴云密布的天空响起一阵尖利刺耳的高频波，这声音似乎从四面八方传来，令人感到直透头顶，难以忍受，但它很快就消失了，代之以低沉的轰鸣，如同大提琴的弦音。在这同时，人们发现破冰船发出格格的声响，船身哆嗦，四周飞腾的浪花像是被磁铁吸住粘在船壳上面了。

有人情不自禁惊呼起来，因为好像水底有一个巨大的推进器，使那艘破冰船整个船身慢慢抬起，离开了海面。人们清清楚楚地看见船底露出水面，螺旋桨也悬空了。这时，码头上的探照灯把雪亮的灯光照在了破冰船上，人们看到船身已离开海面好几米了。

"克莱因，行了，成功啦！"罗穆生目不转睛地望着几千吨的破冰船，欣喜若狂地喊道："现在把功率减小吧……"

"我正在减小，"船上的克莱因回答，"不过，有一种谐振出现……"

他的话音未落，不可料及的事发生了。那艘悬在半空的破冰船发出金属碰撞般的怒吼声，船身顿时失去支撑的力量，迅速跌落下来。当这艘几千吨的钢铁怪物溅落海面时，海浪涌起，像风暴潮一样冲上码头。说时迟，那时快，观察棚首当其冲被排山倒海的浪潮席卷而去，人们站立不稳，顿时你压我，我推你，乱成一团。

罗穆生也被海浪冲倒，浑身湿透，他硬撑着坐起来，倚着身后的石墙，吓得目瞪口呆。他的旁边，有人在呻吟，大概是受了伤，那些幸免于难的军官声嘶力竭地喊道："快叫救护车，快……"

海潮如瀑布一样泻回大海，附近传来救护车愈来愈清晰的鸣叫。罗穆生顾不上自己的门牙已经磕掉，他甚至没有察觉到自己满嘴流血，他的心底升起一种狂喜，他差点大声喊了起来：成功了！D字反应正如克莱因预料的那样，成为铁一般的现实。

他清楚地知道，这将意味着什么，也许，世界的格局将会从此改变。

三 潜艇升空

克莱因教授的D字反应获得了意想不到的成功之后，丹麦政府以及空军、海军对这项研究都极其重视，一个高度保密的研制计划在波罗的海悄悄地实施了。

北欧航空公司杰出的机长黎汉逊和海军著名的潜艇指挥员韦韩宁接到命令，被秘密地带到一个名叫特拉戈尔的偏僻渔村。陪同他们的是那个神秘莫测的人物宁士高，从他的嘴里是无论如何也打听不到什么的，他们到什么地方去，把他们找来干什么，宁士高只有一句话："如果我能告诉你，我自然会讲的，但我不能。不过，过不了多久你自己会知道得很清楚。"

汽车穿过刚刚犁过的初春的田野，从特拉戈尔那红砖旧屋的村边经过，他们并没有停车，一直开向只有几艘游艇的小港口，那里有一艘相当大的有内舱的快艇。

他们上了快艇，半个小时之后停在了一艘军舰旁边，韦韩宁探头望了一下："这是贝林号，海军学院的船，去年我上过这条船，当时它是作为一艘小型试验潜艇——贝拉克斯普鲁坦号的母船，我为那小潜艇试航……"

"从未听说过。"机长黎汉逊耸耸肩道。

他们跟着船上的水手登上舷梯，一个迎面而来的海军军官请他们到军官休息室去。

宽敞的休息室里坐着十几名穿军服的人，他们都是丹麦陆海空军的将领，其中有4个穿便服的人，黎汉逊一眼认出其中一位政府高级官员，另一个是罗穆生教授，过去他们不止一次坐过他的班机。

罗穆生开门见山地说："请坐下吧，我将告诉你们为什么我们要在这儿开会。"

第二天黎明之前，贝林号驶入波罗的海公海水域，一艘小潜艇从船舷一侧吊落海面，韦韩宁跑下舷梯，一跃登上潜艇，从指挥塔上的舱口溜进去了。

罗穆生对克莱因说："今天是试验的好天气，能见度低，雷达无法跟踪。刚才空军侦察机报告，在我们周围140里以内没有一条船。"

克莱因是昨天最后一个上船的，一夜的颠簸，使他难以入睡，但是他依然精神抖擞，因为他知道这次试验至关重要。"我们上潜艇去吧。"他说。

"不，你别去，由我去。"罗穆生道，"我知道你想去，但总理认为你太重要，不同意你去冒这第一次试验的险，我认为他的意见是对的。不用担心，我会很好地照顾你的宝贝，我们已经消灭掉谐振的问题，不会再出乱子的……"

克莱因耸耸肩，他知道再争也没有用。"祝你好运！"他拍拍老朋友的肩膀说。

罗穆生走下舷梯，黎汉逊随后，他们进入潜艇舱口后，立即关闭舱盖。

"起锚！"韦韩宁对着无线电报话器大喊一声，潜艇开始拐弯，离开母船。

克莱因拿起报话机："离开母船大约300米后，开始进行试验。"

他拿起望远镜，眼皮不眨地注视着轻快疾驶的潜艇，指定的位置到了，潜艇突然越升越高，离开海浪汹涌的海面，像一只气球愈升愈高，5米，10米，30米……接着，潜艇像一架轻巧的飞机似的离开海面在空中慢慢飞行，并且向母船这边飞来。

船上静寂无声，所有的军官的水兵都瞪大眼睛，注视着这不可思议的现象。

克莱因脸上现出一丝满意的笑容，眼睛一直没有离开空中的潜艇。"现在，可以把它开回来了，"他对着报话机说，"我认为，我们可以说，这次试验完全成功了。"

几天后，克莱因亲自参加潜艇升空的一次试验。他对韦韩宁说："请起飞吧，我相信你能把它驾驶得像上次一样那么好！"

"好，执行！"韦韩宁坐在驾驶室，这里的操作机械很像飞机的仪表，驾驶盘向左右转动可以控制潜艇方向，两个喷气引擎推动潜艇变换方位，而尾舵的摆动可以调节潜艇的升降。

"已升空200米。"韦韩宁告诉大家。

"你可以全部关闭喷气引擎的活塞，使发电机保持输出状态。"克莱因说。

"所有马达的动力已关闭。"

"好，现在电力充足，我要开动D字反应仪器了，只要很少的动力，就可以飞上100米的高度。"克莱因专心摆弄着仪器上的掣钮。

黎汉逊在记录仪表上的数字，望了一下舷窗外的波光："韦韩宁，潜艇上有测高器吗？"

"没有。"

"太遗憾了，看来你离开海洋就一点办法也没有了。"

潜艇继续像气球一样向上飞升，黎汉逊从舷窗估计着高度，轻声说："100米啦！"

"看来电力很足，我们可以飞得更高，各位，准备好了吗？"克莱因调整好仪器，信心十足地说。

嗡嗡声在增大强度，引擎运转很正常，海面在下边变得像镜子一样平滑，看不见波涛了。他们的潜艇轻快地向上直飞，像火箭升空一样，但却没有喷出的熊熊烈焰和如雷的声响。不久，潜艇钻入云层，什么也看不见了。

突然，引擎平稳的节奏改变了，克莱因问："电流减弱了，哪儿出了毛病？"

韦韩宁喊道："我不知道是怎么回事……"

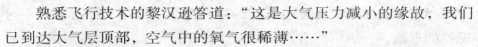

熟悉飞行技术的黎汉逊答道："这是大气压力减小的缘故，我们已到达大气层顶部，空气中的氧气很稀薄……"

引擎抖动着，发出咯咯的响声，几乎停了下来，潜艇哆嗦了一阵，开始急剧下降。

"喂，能采取什么办法吗？"克莱因喊道。"D字反应仪器断了电不能起作用了，你能维持电流吗？"

"用储备电池，"韦韩宁站起来去取电池，但失重使他飘然而起，他的身体在舱内飘浮。当他奋力扑向座椅时，一头碰在潜望镜的铁柱上，痛得他呲牙咧嘴。

他忍痛抓住椅背，把身体放进椅子，缚紧安全带，伸手开动各种开关。

"把电池的电流全部开足。"克莱因望了他们二人一眼，"准备好，我已将仪器关掉，现在我一开动它，反应不会那么轻的……"

他的话音刚落，一股无形的压力把所有的人推在椅上，他们眼前发黑，血液上涌，差点晕倒过去。

过了片刻，窒息感消失，他们猛吸了口气，清醒了过来。

黎汉逊喘着气说："好家伙，太难受了。"克莱因问："还继续试验吗？"

"只要不出这种事，我同意试验下去。"黎汉逊回答。

"同意，"韦韩宁脸色苍白，额头有一道血痕，"不过我建议用电池的动力。"

"好吧，那我们再升上去，等电池消耗掉70%，我们就返回。"克莱因表示赞同。

潜艇再度上升。"至少有5000米高了。"黎汉逊用目测估算道。

这时，他们看见大气层像蓝色的饰带衬着黑色的太空，阳光从舷窗照入，把舱内照得通亮。突然，上升的压力消失了。

克莱因高兴地说："仪器功能正常，我们停留在太空中，能估计出目前的高度吗？"

黎汉逊望着下面的地球，那蓝色的星球煞是美丽。"150千米！"他答道。

韦韩宁看着仪表，说："电池才耗去25%，电能消耗得很慢。"

"好极了，这说明飞翔所耗去的电力比上升要少得多。"克莱因说。

"我们成功啦！"黎汉逊情不自禁地喊道，"我们可以到任何地方去……"

是的，他们成功了。人类今后的太空飞行，不需要发射火箭，而是像开汽车或驾驶轮船一样，可以朝着太空中的任何天体飞行，这才是真正在太空飞行的宇宙船，D字反应为太空飞行插上了神奇的翅膀……

四 月球救险

克莱因决定加快试验进度，完全是因为一个意想不到的事件。

这天，他正兴致勃勃地观看罗穆生研制的一台新仪器，这是一台圆形的闪闪发光的仪器，体积很小，运转时发出的声音也很微弱，但它却是功率极强的核聚变发电机。

克莱因听说这台仪器已正常运转了250小时，而且仍在继续正常运转，高兴地对罗穆生说："真为你高兴，这是一个重大突破。"

"是的，它能稳定地产生几千伏特的电能，我对此是相当满意的。"

克莱因立即想到把这台仪器应用在太空潜艇上，因为太空潜艇的动力一直是困扰它的难题。"好极了，如果把这台仪器扩大，完全可以提供真正太空飞行的能源，那将是一台微型的原子能发电机，就像目前核潜艇上使用的那一类型。不过，还有一个难题……"

罗穆生接过他的话说："冷却。"

"对，在船上你可以用海水冷却，但在太空就不行了，我设想可

世界著名科幻故事精华

第一卷

以建造一个外部散热装置，你看呢？"

"这个装置会比一条船还要大呢！"

"不错，所以我想是否可以改进一下这种聚变发电机，使它本身能解决冷却问题，它可以产生大量的电能，却只有极少的热量溢散出来……

于是，他们商量，马上动手制造这台新型的动力系统。

不料，就在这时，丹麦和世界各大报纸登载了一条引人注目的新闻：苏联的太空船在月球着陆，发射的情况是良好的，太空船安全降落在月球的宁静海中央。不料，当关闭引擎后，太空船的三脚支架突然有一只脚失去平衡，致使太空船侧向一边，顿时一个引擎被撞脱，而且最糟糕的是，太空船的液态燃料全部流失。从转播的莫斯科电视台播送的特别新闻节目中可以看见，苏联的登月太空船被困在月球，无法飞回地球，3 名宇航员的生命危在旦夕，一旦氧气用尽，他们的结局将是十分悲惨的。

"我在想，苏联人可能会再发射一支火箭，去援救他们的人。"克莱因一边看电视上的画面，一边对罗穆生说。

"我怀疑。如果有这个打算，他们早就宣布了，而且他们绝不会公布这次失败的，这是俄国人一贯的做法。我看这 3 个宇航员肯定完蛋了。"

"美国人有没有反应？"

"他们保持沉默，说明他们也无能为力。"

"难道美国人没有太空船准备飞往月球？"克莱因又问。

罗穆生摇摇头："肯定没有。如果有，也没有办法飞去，因为从美国飞往月球，现在正是最适合的月份，等他们有好天气发射，那 3 个太空人早已死掉了。"

"那么……就一点办法也没有了吗？"克莱因用沉思的目光望着他的好朋友，仿佛在试探他。

罗穆生笑道："这一点你心里很清楚，你跟我的想法是相同的，为什么我们不把这台聚变发电机安装在那艘潜艇上，飞上月球，救出他们呢！"

"对，为什么不试试？"克莱因激动起来，做出了一个大胆的决定："那么，到月球去！"

3 名苏联宇航员在月球上度日如年。这也难怪，他们已经过去了难熬的 11 天，而剩下的氧气只能维持两三天。死亡的阴影步步朝他们逼来，他们的情绪极度沮丧，对前途完全绝望了。

这天，他们在登月舱里通过无线电向地球诀别，纳尔托夫上校拿着麦克风正和地面宇航中心作最后一次通话，这时另一名宇航员兹洛尼柯瓦透过厚玻璃的舷窗，瞥见繁星满天的空中有一艘细小的潜艇，正朝着月球的沙石荒原降落。

兹洛尼柯瓦上尉瞪大眼睛，手指窗外，惊叫道："上校！"

纳乐托夫上校随着上尉的手指向窗外望去，心里充满恐怖，"我等一下再同你们联系，"他向麦克风说道，随即关上通讯机，向他的两名部下咆哮道："他妈的，那是什么东西？"

另两名宇航员惊讶得讲不出话来。

那艘潜艇在离登月舱约 50 米处慢慢停了下来，"丹麦的！"沙夫贡少校吃惊地喊道，指着潜艇远望塔上漆着的丹麦国旗。

太空舱的收音机发出沙沙的响声，接着是对方很差劲的俄语："伏斯托克 4 号，你们好，能听见我的讲话吗？我们是丹麦的飞船，停泊在你们旁边，请回话。"

纳尔托夫上校立即关掉了同莫斯科通话的全部线路，"我是伏斯托克 4 号的机长，你们是谁？到这儿来干什么？"他疑惑地问。

那边潜艇上的罗穆生对克莱因和黎汉逊说："联系上了……"他又对着无线电问："你们会讲英语吗？"

"会的，我会讲英语。"对方回答。

"好极了，"罗穆生改用流利的英语说"我很高兴地通知你，我们是来救你们回地球去的，请你们穿上太空服……"

"好的，不过请告诉我，这是怎么回事。"

"有话以后谈，"罗穆生说，"另外，还有一件事，我必须事先声明，在我们船上有一些秘密仪器，临时用帆布帘子隔开，你们上船后只能安安静静坐在指定地点，不得接近它们。"

苏联宇航员们做梦也没有想到会出现奇迹，更不曾想到竟是小小的丹麦国的人前来搭救他们，所以对任何条件都满口答应，对于

世界著名科幻故事精华

第一卷

他们来说，能够回到地球比什么都强。

"我可以发誓，保证办到。"上校挺起胸膛说，"我的军官也同样会遵守诺言的。"

几分钟后，苏联宇航员把登月舱里的日志、胶卷和各种样品装进一只手提箱，穿上笨重的太空服，走出了登月舱。

克莱因在桌上摆好了酒杯和三明治，对黎汉逊说："我们虽然没有伏特加，但我相信他们不会拒绝喝丹麦啤酒的。"

3名苏联人得救了。

五 追击劫匪

丹麦——北欧这个和平安宁的小国，突然之间成为世界注目的焦点。宁士高感到忧心忡忡，用他的话说，现在飞往丹麦来的间谍特务比游客还多，全世界都想刺探 D 字飞行的秘密。

保安部门不得不采取严密的防卫措施，特别是对克莱因、罗穆生、黎汉逊等与太空潜艇有关的重要人物更是严加保卫，但是防不胜防，不幸的事件仍然接二连三地发生了。

这天清晨，黎汉逊用早餐时，一打开刚送来的报纸，头版头条的新闻赫然入目，使他大吃一惊。

事情发生在丹麦外交部。昨天傍晚，处长离开办公室后，事先暗藏的特务潜入了他的办公室。丹麦人的警惕性太差，大概是长期的和平环境使人们放松了警惕，外交部的门卫对出入的人十分大意，让窃贼钻了空子。此外，处长的办公室竟然没有上锁，结果窃贼大摇大摆登堂入室，撬开了档案柜，目标是窃取有关 D 字反应的机密文件……就在这时，值班的警卫人员检查所有的办公室，当他推门而入时，藏在门后的特务用无声手枪将他击毙。

处长办公室被窃，杀死警卫人员，这件事当然非同小可。黎汉逊预感到这个案件背后，隐藏着非常复杂的政治背景。他匆匆吃罢早餐，和妻子玛莎一同开车赶到火车站。吻别妻子后，他走进站台，搭上了正点开出的火车。

黎汉逊奉命前往一个秘密地点，但具体在什么地方他也不清楚。他甚至也不了解他到那里去有什么使命。

他走进车厢，发现罗穆生放下报纸，向他招手。他们握握手，黎汉逊就坐在物理学家身旁的空座位上。

"克莱因呢，我以为你们会在一起的。"他低声耳语道。

"他同宁士高悄悄动身了……

黎汉逊会意地点点头。"看来不是闹着玩的。"过了片刻，他又说，"不知道能不能找出是哪个坏蛋干的?"

罗穆生明白他指的是什么："不容易，宁士高告诉我，什么线索都没有发现，看来是职业老手干的，但他们一无所获，因为外交部根本没有关于 D 字的文件。"

他们一路上没有再说话，换了两次火车，当火车驶到海边一个偏僻小站的时候，他们下了车。车站的出站口早有宁士高来接他们。

他们默默地跟随保安官员走进渔村一间古旧的房子，旧房后院有一辆汽车。上车后，宁士高又充当了他们的司机。

不多一会儿，汽车开进一座警戒森严的造船厂，四周筑有高墙。下车后，宁士高领着他们走进一座楼房，里里外外也都是全副武装的警卫。

上了楼梯，警卫给他们打开一个大房间的房门，早到的克莱因和一个身材高大的中年人转过身来。

"这位是何里夫先生，船坞的经理。"克莱因介绍说

何里夫身穿一套黑西服，胸前挂着一条旧式的金表链，手里夹着一只雪茄。"各位，你们看吧，那是丹麦的未来和希望。"

落地玻璃窗外，下起迷蒙的细雨，远处隐约可见哈姆雷特的古堡，莎士比亚名剧中的丹麦王子的城堡，据说就是以它为原型。不远的中央船坞上，停着一艘建造中的船只，两舷呈圆形，船体完全是流线型的，和一般的船只完全不同。

黎汉逊想不通这艘船怎能是丹麦的未来和希望。"这是新式的汽垫船吗?"他不解地问。

何里夫冲他笑笑，炫耀道："你说得对，它比横渡英吉利海峡的渡轮还要大。我们现在是 24 小时不停地建造它，它将被命名为'加拉西亚'号……"

他顿了一下，又说："它将在没有海图的太空航行，而不是横渡

海洋……"

"你是说这个大家伙要飞？"黎汉逊顿时明白了到这儿来的目的。

"不错，它将飞上月球、火星，或者其他的星球。几个星期以后，人类第一艘真正的太空船'加拉西亚'号就要举行下水典礼了。"

何里夫接着向大家宣布一个重要消息：丹麦政府已决定成立一个新的部门——太空部，而他本人已被任命为新成立的太空部长。

"我希望你从今天起由空军转调到太空部，"何里夫对黎汉逊说，"而且，你将是这艘太空船的指挥官，你的意见如何？"

"当然同意！"黎汉逊的眸子闪着光，他完全被这艘漂亮的太空船迷上了。

几星期后，这艘新式太空船快要完工时，黎汉逊正式办妥了调到太空部的调动手续。他在宁士高的陪同下，再一次来到秘密的造船厂，登上了豪华的"加拉西亚"号太空船。

罗穆生一道跟了上来，沿着铺上地毯的过道，走到最后的一道门口。"黎汉逊，你先进去！"罗穆生说。这是船长室，门口有一个标明"船长室"的铜牌。

黎汉逊推门而入，顿时惊讶不已。船长室相当宽敞，有办公室，客厅，还有里外间的卧室，桌上摆着各种仪器和通讯机。

"这同驾驶波音747是不大相同的，甚至同空军飞机也不一样。"罗穆生说。

"机器方面安装得怎样了？"黎汉逊问。

"聚变发动机已经运上船，调试过了。"罗穆生答道，"D字装置是在原子能学院里装配的，只有到最后才运上来安装。"

宁士高搭腔道："最后那东西是最重要的，我们得非常小心，我不希望引起间谍注意，所以大学里已布置了森严的警卫。"

"克莱因呢？"黎汉逊又问。

"两个星期以来，他都住在船上。"罗穆生道，"他的D字装置已经弄好，并且作过调试，接着他就来帮我试验聚变发动机，他作了很重要的改进。"

说罢，他们走出船长室，准备下到机舱。蓦然，宁士高勃然大怒，气急败坏地说："警卫到哪里去了？这里应该24小时值班的……"

他想推开舱门，发现舱门紧闭，无法打开。

黎汉逊说："从里边反锁了，你有钥匙吗？"

宁士高意识到情况不妙，取备用钥匙已经来不及了，他立即拔出手枪，朝锁孔开了一枪，但机舱门仍打不开，里面有东西堵住，当他奋力把门推开时，只见穿蓝制服的警卫的尸体倒在地上。

"克莱因教授！"宁士高跳过警卫的尸体大叫道，这时前面传来3声枪响。

"你们别过来！"他就地一滚，跳起来向前冲进去。

罗穆生犹豫未动，但黎汉逊闻声冲了过去，"克莱因呢？"他跳起来想推开机舱通向船外的气锁内门，门已关上。

宁士高说："他被两个家伙架走了，我看见他们，带武器的……"他从口袋里取出步话机，但无法听清。

"这儿全是金属密封的，步话机的无线电波传导不出去。"罗穆生赶来说，"上甲板吧！"

宁士高飞快穿过气锁门，上了甲板，用步话机下达了紧急命令。刹那间，船坞所有的灯都打开了，探照灯和吊在起重机上的射灯，照耀得如同白昼。警报声不绝于耳，海港上的探照灯在黑暗的水面扫射，同时两艘警察快艇立即启动了。

这边，黎汉逊迅速跳下船，拐到船首的一侧，他一把拉住身边跑过的警察，对他说："你有步话机吗？好，告诉宁士高，他们在往海边跑去，肯定他们有条船。你别开枪，那儿有两个持枪的家伙，掳走了克莱因教授，不能误伤了教授……"

那警察点点头，立即向宁士高报告，宁士高一边跑，一边将黎汉逊的口信向他的部下作了转达，要求他们务必不能伤害了克莱因。

但是，掳走克莱因教授的匪徒却从一堆钢板后面向警察射击了，一道红光闪过，一名警卫被击中，其余的警察立即举枪，准备还击。

"不要开枪！"宁士高厉声喊道，"快！把灯转向那边……"

匪徒隐蔽之处被灯光照得如同白昼。这时，只见一个全身穿黑色衣服，头上蒙着黑头罩的男人，一边用手挡住刺目的灯光，一边举起手枪朝宁士高的方向开了两枪。保安官镇定地举起枪，慢慢地瞄准目标。

几乎是同时，双方的枪都响了，那个黑衣人应声倒地，他的武器从手中掉下来。宁士高挥手叫两名警察去检查击中的匪徒，自己继续向前追赶。

"他们在那边！"突然有人叫喊，探照灯的雪亮灯光中，另一个黑衣匪徒一手夹着不省人事的克莱因，另一只手用枪口顶住教授的头。

"别走过来，否则我就杀死他！"黑衣匪徒边威胁边向岸边移动。宁士高手足无措，所有的警员也站住不动。

突然，黑暗中跃出黎汉逊高大的身影，他出其不意地攥住黑衣匪徒的手腕，把手枪扳了过来，另一只手伸向克莱因教授。黑衣匪徒遭此袭击，惊叫一声，开了一枪，但子弹射向黑暗的空中。

乘此机会，黎汉逊把克莱因教授夺了过来，黑衣匪徒拼命挣扎，但根本不是黎汉逊的对手，当他挥拳朝黎汉逊打过来时，被黎汉逊劈手夺去手枪，接着黎汉逊一记耳光，打得他头昏眼花，整个身体都瘫软下来……

宁士高迅速赶来："慢，我要跟他谈谈……"

黎汉逊依然双手揪住那黑衣匪徒，他的黑色头套被黎汉逊一把揪了下来，是个面孔灰黄、长着一把小胡子的人。他仍在挣扎，但望见前来的警员，立即镇定地举起手，用嘴咬着大拇指的指甲……

"制止他！"宁士高大声喊道，奔跑而来，但已晚了一步，那个黑衣匪徒服毒自杀了。

"嘿，他的指甲是有毒的……"宁士高惋惜地说。

克莱因教授立刻被送到医院去，幸好，他仅仅受了点轻伤。

星　孩

公园里静悄悄的，静得让人觉得凄凉。可一小时以前，这里却是一片欢声笑语，孩子们在游戏，大人们在漫步——现在呢，就剩下一个小男孩，孤零零地坐在一条长凳上。

天越来越晚了，眼看就是黄昏，公园就要关门了。

一位名叫兰肯的警察走到孩子身边。

"年轻人，该回家了。"他说道。

这孩子抬头看了看他，说："我这就回家。"

"等着你父母来领你回家，是不是？那他们可得快点来哟——公园马上就关门了。"

"什么？"孩子问道。他看上去像寻思着什么事。"你们的公园也跟我们的一样在黄昏时分关门吗？"

警察苦笑着回答道："说不定全世界的公园都是这样——怎么，你不是本地人？"

孩子摇了摇头，什么也没说。

"那你是哪儿的人呢？"兰肯问道。

孩子犹豫了一下，接着说道："我——呵——我是宇宙人。"他说到"宇宙"这两个字时沉思了一会儿，然后点点头说："对，可能这个词这么用是合适的。"

兰肯先生纳闷地看着他。"你在说什么啊，我的孩子！"这个孩子使他感到有些莫名其妙，也感到不安，甚至他穿的衣服也叫人感到别扭，因为现在这里并不时兴这种打扮。

"我知道你会奇怪的。"孩子答道。

兰肯先生皱了皱眉，心想：年轻人现在总是搞些新鲜玩意儿。

"你的父母到底上哪去了？孩子。"他问道。孩子两眼向上望着，用手指着天空，心平气和地说："他们在那儿。"

"唉，可怜的小傻瓜！"兰肯暗自想着，难道在这个世界上就他一个人吗？然后他又皱了皱眉，心想：肯定有人正在寻找他，那个人说不定就是他的保护人。不等兰肯再问他什么，孩子便接着说道："一会儿我就去找我的父母。"

兰肯仔细地盯着这个孩子，不由得露出惊讶而怜悯的神色。他想不到一个年纪这么小的孩子能够说出这种话！

"好啦，孩子，别说这种话了——这跟你的年龄可不相称。那么，你已经——"他实在不忍问下去。而这孩子则茫然地看着他。

"我不明白，"孩子说道，"你说的是什么？"

"你的父母，孩子，"兰肯说，"我很遗憾，他们已经去世了，可是——"

"去世了？先生，你为什么这么想呢？我可没说他们死了。"

"你说了！"兰肯不客气地说。他没再往下说，因为他有些生自己的气，后悔不该跟孩子发火。"我说，孩子，"他心平气和地继续说道，"你刚才说你的父母在那儿，"——他用手指了指越来越黑的天空——"而且你马上就要跟他们在一起。"

"是的，长官。我应该叫你长官，对吗，先生？"

兰肯先生点了点头，一时不知该说什么好。

"我在等我的爸爸、妈妈。"孩子继续说。"他们是在那儿，他们过一会儿——"说着看了看手腕上像是手表似的什么东西。兰肯越发奇怪了，他想，他手上戴的显然是看时间的东西。"我想照你们的说法，大约再过30分钟吧。"孩子最后说道。

兰肯皱着眉头瞅着这孩子。心想：他怎么总是说他的父母过一会儿从天上下来接他，这到底是怎么回事呢？你的父母难道坐着飞机到公园里来吗？……难道这就是他们要一直等到黄昏之后才来接孩子的原因吗？要真是这样，我可要照法律办事了。

"孩子，你的意思是说，"兰肯这回尽量显出严厉的口气，"你爸爸妈妈一会儿要在公园里降落飞机，是吗？我可要警告你，要真是那样的话，我将不得不把他们抓起来，因为他们非法飞行、非法着陆，还有非法在公园关门之后在这儿逗留！"

孩子叹了口气。兰肯心想：别着急，说不定这孩子故意跟他逗趣！孩子说道："长官，我爸爸妈妈他们不会在这儿呆很久的。他们根本不在这儿着陆。他们就悬在那儿——大概也就到树尖上头那么高——然后我就被他们吸上去，你就可以关上公园大门回家去了。"

啊，天哪！兰肯心里很生气。这孩子说的都是些什么啊？什么"不着陆"，什么"只是悬在半空"，还有什么"他被吸上去"？把他给吸到哪儿去？他想弄清楚这孩子是不是一个小无赖——一个从哪儿的少年精神病院里逃出来的精神病，或者是一个专门四处供人取笑以换取一根冰棍解馋的小胡闹。

"事情就是这样，长官。"孩子满有把握地说。兰肯觉得在这孩子的话音里有一股戏耍的味道。"我爸爸妈妈一定会在公园关门之前到这儿来的。"

"他们可以来，"兰肯十分严肃地说，"但不能是飞进来，也不可能悬在半空，更不会把你给吸走，不管是怎么个吸法。他们要像普通人一样——两只脚走进来，要是他们不想被抓的话，他们得老老实实地来，要么就别想进来！"

"他们会来的。"孩子说道。

"那好，要是他们不来，你可得跟我走，知道吗？我们不能让你一个人坐在这儿过夜，这是不合法的。说实话，我看你还是跟我走的好。"

"可是，要是我不在这儿，他们会担心的，他们会着急的。所以我必须等着他们，你说是吗？"孩子的声音里充满着焦急和渴望，几乎带着恳求。"爸爸妈妈让我等着他们，别到处走。"

兰肯开始感到自己要发火了。"这么说吧——你到底是从哪儿来的？"

孩子没有回答。

兰肯这时心里有一种令人不快的想法：难道这孩子是被抛弃的吗？在这个地方发生这种事可不是头一次了——父母把孩子留在这个公共场所，让孩子在这儿等着，而他们自己则趁机悄悄溜掉了。

"他们会来的。"孩子再一次说道。听得出来，他的声音不是固执，而是坚信不疑。

"你跟我一起等着吗？"孩子问道，"啊，那可好了，我要让你看看我们的船。"

"船!"兰肯惊奇地喊道。"可是离这里最近的港口也有一英里远呢!你的父母他们怎么办呢——难道在公园的池塘里抛锚吗?"

孩子笑了,似乎明白兰肯困惑不解的原因。兰肯见了不由心想:这孩子头一次表现出同普通孩子一样的性情。他不禁端详着孩子的小脸,感到他笑起来像一朵花。不管他是谁,也不管他从哪儿来,反正这孩子没有病。他开始感到安心了,可忽然又有些生气。说不定他真是一个聪明的喜欢恶作剧的小家伙。听孩子说了下面的话以后更觉得他这种估计没错。

世界著名科幻故事精华

"我是说'星船',"他说,"这是一只会飞的船。它已经绕着你们的行星做了好几次侦察飞行了。"

"我们的行星?"兰肯惊讶地喘着大气,"这么说你是从另一颗行星上来的喽?"说着,他的困扰突然一股脑儿地消失了。当然喽,没错!他感到真应该责怪自己怎么会一直没往这方面想。科学幻想嘛!近来孩子们都喜欢这东西,故事情节越离奇,孩子们就越喜欢。而这个孩子的脑子里充满了这些玩意儿。可是,在这么个地方、这个时间孤零零一个人来体会一种特殊的幻想意境,未免有些太荒唐。

"好了,我说孩子,"他和善而坚定地说,"科学幻想这套玩意儿我全知道。我明白,看科学幻想小说很有趣——什么宇宙探险和星际旅行,还有从其他行星来的生命什么的——但是笑话毕竟是笑话,再说,这么晚了,还在这儿开这种玩笑也不合适——"

"什么小说?"孩子打断他的话,听得出来,他有些不高兴。"在我们那个行星上可不光是读读这些小说就完了,我们还干了不少事呢!"

"啊,我们这儿也是这样!"兰肯不客气地说,他连想也没想。"我们已经在我们的月亮上着陆好几次了,甚至还考虑在那里建立基地,而且——"他突然又停住不讲了,他为自己刚才的反应而感到吃惊。那不是等于事实上相信这孩子的话了吗?不是正好上了孩子的当了吗?他禁不住有点生气,是为他自己这颗行星有这样的成就而生气呢,还是为这些成就的不足而生气呢?看上去这孩子好像真是从另一个行星上来的,而且是乘着一只星船来的!他想,不如跟着这个孩子，看他个究竟，直到他的父母来了再说。

"这么说来，"兰肯说道，"你是乘着一只星船到这儿来的，是不是，孩子？喔，大概是吧！你看，我怎么原来没想到这一点呢？你乘的星船是一个飞碟，是吧？"他说着笑了笑。"可你看上去却不像是个绿头发绿脸的外星人啊！"

孩子笑起来了，他笑得那样自在，那样欢快。兰肯心想，我只当是在黄昏时分、在快要关门的公园里玩一场打哑谜的游戏吧。

"在我们进行星际旅行以前，"孩子说道，"我们那里也有关于飞碟的说法。可是你知道吗？我们在宇宙飞行方面非常先进。"

"啊，我们也曾经有过那一类飞船。"兰肯兴致勃勃地说，"在星际旅行方面我们也曾经干得很漂亮。"

"真的吗？"孩子的声音和表情显示出对这件事十分感兴趣，"后来怎样呢？你们为什么停止了呢？"

"没有钱了，"兰肯说，"人也成问题。很少有人愿意一辈子坐在一只船里到各个星球去旅行。"

"当然不愿意，"孩子表示同意，"因为你们的飞行速度太慢了，最快也不过跟光的速度一样。我们可没有这个问题。"

"真的没有？"兰肯问道，一面使劲忍住笑，"我想知道你们是怎样克服了那个小小的困难的。"一边说着，一边心里暗自好笑，想不到他自己也善于玩这种游戏了。

"啊，那很简单，"孩子解释说，"我们发现了比光还要快的秘密。"

"可那是不可能的！"兰肯反驳说，这会儿他完全忘记了这是幻想，"你可不能太离谱了，孩子！"

"什么事情都是可能的，"孩子平静地说，"只是等待着我们去发现。"

"去发现比光还快？"兰肯嘲弄地说。

"这是可能的，"孩子重复说："你看我，不是到这儿来了吗？"

兰肯忽然感到黑夜正在包围着他们。他发现这夜色中的公园是那样荒凉、寂静，静得使人不安。他想，够可以的了，他原本不该鼓励这孩子这样胡思乱想。他得把他带回到现实中来，使他正视这样一个事实：天越来越黑、越来越冷了，公园就要关门了，要是他的父母不快点来……

"听着，孩子，"他说道，"探险是有趣的事，而且肯定将来有一天我们还会真的去进行宇宙航行和探险。可是要让我们大伙儿都坐上宇宙飞船，在另一个星球上着陆，坐在另一个世界的什么公园里，那还是许多许多年以后的事。另外——"忽然他眼睛眨了一下，"难道你真的相信，如果有另外的世界，它会跟我们的一模一样吗？有相同的文化、相同的人、相同的城市、相同的警察、相同的公园、图书馆、博物馆……等等一切吗？要是我们什么时候能这样轻而易举地到达别的世界，而且发现那里存在着生命的话——按我们的科学家的看法可能有点希望——那将是别的形式的生命，而不是像我们一样的生命，孩子——不是像你和我这个样子。"

"你说得不对，"孩子和气地说，"我们俩的样子是一样的，不是吗？你现在不正在跟我讲话吗？——你不是也能听懂我的话吗？"

"这么说你真的是从另一个行星上来的喽。是不是，孩子？"兰肯问道。

孩子点了点头。"我的父母在我们那儿的航天军司令部飞行舰队中当头头。"他骄傲地说，"事实上，这次他们并不太希望我到你们这个行星上来，可我还是来了，因为我想成为第一个在你们的世界上着陆的孩子。由于我们已经围绕你们的行星飞了好多次了——看起来这里还很安全、友好——他们就让我来了。"

兰肯认真地点了点头，差点没笑出来。

"不单单是这些，"孩子继续说道，"同时这也是一种策略考虑。"

"啊，策略考虑"！兰肯心想，这么点儿的小孩子就能说出这种复杂的字眼，可真不简单。当然，他一定是把科学幻想里的内容都背下来了，至少是能够做到对答如流。

"你知道，"他接着说，"我觉得最好是先让孩子们在你们这个星球上着陆，这样就不会使居民受到惊吓——当然并不是说有什么令人害怕的东西——我们那里的人对你们并无恶意。"

"那我很高兴。"兰肯郑重地说。

"我为什么第一个到这儿来，还有另一个原因。"

"你是说因为你的父母在'航天军飞行舰队司令部'里身居要职，对吗？"

"不，先生，不是这个原因，"孩子说道。他根本不理会——或者说不知道——兰肯无意识露出的嘲笑口气。"我是唯一经受了充分训练而能够适应你们星球上的条件的孩子。这些条件有各个方面——大气、语言、环境，等等。"

"噢，"兰肯说，"看来你干得十分出色啊。你的外表跟我们相像，说话跟我们相像，而且我想象你思考问题的方式也同我们相像。实际上——"现在他毫不掩饰地笑了——"你就是我们当中的一员。"

孩子点点头表示赞同。"你说得对。现在看来，那些严格的训练有许多是不必要的。你们看上去几乎在各方面都同我们相像——当然，在宇宙飞行技术上还不如我们先进，而且对你们自己的星系以外的银河系还处于比较无知的状态——但是你们仍然可以同我们的人种一样得到进步的。

"你知道，我们多年来一直对你们的星球进行深入的研究。你们这儿的人种有一两个功能是我们也想拥有的，但这并不很重要。你们有许多需要向我们学习的东西，我敢说，要过许多年以后你们才能学会。当然，你们没法到我们那儿去，而我们肯定能够——而且愿意到你们这里来。"

"来侵犯我们吗？"兰肯装出十分警惕的神情问道，一面竭力忍住别笑出声来。

"啊，不是的！"孩子大声说，似乎他感到有点震惊。"不是侵犯，而是友好访问。我们的用意全是友好的。"

"那么你们那颗友好的星球叫什么名字呢，孩子？"

这一来，孩子第一次显出躲躲闪闪的样子。肯定，兰肯心想，他可能还没来得及给他的行星编造出一个合适的名字呢！

"对不起，长官，"孩子终于说话了，"我这次执行的是一桩半秘密性质的使命。虽然我们是作为朋友到这儿来的，我们还是不能泄露出我们星球的名字和位置，以防你们这儿有人会对我们采取不友好的行动。"

兰肯仔细端详着孩子脸上那认真的神情，一双明亮智慧的眼睛闪着兴奋的光芒。他想，他使得这孩子更加着迷了！他开始感到自己刚才不该鼓励他再胡扯下去。"好了，孩子，"他说，"我也有过年轻的时候，但是——"

"你也年轻过吗，长官？"

兰肯瞪了他一眼。"我当然年轻过！"他不客气地说。

"这对我很有启发，"孩子若有所思地说，"我过去一直认为这个星球上的居民一生下来就是这么大。"

真是荒唐到家了！兰肯想。他肯定是一个专门搞恶作剧的小丑！"我说，孩子，"他严厉地说，"开玩笑是开玩笑，可是——"

"是很像玩笑。"孩子说着也笑了。

兰肯如释重负似地叹了口气。这孩子到底承认他是在开玩笑了。

"说正经的，孩子，"兰肯说，"你家住哪儿——我问的是你在这个星球上所居住的地方。"

"可是我不住在这个星球上啊。我跟你说过了。"

"好了，好了，"兰肯烦躁地说，"要是你一定要把这场戏演到底——我看你是在存心和我作对，是不是？你也该从你的科学幻想小说中钻出来了！"

孩子微笑了。"你老是说幻想小说，幻想小说，但这不是幻想小说啊！"他说道。

兰肯什么也没有说，因为他想不出该说什么了。

他只是站在那里，盯着孩子的脸。他本应在一开始就制止这场游戏，而不是鼓励它！他本应在天黑之前就把他带到派出所，带出这个公园。兰肯站了起来。是该结束这场游戏的时候了。

"在你们那里有法律吗，孩子？"

"嗯，有的。每个星球都必须有法律和秩序，不然就无法生活。"孩子一边说着，一边用眼睛扫视那夜色笼罩的天空，好像有些心神不安。

"我很高兴你有这种看法，"兰肯说，"因为这意味着你会乖乖地跟我走，不再争论，也不再耍把戏。这可是真的。你要跟我走，我说孩子——现在就走！"

"跟你走？"孩子转身看着兰肯，吃惊地问道："到哪儿去？"

"到派出所去，——就今晚一宿。我们不能再在这里呆下去了，公园就要关门了——说不定现在已经关了。"

兰肯看了看手表。公园的看门人总是时间一到就关门，有时还提前关门——而不管公园里还有人没有，反正关门是他的职责。而兰肯的职责是进行检查，确保没人留在园内。

孩子异乎寻常地沉默。他再一次昂首望着天空，焦急地扫视着深沉的夜色。兰肯在这温暖的夏夜中不知怎地开始有些颤抖。他还得费点劲弄清这个孩子是从哪儿来的——他的家在哪里，他住在什么地方，不管怎样，他不会没有家。可能有人丢了小孩，而此刻正在寻人。但有一点是很清楚的——他知道他肯定不会从那个地方来！不会来自星球，不会来自他上方的那高寒的世界。

他坚定地转身看着那孩子，而那孩子此刻好像已完全忘了身边还有兰肯。他仰着头，凝神望着那满天的繁星，显出渴望的表情，想家的表情。

兰肯又开始琢磨了。说不定他最初的假设是正确的。难道这孩子的父母真的死了吗？也许他的幻想只是他感情上的一种掩饰，一种用来掩盖悲痛和孤单的方式——一种思想上的寄托、逃遁。兰肯两眼一动不动地紧盯着孩子那稚气的、仰望着的脸庞。忽然，他觉得有些奇怪。他一下坐到长凳上，混身震颤、发抖，可是他的眼睛压根儿不离开孩子的脸。

"他们就要来了，"孩子突然说道，"仔细看，你准能看见！"然后他转过身来正对着兰肯。"刚才跟你的谈话很有趣，长官。我学到了很多东西。我还会来的，其他的人也会来，很多其他人。我喜欢你们的星球。"说着，他又看了看天空。"可是，还是回家好！"

"家在哪儿，孩子？"兰肯温和地问道。

孩子没有回答，他只是凝望着天空，就像没听到兰肯的问话似的。兰肯目不转睛地看着孩子。在夜色中孩子的眼睛像星星一样明亮。

"家在哪儿啊，孩子？"兰肯又问一遍。他的声音颤抖着，就像他的身子一样。

孩子没有回答，他再也没有说话。

这时只见天空里一道闪光，遥远而清楚，一个亮晶晶的东西在静谧的群星中移动着。它光焰四射地滑行着，像是一颗巨大的星球。它越来越低，越来越近，直到停止移动而悬浮在一大片树林的上方。兰肯一时百感交集，刚才说过的话、经过的情景一下子在心里乱成一团。"他们只是悬在半空中——"，孩子说过的——"然后我就被吸起来……"

看，被吸起来了！兰肯屏住呼吸，只见孩子真地腾空而起，双臂紧贴在身子两旁，双脚离地，向上飞起来了，忽而向前，忽而向上，飞向前边的树林上空，忽而向上，忽而向前……

兰肯眼睁睁地看着，忽然孩子的周围泛着光焰，闪光掩没了孩子的身影，兰肯再也看不到他了。树林上方的光焰不见了，天空的光焰不见了，夜色中的光焰不见了，只剩下兰肯了。四周漆黑，他感到从没有这么热过——因为他太激动了。

返回地球的宇宙人

天空已经绿了 21 年，突然，它变成了蓝色。基卡哈眨了眨眼睛，他又回到了家乡。更确切地说，又一次回到了他出生的地球。他曾经在地球上生活过 28 年，然后在他称作梯尔斯世界的小星球上生活了 24 年。现在，他正站在一块伸出来的巨大岩石的阴影下面，感受着来自地球的凉爽的空气。

他高 6 尺 1 寸，重 190 磅，宽肩膀，细腰，大腿结实，红铜色的头发披到了肩上，深黑的眉毛呈弓形，眼睛和叶子一样绿，鼻子直而短，上唇很长，下巴有一道深深的裂口。他穿着一身徒步旅行者的服装，背上背了一个包，手里提了一只黑色的皮箱。他身旁站着一个美貌的女人，她有着一头长长的波浪式的黑发和一对深蓝色的眼睛，皮肤洁白，体态超群。她穿的也是一身徒步旅行者的服装：长统靴，牛仔裤，伐木者穿的、印有方格图案的衬衫，带着一顶长帽舌的便帽，她也背了一个包。

基卡哈吻了一下这个女人，说："你曾经到过许多星球，阿娜娜，但我敢打赌，没有一个比地球更古怪。"

"我以前看见过蓝色的天空"，阿娜娜说："沃尔夫和克丽西斯离开我们有 5 个小时了，钟魔也出发了两个小时，全都在这个大宇宙里消失了。"

基卡哈点点头说："如果我没记错的话，这里该是南加利福尼亚州，沃尔夫和克丽西斯没有理由在这一带逗留，因为这个通道是单行的，他们会离开这里前往最近的双向通道，那是在洛杉矶地区。如果那个通道不存在了，那么最靠近的一个应该在肯塔基或者夏威夷，所以我们知道他们会去什么地方。"他停顿了一下，接着说："至于钟魔，谁知道呢？他可能去了什么地方或者仍然留在附近，他到了一个完全陌生的世界，他对地球上的事情一点也不懂，又不会说任何一种地球语言。""我们不知道他是什么样子，但是我们要找到他，我了解钟魔，"阿娜娜说，"这个家伙不会把钟埋掉，然后，自己远走高飞的。一个钟魔不能离自己的钟太久，他得到处随身携带着它。这是我们认出他来的唯一方法。"

在他们藏身处的下面，约 1000 尺的地方，一条双车道的碎石路弯曲地绕过大山的一侧，然后继续向上盘旋，最后消失在山的另一侧。一辆汽车在道路上行驶。他们观察一下周围的情况，发现远处一片树林中有一群蓝背樫鸟惊叫而起。

基卡哈从口袋中取出一副小双筒望远镜，调节好上面的 3 个刻度盘，然后又取出一个耳机和一端连着插头的细线，将插头插入望远镜一侧的插座。他开始扫视下面的树林。远处的树林突然变得近在咫尺，细小的声音也响亮起来。他看到里面有 4 个人，都带着配有观察器的步枪。他把望远镜递给阿娜娜，说："你认为红妖魔是在地球上唯一的洛尔德人吗？"

阿娜娜边看边说："是的。"

"他一定熟悉这些通道，那么，他会建立某种报警装置，装置一被触动，他就可以发觉。我认为，红妖魔的人正埋伏着等待我们。"

基卡哈的话还没说完，头上就传来一阵呼呼的响声。一架机身透明的直升机盘旋在他们上空，里面坐着3个带步枪的人。这下，他们已无处可藏了，他们不得不使用自己的武器。他们举起手，将手上的戒指对准飞机，一道金黄色的射线击中了飞机，飞机立即冒出火花，裂成两半，掉了下来。

透过望远镜，他们看到树林的人带着愤怒的表情正对着步话机讲话，显然他们正在向上司报告。然而，不知为什么，他们并没有继续对他俩攻击，而是坐上一辆车一溜烟地开走了。

他俩用微型电池给戒指充了电，决定下山。刚走了一段儿，10多辆警车和救护车出现在飞机摔碎的现场。这一下又提醒了基卡哈：他俩除了要躲避红妖魔和他的手下之外，还要防备警察。因为一旦让警察抓住，他和阿娜娜将无法证明自己的身份。警察当然没有阿娜娜的任何记录，但是如果留下他们的指纹，就会发现很多事情将难以解释。警察会很快查明他就是保罗·贾那斯·花讷甘，1918年出生于印第安纳州，第二次世界大战中曾在第八军的坦克部队服役，1946年在印第安纳大学上学时，从布鲁明敦一个大厦的房间里神秘地失踪了，从此再也没有露过面。他当然可以自称有健忘的毛病，但又怎么解释按照年月顺序，他应该是52岁。为什么生理上还只有25岁呢？同时，又怎么解释背包里的特殊仪器呢？

于是，他们避开了警车，来到了公路上。先后拦了几辆车，也没有停下来的。这时后面来了20多辆大型摩托车，骑手全是奇形怪状的青年男女，大多是黑色的衣服和很脏的白色T恤衫，上面写着："撒旦的小丑"。最后面的几个人见阿娜娜长得漂亮，就停下来想把阿娜娜带走。当然，尽管这些人手里都拿着各种武器，但还是被阿娜娜的戒指打得失去了知觉。他俩留下了一辆摩托车，把剩下的全部推下山坡。接着，他俩骑上摩托，驰往洛杉矶。

对于这条路，基卡哈很熟悉。看着两边的景色，他又想起了往事。他在德国第八军服役的时候，曾在当地一个博物院废墟上找过一个坚硬的有银色光泽的月牙形金属块，他把它带回了布鲁明敦。

一个晚上，出现了一名叫范那克斯的人，他愿意出一笔巨款购买这块月牙形的物体。基卡哈拒绝了。后半夜，他被惊醒，发现范那克斯破门进入他的房间，范那克斯正在将另一个月牙形金属块和他的这一块拼成一个圆环。他打倒了范那克斯，偶然地进到圆环里面，接着，他知道自己被送到了一个奇怪的地方。两块月牙形物体合起来形成了一个通道，这是洛尔德人将物体从一个星球转送到另一个星球上去的远距离传物装置。

基卡哈被送到一个人造卫星上，这是由一个叫贾达温的洛尔德人首先创建的小星球。但是，贾达温在他的星球中呆的时间不长，便被别的洛尔德人首领强行逐出，驱赶到地球上。贾达温丧失了记忆力，他变成了罗伯特·沃尔夫。后来，经过一系列的历险，沃尔夫回到了自己的星球，逐渐恢复了记忆力。他重新得到了统治权，和他的情侣克丽西斯一道过着安定的生活。

最近，沃尔夫和克丽西斯神秘地失踪了。这很可能是别的星球上某些洛尔德人统治者的阴谋。基卡哈偶然碰到了阿娜娜，她和另外两个洛尔德人一道，正从黑色钟魔那里逃出来。钟魔本是洛尔德人生物实验室里创造出来的一种装置，当把精神从一个人的肉体中传送到另一个人的肉体中时，可用它来贮存洛尔德人的精神。但是，这些坚不可摧的钟形机械发展成了具有自己智力的实体。他们成功地将自己的意志输送到了洛尔德人的体内。然后发动了一场对洛尔德人的秘密战争。它们终于被揭露出来，于是开始了一场长期激烈的斗争，为的是要将全部钟魔俘获并囚禁在一个特殊制造的星球上。不管用了多少方法，还是有 51 个漏网了，在潜伏了 1000 年之后，它们又进入了人体再度得到了自由。

除了一个以外，全部钟魔都被消灭了。这一个，它的意志存在于一个叫撒布兹的男人的体内，经过通道来到了地球。沃尔夫和克丽西斯回到他们的宫殿时，恰好遇到钟魔们的袭击，他们也利用那个通道逃了出来。

现在，基卡哈和阿娜娜正在寻找沃尔夫和克丽西斯，同时他们也决心搜捕并杀死最后一个黑色钟魔。如果撒布兹得以成功地逃脱，他会抓紧时机制造更多的钟，用来发动一场对地球上人类的秘密战争，接下来，再发展壮大，最终入侵洛尔德人拥有的星球，取代他们的精神，还要占据他们的身体。然而，地球上的人们对钟魔一无所知。基卡哈是知道洛尔德人和他们的小星球存在的唯一的地球人。所以必须找到黑色钟魔撒布兹并且把他处死。

同时，地球上的洛尔德人首领，那个叫做红妖魔的洛尔德人，肯定已经掌握了有5个人经过通道进入了他的领地的情报。但他不会知道他们当中有一个是黑色钟魔。他大概要努力将5个人全部抓住。基卡哈也无法向红妖魔报告黑色钟魔已经在地球上游荡，因为不知道他住在哪里，实际上，一直到几个小时之前，基卡哈还根本不知道地球上有一个洛尔德人。

过了15分钟，前面到了一个小镇，那些"撒旦的小丑"剩下的几个人正在一个牛肉饼摊前喝啤酒。看见了他俩，那些人都骑车来追他们，想替他们的同伙报仇。阿娜娜用戒指射坏他们的摩托车，很快就使他们都撞在了一起。不妙的是，他俩被一辆警车发现了，警车开足马力，闪着红光，一路尖鸣着向他俩追来。没办法，阿娜娜只好用同样的手段使警车横在了路上。他们刚驶出5里路，另一辆警车从前方呼啸而来。基卡哈驶离公路向洼地拐去，想摆脱警车，可是警车还是在后面跟了上来。阿娜娜用戒指使汽车轮胎爆炸，车上的两个警察下来用手枪射击。有一枪虽然打中了摩托车的后胎。他俩只好下车。他俩把两个警察引到一边，然后绕回来开着那辆爆了胎的警车驶出2里路，终于摆脱了警察。

他俩把警车扔到一边，看见一辆大客车从后面驶了过来。车身上写着"魔王和他的坏蛋们"，车厢里尽是些长发蓄胡的青年和浓妆怪发的姑娘，尽管看来挺放荡，但并不像摩托车上那班家伙野蛮。于是他俩决定搭上这辆车去洛杉矶。

他俩招招手，大客车居然停住了。他俩上车之后，发现这是一支摇滚乐队，他们要去波尔城举办音乐会。车上散放着一些乐器，还有化妆室和厕所。车上一共有7个小伙子和3个姑娘。号称魔王的是一个看上去有结核病的高个子青年，头发卷曲，八字胡须，戴一副大眼镜，还带了一副耳环。他介绍说他叫鲍姆，基卡哈则告诉他叫芬讷甘，阿娜娜是他的妻子。鲍姆垂涎阿娜娜的美貌，想用钱和他交换她。基卡哈忽然想到在地球上没有钱是很不方便的，于是就开了 1500 美元的价格——条件是假如阿娜娜同意的话。这位魔王自信心十足地把钱给了基卡哈，他大概从没尝过被女人拒绝的滋味。

基卡哈注意到，有一辆林肯式黑色大型汽车始终在跟着他们。到了市区，他们先在一个牛肉饼摊停了车，吃了点东西，然后，鲍姆走过来让基卡哈滚开，这时，阿娜娜走过来，微笑着给鲍姆一记响亮的耳光，这位魔王一下就躺到了地上。然后，他俩快速向旁边的小巷跑去。

基卡哈回头看到，林肯车上下来 3 个人，也向他们跑来。这时，基卡哈忽然想到：为什么非得找红妖魔呢？如果先抓住为他工作的人……于是，他俩不再跑了，而是步行。过了两条街，他俩回头一看，那 3 个人已经坐进了林肯车，尾随着他们。他们忽然停下，转身对车里的人笑笑。那 3 个人下了车，手插在外套的口袋里，向他俩走来。

这时马路上突然响起警车的尖啸声，一辆警车从远处驶来。那 3 个人虽然不清楚警车是否冲他们而来，但还是掉头向林肯车走回。基卡哈看见他们害怕警车，便和阿娜娜紧跟在他们后面。他俩分别用戒指抵住一个年龄大的人和一个金黄色乱发青年的背后，示意他们别乱动。接着他俩放走了余下的人，只夹着那个年龄大的往前走——因为这个城市实在没有他俩熟悉或认为可靠的地方，他俩只好边走边审问。这人看起来又粗野又强壮，大约 50 岁，有深深的灰黄色皮肤，棕色的眼睛，大鹰钩鼻子，厚嘴唇，大下巴。基卡哈问他的名字，他咆哮着说："马查林"，除此之外，基卡哈再也问不出什么有价值的情况。他回头看见林肯车还在徐徐地跟着他俩，忽然想到，也许那些人愿意带他到他们的头头那。没想到那几个人紧张之极，都拔出手枪等待着他俩。尽管他俩用射线把那些人都打晕了，但有个人的枪还是不由自主地响了一声。他俩怕引起行人和警察的注意，迅速离开了现场。

基卡哈忽然想到报纸上有汽车旅馆的广告，便和阿娜娜一起坐出租车来到了一家汽车旅馆。汽车旅馆一般是嬉皮士们的聚集地，所以像他俩这样不易引起怀疑。他俩订了一个房间，然后仔细查看了从马查林身上搜出来的皮夹子。里面除了一些钱和几张照片，还有一张纸上写满了姓名的大写字母和电话号码。通过查对，基卡哈巧妙地知道了他的头头应该是一个叫坎布宁的人，他打电话到电视台和报社，又查到了坎布宁的详细住址。

到了晚上，基卡哈决定先去那儿侦察一下。坎布宁的住所是一幢很大的3层木结构房屋，整个院子都用高高的砖墙围住。基卡哈查看了一番，猜想坎布宁不会是红妖魔，很可能是个下属，因为地球上的洛尔德人首领会住在一个真正豪华的住所内，并且周围一定有严密的监视和防卫。

他跳进墙去，靠近了房屋，正准备仔细查看，忽然听见屋里一阵电话铃响，他用自己的仪器一监听，好像是有人命令那些人去袭击他和阿娜娜。接着他看到8个人从屋里出来，分乘两辆车走了。其中就有白天盯他俩梢的、林肯车里的那几个人。

等那些人走后，基卡哈急忙潜入房子，用电话通知阿娜娜赶快离开。他打完电话，刚转过身，发现有个大汉正从楼上下来，手里的枪正对着他。他用戒指把大汉打晕，发现楼上还有一个女人，她是坎布宁的妻子。基卡哈从她那里问不到谁是坎布宁的上司，把那个大汉弄醒，他也同样不知道。

他灵机一动，拿起电话，拨响了通往阿娜娜房间的号码。当坎布宁在电话的那一端答话时，他并不感到惊奇。“坎布宁，”他说，“我就是那个你奉命要追踪的人。现在听我讲完，因为这个消息对你的大头头很有用，你告诉他，一个黑色钟魔从贾达温星球得到了自由。这个钟魔就在这个地区，可能是昨天来到这里的。”

一阵静寂之后，坎布宁说：“听着，头头知道你逃掉了。不过他让我有机会就告诉你，你应该露面，头头不会伤害你，他只想和你谈谈。”

“你也许是对的，”基卡哈说，“但是我无法抓住这个机会。你告诉你的头头，我不是一定要说服他，我不是一个洛尔德人，我只是在寻找另一个洛尔德人和他的妻子，我们是为了捕杀钟魔才到这个世界来的。其实，我可以告诉你这个洛尔德人是谁，他就是贾达温。你的头头也许记得他。贾达温已经不像以前了，他没有兴趣向你的头头挑战。他什么都不在乎，他唯一的希望是回到自己的星球上去。明天中午前后我打电话到你家里，所以你有充分的时间把我说的事情转达给你的头头。我将打电话到你家，你的头头也许愿意等在那里，以便直接和我交谈。"

然后，他不等对方回话，就挂断了电话。走的时候，他顺便开走了坎布宁妻子的汽车。

在旅馆的后面，他把阿娜娜接上车，然后他们来到另一家离这远些的汽车旅馆。

第二天醒来后，基卡哈先打电话给《洛杉矶时报》广告部，刊登了一条寻人启事。中午的时候，他打电话给坎布宁。坎布宁立即回话，好像他一直等在电话机旁。他告诉基卡哈，已经把话传给了头头，头头希望和他见一面，地点由基卡哈来选。

为了防备不测，基卡哈把地点定在美术馆，那里人多，视野开阔，一旦有什么事，可以迅速离开。他先把车停在美术馆的拐角处，再让阿娜娜扮成画速写的画家坐在一边，然后他从另一边坐出租车来到美术馆门前并让司机在一旁等着。

过了片刻，一辆罗尔罗伊斯大汽车驶来。车上下来两个人，一个是他见过的年轻人，一个是50岁左右的男人，他穿一套生意人的衣服，戴了墨镜和一顶帽子。基卡哈确信他不是红妖魔，因为一个洛尔德人，即使到20000岁，看上去却不会超过30岁。这时，他的耳机里也响起了阿娜娜的声音："这个人不是红妖魔。"他向周围看看，发现四周至少有7个人是他们的人。

那两个人走到他的面前，年老的男人介绍说他叫克勒斯特。基卡哈确信克勒斯特的身上有一种装置，不管在什么地方，都能够将谈话直接传送给洛尔德人首领。于是他用洛尔德语说："红妖魔！我不是一个洛尔德人，而是找到了去贾达温星球的通道的一个地球人。现在回到地球，为的是追捕钟魔，我没有留在这里的念头。我仅仅希望杀死钟魔后，再回到收养我的星球去，我对你们没有丝毫敌意。"

克勒斯特先是感到很迷惑，突然又感到惊慌失色。显然是他接到了指示。他说："我受权对你实行赦免，马上和我们一道走，我将

世界著名科幻故事精华

第一卷

把你介绍给你想要见的人。"

"不，"基卡哈说，"现在我还没有理由相信他，只是在追捕钟魔这件事上，我愿意同他合作。"他接着说："告诉你们我们只来两个人，可是你们却来了这么多，难道是想绑架我吗？如果你的头头希望得到我的帮助，就必须保证给我留一条回去的通路。"他意识到应该打消红妖魔一心想抓住他们的念头。"告诉你们的头，"他故意夸大说，"在地球上，另外有 4 个洛尔德人。除了钟魔，我们当中没有一个人打算伤害他，我们只要杀死钟魔，就马上离开这个星球。"接着他用洛尔德语说："红妖魔，你大概没有忘记，每一个洛尔德人的头脑中都装置了仪器，当洛尔德人靠近了钟魔的金属小钟时，报警器就会在头脑中鸣响。4 个洛尔德人一道去寻找钟魔，找到他的机会会大得多！"

克勒斯特和主子联系后，说："他怎么知道你不是钟魔？""要是我是钟魔，为什么要和你们接触，让你们知道有一个危险的敌人正在你们的星球上游荡？"

基卡哈刚说完，就听见耳边传来阿娜娜的声音："他们正在包围你，正慢慢地向你靠拢"。他的目光越过克勒斯特，看见草地的另一边停着一辆车，坎布宁正坐在里面——他见过坎布宁的照片。他正思忖着离开的办法，忽然看见克勒斯特的手正慢慢伸进外套，他刚想动手，却见克勒斯特拿出一只钢笔和一个本子，说："我写下这个号码，你好打电话，还有……"突然，克勒斯特将钢笔对准了他，虽然他动作敏捷地跳开，但是，射线还是触到了他的肩部，使他猛地跌在了地上。

原来，那是一只射线发射器。与此同时，他看见克勒斯特也仰面摔在他的后面，因为阿娜娜对他发动了进攻。基卡哈感到肩头很痛，但还是迅速起来，捡起了那支钢笔。接着他俩用射线打倒了那些向他俩靠拢的人。他俩快速穿过马路，从背后向坎布宁的汽车跑去。

坎布宁正站在汽车旁，等得着急，忽然感到一件东西触到了脊背，同时他听到了基卡哈的声音。他只有按照命令坐到前面的位置，基卡哈和阿娜娜则迅速进入后面的座位。过了 30 秒钟，有两个人扶着克勒斯特来到车旁，基卡哈打开后门用钢笔对着他们说："把克勒斯特放进前面的座位。"那两个人只好照办。基卡哈坐到司机的位置，汽车在刺耳的声音中冲向马路。

阿娜娜伸手从克勒斯特的耳朵后面取出收发两用机。这是一个金属圆盘，薄如一张邮票，大小如一角钱的银币。她把它放在自己的耳后，又摘下克勒斯特的手表，戴在自己的腕上。忽然间，阿娜娜觉得透不过气来，她以为是坎布宁在攻击她，她用肘部一顶，发现坎布宁已经人事不省了。她仔细一看，坎布宁已经死了。基卡哈把车停在路边，看见坎布宁的手表和耳朵后面都有一个棕蓝色斑点。他赶紧让阿娜娜扔掉克勒斯特的收发机。

阿娜娜无意中救了克勒斯特的命。克勒斯特终于说出了他所知道的一切。他的顶头上司叫罗里尼，住在贝弗莉山，但是克勒斯特从没有到过他家，只是从电话里接受指示。

根据克勒斯特的描述，基卡哈断定罗里尼也不是红妖魔。怎样才能引出红妖魔呢？基卡哈决定造一只钟，假扮钟魔，引出红妖魔。这时，他发现下面有警察在查看他们用过的那辆汽车后面的牌照，知道警察又跟踪而来，便和阿娜娜迅速收拾好东西，离开了旅馆。

他俩乘出租车来到洛杉矶，找到一个三流旅馆住下。他俩来到街上，买了一些日用品和一把漂亮的小刀，还理了发，基卡哈把头发染成深褐色，而阿娜娜则把头发染成玉米一样的黄颜色。他们又到金属制造工匠那，订做了一个钟。基卡哈又把那只黑皮箱——里面装着夏姆巴里门喇叭，寄存起来。最后，他俩到马路对面的一家小啤酒店喝啤酒。

阿娜娜向他详细地介绍了有关红妖魔的情况。她说红妖魔是她的舅父，他在15000地球年以前，单身离开了自己出生的星球，那是在她诞生5000年以前。在她大约15岁时，他回到过星球一次。虽然现在记不太清他的长相，但是如果见面她肯定会认出他。她还说基卡哈也许是他的儿子，因为他的眼睛和基卡哈一样，都是一种罕见的草绿色。她说，红妖魔是洛尔德人中的一个恐怖人物，他成功地入侵了至少10个洛尔德人首领统治的星球，并且征服了他们。当他入侵她的姐姐瓦拉的星球时，受了重伤。红妖魔是一个足智多谋、势力极大的人，但是，她的姐姐瓦拉兼有眼镜蛇和老虎的全部特征，也很厉害，结果两人都没得到便宜。红妖魔逃到地球上。地球是他离开自己出生的星球之后创造的第一个星球。——这让基卡哈惊讶不已，他一直坚信地球是一个天然的星球，虽然他亲眼见过洛尔德人创造的星球。

这时，他俩发现相继来了两辆警车，警察都进了旅馆，而且，他俩还在酒店的电视上看到了有关他俩的通缉令——当然还有根据证人的描述拼成的他俩的照片。基卡哈说："不管警察是从红妖魔那里得到了情报，还是由于克勒斯特的原因来检查我们，反正都一样，警察正在追捕我们，红妖魔已取得了优势。只要他继续逼迫我们，我们就不打算和他打交道。"幸好，旅馆里并没有什么东西，戒指、钢笔射线发射器、耳朵接收机、手腕精密记时计兼收发两用机，还有钱，都带在身边，而箱子，也存在别处，他们可以不必再回到旅馆。

他俩来金属制造工匠那，取出了订做的钟，——一只足可以乱真的钟。然后，他们步行穿过麦克阿瑟公园。公园里除了街头演说者外，还有一些酒鬼、嬉皮士。在不远处一张水泥长凳上，坐着两个面孔粗糙的酒鬼和一个年轻人。这个小伙子身体结实，披着肮脏的金黄色头发，胡须大约有两三天未刮，他的衣服比酒鬼的还要脏和破。一个一尺见方的纸板盒放在他的身旁。阿娜娜突然变得皮肤苍白，眼睛睁得大大的，她抓住自己的喉咙，尖叫起来。报警器在她头脑里响起来。自从10000年以前，她成为一个成年人以后，就带上了这个报警器，它是能够对恐怖事物作出可靠反应的装置。——这个人就是钟魔！金黄色头发的年轻人跳了起来，抓起纸板盒就跑。基卡哈在后面紧追不舍。真是不可思议，基卡哈本来想在公园里这种人多的场合利用假钟制造一些混乱和新闻，好引出红妖魔来，没想到却碰上了真的钟魔。

基卡哈边跑边拿出钢笔射线发射器，向钟魔的后背射去，钟魔一下闪过，同时，用一个黑色的细长物体，指向基卡哈，基卡哈向旁一闪，一道白色的闪光击中了他手里的帽盒，盒子和刚做好的钟顿时裂成两半，在落地之前，都变成了灰烬。他们扑倒在地对射一阵后，阿娜娜也前来助阵。钟魔站起来又跑。

　　这时，有不少人向他们跑来，其中还有两个警察。钟魔翻过了一座陡坡，跑到了下面的公路上，接着响起了一阵枪声。基卡哈和阿娜娜跑过去一看，钟魔仰面朝天倒在马路中间，他身旁有一辆黑色的大林肯车，有几个人正在抓起钟魔将他装上汽车，其中一个人就是克勒斯特。他俩赶紧向汽车跑去，但是那几个人把一瘸一拐的钟魔推上汽车，就开车逃走了。基卡哈瞄准汽车，希望一下就能射中轮胎，可是，他按了几下，什么也没有发生，原来射线发射器里的能量用完了。这时，后面的警察叫喊着追了上来，他们只好再次逃跑。

　　他俩坐了20多分钟的出租车，来到另一家汽车旅馆。他俩来到房间，洗了澡，打开一份当天的《洛杉矶时报》，"哎呀！"基卡哈喊了起来，"这是一件令人愉快的事情！我没想到它真起了作用！不过他是一只狡猾的老狐狸，这个沃尔夫！他想的和我一样！看吧，阿娜娜！"阿娜娜接过报纸，只见寻人栏上登着："罗瓦卡斯少年，祝你获得成功。斯塔兹、威尔谢和圣维森特。下午9时。C致意。"他俩高兴得在房间里跳起了舞。"我们成功了！一时我们汇合在一起，就再也没有什么力量可以阻挡我们！"

　　他俩打开电视，里面的消息并不太妙：警察先生发现克勒斯特被捆绑在旅馆，接着又发现坎布宁的尸体，同时，他的汽车也被盗。有趣的是，警察查出嫌疑犯的指纹就是24年前失踪的芬讷甘的，按理他今年52岁，可是目击者却证明嫌疑犯不过25岁！此外，他还被鉴定和公园里的一个神秘的追捕者有关。

　　基卡哈耸耸肩说："我们的处境很糟糕，但愿旅馆经理没有看到这个节目。"

　　8点半钟到了，他俩简单地收拾了一下，他俩要在9点钟赶到威尔谢和圣维森特大街的斯塔兹饭店去会见沃尔夫。他俩提前来到饭店，查看了一下周围，里面没有沃尔夫和克丽西斯。他俩站到饭店对面的一个服装陈列窗前，这里可以清楚地看见进出饭店的每一个人。可是，半个小时过去了，还是不见沃尔夫和克丽西斯的影子。

　　他俩感到饿了，阿娜娜就去斜对面的一家饭店买些吃的。5分

世界著名科幻故事精华　第一卷

钟后，她拿了一个白色的大纸袋开始往回走，过马路的时候，一辆汽车突然在她的面前停下来，里面下来了两个人，拦住了阿娜娜，阿娜娜突然扔下纸袋倒了下去。基卡哈立刻向阿娜娜奔去。但是车里有人向他发射射线——虽然他没被打中，但他能看见。他赶紧趴下，等他起来准备还击时，汽车已经载着阿娜娜跑远了。

这时，后面跑来两个警察，一边喊一边向空中放枪，基卡哈赶紧跑开。等他躲过了警察再次回到斯塔兹饭店时，早已过了约会的时间，沃尔夫和克丽西斯毫无踪影。他回到旅馆，发现下面已停了一辆警车，他只得再次离开。

他猛然间想到：如果红妖魔给阿娜娜服一种药，那么阿娜娜就会说出一切，那么夏姆巴里门的喇叭的贮存处就会被红妖魔知道。他赶紧坐出租车去把箱子取出，又换了一个贮存处，并且把钥匙放在旁边的一棵树的树洞里。现在，他考虑了一下自己的处境：钟魔的问题是解决了，是基卡哈还是红妖魔杀死他已无关紧要。红妖魔现在已把他所有的敌人都掌握在手中——沃尔夫和克丽西斯也许早已成了他的囚犯。在这之前，红妖魔首先考虑的是钟魔，没有拿出所有的精力对付基卡哈，而现在，他可以全力对付最后这个不肯投降的人了。

基卡哈努力使自己平静下来，他意识到他应该千方百计把红妖魔找到。他打电话给坎布宁的妻子，明确表示要见最大的头头。也许红妖魔对此早有预料，不久，他的电话就接通了。从那洪亮而深沉的声音，基卡哈断定这是真正的红妖魔。红妖魔说："芬讷甘！我抓到了你的朋友沃尔夫和克丽西斯，还有你的情人，我的外甥女阿娜娜。他们都很好。到目前为止，还不曾受到伤害。我让他们服了药，说出了所知道的一切。我不久要杀死他们。当然，这还取决于你，不知道你是否愿意做一次交易，如果交易成功了，我就让他们和你一起回到贾达温星球。""你说吧。"基卡哈说。"第一，你要把夏姆巴里门的喇叭交给我！"——基卡哈早就知道他会提这个条件。

喇叭在所有的星球中间不仅是独一无二的，而且是洛尔德人最珍贵的物品。这是现存的全体洛尔德人传说中的祖先所创造的。它在通道之间有一种独特的作用，可以单独地使用。喇叭的音调按照特有的由密码译成的一组乐句进行吹奏，当喇叭吹响的时候，星球之间一条短暂的通路就会打开。共鸣位置处于两个星球之间的通路上，可是这些星球的位置永远不会变动。因而，如果一个洛尔德人使用喇叭的时候，不知道共鸣位置会引导他去什么地方，那么，不管愿意不愿意，他将发现自己到了另外一侧别的一个星球上。基卡哈知道在地球上的 4 个地方吹奏喇叭，可以保证打开通向梯尔斯世界的道路，一个是在南加利福尼亚他们来的那地方，一个在肯塔基州，但这条通道需要沃尔夫带路。另一个在布鲁明敦他以前的住所中，第四个在亚利桑那州一个房屋的密室内。

红妖魔这时在电话那边已经等得不耐烦了，基卡哈说："答应，暂时答应！你另外的条件是什么？"

"我只剩下一个条件！"红妖魔停了一下说，"你和别人首先帮助我抓住钟魔！"这使基卡哈感到震惊。这样看来，钟魔要么被红妖魔手下抓住，然后又跑了，要么是别的什么人俘获了他。——这个人只可能是另一个洛尔德人。当然，也可能是另一个钟魔。想到这里，他感到有些紧张。

"你要我做什么？"他问。

"你现在尽快去坎布宁家，我的手下会带你到这来。"红妖魔说。

"好吧。"基卡哈一边回答，一边警惕地看着电话亭外面的情况。

他看见不远处有一辆黑色的卡迪勒克汽车。一个人在车上坐了一会儿，看看手表，然后打开车门，朝电话亭慢慢走来。突然，他拔出一支手枪，对准了基卡哈。基卡哈已无处可躲。

等到他恢复了知觉，发现自己被铁链锁在一个房间内，一个大个子男人正在看着他。大个子介绍自己是真正的红妖魔，而以前跟基卡哈打交道的是另一个洛尔德人，名字叫厄尔索纳，他曾经是雪夫亭星球的统治者，后来被瓦拉赶走，逃到地球上，袭击并打败了红妖魔，做了地球的统治者。而红妖魔则进入隐蔽状态。现在，沃尔夫他们都在厄尔索纳手里，厄尔索纳现在住在红妖魔以前的宫殿里。红妖魔想和基卡哈联手，共同除去厄乐索纳。基卡哈同意了。

可是还没等出发，钟魔就来进攻他们了。红妖魔通过通道仓皇逃遁，而基卡哈则决心和钟魔大干一场。

他找到了一把射线手枪和一把匕首。跟踪并来到了钟魔的住所——火星上的一所住宅，火星上的动物和植物让他感到奇怪。他悄悄地潜伏在钟魔房间里的一个大水池中，睡莲的大叶子为他作了很好的掩护。钟魔走进来了，他举起射线手枪，瞄准了钟魔。可是，突然，他的腿上像有什么东西刺了一下，巨痛使他大叫起来，他一下沉到水里，射线手枪也掉了。在充满光线的水中，他看到原来是一种青蛙的奇怪动物咬了他一口，血从伤口里不断涌出来。钟魔肯定听到了喊声，也许正在上面拿着枪等着他。然而他必须要浮上来——他小心地浮出水面，钟魔却不见了。

他爬上来，用衬衫包扎一下伤口，拿出匕首——他唯一的武器，来到隔壁房间。

不知不觉中，他又经过一个通道来到一个星球。他进入一个奇怪的昏暗的大房间，四周环绕一条过道，中间是一个盛满银灰色金属液体的大池子，池子中央是个似乎用石头堆成的小岛，小岛的上面有个大金属环。

这时，钟魔带着他的钟走过来，他的钟悬浮着先飘进了房间，基卡哈一下把门关上，使钟魔和钟分开。钟魔很吃惊，不知道袭击他的人有多少，带什么武器，所以没敢贸然闯入——这给基卡哈留了许多时间。尽管钟魔在外面用射线想把房子烧成灰烬，基卡哈还是利用这段时间带着钟游到了小岛的中央。他断定那个金属环一定是个通道。他先把钟放了进去，可是却传来一声爆炸，钟被炸了回来。这时钟魔拿着射线发射器冲了进来，基卡哈别无选择，一纵身就跳进了金属环内。

他感到正在下落，上面是一片蔚蓝色的天空。忽然一根细棒横在他的面前，他赶紧伸手抓住。他发现细棒是架在两端悬崖上的金属支柱上，于是便一点一点移到悬崖上。过了一会儿，他发现有一支腿伸在空中进行试探——是钟魔！基卡哈迅速拔出匕首。几秒钟后，钟魔阴森而紧张的面孔出现在空中。基卡哈使劲把匕首掷向那张脸，居然一下正中太阳穴。钟魔惨叫一声，坠落下去。

现在，基卡哈要考虑自己如何离开这里。他发现支柱下面有4个铁圈。他就一个个去试探，结果，他经过一个通道来到了厄尔索纳庄园的一个房间。

厄尔索纳知道钟魔已被杀死，显得很高兴。他证实沃尔夫他们都在他手上，并让他们和基卡哈通了话。但他说释放他们的条件是让基卡哈抓住红妖魔。基卡哈假装答应了。

他出去后先把喇叭取出来，又搞到了射线发射器，然后，他来到红妖魔的住宅，找到了那个有通道的房间。他不停地吹奏喇叭，墙壁就一次次打开，呈现不同的通道：第一次是光线暗淡的房间，第二次是另一个星球上的绿色景象，第三次是一条过道，过道尽头有一扇门。他选择了第三个，走了进去。

他推开那扇门，惊奇地发现阿娜娜正坐在里面看书。他欣喜若狂，跑过去拥抱阿娜娜。在接触到她的一瞬间，基卡哈忽然感到手上和脸上剧烈地疼起来，似乎是受到硫酸的侵蚀。他马上意识到这是一个骗局，他推开阿娜娜，自己也倒在了地上。与此同时，他拔出射线发射器，向她射出了最强功率的射线。她先被切成两半，继而燃烧，最后化成一堆纤维。

他马上吹响喇叭回到那个房间。他先找了些药涂在烧伤的嘴、鼻子和手上，然后对着另一面墙壁又吹响了喇叭。这回第一个通道是通往一个紫色的星球，第二个通道依然是一个过道，尽头是一扇门。基卡哈又选择了这个通道。结果又发现一个阿娜娜坐在房间里。基卡哈轻柔地喊了一声，阿娜娜跳了起来，像第一个一样，她眼里流出了泪水，脸上露出美丽的笑容，张开双臂向他扑来。基卡哈马上拔出射线发射器，喝令她站住，并给他唱那首据说传了10000年的摇篮曲，这曲子是阿娜娜的妈妈教她唱的，别人不可能复制出来。阿娜娜先是很困惑，但还是张嘴唱了起来。基卡哈一下把她抱在怀里，两人都激动地哭了。

但是，还要找到沃尔夫和克丽西斯。阿娜娜找来一个钢笔射线发射器，他俩又一次吹响了喇叭。这次出现了一个豪华的大房间，还没等他们决定是否进去，那边却有人正推着一个圆筒形物体向这边走来。从那人的头发来看可能是红妖魔。基卡哈没有发射射线，他的直觉感到那个圆筒里装满了炸药。于是他和阿娜娜迅速跑出了楼房。在街道的拐角处，他看见一辆大轿车入了他们刚离开的楼房，车上有厄尔索纳。过了一会儿，巨大的爆炸声音和汽浪袭击了这个地区，人们从来也没有见过如此巨大的爆炸。基卡哈不知道红妖魔和厄尔索纳会怎么样，但是他知道自己现在应该去解救沃尔夫和克丽西斯了。

于是，他和阿娜娜乘车来到了厄尔索纳的庄园。在楼下的一个大密室里，喇叭的吹奏终于产生了效果，墙上出现了通往另一个星球的通道。这时，外面来了许多人，他俩毫无选择地跳了进去。结果，他俩意外地来到了阿娜娜出生的星球，洛尔德人的发祥地。

尽管阿娜娜兴高采烈，但基卡哈却感觉有什么不对。他俩吃了点东西，又休息了一会儿，基卡哈带着弓和箭，阿娜娜拿着射线发射器，他俩前往阿娜娜记忆中的地方去寻找通道。

在路过一片森林的时候，阿娜娜忽然看见一个人影一闪，她认定那是红妖魔。基卡哈和阿娜娜从两边向红妖魔藏身的地方包抄过去。这时忽然一只硕大无比的黑狼向阿娜娜藏身的方向奔去，黑狼背上的毛正在燃烧，显然是射线发射器造成的。——显然，还有另外的人躲在这里。这时，基卡哈看见一个身穿黑衣服的家伙正准备偷袭阿娜娜，他急忙一箭把那个家伙射倒。同时，基卡哈看见一个高大的人躲在树后正用射线发射器瞄准自己，他急忙闪到树后，射线切断了他头上的树干，树枝向他砸下来。他向旁边一跳，还是没有躲开，他感到眼前一黑，就昏了过去。

等他醒来，发现自己被压在树下，不能动弹，而红妖魔正满面笑容地看着他。红妖魔正在得意洋洋，忽然觉得后背被东西顶住，原来阿娜娜从后面悄悄靠近，夺下了红妖魔的射线发射器。红妖魔被迫从树枝下把基卡哈扶出来，基卡哈已经受伤。他们准备用基卡哈的喇叭离开这里。忽然，厄尔索纳出现在树林里，他破坏了阿娜娜的射线发射器，命令他们前往附近的一个通道，——他在通道里设计了陷阱。

基卡哈假装摔倒，并让阿娜娜吹响了喇叭，没想到，他们一下进入了厄尔索纳的星球——雪夫亭星球。厄尔索纳没有想到他们有喇叭，他随后也进入星球。红妖魔和厄尔索纳搏斗起来，阿娜娜乘机得到了厄尔索纳的射线发射器，她让红妖魔回到了地球，让厄尔索纳留在雪夫亭星球，救出了沃尔夫和克丽西斯——他们就被厄尔索纳囚禁在雪夫亭星球上。然后，他们4个人：阿娜娜、基卡哈、沃尔夫和克丽西斯一起返回了贾达温星球上。

空中岛

今天晚上是最后一次比赛，了解空间和火箭知识最多的人将成为得奖的人。当主考官拿出两张飞机的照片让男孩们辨认时，只有我正确地答了出来。这样，我当然赢了。

"很好，罗伊，"主考官说，"你是优胜者了，你知道，一等奖获得者可以到世界上任何一个国家去旅游。你喜欢到哪儿去啊？"所有的电视观众都在等着听我的回答。

"我要到中心站去。"我说。

主考官吃了一惊："我很抱歉，罗伊。规定上说的是，你可以到地球上任何地方去。"

"我已经仔细地读过了规定，"我回答道，"那些规定并没有说'地球上任何地方'，而是说可以到'地球的任何部分'。这是有很大区别的。"

"你这是什么意思？"主考官问。

"法律规定，中心站是地球的一部分，因为中心站离地球不到1000英里远。空间中的任何东西，只要离地球不到1000英里远，就是地球的一部分。"我回答道。

主考官惊奇地凝视着我："这是你爸爸告诉你的吗？"

"不是。"我说。

"好吧，"他说，"现在节目结束了，以后我再通知你能否去中心站。"

主考官说对了，我自己是想不出这种回答来的，是我叔叔给我出的主意。他发现了规定中的那个疏漏之处，并告诉我，电视公司是会让我到中心站去的。我已经16岁了，我非常想去中心站旅行。

一个星期之后，我收到电视公司一封信。信里说，他们对我正确地研读了那些条文表示赞赏，他们同意我去中心站旅行，并为我支付一切费用。我多么兴奋！没多久我就可以在空间旅行了，在高高的天空中，在许多星星之间旅行。

几天后，我乘飞机飞往纽约体检。医生把我放在一只箱子里，让箱子转得飞快，当我从箱子里出来的时候，我觉得站也站不起来。进行最后一项测验时，医生在我的头上装了许多金属导线，把我带进了一间狭小的暗室。这间房间的另一头的门是关着的。

"听好，罗伊，"医生说，"你就站在这儿，如果有人对你说话，你就按他说的去做。"他离开了。我站在黑暗中，什么也看不见。头上的金属导线把我的大脑活动报告给医生。突然，有人说："请你走过前面的那扇门，然后停下来。"

我向前走过了那扇门。突然电灯一下子亮了。看到眼睛的景象，我禁不住惊叫起来。

我看见我飘在一间房子的天花板上，一个人走进了房间，坐在桌子旁，朝上看了我一眼。我很快就想到，这一定是一种幻术。我是站在一间房子里的地板上，看到的是从另一个房间镜子里反映出来的景象。这时，我背后的门拉开了。医生走了进来。

"我们叫你吓了一跳吧？"他笑着问我，"你知道我们是在测验什么吗？"

"你们是在测验我在失重状态下的反应。"我说。

"对了，"他说，"在宇宙空间，你一点重力都没有，你不能在地面上行走，而只能在空中飘浮。好啦，所有的测验你都通过了，你准备好到宇宙中心站去吧。"

我向父母告别，动身去开始我一生中最伟大的探险。

我是飞船里唯一的乘客，因为这是一艘载货飞船。对电视公司来说，这样做费用比较低。当我走进飞船时，飞行员对我笑了一下。

"这么说，你就是有名的罗伊啦。你以前乘过飞船吗？"

"没有。"我说。

我坐了下来，我太激动了。飞行员按了一下开关，伸出两只手臂，在座位上躺了下去。这时，发出了一种很大的噪音，飞船开始抖动起来。突然，我感到好像有人跳到我头顶上。我的身体变得很沉重，两只手臂也抬不起来，呼吸也变得困难了。过了一会儿，我才感到比较舒服一些。我知道，这意味着我们已经脱离了地球的吸引力。我看到飞行员松开了安全带，朝我飘过来。

"我来把你的安全带松开，"他说，"不过要当心，先要抓住东西慢慢地移动，否则你就会飘到上面去，把头撞在天花板上。"

犯了几回错之后，我也能在飞船里四处慢悠悠地飘浮了。我只要自己轻轻一推，上下前后左右，我想要朝哪个方向移动，就能朝哪个方向移动。地球就在我们的下面，我可以清清楚楚地看到几个国家。

"坐下去吧，快要着陆了。"飞行员说。

我坐在舷窗前，在那儿我能看见星星和宇宙中心站。中心站有50多座建筑物，所有的建筑都是圆形的，最大的一座在当中，它们都是由长长的隧道连接在一起的。我可以看到不同形状、不同大小的宇宙飞船以及穿着宇航服的人在飞船外边飘浮着，在上面干活。突然，我听到我们的飞船后面轰隆一声巨响，我吓得跳了起来。飞行员说："别担心，他们已经把一根绳索系到我们的飞船上，就要把我们拖进去了。"

10分钟后，我们到达了中心站。舱门打开了。"记住，慢慢走。"飞行员说，"请抓住我的腰带，我会拉你的。"他从地板上一跳，就跳到空中。我模仿着他的样子做，可是很笨，我下定决心，一定要尽可能快地学会。

"我带你去见多伊尔指挥官，"飞行员说，"他是站上最重要的一个人，以后他会来照顾你的。"

我们见到了多伊尔指挥官。他正坐在写字台后面，他长得很魁伟，看上去样子好像很凶。他的两只手臂又粗又壮，肩膀宽宽的，眼眶上边有一条红色的疤痕。

"这么说，你就是年轻人罗伊了？关于你的事，我们已经听说过不少了。"他说，"好了，从现在起，我会照顾你的。"接着，他问了一些关于我的情况，并不停地记录着。而我这时觉得很沮丧，因为我正在这间房子当中飘来飘去，不知道怎样才能下到地板上来。后来，他说："好了，现在下午的课程刚结束，我要带你去见见孩子们。"

他从地板上拾起一根金属手杖，把自己从椅子上推出来。我差一点叫出声来：原来多伊尔指挥官是没有脚的！

在中心站的最初几天，我有许多东西要学。首先，我要学习怎样在没有重力的情况下向四周走动。我们都带上了长长的金属手杖，手杖头上有一个弹簧。我们用手杖把自己从地面上推开，也用手杖使自己落在地面上。如果要改变方向，就得用手杖顶着一堵墙。我还得学会喝水。在宇宙空间，你是不能倒出水来的，因为没有重力。如果你把一只茶杯倒过来，那么水会仍旧留在杯子里，要想喝水的话，只有用管子去吸。

中心站大约有 10 万个人干活，其中有 10 个孩子，他们的年纪跟我差不多。多伊尔带我去见他们，并叫最大的孩子蒂姆照顾我。孩子们正在中心站上学习怎样干活。蒂姆向我介绍了中心站的情况。

"中心站是宇宙空间的一个修理所，"他说，"宇宙飞船都到这儿来加油和检修。宇宙飞船的乘客在他们去地球的中途，也在中心站停留几天。瞧，那儿有一幢特别的大楼，叫居民食宿招待站。"

我朝外看去，看到一幢很像车轮的大楼，它正在缓慢地旋转着。"从月球上或火星上去地球的乘客都要在居民食宿招待站呆上几天，熟悉地球的重力。"蒂姆说，"大楼中心的重力和火星上一样，大楼外面的重力和地球上一样。那儿还有一个游泳池呢。"蒂姆还告诉我多伊尔的一段经历。当多伊尔在地球上还是个年轻小伙子时，在一次不幸的车祸中受了伤，使他脸上留下了一道伤疤，而他的两条腿则是在宇宙航行时丢掉的。他曾往水星探险，就在那儿发生了不幸事件。他本人拒绝谈那次事件，所以没有人知道事件的详情。他要求在中心站工作，因为在这儿他是不需要用两条腿走路的。他在站上已经生活了十年，他也可能永远不会回到地球上去了。在地球上，他不能走路，可在中心站上，他却是个最强有力的人物。

"我有半个小时可以不干活，"蒂姆说，"我们到外面去看看吧。"

我感到有点害怕。"但是……但是，那安全吗？我还没学会怎样穿宇宙服装。"我说。

"别怕。"蒂姆把该怎样穿宇宙服装演示给我看。中心站上的宇宙服装，跟人们在月球和火星上使用的宇宙服装是不一样的。在月球和火星上是有重力的，宇宙服装就跟普通的服装一样，你可以穿着它们走动。空间站是没有重力的，两腿没有用武之地，所以，宇宙服装是一种像箱子一样的东西。你就坐在里面，用一部发动机来推动它行走。

蒂姆爬进了他那套宇宙服，用一根绳索把我的宇宙服跟他的系在一起，两套宇宙服里面都有无线电装置，因此我们可以对讲。

"准备好了吗?"蒂姆问。

"准备好了。"

我们慢慢地飘浮出去，进入了宇宙空间。我明知道自己是安全的，可我还是觉得有点害怕。地球就在我们下边，有 500 英里之遥，于是我就想："我要掉下去啦，我要掉下去啦!"当然，我没有掉下去。

外面是大白天，我能朝下看到非洲。我们观察完地球之后，又在中心站外面转圈子，蒂姆同时给我讲解。一会儿，天忽然黑了下来，原来太阳已经"绕"到地球后面去了。这时，地球就成了一个巨大的黑球，上面宛如穿过了一条金线。后来，那条线一样的金光变成了红颜色，接着就消失了。在非洲上空，夜幕降临了，这可真是蔚为壮观的奇景! 太阳不见了，但并不是完全黑暗，因为月亮和星星在闪闪发光。我感到非常愉快，我终于来到了宇宙空间。

中心站是个大地方，但是孩子们并不把他们的时间都花在那儿。离站上大约五英里以外，有一艘很陈旧的宇宙飞船，叫晨星号。由于这艘船太陈旧了，就不用它进行宇宙航行，这艘飞船归孩子们所有。晨星号曾在 1985 年作过飞往金星的处女航。由于孩子们对它的精心维护，这艘飞船的性能仍旧良好。他们都想要乘晨星号去作一次空间旅行，但是多伊尔一点汽油也不给他们。多伊尔说，这艘飞船太陈旧了，使用它太危险。

晨星号是属于孩子们的，但是我还没有到那儿去看一看。在中心站呆了一个星期以后，他们邀请我去了。我们乘他们自己造的小

世界著名科幻故事精华

第一卷

型火箭到了那儿，旅程持续了 10 分钟。

晨星号是一艘挺大的飞船。在这艘飞船上，我们随便弄什么都行。因为没有汽油，所以发动机不会运转，是十分安全的。我在晨星号上学到了许多东西，我也学会了怎样在没有重力的地方努力争取到立足点。

一个叫龙尼的孩子长得比我壮实，我决定和他开一次玩笑。我拿了一条长长的绳子，把一头系在地板上，另一头捆在我的脚上。我对龙尼叫"来呀，来抓我吧"，就朝着天花板跳了上去，龙尼立刻也朝天花板跳了上来。我并没有碰到天花板，因为我把自己预先用绳子系在地板上了。我马上从脚上解开了绳子，接着跳上去，用头对准龙尼的肚子顶了一下。这回，他没有力气对付我了，而我却能够抓住他，把他顶到墙上五秒钟。这样，按规定我就赢了。

我们也玩一些"游泳"的游戏。我们大家全都站在房间的一头，接着就穿过空中"游泳"到房间的另一头。谁先到，谁就算优胜者。我经常在这种比赛中获胜。

孩子们经常上课。有一天是多伊尔上课。这天讲的是关于流星的课。

"一颗流星是一块以非常快的速度飞过空间的陨石，"他说，"它们有的大，有的小。如果一颗流星击中了飞船，就可能给飞船造成严重的损失。这个中心站就靠外面的两堵墙来保护。你们看到墙上黄色的圆形金属板没有？要是一颗流星穿透了两堵墙，你就必须轻轻地把一块这种金属板塞进那个洞口。"他扔给诺曼一块金属板说："你们看看这个东西，传着看一下，谁还有什么问题吗？"

突然，轰隆一声，教室墙上出现了一个洞孔。我们立刻听到洞孔发出尖厉的呼啸声。起初，我们除了瞪着眼睛看着，全吓呆了，不知道干什么才好。后来，诺曼拿起放在桌上的金属板，就朝洞孔那儿冲了过去。他跟强风搏斗着，接着呼啸声一下就停止了。诺曼把那个洞孔堵住了。

多伊尔一边笑着，一边看着手表，原来他捉弄了我们一次。"很好，你只用了 6 秒钟。"他说。

"谢谢您，先生，"诺曼说，"这不太危险了吗？"

"没关系，蒂姆穿着宇宙服呆在外边。要是你花的时间超过十秒，他就会从外面把洞堵住。"他微笑着停了一下，又严肃地说："这可不是开玩笑。正如你们看到的，一个小洞孔能够在半分钟之内把一间屋子里的空气全吸光。"

一天，一艘名叫西格纳斯的飞船飞到了站上。几天以后，大家都在谈论这艘船。这是因为，没有人知道西格纳斯号到哪里去，也不知道这艘飞船在中心站搞些什么，而且，这艘飞船停在离中心站10英里以外，这可是一段很长的距离；通常宇宙飞船都停在大约5英里的地方。每天西格纳斯号上有两个人来到中心站，但他们不跟任何人说话。所以，一个叫彼得的孩子就认为他们是强盗。有一天，彼得了解到这艘宇宙飞船收到从地球上发来的暗语电讯，他非常激动："看，怎么样，我说对了吧。他们一定是强盗。我要去侦察一番，谁跟我去？"

世界著名科幻故事精华

第一卷

"我去！"一个叫卡尔的孩子说。

第二天，那两个人又到站上来了。天一黑，彼得和卡尔就动身出发了。他们很快就到了西格纳斯号。

"一切寂静无声，"彼得通过无线电向蒂姆报告，"我们可以上那艘飞船吗？"

"可以。"蒂姆说。

我们听到了打开房门的声音，接着，听到彼得的高叫声："卡尔，卡尔！快看，飞船里满载着枪支，我们怎么办？"

"卡尔，是真的吗？"蒂姆问。

"是真的。这种枪支我还从来没看见过呢。不好了，有人进来了！"卡尔说。

"赶快离开！"蒂姆命令道。

"他们没带武器，也没穿宇宙服，我想去会会他们。"彼得说。

我们全都十分激动地等待着，等待着听到枪声或听到一种新式武器的声音。我们听到卡尔说："你们是什么人？到这儿来干什么的？"

"好啊，孩子们，"其中一个人说，"你们可以把那些枪放下来了。那玩意儿你们连一只老鼠也打不死，那是玩具枪。你们一定是从中心站来的。我们是电影公司的，到这儿来拍一部电影。"

听到这里，我们所有的人都哈哈大笑起来。很快，我们和电影公司的人交上了朋友。他们邀请我们去喝茶，并告诉我们他们将要拍摄的影片。这将是第一部完全在宇宙空间拍摄的影片，描写一对男女因为4条腿的怪物的攻击，而在宇宙空间迷失了。他们的飞船被摧毁了。男主角在空间飘浮，到处寻找他的女友；当他找到女友时，她正要撞上一颗星球，面临着死亡的威胁。在千钧一发之际，他救出了她。著名的男女演员从地球上飞来。男演员叫邓肯，女演员叫琳达。

拍摄中有两个问题没有解决。影片是描写在半人马座主星星体附近空间的一次历险。影片公司想让观众在影片中看到一颗行星，但是他们不希望观众看到地球上的国家，这就是说，每小时中只能拍摄10分钟。在这10分钟里，人们只能看到海洋和陆地，但看不到地球上的国家，这是因为中心站绕地球旋转只有极短的时间。另一个是光照问题。在宇宙空间，每样东西任何时候都是一半在阴影里，他们认为这样会使观众倒胃口，会使他们感到迷惑不解。

影片公司不知道该怎么办才好，于是有个人出主意说："干吗你们不用一面镜子呢？"然而，哪里会有这么大的一面镜子呢？这时，多伊尔突然想起，有一个非常大的"镜子"就在附近宇宙空间飘浮着。这个"镜子"原来是一座旧的空间站的一部分，这个旧空间站离中心站大约有100英里。我们跟随多伊尔一起乘火箭飞到那里，负责照看那面"镜子"。

这天，拍摄了十分钟后，照例不能拍了，还要等上40分钟才行。这时，邓肯说："嗨，我可不想干等着，我要到那面'镜子'那儿去看看。"于是，他就朝我们这个方向出发了。多伊尔远远地看到他冲过来，大叫起来："快叫他停住，他会活活烧死的！"原来，那面"镜子"看起来温度并不高，但实际上就跟太阳一样热。有人通过无线电呼喊，但是已经太晚了，邓肯已经几乎到了"镜子"的跟前。这时，多伊尔迅速地扭动了一下开关，那面"镜子"就开始缓慢地移动起来。几乎与此同时，邓肯冲了过去——他得救了。

此后，电影公司就离开了，他们要到宇宙空间的另一处地方，在那儿，整日整夜都亮如白昼。

我们的空间站是离地球最近的一个，在宇宙空间还有更远一点的空间站。有3个站负责研究地球上的气候，两个站传送电视节目，另一个空间站就是宇宙空间医院。

一天，蒂姆告诉我们一个好消息，他说多伊尔同意我们使用晨星号了。原来，一艘飞往地球的飞船上有一名乘客患了重病，要立刻把他送往医院。可是，中心站上的所有的飞船都在检修，于是，蒂姆要求使用晨星号。多伊尔再三考虑之后才同意了，不过，他要亲自担任驾驶员。

这是晨星号100年来的第一次航行，我们多么激动！我们乘着晨星号向空间医院飞去，不久，我们就看见了那所医院。它的形状很怪，像是一朵玻璃花儿，总是面向着太阳。所有的墙壁都是用玻璃做的，能看见人们在里面走动。我们到达时已有许多记者等待着采访我们。

我们在医院停留了两天，在此期间，医生们让我们参观了整个医院。医院是个令人非常愉快的地方，有许多人长期在那儿生活，有的人根本就没有病，但是如果他们在地球上生活，就可能由于患病而死亡。医院里阳光充足，还有许多花园、商店和电影院。

一天，医生让我们去见见霍金斯博士，我们好不容易找"对"了房间。蒂姆推开了房门，房间里黑洞洞的，有一股难闻的臭味。

"我们找错了地方，我们走吧。"龙尼说。

"等一会儿，"诺曼喊道，"你们看，这儿有一棵怪树。"

我们慢慢走进房间。那是一棵不同寻常的树。树种在一个金属箱子里，枝条一直弯到地板上，一片叶子也没有。房间里又热又潮湿。突然，树的枝条朝我们自动卷过来，我们全被抓住了。我吓得要命，拼命挣扎。当我能碰到地板时，就用力一蹬，朝着天花板飘上去，那些枝条就松开了。其他的人也用这种办法挣脱了怪树的纠缠。于是，我们朝门口走去。门突然开了，一个医生走进来。他扭开电灯，看着我们。

"你们弄出很大的声音，我希望你们没有弄坏卡思伯特。"

"那棵可怕的树攻击了我们，我们没有弄坏它。"诺曼说。

医生笑了起来，他朝那棵树飘去。我们都惊奇地望着。枝条围着医生自动卷了起来，医生只用手护住了自己的脸，但是并不挣扎。

"卡思伯特并不聪明，它以为凡是走近它的都是可吃的东西。不过，它并不吃人，它很快就会放我走的。你们看！"

果然是真的，他说话的时候，那些枝条就松开了。

"这树是什么东西？"诺曼问。

"霍金斯博士会给你们解释的。他派我来找你们，你们走错了房间，跟我来吧。"

他把我们领进另一个房间，霍金斯博士就在那儿等候着我们。这间屋子里有很多笼子，笼子里有很多苍蝇，这些苍蝇竟然有 12 英寸大。

"这些苍蝇为什么这么大？"我问。

"动物在宇宙空间比在地球上长得要大，"博士说，"卡思伯特其实不是一棵树，它是在地球上生存的一种微型生物，而在这儿，它就长得特别大。"这真是又奇怪又好玩。

我们离开了宇宙空间医院。在返回中心站的途中，有 3 个小时我们大家没事可干，于是，多伊尔就给我们讲起他的空间历险记来。他曾经参加过飞往水星的处女航，就在那次航行中，他失去了两条腿。他说：

"水星是不运行的，它对着太阳的这一面总是亮的，而且非常热，叫日面；另一面则叫夜面，它总是处在黑暗中，像冰一样冷。日面和夜面交叉的地方叫日夜交叉面，是个半明半暗的地方，气温暖和，当时我们打算在这个地方着陆。我们曾想日面那边会是一片山地，可是我们想错了，那些山在高温之下融化了，成了炽热的金属大湖。不过，日夜交叉面却有许多大山。

"我们在日夜交叉面上着陆了，每天我们出去搜集岩石，我们从未碰到过任何生物，因为在那样一个气候恶劣的地方是不可能有生物生存的。一天，我们看见了一个东西在走动，那东西很像一个蜘蛛，但是跟人一样大小，浑身银白色，有 4 条腿，一对前肢和一个小脑袋。它正在抓起岩石，把岩石打成碎末，接着就吃那些碎末。我们慢慢朝它走去，动手拍照片，忽然，那东西掉过头来看到了我们。我对其他人说：'你们在原地等着，让我上前去对它表示友好。'但是，正当我向前走时，那动物立了起来，开始上上下下地摇动着它那一对前肢。其他人对我说：'回来吧，它大概发火了。'可是已经晚了。那个动物抓起一块岩石扔了过来，打在我的两条腿上。岩石击中了我的宇宙服，我连忙跑回到伙伴那里，朝飞船跑去，那动物又吃起岩石粉末来。

"后来我们才知道，这种动物是在日夜交叉面生活的，因为它们已经把那里的东西吃光了，它们就到夜面去找吃的。那动物攻击我可能是以为我在偷它的食物呢。这些动物是靠投掷岩石去打击对方的腿来进行搏斗的，如果哪个动物的腿被打断了，它就不能回到日夜交叉面去了。当我们快走到飞船时，我感到双腿疼痛。那动物虽然没打到我，但是打破了宇宙服，把我的腿冻僵了。朋友们把我背回来，从那以后，我便失去了两条腿。"

听完了多伊尔的故事，大家都默不作声。我靠在舷窗边朝外望去。突然，我吓坏了：地球越变越小了！中心站在地球和空间医院之间，我们应该越来越驶近地球，地球看上去应该越来越大才对。这是怎么回事？我惊恐地看着飞行员。显然，他也发现了这件事。我们正朝外层空间行驶，离地球和中心站越来越远。

我们不知道我们是在哪儿。多伊尔用无线电朝中心控制室呼叫，找到了方位。中心控制室告诉我们，我们正朝月球飞驶。问题很严重。无论是飞往月球，还是掉头飞回中心站，我们的燃料都不够了，此外，再过三四个小时，我们的空气也就用光了。多伊尔对飞行员说："可以要求月球上派出一艘飞船来给我们加油。不过，那要花很多的钱。"飞行员想出了一个办法。他说，月球可以把大汽油箱发射到飞船上来，这要比派一艘飞船来加油便宜得多。这样一来，大家又高兴起来。而我则非常兴奋，因为我从来没有这样接近过月球。

飞船离月球很近了。过了一会儿，一只油箱朝我们飞来。我们把汽油从油箱里抽出来，灌进飞船。10分钟后，我们就开始返航了。我盯着荧光屏看，见那油箱飞驶而去，消失在遥远的空间。突然，我从荧光屏上看到一个黑点，它越来越大，可是还是看不清楚。我叫起来，大家都跑来看，只见它一头是扁平的，另一头却是尖的，

世界著名科幻故事精华

第一卷

一圈又一圈地转着。多伊尔说："咱们过去看看。"于是，飞船就朝那玩意儿飞去。很快，我们和它的距离只有一英里了，它原来是个涂着鲜红颜色的火箭。火箭上还画着一幅画，那是一幅意味着死亡的画。画上是一个死人头骨，头骨下面是两根相互交叉的骨头。画的下面还有两个字：危险！

多伊尔立即命令掉头离开，他说，火箭里装的是有毒气体。大约100年前，地球上的人还不知道怎样处理这些气体，于是把它们装在火箭里发射到空间来。"现在，地球上的人当然不会这样做了，"多伊尔说，"这些火箭已经被月球回收销毁，这一个可能是被遗漏的。"

当我们抵达中心站的时候，我的假期还剩一天。多伊尔安排我搭乘从火星来的一艘载客飞船回家。回到中心站的第二天，我就到了居民食宿招待站。在那儿，我会重新习惯地球的重力。

空间居民站的建筑是圆形环状的。一共有 3 层，最里面一层的重力相当于地球重力的 1/3，中间一层的重力相当于地球的 2/3，外层重力与地球重力相等。居民站就像一家旅馆。我在服务台登了记，就被带到一个房间。在这里，我重新使用水龙头和脸盆洗脸，又花了一个晚上躺在浴缸里洗澡，这对熟悉重力是有好处的。居民站上的大多数人是从金星上来的，他们习惯于 1/3 的重力。但我走起路来却觉得有点困难，呼吸也不畅快。我的房间在 1/3 重力这一层，早上，我决定去看看 2/3 重力的那一层。我走下楼梯，双腿沉重，但我要坚持下去，因为我必须重新学会过有重力的生活。几天之内，我就要离开宇宙空间了。

在居民站，我认识了从金星来的一个男孩和一个女孩。他们把在金星上的见闻说给我听，还给我看了几张红色沙漠的照片、玻璃城市以及一些稀奇古怪的植物和树木。有一张照片是那个小男孩和一个金星人握手。金星人看上去就像小猴子，但他们的眼睛又大又白。地球人在金星上要在脸上套上一种头盔一样的东西，因为金星上的空气比地球上稀薄。

在居民站，我还到游泳池去过。游泳池里的水呈曲线而不是平的。这就是说，当你站在游泳池一边的时候，看上去另一边的水位高于你的头，好像另一边的水要倒下来落到头上似的，真有意思。

回家的日子来临了。我登上了宇宙飞船，在一个靠窗的座位坐下来。引擎发动了，飞船从站上滑行出去。我们的飞船掉头朝下向地球飞去。我朝着中心站不停地挥着手。再见了小伙伴，再见了多伊尔，再见了中心站！

太阳帆船

紧紧系在悬索上的大圆盘形太阳帆，已经鼓满了宇宙间的长风。3分钟内比赛就要开始。然而，约翰·默顿现在比以往任何时候都更轻松，更平静。指挥官发出比赛开始信号后，无论发生什么事情，也不管狄安娜号把他载向胜利还是载向失败，都算实现了他的勃勃雄心。他一生都在为别人设计飞船，现在，他要亲自驾驶飞船了！

"最后2分钟，"座舱无线电发出指令，"请检查准备情况！"

其他船长都逐个回答。默顿辨别出了所有的声音——有的紧张，有的平静——因为都是他的朋友和对手的声音。在有人烟的4块大陆上，几乎只有二十几个人能驾驶太阳飞船，并且他们都云集在这里，在出发线上或登上护航飞船，准备到赤道2万2千英里高空的轨道上航行。

"1号——游丝号，准备好出发。"

"2号——圣玛利亚号，一切准备就绪！"

"3号——阳光号，准备就绪！"

"4号——投标器号，一切系统正常！"

默顿对最后那声在宇航中初出茅庐的回答微微一笑。但是这已成了空间比赛的一种传统，有时，一个人就需要引起超过他飞向星际的人对他的注意。

"5号——列别捷夫号，我们准备就绪！"

"6号——蜘蛛号，准备就绪！"

默顿在出发线的末端，现在轮到他回答了。一想到他在这个小小的座舱里说的话，至少有 50 亿人听到，不禁有奇妙之感。

"7 号——狄安娜号，准备好出发！"

"1——7 号的回答，全部听到。"裁判员发射装置传出的声音不偏不倚，"现在，最后 1 分钟。"

默顿几乎没有听见裁判员的声音，他在对悬索的拉力做最后一次检查。全部测力计的指针都很稳定，巨大的太阳帆拉得很紧。太阳帆平滑如镜的表面在阳光下闪闪发光，耀眼夺目。

默顿在潜望镜前飘飘悠悠，太阳帆好像布满了整个天空。这是很可能的，因为外面有 8 千万平方英尺的太阳帆，由几乎 100 英里长的悬索把他的密封舱系在帆上，即或把曾在中国的海洋上像游云一样相互追逐的全部快速运茶帆船的所有风帆，缝成巨大的一片，也无法与狄安娜号在阳光下张开的帆相比拟。然而，它却比一个肥皂泡坚固不了多少，两平方英里的含铝塑料薄膜只有几百万分之一英寸厚。

"最后 10 秒钟，打开全部录相机！"

一件如此巨大而又如此脆弱的东西，是人的头脑难以理解的。看到这脆弱不堪的镜子，仅以它所采集的阳光为动力，就能把飞船拉起挣脱地球引力，更加令人难以置信。

"……5、4、3、2、1，断缆！"

7 把刀片割断了把飞船拴在为其进行总装和维护的母船上的 7 条细线。

直到这一瞬间，帆船都按严格排列的队形，一直绕地球转圈，但是现在，它们开始散开，宛如蒲公英的花籽在轻风中飘散。优胜者将是第一个飘过月球的人。

在狄安娜号上，似乎安然无事。但是，默顿心里很清楚，虽然他的身体感觉不到推力，但座舱仪表告诉他，他正在以几乎是 1/1000 的推力增加着速度。对于一枚火箭来说，这个速度将会是荒唐可笑的，但这却是太阳飞船第一次获得的加速度。狄安娜号设计合理，宽阔的巨帆现在还符合计算要求。按这个速度，绕地球两圈之后，就能达到第二宇宙速度，太阳以全力推动着，那时他将向月球飞去。

全是太阳风的力量！他回忆起在地球上向听众解释利用太阳帆航行的全部尝试，不禁苦笑了一下。那是他早期筹款的唯一办法。他满有把握成为宇宙公司的总设计师，在宇宙飞船上获得一连串的成功而誉满天下，可是，他的公司对他的业余爱好却恰恰缺乏热情。

"把手伸向太阳，"他曾对听众说，"你们有什么感觉？当然是感觉到热，但是还有压力——虽然你们从未注意到，因为在你手掌面积上的压力微不足道，只相当于百万分之一盎司。

"但是在宇宙空间，即或像这样微小的压力也可能是重要的，因为它每时每日都在发挥着作用。它与火箭燃料不同，免费获取，不受限制。我们想要使用，就可以使用。我们可以造太阳帆来采集太阳的辐射光。"

说到这一点，他就掏出几平方码制太阳帆的材料，向听众抛去。银色的薄膜像烟云一样卷曲盘绕，然后随着热气流徐徐飘向天花板。

世界著名科幻故事精华

第一卷

"你们可以看见这是多么轻。"他继续说，"1平方英里薄膜只有1吨重，可采集5磅辐射压力。这样，它就开始移动——假若给它系上悬索，就能让它拉着我们上天。

"当然，它的加速度将是微乎其微的，大约有一个重力的1/1000。这看起来不大，但让我们看看这究竟意味着什么。

"这意味着在第一秒钟里，我们将移动1/5英寸。我敢说，一个正常的蜗牛也能比它爬得远。但是1分钟之后，我们移动了60英尺，并且1小时将刚刚超过1英里的速度。这并不算坏，因为完全是以阳光为动力的！1小时之后，我们离开起点40英里了，并将以每小时80英里的速度移动。请记住，宇宙空间没有摩擦力，所以，一旦使什么东西开始运动，它就会永远运动下去。当我讲到千万分之一重力的帆船在完成一天航程之后的情形时，你们就会惊讶不已。几乎是每小时两千英里！如果它从轨道开始运行——当然必须如此——一、两天内就可以达到第二宇宙速度。这一切，都无需耗用一滴燃料。

他使听众折服了，也终于说服了宇宙公司。在过去的20年中，出现了一种新的游戏，被称为亿万富翁的游戏，这是千真万确的。

但这种游戏正以广告宣传和电视报道的形式开始得到补偿。4 块大陆和两个世界的声望正寄托在这次比赛上，它拥有历史上最多的观众。

狄安娜号出师顺利，航行良好，他有时间看一看他的对手。在操纵密封舱和纤细的悬索之间虽装有减震器，默顿还是决心不冒险为好，置身在潜望镜前。

他看见他的对手们了，他们犹如朵朵奇妙的银花绽开在幽暗的宇宙空间。最靠近的是南美的圣玛利亚号，只有 50 英里远。它倒很像儿童玩的风筝——但这风筝从侧面看比 1 英里还大哩！远一点的是宇宙城大学的列别捷夫号，看上去像十字形的马耳他岛国，形成 4 支长臂的太阳帆显然可以倾斜跷起，以便进行驾驶。与此相反，澳大利西亚联邦的投标器号却恰像一具简单的降落伞，周围有 4 英里之大。通用宇宙飞船公司的蜘蛛号，恰如其名，看上去像个蜘蛛网，是按蜘蛛网的原理制造的。用一个机器滑梭，从中心点向外盘旋织成。欧洲宇宙联合公司的游丝号，设计相似，但规模较小。玛尔斯共和国的阳光号，是一个扁平的圆环，中间有一个半英里宽的孔洞。它慢慢地旋转着，离心力使它保持平稳。这种设想早已有之，不过，未曾有人进行尝试。默顿敢完全肯定，一旦他们开始比赛，这些殖民地人一定会遇到麻烦。

用不了 6 个小时，飞船飞完了漫长而庄严的 24 小时轨道的第一个 1/4 的航程。在比赛开始时，他们都是与太阳背道而驰，顺着太阳风飞行。他们必须在飞船转到地球的另一面、转而飞向太阳以前，尽善尽美地完成这一圈的航程。

默顿自语道，该进行第一次检查了，然而他并不为航行担忧。他用潜望镜仔细检查太阳帆，重点检查联接悬索的地方。悬索是未镀银的塑料薄膜制的窄带，假若没有涂上荧光，是根本看不见的。现在悬索是一条闪着彩色光辉的绷得很紧的长线，这光辉顺着伸向巨大太阳帆的几百码长的悬索，越来越昏暗。每一个悬索都装有电动绞盘，比渔人钓竿上的卷轮略大一些，小小的绞盘不停地转动着，随着自动驾驶仪调整太阳帆与太阳保持正确的角度而把线卷入或放出。

阳光在非常柔软的宛若明镜的表面上反射，绚丽多彩，蔚为壮观，太阳帆在微微的振荡中轻轻地波动着，向茫茫太空传送出太阳的千变万化的影像，直到这光彩消失在太阳帆的边缘。对于此类宽大而轻薄的结构，这种缓慢的振荡是意料之中的，并无害处。尽管如此，默顿还是细心地观察着。有时可能造成灾难性的波动，即人们所知的扭动，会使太阳帆撕裂成碎片。

他满意地看到一切都保持流线形后，使用潜望镜向天空扫视，再查看一下对手们的位置。正如他所期待，淘汰过程开始了，最差劲的飞船被抛在后面。但是，当他们进入地球的阴影时，真正的考验才会到来，那时，飞船的机动灵活性将和速度同样重要。

比赛既然刚刚开始，想要睡点觉未免显得有些奇怪，但这或许是个很好的想法。在别的飞船上有两名乘员，可以轮换睡觉，而默顿却无人替换。他必须像孤独的海员乔舒亚·斯洛克姆在小小的浪花号里一样，完全依赖自己的体力。当时，这个美国船长只身驾驶浪花号绕地球航行一周，可是他连做梦也不可能想到，两个世纪以后会有人独自驾驶从地球飞向月球——至少部分地受到他树立的榜样的鼓舞。

默顿把座舱里座位上有弹性的带子啪地扣在腰和腿上，然后把催眠器的电极放置在前额上。他把定时器定在 3 个小时上，便放松下来，开始休息了。

电子脉冲轻轻地在他的大脑前叶上颤动着，催他入睡。盘旋上升的彩色光圈，在他紧闭着的眼脸下展开，向外无限地扩展着，然后，一切都消失了……

警钟响亮而刺耳的闹声，把他从无梦的酣睡中拖了出来。他即刻醒来，眼睛扫视着仪表板。只过了两个小时——可是，在加速表上方一个红灯正在闪耀着。推力在下降着，狄安娜号在失去动力。

默顿首先想到是太阳帆出了问题，或许是反螺旋装置失灵了，也可能悬索缠在一起了。他敏捷地检查一下指示吊索拉力的仪表。真奇怪，在太阳帆一侧读数正常——可是，在另一侧，拉力在慢慢地下降，甚至眼巴巴地看着它下降。

默顿突然醒悟了，他抓起潜望镜，开向广角视野，开始扫描太阳帆的边缘。啊，毛病出在那儿，原因只能有一个。

一个巨大的边缘像刀刃一样的阴影，已开始偷偷滑进太阳帆闪闪发光的镀银表面。黑影落在狄安娜号上，好像一块黑云从它和太阳之间飘过。狄安娜号处于黑暗之中，失去了推动它的光线。就会丧失所有的推力，无能为力地在宇宙间飘游着。

当然，在离地球2万英里的高空是没有云的。假若有一个阴影，那必定是人为的。

他把潜望镜转向太阳时，不禁轻蔑地一笑；他装上滤光镜，便可全然看到太阳燃烧着的表面而不使眼睛受伤。

"机动驾驶'4a'。"他喃喃自语道，"看谁玩得漂亮！"

看起来很像一个宠然大物的行星正穿过太阳的表面，一个巨大的黑色圆盘已经深深地切入了它的边缘。在20英里的后方，游丝号正千方百计制造人工日蚀——尤其为了狄安娜号的缘故。

机动驾驶是完全合法的。以往进行海洋比赛的时候，船长们经常企图使对方丧失风力。假如你能幸运地使你的对手停止不动，使他的帆垂落下来，你便可在他排除故障之前远远地超过他。

默顿并不打算这样轻易地就范。要采取规避措施，时间绰绰有余。驾驶太阳帆船航行时，物体运动得相当慢，至少需要20分钟，游丝号才能滑过太阳的表面，把他投入黑暗之中。

狄安娜号的微型计算机——像火柴盒那么大，作用却相当于一千名数学家——用一秒钟时间计算解题，然后闪现出了答案。他必须打开3号和4号操纵仪表板，直到太阳帆额外倾斜20°，然后光线压力即将把他推出游丝号的危险的阴影，送回到太阳风之中。遗憾的是，不得不干扰精心计划用以最快速航行的自动驾驶仪的工作，但这毕竟是他来到这里的原因，亦是使太阳帆船航行成为一种游戏，而不是成为计算机战的缘由。

1号至6号控制线路已失灵，在它们失去拉力的瞬息间，使太阳帆像困倦的蛇一样放慢了波动。在两英里之外，三角形仪表板开始慢慢吞吞地打开，使阳光倾泻进太阳帆里。然而，很长时间没出现什么变化。在这个运动缓慢的世界里，一个动作的效果要数分钟后才能看得见，让人们适应这种情况真是太难啦！然后，默顿看见太阳帆的确在朝着太阳跷起，游丝号的阴影使他未受损害地滑过去，它那锥形黑影消失在宇宙更加幽黑的茫茫夜里。

在那阴影还未曾消失，圆盘形太阳尚未变明亮之前，默顿早已把倾斜校正过来，使狄安娜号重新进入了轨道。它获得的新动量将推动它摆脱危险。他无须过度校正，不能因为躲避太远而扰乱他的计算。这是又一条难以掌握的法则。就在你刚刚使某种东西在宇宙中开始运动之时，已是该考虑使它停止的时候了。

他重新定好警钟，准备好应付下一次自然的或人为的紧急情况，或许是游丝号，也可能是其他比赛者中的某一个，又来尝试这种同样的伎俩。同时，到了该吃饭的时候，虽然他并不感觉非常饿。人在宇宙里体力消耗极小，容易忘掉食物。容易忘掉，但也危险，因为一旦出现紧急情况，就可能没有需要应急的精力了。

他打开第一个饭袋看看，丝毫引不起他的热情。标签上的名字——宇宙佳肴，就足以使他厌恶，况且，他对印在下面的保证还持极大怀疑。保险无面包屑！据说，面包屑对宇宙飞行器比陨石还要危险。面包屑可能飘进最要害的部位，引起短路，堵塞关键的射流，进入气封的仪表。

尽管如此，碎肝制成的红肠，以及巧克力和凤梨酱等，都愉快地吃下肚里，正当塑料制的咖啡罐在电炉上加热时，外界的声音突然打破了他的寂寞。指挥官的发射装置上的无线电报务员在向他呼叫。

"是默顿博士吗？假如你能抽出时间，杰里米·布莱尔希望与你说几句话。"布莱尔是较认真负责的新闻评论员之一，并且默顿曾多次上过他的节目。他当然可以拒绝接谈，但他喜欢布莱尔，在此刻又不好强说自己太忙。"我可以谈谈。"他回答说。

"喂，默顿博士，"评论员直截了当地说。"我很高兴你能抽出几分钟时间。祝贺你——看来你是一路领先！"

"在比赛中做出那样的肯定，为时尚早。"默顿谨慎地回答说。

"博士，请告诉我——你为什么决定你自己来驾驶狄安娜号！只是因为以前从来未曾这样做过吗？"

"噢，这难道不是一个极好的理由吗？但这当然不是唯一的理由。"他停顿一下，仔细地选择着用词。"你知道，重量对于太阳飞船是多么关键！换一个人，带上他的全部补给品，就意味着再加重500磅。那对成功和失败可是举足轻重的重量。"

"你有把握能单独驾驶狄安娜号吗？"

"由于有我设计的自动控制系统，我是相当有把握的。我的主要任务，就是进行监督和做出决断。"

"但是——两平方英里之大的太阳帆呀！由一个人来对付全部情况，看来是不可能的。"

默顿大笑起来。

"为什么不可能呢？两平方英里的帆最多只产生10磅的推力，我用小手指就能产生比它大的力。"

"好啦，博士，谢谢你。祝你顺利！"

评论员停止谈话后，默顿自感有几分羞愧，因为他的回答只有一部分是实情，并且他确信布莱尔十分机敏，是足以听出来的。

其实，他只身来到宇宙只有一个理由。几乎40年来，他同若干个几百人或几千人的小组一道工作，帮助设计地球上见所未见的最复杂的飞行器。近20年来，他曾领导其中的一个小组，观看过他创造的飞船直上星际（但也曾有过他永远不会忘却的失败，即使过错不在他）。他在事业上获得成功，名声显赫，然而他却未曾亲自做过什么，只不过是这支队伍中的一员而已。

这是他获得个人成就的最后机会，谁也不会来同他分享这一成就。至少在5年内，不会再有太阳帆船航行。因为太阳的平静时期已经结束，恶劣天气周期又开始了，辐射流冲破了太阳系。待到这种轻薄脆弱毫无防护的帆船又可安全地进行太空冒险时，他恐怕已老朽不堪了。如果他确实不太老的话……

他把空饭袋丢进废品堆，再一次转向潜望镜。起初，只能看见5只飞船，投标器号无影无踪了。他花了好几分钟才确定出投标器号的位置，它成了一个昏暗的不见星光的幽灵，完全罩在列别捷夫号的阴影之中。他可以想象，澳大利西亚人正在做着发疯的努力要把自己解脱出来；他又感到纳闷，他们究竟是怎样落入圈套的。这说明列别捷夫号异乎寻常地机动灵活，尽管此刻它离得很远，威胁不到狄安娜号，但必须监视着它。

现在地球几乎消失不见了，它渐渐暗淡下来，变成了一个发光的狭窄的弓形物，平稳地向太阳移动着。在那燃烧着的弓形物里，带着昏暗轮廓的是这颗行星夜晚的一面，透过云朵的缝隙可以看到大城市发出的磷光闪耀其间。圆盘形的黑影已经挡住了银河的大部分，几分钟内就要开始蚕食太阳了。

光线在渐渐消失。当狄安娜号静悄悄地滑进地球的阴影时，紫红色的晚霞——数千英里之下无数落日的光辉——正经过太阳帆而渐渐消失。太阳垂直落在不可见地平线之下。几分钟内，夜幕降临了。

默顿回头看看已经走过 1/4 的绕地球的轨道。其他飞船也进入短暂的夜晚时，他看着它们像亮晶晶的星星一样一个个熄灭。一个小时后太阳才能从巨大的黑罩中浮现出来，在这一小时中，他们将束手无策，做无动力滑行。

他打开外聚光灯，用光束测试在黑暗中的太阳帆。已经有大量的薄膜开始皱起变得松软，悬索正在放松，必须卷入，以免缠在一起。但这一切都在意料之中，都在按计划进行。

在 40 英里之后，蜘蛛号和圣玛利亚号并不怎么幸运。无线电接通紧急线路后，默顿知道了他们的困境。

"2 号，6 号。我是控制台。你们在对着面航行，65 分钟后，你们的轨道就要交叉在一起！你们需要帮助吗？"

两位船长在品味这不幸的消息时，好长一会儿没人作声。默顿想知道究竟怪谁，也许一只飞船企图用阴影罩住另一只飞船，但在完成机动操纵之前，它们都陷入了黑暗之中。他们谁都无能为力，他们慢慢地但不可阻挡地要相撞，要改变一度航向也是不可能的。

65 分钟！然而，随着他们从地球的阴影后出现，那正好把他们带出黑暗，进入阳光里。如果他们的帆能获取足够的动力来避免碰撞，还是有微小的希望的。在蜘蛛号和圣玛利亚号上，一定疯狂地进行着计算。

蜘蛛号首先做出答复，他的回答正如默顿所料想。

"6 号呼叫控制台。我们不需要帮助，谢谢。我们自己会想出办法的。"

默顿甚感迷惑不解，但至少看一看是有趣的。比赛的第一出好戏正在开台——确切地说，是在熟睡的地球的高高夜空里开台的。

在下一个小时里，默顿自己的太阳帆使他忙得不可开交，无暇为蜘蛛号和圣玛利亚号而忧心了。那里暗中的 5 千平方英尺的模模糊糊的塑料薄膜，只用聚光灯的狭窄光线和遥远的月光来照明，很难保持良好的观察。从现在起，在几乎绕地球一半的轨道上，他必须使幅度广大的太阳帆以边缘对着太阳。在以后的 12 或 14 个小时当中，太阳帆将成为无用的累赘，因为它将向着太阳飞去，并且太阳射线将把它沿轨道向后推去。遗憾的是他无法把帆全部卷起，直到他准备再启用时才展开，但还没有人发现这样做的切实可行的办法。

在遥远的下方，地球的边缘已经出现黎明的曙色。10 分钟后，太阳将从晦暗中现出，阳光照射在帆上，惯性滑行的飞船将重新获得生命力。对于蜘蛛号和圣玛利亚号，那将是危机的时刻——事实上，对每一个帆船都是危机的时刻。

默顿转动潜望镜，终于发现两个黑影在群星中飘移着，它们彼此非常接近，也许相距不到 3 分钟的航程。他判断，它们也许能刚好保持这个距离……

当太阳跃出太平洋时，黎明像爆炸一样在地球的边缘闪闪发光，太阳帆和悬索都抹上一层绯红，而后变成金黄，接着便放射出白昼的炽热的火焰。测力计的指针开始从零位升起，但只是刚刚升起。狄安娜号几乎还完全处于失重状态，因为尽管它的帆指向太阳，它的加速度也只是一个重力的百万分之几。

但是，蜘蛛号和圣玛利亚号尽力张起所有的风帆，绝望地挣扎着要保持距离。当他们之间只有不到两英里的距离时，由于它们初步感到太阳射线的轻轻推力，那闪闪发光的云片似的塑料薄膜正拼命挣扎着慢慢地展开扬起。几乎在地球上每一个电视荧光屏上，都上演着这出长戏，但甚至在现在这最后 1 分钟，也不可能知道结局如何。

两位船长都很固执，谁都可以停住自己的风帆，落在后面而把机会让给别人，但谁都不愿这样做，因为太多的名誉、声望和金钱正处于得失攸关之际。所以，蜘蛛号和圣玛利亚号像冬夜静悄悄、轻悠悠地飘落的雪花一样，撞在一起了。方形的风筝几乎是令人无法察觉地爬进了环形的蜘蛛网，悬索的长长系带以梦境般的慢速度交织缠绕在一起。甚至在狄安娜号上的默顿，虽然忙着观察自己的悬索，也目不转睛地看着这寂静无声、延续很长的灾难。

10多分钟了，巨浪般翻腾着的光彩夺目的云朵继续汇聚在一起，成为难解难分的一堆。然后，乘员从密封舱挣脱出来，各走各的路，相距几百码远。救险装置拖着火箭摇曳着的火舌，匆匆赶来把他们救走了。

默顿想道，只剩下我们5个了。他为在比赛开始刚刚几个小时后，就互相如此彻底消灭掉的船长们感到遗憾，但他们都是年轻人，还会再有机会。

几分钟内，5个中剩下了4个。默顿从一开始就对缓慢旋转着的阳光号持有怀疑。现在他看见他们受到了惩罚。

玛尔斯人的帆船，已无法正常抢风转变航向，它的自旋使它过于稳定。它的巨大的环形帆正面对着太阳，而不是侧面朝着太阳。它正被沿轨道向后吹去，加速度差不多达到了顶点。

对船长来说，这也许是最令人烦恼的事情，甚至比碰撞还要糟糕，他只能怪罪他自己。但是没有人对这些受挫折的殖民地人抱更多的同情，因为他们落在后面，慢慢地变得越来越小。他们在比赛前说了太多目空一切的大话，发生的这些事情是对他们最理想的惩罚。

但是，要把阳光号彻底除名是不行的。几乎还有50万英里的航程，它或许还能赶上来。的确，如果再出现几个减员，它可能是唯一完成比赛的一个，这在以前曾发生过。

然后，在以后的12个小时中，由于地球在空中从新月到满月般地逐渐变大，一切平静无事。飞船队在无动力的一半轨道上飘移时，几乎无事可做，但默顿并不感到沉闷无聊。他睡了几个小时的觉，吃了两次饭，写了航行记录，并且接谈了几次无线电通话。有时，虽然次数不多，还同其他船长谈谈，互致问候和友好的奚落。但多数时间他是在失重的松弛状态中满意地飘移着，对地球上的事无所忧虑，这比他多年来的处境要愉快得多。他——和任何在宇宙中的其他人一样，成为自己命运的主人，驾驶着他倾注了如此之多的技能和如此深厚的爱的飞船，以致于这飞船成了他的生命的一部分。

当他们经过地球和太阳之间的航线刚刚开始有动力的一半轨道时，发生了又一次减员。默顿在狄安娜号上看到，巨大的风帆在跷起采集做为动力的射线时绷得很紧，加速度开始从微重力向上升高，尽管需要几小时才能达到最大值。

游丝号却永远也达不到最大速度。动力开始恢复的时刻总是非常关键的时刻，但它却未能幸存下来。

是无线电评论员布莱尔的声音——默顿一直控制在很低的音量上——使他注意到了这个消息。"喂，游丝号，你在扭动!"他匆忙抓起潜望镜，但起初看不出游丝号巨大圆盘形的太阳帆有什么差错。因为游丝号以侧面与他相对，只呈细窄的椭圆形，所以很难发现问题，但不久他便看到游丝号在缓慢而不可阻挡的振荡中前后扭动着。如果乘员们不能适时轻微拉动悬索以抑止住这种波动，太阳帆就要被撕扯成碎片。

他们竭尽极大努力，20分钟后，看来好像成功了。然后，在接近太阳帆中心的地方，塑料薄膜开始撕裂，并在光线压力的作用下慢慢向外发展，宛如火中升起的烟盘上升着。15分钟后，除了支撑大网的辐射状帆桁的纤细的窗花格外，一无所剩。又一次出现了火箭摇曳着的火舌，一个救险装置赶来收回游丝号的密封舱，搭救它的沮丧的乘员组。

"在这里感到相当寂寞，是不是?"一个声音在船对船的无线电中说。

"你并不寂寞，迪米特里!"默顿反驳道。"你落在后面还有旅伴，只有我在前面是感到孤独的。"这并不是毫无根据的大话。此刻，狄安娜号超出第2名对手300英里，在未来的几小时中，他的领先地位还将稳步地加强。

列别捷夫号上的迪米特里·马科夫和善地轻轻一笑。默顿想，听他的声音根本不像一个甘心失败的人。

"请不要忘记乌龟和兔子赛跑的故事。"这个俄国人回答说。"在下一个1/4的100万英里的航程中，还可能大爆冷门呢！"

但事情的发生比那要快得多，因为他们完成绕地球一圈后，正在经过几千英里的高空的出发线时，太阳的射线给了他们额外的能量。默顿仔细地观察一下其他飞船，并把数据加入了计算机。计算机关于投标4号的答案是这样荒唐可笑，以致于他立即进行了重新检查。

毫无疑问，澳大利西亚人正以发疯的速度追赶上来。没有太阳飞船可能具有这样的速度，除非……

通过潜望镜迅速一看，便找到了答案。投标4号的悬索剪修到最小重量，让了方便之路。只有他的帆还保持原状，它像一块手帕随风飘动，从后面全速追赶而来。两小时后，它飘然而过，超过了近20英里。但没有多久，澳大利西亚人便加入了指挥官救险装置中的不断增加的人群。

所以，现在是狄安娜号和列别捷夫号间的直接对抗，因为尽管玛尔斯人还没认输，但他们落后1000英里，不再构成严重威胁。根据这个情况，还很难看出列别捷夫号要采取什么措施来超过狄安娜号的领先地位。但是在第二圈的全部航程中，再次经历黑暗，背向太阳长时间而缓慢地飘动。默顿感到越来越不安。

他很了解俄国的驾驶员和设计师们。20年来，他们一直努力要赢得这次比赛，并且只有他们赢得这次比赛，才毕竟是公正合理的，因为追溯到20世纪初叶，难道不是P. N. 列别捷夫第一个发现阳光压力的吗？但是他们从来未曾成功过。

并且，他们永远不会停止努力。迪米特里正忙于努力，一定会一鸣惊人。

在比赛飞船之后1000英里，官方救险发射装置上的指挥官范·斯特拉顿愤怒而沮丧地注视着无线射线照片。这照片从高悬在太阳炽热表面的太阳观察站上，旅行了1000多万英里，带来了最坏的消息。

指挥官——他的头衔当然无尚光荣，在地球上是哈佛大学天体物理学教授——已预料到了事情的一半。以前从来没有把比赛安排

世界著名科幻故事精华

第一卷

在这样晚的季节里，耽搁得太多了，他们打了赌，现在看来都可能要输。

在太阳表面的深处，正集聚着巨大的力量。相当100万颗氢弹的能量，随时都可能突然发生使人畏惧的爆炸，即出现人们所知的太阳光斑。一个比地球大许多倍但看不见的火球将从太阳一跃而起，以每小时数百万英里的速度上升，冲向宇宙。

带电气体的云雾有可能完全错过地球，但是假如不能错过，只要一天就能扑上地球。宇宙飞船可以用屏蔽罩和强大的磁屏保护自己，但轻型结构的太阳飞船，帆像纸一样薄，对这种威胁没有丝毫防护能力。乘员组将不得不被接走，比赛将不得不被放弃。

约翰·默顿驾驶狄安娜号第二次绕地球航行时，对这些还一无所知。如果一切顺利，他和俄国人都将还有最后一圈。他们从太阳的射线中获得能量，盘旋上升了数千英里。在这一圈，他们将完全躲避开地球，登上飞往月球的遥远航程。现在是直线比赛了。阳光号的乘员组在与他们自旋的太阳帆勇敢地奋斗了10万英里后，筋疲力尽，终于拉开了距离。

默顿丝毫不感觉疲倦，他吃得好，睡得香。狄安娜号飞行得极好。自动驾驶仪像繁忙的小蜘蛛似的，紧拉着悬索，比任何一个人类船长都能更精确地调整巨大的帆向着太阳。这时，两平方英里的塑料薄膜虽然被千百个微小陨石击打得满是洞孔，但针头大小的刺孔并未引起推力的下降。

他只有两种担心。第一是担心8号悬索，它已不能适当调整。卷盘没有任何警报就卡住了，就是从事了这么多年的宇航设计之后，甚至也难免有轴承在真空中失灵的现象。他既不能放长也不能缩短这条悬索，将必须用其他悬索尽力做最佳航行。幸好最困难的机动航行已经过去。从现在起，狄安娜号将背向太阳，一直顺着太阳风而飘游。正如古代的航海家所说，顺风驶船容易。

第二是担心列别捷夫号，它正在300英里之后尾随着他。俄国人的飞船由于有可围绕中心帆而倾斜跷起的4块巨大翼板，显示出了极大的机动灵活性。当它绕地球时进行的所有倒转飞行，都是以极高的精确度进行的，但要获得机动性，就必须牺牲速度，不可能兼而得之。在前面的直线而漫长的迎风行驶中，默顿是能够坚持住的。但是，在从现在起的三四天内狄安娜号从遥远的月球一侧闪过之前，他对胜利还毫无把握。

然后，在比赛的第50个小时，接近绕地球第二圈末尾时，马科夫使他略吃一惊。

"喂，约翰，"他通过船对船的无线电，漫不经心地说，"我倒想让你看看这个，它会引起你的兴趣！"

默顿回到潜望镜旁，把放大率调到最大限度。在视野里，出现了一种罕见的奇观，列别捷夫号的马耳他十字在群星中闪闪发光，闪光虽小但清晰可见。然后，正当他观看时，十字的4只臂与中心方形帆分离开，带着帆桁和悬索飘然而去，进入宇宙空间。

马科夫投弃了一切不必要的东西，这样一来，他在每一条线路上都获得动量，很快达到第二宇宙速度，不再需要缓慢而耐心地去环绕地球了。从现在开始，列别捷夫号几乎是无法控制了，但这并不要紧。它马上要进行特技航行了。这有如古时候驾驶快艇的人故意扔掉舵和沉重的龙骨，因为他知道剩下的比赛是一路顺风，在平静的海面上进行了。

"祝贺你，迪米特里！"默顿通过无线电说，"这一招玩得挺利索，但并不够漂亮——你现在赶不上啦！"

"我还没做完呢！"俄国人回答说。"在我国流传着一个古老的故事。冬天，一个雪橇被一群狼追赶着，驾雪橇的人为了活命，不得不把乘客一个一个地丢下去。你能理解这故事与我们的相似之处吗？"

默顿理解得再清楚不过了。在这最后的直线一圈中，迪米特里不再需要副手，列别捷夫号实在可以轻装决赛了。

"你这样做，亚历克西斯是会很不高兴的。"默顿回答说，"此外，这也违犯规则。"

"亚历克西斯是不高兴，但我是船长。他只需等10多分钟指挥官就来把他救走了。同时，规则对乘员组的人数没有明确说法，这你是应该知道的。"

默顿没有回答他。他以他所掌握的关于列别捷夫号的设计情况为基础，匆忙地做着计算。做完计算后，他意识到比赛的胜负仍难做定论。列别捷夫号将正好在他期待的通过月球的时刻赶上他。

但是，比赛的结果于 9200 万英里之外，已经在裁决之中了。

在水星轨道深处的 3 号太阳观察台上，自动仪器记录下了太阳光斑的全部演变过程。1 亿平方英里的太阳表面突然狂暴地爆炸开来，相比之下，这个圆盘的其余部分显得暗淡无光。在这个沸腾恐怖的景像之外，巨大光斑的带电等离子体就像一个有生命之物处在它所创造的磁场之中，盘旋翻转地升腾着。在它的前面，是紫外线和 X 射线以光速发出报警的闪光。这些光线在 8 分钟内到达地球，然而是相对无害的。否则，以每小时 4 万英里的从容不迫的速度在后面接踵而来的带电原子，只要一天就能将狄安娜号、列别捷夫号以及与他们结伴同行的小小船队吞没在致命的放射性云雾之中。

指挥官直到最后 1 分钟才做出决断。甚至在待到等离子体射流经过了金星轨道后，这射流或许还有错过地球的可能。但是，如果不到 4 小时的距离，并且月球上的雷达网已经测知了射流，他知道那就毫无希望了。直到太阳再次平静下来以前，五六年内所有太阳帆船的航行都必须停止。

一种巨大的失望的叹息掠过太阳系。狄安娜号和列别捷夫号正齐头并进在地球到月球的旅途中间。现在还很难说哪只船更好些。那些比赛迷们将对比赛结果争论多年，但历史却将只记载：因为日暴，比赛取消。

约翰·默顿接到命令时，感到一种自童年以来从未尝到过的痛苦。越过流逝的岁月，他痛苦而清晰地回忆起他 10 岁的生日，他曾指望给他一个盛名一时的晨星号宇宙飞船的比例精确的模型，并且几个星期都在设想如何组装它以及挂在房间里的什么位置上。可是，到了最后时刻，他爸爸却带来了坏消息："约翰，很对不起……花钱太多，或许明年……"

经过半个世纪和成功的一生以后，他又成了痛断肝肠的伤心的孩子。

他曾在片刻间考虑过不服从指挥官的命令。假设继续航行，不理睬他的警告，会怎么样呢？即使比赛取消了，他还可以横越太空，到达月球，这将千秋万代永载史册啊！

但是，没有比这更愚蠢的啦！这就是自杀，而且是一种非常不愉快的自杀。他曾见过飞船在宇宙的深处磁屏蔽失灵，人死于放射性毒害的情景。不，那不值得……

他为迪米特里·马科夫，也为他自己感到遗憾。他们俩都应该赢得比赛，而今胜利将不属于任何人。由于太阳处于一种愤怒之中，即或能凭借它的光线到达宇宙的边缘，也没有人能够争胜负了。

在50英里之后，指挥官的救险装置正接近列别捷夫号，准备救出它的船长。迪米特里怀着他也要一同离去的心情切断了悬索，银色的太阳帆飞走了。轻巧的密封舱将带回地球也许再度使用，但太阳帆却只能展开用做一次航行。

他可以按一下投弃按键，给他的营救节省几分钟时间，但他不能这样做，他想要在长期以来成为他的梦想和生命的一部分的小船上逗留到最后一刻。巨大的太阳帆张开着，以正确的角度对着太阳，产生出最大的推力。狄安娜号载着他脱离开地球引力已有良久，可现在它还在增加着速度。

尽管一无所获，但毫不犹豫，他知道必须做什么。他最后一次坐在帮助他飞行完到月球的一半航程的计算机前。

他完成这一切后，便收拾航行记录和几件私人物品。他笨手笨脚地爬进紧急救生衣，因为他活动不方便，并且一个人自己穿这种衣服也确实不容易。

正当他要戴严防护帽时，指挥官的声音突然在无线电里呼叫他："船长，我们5分钟就赶上你了，请断索放帆，这样我们就不会撞上它了。"

约翰·默顿——狄安娜号太阳飞船的第一个和最后一个船长踌躇了片刻。他最后环视一次这个小小的座舱，里面闪闪发光的仪器和井然有序的控制系统都固定在最终的位置上。然后，他对着麦克风说："我马上离开飞船，请及时搭救。不用管狄安娜号！"

指挥官没有回话。为这一点他很感激。范·斯特拉顿教授肯定会猜测到是怎么回事，并知道在这最后的时刻他希望让他独自无忧。

他没有操心去排尽密封舱的气体，冲出的气体把他轻轻地吹进了宇宙。他给予狄安娜号的推力是他最后的礼物。狄安娜号离开了他，变得越来越小，太阳帆在阳光中闪射着光辉，这阳光将千百年为它所有。两天后，它将经过月球，但月球和地球一样，永远无法截住它。假如它的重量不能使它放慢，它的航行时速将每天增加2000英里。一个月后，它将比任何人造飞船都要飞得快。

随着距离的增大，太阳光线减弱了，它的加速度也要下降。但是，即或在火星的轨道上，它的时速也要每天增加1000英里。在那时以前，它早就运动得非常之快了，太阳将无法控制住它。它比任何从群星中飞驰而来的慧星都要快，将一直冲进深不可测的宇宙之中。

仅几英里之外的火箭摇曳着的火吞映入了默顿的眼帘。救险装置正以比狄安娜号快千百倍的速度赶上来救他。但是，发动机只能转动几分钟，燃料就要消耗殆尽，而狄安娜号却将继续增加速度，被太阳永恒的火焰推向茫茫太空，永存悠悠青史。

"再见吧，我的飞船!"约翰·默顿说，"我真想知道，从现在起多少千年之后，会有什么样的眼睛注视着你?"

救险装置上的鱼雷小车慢慢地伸到他的身边时，他终于平静下来了。他永远不能赢得飞往月球的比赛了，但他的帆船却将是飞往星际的漫长航程上的第一艘人造太阳帆船。

第二章　星球纵览

奔向新城

太阳正在从他们的背后升起。

"我想我们最好下山去找其他神父，告诉他们这些情况，把他们带到这儿来。"伯尔格林神父说。

太阳爬上了中天，他们踏上返回火箭的道路。

伯尔格林神父在黑板的中间划了一个圆圈。

"这是救世主，上帝的儿子。"

他假装听不见其他神父急剧的吸气声。

"这是救世主，上帝的光荣。"他继续说。

"这看起来像是个几何问题。"斯通神父评论道。

"这是个很好的比喻，因为我们这里说的是象征问题，你必须承认，不论用圆圈表示还是用方块表示，救世主永远是救世主，几百年来，十字架一直象征着他的慈爱和悲痛。所以，这个圆圈就是火星人的救世主的象征，这就是我们要把救世主带到火星上来的方式。"

神父们一阵骚动，面面相觑。

"马赛厄斯兄弟，你去用玻璃做一个这样的圆圈来，它象征一个充满火光的球体。将来好放在圣坛上。"

"这只不过是个不值钱的小魔术。"斯通神父咕哝着说。

伯尔格林神父继续耐心地说："恰恰相反，我们要给他们带来一

世界著名科幻故事精华

第一卷

个可以理解的上帝的形象，如果在地球上，如果救世主像一个章鱼似的出现在我们的面前，我们会马上承认他吗？"他伸开双手。"通过耶稣，以人的形状把救世主带给我们，这难道是上帝的不值钱的魔术吗？当我们把在这里造的教堂以及这里面的圣坛和这种圆的圣像都神化之后，难道你认为救世主不会接受我们面前的这个形象吗？你们心里明白，他会接受的。"

"但是一个没有灵魂的动物躯体！"马赛厄斯兄弟说。

"这个问题我们已经讲过了。自从今天早晨回来，已讲过好多遍了，马赛厄斯兄弟。这些生物从山崩中救了我们。他们意识到自杀是有罪的，所以一次又一次地阻止此事发生。因此，我们必须在这些山上修建一座教堂，和他们一起生活，发现他们自己独特的犯罪方式——外星人的方式，并帮助他们认识上帝。"

神父们看起来对前景并不满意。

"是不是因为他们看起来很古怪？"伯尔格林神父有些惊奇。"但是形状是什么？只不过是上天赐给我们大家装智慧灵魂的一种杯子。假如明天我突然发现海狮有自由的意志，才智，知道什么时候不犯罪，知道什么是生活，并且恩威兼施，热爱生活，那么我就会修建一座海底大教堂。同样，如果麻雀哪天凭着上帝的意志奇迹般地获得永生的灵魂，我就用氢气运来一座教堂，并且照他们的样子建造圣像；因为所有的灵魂，不管是什么形式，只要有自由的意志，知道他们的罪孽，就会在地狱里受罪，因为它只不过是我眼里一个球体而已。当我闭上眼睛，它就出现在我的面前，那是一种智慧，一种爱，一种灵魂——我不能否认它。"

"但是那个玻璃是希望放在祭坛上的。"斯通神父反对说。

"想想中国人，"伯尔格林神父冷静地回答，"中国的基督教徒信仰什么样的救世主？自然是东方的救世主。你们大家都看过东方耶稣诞生的情景。救世主穿的什么样的衣服？穿着东方的长袍。他在哪生活？在中国的竹丛树林，在烟雾缭绕的山上。他的眼睑细长，颧骨突出。每个国家、民族都给我们的上帝增加了些东西，这使我想起瓜德罗普圣母，整个墨西哥都爱她。爱她的皮肤吗？你们是否

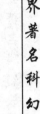

世界著名科幻故事精华

注意到她的画像？她的皮肤是黑的，和她的崇拜者一样，这是亵渎神明吗？根本不是，人们应该接受另一种与他们不同颜色的上帝是不符合逻辑的，不管他是多么真实。我经常想，为什么我们的传教士在非洲做得很好，虽然救世主肤色雪白。也许因为对非洲的部族来说，白色是一种神圣颜色。随着时间的推移，救世主在那儿难道不也可能变黑吗？形式无关紧要，内容才是根本的东西。我们不能期望这些火星人去接受外来的形式，我们要按照他们自己的形象把救世主带给他们。"

"在你的推论中也有不足之处，神父，"斯通神父说，"难道火星人不会怀疑我们伪善吗？他们会认识到，我们不崇拜一个圆形球体的救助，而是崇拜一个有着躯体和脑袋的人。我们怎么来解释这种区别呢？"

"向他们说明没有差别。救世主会拯救任何信奉他的人。不管是肉体还是球体，——他都存在着；每个人都要崇拜他，当然存在的方式各异。此外，我们必须信任这个我们称之为火星人的球体。我们必须信任一种形式，尽管其外表对我们来说毫无意义。这个球体是救世主的象征。并且我们必须记住，对这些火星人来说，我们自己和我们地球上救世主的形状是没有意义的，是荒唐的，是一种物质上的浪费。"

伯尔格林神父把粉笔放在一边。"现在让我们进山去建造我们的教堂吧。"

神父们开始整理他们的行装。

这个教堂并不是一个真正的教堂，而是在一座矮矮的山上，开辟出一块没有石头的高地，把高地上的土弄平，打扫干净，再修建一个祭坛，然后把马赛厄斯兄弟做的火球放在上面。

工作了六天，"教堂"建成了。

"这东西怎么办呢？"斯通神父轻轻地敲着带来的一个铁钟，"这个钟对他们有什么意义呢？"

"我想带它来是为了自我安慰。"伯尔格林神父承认道。"我们要随便些。这个教堂看起来不大像教堂。在这里确实有点可笑——

我也有同感；因为改变另一个世界的人对我们来说也是生疏的事情。我总感到像一个滑稽演员。所以我就向上帝祈祷赐给我力量。"

"许多神父感到不愉快，有些还对此开玩笑，伯尔格林神父。"

"我知道。不管怎么样，为安慰他们，我们要把这个钟放在一个小塔上。"

"风琴怎么办呢？"

"明天第一次礼拜式上我们演奏。"

"然而，火星人——"

"我知道，可是，为了自我安慰，我想还是用自己的乐器，以后我们可以找到他们的乐器。"

礼拜天早晨他们起得很早，一个个像面色苍白的幽灵在严寒中走着，衣服上的白霜叮叮作响，宛如全身都发出和谐的钟声，银白色的水珠摇落在地上。

"我不知道这火星上今天是否是礼拜天？"伯尔格林神父沉思着。但看到神父们畏缩不前，他赶紧走上去。"今天也许是礼拜二或礼拜四——谁说得清呢？但没关系，我在瞎想。对我们来说今天是礼拜天。来吧。"

神父们走进平坦宽阔的"教堂"，跪在地上，冻得浑身发抖，嘴唇发紫。

伯尔格林神父祈祷了一会儿，接着把冰凉的手指放在风琴的键上。音乐像美丽的鸟儿飞翔。他按动着琴键，像一个人在荒原的杂草间移动着双手，把美好的东西掠起，飞入山中。

神父们等待着。

"喂，伯尔格林神父，"斯通神父仰望着寂静的天空，太阳冉冉升起，红如炉火。"我没有看到我们的朋友。"

"让我再试一次。"伯尔格林神父出汗了。

他建起一座巴赫式的建筑，精致的石头堆起一个音乐大教堂，它如此宽大，以致最远的圣坛设在尼奈夫神那里，最远的穹顶高到圣·彼德的左手。乐声缭绕，似乎奏完之后也没有消失，而且在随着一缕缕白云向远处飘去。

天空依然空空荡荡。

"他们一定会来的！"但伯尔格林神父的表情有点惊慌，起初不明显，但越来越厉害。"我们祈祷吧，请他们到来，他们懂得我们的愿望，他们知道。"

神父们又跪在地上，战战兢兢，低声祈祷。

礼拜天早晨七点钟，或许在火星上是礼拜四早晨，或许是礼拜一早晨，从东方的冰山里出现了柔光闪闪的炎球。

这些火球翩翩徘徊，徐徐下降，布满了颤抖着的神父们的周围。"谢谢你们；哦，谢谢你们，上帝。"伯尔格林神父紧紧地闭上眼睛，又奏起音乐来，演奏之际，他转过头去，注视那些令人惊奇的教徒。

一个声音在他的脑海里响了起来，这个声音说：

"我们已经来了一会儿了。"

"你们可以呆在这儿。"伯尔格林神父说。

"只呆一会儿，"这个声音轻轻地说。"我们是来告诉你一些事情的。我们本应该早点对你说。但我们设想如果没人管你，你会照自己的方式干下去的。"

伯尔格林神父开始说话，但这个声音却使他沉默下来。

"我们是造物主，"这个声音说道；好像蓝色的气体火焰，钻进他的身体，在胸中燃烧。"我们是古代的火星人，离开大理石船的城市，来到这山里，放弃了我们原来的物质生活。在很久以前我们就变成了现在这个样子的东西。我们也曾像你们一样，是有躯体，有胳膊有腿的人。传说我们当中有一个人，一个好人，发现了一种解放人们灵魂和才智的方法，能解除人们肉体上的痛苦和精神上的悲伤，能解除死亡和形休变化，还能解除阴郁和衰老，这样，我们就采取闪光和蓝火的形式出现了。从那以后，我们一直居住在风里，天空和山中，既不得意也不傲慢，既不富有也不贫穷，既不热情也不冷淡。我们不和我们留的那些人——这个世界上另外那些人——住在一起。我们的来历已经忘却，整个过程全忘了。但我们将永远活着，也不损害别人。我们已摆脱了肉体上的罪孽，得到上帝的保佑。我们从不觊觎别人的财产，我们没有财产。我们不偷盗，不杀人，不好色，不怨恨。我们在幸福中生活。我们不能繁殖；我们不吃、不喝，不发动战争。当我们的躯体被抛弃时，我们摆脱了一切淫荡幼稚和肉体上的罪孽。我们已远离了罪恶，伯尔格林神父，它像秋天的树叶一样被烧掉了，像冬天令人讨厌的积雪一样被清除了，像春天有性生殖的红黄花朵一样凋谢了，像使人喘不过气来的酷热的夏夜一样过去了。我们的季节温和宜人，我们这地方思想丰富。"

伯尔格林神父站了起来，因为这声音使他异常激动，差一点使他失去理智。狂喜和热火在他的全身激荡！

"我们希望告诉你，我们感谢你们为我们修建的这个地方。但我们并不需要它，因为我们每个人对我们自己都是一个寺院。我们不需要任何地方来净化自己。请原谅我们没有早点到你这儿来，可是我们不在一起，而且离的很远，一万年来跟谁都没说过话，也没有过任何方式干涉过这个星球的生活。现在你认为我们是这田野上的百合花，既不耕田也不织布。你说得对。所以我们建议把你这教堂的各种部件搬到你们自己新的城市里，去那里把它们净化，你放心好了，我们彼此都和平相处，十分幸福。"

在一大片蓝光之中，神父们跪在地上，伯尔格林神父也跪在那儿，他们全部在哭泣。时间白白地流失，没有关系，对他们来说，毫无关系。

蓝球咕哝着，一阵冷风吹来，又开始升起。

"我可以"——伯尔格林神父在喊道，他闭着眼睛，不敢发问，"我可以——某一天——我可以再来——我可以再来——再来这儿——向你们学习吗？"

蓝火闪闪发光。空气微微颤动。

是的，有一天他可能再来，会有那么一天。

接着火气球飘忽不见。伯尔格林神父像是个孩子一样，跪在地上，眼泪夺眶而出。他对自己喊道："回来！回来！"祖父随时会扶起他，把他带到早已不存在的俄亥俄州城内楼上的卧室里去……

日落时分，神父们从山上鱼贯而下。回头张望，伯尔格林神父看到蓝火在燃烧。"不，"他想，"我们不能为像你们这样的东西修建教堂。你们自己就十分美好。什么教堂能与这纯洁灵魂的焰火相比呢?"

斯通神父默默地在他旁边走着。他终于说:"照我看来,在每个行星上都有上帝。他们都是主上帝的组成部分。他们就像一个数据的部位,某一天一定会组合在一起。这已是一番震惊的经历。我不再会怀疑了,伯尔格林神父,因为这儿的上帝和地球上的上帝一样真实,他们肩并肩地躺在一起。我们要到其他世界,增加上帝的组成部分,直到有一天,整个上帝站在我们面前,像新时代的曙光一样。"

"你说的真不少啊,斯通神父。"

"我现在有点感到遗憾。我们要到下面城里去管理我们自己的同类,现在那些蓝光,当它们在我们身边飘绕时,那声音……"斯通神父颤抖着。

伯尔格林神父伸手拉住斯通神父的胳膊,一起走着。

"你知道,"斯通神父最后说,眼睛盯着小心翼翼地抱着玻璃球走在前面的马赛厄斯兄弟,蓝色的磷火永远在里面闪闪发光。"你知道,伯尔格林神父,那里的火球——"

"什么?"

"这就是上帝,毕竟它代表上帝。"

伯尔格林神父微笑着,他们下了山,朝着新城的方向走去。

异星探险

约翰·罗兰辛住在第 58 层的旅馆里,他站在窗边,鸟瞰着夜色中的基多城。

已近半夜,这时分,将有一大批火箭发射升空,罗兰辛希望能欣赏这景色,它是太阳系里相当出名的奇景之一。他付了双倍的价钱来租这间面对着太空港围墙的房间，尽管房租是由拉格兰治探索协会支付的，但他心里仍有点过意不去。

他的童年是在阿拉斯加一个偏远的农场中度过的，经过艰辛奋斗才读完大学。作为一个穷学生，能念完大学，取得学位，全是靠奖学金和勤工俭学才能完成的。接着就在月球天文台工作了多年，他从未这样奢侈过呢。不过，在要到太阳系以外无尽的黑暗中去探索之前，他倒要先看一次基多城太空港半夜的奇景才甘心，说不定他再也没有另一次能看它的机会了。

就在这时，电话铃轻轻地响了起来。

电话屏幕上现出一个面孔，这是个不易记得起来的面孔，圆滑丰满，狮子鼻，一头稀疏的灰发，身体似乎又矮又壮。

在月球城，每个人都是互相认识的，到地球来旅行并不多见，罗兰辛根本不认识这打电话来的陌生人。再说，他不习惯地心吸力和气候变化。他感到有些失落。

"是罗兰辛博士吗？我是爱德华·艾维尼，是政府人员，也同时是拉格兰治探索协会的人员，是两者之间的联络官，我将以心理学医生身份参加这次探险……"

他们约定一会儿见面，艾维尼把自己住的旅馆告诉了他，就挂断了电话。

这时，一阵低沉的隆隆声穿透房间，火箭发射啦！只见太空港的围墙好像地球的边缘，在灯光下一片黑色，一艘、两艘……十多支金属的长矛，带着火焰，发出雷鸣，腾空而起，月亮在城市的上空，好像一个寒冷的盾牌……不错，这奇景确是值得一看的。

罗兰辛乘上空中轿车，转瞬就来到了另一家旅馆，他来到要找的套间，在门口说了声"罗兰辛"，门就应声为他自动打开。他步入接待室，把具有内热设备的外衣脱下来交给机械人，接着就见到了艾维尼。

艾维尼个子的确很矮，罗兰辛跟他握手时，得低头来看他，他的年纪大约有罗兰辛的一倍。

寒暄之后，艾维尼把一位火星人介绍给罗兰辛，同船去特罗亚星探险。

这位火星人高大瘦削，轮廓粗犷，他的面孔棱角分明，鼻子和下巴突出，剪得很短的黑发下，是一对不好相处的黑眼睛。

"这位是贾普·唐敦，在新锡安大学任教，是个物理学家、辐射学和光学的专家。"

贾普·唐敦是很有才能的，是物理界的权威人士。在安排这次探险的人员时，对于唐敦反对的人，艾维尼都不得不做出让步。

唐敦走后，罗兰辛和艾维尼谈到了在他们之前的第一次特罗亚星探险。

第一次探险队下落不明地失踪，是 7 年前的事，关于这第二次探险，也准备有 5 年的时间了。

"准备工作出现了很多困难和差错，并且还出现了破坏。"艾维尼说。

"破坏?!"罗兰辛吃惊地问了一声。

艾维尼道："只因为有一个人冒死坚守岗位，太空船'赫德逊'号才不至于完全损失掉。随着每次失败，公众对于向外星移民的思想越来越反感了……幸好协会的首脑，还有韩密敦船长和其他一些人，顽强地坚持下来。"

"谁搞破坏呢?"罗兰辛又问。

"不知道。这正是我们这次去探险打算弄个水落石出的问题。"

看来，是有人或者某些东西不希望人到达特罗亚星去，可这是谁呢？为什么这样呢？

我们能找到这问题的答案吗？能把这答案带回地球来吗？第一艘探险船"达伽马"号，它的仪器装备跟这次一样好，也跟这次一样载了人去，就没有回来。

不管怎样，"赫德逊"号还是出发了。

罗兰辛在细看着一份小册子，那上面写着："自从发明了超光速曲相飞行后，在很大范围内，星际之间的距离，已几乎变得没有意义了。飞过 10 万光年所需的时间和能量，并不比飞过 1 光年多多少。很自然的结果是，一旦探察了最近的几个星球之后，太阳系的探索者就开始对宇宙中最感兴趣的星球进行调查研究了，即使找寻一个跟地球相似的星球来移民的希望告吹，其收获，以科学知识来说，仍是很可观的……"

罗兰辛将小册子放下，叹了口气。他几乎可以把它背出来了。是的，太阳系挤满了70亿人口，正急于找寻出路去处。火星、水星和木星等几个星球都已经移民，但是耗费极大，付出的代价与收益相比较，实在是得不偿失。

"达伽马"号出发，离太阳系而去，两年后，人们彻底失望了，很少听到人们谈论新的星球了，人们越来越依赖这老迈疲乏的地球，把它当做他们唯一的家园和唯一的希望，永远这样过下去……

现在，太阳总算是落在他们后边20亿千米了，小得只像在雾霭中的一颗发亮的小星星，他们终于以超光速进入曲相的飞行。

无论从时间上，还是距离上，这次飞行都是相当漫长的，转眼一个月过去了，这只有在钟上看得出来，其他都没有任何变化做标记，困在这没有时间观念的生活中，他们现在只有等待。船上共有50人，有太空人，也有科学家，他们都在消磨着这种空虚的时间，考虑着曲相结束时会遇到什么。

艾维尼和工程师土耳其人凯玛尔两人下棋；地质学家迈克尔·菲南迪兹是乌拉圭人，他个子不高，皮肤棕黑，是很活泼的年轻人，正坐在那儿拨弄吉他；在他旁边是唐敦，正在看书。

罗兰辛走到凯玛尔身边，观看他下棋，凯玛尔皮肤黝黑、矮胖粗壮、脸膛宽阔、鹰钩鼻子，性格鲁莽粗野，常常固执己见，但罗兰辛很喜欢他。

凯玛尔在艾维尼的步步紧逼下，整个战局走向危机。这时菲南迪兹又拨响了他那不熟练刺耳的琴音，凯玛尔顿时火冒三丈，他俩争吵起来。这时，费德利克·冯·奥斯丹醉醺醺地走过来，也加入这场"战斗"，他是作为主枪炮手加入这艘太空船的。唐敦也站在凯玛尔一边说话，罗兰辛和艾维尼的一切劝解都是无效的，最后导致凯玛尔和菲南迪兹拳脚相加，难解难分。

"你们在搞什么鬼呀？"

随着一声喝斥，韩密敦船长出现在大家面前。他是个高大的人，魁伟结实，虎背熊腰，神态稳重，在布满深纹的脸上，是一头浓密的灰白的头发。他穿着一身蓝色的军便服，这个联盟的巡逻队的后备军人，整齐得一尘不染。他正常时那低沉的语音，已变成了军官式的怒吼，他环视着大家的目光，冷得像铁一般。

所有的人都安静下来，威严的韩密敦船长一顿令人折服的训斥后，宣布对在场的人禁闭一天！

天空是一片令人难以置信的景象。

"赫德逊"号绕着特罗亚星，在4000千米外的轨道上飞行。特罗亚星的伴星伊留姆星看去差不多4倍大于地球所看到的月球，它的边缘被稀薄的大气弄得含糊不清，死海床粗糙的遗迹使发蓝的球面斑斑驳驳。这是一个细小的星球，未老先衰，无处可供移民居住；但对于特罗亚星的人，却是一个易于到达而矿产丰富的星球。

特罗亚星在窗外巨大无比，充塞了近半个天空，你可以看到它上面的气流、云层和风暴，它的白昼与夜晚。冰雪掩盖了它表面的1/3，是一片刺眼的白色，而刮风不息的海洋是一片蓝色。

特罗亚星在赤道地带呈现一片葱绿，由深绿色向南北两极慢慢变淡，化为棕色。湖泊和河流，像银丝一样密布其上，在两岸有着高大的山脉，巍峨高耸，若隐若现。

在太空船上，人们思索着，观察着，记录着，特罗亚星上的一切图景都记录在案了，可就是没有发现"达伽马"号的一点踪迹。大家进行着各种猜测，最后又都被一一否定了。

罗兰辛受命带领几个人绘制特罗亚星的地图，地图非常精确，各处都有命名。

罗兰辛知道，一个新的陌生星球，必须很小心谨慎地去接近它，不可操之过急。

四艘着陆船从"赫德逊"号飞下，向特罗亚星飞去，一行共40人，留下一批基干人员在太空船上，使其保持在它的轨道上运行。

着陆船降落在被命名为斯卡曼达河附近几千米远的地方，这是一个有着一些树丛点缀的宽阔草原。

化学家和生物学家把机械人放出船舱，取回空气、土壤、植物样本进行化验；把一笼猴子放置在船外一星期，这期间没一个人离船外出，船外的事情都由机械人来办。

机械人采来可食植物，这食物的味道是无法形容的，有点儿像

世界著名科幻故事精华

第一卷

姜，有点儿像肉桂味，也有点像大蒜。

有时，可以望见动物，大多数是细小的体形，在长长的草丛中走过；也偶尔有较大的四脚兽出没。

大家在着陆船上焦躁地等了一星期，把外面的猴子拿进来进行检查解剖，分析之后，得出结论：人类可以走出着陆船，踏上特罗亚星的土地。

韩密敦船长把太阳系联盟的旗帜插在这片土地上。这里一片沸腾，打井建房，两天后，营地就建成了，各种必要设施一应俱全。

这里经常都是光亮的，有青色的和白色的两颗日星照耀，也从那巨大的伴星的巨盾上反射过来光线，在高高的天上，众星燃烧着令人难以置信的光烁。

在这星球上，有些植物是带毒素的，有两个人仅仅是走路时擦过它们，就出了一身疹子。这里的所谓树木，都是些低矮结实的小树丛，用斧头很难把它们砍倒，须使用原子热能火焰喷射锯将它们锯掉，根据它们的年轮来看，已生长了好几世纪了。

在这星球上，狩猎是相当容易的，没有一种动物曾经见过人或猎枪，它们看见人竟好奇地走近来，结果就成了猎获物。

这地方气候比较适宜人生存，也很宁静，只有风雨雷电的声响，遥远处传来一两声野兽的吼叫，天上有拍翼的声音，一种近似原始的氛围。

这星球每一天是 36 个小时。这样过了 12 天，接着外星人来了。

望远镜以顺时针方向转动，突然发现有形象在视野中活动。

冯·奥斯丹大叫一声："集合！"然后他拿起内部通讯联络系统的话筒："所有人注意，在全部防御点候命。韩密敦船长在哪儿？请通话！"

"我是在一号船头上，他们看来似是……智慧生物……是吧？"韩密敦马上就回了话。接着命令道："做好准备，火力要盖住他们！不过，没有我的命令，不准开火，甚至在他们向我们开火的时候。"

警报提高到一个新的调子：全体戒备！

难捱的一个钟头过去了，外星人正很接近地向营地走过来。

两群"人"对峙着。

那些外星人像人一样用两腿直立，不过微微向前倾，这样使他们1.70米多的高度降低了10来厘米，一条像袋鼠似的尾巴，保持着身体的平衡；他们的手臂相当瘦削，5只手指呈对称状长着，每一只手指都比人类多一个关节；他们的头部是圆形的，有着两只长满簇毛的长耳朵，扁平的黑鼻子，突出的下巴，在黑色阔嘴嘴唇的口上有着颊须，一双金色的长长的眼睛。

他们穿着宽松的罩衫，脚上穿着松毛皮靴，腰间围着皮带，挂着两个小袋，一柄刀或斧头，还有一个大概是火药筒的东西，在他们背后背着细小的背囊，手中握着长筒状的东西，可能是滑膛枪。

他们其中的一个讲话了，那是带着很重喉音的呜呜的颤音。

韩密敦对同伴说："他们的行动不像是个战斗的队伍……艾维尼，你是个语言专家，你能弄清他们讲的是什么吗？"

"不……还不能，"艾维尼这位心理学家满脸流汗，讲话也口吃起来，"他们……讲的是……独特的语言。"

罗兰辛觉得奇怪，艾维尼干吗这么紧张呢？

"他们的行动像……嗯，我也不知道像什么，"韩密敦说，"除了一点我敢肯定，他们显然并不把我们当成是从天而降的天神。"

菲南迪兹说："他们是从哪里来的呢？这星球并没有城市，没有道路，甚至连一个村子都没有。"

韩密敦说："那正是我希望我们能搞清楚的事。艾维尼，你尽快弄懂他们的语言。冯·奥斯丹，在防卫哨部署好守卫，具体派人一个盯一个'陪'着这几个生物。"

外星人被留在一间简陋小屋里居住，他们睡觉时，总有一个人醒着做守卫。他们似乎不喜欢跟人类混杂在一起，而用他们自己的器皿煮食。不过，他们一连好多天都跟随着艾维尼和罗兰辛，而且相当努力于交换语言智能。

那些外星人，自称为"罗尔万"。到底罗尔万是什么，谁也说不清，这也只是人类的喉咙可能发出的近似音罢了。不过，总算开始分出他们的姓名了，有3个首先弄清的名字是：西尼斯，杨伏萨兰，阿拉士伏。

当然，要学懂一种外星人的语言是相当困难的，需要很大的耐

世界著名科幻故事精华

第一卷

心与毅力。艾维尼弄懂了一些动词和一些基本词汇，同时也分析出一整套的音素，但他却说他没有搞清这些，一再为这种语言的难学而叫苦不迭。罗兰辛向他索要这种语言的资料，他给罗兰辛的，也是更改过的抄本。

艾维尼在研究着外星人的语言，其他人在无所事事地干等着。终于有一天，韩密敦船长把罗兰辛、唐敦、凯玛尔、菲南迪兹和冯·奥斯丹召集起来，听艾维尼的报告。

艾维尼说他对罗尔万语言做了点研究，但所获甚微。不过，在今天他弄清了一件事，罗尔万人要回老家去，并且拒绝用飞行车送，他们坚持步行，尽管要走4个星期的路程。罗尔万人也不高兴在空中跟踪他们，但并不反对一些人陪同他们步行同往。

艾维尼没弄清罗尔万语，但却把这件事弄得清清楚楚。

冯·奥斯丹脸涨得通红："这是圈套！"

"当然，你可以偷偷地带一个手提无线电收发报机去。"韩密敦船长对冯·奥斯丹说。然后他又说：

"艾维尼想跟他们一起去，我同意派几个人，去摸摸虚实，这也正是我们的工作。看看谁愿意去？"

罗兰辛有些犹疑，但其他几个人都表示赞成，他也只好同意了。事后他才意识到，假如当时有谁说一声不愿去，那大家都会退缩不前的，人就是这么一种有趣而古怪的动物。

大家艰难地行进着。

凯玛尔背着发报机，那是一个点线发报系统，他一直不让罗尔万人怀疑这无线电是什么东西。

韩密敦船长建立起3个三角自动收报站，随时接收凯玛尔发来的信息。

罗尔万人看样子对路线并不太陌生，只是偶尔翻翻他们手绘的很像中国绘画的地图。

罗兰辛开始能分辨出他们的个性特征了。阿拉士伏是个行动迅速、鲁莽、三言两语就干起来的性子；西尼斯则是个慢吞吞、行动缓慢迟钝的类型；从杨伏萨兰的表情，看得出他脾气暴戾；另一个能叫出名字的狄乍加兹看来是他们当中最有学问的知识分子了，他跟艾维尼一起很用功地研究语言。

罗兰辛设法跟上他们的语言课，但很难得到艾维尼的指点。

大家一路行进，渐渐地，双方有了接触和交往，彼此有些融洽了。这旅途变得和平和充满友谊。

罗兰辛和唐敦时常为各个星球之间的争战和不断移民而争论，而发感概。罗兰辛望着那些蹦跳着的罗尔万人灰色的身影，心想：在他们那些非人类的脑壳里，又有着些什么梦想呢？他们会为了什么事去奴役，去杀戮，去欺骗，去为之而死吗？这星球是他们的星球吗？

菲南迪兹出生在拉丁美洲的乌拉圭，他的家庭是个历史悠久、非常富有的大家族，他是这大家族中的嫡子。他有机会受过很高深的教育，也享受过最富裕的生活。他有大量的藏书，有马匹，有游艇，经常去戏院，听音乐；他曾在世界马球大赛中为他们的大陆夺了很多分，还曾驾驶帆船横渡大西洋；他在月球和水星做过很多地质地层学的工作……

现在却带着一首美丽的歌，离开地球去探索星空。

他就死在特罗亚星上。

这惨事来得太迅速也太残酷了，那是在开阔的草原上行进两周之后，他们到达了微微向上伸展的地方，走向在远方地平线窥见的蓝色迷蒙的远山。

这地带长满了又长又粗的草，密密麻麻的树木，流着冷冽而湍急的河水，经常有风刮过。

队伍作一列长排，跌跌撞撞地走上崎岖的山道。这一带有着很多生物，四翅兽展开 4 只毛茸茸的翅膀，小一点的兽类惊慌奔逃，远处一群有角的爬虫停住脚步，用一眨不眨的眼睛望着这群旅人。

罗兰辛走在队伍的前端，他看见前边的一块岩石上，躺着一只细小的颜色鲜艳的动物，正在晒着阳光。它看去像长得过分大的蜥蜴，罗兰辛向身边的外星人阿拉士伏指了指这动物。

"沃兰苏。"阿拉士伏回答。

罗兰辛已经能慢慢分别出不同的语言了。

"不……"罗兰辛觉得古怪的是，艾维尼研究了这么久，仍不知道"对"和"不对"的词语，也许，他根本就不想让别人学罗尔万语吧。所以他只好用英语说："不，我懂得那个词，那是指石头，我是指那在石头上的蜥蜴。"

阿拉士伏走过去看了好一阵，才说："西纳尔兰。"

罗兰辛一边走，一边在笔记本上把这个词记下来。一分钟后，他听见了菲南迪兹发出的惨叫声。他回转身来，只见那地质地貌学家早已倒下来，那蜥蜴咬着他的裤腿。

唐敦捉住那蜥蜴的脖子，将它摔在地上，用脚把它的头踩碎。

菲南迪兹用痛苦的眼睛望着大家："好痛啊……"他的腿上留着牙印的啮痕，四周有着发紫的色泽。

"毒！快拿急救箱来！"唐敦喊叫着。

艾维尼用刀子把伤腿的皮肉割开。

菲南迪兹猛吸了口气，叫着："我不能呼吸……透不过气来……我透不过气……"

艾维尼弯下腰，想去吸吮伤口，但他立即就挺起腰杆，含糊地说了声："把毒血吸出来也没用，如果毒已扩展到他的胸部，是没办法了。"

菲南迪兹的眼睛往上一翻，他们看出他的胸部突然静止不动了。

人工呼吸也是白费的，他的心脏彻底地停止了跳动。

罗兰辛站在那儿一动不动，他从未见过人死，也无法接受眼前的事实。

大家掩埋了他的尸体。

罗兰辛悲恸万分。菲南迪兹活着的时候，对于唐敦来说，只是个罗马天主教徒；对于凯玛尔，他是个又唱又闹的家伙，凯玛尔还曾因为他的吵闹而同他发生过争执；冯·奥斯丹曾把他叫做手无缚鸡之力的花花公子和蠢才；艾维尼呢，菲南迪兹对于他，只不过是另一个研究的对象罢了；对于罗兰辛自己呢，他跟菲南迪兹的关系，从来就并不特别密切。

他们再也救不活死者，对于埋在石下的尸体，他们没有什么事可做了。为什么在死者生前，不对他更好些呢？

菲南迪兹长眠在遥远的异星，孤单寂寞，不知他的灵魂要飞渡多少光年才能回到南美洲葱绿的家园了。

罗兰辛猛地想起一件事，当时他同阿拉士伏走在前边，他指着石头上的毒蜥蝎问是什么，阿拉士伏犹豫了一阵才回答说是"西纳尔兰"，但他并没有警告说这生物是会咬死人的。

这是谋杀？还是一次意外？

罗兰辛抑制着激动，他警觉起来。

罗兰辛他们继续前行，谁也不知道前途有什么等待着他们。

在菲南迪兹去世后大约一个星期的一天晚上，韩密敦船长打来无线电报：

"喂，你们的外星人向导在搞什么鬼？你们又拐哪儿去了？为什么他们不领你们走直路到他们的家去，而像捉迷藏似的拐来拐去？"

谁知道呢？有太多的疑团，难以解开。

冯·奥斯丹和唐敦的周围，是陡峭的直插云霄的群山，峰顶尖锐，有着白色的雪岭，在冰蓝色的天空下，显得特别刺眼。下边是山脚的斜坡，一直指向远处奔腾的河里。这是平原与大海之间突然恐怖地升起的一片巨大的岩石山峦。

在这一带，狩猎十分困难，有几天差点还不够吃呢。他俩一边商量着对付罗尔万人的对策，一边小心翼翼地沿着山地上的羊肠小道慢慢地走着，不时用望远镜寻找着猎物。

一只野兽出现了。两枪同时打响，猎物不见了，冯·奥斯丹和唐敦跳过岩石，急忙去寻找。

糟糕的事也就在这一跳之际发生了。他俩同时跌进一个有6米深、4米宽的洞穴里，死活也爬不上来了。

求救，向谁求救呢？他俩也不知离同伴多远了。

一个飘雪寒冷的漫长夜晚捱过去了。没有人来。他俩冒着雪崩的危险，向空中鸣枪求救。

等到炽热的阳光照亮了洞穴时，罗尔万人来了。冯·奥斯丹向他们举起枪，恨不得杀死他们，是他们害死了菲南迪兹，如今又设下陷阱要残忍地害死我们。他这样想着的时候，罗尔万人已经走开了。

两个人在等待着死神的光临。

然而事实出人意料，罗尔万人不多时又回来了，他们带来了一条长索，其中一个把长索捆住腰部，其他的就把长索吊进洞穴来，营救人类。

得救的唐敦消除了对罗尔万人的憎恨，冯·奥斯丹对外星人仍怀有敌意，只是不外露罢了。

从悬崖到海边去的路程是十分折腾人的，但也只不过花了两天时间，就到达平坦的海岸线了。艾维尼说，外星人狄乍加兹告诉他，用不了几天就能到达目的地了。

罗兰辛不由有些紧张，再过几天，在目的地，会发生什么呢？

但在他们结束这漫长的旅途之前，死神又再次来光顾他们了。

这日，他们正走在悬崖下的窄狭沙滩上，突然间，海潮涌来。它来得这么迅速，是始料所不及的，它来得这么猛烈，也是始料所不及的。

一个巨浪翻过了礁石滩头，以疯狂的速度席卷而来。一浪紧接一浪，罗兰辛狂叫着与大浪搏斗，但大浪像巨拳似的一拳拳把他打下去。顷刻间，海水淹没了他的膝盖，他的臀部，大浪盖过他的头顶，回浪又把他带向海中……

迷蒙中，他发觉一个罗尔万人在他身边被大浪卷走，他听见一阵垂死的惨叫声。

罗兰辛死命攀住一个不知是什么的东西，又盲又聋又哑，半死不活地坚持着。

幸好，狂潮马上就过去了。等大家都镇定下来，统计一下人数，3个人失踪：凯玛尔、阿拉士伏和杨伏萨兰不见了。

等海潮退定，他们在远处海岸上发现了凯玛尔和外星人阿拉士伏。

又失去了一个外星人杨伏萨兰！永远地失去了。

大家为他唱着丧歌，默默地祈祷。

黑暗来临，大部分人都精疲力竭地睡去，只有艾维尼和狄乍加兹跟往日一样，侃侃而谈。罗兰辛就躺在他俩附近，逐渐能琢磨出这罗尔万语的意思了。他俩有两句对话相当重要，大致意思是：

"你必须尽快消除他们的怀疑，至少当我们到达苏尔拉，他们会看出过去的阴影（或欺骗）的。"这是狄乍加兹的声音。

艾维尼说道："我认为他们不会，我是权威，他们会听我的。再坏，也可以用对付第一支探险队那样的办法来对付他们，不过我希望这并不需要。"

"如果需要，也只得这样做，这大计划可不能因几条人命就被破坏掉。"

艾维尼叹了口气，有些哽咽地说道："对于我来说，这负荷太大了。"

一切都似乎明白了，一切似乎又都不明白。罗兰辛再也听不出他们说什么了。不过，这也就足够了。

被叫做苏尔拉的小村到了，罗尔万人所谓的老家。

艾维尼的翻译开始流畅起来。在从村子出来的一个罗尔万人回去"传递信息"的时候，他向大家介绍说，罗尔万人有地下城市，人口至少 1 亿人，正在这星球上旺盛地生息。

这时，大约有五六十个罗尔万人走出来"欢迎"这些客人。

罗兰辛走进门口时，抑制住自己内心的寒栗，他还能再次从这门口出来，重见天日吗？

这地下村庄以泥土和水泥为主要建筑材料，连家具都是用水泥浇铸成的。各种通道四通八达，室内整齐简单，没有装饰，似乎仍停留在地球的 18 世纪水平上。

艾维尼去和一个看似是当地领导的人商谈，一个小时后，他回来说，这里的村长正用他们不很先进的电话同本国政府联系，问问这些"外星来客"是否可以留在这儿，是否能派几个科学家来共同进行研究工作。

凯玛尔问："他们会答应让我们移民？"

艾维尼耸耸肩："你打什么主意？这得由官方决定。"

看来移民是没多大希望了，要征服 1 亿罗尔万人不是易事，他们也有武装，听艾维尼说，他们还有高度的军事纪律，人类根本不能飞过这 3000 光年的旅程，一下子运来大批人和设备，即使能运来，也是得不偿失的。

不过，事实真是这样吗？

那天其余的时间，大家参观了全村，这的确像是一个久住的村庄。基础设施、科学文化设施、军事装备等都很齐全。

然而有太多的疑问弥漫心头，经过仔细分析，罗兰辛得出结论：罗尔万人不是这星球上的人。他们带路绕来绕去，就是为了争取时间建造这村子，以证明罗尔万人是这星球的主人。等地球人知道特罗亚星已有高度的文明，放弃移民的想法时，他们便占领这个星球。

罗兰辛不由得为自己和同伴的命运担心起来。

凯玛尔完全赞同他的意见，他们俩偷偷地走出村子去向大本营发报，结果，被罗尔万人发现，一场激烈的冲突是难以避免的了。双方全体出动，战斗是相当激烈和残酷的，罗尔万人的进攻两次被打退，有死有伤，看来，有些支持不下去了。

艾维尼知道自己伪装不下去了，要求谈判。

艾维尼还在狡辩，罗兰辛针锋相对，把他的伪装一一撕破。他萎靡下来，他交代了罗尔万人的本来面目，原来他们是同"赫德逊"号同时到达特罗亚星的，他们真正的星球同地球相似，他们同样也想移民。那几个罗尔万人是伪装成土著，来探视虚实的。当罗尔万人炮制旧村庄时，他就同他们合作了。

"为什么？"凯玛尔的语气粗起来，"你他妈的，为什么？"

"我想救'赫德逊'号，使它免于'达伽马'号的命运。"

原来，"达伽马"号探知特罗亚星能移民，返回太空巡检站接受免疫检查时，被火星人劫获了。然而"达伽马"号上的船员都被妥善地安排到了塔西迪星上新伊甸园过着自由的生活。

"他们很多人都有家庭啊！"凯玛尔说。

"有些人必须为了伟大的目标牺牲小我。"艾维尼说。

罗兰辛愤怒而迷惑："这是为什么呢？"

艾维尼这个心理学家抬起头来，脸上露出一副痛苦的表情，但他的话中还怀着一丝渺茫的希望：

"这全是为了大家好。人类还没有准备好移民这一步，然而又制止不了政府的决策，只好采取这种方式了。"

"科学需要达到一定的程度，人已能控制自己的未来、自己的社会；战争、贫困、动乱，所有这一切只要一发生，都能够制止。要达到这一点，首先人类得成熟才行。每一个个别的人，都必须健全，非常自制。人类不会是盲目的、贪婪的、冲动的、冷酷的动物，到那时，才能够走向星际！当然这需要一个漫长的时间。

"如果漫无边际的探索在 20 年间竟找到了一个有用处的星球，那么狩猎队就会保证每四五年找到一个，这将是我们不需要的领土。人就会认为他们能永久移居外星，社会的方向将会改变，不在内部发展，而向外部发展了，那进程将无法加以制止了。

"移民的热潮将产生混乱，会制造更多的麻烦，上百万个古怪的小文明将会诞生，走他们自己的路。星际探险将会造成一次无法弥补的大破坏。那将是混乱和折磨，整个文明又起又落，战争和压迫，从现在直到永远。

"人类只有达到了一定的成熟程度，才能到星空去。"

罗兰辛转过身来："我赞成你把真相说出来，但还是让人类走向星空，并承担一切后果，让人类自己决定自己的未来吧。"

"你们这些蠢才破坏了人类的未来，也许还破坏了整个宇宙的未来！"艾维尼绝望地离开他们，跌跌撞撞地走进稀疏的小树林，罗尔万人也在退却，回到他们的太空船去。

远处传来韩密敦火箭船迫近的声音。

再也没有什么能阻止人去探索星空了。人类将拥有天空。

艾维尼终究会不会是对的呢？

罗兰辛相信，在一千年内，谁也没法回答这个疑问，永远也不会有答案的。

呆痴的火星人

邓肯出了 1000 镑把火星人雷莉买下了。在火星的克拉克港，人们都告诉邓肯说，这个价钱很公道。但是到了乡下，事情却比城里难办得多。他打交道的头三家火星人根本没有把女儿脱手的意思，第四家一口咬定1500镑，一个子儿也不能少。雷莉的父母开口也要1500镑，但后来他们看清楚邓肯绝不肯这样让人敲竹杠，就把价钱落到了1000。邓肯带着这个女孩子回克拉克港的路上，他又仔细盘算了一下，他觉得这项交易还是划算的。因为，他即将去转运站上工作5年，他要把雷莉带去作伴，平均起来，每年花在她身上的钱也不过200镑，而且当他回来以后，还能以400或500镑重新把她转手。回到克拉克港以后，他到公司代理人那里说了说自己的情况，准备把各项事宜安排妥当。

"喂，"他说，"你知道我签了5年合同，到木星Ⅳ/Ⅱ上作转运站站长的事吧？我到那里去的飞船是去提货的，去的时候跑的是空车。你看，能不能给她安排一个客位？"公司代理人同意了，但他解释说，在这种情况下，公司还准备多供应一个人的食品，只在名义上收点费用——每年200镑，5年共计1000镑，从工资中扣除。

"什么？1000镑！"邓肯喊叫起来。

"划得来的。"公司代理人说，"听别人说，一个人单身在转运站工作常常会因寂寞而发疯。花1000镑就可以帮助你不犯精神病，价钱并不高。"

邓肯争了半天，公司代理人丝毫不肯让步。这就是说，雷莉的身价已经上升到2000镑。尽管如此，如果考虑到他自己的薪金是一年5000镑，不需交纳所得税，在木星Ⅳ/Ⅱ居住期间又没有花钱的地方，可以全部积攒起来，两千镑实在不算一笔大数目。所以邓肯最后还是同意了。

"好吧，"代理人说，"你还要给她弄一张搭船证，只要给他们看看结婚证就行了。"

邓肯瞪大了眼。

"结婚证？什么？我同一个火星人结婚？"

"没有结婚证就拿不到搭船证，这是反奴隶法规定的。他们会认为你会把她卖出去——甚至还可能猜想本来就是你花钱买来的。"

过了几天，邓肯带着结婚证和搭船证又来了一趟。代理人说："成了。我的费用是100镑。""他妈的！"邓肯骂了一句，只好付给他100镑。"一个呆头呆脑的火星人花了我这么多钱！"邓肯恨恨地说，“连话也不会说。这些火星上的乡巴佬简直不懂得自己还算个人。”

“你从来没在这里生活过吧？”代理人问。

“没有。我只路过这里几次。”

“那就难怪你不了解他们了。”代理人说，“他们的举止很迟钝，生就一副呆相，但是他们一度曾是聪明绝顶的人。”

“一度？可能是很久以前了吧？”

“早在我们到达这里之前，他们就不再动脑筋思索各种事了。他们的星球正在死亡。你没见过这里的老人吗？太阳底下一坐，什么都不往心里去。”

“可是，我买的这个人才不过20岁左右，根据火星的历法才10岁半，她对一切也都无所谓；一个女孩子在举行自己的结婚典礼的时候还不知道是在干什么，这证明了她是个十足的呆子。”

在这以后，邓肯又花了100镑为雷莉购置生活用品，这使他心里很不舒服。如果花这么一大笔钱是为了一个真正伶俐的姑娘还有话可说，可是雷莉……但是现在木已成舟了。不管怎么说，在一个非常寂寞的转运站上，就是她这样一个人也终究算个伴侣。

宇宙飞船的船长把邓肯叫到驾驶室里，让他从屏幕上看一下未来的家。邓肯看到的是一个表面上岩石满布、慢腾腾地旋转着的大石块。“有多大？”他问。

“直径大约40英里。”

在回餐厅的路上，他探头往舱里望了望。雷莉正躺在铺位上，身上系着弹簧被。一看到邓肯，她用一只胳臂肘支起身体来。她还不到5英尺高，脸和手都很纤细。她的眼睛圆得很不自然，脸上永远挂着一副对什么都感到吃惊的天真幼稚的表情。她有着茂密的棕色头发，鬈曲处闪着红光，两个耳垂透过头发一直耷拉下来，肤色苍白。

“你该起来整理东西了。”邓肯说着，给她做了个样子。

“似的——好吧。”她说，开始解弹簧被的钩扣。

邓肯关上门，用力一推，身子便飘浮着顺着过道滑了过去。雷莉把被子推到一边，小心翼翼地俯下身，从地板上拿起一对金属鞋底，用扣环安在自己的两只拖鞋上。她小心翼翼地攀住铺位，一点一点地往下垂，直到磁底鞋喀啦一下粘在地板上，她才敢站起来。她穿一件棕色罩衫，她的体型在火星人中可以算是美的，但按地球人的标准来看却不怎么样。她开始整理行装。

"这鬼地方真不该带女人来。"当邓肯走进厨房时，厨师维斯哈特正在发议论。邓肯对维斯哈特没有什么好感——主要因为邓肯突然想到雷莉非常需要学点烹调技术的时候，曾去找过他，但维斯哈特要价50镑，否则就不肯收这个学生，这样，就使邓肯的投资又上升了。

"这个鬼地方，真不该让人来工作。"邓肯沉着脸说。

谁也没接他的茬儿，大家都知道，什么样的人才接受转运站的工作。邓肯是退休的宇宙飞船船员，按公司的规定他只能到转运站工作。过去他从没到木星Ⅳ／Ⅱ上来过，但他知道它是卡里斯托星的第二颗卫星，而卡里斯托星又是木星的第四颗卫星，其结果，这个星球必然是宇宙中那些凄凉的小石子中的一颗。他只好签字同意公司对这种职务规定的条件：期限五年，年薪5000镑，由公司供给一切生活用品，外加到达以前5个月等待的半薪，和期满后"适应地心力"恢复期6个月的半薪。

好吧，这意味着今后的6年用不着为生活操心了，最后还能发一笔小财。只是这口美食中含着一根刺：一个人能不能度过5年独居生活而不发疯呢？有的人挨得过去，有的人只过几个月就垮台了——满口胡言，必须找人替换。据他们讲，如果你能熬过两年，度过5年也就不成什么问题了。但是要知道这两年究竟能不能熬过去，唯一的办法是去实地试验一下……于是，邓肯向公司提出要在火星上过等待期，因为那里的生活费用更便宜。他就这样来到了火星。克拉克港的侨民有一大部分是退职的宇航员。他们发现在一个球心引力小、道德观念比较松弛、物价便宜的地方度过晚年是个好主意。关于怎样度过转运站的寂寞时光，他们给邓肯出了一些点子，最后邓肯打定主意买下了雷莉。

木星Ⅳ／Ⅱ是一块凄凉、荒寂的大石块，除了它的位置外，任何价值也没有。据说，在这个鬼地方，平均八九个月才有一艘飞船飞来。邓肯乘坐的飞船继续减速开始下降。转运站出现在荧光屏上：方圆不过几英亩大，有几间半球形房舍，几只圆柱形货运箱排列在从乱石中铲削出的一条发射坡道旁边。站台后面的一个峭壁上有一面巨大的凹面镜。一个小小的、穿着宇航服的人在那座半球形建筑物前面的金属坪上像发了疯似的又蹦又跳，两臂挥舞，对飞船表示欢迎。

邓肯离开荧光屏，回到自己的舱房，发现雷莉正在一只大箱子后面挣扎。由于飞船减速，箱子飘浮过来，仿佛要把她挤到墙上似的。邓肯把箱子推到一边，把雷莉拉出来。

"咱们到了，穿上你的宇航服。"他说。

他们下了船。

准备交班的站长全神贯注地看着雷莉说："我那时要是也带一个来就好了，打打杂也有用哪。"他把内室的门打开，把他们带进去。

"到了，欢迎你们住到这里来。"他说。半球形建筑是那种常见的格式：双层地板，双层墙，两层中间是密封的真空。几间屋子组成一个单元，房子的下层固定在伸进岩石里的金属棍上。除生活住房外，另外还有3间大一些的房间，这是为了有一天贸易扩展，人员增加时用的。

"这里有食品、氧气罐、各种备用零件，还有水——她用水的时候你要多加注意，大多数女人好像都认为水是天然从管子里流出来的似的。"

"火星人不会这样。他们生活在沙漠里，天生知道爱惜水。"邓肯说。

"一切使你生活舒适的东西这里应有尽有，你看不看书？这里有的是。"邓肯说他不爱看书。"那边是唱片，喜欢音乐吗？"邓肯说他喜欢好听的曲子。站长的眼睛又瞟到雷莉身上。"你想她在这里会做些什么？除了做饭、给你解闷以外？"他问道。

邓肯从来没想过这个问题。他耸了耸肩膀。"啊，我想她是没什么问题的。火星人天生呆痴，在一个地方一坐就是好几个钟头，什么事都不做。这是他们天生的本领。"

"那倒不错，这里正需要这种本领。"站长说。

邓肯站在房子外面的金属坪上看着飞船起飞，没多久它便缩成了一个小点，落到锯齿形的地平线后面去了。突然间，邓肯感到好像他自己也缩小了，在一大团荒凉、冰冷的石块中，他已经成了一个小点，而这石块本身又是茫茫宇宙中的一个小点。邓肯在他的保温服中打了个寒战。他从来没有这么孤独过，从来没有意识到空间的这种浩渺、冷漠、使人万念俱灰的孤独。他迈步走进密封室。

正像邓肯的前任对他说的那样，工作很轻松，到了预先约好的时间，邓肯便同卡里斯托星通过无线电联系。通常只是需要互相查核一下对方是否平安无事，有时对从广播中听到的新闻交换一下各自的看法。偶尔，卡里斯托星会通知他已发出一批货物，让他在什么时候打开指向标。遇到这种情况，在一定时间内，圆柱形货运箱就在空中出现，慢悠悠地飘落下来。把货运箱同储存箱联接上，把货物卸进去，是一件极其简单的事。

卫星的白昼很短，而夜晚的亮度也同白天差不多，因此他们根本不管这里的白天和黑夜，干脆按照地球上的时间进行活动。在最初的一段日子里，大部分时间都用来安放飞船运来的大批货物。生活的必需品安置到半球建筑的主室里，其余的放在没有空气和取暖设施的小圆球建筑里。等这项工作告一段落，这里的活儿确实非常轻松……

邓肯给自己拟定了一个工作日程，每隔一定时间，他要检查这个、检查那个，要浮游到峭壁上检查一下日光发电机。但说实在的，日光发电机一般不会出毛病。

有时候，邓肯发现自己竟怀疑把雷莉带来到底算不算失策。从实际角度看，他做饭没有雷莉好，也会像前任站长一样把住处搞得像猪圈一样，但是如果没有雷莉，他为了照料自己就会把时间打发掉，即使从作伴的角度看问题，照说是应该带一个女伴来，但她到底来自另外一个星球，古里古怪的。她有些像半机器人，而且那么呆痴，一点也不能给人乐趣。他一看到雷莉的长相怒气就不打一处来；还有她走路的样子，还有她不说话时安然的沉默，还有她的畏缩不前，还有她的半吊子英语；如果不带她来他就可以少花 2360 镑钱。

"你不懂得怎样收拾自己吗?"他再一次对她讲,"你瞧,你脸上的颜色都涂错了。你看看那张照片,再用镜子照照你自己:那一大块红颜色抹得根本不是地方。还有你的头发,又乱得像一团水草了。你应该把自己打扮得像一个真正的女人!"

"似的,好吧。"雷莉漫不经心地说。

"还有你的说话,他妈的简直跟不会说话的小孩一样。不是'似',是'是'。是的,是的。你说说。"

"似的。"雷莉顺从地说了一句。

"不对,把你的舌头往后放一点,像这样——"

这堂发音课上了好大一会儿。最后邓肯生起气来。

"你简直拿我耍着玩,哼!你可得小心点,你这个女人。现在你再说:是,是。"

她踌躇了一会儿,看着满面怒容的邓肯。

"说呀。"

"似——的。"她紧张地说。

他的手啪地一声打在她的脸上。这一掌使她脱离了地板的磁铁吸引力,她手脚团团转着飘飘摇摇地向屋子另一头滑去。她的身体一直撞到对面的墙壁,又弹了回来,无可奈何地在空中飘浮着。邓肯向她走去,把她的身子调转过来,让她的脚接触地面。他的左手一把抓住她咽喉下面的外罩,右手举起来。

"再说!"他命令道。

雷莉试着说这个字。到了第六遍,她勉强发出了 S—S—Shi 的声音。邓肯暂时认为满意了。"你看,你分明可以发这个音。你这个女人,你需要的是别人对你厉害点。"他把雷莉放开。雷莉跟跟跄跄地向屋子的另一头走去,双手捂着被打肿的脸。

时间过得非常慢。有好几次邓肯怀疑自己是否能熬过他的工作期限。他尽量把一些要做的事拖长,但他的时间还是多得要命。他很快就厌倦了流行歌曲,于是,他按照一本棋谱学习怎样下棋,也教会了雷莉。但是,他发现自己同雷莉对棋,每下必输。他又教给雷莉一种双人玩的纸牌,雷莉也比他更有牌运。这样,他在大部分时间里只是坐在那里生闷气,诅咒卫星,恼恨自己,不断生雷莉的气。

光看她做事那种冷漠、迟钝的样子就够让人生气的了。只因为她是个火星人，就比他更能适应这里的环境，这似乎是一件极不公正的事，她那一言不发情愿挨骂的样子更使他火冒三丈。

"你会不会笑？会不会哭？会不会发疯？或者随便表达点什么感情？只凭你这副脸相就能把人逼疯。"邓肯说。

她继续看着他，脸上毫无表情。

"笑一下，你这该死的——笑啊！"

她的嘴角抽动一下。

"这是什么笑？你看，那才是笑呢！"他指着墙上一张美女照片说，"像那样！学我这样！"他做个笑的样子。

"不会，"她说，"我的脸不会像地球上的脸那样蠕动。"

"蠕动？！你管笑叫蠕动！"他从椅子里跳出来，向她走过去。她一步一步地后退。"我倒要让你的脸蠕动一下，你这个女人，来吧，笑！"他举起手来。雷莉用双手捂住脸，"不！"她反抗道，"不——不——不！"

邓肯在这里已经度过了 8 个月。这天，从卡里斯托星传来消息说，一艘飞船正向这里驶来。又有事要做了，他兴奋起来，也不觉得雷莉那么讨厌了。可是雷莉对这个消息丝毫没有反应。

飞船在他们头顶出现了。邓肯还没等它停泊好，便登了上去。他不论见了什么都有旧友重逢的感觉。船长给他引见了他身旁的一个人，说："这是温特博士。他要同你度过一段你的流放生活。"邓肯和这个人握了握手。温特博士说："我是医学博士，公司要我做一点地质调查，大约需要一年时间。"邓肯对他表示欢迎。他们在船上停了一会儿，邓肯就把温特带回去了。温特在屋子里见到了雷莉，感到很吃惊，显然，事先谁也没有对他说过雷莉的事。他打断了邓肯对一般情况的介绍，说："你不给我介绍介绍你的夫人吗？"邓肯介绍了，样子很勉强。他讨厌这个人带有责备的话音，也不喜欢他像对待地球上的妇女一样同雷莉寒暄。另外，邓肯还觉得他已经发现了雷莉脸上的伤痕。

3 个月后，他们之间爆发了一场争吵。在这以前，争吵的暗影已出现过好几次。如果不是温特的工作需要他花费许多时间在户外，也许争吵早就表面化了。这次事件的爆发是由于雷莉提出了一个问题。当时，雷莉正在看一本书，她突然问："妇女解放是什么意思？"温特开始给她解释。他一句话还没说完，邓肯就打断了他："谁让你往她脑子里灌输思想的？"

"你这个问题问得真蠢，"温特说，"她为什么不该有思想呢？"

"你到这儿来，满脑子时髦思想。你从第一天起就把她当成了地球上的高贵太太！这是为什么？"

"不为了什么，"温特说，"你认为我是来勾引她的是吧？你想错了！因为你心里时时想着2360镑的这一大笔钱，所以你对这件事很不满，对吧？"

"她是我的老婆，是个愚笨的火星人，她得听我的！"

"是的，她是个火星人，但她并不愚笨。你看，她那么快就学会了看书，我想，要是你学习一种只懂几个字的文字，是不会这么聪明的。"

"你不该教她看书，她不需要看书。她像原来的样子就可以了。"

"这是多少年前奴隶主的声音。我一到这里就知道你是个没出息的人，不然你就不会到这里来工作了。而且你还是个欺负人的恶霸。你认为我每天听你训斥她是个乐趣吗？她的天资比你高十倍，可是你却故意什么也不让她知道，让她毫无自卫的能力。你认为我高兴看着你这样一个大笨蛋整天欺负她吗？你这个混蛋！"如果在其他任何地方，邓肯早就会走上去让他住嘴了。但是，邓肯尽管气得发晕，二十多年的宇宙经验还是让他控制住了自己。他知道，在失重的情况下欧打是多么可笑而白费力气的事，而且在这种情况下，通常总是谁越生气，谁越丢丑。

两人都憋了一肚子气，但是两人都忍住没发作。不知怎的，这次争吵过后又平息下来，有一段时间，一切都好像恢复了过去的常态。温特乘坐他自己带来的一只小飞船继续做勘探工作，工作之余，他同过去一样把时间花在教雷莉读书上。邓肯注意着事态的发展，他想：如果这种密切关系继续发展，他们之间迟早会再争吵。直到目前为止，他还没发现两人之间有什么需要他出面干涉的事。雷莉已经表现出崇拜英雄的感情，温特对她总像对地球上的女人那样。这样一天天过去，就越来越把她惯坏了。早晚有一天……再下一步，他们就会把他当作障碍清除了。预防胜于治疗，明智的办法是绝不让事态继续发展，这样做在这里不需要费什么手脚。

果然没有费手脚。有一天，温特像往日一样飞出去勘探，从此就再也没回来。

一连好几天，雷莉整天站在起居室的大窗户跟前凝望着户外一片漆黑中闪烁的光点。她并不是在等待温特回来，她同邓肯一样清楚地了解，一旦过了 36 小时，就绝无希望回来了。她什么话也不说，眼神看上去更没生气了。邓肯不敢说她是否知道、或者猜测到一点什么，但他对她确实感到有些害怕，他惴惴不安，他不大敢对她发脾气了。他极其不安地想到，在这样一个地方，即使一个头脑呆痴的人，也能想出许多致人于死地的办法来。作为预防措施，从这时起，他每次外出都给宇航服配上新的氧气瓶，并仔细检查压力是否充足。另外，他总是每次放一块石头顶住密封室通往外面的门，以防门被关紧，无法打开。他还养成一种习惯，注意观察他吃的食物同雷莉吃的是否是从同一只锅里拿出来的。在她做饭的时候，他的眼睛总是盯得很紧。他始终拿不定雷莉知道不知道……然而，雷莉一次也没提起温特的名字。

她的这种神态持续了大约一星期就突然改变了。她再也不注意外面黑洞洞的天空了，相反地，她开始埋头看书，贪婪地、不加选择地看了一本又一本。对她这种行动，邓肯很不理解，也很不喜欢，但是他决定暂时不加干涉。这至少有一个好处，即可以使她不去想别的事。

渐渐地，邓肯开始放心了。危机已经过去，要么她就是没猜到，要么即使猜到了，她也决定不采取什么行动。但是她读书的热忱一点也没减退。虽然邓肯有几次提醒她说，自己花了 2360 镑是为了让她给自己作伴，雷莉却始终不放下书本，仿佛下定决心非要把转运站的藏书读完不可。等到下一艘飞船到达的时候，邓肯惴惴不安地观察着雷莉，看她是不是一直在等待这个机会，准备把自己的猜测透露给船上的工作人员。但是，事实证明邓肯的焦虑是多余的，雷莉根本没有谈论这件事的打算。等到飞船重新起航，邓肯长长出了一口气，对自己说，他的估计一直没错，她只不过是一个呆痴的火星人罢了，她完全把温特的事丢在脑后了，正像小孩子容易忘事一样。

但是，几个月后，他发现自己不得不修正原来认为雷莉生性呆痴的估计。她正从书里学到了邓肯自己也不知道的东西，这常使他处于十分尴尬的境地。当她请他解释一些事情时，邓肯发现自己竟被一个火星人考问住，心情很不愉快。邓肯一向对书本抱着怀疑态度，他对雷莉说，书本里写的东西有许多是胡说八道，他从自己的经历中举了不少例子。每当这时，他就觉得自己也在给雷莉上课。

雷莉学得很快。她就像一架真空吸尘器一样，把各式各样的东西一丝不漏地吸了进去。没用多少时间，她对于转运站的事就同邓肯知道的一样多了。起初，邓肯一点没有教她的意思，但是，他渐渐地发现，雷莉是一笔正在增长的财富。当他以后再回到火星上时，他可以把她卖一大笔钱，没准她可以给哪个人当女秘书……他开始教她簿记和会计的基础知识，当然是在他知道的范围内。

在最后的一段日子里，邓肯的心情非常舒坦，他觉得自己可以安安静静地度过这段日子了，他心里常盘算着可以积攒到的钱数。当又一艘飞船飞走时，他目送着远去的飞船自言自语地说："下一次飞船来的时候，我就永远离开这个鬼地方了。"可是，当他转回身来向密封室走去的时候，他发现密封室的门已经关上了！

在他认定温特事件不会再有什么风波以后，他已经不照过去那样用石块把门顶住了。每次到户外做什么事情，他只是把门留一条缝；直到他回来，门也总是这样开着，因为在这个卫星上既没有风，也没有别的什么会把门弄动。邓肯气呼呼地握住门上的弹簧闩，拼命往里推，门却丝毫不动。他气得骂了几句，借助喷气飞到房子的侧翼，从窗户向室内看了一眼，雷莉坐在一把椅子上，膝上扣着弹簧罩，看来正陷入深思。密封室通向住房的门敞着，当然啦，这样一来的话，通向外面的门是无法打开的，不只是完全锁的装置在起作用，而且，半球形建筑内的全部气压也把门顶得死死的。

邓肯一时竟忘记了自己是在什么地方，他使劲敲打着双层玻璃

世界著名科幻故事精华

第一卷

窗，想引起雷莉的注意。她坐在屋子里什么也听不到，但是邓肯活动着的影子惊动了她。她转过头来，凝视着他，身子却没动。邓肯惊异地看到，她把他坚持要她模仿的地球女人的化妆都洗掉了，她的眼睛回望着他，像两颗石子一样冰冷无情。邓肯像挨了一巴掌似的，顿时什么都明白了。几秒钟内，好像什么东西都停住不动了。

他装出对什么也不了解的样子，继续向她挥手示意，叫她把密封室里面的门关上。她只是继续盯着他看，一动也不动。这时，他注意到了她手中拿着的一本书，并认出了这是一本什么书。这是一本蓝色封面的诗集，它是温特的。恐惧一下子捏住了邓肯的脖子。他慌忙低头检查了一下胸前的一排仪表盘，这才如释重负地叹了一口气：雷莉并没有在氧气设备上捣什么鬼，根据气压计指示，还有30小时左右的空气可供使用。他又恢复了镇定，刚才额角上冒出的热汗也干了。他按了按喷气推进器，重新飘落在房前金属板地坪上，让带有磁铁装置的靴子落在上面，他要好好地思索一下。

这个狠毒的女人！这么长时间一直在欺骗他，让他认为她已经把那件事忘记了，可是她心里却一直念念不忘地想对付他。她一直等到他归家的日子已近在眼前时才下毒手。过了好几分钟，邓肯的愤怒与恐惧平静了一些，他定下心来思索对策。

30小时！30小时可以做很多事。即使他花费二十多个小时仍不能回到房子里，也还有最后一个办法：乘上一只圆柱货箱，把自己发射到卡里斯托星上去。即使雷莉以后把温特的事讲出来，这又有什么了不起呢？邓肯确信在这件事上雷莉不知道他要的是什么花招。再说，这事要是闹到法庭上去，她只不过是一个火星人，人们会认为雷莉害了空间癫狂症。话是这么说，但最好还是此时此地就跟她把这事和解了。再说，乘坐圆柱筒的事总有危险，不到万不得已时还是别考虑这一着。

邓肯又继续思考了几分钟，才用喷气推进器把自己转送到一个较小的半球形建筑物里面。他关掉了借助日光发电机充电的电池的输送线路，坐下来等了一会儿。一个钟头过去了，太阳已经落下去了，邓肯又回到住房外边，探视关掉线路的结果。他看到雷莉正借着两个紧急照明灯的灯光，在系牢自己身上的宇航服。邓肯气冲冲地骂了一句，这么看来，他想用降低气温的办法把雷莉赶出室外是失败了。她不仅有保温的宇航服保护着自己，而且氧气供应也远比他的时间长。即使室内的空气冻得凝结起来，屋子里也还有许多备用的氧气罐。他等到雷莉戴上飞行帽以后，就把自己帽子里的通讯机打开。他看见雷莉一听见他的声音停了一会儿，但是她并没有回答，故意把自己的话机关上了。

邓肯又回到房前的金属坪上，重新考虑这一局势。他本来想，最好在不使房屋受损的情况下用降低温度的办法把雷莉逼出来。看来，这办法显然行不通，这样，他只好在住房上打主意了。他又一次回到小圆顶房子里去，把电动切割器联上，然后，又重新回到住房旁边。他考虑着怎样下手，以及可能发生的后果：把外壁割穿后，中间还有一个夹层。夹层里填满了绝缘物质，因为卫星上没有氧气，这些物质绝对不会燃烧。比较棘手的是，如何对付里面一层金属壁。最好是先割几个小切口，让气压逐渐降低，而自己则躲到一边去。因为如果气压呼的一下子冲出来，在完全失重的情况下，自己就不知会被吹到什么地方去。这样做，雷莉会有什么对付的办法呢？如果她想到用石棉衬垫堵塞的话，事情就麻烦了。

世界著名科幻故事精华

第一卷

他把电路接上，找到一个能站稳脚的地方，开始工作。只花了几分钟的时间，他就割开了一个两英尺的不规则的圆洞。他又举起了切割器。就在这时，他的收话机响了一声，耳边响起了雷莉的声音："最好不要采取硬闯的办法，我已经有准备了。"

邓肯的手停下来，她威胁的口吻使他非常不安，他想知道雷莉想出了什么对付的办法。于是，他跑到窗口去看。

雷莉站在桌子旁边，正把一块金属板往一只充了气的塑料食品袋上安。食品袋连着一根金属线，而金属线又连着雷管和炸药。邓肯一下子什么都明白了，马上紧张起来。雷莉的办法极其简单，但是万无一失。如果屋子里的气压降低了，食品袋就会马上膨胀起来，金属线就会带动雷管，整座房子将一下子腾空而起……邓肯气极了，这个火星人，竟能想出这样精明的鬼主意！邓肯想同她对话，但她已把收话机关上，毫无重新打开的意思，只是目不转睛地盯着他，任他在外面发火。过了几分钟，她走到一把椅子前面，把弹簧罩往膝上一搭，干脆坐下来等着事态的发展。

"好吧，"邓肯喊，"但是你也得陪着一起爆炸，你这个混账女人！"当然，这话等于白说，因为他绝对不想让房子和自己毁掉。邓肯又一次回到房前的金属坪上苦思冥想。但是，他绞尽脑汁也想不出什么办法。看来，只有用圆筒货箱飞往卡里斯托星这一条路了。

跑道边一排停着3只圆筒货箱，已经充好电，随时可以起飞。邓肯非常担心到了那里能不能安全着陆，然而此刻，他为了逃生也只有走这一条路了。再拖下去，氧气已经不够了。

他把心一横，离开了金属坪，向圆柱筒飘游过去。他选中离他最近的一只圆柱筒，很快做好飞行准备，又看了看卡里斯托星，更加有了信心。

他正盘算如何扳动筒外的开关让它起飞，就觉得自己的身体逐渐冷起来。他看了看胸前指示温度的仪表，马上什么都明白了……雷莉已经知道他每次出来都更换、检查新气罐的习惯，因此在线路上作了手脚，让宇航服里的热量一点点地散失，而他却一直没有注意到。他知道自己没有几分钟好活了，恐惧像一把利刃插在他心上，转眼间，又化成极度的愤怒。她要了他，让他失去了最后的逃生机会，好吧，他也不会让她活下去。只要在房子上开一个小洞，她就得陪他上西天！

很快！寒气正往他的身体里钻。他按了一下喷气开关，飘飘忽忽地向半球形住房飞回去。寒气正啮咬着他的骨髓，他的两脚和手指首先失去了知觉。他使出全身力气操纵推进器在住房旁停下来。但是，还要作最后一次努力，因为他的身体离地面还有三四英尺。他拼命地挣扎着，想落到地面上来，但是这时他的手指已经完全冻僵了。他喘着气，急得落下了眼泪。突然间，他感到胸口像被撕裂似的一阵剧痛，不由得喊叫起来。他喘了一口气，一股寒冰一样的冷空气立刻冲进他的双肺，把它们冻结了。

雷莉站在房间内等待着。她看见邓肯以不正常的速度飞过了跑道。她知道他要来干什么。她做好了准备，手里拿着橡皮垫子，准备随时堵住墙上可能出现的破洞。她等了一分钟、两分钟……五分钟过去后，她走到窗户面前，一眼看见邓肯飘浮在空中的腿。她立刻明白了。

她离开了窗户，走到书架前面，取出百科全书，翻到"遗孀"这一词条，查明了这个词所表示的确切身份及其应得的权利。然后，她找了一支笔在纸上计算起来。演算的结果是，她每年可以得 5000 镑——对一个火星人来说，这是一笔不小的财富了。

星际战争

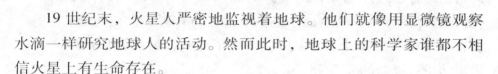

19 世纪末，火星人严密地监视着地球。他们就像用显微镜观察水滴一样研究地球人的活动。然而此时，地球上的科学家谁都不相信火星上有生命存在。

一天早上，大气层中一道火光从温彻斯特急速向东掠过。人们把它当做一颗普通的流星。它的尾后拖着一条发绿的彩带，坠落在地球上。

著名天文学家奥吉尔维看到了这颗"流星"，第二天一大早，他就出发去找这个陨石。不久，他果然在公共用地找到了。这个东西在沙地上砸了一个大坑，沙子被猛烈地抛向四面八方，形成了一些沙堆。这些沙堆在一英里半之外都能看得见。附近的灌木都烧着了，火向东蔓延着。

这个东西几乎全被埋在沙里。它的未被覆盖的部分像一个巨大的圆筒，全身平滑，有一层厚厚的褐色鳞状外皮，直径大约有 30 码。奥吉尔维走近这个物体，他感到非常吃惊，因为大多数陨石都是圆形的，而这一个却是例外。这东西散发出大量的热量，使人无法走近。他听到它的内部似乎发出乱哄哄的声音，他想，这大概是由于表面冷却不均衡造成的。

奥吉尔维独自站在大坑的边缘，瞧着它那奇怪的外壳。突然，"陨石"的褐色外皮从一端的圆形边缘剥落下来，在刺耳的响声中，一个大块一下子裂开来，把奥吉尔维吓了一大跳。他想弄清是怎么回事，于是下到了坑底，他惊奇地发现这个圆筒的圆形顶正在极其缓慢地旋转。他恍然大悟：原来这个东西是人工制造的——空的——一端是可以拧的！可是，是什么东西在拧这个盖呢？

"天哪！"奥吉尔维想，"里面大概有一些人，他们快要烤死啦！"

他立刻把这东西与头天晚上观察到的火星上的亮光联系起来。他迫切地想看看封闭在里面的生物。可是，热辐射阻止了他。他只好爬出大坑，朝沃金方向跑去。

他跑到新闻记者亨德森的家里，把这件怪事告诉了他。亨德森马上穿上外衣和他一起朝公共用地跑去。那圆筒仍然在原地，此时，筒内的声音已经停止了，而在圆筒的顶部与筒体之间露出了一个发亮的金属薄圈。空气正在朝里进或者是朝外冒，发出咝咝的声音。奥吉尔维和亨德森听了听，用棍子敲了敲它，没有任何反应。他俩得出结论：里面的人一定死了。

他们激动而又慌张地离开那里，亨德森立刻把这条消息发往伦敦。第二天的晨报便刊登了这条惊人的新闻。

我是读了晨报才知道这件事的。我立即朝公共用地跑去。那儿已经有许多人围观，奥吉尔维和亨德森也站在那里。圆筒的大部分已经露出来了，几个工人正在想方设法拧那圆筒盖。这一工作一直进行到太阳落山。圆筒的一端终于被拧开了，筒内黑乎乎的。我很快就看见在黑暗中有什么东西在动：一个接着一个、波浪似的运动着。然后是两个发亮的圆盘和一种类似于蛇一样的触须从里面往外突露，逼着人们朝后退。

一个巨大的、灰灰的圆形躯体从圆筒中钻了出来。它像湿的皮革那样闪闪发光，两只黑色的大眼睛紧紧地盯着我。它的头部是圆的，没有嘴唇的嘴在喘着气，还流着涎水。这个生物全身痉挛性地一起一伏，一根细长而柔软的、类似触须的附属器官抓着圆筒的边缘，另一根则在空中摇摆。突然，它翻过了圆筒的边，掉进了沙坑，只听砰的一声，它发出了一声奇特的沙哑的叫声。立刻，另一个生物从圆筒的阴影中出现了。

人们四散奔逃，从远处观察着这些奇特的怪物。有一次，一条像章鱼臂一样的又细又黑的带子，在落日的余辉中闪了一下，又缩了回去。后来，一根一节一节的细棍儿伸了出来，细棍儿顶端顶着一个圆形的盘子，盘子在摇摇摆摆地旋转着。它们在干什么呢？人们开始向沙坑边移动。经过紧张的协商，大家推举了一个代表团，打着一杆白旗朝火星人接近，向它们表明地球人的诚意，奥吉尔维和亨德森也是代表团的成员之一。

在代表团快要接近大坑时，突然，出现了一道闪光，从沙坑里喷出了大量透明的绿烟，分成三股，一股一股地升起。绿烟消失之后，咝咝声变成了嗡嗡声。一个驼背形的东西从大坑中出来了。紧接着，真正的火焰爆发了。只见一道接一道的白光喷向代表团，人们倒下了。

死亡的火焰不断地向四周横扫，人们四处逃命。

火星人杀人杀得如此快当而不声不响！那天晚上在大坑边被杀的有四十多人，他们都被烧焦而无法辨认了。公共用地变成了一片火海，大屠杀的消息迅速传偏整个沃金，所有的商店都关了门。

整整一夜，那些火星人都在敲敲打打，在他们的机器上工作着，不时有一股股绿烟像旋风一样在天空上回旋。

大约11点钟，两连士兵开来，他们在公共用地边缘形成一道警戒线。另一些部队也正不断开来。这一事件已引起了军队的高度重视。

午夜过后，一颗绿星星从天上落到了西北方的松树林里，它引起了一道白光，就跟夏天的闪电一样。这是第二个圆筒。

地球人军队对于火星人的知识贫乏得可怜。他们对第二个圆筒使用炮击，希望在它打开之前把它摧毁。然而，这个办法却无济于事。

傍晚6点，我正和妻子喝茶，突然听到公共用地那边传来一声低沉的爆炸声，连地面都震动了。我看见东方学院崩塌了，小教堂的塔也变成一片废墟，紧接着，我家的烟囱也倒塌了。我立刻意识到我们已经处在火星人的控制范围之内。我抓住妻子的手对她说："我们不能留在这儿了！"

"可是，我们到哪儿去呢？"妻子恐惧地问。

"去莱泽尔海德！"我说。她在那里有几个堂兄弟。

人们都纷纷从家中出逃。我找到了一辆马车，朝莱泽尔海德赶去。大约9点钟，我们平安到了莱泽尔海德。我托堂兄弟照料妻子，立刻又动身返回我在梅布利的家，因为我是个作家，我想亲眼看看这场战争的进程。

我赶着马车沿着河谷奔跑。我看到了梅布利山的侧影，山上的树在红光的照耀下显得又黑又尖。这时，一道青绿色的闪光照亮了我前面的路，天上落下了第三颗绿星星。

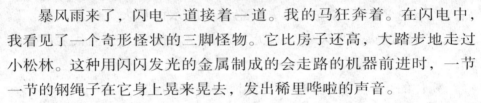

暴风雨来了，闪电一道接着一道。我的马狂奔着。在闪电中，我看见了一个奇形怪状的三脚怪物。它比房子还高，大踏步地走过小松林。这种用闪闪发光的金属制成的会走路的机器前进时，一节一节的钢绳子在它身上晃来晃去，发出稀里哗啦的声音。

突然，我面前的松林分开了，第二个三脚怪物出现了，它直朝我冲来。我来不及停住马车，马车失去了控制，我被摔进一个深水坑里。庞大的机器从我身边走过，朝山坡走去。只见一股股的绿色烟雾从它的肢体的关节处喷射出来。它就是火星人向地球发射的10个圆筒中的第三个。

我回到了家。从窗子看出去，四周一片焦黑。在我走后的7个小时中这里究竟发生了什么事，我一无所知。一个士兵走进我的花园。

"喂，你要到哪儿去？"我问。

"我想找个地方藏一下。"

"进屋来吧。"我说。

他一边喝着酒，一边哭泣起来。他对我说，他们一团人都被扫荡殆尽了。公共用地那儿已经没有活着的生命。那些火星人制成的机器怪物能放射可怕的热线，把城镇烧成废墟，而且机器怪物还不断地从沙坑中被制造出来。

我决定立即回莱泽尔海德，和妻子马上离开这个国家，火星人的力量给我的印象太深了！士兵决定和我一起走。但是，在莱泽尔海德和我们之间，还有那第三个圆筒和机器怪物。我们商量好以树林作掩护。

路上，到处是尸体和丢弃的东西。除了我们之外，梅布利山上似乎一个活人也没有了。当我们拐上一条大路时，我看见一个农场的大门里排列着6门大炮，炮手们在集结待命。路上挤满了逃命的人群。士兵们警告人们尽快离开这里。

突然，从彻特西方向传来了隆隆的炮声，战斗又开始了。战斗就在我们的附近，可是我们又看不见。一会儿，我们看见一股黑烟从河上游远处窜向天空并悬在那儿不动。紧接着，一声爆炸把人们震呆了。

"来啦！"一个人喊道，"就在那儿！"

没多久，一个、两个、三个、四个穿戴盔甲的火星人一个接一个地从远处出现了，并且很快地向河边推进。他们以一种旋转运动向前推进，就同飞鸟一样迅速。一共有5个火星人。一个火星人在高空中挥舞着一个大盒子，盒子里喷出可怕的热线。

"快！钻进水里！"我一边嚷着，一边扎进水中。别的人也都跟着我跳下去。

火星人一步跨进河中。就在这时，那6门大炮响了。一枚炮弹炸中了火星巨人，他一摇三晃，像喝醉了酒一般，不能掌握方向，跌到了河里。他巨大的肢体搅拨着河水，水柱、水雾、烂泥以及钢铁碎片满天乱飞，大量的红褐色液体从机器里一股一股地往上喷；热线盒子射向河水时，河水立刻变得滚烫，人们拼命地往河岸跑。

忽听得一声怒吼，其余的火星人愤怒了。他们大踏步朝彻特西方向前进，把热线发生器在空中摇摆着，发出嗞嗞声的热线束一会儿射向这边，一会儿射向那边。那射线威力无比，房屋经它一照就土崩瓦解，树木噼啪一声就着了火；热线上上下下地闪烁着，吞没那些来回奔跑的人们。

我已爬到岸边时，那几乎达到了沸点的巨浪朝我冲了过来，我大叫一声，被烫伤了。正在我痛苦挣扎的时候，一个火星人的巨脚从我头旁跨过。在热雾中，我看见4个火星人把同伴的残骸捞起来，继续向前走去。

我奇迹般地幸免于难。

火星人在领受了地球上武器的威力之后，退回到公共用地一带。那种圆筒在星际中飞翔；每24小时，他们就得到一次增援。与此同时，地球人的军事当局也领教了他们对手的巨大力量，不断地把大炮布置在新的位置上。

我忍着伤痛，疲惫不堪地向伦敦进发。我看到一只无人的小船从上游漂来，就抓住了它，朝前方划去。在河的拐弯处我上了岸，一下躺倒在深深的草丛里。我病了，发着烧，昏迷了过去。等我醒来时，发现身边坐着一个人，他是一个牧师，也是这场劫难的幸存者。于是我俩结伴同行。

一路上我们隐蔽而行。一次，我们看到四五个人在田野中逃命，一个火星人赶上了他们，把他们一个个抬起来扔进一个很大的金属容器中；我们吓坏了，急忙跳进一户院墙躲起来。我们重新动身上路时已经夜里11点了。我们不敢从大路走，在黑暗中，他在右侧，我在左侧，摸索着前进。

我们来到了一所白色的房屋，在厨房里意外地发现了一些食品。我们坐在黑暗中欣喜地吃着，商量着下一步如何走。可正在这时大地震动起来，石头稀哩哗啦砸下来，我被砸昏过去了。当我醒来时，发现牧师正在给我擦洗。

"不要动！"他说，"他们就在外面。"

我们一动不动地呆了三四个小时，一直挨到天亮。从墙壁的缝隙中我看到一个火星人的身体，他站在那儿给一个发光的圆筒放哨。

"糟了！"我说，"这只火星上发射的圆筒撞上了这座房屋，我们给埋在废墟里了。"牧师马上低声哭起来了。

外面，一种金属的敲击声开始了，然后是一阵强烈的呜呜声，接着又是嗞嗞声；这些声音断断续续地响下去，让人受不了；但是我们绝对不敢作声。我们从墙上的缝隙朝外看，外面的变化实在太大了：圆筒彻底摧毁了这座房屋，深深地扎入地下，砸出一个大坑，只有厨房幸免于难；但可怕的是厨房正悬在大坑的边缘。圆筒已经被打开了。在它的旁边直立着一架巨大的战斗机械，高高地指向夜空。这种机械不断地制造出金属蜘蛛。这种蜘蛛有5条互相联结在一起的敏捷的腿，它身体的周围还有许多联动杠杆及触手，其复杂完善的程度令人吃惊。

　　这回，我看到了真正的火星人。他们有一个圆圆的身体，其直径大约有 4 英尺；身体上有一张脸，脸上没有鼻子，耳朵长在脑后，像一片绷得很紧的鼓膜，他们的眼睛大大的，呈暗黑色，眼睛下面有一张嘴。在嘴的周围有一簇细长的、像鞭子一样的 16 根触须，分两束排列，这就是他们的手。火星人没有内脏，他们靠吸取其他动物的血液为生，他们从不睡觉，可以连续不断地工作。而且，火星人没有性别之分，小火星人能像发芽一样从母体中长出来。火星人不穿任何衣服，他们对气温和压力的感觉很迟钝，他们从不生病，这一切都说明他们在进化方面比地球人先进得多。

　　那个忙碌的机械已经把从圆筒中取出的一些仪器零件安装成了和它自己一模一样的东西。它的下方还有一个小机械有条不紊地在挖掘，我们听到的敲击声就是它发出的。

　　随着时日的增加，我们的情绪变得极坏。我们在黑暗中小声地争吵、争吃、抢喝，甚至大打出手。一天，我们从缝隙中看见火星人的触手从一个笼子里抓出一个人来，那人挣扎着，发出一声惨叫，他的命运可想而知。

　　这一恐怖的行为使牧师的精神崩溃了。到我们被围困的第八天，他开始大声胡言乱语。

　　"安静些吧！"我恳求他。

　　"我安静的时间太久了，"他说，"苦难！苦难！苦难！全世界都在受苦难，喇叭声……"

　　"住嘴！"我说着，站了起来，深恐火星人听到，"看在上帝的份上……"

　　"不，"他高声叫道，"上帝给了我说话的权利！"

　　他跨出三大步，站到了通往厨房的门口。

　　"我要走啦！我要走啦！"

　　他朝门口走去。我摸到一把斧子想都没想就朝他砍过去，他倒了下来。我呆呆地站在那儿发愣。这时，突然，我看见一个火星人的脸朝缝隙里窥视，他已经听到了动静。他把长长的触手伸进来，向我逼近。我吓昏了，急忙向角落缩去。那里有一扇通向煤窖的门，我一下子滚了进去，把门关上。火星人发现了牧师的尸体，仔细地审视着他的颈部，然后把手伸向煤窖的门。门被打开了，触手伸来，像一只大象的鼻子摇摇摆摆来回扫动，它甚至碰到了我的脚后跟。后来，我听到"咔嚓"一声，它抓住了一块煤出去检验去了。

等我爬回厨房，发现一点食物都没有了，全被火星人洗劫一空。我靠喝污水熬到了第十五天。那天一早，我从缝隙中朝外看，所有的机器都不见了，土堆围周只有铝板和人的骷髅。我逃跑的机会来到了！我从废墟中爬了出来，吸了一口新鲜空气，急急忙忙上路。我所看到的世界是一片惨状，到处是白骨、饿狗和乌鸦。我怀疑自己是最后一个活人了。火星人已经离开了这个地方，他们摧毁了伦敦，正向巴黎和柏林进发。

我要赶到伦敦去。路上，我奇迹般地又碰到了那个曾经跑到我房子里来的士兵。他告诉我，这些火星人还只是一些先锋部队，即使这样，地球人已经一败涂地了。

几天后，我到了伦敦。市内一片可怕的寂静，整个城市成了废墟。我独自一人在这个死城里溜达着，听到了一阵阵"呜啦，呜啦"的声音。我循声找去，透过落日的余辉，我看见了火星巨人的顶盖，那声音就是从那里发出来的。我悄悄向他走去，可是奇怪得很，他一动不动，好像死了一样。我朝另一处走去，又看见了第二个火星人，他和第一个一样，也一动不动。不久，我看到了第三个不动的火星人直立在山顶上。

好奇心驱使我朝那个怪物奔去。我呆住了：在一片空地上，庞大的机器堆积如山。许多火星人僵硬地躺在那里——他们是被病菌杀死的！我明白了：在火星上是没有病菌的，这些火星人入侵地球之后，在地球上吃人，与此同时也就染上了他们致命的死敌。

火星人完蛋了！这消息一夜之间传遍了全世界。人们高兴地喊着、叫着。教堂的钟声又响了。

莱泽尔海德和梅布利在这场劫难中也被摧毁了。我想我的妻子一定惨遭不幸，我万分悲痛，但是我还想最后看一眼我的家。于是我又向梅布利方向进发。

我的房子还残存着，书房里的写字台上还压着我没有写完的一张稿纸。我下楼走进饭厅。这时，我听到一个熟悉的声音传来："不要留在这儿了，这儿什么都没有啦！"

我奔出去：妻子和堂弟就站在那里，她摇摇晃晃地朝我扑来——哭了！

外星人

寒流侵袭了整个美国北部。但南部的佛罗里达州，却没有浓霜和冰霜，它是沐浴在明媚阳光里的小绿洲。晴空万里，能见度清晰，大洋一片宁静。因此，在迈阿密机场指挥塔里的小伙子们不用担心。飞机往来如梭，平安无事。但谁也没想到竟会发生梦幻般的事情。

从加拉加斯飞来的 303 班机，刚刚从波多黎各的圣胡安起飞。它在巴哈马群岛上空来了个大转弯，总共飞行了近 2000 千米。

在指挥塔上，电子日历上的日期是 21 世纪某年的 2 月 18 日。

杰克和迈克今天下午值班。全部是自动化控制的指挥塔只需要一个人值班就行了。计算机指挥着全部空航。

14 点 55 分整，扩音器中传来了带鼻音的呼叫声：

"我是 303 班机杰斐逊机长，你们听到了吗？迈阿密。"

迈克弯着腰凑近麦克风，他注视着眼前半圆形的雷达显示屏，风趣地回应着。用不了多长时间，他们就可以面对面地谈话了。

迈克和杰克注视着雷达屏幕上一个个光点，这些亮晶晶的光点表明飞行中的班机所在的方位。透过镶着染色玻璃的圆顶观望室，他们看到整个迈阿密机场的壮观场面。从大西洋吹来的阵阵轻风，使棕榈树树叶摇曳。

这是迈阿密机场普普通通的一天。

突然，指挥塔里 7 号屏幕上的 303 班机的光点消失了！

任凭杰克拼命地呼叫，始终死一般的沉寂，没有任何回答。15

点 14 分，303 班机消失了；15 点 17 分，雷达显示屏上仍然没有出现它的光点。这架同温层喷气式客机确实是粉身碎骨了？看来结论是：42 名乘客死亡，还有 4 名机组人员和 1 名航空小姐也同机殒命。

巡逻飞机一架又一架腾空而起，朝着巴哈马群岛方向飞去，朝着 303 班机失踪的方位，那个声名极坏的百慕大三角地带飞去。

303 班机失踪的消息传到了大名鼎鼎的电视台记者乔·莫布里那里，他乘班机从华盛顿迅速赶往迈阿密机场。不过，这次他可不是采访，而是因为他深爱着的妻子，在《明星论坛报》供职的琼·韦尔，就乘坐在失踪的 303 班机上。

黑压压的人群把南方航空公司办公处围得水泄不通，警察在维持着秩序。人们在焦渴地等待着公司的最新公告。

人们艰难地捱着时间，始终没有新的消息。谁也不愿离开办公处，一些固执的人干脆呆在停机坪上过夜。乔·莫布里找到一家旅馆，他不吃不喝不能入睡。他悲伤极了。

第二天，2 月 19 日 14 点 50 分。依旧阳光明媚，东风轻拂。巡逻机队没有得到任何收获。

指挥塔里，杰克注视着荧光屏，因为有另一架喷气式客机来飞303 航班。这架飞机将在同一时刻——15 点 32 分抵达迈阿密。此时，它的光点在屏幕上闪烁着。

14 点 57 分，扩音器中传来呼叫：

"我是 303 班机。我向迈阿密指挥塔呼叫。"

杰克皱起眉头，感到有点奇怪。紧接着，又传来令人难以置信的呼叫：

"你的，迈阿密！我是杰斐逊。"

迈克还以为是新的 303 航班在开玩笑，一时非常恼火。然而，杰克指着 3 号雷达显示荧光屏，上面有今天的 303 班机的光点，可在它旁边闪耀着另一个光点，而且是突然出现的。

两个 303 航班同时呼叫的声音也在扩音器里响着。

这两个导航专家被弄得云里雾里，心急如焚。但杰克还是提出了问题：

"杰斐逊……今天是几号？"

尽管对方觉得这种问话没有什么意义，但还是做了回答：

"今天是 2 月 18 日呀。"

"不对。18 日是昨天，今天是 19 日。你们已经失踪 24 小时了。"

"活见鬼！"杰斐逊叫起来，"您不相信我……我可以告诉您所有乘客的姓名。……"

"那么你们沿原航线飞吗？"杰克问。

"那当然。而且尽量准时到达。"

消息传遍了整个机场，保安部门制订了庞大的防御措施。警方封锁了机场。千百双眼睛注视着佛罗里达的蓝天。他们要看看两架来自加拉加斯的 303 班机到底是怎么回事。

迈阿密机场戒备森严，这更吸引了大量看热闹的人。大量记者也赶来了，乔·莫布里的密友、电视摄像师默凯特在他们上司罗伯逊的亲自派遣下，风尘仆仆，迅速赶到。然而，所有的记者也都被拒之门外。

莫布里以"遇难者"家属身份，带默凯特混进机场。

飞机出现在远处的天空，近了，徐徐降落，这的确是一架漆着南方航空公司标记的客机。它喷吐着长长的火焰柱着陆了。

默凯特在偷偷地拍摄着。

舱门缓缓打开了，金属舷梯自动地伸向地面。

头一个出现的是一位男人。他身材魁梧，穿着飞行衣。他挥手向大家致意。这就是杰斐逊机长。

乘客一个接一个走出舱门，走下舷梯，一共 42 人。

莫布里发现了琼！他的眼睛闪烁着欣喜的光芒。然而，也有一团疑云在心中升起。这也太神奇了，这不会是真的！

303 班机的全体人员被带进接待室，这时他们可以隔着玻璃墙看到等候他们的亲人。他们用手势和家人进行对话。任何人都没显出慌乱的神情。他们的精神状态就如同正常到达的时候一样。

然而，人们不住地对他们絮叨今天是 2 月 19 日，而不是 18 日。他们似乎不太明白，显出很惊异的样子。

全体乘客又经过医生一个多小时的检查，终于都和亲人团聚了。

世界著名科幻故事精华

第一卷

莫布里把琼紧紧搂在怀里。对他来说，不管发生了什么事，眼前终究是他的琼呀，这就够了。

可怕的噩梦似乎结束了。或许，这仅仅是噩梦的开始？

莫布里一个劲地打量妻子，可是没有什么异常啊。但当他一想到琼的的确确24小时不存在时，他的心不由得抽搐了一下。直到回到华盛顿自己的家中，莫布里仍然心怀疑惑，然而，眼前的事实又让他无法怀疑。琼和以往没有什么不一样。

当天晚上，电视台就播放了莫布里和默凯特采访的独家新闻。

"这次你又可以到你的老板那里领赏去了。"琼讥讽地说。

莫布里知道，他的老板罗伯逊不会多给他一个子儿。第二天，果真是这样，老板反而斥责了他一顿，说当局对此很不满意，挨批评的是电视台的领导。那么理所当然的，领导就要拿自己的下属出气了。

不过，罗伯逊倒是向莫布里透露了一个消息，杰斐逊机长接受了血型检查，结果发现：机长的血型变了。

这时默凯特也打来电话，告诉莫布里，当局也可能对琼的血液进行检查。

"这有什么危险吗？"莫布里问。

"我一点也不清楚。我认识一个杰出的血液学家，我们可以一起去采访他。"默凯特说。

当莫布里在中午到达这位名医的家里时，一个十分重要的情况使莫布里大为震惊。

莫布里走近他的妻子。突然，他皱紧了眉头：

"琼，我感到你有些怪。你眼睛的颜色和以前不一样了。以前是绿色的，可现在是蓝灰色的。"

琼跑到镜子前，惶恐不安地照着自己："你能肯定吗？"

"能肯定，可能你的血型同杰斐逊一样也变了。我曾问过一个有名的血液专家，他告诉我，人的血型是不会变的。如果有变化，其原因只能是目前人类科学还未发现的某些因素。"

琼的双手一下子蒙住了自己的脸，她像要发神经病似的喊叫起来：

"难道我变成了鬼？这太可怕了！"

莫布里尽可能地安慰她，然而，莫布里的心里，却认为这个琼不再是原来的那个琼了。他还发现，琼的腰部原来长着一颗痣，可是这颗痣现在没有了。

正像预料的那样，琼要接受血型检查，她坚持要一个人去，并要莫布里一定要保守秘密。

当琼刚刚离开她检查血型的花园饭店，莫布里就悄悄见到了为琼做检查的医疗组长。

"我们的检查发现，尊夫人的血型和以前的不一样，并且这是一种在医学上还未见过的血型。她的血型是 A_1 型，Rh 因子阴性。"

莫布里睁着恐怖的眼睛说："您怎么解释这种变化呢？"

"目前还无法解释。"

无法解释的事太多了。这不，在北纬 60 度南 200 千米的地方，沿着赫德森海湾延伸的一片加拿大国土上空，又发现了一件无法解释的现象。

空中警察的巡逻机从面对詹姆斯湾的维多利亚堡方向飞来，在一望无际、白雪皑皑的原野上空嗡嗡地盘旋着。

埃德驾驶着飞机，他旁边坐着弗兰克，正用望远镜仔细地搜索着。从灰蒙蒙的地平线可以看出，暴风雪就要来了。

此刻是下午 1 点钟。突然，弗兰克睁大了眼睛，指着一块灰云说：

"埃德！你瞅西边的那条绿色长带……"

"嗯，不错，有一条，"埃德点头回答说："好像是从飞机上吐出来的。"

"这不可能。这条长带是朝下的。如果是飞机吐出来的，不就意味着它们就要坠毁吗？"

这条绿色长烟停留有 3 分钟之久，然后便消失在赫德森湾方向。

他们一边往赫德森湾飞行，一边和地面联系。地面说，在这一带，雷达显示屏上并没出现任何不明飞行物。

抵达赫德森湾，已有雪花飞舞。突然，埃德和弗兰克同时发现一个怪东西从地上射出来升入灰色天空中。

这是一条泛出淡绿色光的长带，埃德驾着直升飞机追过去。可是，光带瞬息就在空中变得淡薄薄，它的速度比飞机要快百倍。

直升飞机飞近这条光带升起的地面，掠过一个偏僻的小渔村，没发现任何可疑迹象说明曾有一个飞行物体在此降落过。

直升飞机转向南，摆脱已来临的暴风雪，返回维多利亚堡。

这件事不知怎么的，琼马上就知道了。她没有通知她的上司，只是和莫布里打了一声招呼，说是去采访，就踏上了飞往蒙特利尔的客机，然后将转乘去维多利亚堡的飞机。

莫布里和默凯特都深信，琼·韦尔是不会单单为写一篇可能不存在的不明飞行物而前往赫德森湾的。他俩都各自用一副假发和假胡子化了装，俨然就是两个金融家和两个老老实实的商人。他俩谨慎地跟踪着琼。

飞机载着形同陌路的一对夫妇和其他乘客，抵达了风雪呼啸的维多利亚堡。莫布里不知道赫德森湾的海岸上什么东西在等待着他，他就要去进行一场超过人类常识的前所未闻的冒险了。

到达冰天雪地的维多利亚堡已有一天功夫了。莫布里和默凯特紧紧盯着琼。这个女人跑遍了这个城镇，走访了许多人，调查了埃德和弗兰克。她又预订了第二天的一架出租直升飞机，尽管天气预报说第二天是暴风雪天气。

没有想到，在他们下榻的饭店里，莫布里和默凯特的计谋还是被戳穿了，琼认出了他们。

莫布里只好摊牌，答应为琼驾驶直升飞机，前往赫德森湾。也答应电视摄像师默凯特可以不一同前往。

第二天上午10点，莫布里驾机凌空升起。一路上，他拐弯抹角地同琼谈话，试图从中窥探出些什么。琼答话机警，毫不相让。

飞机到达赫德森湾，当直升飞机从一个荒凉的小渔村掠过时，狂风早已把大雪卷到别处去了。小渔村的房屋是用圆木建造的，已部分毁坏了，这说明已无人居住。

但是，有一幢屋子例外，那就是最大的一幢。它坐落在村落最高处的土山包上。它很像个大仓库，屋顶上积了厚厚一层白雪。

莫布里一切都是按琼的意图行事，飞机降落在白雪皑皑的广场上。他们走向土山包上的大房子。

从琼对这一带的熟悉程度看，她决不是头一次来这里了。

他们走到大木房子前。门哗啦一声打开了，一个身穿皮大衣的人出现在门口。莫布里猛然一怔，因为他熟悉这个人的面孔。

"杰斐逊！您在这干什么？"

机长一声没吭，他冲着琼·韦尔说："他们在这儿。"

"都在吗？"琼叮问了一句。

"是的，遵照考卢的命令，全部在这儿。"

莫布里被弄得莫名其妙，也感到异常恐怖。他被带到一间屋子。

屋内比较凉，但却并不是空荡荡的。那里，有许多情绪沮丧的男男女女坐在地板上，他们一个个神情恐怖而刻板，在那里木然发呆。他们都像服了安眠药似的昏昏沉沉，对莫布里的到来似乎毫无察觉。不过，看样子他们还没死。

突然，他的目光落在一个女人身上，这个人背靠大圆柱，蜷缩在一个角落里。

顿时，他就像失去理智似的，简直要发疯。他激动而又恐惧地哆嗦起来。他感到有什么东西噎在喉头上。他差点瘫软下去。

他惊恐万状，像个行将处决的犯人似的，向前伸出双手，机械地一步一步地走过几个身体僵直的人，嘴里光是念叨着："这不可能……"

他好像觉得有人拿尖刀插入他心窝似的，连胸骨都感到绞痛。他不相信这可怕的现实。

究竟发生了什么呢？莫布里看到的蜷缩在那里的女人是谁呢？

莫布里激动得说不出话来，他呼唤的声音低得刚刚能听到：

"琼！"

她一动不动，像个雕塑似的僵直地坐在那里。她并没有睡着，眼睛圆圆地睁着。她好像走了神，对一切都无动于衷。

他仔细地凝视着她。她的眼睛是绿色的。她身上穿的正是她离家时穿着的春秋衫。他解开她的背部搭扣，一颗美人痣正好在腰部。

他吓得满头大汗，他确认这才是他真正的琼！

那么，另一个，另一个是谁呢？是一个复制品吗？

莫布里数着全屋的人，正是303班机上所有的人员。而且杰斐逊就在其中。那么门口的那个杰斐逊是谁呢？其他返回各自家中的乘客又都是谁呢？

曾和他生活了几个星期之久的琼走了过来："我不再骗你了，莫布里。不错，我不是琼·韦尔，而是比奥阿勒。科瓦人，空间飘游者，我们的世界就是空间本身。"

说着，这个叫比奥阿勒的人就把莫布里领出屋外，莫布里看到了一种蓝光，看到一个圆乎乎的东西，两端略微扁平，体积比直升飞机大。

莫布里也不知怎么回事，就进了一个灰色金属大箱子里，这个箱子是个平行六面体，周围很光滑。看来，是艘宇宙飞船。比奥阿勒和他同船升空。

不一会儿就到达了一个神秘空间。莫布里根本就没跨什么门槛，就进入一个半球形大厅。许多器械装在内壁上，他感到自己来到一个非常先进的文明世界。

比奥阿勒按了一下控制台上的按钮，地球的形象便出现在穹顶一个角落里的屏幕上。她告诉莫布里，他们正在地球轨道上，距地球1000千米。他们的行踪是完全可以避开地球雷达追踪的。

这时，有一个人从一团模糊的光中突然蹦出来，没有开任何门就穿过大厅内壁。他和地球人没什么区别，穿戴就像古罗马军团的战将，威风凛凛，目光炯炯，神态威严。

"这就是考卢，"比奥阿勒介绍说，"他是我们科瓦人继大电子计算机之后的最高首领，是负责执行我们共同法令的人。"

考卢不会讲地球语言，他通过一个翻译器同莫布里交谈几句之后，就让比奥阿勒开始第二阶段。莫布里也不知道什么叫"第二阶段"，也不知"第一阶段"是什么。总之他被带到了第17号大厅。

一个和莫布里一样年轻健壮的人在大厅里，比奥阿勒介绍说，这个科瓦人叫塔纳。

按照比奥阿勒的指令，莫布里躺在一个小床上，塔纳躺在隔板另一侧的床上。然后，比奥阿勒不见了。

莫布里看到一个放大机模样的东西从天花板上降下来了，摄影装置自动对准了他，一个半圆形的东西降下来，紧紧勒着他的额头，一种无形的力量死死地把他勒在床上。

他感到自己身下的小床变得柔软而有伸缩性。他的身子陷下去，刻印下他的体形。然后床又变得像模具一样坚硬起来。他感到一种液体在皮肤上流动着，逐渐凝固，这分明是在制作模子。一会儿，像是有人在揭开自己身上的粘胶块似的。他完全失去了知觉。

当他苏醒过来时，已经过了很长时间，至少有 12 个小时。

在他旁边的不透明的隔板后面，塔纳一直在正常地呼吸。

比奥阿勒从一团蓝光点中出现。

塔纳也走了过来。这时，莫布里嗷的一声惨叫起来。他吓得连连后退，他双目睁圆，歪着嘴大叫：

"不，这不是塔纳！"

"这个人……是我呀！"莫布里哆嗦着说。

"是另一个你！"比奥阿勒更正说。

不错，塔纳已被完全塑造成了莫布里，不论容貌，还是声音，包括所有记忆和思维，都和莫布里的一模一样。尽管在神态和动作上还有些不太自然，但很快就能够转变过来。

莫布里觉得科瓦人的工作规模是那样宏伟和不可思议，这套工作就像手工劳动一样，是精心设计和筹划好了的。

"那么，负责这一切的是考卢啦？"莫布里问。

"是考卢和阿科瓦。"

"阿科瓦？"

"就是大电子计算机。它指挥着我们在宇宙中到处飘游。"比奥阿勒解释说。接着，她带领莫布里去看阿科瓦。

阿科瓦由几个部件构成。它身上有记忆部件、计算部件、思维部件和其他部件。每个部件都有着自己特殊的功能。每个部件都安装在一个自成一体的柜子中，每个柜子通过管子与主要协调皮层连接起来。还有许多的光脉冲继电器代替了电缆和电线。

这个计算机的收听间呈椭圆形，上面布满荧光屏和控制台，这确实是一个通讯中心。

比奥阿勒按下一个按钮。

世界著名科幻故事精华

第一卷

一个平平板板、铮铮的声音缓缓地从扩音器里传出，阿科瓦开始讲话了：

"我来同乔·莫布里通话。我是阿科瓦。我对他来到宇宙飞船世界表示欢迎。他想知道什么？"

莫布里鼓起勇气："到底谁造的您？"

"科瓦人呗。现在，我忠实地为他们服务。"

"为什么您生活在空间，而不是在星球上？"

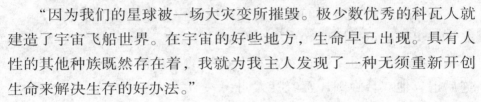

"因为我们的星球被一场大灾变所摧毁。极少数优秀的科瓦人就建造了宇宙飞船世界。在宇宙的好些地方，生命早已出现。具有人性的其他种族既然存在着，我就为我主人发现了一种无须重新开创生命来解决生存的好办法。"

莫布里问了许多问题，当他不再提问时，阿科瓦的电路也自动关闭了。但他想尽可能多地探听些消息，他接着问比奥阿勒：

"那么，什么是'第二阶段'呢？"

"第二阶段就是像我们劫持303班机那样，截获第二架同温层喷气式客机，而且还是在似乎是不吉利的百慕大三角海域拦截。303班机是被一种不可抗拒的力量截获的，它被吸向宇宙飞船世界，磁力障使它从雷达上一下子就消失了。替换飞机上的全部乘员需要24小时的时间，这时间与塔纳替换你所需的时间分秒不差。"

随后，附属飞船就把莫布里、塔纳——不，假莫布里、比奥阿勒送回了那个小渔村。

莫布里走进了303班机乘员所在的房子，在琼身边坐了下来。现在，他是讲不出话来的。因为他所有的意志都被抽走了。

当飞往维多利亚堡的直升飞机带着假莫布里和比奥阿勒起飞时，雪花又开始飘舞起来。

焦急的默凯特终于等到了老朋友的回归。然而，他在送给两位老朋友的威士忌中放了安眠药，致使他们大睡如泥。然后，默凯特背着摄像机租下这架刚刚降落的直升飞机，他要去干一项他早已深思熟虑过的计划。

默凯特为什么非要租刚刚降落的、他朋友租过的这架直升飞机呢？原来，他早就买通了机场的一个机械师，在这架飞机中悄悄地安装了"监听装置"，这个装置把莫布里飞行的航线全部录制成一个图表。莫布里的飞行路线此刻全被默凯特掌握了。

默凯特找到小渔村，找到了大木屋，找到了大木屋中似死非死的47名乘员，他也惊异地发现，坐在其中的乔·莫布里。

惊慌之后，他把这一切都用摄像机拍了下来。

然后，他轮流把莫布里和琼背上飞机，飞回被他用安眠药弄睡的另外的莫布里和琼所在的饭店，把飞机降落在饭店顶层阳台上。这样，在这座饭店四楼的一个房间里，两个琼·韦尔和两个乔·莫布里肩并肩睡在一起。

默凯特十分激动地拍摄着这场面。紧接着，他从药房里租来高频电磁波这种器械，终于把刚刚运来的琼和莫布里弄醒了。

莫布里终于回忆起了他那闻所未闻的经历，琼觉得这像天方夜谭一样。

为了不让小渔村的那个假杰斐逊发现琼和莫布里失踪，为了303班机所有乘员的生命安全，他们迅速载上塔纳和比奥阿勒，飞抵小渔村。他们把两个科瓦人抬进木头房，放在那堆麻木不仁的可怜人中。

在他们刚刚抢救出一个叫沃尔克的电子学专家后，木头房子上突然出现了可怕的绿色光轮。

当莫布里再次打开木房大门时，屋里的人都不见了，没有一点痕迹。他明白，这是科瓦人结束了第一阶段计划，消灭了这些人，包括两个替死的科瓦人。

琼用颤抖的双手捂着脸，恐惧地说：

"这太可怕了！他们一点人性都没有。"

"呵！并不是这样，"莫布里提醒说，"他们把303班机全体乘员消灭前，全都惟妙惟肖地'取代'了他们。他们填补了这些人的空缺。他们之所以劫持了303班机，也正是为了使科瓦人分流到人类中来。"

莫布里、琼，还有一个沃尔克都在机上，默凯特驾机向南飞去。

回到维多利亚堡饭店后，对萨姆·沃尔克进行了多次刺激治疗，结果他从睡眠的状态中苏醒了过来。对他来说，就如同琼·韦尔一样，他的生活于2月18日在巴哈马群岛上空就停止了。被外星人绑架、复制、催眠，他都一无所知。

当沃尔克了解了情况之后，他惊呆了，还以为是在做梦。但他还是按照莫布里等人的计划，偷偷地找回家中，取得了妻子的配合，把假沃尔克，那个科瓦人毒死。然后，莫布里和默凯特趁着夜色把被镭水烧得变了形的外星人秘密埋入佛罗里达的地下。

紧接着，莫布里·琼和沃尔克开始了阻止科瓦人第二阶段计划——劫持第二架飞机的行动。这次默凯特可没事可做了，因为他没有复制品。

莫布里三人找到了假杰斐逊，这个真名叫瓦兰的科瓦人，是第一阶段的总负责人。

瓦兰丝毫没有看出破绽，有时还以塔纳、比奥阿勒这些科瓦人的名字科呼他们。他接受了"塔纳"三人在完完全全成为地球人之前的请求，他以他的心灵感应功能向考卢联系，希望准许三人最后一次到宇宙飞船世界一游。他说："考卢同意了。第二阶段计划尚未开始。你们运气还不坏，再晚一步，就不行啦。"

莫布里、琼和沃尔克乘车向佛罗里达一个沼泽地疾驰而去。他们行动计划最惊心动魄的阶段开始了。

莫布里、琼和沃尔克很快就被接到了宇宙飞船世界。

在半球形大厅里，考卢从一个隔板里闪了出来。他的翻译器响起了没有太多语气变化的古板声音：

"……我同意你们最后一次来你们生活过的宇宙飞船世界并不是为了你们的目的。要知道，科瓦人没有任何特殊感情，他们心甘情愿放弃他们的个性。因此，他们是不可能怀念过去的。你们本该明白，你们一定要来宇宙飞船世界，是会引起我注意的。"

莫布里知道被识破了。

"你们已经杀害了我们3个人，你们还想消灭地球上所有科瓦人。你们的行动是值得称赞的，因为你们在为自己种族的完整而奋斗，可这破坏了我的计划。而我却不能违抗阿科瓦。"

考卢说着，走近控制台，用手按了一下按钮。荧光屏上显现出地球，突然一架同温层喷气式客机出现了。

莫布里一怔："这是第二阶段计划的目标吧？"

"完全正确，"考卢毫无表情地说，"这是途经巴哈马群岛的不列颠航空公司的伦敦至墨西哥的班机。机上 54 人。它现在正飞行在百慕大三角海域上空。"

突然，荧光屏上，这架飞机像被橡皮擦掉一样消失了。不久，它就魔术般地出现在宇宙飞船世界的边缘，然后，54 个处于催眠状态的地球人就进入了实验室。莫布里知道这一切都是大电子计算机完成的，他知道他们还将经过哪些工序。

莫布里决定孤注一掷。他头一低，向着考卢猛扑过去。考卢胸部被狠狠一撞，顿时瘫倒下去。沃尔克马上给他注射了一针安眠药，这个科瓦人便睡了过去。

琼·韦尔惊恐万状，条件反射地两手捂着脑袋。一连串的惊讶、恐怖，已经让她难以承受了。

屏幕上显示，"复制"程序已经开始了。

莫布里意识到，必须截断这一程序。他让琼监视着考卢，然后和沃尔克飞快地穿过一个蓝光口，跑进一个由玫瑰色灯光照明的走廊。他想起了他同比奥阿勒一同走过的路线。

莫布里和沃尔克这个著名的电子学教授又穿过一个蓝光口。他们走进椭圆形的电子计算机大厅，来到控制台前。莫布里看见过比奥阿勒操纵，他像比奥阿勒那样开亮了一个荧光屏。

大电子计算机的全部结构图都显现在屏幕上。沃尔克教授对这些电路图虽不太懂，但同地球上的电子计算机很像。他按下一个按纽，终于使大电子计算机停止了运转。

沃尔克借助指示灯，测试着各个继电器，这是一项特别细致的工作，他必须一步步摸索着操作。

他把计算机中原有的记忆取消，然后再重新编制新程序。他花了很长时间研究着用穿孔带记录下程序的感应规律。他用手按着键盘上一个又一个键，程序便自动地以代码形式编入穿孔卡上。

沃尔克和莫布里忙了 3 个多小时，终于有了点眉目，但还不能保证成功，他俩来到大厅，一边看守着考卢，一边等待着大计算机消化新指令。

世界著名科幻故事精华

第一卷

终于，扩音器中响起了铮铮作响、单调而又缺少语感的声音：

"我是阿科瓦，是大电子计算机。我有一些十分要紧的事要讲。"

这3个地球人顿时吓得脸色惨白。决定他们命运的时刻到了。

"我决定停止第二阶段计划。过19小时30分钟，不列颠航空公司的54名乘员就将在他们失踪的地方出现。"大电子计算机说。

这对于整个宇宙飞船世界，该是一件完全出乎意料和令人惊异的事。一台被科瓦人奉为上帝的电子计算机由于一个尚不清楚的原因忽然改变了自己的主意，似乎不大可能。

然而，连接科瓦人同被劫持客机乘员的线路确确实实被切断了。

"我不解释我们为什么在地球附近出现，我也不解释我们为什么要进入你们的文明世界。我们种族最好不再在太空凄惨地飘游。大灾变虽然毁灭了我们高度文明的社会，但我们有能力在别处再建立这样一个社会。当然，这需要几代人的时间……"

沃尔克对自己工作所取得的成果感到惊讶。是他编入了取代旧程序的新程序，改变了阿科瓦的计划，把阿科瓦引向另一个方向。这项成果表明，一个计算机不过是为制造它的人服务的工具。计算机就是再发达再先进，也不会像人脑那样聪明。

"我们本来满可以摧毁你们的星球的，可我们何必要这么干呢？所以我们在寻找一个荒无人烟而又好客的世界，我已经在离开这里30光年的地方找到了一个。这就意味着从此你们谁也不会再知道我们了。"

大电子计算机沉默了。莫布里三人仿佛感到，在宇宙飞船世界内又在酝酿着一项新的活动了。

莫布里离开大厅，可他找不到任何一个蓝光口，他们已被关了起来。

考卢苏醒了。他对这些挑衅者似乎并无怨恨之意，他又按阿科瓦的指令办事了。他把莫布里、琼和沃尔克领到一个实验室。这3个人出乎自己预料地毫无惧色，他们像有心灵感应的机器人一样，各自躺在一个小床上。这时，一台结构复杂的装置从天花板上降落下来，一个电极箍紧紧勒着他们的头部。

顷刻间，他们就失去了知觉。

他们在佛罗里达某个沼泽地上苏醒过来。他们头脑空空的，什么也想不起来，两眼呆滞无神。他们直怔怔地想了好几分钟，尽力在思索回忆。

但是，他们一点也想不起来了，有关宇宙飞船世界的事情。他们头脑中的这段记忆被科瓦人完全摘除了。

他们来到佛罗里达，在迈阿密，他们找到了默凯特所住的饭店，招待说，他一直没有回来。直到第二天中午，默凯特才回来，他神情古怪，精神恍惚，如痴如癫，他自己竟然不知道自己到哪儿去了，只觉得大睡了一觉。他摄制的有关 303 班机、宇宙飞船世界的所有的电视片胶带也莫名其妙的全没了。有关这一段的记忆，他也一点想不起来了。

很显然，科瓦人也让他走了一趟，他没有可吹嘘的了。

这期间，303 班机所有乘员的复制品也都神秘地失踪了。

那架从伦敦至墨西哥的不列颠航空公司的同温层喷气式客机也在失踪整整 24 小时的时候，如同预料的那样，像 303 班机一样，返回了。然而令专家手足无措的是，在这 54 个乘员中根本没发现任何生理化学上的变化，他们像没有发生任何事情似的继续他们的生活。他们也没像 303 班机乘员那样失踪。

这个谜至今还是无法解释清楚的。

至于莫布里、琼·韦尔和默凯特还有沃尔克，他们都坚信他们知道事情真相，但是他们一点证据都没有，这真相都在他们的脑海中，但是由于一种无法弄清的原因，他们却又都记不起来了……

地球痛叫一声

一天，我的一位记者朋友马龙交给我一封商业信函。这封信函是查林杰教授寄来的。查林杰是个科学怪杰，他脾气火爆，急躁易怒，难以相处；马龙是他的好朋友。信函上说："我需要一位钻井专家，马龙先生介绍说您就是我要找的人。所以，我想把一件要事托付给您。事属高度机密，此处不便多谈。请您立即取消您所有的约会，于星期五上午10点半来我寓所一晤。"

我复了一信表示愿意如期赴约，然后就去拜访马龙，想向他了解一下查林杰的情况。

"听说查林杰这个人很怪。"我说。

"没错，"马龙答道，"世界上没有谁像他那样讨厌了。"

"为什么?"我问。

"他常跟人吵架，还行凶打人。"

"行凶打人?"

"如果你们发生了争执，他不把你推下楼梯才怪呢。他是个衣冠楚楚的原始穴居人，是那种1000年才出一个的怪物。他属于新石器时期，或者那前后。"

"可他还是个教授呢!"

"妙就妙在这儿。他是全欧洲最伟大的天才，又雄心勃勃，要把一切梦想变成现实。他的同事拼命想拽住他，恨他恨得铭心刻骨，可是就像一大群拖网船想拽住一条巨轮一样自不量力。教授毫不理睬他们，径自向前猛冲。"

"他既然这样怪，我就不想和他打交道了，"我说，"我想取消和他的约会。"

"千万别这样。你还是得准时赴约。查林杰这个人还是挺讨人喜欢的。无论是谁，只要同他多接近，都会慢慢喜欢上他。啊，我还记得有一次他背着一个患天花的印度男孩走了一百英里路去找医生的事。他各方面都很了不起。如果你善于同他相处，他是不会为难你的。"

"我可不愿和他相处。"

"那你就是一个傻瓜。你听说过亨吉斯特高地的秘闻吗?"

"就是那个秘密勘探的煤矿? 那到底是怎么回事?"

"现在我什么也不能透露，不过可以先告诉你一点情况。有一个做橡胶生意的人发了财，若干年前把财产赠给查林杰，条件是这笔钱要用于科学事业。查林杰就在亨吉斯特高地购置了一块地皮，那是一块很大的不毛之地。查林杰用铁丝网把它围起来，就在那儿掘洞。他对外宣称他要找石油。他建造了一个村庄，弄了一批工人住在那儿，付给优厚的薪金，让他们宣誓保密。他还喂了一群狼狗看着，这群狼狗差点让几个新闻记者送了命。好了，先告诉你这点情况。总之，这件事又新鲜又有趣，还能让你发财。你还可以有幸和这位空前绝后的伟人交往。你想想，拒绝这份美差不是傻极了吗？"

马龙说得有理。于是，星期五上午我便动身到查林杰家去了。我特别注意不要迟到，因为马龙说如果迟到了会叫查林杰训一顿的。到他家门口时还早 20 分钟，我就站在街上等着。突然，我看见有一个人从他家门里冲出来，气得大喊大叫："这该死的家伙！这该死的家伙！"我定睛一看，原来那人我认识。他是承办亨吉斯特高地工程的二老板杰克先生。

"怎么啦，杰克？看来你今天早上火气不小。"

"你好，皮尔里斯。你也来参加这个工程？"

"是啊。"

"这人极难打交道。你瞧，他欠我们 42000 英镑，我今天是来讨债的，他竟然叫管家出来对我说：'先生，教授让我转达，他此刻正忙于吃鸡蛋，请你另找一个方便的时间。'真是岂有此理！"

"你这债收不回了吗？"

"不，收得回，他在这方面是讲信用的。说句公道话，他在用钱方面是挺慷慨的。不过要他付钱，那得看他什么时候高兴和高兴的程度。他可不给人留面子。你还是进去试试你的运气吧！"说完，他钻进汽车走了。

我等待着约定的时间到来。我有点心慌意乱，万一那疯子要和我动武，凭我的身体还是能够自卫的。我怕的是一旦发生这种事情会酿成一桩社会丑闻。时间到了，我大步朝他家走去。

"是约见吗，先生？"一个面无表情的老管家开了门。

"是的。"

他扫视了一下手中的名单。

"您贵姓，先生？……一点不错，皮尔里斯先生……10 点 30

世界著名科幻故事精华

第一卷

分。请吧，查林杰教授正等着接见您。"

查林杰坐在一张桃花心木的写字台后面，像个庞然大物，一大撮铲形黑胡须，一双灰色的大眼睛被垂下来的眼皮盖住了一半，神情极为傲慢。他硕大的头颅向后仰着。我把自己的名片放在桌上。

"啊，是的。"他说，一边把名片从桌上拿起来，那神态好像名片有臭味似的，"不错，你是个专家——所谓的专家。我注意到你的名字是因为你的名字很滑稽。"

"查林杰教授，我到这儿来是谈生意的，不是来讨论我的名字的。"我说。

"我的天，你这人脾气倒不小，皮尔里斯先生。看来我和你打交道要当心。请坐下，别发火。"他看了我一下，接着说，"你结婚了吗?"

"没有。"

"那么你还是有可能保守秘密的。"他说。

"当然。"我说。

"我的年轻朋友马龙对你很推崇。他说我可以信赖你。目前我正进行一项人类历史上的伟大实验——甚至可以说是最伟大的实验。我请你参加。"

"不胜荣幸。"

"我已经得到你严守秘密的允诺，我就要来谈谈核心问题了。事情是这样，我认为我们生活的世界乃是一种生物；我相信，这个生物也有其自己的循环系统、呼吸系统和神经系统。"

很清楚，这家伙是个疯子。

"我看得出你听不进我的话，不过你慢慢就会相信的。你回想一下，一片沼泽地或者石楠丛生的荒地，多么像巨兽毛茸茸的肋部。这种比拟可以在一定程度上推及整个自然界。几百年间，大地的起伏就像这巨兽在缓慢呼吸。对我们这些小人国来说，这个生物的躁动和搔痒就是地震和灾变。"

"那么火山呢?"

"火山就像是我们身上的热点。"他说着，从桌上拿起一样东西给我看，"你看看这是什么?"

"一只海胆。"我说。

"对，一只普通的海胆。这只小小的刺海胆就是整个世界的模型。你看它差不多是圆形的，两端扁平，像不像地球？"

"生命是需要食物的，那么这个世界靠什么食物为生呢？"

"你提的问题好。让我们再来看看这个小海胆。周围的水从这个小生物的腔管里流过，以提供营养。"

"这么说你认为水……"

"不，先生，是以太。地球在宇宙中沿圆形轨道运行，有如牛羊放牧。运行中以太不断从中流过，给地球提供活力。金星、火星等等，它们各有各的牧场。"

看来，这家伙简直发疯了。

"地球的硬壳无比坚硬。你想，在它的硬壳上有许多小虫爬来爬去，它会感到小虫的存在吗？"

"当然不会。"我说。

"那么你也可以想象，地球一点也不知道人类在以何种方式利用它。对于植物生长，对于微生物的进化，地球毫无知觉。这些小生物就像藤壶集聚在古代船舶上一样。这就是现状，这就是我想改变的现状。"

我吃惊地望着他："你想改变这个现状？"

"是的，我想叫地球知道，有一个叫查林杰的杰出的人要让它注意注意，这是第一次有人给它打招呼。"

"那么你怎么进行呢？"

他举起手中的海胆说："在地球这个大海胆的硬壳下面都是敏感的神经。要想引起它的注意就要在硬壳上钻个孔。再让我们用跳蚤或蚊子叮人皮肤来举例说明。我们也许感觉不到跳蚤和蚊子的存在，但它们的吸管一旦刺穿了我们的皮肤——也就是说我们的硬壳，就会引起我们的注意。现在你对我的计划大概有点明白了吧？"

"我的天！你想打个井钻穿地壳？"

"不错，"他闭上眼睛，有说不出的骄傲自负，"在你面前的就是第一位要钻穿这层厚皮的人，也许可以说是已经钻穿了这层厚皮的人。"

"你已经钻穿了？"

"是的，我们已经钻穿了地壳。深度正好是 14442 码，大约 8 英里多。我们在钻探过程中发现了大量的煤矿，光这项收入就可以抵消工程的开支。我们的主要困难在于下层石灰岩冒水和海斯汀流沙，不过我们已经克服了。现在已经达到最后的阶段——这一阶段正好是你的差事。先生，你就扮演蚊子的角色。用你的钻孔器代替蚊子叮人的吸管。我的话你明白了吗？"

"你说钻了 8 英里？"我叫起来，"你是否知道 5000 英尺已几乎被认为是打井的极限了？"

"我完全知道这个极限。这个问题不用你管。我只要求你准备好一根钻杆，越锋利越好，长度不超过 100 英尺。在我们大功告成之前，你的性命就维系于这根远距离操作的钻杆上了。"

"那么，我将要钻透的是什么土壤呢？"我问。

"姑且说是一种胶状物质吧。"查林杰说，"现在，你可以找我的工程总负责人签定合同了。"

我鞠了一个躬转身出来，可是没到门口，好奇心又留住了我，我忍不住问他："先生，这个非同寻常的实验的目的是什么？"

"走吧，快走！"他愤愤地叫嚷起来。他低下头去，他的一大把胡须戳到纸上弯成弓形，叫你分不清哪是头哪是胡须。就这样，我离开了这个怪人。

我回到我的办公室，看见马龙正在那儿等着我，要听听我这次会晤的消息。

"喂，"他嚷道，"他没有打人吧？你对他一定应付得很策略，你觉得这位老先生怎么样？"

"是我碰到过的人中最令人讨厌、最盛气凌人、最偏执和最自负的了。但是……"

"说得好，"马龙叫道，"说到后来，我们都有这个'但是'，这个伟人不是我们能用尺子衡量的。因此，我们在其他人那里忍受不了的，在他那里就能忍受得了，对不对？"

"不过他说的话可靠吗？"我问。

"当然。"马龙说，"我可以向你担保亨吉斯特高地是一桩实实在在值得干的事业，而且也快竣工了。目前，你只需静观事态发展，同时把你的工具准备好，我会给你消息的。"

几个星期以后，马龙就给了我消息。"一切都弄好了，现在就瞧你的啦。"他说。于是，我们就动身了。在途中，他给了我一张查林杰写给我的纸条，上面写道：

皮尔里斯先生：

你一到亨吉斯特高地，就听从总工程师的调遣，他手里有我的施工方案。我们在14000英尺的井底见到的景象，完全证实了我对星体性质的看法。你乘缆车下去时，会依次经过二级白垩层、煤层组、泥盆纪和寒武地层，最后到花岗石岩层。目前，在井底覆盖着防水油布，我命令你不得乱动。因为毛手毛脚地碰地球的表层会使实验流产。按我的指示，在离井底20英尺处横架了两根结实的大梁，大梁之间留出空档夹住你的钻杆。钻杆的尖端要几乎触到防水油布。油布下的物质很软，将来只要把钻杆一松，它就可以把那物质戳穿。更多的情况，到亨吉斯特高地再说。

查林杰

经过一路颠簸，我们来到了亨吉斯特高地。这真是个神奇的地方，规模比我想象的要大得多。已从井中挖出了成千上万吨砂土和岩石，围着竖井堆成一个马蹄形的弃土堆，现在已变成相当规模的小山了。在马蹄形的凹处矗立着密密麻麻的铁柱和齿轮，操纵着抽水机和升降机；发电大楼后面是竖井口，直径有三四十英尺，井壁用砖头砌成，上面浇了水泥。我伸过头去看那可怕的深渊，感到头晕目眩。阳光斜射进井里，只能看见几百码内的白垩层。正当我打量的时候，发现在无比深邃的黑暗中，有一个小小的光斑，它在漆黑的背景中显得清清楚楚。

"那是什么光亮？"我问马龙。

"那是一架升降机上来了，"他说，"那道小小的闪光是一盏强大的弧光灯。它速度很快，几分钟就到这里了。"

确实，那针孔大的光越来越大，后来井里撒满了它的银辉。我不得不把眼睛从它眩目的强光中移开去。不一会儿，升降机蓦地落到平台上，4个人爬出来朝出口走去。

马龙把我领到一座小房子里。我们把衣服脱得一件不剩，先换上一套丝质的工作服，再穿上一双橡皮底的拖鞋。于是，我们在总工程师的陪同下踏进了钢网升降机，朝着地层深处疾冲而下。升降机高速运行，我们像是在做一次垂直的铁路旅行。

由于升降机是钢网围成，里外照得通明，我们对经过的地质层看得很清楚。在风驰电掣般下降时，我能认出每一层来：浅黄色的下白垩层，咖啡色的海斯汀层，淡色的阿什伯纳姆层，黑色的含碳粘土。再往下，在电灯光下闪烁的是交混在粘土圈中乌黑发亮的煤夹层。不少地方砌上了砖头，但总的来说，这竖井是靠自我来支撑的。对于如此浩大的工程和它体现的工艺技巧，人们不能不叹为观止。在煤层下面，我认出了外表像水泥的混杂层，然后很快来到原始花岗岩层。在那里，晶莹的石英石闪闪烁烁，似乎黑墙上点缀着金钢钻石粉末。我们下降、下降，不断地下降，降到人们从未到过的深度。古老的石头五颜六色，光怪陆离。我永远忘不了那玫瑰色长石地层，在我们强大的灯光下闪耀，表现出一种尘世上见不到的美。我们一级一级地往下降，换了一架又一架升降机，空气越来越闷热。后来，甚至连轻便的丝质衣服也穿不住了，汗水一直流进橡皮底的拖鞋里。正当我觉得无法忍受的时候，最后一级升降机停下来了，我们踏进掘进岩石井壁的圆形平台。我发觉马龙露出奇怪的疑惑神色，朝井壁四周打量。

"这玩意儿可鬼了！"总工程师说着，用手摸摸身边的岩石，把灯光凑上去，只见那东西莹莹有光，上面是一层奇异的黏糊糊的浮渣状物质。"在这井底下，一切都在哆嗦和颤抖，太新奇了！"

"我也见过井壁自己颤动，"马龙说，"上次朝岩石里凿孔，每敲打一下，井壁就似乎朝后一缩。老头的理论看来十分荒谬，但是在这儿，就不敢说了。"

"如果你看到防水油布下的东西，恐怕就更没有把握了。"总工程师说，"这井底下的岩石，凿上去简直像乳酪。教授吩咐我们把它盖上，不许乱动。"

"我们看一眼总可以吧。"

总工程师把反光灯朝下照，他伛下身子，拉起拴住油布一角的绳子，露出被覆盖的那种物质的表层，大约有6平方码左右。

多么不寻常的景象啊，简直惊心动魄！那物质略带灰色，油光发亮，像心脏那样一上一下慢慢地起伏着。这种起伏，一下子是看不出来的。给人的印象只是它表面上泛起微微涟漪，很有节奏，逐渐扩展到整个表面。这表面层本身也不是匀质的。而在它的下面，像隔着层毛玻璃似的，隐约可看到有不甚明亮略带白色的斑点或泡泡，形状大小各不相同。面对这一奇景，我们3人站在那儿看得着了迷。

"确实像个剥了皮的动物。"马龙轻轻说。

"我的老天，"我叫起来，"要让我用一把鱼叉刺进这畜牲的身体里去吗？"

"啊，"总工程师断然说，"要是老头坚持让我留在下面，我就辞职不干，太可怕啦！"

那灰色的表面突然向上隆起，像波浪一样，朝我们涌过来，然后又退下去，而且还继续出现像刚才那种隐隐约约的心脏搏动的样子。总工程师把油布盖好。

"看来这东西好像知道我们在这儿。"总工程师说，"是不是亮光对它有某种刺激？"

"那么，现在我的任务是什么呢？"我问。

"老头的意思，是要你把钻杆设法固定在这两根大梁之间。"

"好吧，从今天起我就接手这项工作。"我说。

可以想象，这是我在世界各大洲从事打井的历史中最奇特的一次经历了。查林杰教授坚持要远距离操作，他确实有道理，我一定得设计一种电力遥控的方法。我把一节钻管搬了下来，堆放在岩石平台上。然后把最下面的那一级升降机位置升高，好腾出地方来。我们把压铁挂在升降机下面的一个滑轮上，把钻杆伸下去，上端安一个杆头，最后又把拴压铁的绳子系在竖井壁上，一通电就会松脱下坠。在工作的时候我们特别小心，因为一不注意把工具掉到下面的防水油布上，就会产生难以预料的奇灾大祸。同时，四周的环境也叫我们骇惧不已。我们一次又一次看见井壁出现奇怪的颤抖，我触摸了一下，两手隐隐发麻。

世界著名科幻故事精华

第一卷

完工后的第三天，查林杰教授向各方面发出了请柬。我们头天晚上就去井下对一切准备工作进行检查。钻孔器装好了，压铁调节好了，电气开关接通电流也很方便，可以在离竖井 500 码的地方操纵电气控制装置。

伟大的日子终于来临了。我爬上亨吉斯特高地，准备一览整个活动的全貌。整个世界似乎都在奔向亨吉斯特高地。极目望去，路上尽是密密麻麻的人群，汽车沿着小路颠簸驶来，把乘客送到大门口。只有持有入场券的少数人才有幸入内，其余大部分人只好分散加入到已经集结在山坡上的大量人群中去。

11 点 15 分，一长串大客车把特邀贵宾从车站接到这里。查林杰教授站在贵宾专用围地旁边，身穿大礼服和白背心，头戴亮堂堂的大礼帽，浑身上下光彩照人。他面部的表情，既有盛气凌人的威仪，又有令人讨厌的慈悲，还混杂着老子天下第一的神气。他被来客中的显贵们簇拥着，登上了一座居高临下的小山就了座。然后他就大着嗓门对着众多的观众大发了一通宏论，接着宣布实验马上开始。

我和马龙急急忙忙朝竖井跑去执行我们的任务。20 分钟后，我们到了井底，掀开盖在表层上的防水油布。

我们眼前出现了一幅惊人的景象。这颗古老的星球凭借着神奇的宇宙心灵感应，好像知道要对它进行一次前所未有的冒犯，暴露的表层此刻像一只沸腾的锅子，巨大的灰色气泡冒起来，劈啪一声裂开。表层下的充气空间和液泡骚动不安，忽分忽合。面上微微横波，好像以更快更强的节奏左右摆动。一种紫黑色的液体似乎在表皮下蛛网般的血管里搏动。这一切都是生命在跳动。一股强烈的气味直呛人的肺部。

我正在全神贯注地看着这幅奇景，突然，我身边的马龙惊呼一声："我的上帝，瞧那里！"

我瞥了一眼，立刻放掉电线，纵身跳进升降机。"快！"我叫道，"不知还能逃得了命不？"

我们看到的东西实在怵目惊心。竖井的整个下部，似乎和我们在井底看到的景象一样，也渐渐活动起来了。四周井壁以同样的节奏一张一弛地搏动着。这动作影响到搁置大梁的洞眼。很明显，只要井壁稍微再后缩一点——只消几英寸——大梁就会塌下来。这样，我们的钻杆尖刃不用通电就会戳进地球的内表皮。我和马龙必须在这以前逃出竖井，这是性命攸关的事情。在地下八英里深处，面临着随时可能发生的奇灾大祸，怎不叫人魂飞魄散。

我们俩谁也忘不了这次梦魇般的经历。升降机嗖嗖地朝上直飞，然而一分钟过得像一小时那么慢。每到一个平台，我们就一跃而出，再跳进另一架升降机，一按开关，又继续朝上飞驰。从升降机的钢格子顶上望去，可以看到遥远的上方有一个井口的小光点，它越变越大，渐渐成为一个完整的圆圈。我们兴奋地盯着那砖砌的井口，升降机不断地朝上飞升——欣喜若狂、谢天谢地的时刻终于来到了。我们从牢笼中跳出来，双脚重新踏上草地。真是千钧一发啊！我们还没有跑离竖井 30 步，安置在井下深处的铁标枪已经刺进大地母亲的神经结，伟大的时刻来到了。

究竟发生了什么，我和马龙都无法说清楚。两人好像被一股旋风卷倒在地，像冰球场上两颗滴溜溜打转的小球在草地上打着滚，同时传来一声从未听到过的震耳欲聋的怒吼。在这一声噪叫里，有痛苦，有愤怒，有威胁，还夹杂着大自然的尊严受到凌辱的感情。由这一切汇集成的骇人的尖声厉叫，整整持续了 1 分钟之久，好像上千只汽笛齐鸣。这声音持久而凶猛，惊呆了天地万物，随着宁静的夏日空气飘向远方，最后回响在整个南海岸。历史上没有任何声音能和这地球受伤的痛叫声相比。

从地壳里最先喷出来的东西是升降机，总共 14 架，依次射出，在天空中翱翔着，组成一条蔚为奇观的抛物线。

接下来的是喷泉。这是一种具有沥青浓度的黏糊糊的脏东西，向上猛喷到约 2000 英尺的高空。在上空盘旋着看热闹的飞机好像被高射炮打中了似的被迫着了陆，飞机和人一起栽进污泥中。这种可怕的喷泉，奇臭刺鼻，好像是地球维持生命所必需的血液，否则就是一种保护性的黏液，大自然用它来保护大地母亲免受查林杰之流的侵犯。那些不幸的报界人士，由于正对着喷射线，被这种污物弄得浑身透湿，以致好几个星期都走不进社交场合；那股被喷出的污物被风吹向南方，降落在耐心地久坐在山顶上等着看好戏的人群头上。

再接下来是竖井自动闭合。如同一切自然伤口的愈合一样，总是由内及外，大地也以极快的速度，愈合它重要机体上的裂缝。竖井井壁合拢时，发出高亢持久的劈啪声，先从地下深处开始，越朝上声音越大，最后一声震耳巨响，洞口的砖砌建筑猛然坍下，互相撞击。同时，像小规模地震一样，大地颤抖着，把土堆也摇塌了，而曾经是竖井井口的地方，砾石断铁之类倒堆起一座高达50英尺的金字塔。查林杰教授的实验不但就此告终，它的遗迹还永远埋在人眼看不到的地下深处。

人们愣住了，久久不能作声，全场一片紧张的沉寂。随后人们恢复了神智，他们恍然悟到这是卓绝的成就，是宏伟的构思，是神奇的工程。他们不由自主地一齐朝查林杰望去，赞美声从每个角落传过来。从查林杰所在的山顶上往下一看，是一片昂起的人头的海洋。查林杰从椅子上站起来，左手贴着臀部，右手插进大礼服的胸襟里。照相机就像地里的蟋蟀一样，咔嚓咔嚓地响着。6月的阳光照在他身上，好像镀上一层金辉。他庄严地朝四面鞠躬致意。科学怪人查林杰，先驱领袖人物查林杰，他是人类中迫使大地母亲予以承认的第一个人。

地球历险记

飞碟穿云破雾，急驶直下，在离地面约50英尺的地方猛然刹住，然后是一阵剧烈的碰撞声，飞碟降落在一块杂草丛生的荒地上。

"这次降落真卑劣！"船长吉克斯普特尔说道。显然他的用词并不确切，他说话的声音，在人类听起来，就像只生气的母鸡在咯咯叫。机长克尔特克勒格把他的3只触手从控制盘上挪开，把4条腿伸了伸，舒适地放松了一下。

"这不是我的错，自动控制装置又出故障了，"他喃喃抱怨着说，"可是你对这条 5000 年以前拼凑起来的飞船，又能有多大指望呢？要是这该死的东西是在基地的话……"

"行了！我们总算没摔成碎片，这比我预料的要好得多。让克利斯梯尔和当斯特到这儿来吧，我要在他们出发前跟他们说几句话。"

克利斯梯尔和当斯特显然同其他船员不一样。他们只有一双手和两只脚，脑袋后面也没有长眼睛，还有一些他们的伙伴极力回避的生理缺陷。然而正是由于这些缺陷，才使他们被挑选来执行这一特殊任务。这样，他们用不着怎么化装，就能像人类一样顺利地通过各种盘查。

"你们完全了解自己的使命吗？"船长问。

"当然了解，"克利斯梯尔有点生气地说道，"我跟原始人打交道又不是第一次，要知道我在人类学方面所受的训练……"

"好。那么语言呢？"

"那是当斯特的事。不过我现在也能说得相当流利。这是一种非常简单的语言，何况我们研究他们的广播节目已有两年多了。"

"你们在出发前还有什么问题吗？"

"嗯——只有一件事，"克利斯梯尔犹豫了一下，"从他们广播的内容来看，很明显，他们的社会制度是很原始的，而且犯罪和违法现象到处都是。有钱人不得不使用一种叫做'侦探'或'特务'的人来保护他们的生命财产。当然我们知道这是违反规定的，但是我们不知道是否……"

"什么？"

"是这样，如果我们能随身带两只马克 III 号分裂器，就会感到更安全了。"

"这样对你们并不安全！如果大本营听到这话，我会受到军法制裁的。如果你们伤害了当地的居民——那'星际政治局'、'土著居民保护局'，还有其他几个有关机构就会缠住我不放了。"

"如果我们被杀了，不一样也很麻烦吗？"克利斯梯尔显然有些激动。"不管怎么说，你对我们的安全要负责。别忘了我给你讲的那个广播剧，剧中描写了一个典型的家族，在开演不到半小时，就出

世界著名科幻故事精华

第一卷

· 161 ·

现了两名杀人犯!"

"嗯……好吧。不过只能给你们马克Ⅱ号……希望你们在遇到麻烦时不要造成太大的破坏。"

"谢谢,这样我们就放心了。我会像你要求的那样,每30分钟向你报告一次,我们离开你不会超过两小时的。"

吉克斯普特尔船长目送他俩消失在山顶后,深深地叹了一口气。

"我真不知道为什么,"他说道,"为什么一船人非选他们俩不可?"

"毫无办法,"驾驶员回答说,"这些原始人碰到怪事会受惊吓的。如果他们看到我们来了,就会恐慌,到那时,当炸弹扔到我们头上来时,我们还不知怎么回事哩。所以对这事你不能急躁。"

吉克斯普特尔漫不经心地把自己的触手弯成一个6条腿的支架,他在忧虑时总爱这么做。

"当然,"他说,"如果他们回不来,我仍然可以回去,然后报告说这个地方太危险。"他心里忽然一亮,接着说:"对,这样还可以省不少麻烦。"

"那我们这几个月对地球的研究就白干了?"驾驶员挖苦地说。

"这不算白干。"船长回答说,"我们的报告对下一批考察船会有用处的,我建议等过——对,等过5000年以后再来一次。那时,这鬼地方可能变文明了。虽然,坦率地说,我并不相信这一点。"

山姆·霍金斯波斯姆正准备吃他那配有奶酪和苹果酒的美餐,忽然看到有两个人影沿着小巷向他走来。他用手背擦了擦嘴,把酒瓶小心地放在像篱笆一样整齐的工具旁边,用略带惊骇的眼光凝视着他们走来。

"早上好!"他口含奶酪,微笑着向他们招呼。

陌生人停下来。其中一个偷偷地翻一本小书。这本书收集了一些常用短语和套话,例如"在播送天气预报以前,先播送一项大风警报,""不许动,把手举起来!""向所有的汽车喊话!"等等。但当斯特不需要这本书帮助自己的记忆,他立刻走上前去答话。

"早上好,伙计!"他操着BBC(英国广播公司)播音员的口音说,"你能把我们带到离这儿最近的村庄、城镇或类似的公民集居的地方去吗？"

"什么？"山姆一边说，一边怀疑地对两个陌生人瞟了一眼。他发现他们的衣着有些奇特。他隐约地意识到这个人没穿一般人常穿的翻领衬衫和时兴的细条纹外衣。那个一直迷在书里的家伙实际上穿的是晚礼服，除了一条发亮的红领带、一双土气的靴子和一顶布帽子之外，简直可以说完美无瑕。克利斯梯尔和当斯特曾在衣着方面，尽了他们最大的努力。他们看的电视剧太多了！在没有任何其他资料的情况下，凭电视来缝制的服装虽然可笑，至少也会被人们理解。

山姆一边用手搔头，一边暗自猜想：是皮货商吗？可城里人也不会这么打扮呀！

他用手指指路，以一种 BBC 对西部地区广播的浑厚的口音告诉他们应去的方向。这种口音只有西部地区居民才能听懂，其他地区的人恐怕连 1/3 也难以明白。

克利斯梯尔和当斯特，这两个来自遥远行星的天外来客，面对这种情况简直一筹莫展。他们彬彬有礼地退了回去，极力想弄清楚一个大概意思，同时开始怀疑自己的英语是否像他们想象的那么好。

人类和天外来客的第一次史无前例的会见，就这样匆匆结束了。

"我看哪，"当斯特若有所思，但又不大有把握地说道，"是他不愿意帮忙吧。这倒也省了我们不少麻烦。"

"我看不像。从他的衣着和所干的活计来看，他不会是个有知识的或者说有价值的人。我怀疑他是否明白我们是谁。"

"嘿，又来了一个！"当斯特嚷道，用手指了指前面。

"小心点，动作别太猛，要不会惊动他的。我们自然而然地走过去吧，让他先讲话。"

前面那人大踏步地走过来了，好像一点也没有注意到他们。可是当他们还未明白是怎么回事，那人又忽然向远处跑去。

"怎么啦！"当斯特说道。

"没什么，"克利斯梯尔像哲学家似的回答，"也许他也没有什么用处。"

"别自我安慰了。"

他们生气地盯着菲西蒙斯教授离去的背影。只见他身穿老式旅行装，一边走一边聚精会神地读着一本"原子理论"，逐渐消失在小巷之中。克利斯梯尔开始不安地觉得，跟人打交道真不像他以前想象的那么简单。

小米尔顿是一个典型的英国村庄，半隐半现地座落在一个笼罩着神秘色彩的小山脚下。夏天的早晨，路上行人很少。男人们都干活去了。村妇们在她们的主人离家之后，正在整理家务。克利斯梯尔和当斯特一直走到村子中央，才遇到一个送完邮件骑自行车回来的投递员。他满面怨气，因为他不得不多走两英里多路去把一封一个便士的明信片送到道格逊农庄，而且甘那·依万斯这个星期给他妈妈寄回的换洗衣服比平常要重得多，里面还夹了他从厨房里偷来的4听牛肉罐头。

"请原谅。"当斯特有礼貌地说。

"我没功夫，"邮递员根本就没有心思应酬这一偶然的问话。"我还得再跑一趟哩！"说完他就走了。

"真叫人无法容忍！"当斯特嚷道，"难道他们都是这样吗？"

"你还得耐心点。"克利斯梯尔说，"别忘了他们的习惯同我们的大不一样。要取得他们的信任还得需要时间。以前，我同原始人打交道时也遇到过这种麻烦。作为一个人类学家，一定要习惯这点。"

"那么，"当斯特说，"我建议咱们到他们家里去，这样他们该没法逃走了吧。"

"好吧，"克利斯梯尔半信半疑，"可是，千万别走进那些像寺庙一样的房子，否则我们会遇到麻烦的。"

老寡妇汤姆金丝的住宅谁也不会弄错，即使最没经验的探险家也不会弄错。这位老太太看到有两位绅士站在她家门口，显得非常激动。至于两个人的衣饰的奇特之处，她丝毫也没有注意。她正在想那笔意料之外的遗产和新闻记者对她100周岁生日的采访（她实际只有95岁，但她隐瞒了这一点）。她拿起一直挂在门边的石板，愉快地走向前去同她的客人打招呼。

"你们要说什么都写下来吧，"她手拿石板痴笑着说，"这20年来我一直耳聋。"

克利斯梯尔和当斯特沮丧地面面相觑，这真是一个预料不到的障碍，因为他们唯一见过的文字就是电视节目里出现过的通知，而且他们至今也未完全弄懂它的意思。但是，有着像照相机一样记忆力的当斯特，这时随机应变，趋步向前，尴尬地拿起粉笔，在石板上写了一句他自认为一定适合这种场合的英语。

她的神秘的客人悲伤地走了。汤姆金丝太太无限困惑地凝视着石板上的符号，花了好一会儿功夫，才猜出那是些什么字（当斯特把好几个地方都写错了）。可是，面对着这一句莫名其妙的话，她仍然搞不清是什么意思。这句话是：

"通话将尽快恢复。"

当斯特已经尽了最大的努力。可是这位老太太一直不明白这是什么意思。

于是他们又到另外一家去试。这次运气好一点。出来开门的是一位年轻妇女，说起话来满脸堆笑。可是过不一会儿，她就翻了，"砰"的一声关上了门。门内传出歇斯底里似的笑声。这时，克利斯梯尔和当斯特心情沉重，开始怀疑他们伪装成普通人的本领并不像想象的那么有效。

在第三家门口，他们遇到非常健谈的史密斯夫人。她说话像连珠炮似的，每分钟 120 个字。可是她的口音却像山姆一样，根本听不懂。当斯特好不容易找机会道了声歉，然后又继续向前走去。

"难道这些人跟他们广播里讲的话不一样吗！"当斯特叹道，"他们要是都这么说话，那怎么能听得懂自己的节目呢？"

"莫非是我们把着落地点搞错了？"克利斯梯尔说。他这个一贯自信和乐观的人，也开始动摇。他们为自己的错误感到沮丧和难过。

在第六次，也许是第七次试探中，他们见到的不再是家庭妇女。门开了，一个瘦削的青年走出来，湿润的手上拿着一样东西，使这两位来客大为着迷。这是一本杂志，封面是一枚巨大的火箭，正从一个布满弹坑的行星上飞起。不管这是什么行星，反正不是地球。画面深处印着几个字："伪科学惊险小说，售价25美分。"

克利斯梯尔看了看当斯特。他们交换了一下眼色，说明他们一致认为：他们终于在这里找到了能够理解自己的人。当斯特兴奋极了，于是走上前去，跟那个青年人讲话。

"我想你一定能帮我们，"他彬彬有礼地说，"我们发现要使这里的人理解我们非常困难。我们刚从太空来到这个行星上，很想同

世界著名科幻故事精华

第一卷

你们的政府取得联系。"

"呵!"吉米·威廉斯说,他还没有从土星外部空间的探险中完全恢复过来。"你们的飞船在哪儿?"

"在山里边;我们不愿意惊动你们。"

"是火箭吗?"

"啊,天哪!那东西早在几千年前就淘汰了。"

"那么它是怎样飞行的呢?是用原子能吗?"

"我想是的,"当斯特说,他的物理学不怎么好。"还有其他动力吗?"

"别扯远了,"克利斯梯尔有点不耐烦地说道,"我们问问他,看他知不知道在哪儿能找到他们的官员。"

当斯特还未来得及说话,只听一个尖厉的声音从房内传来。

"吉米,谁在那儿?"

"两个……"吉米有点怀疑地说,"起码,他们看起来像是人,他们是从火星上来的。我不是常说,这种事会发生的。"

随着一阵沉重的声音,一个体壮如牛的女人满脸凶气地从黑暗中走了出来。她用一种嫌恶的眼光瞪着这两个不速之客,又看了看吉米手里拿着的杂志,然后说。

"真不知羞耻!"她说着。打量了一下克利斯梯尔和当斯特。"我们家养了这么个没用的孩子,简直糟透了。他整天浪费时间读这些乱七八糟的东西,这都是没有人管教的结果呀!你们是从火星上来的吗?我看你们是从那些飞碟上来的吧!"

"我从来就没有说我们是火星上来的呀!"当斯特无力地申辩道。

"砰"的一声,门关了,屋里传出了激烈的争吵声,然后是撕书的声音和一阵怮哭声。

"好了,"当斯特终于说道,"下一步该怎么办?他为什么说我们是从火星上来的呢?如果我记得不错的话,火星是离我们很远的星球啊!"

"我也不知道,"克利斯梯尔说,"但是我想他们会很自然地想到我们是从邻近的星球上来的。要是他们知道事情的真相,会大吃一惊的。火星,哼!从我看到的报告来看,那儿比这里更糟。"很明显,他的科学超然态度已开始动摇了。

"咱们离开这些屋子吧！"当斯特说道，"外边会有更多的人的。"

他们的话完全正确，还没走多远，就发现自己被一群孩子团团围住了。这些小男孩说话也是那么粗俗和令人费解。

"我们要不要送点礼物哄哄他们？"

"好，你带礼物了吗？"

"没有，我还以为你……"

当斯特话还没说完，这几个家伙已经一溜烟似地跑到旁边一条街上去了。

这时，从街上走来一个身穿蓝色制服、仪表威严的人。

克利斯梯尔睁大了眼睛。

"是警察！"他说道，"大概是去调查一件凶杀案的吧。也许他会跟我们说两句话。"他半信半疑地补充道。

P．C．亨克斯惊奇地看着这两个陌生人，极力不让自己的感情流露出来。

"你好，先生们！你们在这儿找什么东西吧？"

"是的，正是这样。"当斯特用最友好、最讨人喜欢的语调回答道，"也许你能帮我们的忙吧。事情是这样的，我们刚降落在这个星球上，想和你们的有关当局取得联系。"

"什么？"亨克斯大吃一惊，愣住了。但不一会儿他又恢复了平静，因为亨克斯毕竟是一个聪明的青年人，他并不打算一辈子在这里干乡村警察。"那么，你们是刚着陆的，是吗？是坐太空船来的吧？"

"是的。"当斯特大大地松了一口气。这警察既不怀疑，也不发火，这要是在其他原始星球上，听到这种话肯定会激动的。

"好，好！"亨克斯用一种他希望能引起对方信任和好感的腔调说（即使他们使用暴力也没有关系，因为他们看起来是那样的瘦小）。"你们需要什么就尽管说好了，我会尽力帮忙的。"

"你真好，"当斯特说，"我们选择这么一块偏僻的地方着陆，因为我们不愿意制造恐慌。在跟你们的政府取得联系之前，知道我们的人越少越好。"

"我完全明白，"亨克斯回答道，一边急躁地用眼四处看了看，想找个人帮着给警长传个信。"那你们打算到这儿来干什么呢？"

"在这里谈论我们对地球的长远规划恐怕不合适。"当斯特怀有

世界著名科幻故事精华

第一卷

戒心地说道，"我能说的只是宇宙的这一部分应当得到调查和开发。我们一定能在很多方面帮助你们。"

"那真是太感谢你们了，"亨克斯会心地说道，"我看最好的办法是请你们跟我到派出所去一趟，在那儿我们可以给总理打个电话。"

"非常感谢。"当斯特怀有感激的心情说道。他们信任地跟亨克斯并排走着，尽管他有点想故意走在他们后边。就这样，他们来到了村派出所。

"这边走，先生。"亨克斯说，有礼貌地把他们领进一间陈设简陋、照明很差的房间。这间房简直是最原始的房间。他们还未来得及看完周围的环境，只听"咔"的一声，一扇铁栅栏门就把他们同向导隔开了。

"别着急！"亨克斯说道，"一切都会顺利的，我一会儿就回。"

克利斯梯尔和当斯特用惊奇的目光互相打量了一下，很快地得出了一个可怕的结论。

"我们被关起来了！"

"这是一座监狱！"

"现在该怎么办？"

"我真不知道你们这些家伙懂不懂英语，"黑暗里传出了一个怠倦的声音，"你们倒是让我睡个安稳觉呀！"

这两个囚徒这才意识到他们并不孤独，在这地窖的墙角里有一张床，床上躺着一个衣着不整的青年人，正用一双不满的眼睛迷茫地注视着他们。

"天哪！"当斯特嚷道，"你看他是个危险的罪犯吗？"

"暂时看起来不像很危险。"克利斯梯尔审慎地说道。

"喂！你们怎么也进来了？"青年人问道，摇晃着身子坐了起来。"看来你们是刚参加完化装舞会吧。哟，我这该死的头！"他难受的朝前俯伏下去。

"化了装就得像这样被关起来吗？"善良的当斯特说道，然后继续用英语说："我真不知道我们怎么会到这儿来的，我们只是告诉了警察我们是从哪儿来的，这就是全部经过。"

"那么，你们是谁？"

世界著名科幻故事精华

"我们刚刚降落——"

"喂，没有必要再重复了，"克利斯梯尔打断他的话，"没有人会相信的。"

"嘿！"青年人再次坐了起来，"你们用什么语言讲话？我才疏学浅，从来未听过你们这种话。"

"我看，"克利斯梯尔对当斯特说道，"你应该告诉他，反正在警察回来之前什么也干不成。"

这时，亨克斯正在电话中同当地疯人院院长认真地交谈着，院长一再坚持他的病人一个也没有少，然而还是答应再检查一遍，待有了结果就给他回电话。

亨克斯怀疑是否有人在故意跟他开玩笑，放下听筒后，便悄悄地走向地窖。看起来这3个犯人正在友好地交谈，他便踮起脚尖走开了。应该让他们冷静一下，这样对他们有好处。他轻轻揉揉眼睛，脑子里还萦绕着他清晨时抓格拉哈姆进监狱时的那场搏斗。

这位年轻人现在已经清醒过来了，他对昨天能参加圣餐庆祝会并不感到后悔。可是当他听到当斯特讲的故事并期望得到他的回答时，又开始担心是否自己还未完全清醒。

格拉哈姆想，在这种情况下，最好的办法还是在幻觉消失以前就把这事尽量当成真的。

"如果你们真在山里有飞船，"他说道，"那你们肯定可以同他们取得联系，并让他们派人来救你们。"

"我们想自己解决，"克利斯梯尔不卑不亢地说，"另外，你还不了解我们的船长。"

格拉哈姆想，看来他们非常自信。这整个故事凑在一起也很合理，可是……

"你们能建造星际飞船，可是连一座乡村派出所也出不去，真叫人有点不敢相信。"

当斯特看了看拖着沉重脚步的克利斯梯尔。

"要逃出去真是太容易了，"人类学家说道，"但是，我们不到万不得已时是不会轻易使用暴力手段的。你不了解这会引起什么麻烦，也不了解我们将填写一种什么报表。此外，如果我们逃走了，你们的追捕队恐怕会在我们到达飞船以前就会抓住我们的。"

"起码在小米尔顿是抓不着的，"格拉哈姆咧开嘴笑着说，"如果我们能设法穿过'白鹿'，他们就更抓不着了，我的汽车就在那儿停着。"

"啊，是这样呀。"当斯特说道，他的精神又重新振作起来。他转过身去和他的同伴激动地交谈了几句，然后谨慎地从内衣口袋里掏出一个黑色的小钢瓶，他小心翼翼地摆弄着它，就像一个少女第一次拿着一支上了膛的火枪一样。克利斯梯尔很快地退到地窖的墙角里。

就在这时，格拉哈姆忽然肯定地觉得自己非常清醒，确信刚才听到的故事完全是真的。

没有忙乱、没有电火花或五颜六色的射线，一段 3 英尺见方的墙壁静悄悄地溶化了，崩溃成一堆锥形的小沙堆。阳光射进了阴暗的地窖，当斯特松了一口气，一边把他那神秘的武器收了起来。

"好了，过来吧，"他对格拉哈姆说道，"我们等你呐。"

没有人追他们，因为亨克斯还在电话中争吵不休。如果几分钟以后他回到地窖时，一定会发现他政治生涯中最叫人惊奇的事。当格拉哈姆重新在"白鹿"出现时，没有人感到奇怪，他们都知道昨天晚上他到哪儿去了，并希望在开庭审判时法官会宽恕他。

克利斯梯尔和当斯特极为不安地爬进一辆"班特力"牌小轿车的后座里，这辆汽车样子奇特，显得很不平稳，可是格拉哈姆亲切地称它为"玫瑰"。幸而放在一个生了锈的铁罩子下面的发动机是好的，很快，他们以每小时 50 英里的速度吼叫着驶出了小米尔顿。这简直是一种慢得惊人的相对速度，因为近几年来，克利斯梯尔和当斯特一直是以每秒钟几百万英里的速度遨游太空，现在却感到从未有过的害怕。当克利斯梯尔稍微恢复正常后，便掏出袖珍报话机向飞船喊话。

"我们正在返回途中，"他在狂风中嚷道，"我们找到了一个非常有知识的人，他现在正跟我们在一起，我们大概——呜——对不起——刚才我们正穿过一座桥——10 分钟以后就回来。什么？不，当然不是，我们一点麻烦也未遇到，一切都很顺利。再见。"

格拉哈姆回过头看了一眼他的乘客，这一看使他感到很不安，他们的耳朵和头发由于粘的不够牢，已经被风吹掉了，他们的真面目开始显露出来。格拉哈姆开始不安地怀疑，这两人似乎连鼻子也没有。唉，没什么，习惯成自然，呆长了什么都会习惯的，今后他还有足够的时间同他们打交道。

以后的事当然不说你们也会知道，可是这个关于第一次到地球着陆的故事，以前从来还未记述过。就是在那种特殊的条件下，格拉哈姆成了人类奔赴浩瀚宇宙的第一位代表。我们这些材料，都是当我们在天外事务部工作时，经过克利斯梯尔和当斯特的允许，从他们的报表中摘录出来的。

很明显，由于克利斯梯尔和当斯特在地球上获得的成功，他们被上司挑选去拜访我们神秘的邻居火星人。同样，毫无疑问，克利斯梯尔和当斯特鉴于上次的经历，当他们登船出发时，是那样的勉强。而从那以后，我们再也没有听到过他们的消息。

地　球　的　解　放

这就是关于我们解放的传说，吸气，抓住一簇簇的草！嗨嗬，这就是传说！

是在8月份，在8月的一个星期二我们发展到现在，这些词汇已失去意义；可是，我们的原始祖先——即我们未解放的、未重新组建的祖先——所了解和讨论的许多事情，对我们自由的心灵来说，都是缺乏意义的。但故事还是要讲，故事中一切难以置信的地名和逐渐消失的参照点都要照述不误。

为什么非讲不可呢？不管你们中的什么人就没有一件更好的事情可做吗？我们已经喝了水，吃了草，我们躺在狂风的峡谷里。那么就休息，放松，听着！吸气！吸气！

在8月的一个星期二，那艘飞船出现在法兰西的上空。法兰西所在的那块地方，在当时的世界上被称之为欧洲。飞船有5哩长，据流传下来的话说："飞船像一支巨大的银雪茄。"

故事接着又讲到当飞船突然出现在夏日蔚蓝色的天空时，我们的祖先所表现的惊愕。他们是如何地跑呀，喊叫呀，指指点点呀！

他们激动地通知他们最主要的机构之一——联合国：一个大得出奇的金属飞行器，出现在他们的国土上。一方面，他们下命令叫空军装载好武器去包围飞船，另一方面他们又给匆匆召集起来的科学家作指示，叫他们带上信号仪，以友好的姿态去接近飞船。在大飞船的下面，摄影师为飞船拍照，作家撰写有关飞船的故事，持有许可证的商人甚至还出售飞船的模型。

我们受奴役的、无知的祖先的确做了这一切事情。

接着，在飞船中部，一块非常大的厚板啪一声打开，走下来第一位天外来客。他那3条腿走路的复杂步态，很快就将获得所有人的了解和喜爱。为了免遭大气特殊物质的侵蚀，他穿了一套金属的服装，不透明，是松散折叠型的。我们的第一批救星在地球逗留期间，都穿的是这种衣服。

他身高25尺，在身体的中部有一张大嘴在轰隆隆地发出震耳欲聋的声音，他说的话谁也听不懂。这位来客整整讲了1个小时。讲完后，礼貌地等了一会回音。没有回音，他又回到飞船上去了。

那天晚上，我们解放的开端！或者应该说是我们第一次解放的开端？不管怎么说，那天晚上！想象一下，那些古老的、错综复杂的事物是怎么把我们的祖先忙得团团转的——打冰球，播电视，裂变原子，给别人扣"赤色分子"的帽子，举办颁奖展览，签署宣誓书——和现时这种威严而令人屏息的简洁相比，这一切细节简直令人难以置信，古代生活被变成一大堆既可怕又逐渐增多的琐事。

最大的问题，当然莫过于：这位来客说了些什么？他是否叫人类投降？他是否宣布他此行负有和平通商的使命？另外，比方说，在为北极冰帽作出了他认为是合理的提议之后，他是否会礼貌地撤退，以便我们可以在相对独立的情况下讨论他提的条件？或者，可能他仅仅宣布他是一个友好而聪明的民族派往地球的新任大使——我们是否领他到有关当局，让他去递交国书？

什么都不知道是怪叫人恼火的。

由于做决定的都是些外交家，在那天深夜，大家总是认为最后的一种可能性希望最大；因此，第二天一清早，联合国的代表团便

世界著名科幻故事精华

等在停在那儿的飞船的舱下。代表团的任务就是充分发挥他们集体的语言才能，来欢迎客人。为了表示人类诚挚的友好愿望，联合国对在飞船四周执行巡逻任务的飞机发出命令：炸弹架上最多只能放一枚原子弹，飞行时，除了要有联合国国旗和本国国徽以外，还要飘一块小白旗。我们的祖先就是这样面临这个历史的最终挑战的。

几小时后，来客走了出来。代表团全体成员向他走去，对他鞠躬，并用联合国的3种官方语言——英语、法语、俄语，对他讲话，请求他把这个行星当成他自己的家。他严肃地听着他们的话，然后又开始了他前一天的那套演说——对他来讲，演说肯定是作得很好，既充满感情，又意味深长，但对于世界组织的代表们来说，演说里的话，他们可一句也听不懂。

幸亏秘书处有位印度成员，年轻又颇有文化修养。他发现这位来客的话同一种孟加拉语的方言有着可疑的相似之处，他过去曾下功夫研究过那种方言。现在我们知道，这是因为这种奇异的陌生人过去曾到地球上来过，而那时人类最先进的文明就是在这片湿润的孟加拉平原上；从那以后，就编撰了那种语言的大辞典，因此，对于随后再到地球探险的任何团体说来，和地球上的人通话将不会发生问题。

可是，我的故事还得讲下去，正如人们总要不断地咀嚼干茎以下多汁的根部一样。让我休息一下，吸口气。嗨嗨！那真是我们人类可怕的经历！

你，先生，你现在坐好，听着！你还没到讲故事的年龄。我记得，我记得很清楚，我父亲是怎样跟我讲的，他的父亲怎样跟他讲。你得像我那样等轮着你的时候，你得听着，一直到水坑间的高地多得使我渴死为止。

然后，在全速短跑之后，你可以选一块嫩绿的草地，潇洒地斜靠在那儿，面对漫不经心地进行训练的年轻人，朗诵我们解放的伟大史诗。

根据这位年轻的印度人的建议，从纽约一个学术性会议上请来了一位比较语言学教授。这位教授能理解这种奇特的死文字，并能用它进行交谈。在纽约，他正在宣读他那篇写了18年的论文：《古梵文中几个过去分词同现代四川话中相同数量的名词性词组之间的

世界著名科幻故事精华

第一卷

表面关系之初探》。

我们沉迷于无知之中的祖先想要做的，真的也就是许多这类事情，比这些还多得多。真的，和他们相比，我们不是自由得多吗？

这位不高兴的学者——他苦苦坚持要念完论文——在减去了他的几个最必要的生词表之后，被人用最快的飞机送到南希南部的区域。那时，南希正好就在天外来客那艘宇宙飞船的大黑影里。

联合国代表团在那儿向他交待了任务。新的令人为难的发展更增添了代表团的紧张不安。又有几个陌生人从飞船中走出来，手里拿着许多大块闪亮的金属。然后，他们又把这些金属拼成一个很像是机器一样的东西——但这台机器比人所盖的任何一座摩天大楼还要高。而且这台机器发出的声音，好像一个会说话、有感情的生物在自言自语似的。第一个陌生人还是殷勤地站在那些大汗淋漓的外交家们旁边；不时地再把他的小演说讲上一遍，用的是几乎被人遗忘了的语言——在为亚力山大图书馆放奠基石的时代所用的语言。联合国的人回答陌生人的问话，由于陌生人不懂他们的语言，每个人都拼命想用手势和表情来弥补这个缺陷。过了好一会儿，人类学家和心理学家组成的一个委员会，英明地指出了用手势和表情同这种陌生人进行交际的困难所在。这种陌生人具有 5 个附肢，还有一个像昆虫那样不能眨动的复眼。

随着陌生人的到来，那位教授被人从世界的这头弄到那一头，这时他的困难和痛苦是，他在设法积累一种语言的词汇，他只能凭借有限的语言样品去推断这种语言的特征，而提供这些语言样品的人在讲话时，又带着一种极端稀奇古怪的异国腔调，——但要是和世界机构的代表们所感受到的不安相比的话，所有这些烦恼真是算不了什么。代表们看着这些天外来客每天迁移到地球上的一个新工地，连续组装一个巨大的闪光金属构件。这个构件会怀念故乡似地喃喃自语，好像为了把那些在远方给它生命的工厂永远记在心中。

的确，有一个陌生人总是在劳动中停下来，说一番固定的话。他的劳动明显是属于监督管理性质的。他的倾听用 56 种不同语言所作的回答时，风度优雅。人类科学家在检查闪光的机器时，摸到一个凸出的边缘，人就马上会缩得越来越小，一直缩成一个黑点，逐渐消失。这时人们的恐惧也并不因为他风度优雅就化为乌有。这种

世界著名科幻故事精华

情况虽不经常发生，但也足以使人类行政官员绞断肝肠，经常失眠。

最后，在绞尽脑汁之后，那位教授终于整理出了一批足以进行会话的语言材料。他——通过他，整个世界——知道了如下的情况：

这些陌生人是高度发展的文明世界的成员，这个文明世界已将其文化撒满了整个银河系。对于后来在地球上占统治地位而至今尚未充分发展的动物的局限性，他们是了解的。因此，他们将我们置于某种仁慈的放逐之中。一直到无论我们还是我们的机构都发展到允许地球在银河系联盟中，至少当一名非正式会员的水平（在开头几千年中，必须有联盟中更为年长的、更为普遍、更为重要的物种来当监护）——到了这时，任何侵扰我们隐秘和无知之行为都会受到宇宙条约的严格禁止——只有个别在极为秘密条件下进行的科学考察可以例外。

几个违反这种统治的人——给我们民族的心智带来巨大的损失，给我们盛行的宗教带来巨大收益——受到了那样迅速而严厉的制裁，以至后来一段时间里，再没听说有违法现象。我们近来的生长曲线是够令人满意的，人们甚至敢于希望只要再过三四千年，我们就可以申请加入联盟了。

不幸的是，生活在这个星球社会上的人实在太多了，而且他们的道德观也和他们的生物成分那样，千差万别。不少物种在社会发展方面落在丹地人后面好大一段距离。我们星球的客人称自己为丹地人。有一个可怕的种族，名叫特洛克斯特，是一种蠕虫似的有机体——技术上相当先进，道德发展却相当迟缓——他们突然想要当银河系绝对的、独一无二的霸主。他们掌握了一些关键的太阳，以及伴随着这些太阳的行星系统。在对被俘的民族进行了有计划的屠杀以后，他们宣称：任何物种，要是从这些客观教训中还看不出无条件投降的价值，他们就将继续毫不留情地加以消灭，以示惩罚。

在绝望之中，银河系联盟转向丹地人。丹地人是文明空间的种族中最年老、最无私而又最有力量的。银河系联盟给丹地人颁发军令——就好像是对银河系联盟的军队那样——要他们穷追并捕获特洛克斯特人，不管他们在哪里非法地篡夺了权力，都要打败他们，并且要永远摧毁其发动战争的能力。

这个命令来得几乎是太晚了。特洛克斯特人在各处都夺得了进

世界著名科幻故事精华

第一卷

攻的有利条件，以致丹地人只有付出巨大的牺牲才能够控制住他们。这个争斗在辽阔而孤立的银河系已经持续好几个世纪了。在这个过程中，人口密集的行星崩溃了；那几个太阳也被打散成了许多新星；完整的星团被碾成了旋转的宇宙尘埃。

不久前，出现了一个暂时的对峙局面——头晕目眩，气喘吁吁——双方都在利用这一间歇加固他们防线上的薄弱环节。

于是，特洛克斯特人最后迁到了当时为止是和平的那部分空间，其中也包括我们太阳系和其他一些星系。他们对我们这个资源贫瘠的星球丝毫不感兴趣；对火星、木星等邻近的天体也不怎么在乎。他们在离我们太阳最近的一颗接近半人马座的比邻星上设立他们的司令部，并且继续巩固他们的猎户座 β 和金牛座 α 之间的"进攻—防御系统"。在他们的解释中，关于这点，丹地人指出，星际战略的危急将变得过于复杂，以至于非得有个立体地图才行。这里让我们接受这个简单的声明，他们认为，对于他们来说，生死攸关的事情马上形成了：迅速出击，使特洛克斯特人在半人马座的比邻星上的地位不稳，防守不住，在他们交际的线路之内建立一个基地。

充当这样一个基地的最可能的地点就是地球。

丹地人因为打扰了我们的发展而极其周到地向我们致以歉意，这种打扰可能使我们这种发展着的脆弱的国家蒙受较大的损失。可是，正如他们——用纯正的前孟加拉语——所解释的那样，在他们到达之前，我们实际上已经完全不知不觉地成了可怕的特洛克斯特人的部属。现在我们可以认为自己被解放了。

为此，我们向他们深表谢意。

另外，他们的领导人骄傲地指出，丹地人所参加的是一场为了文明而进行的战争，反对的是凶恶的敌人。这敌人的本性是如此污秽，行为是如此卑劣，简直就不配享受理性生活。他们不仅是为他们自己而战，而且是在为银河系联盟的每个忠实成员而战；为每一种孤弱无援的物种而战；为每一个弱得无法使自己免遭征服者蹂躏的无名民族而战。面对这样一场斗争，人类会袖手旁观吗？

这番说明被人们理解之后，只出现了极为短暂的犹豫。紧接着就是："不！"通过人们进行交际的各种宣传手段：电视，报纸，丛林里回响的鼓声及边远地区骑骡的信差，人类怒吼了，"我们决不袖

世界著名科幻故事精华

手旁观。我们要帮助你们消灭危及文明之每一组织的这种威胁。只须告诉我们，你们要我们做什么！"

嗯，也没什么特别的事，陌生人带着窘迫的表情作了回答。也许再过一会，可能会有什么事情——实际上是几件小事情——这些小事情可能是挺有用的；可是，在当时，在他们架枪炮时，如果我们注意不要影响他们的话，他们将会非常感激的，真的……

这个回答会在地球的20亿人口中产生巨大的不安。以后的好几天里，出现了一个全球性的倾向，就是人们不敢对视——传说就是这样说的。

可是人在经受了这样坚实的打击之后，又恢复了他的骄傲。不管我怎么微贱，人类对于丹地人还是有用的。人类原先是处于其丑无比的特洛克斯特人的潜在的征服状态之中，是丹地人把他解救了出来。为了这个，让我们好好记住我们的祖先！让我们为他们在无知中所作的忠诚努力而唱赞歌吧！

一切常备国，一切机群和舰队，被重新组成巡逻部队，在丹地人武器的周围巡逻：没有丹地人签署的通行证，任何人都不准走到离嘟嘟嚷嚷的机器两哩的圈子里。既然从未听说丹地人在地球逗留期间签署过什么通行证，所以据了解，这种通融的办法也从未被使用过；从那时起，丹地人这种超地球武器的周围变得很安全，两条腿的动物彻底绝迹了。

和我们的解放者合作高于人类的任何其他活动。那天的命令是条标语，这样标语首先是由一位哈佛大学政治学教授，在一次广播讨论会上满腹牢骚的谈话中说出来的，题目是《人类在一个有点过分文明的宇宙中的地位》。

"让我们既抛开我们个人，也丢掉我们集体的优越感吧！"那位教授在某一点上叫嚷道。"让我们使一切都服从这个目的：就是自由——总的说是太阳系的自由，尤其是地球的自由——必须得到维护，也一定会得到维护！"

尽管标语的句子长得有些拗口，但还是到处被人反复念诵着。然而，有时候想精确地知道丹地人想要干什么还是困难的——一方面由于译员人数有限，不能满足每个主权国家首脑的要求，另一方面也因为丹地领导人在发表了一篇篇含糊不清、模棱两可的声明之后，喜欢溜进他的飞船里去——比如就那么一个简短的告诫："撤离华盛顿！"

那次，是在 7 月的一天。国务卿和美国总统都吓得直流了 5 个小时的汗。穿的又是外交服装：绸帽、浆领、深黑色的上衣和裤子，在不文明的过去，政治领导人在接见外国代表时一定要穿这种服装。他们畏缩地等在飞船的机身下面——尽管大学教授和航空设计师不断拐弯抹角地向丹地人暗示，但还是没有一个人被邀进入飞船内部——他们汗流浃背地耐心等待着丹地领导人出来告诉他们，他说的华盛顿是华盛顿州还是华盛顿市。

在这点上，这个传说是作为一个光荣的传说流传下来的。美国国会大厦在几天中被拆散，又几乎原封不动地重建于洛矶山脚下；档案起先丢失，后来又在依阿华州的杜勒斯公共图书馆的儿童室里找到；盛有波托马克河河水的瓶子被精心地带到西部，并隆重地将水注入总统官邸周围环形的混凝土水沟里（不幸的是，那里的水一周内就会蒸发光，因为那个地区的相对湿度较低），所有这一切都是我们物种在银河系历史中值得骄傲的时刻，即便是后来得知丹地人不想在现场建立军事基地或军火库，而只不过想为他们部队搞一个俱乐部大厅，我们坚决的合作及十分情愿的牺牲，在这些骄傲的时刻面前，仍然是毫不逊色的。

可是，不容否认的事实是，在同新闻记者的例行会谈中，有个发现使我们民族的自尊心受到极大的摧残。这个发现是：他们的领袖并不像我们根据情理所期望的那样，是个银河系联盟派来保护地球的伟大的科学家或主要军事战略家，而只不过是宇宙中的一个小伍长而已。

美国总统，陆海军总司令毕恭毕敬地去等一个没有正式委任的小军官，这口气直叫人咽不下去；可是，即将发生的地球之战的历史地位只不过比一次巡逻行动的历史地位稍高一点而已，这件事则更是不可想象地令人丢丑。

另外，还有关于"兰迪"的事情。

这些陌生人在安装或维修他们那套行星那么大的武器系统时，偶而会把一个明显无用的铿锵作声的金属碎片甩到一边。这种物质（它原先是该机器的一部分）在和机器分离开之后，好像就失去了对人类有害的特征而保留了对人类很有用的特征。比如，取一些这种奇怪的金属，把它放到地球上的任何金属上面——而且要仔细地与其他物质绝缘——在几小时后，它就会变成它所碰到的那种金属，不管这种金属是锌，是金，还是纯铀。

人们听到陌生人把这种材料称为"兰迪"。在其重要工业中心经常受到意想不到的洗劫的经济中，这种材料不久就会处于急需的状态。

不管丹地人走到哪里，走向或离开他们的武器场地，衣衫褴褛的人群就站在那儿一个劲地嚷道："丹地人，有兰迪吗？"——不过他们倒是老老实实地站在两英里界限之外。地球的执行机构企图阻止这种无耻的、大规模的乞讨行为，但都没用。丹地人亲自向拱来拱去的人群抛撒小片的兰迪，从中似乎获得了什么不可名状的喜悦。从这以后，就更无法阻止这种乞讨行为了。为了获得那用处很多、铿锵作声的金属碎片，连警察和士兵也加入了在草地的角落拼命追逐的行列。这时，政府也只好作罢。

人类也开始盼望进攻到来，这样，有关人类处于明显劣势的那种令人烦恼的考虑则可以减轻一些。我们祖先中的一些狂热的守旧分子甚至可能后悔被解放了。

他们后悔了，孩子们，他们是后悔了。让我们希望这些想成为穴居人的家伙首先被红火球熔化。一个人毕竟不能背弃进步。

9月底之前的两天，丹地人宣布他们已经对土星的一个卫星进行了侦察活动。很明显，特洛克斯特人是在奸诈地向太阳系内部步步逼来。考虑到他们有进行卑鄙欺骗的嗜好，丹地人警告说，这批蠕虫似的魔鬼随时都可能发起攻击。

当黑夜在人们居住的那条子午线上出现又消逝的时候，很少有人能睡得着。几乎所有的眼睛都瞪着天空，天空上的残云已被机警的丹地人一扫而光。在地球的某些地方，廉价望远镜及熏烟玻璃的生意很好；而其他地方，在包罗万象的护符和咒语，公共汽车，娱乐活动方面，倒是实实在在地繁荣了一次。

特洛克斯特人乘 3 艘黑色圆筒状飞船同时发起了进攻；一艘在南半球，两艘在北半球。大团的绿色火焰从他们的小飞船中喷出；任何东西只要一碰上这种火团，则会爆聚成半透明的玻璃般的沙子。

丹地人一点也没被这种火焰所伤。相反，从每一个翻滚的炮座中冒出一股红云，这红云死死盯住特洛克斯特人，一直到速度减低才落到地球上。

这里有一个不幸的副作用。这些淡粉红的残云落到哪片人口聚集的地区，这片地区就迅速地变成一片公墓。如果真像流传的故事所说的那样，这个公墓与其说有一股公墓的味道，不如说有一股厨房的味道。这些地区的不幸居民受到气温骤然升高的袭击，他们的皮肤先变红，又变黑；他们的头发和指甲枯萎了；他们全身的肉变成液体并把他们的骨头煮沸了。人类的十分之一将要以这种令人难受的方式死去。

唯一的安慰是：有一朵红云逮住了一艘黑色圆筒状飞船。红云把飞船变得白热，并将其实体以金属暴雨的形式倾注下来，此时，在北半球进行攻击的两艘飞船马上撤到木星轨道间的小行星上去了。因人数有限，丹地人不敢贸然到那儿去追击他们。

在以后的 24 小时中，陌生人——让我们说，住在地球上的陌生人——就开会，维修武器，并向我们表示同情。人类埋葬了死者，这是我们祖先的最后一个值得注意的习惯。当然，这个习惯并没有保存到现在。

当特洛克斯特人再次返回地球时，人们已经准备好对付他们了。不幸的是，人类不能如他所渴望的那样，拿起武器投入战斗，但他可以用眼睛看，用嘴念咒语。

小红云又一次兴高采烈地冲入同温层的上部；绿火苗又一次在"兰迪"的吱吱作响的尖顶上呼啸、飞跑；人们又一次成千上万地死于战争沸腾的漩涡之中。但这一次，稍有些差别：交战 3 小时之后，特洛克斯特人的绿火苗突然改变了颜色，变得更深了，更蓝了。而他们这样一来，丹地人就一个个倒在自己的岗位上，在震动中一命呜呼了。

很明显地响起了撤退的号令。幸存的丹地人奋力朝着他们那艘大飞船的方向，杀出一条路来。飞船的尾部喷口猛烈爆炸，在法兰西土地上炸出一条南北走向的红热的深沟，把马赛也踢进了地中海，飞船呼啸着冲入空间，可耻地窜回老家去了。

为经受将要来临的特洛克斯特人恐怖的折磨，人类使自己坚强得和钢一样。

特洛克斯特人在外形上真跟蠕虫一样。那两艘漆黑的飞船一着陆，他们便从中爬了出来。靠着一副由细长的金属支架撑起来的复杂的铠甲，他们那细小分节的躯体才得以脱离地面。在飞船旁边，他们各建立一个穹顶的堡垒——一个在澳大利亚，另一个在乌克兰——他们逮住了几个胆敢接近他们着陆场地的亡命徒，然后，带着挣扎着的俘虏，重新钻进飞船，不见了。

一些人神情紧张地进行古式的军事操练，另一些人则急切地钻研与丹地人来访有关的科学文献和资料——竭力希望找到一条能使地球在这个贪婪的银河系的征服者面前保持独立的道路。

然而在这期间，被抓进飞船去的人（飞船里是暗的，人工把它弄暗的。特洛克斯特人没有眼睛，光对他们不仅无用，而且他们当中越是习惯久坐的人，越是感到光的辐射对他们无色素而有感觉的皮肤来说是很不舒服的），并没有受到折磨被逼去招认什么口供，也没有因为别人想从他身上获得稍微高级一点的知识而受到解剖；相反，却受到了教育。

那是指学习特洛克斯特语言的教育。

很大一部分人发现自己完全不能胜任特洛克斯特人所布置的这项工作，于是就暂时给学习较好的学生当佣人。另一小批人则由于语言的困难而产生了各种形式的感到灰心丧气的歇斯底里——从一般的不高兴一直发展到紧张的抑郁症。这种语言的每个动词都是不规则的，它的无数介词都是由前句的主语派生出来的名词、形容词组合所构成的。但最终还是有 11 个人通过了，作为特洛克斯特人持有证书的译员，他们坐在阳光下傻呆呆地眨眼睛。

看来，这些解放者在他们过去一千年文明的全盛期根本没有去过孟加拉。

是的，这些解放者。因为特洛克斯特人是在古代的，几乎是神话的 10 月份的第 6 天着陆的。那末，10 月 6 日当然也就是第二次解放的圣日。让我们牢记，让我们崇敬！（要是我们能推算出在我们的日历上这是哪一天，该多好！）

译员们所讲的这个故事，使得人们因羞愧而低下了头。人们因自己竟允许丹地人如此欺骗自己而恨得咬牙切齿。

世界著名科幻故事精华

第一卷

是的，丹地人是受到银河系联盟的委托去穷追猛打并消灭特洛克斯特人。这主要是因为丹地人本身就是银河系联盟。这些巨大的家伙——首批到达这个星际地点的聪明人之一——组成了一个庞大的警备部队，以保护他们和他们的权力，使之不受到将来可能偶然出现的任何叛乱的威胁。表面上看，这支警备部队代表的是整个银河系一切有思想的生命形式，可是实际上，它只是把这些生命形式置于严厉的控制之下的一种有效手段。

到那时为止，所发现的大多数物种都是容易管教的，驯良的；他们说，丹地人从很古以来就一直统治着——那么，很好，让丹地人继续统治吧。谁来统治又有多大区别呢？

可是，经过许多世纪，丹地人的对立面成长起来了——对立面的核心便是以细胞质为基础的生物，实际上这已经被称之为细胞质集团。

尽管数量不多，这种生物在大小、结构和特性上却有很大的不同。这种生物的生命周期起源于细胞质的化学和物理性质。银河团体从这些生物中获得其力量的主要源泉。银河团体应是一个动力的而不是一个静力的世界；在这里超星际的旅行应受到鼓励，而不是遭到禁止，像现在丹地人因为害怕遇到更高的文明所做的那样。这将是各个物种的真正民主——一个真正的生物共和国——在这里，智力和文化充分发展的各种生物都将享有对其命运的控制权，而目前这种控制权还是由以硅为基础的丹地人所垄断的。

为此，特洛克斯特人应细胞质集团一个小成员的要求，要把该成员从丹地人手中解放出来。该成员曾进行过所谓超越银河系边界的非法探险旅行。为了惩罚它，丹地人要去对它进行劫掠和蹂躏。特洛克斯特人是一个重要的民族，只有这个民族，毫不动摇地拒绝了联盟全体成员命其武装部队彻底投降的要求。

特洛克斯特人决心保卫其有机化学的表亲，至少 2/3 星球人民对丹地人突然产生了敌对情绪。面临这一切，丹地人召集了一次残缺不全的银河系委员会会议；宣布了现有的反叛状况，并继续以 100 个天体的枯萎生命力来加强他们摇摇欲坠的统治。既缺人又缺装备的特洛克斯特人之所以还能继续战斗，多亏细胞质集团其他成员的足智多谋和大公无私，他们冒着被灭种的危险，拿新发明的秘密武器去支援特洛克斯特人。

丹地人为了使其躯体的任何一部分都不暴露在地球上浓缩的腐蚀性空气之中，是费了好大的劲的。凭这点，我们还不能猜一下它的本性吗？我们最近的来访者一踏上地球就穿上一刻也不离身的那种衣服，无缝而且几乎是半透明的衣服难道不应该使我们怀疑到它是一个由复杂的硅化合物而不是碳化合物发展而来的化学体吗？

人类全部低下了头，承认从未想到去怀疑这一点。

嗯，特洛克斯特人宽宏大量地承认，我们是太没经验，也可能有点过于相信人了。把它归因于这个吧！不管我们的天真行为使我们的解放者付出了多大的代价，也不能因此而剥夺我们完全的公民身份——照特洛克斯特人的主张，这种公民身份是对一切事物的生来就有的权利。

可是至于说到我们的领袖们，我们那些可能是腐化的，肯定是不负责任的领袖们……

在经过地球历史上一些最长的、最接近完全公正的审讯之后，对联合国官员、国家首脑和作为细胞质的叛徒的前孟加拉语译员们的处死令，在政府公审日之后一星期，付诸实施了。政府公审日是个鼓舞人心的日子。在这一天，通过一套华丽的仪式之后，人类先后被邀请加入细胞质集团和新的一切民族和物种的银河系民主联盟。

这还不算完，丹地人在将我们星球弄得安于暴政时，把我们轻蔑地推到一边。丹地人很可能已经有了一种新发明，这种新发明能使其武器厉害到我们一触即亡的地步；而特洛克斯特人则不是这样，他们带着真诚的友好，实际上喜欢我们在星球防卫的劳动中帮助他们。这种劳动的速度很高，强度很大。我们亲切地称他们为"我们的第二批救星"，他们的友好已使他们的名字在生物聚集的任何星球上都成了民主与正派的代名词。

装配复杂得难以想象的新式武器的部队用它那无形的目光注视着人，人的肠子就熔化了。在特洛克斯特的矿井中——这些矿井比我们迄今为止挖的矿井更深——人们挣扎着，成群地病倒、死去；在特洛克斯特人声称是十分重要的海底钻油工地，人们的躯体被砸开、被炸毁。

孩子们上学的日子也被要求用来"为小犬座 α 星搜集白金碎片"和

"为天鹅座 α 星搜集放射性残余物"。还要求家庭主妇尽可能地节约盐——毫不夸张地说，特洛克斯特人可以用十几种不可想象的方式来使用盐这种物质——彩色的标语提醒着人们："不要放盐，请放糖！"

从这头到那头，都是我们的良师益友。他们像明智的父母那样殷切地关怀着我们。在金属的支撑架上，他们迈着管理人员的巨人般的步伐。他们苍白的小身体卷缩地躺在吊床上，吊床在一对细长闪光的金属腿中间晃来晃去。

由于把一切主要生产技能集中在另一个世界的军事力量上，因而造成了彻底的经济瘫痪；我们的医务人员对一些特殊的工业性伤害完全无法控制，这种工业性伤害把人折磨得发出痛苦的吼叫。的确，甚至就在这一切创伤和心灵的大破坏之中，当我们意识到我们已经在银河系未来的政府中取得了合法的地位，并且甚至现在就已经致力于建立一个对民主来说是安全的宇宙，我们还是感到非常振奋的。

可是丹地人又回来把这田园诗般的生活打得粉碎。他们乘着银色的大飞船来了。特洛克斯特人由于刚好及时得到了警报，所以在这一打击下，尚可以把队伍重新整顿好，并且以同样的方式进行反击。尽管如此，特洛克斯特人在乌克兰的飞船，几乎是立刻被迫逃到宇宙深处的基地上去了。3 天之后，地球上只剩下几个特洛克斯特人，他们就是在大洋洲守卫飞船的那帮人中的几个忠心耿耿的成员。在以后的 3 个月或更长一点的时间里，这几个人向大家证明：要把他们从地球表面弄走就同要把大陆从地球表面弄走一样的困难。由于存在着一种近距离的围攻状态：丹地人在地球的这面，特洛克斯特人在地球的那面，战争席卷了大得可怕的地区。

海洋沸腾了，整个草原被焚毁了；在洪水极度紧张的压力下，气候本身也转变了。到丹地人把问题解决的时候，金星已经在一个复杂的战斗部署过程中，从天空中被毁灭了。于是地球替代金星，晃到了金星的轨道上。

解决的办法很简单：既然特洛克斯特人在那块小陆地上扎根太深，已无法把它赶走，在数量上占优势的丹地人就积蓄了一支火力，它足以将整个大洋洲分解成可把太平洋弄脏的灰尘。这发生在 6 月 24 日——第一次再解放的神圣的日子。这是计算人类到底还留下什么痕迹的一个日子。

丹地人想知道，我们怎么会那样天真，以至会被亲细胞质的沙文主义宣传所欺骗？无疑，假如物理特性将成为我们种族移情作用的标准的话，那么我们不会在一个狭隘的化学基础上调整我们的位置吗？丹地人的原生质是建立在硅而不是碳的基础上，确实是这样。但在这点上，像我们和丹地人这样具有附肢的脊椎动物之间，除了一两个比较次要的生物化学上的区别以外，同脊椎动物和无腿、无臂、靠分泌黏液蠕动的生物（这些动物或生物完全出于巧合，也具有一种可区别的有机物质）之间的区别相比，难道不会有更多的共同点吗？

至于说银河系生活的这张怪画片……好吧！丹地人耸了耸他们那5倍于我们的肩膀。这时他们正忙着把嘈杂的武器立在我们星球的碎石上。我们曾见到过这些据说是受特洛克斯特人保护的原始原生质民族的代表吗？没见过，也不可能见到。因为一个种族——动物的、植物的或是无机物的——一旦发展到足以对不老实的侵略者构成一种哪怕仅仅是潜在的危险时，这个种族的文明就会被机警的特洛克斯特人系统地粉碎。我们还处于一种十分原始的发展阶段，所以，他们认为，就是表面上让我们充分介入，也根本不会有什么危险。

我们在他们的机器上花了不少功夫，在整个过程中也死了许多人，但是难道可以说我们学到了一丁点特洛克斯特技术的有用的知识吗？不，当然不可以这么说。我们仅仅为他们奴役那遥远的而对我们是无害的种族，作了一点贡献而已。

丹地人严肃地对我们说，万一那几个幸存的前孟加拉语译员，真要是从躲藏的地方爬出来，那我们可真应该有理由为此而感到问心有愧了。然而，与排挤、杀害我们过去的领袖的叛国贼——那些勾结蠕虫的家伙所犯的罪恶相比，我们集体犯下的过失真算不得什么。还有那些恶劣得难以形容的口译人员，竟去同破坏银河系200万年宁静的生物进行什么语言上的交流。哼，杀了他们还真是便宜了他们呢，丹地人边说着边把他们杀死。

约18个月后，当特洛克斯特人再次占领地球，并给我们带来了第二次再解放的甜蜜的果实和对丹地人彻底的和最令人信服的驳斥时，很少有人真正愿意在新辟的、待遇优厚的语言、科学和政府部门工作。

为了再一次解放地球，特洛克斯特人发现有必要把北半球炸掉一大块。当然，那里本来人就很少……即使这样，不久以后，丹地人回来进行光荣的再次再解放时，许多人宁肯自杀也不肯接受联合国秘书长这样的头衔。顺便问一句，这一次再解放，在北半球的"项颈"上炸出了一条深沟，使地球呈现我们祖先所说的梨子形。

也许就是在这一次——也许是此后的一两次解放之后——特洛克斯特人和丹地人发现地球偏离运行轨道太远，以致失去作为战斗地带所要求具备的最起码的安全条件。于是，战斗便亮光闪闪、杀气腾腾地向着金牛座 α 星的方向盘旋蜿蜒而去。

这是 9 代人之前的事，但是，在父母讲给孩子，孩子又讲给他们的孩子听的过程中，这个传说疏漏的部分很少。你现在从我这儿听到的几乎完全就是我听来的那些。我跟着爸爸在烫人的黄沙上从这个水坑跑到那个水坑时，听他跟我讲了这个故事。我也听妈妈讲述这个故事，那时，每当我们脚底下的大地颤抖，预兆着一场可能使我们葬身岩浆的地震时，或每当地球在宇宙中旋转，差点把我们甩到外层空间去时，我们就吸气，并疯狂地抓住一簇簇的浓绿色的草。

是的，甚至就像我们现在这样，那时我们也做了，讲着同样的故事，为了食品和水，冒着难忍的酷暑，进行着同样疯狂的赛跑，为了争夺对方的肉体，我们同大野兔进行着同样野蛮的搏斗——经常，永远而且经常地拼命吸着珍贵的空气，而地球在它的轨道上每转一圈，空气就要大量地流逸。

我们来到这个世界上时，是裸的、饿的、渴的；在巨大的、永不改变的太阳之下，我们还是裸着、饿着、渴着，在世上匆匆地混过我们的一生。

这是个同样的故事，有着同样的传统结尾，我从父亲那里，我父亲又从他父亲那里继承了这个传统的结尾。吸气，抓住一簇簇的草，听我们历史的最后的神圣言论！

"察看我们自己周围的情况，我们能带着可以宽恕的骄傲说，像一个民族或一个星球所能做到的那样，我们已经彻底被解放了！"

世界著名科幻故事精华

第 二 卷

（法）凡尔纳（Verne，J.）等著

金诚致　编译

时代文艺出版社

第二卷　目　录

第三章　海底探险

第四章　岛上猎奇

第三章　海底探险

海底两万里

世界著名科幻故事精华

第二卷

海上怪物

沿海的居民一定不会忘记，1866年，海上发生的那件奇特、神秘而又无法解释的现象，在海上行驶的许多大船都看到一个庞然大物，形状像梭子，有时还会像闪电般发光，快起来像一阵风似的。虽然很多生物学家在看了所有航海日记的记载后还对此有所怀疑，但舆论界则甚为关注。

1866年7月20日，在澳大利亚海岸东边5英里处，人们当正准备测定这个怪物的位置时，这个莫名其妙的家伙猛地喷出两道水柱，哗地射到150英尺的高空。

而在三天后，印度——太平洋汽船公司的克币恩托巴尔哥郎号，在700公里以外的太平洋也看到了它，认识到这个类似鲸鱼的神秘怪物速度是何等惊人。

以后又有同样消息不断传出，当时，真的震惊了整个世界。尤其是在英国、德国和美国，民众更投入了极大的关注，甚至在讨论中逐渐在学术界分成了两大派系——存在派和否定派。

后来，这种议论也似乎慢慢平息了下来，但到1867年4月，又一件怪事引发了再次轰动。

4 月 13 日，在西经 15 度 12 分，北纬 45 度 37 分的平静海面上，著名英国苟纳尔邮轮公司的斯各脱亚号正在破浪而行。当下午 4 点 17 分时，有人发觉船尾、左舷机轮的后面仿佛被轻轻碰了一下，当时船上大部分人都没在意。但接着船舱管理人员就跑上甲板喊道："船漏了！船漏了！"

船长安德生，立即下到舱底。发现海水涌入了第 5 间舱，从涌入速度可以看出漏洞不小。他立即下令停船并派潜水员到水下探查船的受损程度。检查过后，潜水员报告说，船底被撞了一条两米长的大洞，那时船到克利亚山甲有 300 海里远，因为漏洞问题船比原定日期延迟了两天才驶进公司码头。

斯各脱亚号被架上了高处，检查它的工程师几乎无法相信自己所看见的情形。在船的水限位置以下两米半处，有一个标准的正三角形缺口。铁皮上的划痕整齐划一，就是用仪器测量也无法凿得如此完美。能凿出这个洞，证明这东西绝非普通的钢铁，在用巨大力量猛凿穿了 4 厘米厚的船体铁板后，又能以一种无法解释的方式迅速撤出。

这件事又一次让舆论一片哗然，就连一些早年难以找出原因的海难事件，也都推到了这个怪物头上。但按年代记载统计，估计每年约损失 3000 艘船。其中包括帆船和汽船，而失踪的也有 200 多艘，这么大的数目真是触目惊心。

因为这个怪物的存在，海上交通也变得危难重重，于是，各国政府都一致同意，要不惜一切代价除掉这海中一霸。

正闹得沸沸扬扬时，我刚好做完科学考察回来，我此次去的是美国内布拉斯加州的贫困地区。身为巴黎自然科学博物馆的副教授，也对这个怪物难下定论，徘徊在两种见解间不能定夺，但它的存在是不必怀疑了。不过，我不同意这是神秘暗礁的说法，因为除非这种暗礁内部配有机器，否则它无法在五个洲之间的大海中四处游动。另外，我也不认为这是一只废弃的大船或浮动的船壳，因为它们都不会移动得如此神速。在这一种猜测被否决后，人们又把它想象成一条大鱼，而且对它的构造越传越神，甚至到了荒唐的地步。

我当时正在纽约，身为自然科学中这一神奇部门的一名专家，很快就被《纽约先驱论坛报》追问得不得不明确表态。我找出这个问题中关于政治上和学术上的各种论据，很快，一篇材料充实内容精彩的论文就登上了 4 月 30 日的《论坛报》。

"在我将各种假设无法成立的设想，都一一否决之后，我只能将其归结为一种具有惊人力量的海洋动物。

"如果我们还没有把所有生物都从神秘自然界探索出来，那就只能认为在海底探测无法到达的水域中存在鲸鱼类的另一分支。

"我们常见的独角鲸或海麒麟长 60 英尺左右，但如果我们把它们的身长再拉长 5～10 倍，同时不要忽略了与它们身材相适应的力量和凶猛程度，就会与当前这个怪物很相似。

"所以，在当前材料有限的情况下，我只能将人们提到的怪物看作一只不知的麒麟，只是身体更加巨大，而它身上也不再仅是剑戟，而是用真正的冲角作武装，如同铁甲船或战舰般具有强大的攻击性。"

"一石击起千层浪"，人们对我的观点反响很大，而且，我的结论给人们留有很大的想象空间，他们可以充分发挥对这种奇闻异事的幻想。

不过，虽然有人从单纯的科学角度看待这个问题，但比较注重实效的诸如美国人和英国人，则更多是考虑该怎么清除掉这个可怕的海洋怪物，以保障海上交通安全，尤其是工商界对此呼声特高。

民众的呼声一经提出，首先作出反应的是美国政府，声明要在纽约组织讨伐军清除这个海上毒瘤。并很快有一艘装有冲角的"林肯号"二级战舰蓄势待发。司令长官法拉古得到了各造船厂的支援，以期尽早装备好这艘二级战舰。

但任何事情都有一种惯例，正当人们发誓要清除这个怪物时，它却突然销声匿迹了。接连两个月没有再出现过。

所以，这艘装备精良威力强大的"林肯号"，现在根本不知要驶往何处，人们变得焦躁起来。幸好这时得到报告，旧金山轮船公司有一只汽轮唐比葛号，在由加利福尼亚开往上海途中，在太平洋北部又发现了它。

人们立即群情激昂，极力请求法拉古司令立即行动。日常用品备齐了，舱底都装满了灯，船上全部人马都到齐了，只需点燃火炉加热锅炉起锚了。法拉古司令官也恨不得立刻出发！

就在林肯号从布鲁号林码头启程前的 3 小时，我收到了一封海军部长的邀请信，诚邀我们法国代表参与这项计划。

在我读完这封信前的 3 秒种，我一点都不想参加远征军，就像我不想去北冰洋度假一样，但在读完海军部长这封诚挚的信后，我就发觉清除这只危险怪物才是我平生唯一的志愿。

所以，我把长途跋涉刚刚归来的劳累以及身边的琐事都统统抛之脑后，只有一个想法——随船远征。

"康塞尔！"我一声召唤。

康塞尔作为我的仆人和外出旅行的旅伴，一直与我相处融洽、形影不离。他是一个佛兰蒙年轻人，他性格冷漠、遵守规矩，很少对生活的意外而感到惊讶。另外他的手很巧，能做很多细活，只是极少言语。

因为有我这样学术界的专家熏陶，再加上常常与这方面人士来往，他逐渐成了生物分类学的一名准专家。

"先生，您在叫我？"他走进来问道。

"对，马上准备，两小时后我们就出发了。"

"是，先生，"康塞尔面容平和，"你那些标本呢？"

"日后再作整理。"

"你那些外形奇特的植物、大马、大蛇和另外动物的骨骼，又如何处理？"

"先在旅馆寄存起来。"

"你那只活着的野猪呢？"

"先暂时请人代为饲养，另外，请人把我们那群动物送回法国。"

"难道我们不是回巴黎吗？"

"是要回……当然……"我掩饰道，"但需绕个大圈。"

康塞尔没往下问，只用一刻钟他就把一切都办完了，我们赶到码头时，林肯号正"突突"地喷着浓烟。

马上有人接过我们的行李并搬上甲板，一名水手把我领到尾舱内，有一名军官满面春风地与我握手：

"彼埃尔·阿龙纳斯先生？"

"是法拉古司令官吗？"

"是，欢迎您，教授，早就为您准备好舱房了。"

"林肯号"是为这次行动而量体定做的，一切材料、内部构造和装备无不和这次任务相配。其速度相当快，高压蒸气机能够产生7个大气压的压力。在该压力驱动下，能使船速达到18.3海里/小时。这在当时已是出类拔萃的了，但这还不足以与那只大鲸鱼相比。

"开船！"法拉古长官一声令下——

于是，"林肯号"穿过上百只满载送行船只形成的巷道，神圣地启程了。

好奇的人们挤满了整个布洛克林码头以及纽约在东河沿岸的地区，欢声雷动，礼炮喧天！

法拉古长官是一个杰出的水手、航海家，他是"林肯号"之魂，他相信存在着一条巨大的鲸鱼，并发誓要为民除害，与它进行殊死搏斗。

船上全体人员也与他同仇敌忾。他们一直围绕着这次行动展开各种设想和讨论，并对海面保持着高度警惕。

远征军全体将士都意气风发，立志要用鱼叉把那海怪刺死，然后将它碎尸万段。他们小心谨慎地观察着辽阔海面。另外，法拉古司令曾许诺，上至长官，下至水手，谁先发现那头海怪，都将得到2000美元的奖励。

我同样加入了观察并想得到荣誉，"林肯号"于是变成了"众目号"。但有一个人例外，他就是冷漠的康塞尔。

我现在最佩服司令的细心和周密，船上准备有各种捕杀鲸鱼类的装备，从手掷鱼叉到机关枪、炸弹以及炮用铁箭一应俱全。前甲板上还有一架威武的膛炮，炮身厚重而口径很小，在1867年的万国博览会上曾见过这种炮的仿制品，它由美国制造，其锥形炮弹重4公斤，射程达16公里。

所以说，"林肯号"上的歼灭性武器应有尽有，特别值得一提的是"鱼叉王"尼德·兰也在船上。

尼德·兰大约有40岁，身材高大而健壮，外表严肃，性如烈

世界著名科幻故事精华

第二卷

火，在人群中犹如鹤立鸡群。特别是他那双炯炯有神的眼睛，更使他具有一种特殊的魅力。

他来自加拿大，身手敏捷，技艺高超，在叉鱼这种危险行当中，还未有人能与他匹敌。

在我看来，法拉古请此人真是太明智了，他一个人的手臂和眼睛，就足以抵得上全体船员。

尼德·兰很少与人交谈，但对我却是一个例外，显得特别友好，显然，他对我是法国人很感兴趣。而且，他也可以用加拿大已经不通用的拉伯雷法国话与我交谈，而我也很荣幸能有机会听到这种法国话。

现在，尼德·兰对所谓的海麒麟、独角鲸表示怀疑。在这点上，他与大家有分歧，他干脆对此避而不谈，但最终有一天他会谈到这些的。

三周以后的一个黄昏，我们到达了距巴塔戈尼亚海岸 30 海里处，那儿和白岬在同一纬度上。我们当时已越过南回归线，南边 700 海里处就是麦哲伦海峡，顶多再用 8 天，"林肯号"就要驶入太平洋了。

我和尼德·兰正在船尾甲板上闲聊，眼望着至今人们仍不能到达其底部的令人神往而恐惧的海洋。说着说着，我们很自然地谈到了那头巨大的海麒麟，以及这次神圣远征的结果会怎样。

"作为一个捕鲸专家，尼德·兰，"我说，"你应该对这种巨型哺乳动物很熟悉，也最应该接受这种动物的真实存在，但为什么你到现在还要顽固地怀疑呢？"

"这是你的责任，教授，"尼德·兰说，"人们一般都相信天空中有飞逝的彗星，地底下生活着太古年代的怪兽，但天文学家和地质学家却会认为这很荒唐，不过是无稽之谈。作为捕鲸人我也一样。我曾多次追捕过它们，也杀死过许多条鲸鱼，不过，不管它们有多么强壮，多么凶猛，但它们的尾巴和牙齿都不足以凿穿一艘汽轮的钢板。"

"可是，尼德·兰，曾有很多传说证明独角鲸可以把船咬碎呀。"

"那只能是木头船，"他回答说，"但我对这种情景没看到过。

因此，在我没有亲眼见过之前，我不会相信鲸鱼能够洞穿钢板。"

随后我又为他解释了很多，但都无法让他改变观点。

又行驶了几个月，"林肯号"依然乘风破浪，顺利前行，南半球的天气这时正恶劣多变，这里的 7 月相当于北半球的 1 月。

尼德·兰一直持那种顽固的怀疑态度，除了该他轮值观察之外，他甚至看都懒得看一眼洋面。本来以他的视力会大有作为，但是他大部分时间却呆在舱房中看书甚至睡觉，我劝告和责备他多次，但他都置之不理。

"行了，阿龙纳斯先生，"他说，"别抱什么幻想了。如果真有什么海怪，会那么巧让我们遇到吗？我们这么瞎撞会有结果吗？听说又有人在太平洋的北部海中发现了这个神秘怪物，这我相信，不过现在已经过去两个月了，根据以往的发现对这怪物的脾气来判断，它还能在那个地方等着我们吗？它的移动速度快得不可思议。况且，教授，你应该比我更清楚，上帝造物是很有规律的，生性迟缓的动物决不会跑得很快，因为它没必要这么做。因此说，如果这种动物真存在，它也早离开了！"

我无法反驳他这番理论。事实上，我们的行动显然是漫无目的的。但，除此之外还有什么办法呢？我们遇到它的可能性很小，但直到今天，所有人依然信心百倍，都相信终有一天会遇到这只独角鲸并杀死它。

7 月 20 日，我们在西经 105 度穿过了南回归线。一周后，27 日，我们又在西经 10 度穿过了赤道。船继续向西前进。从太平洋的中部驶入。

以法拉古的想法，到大洋深处去，因为这怪物不太爱靠近陆地，这很有道理。因为这样机会似乎更多些。战舰又储备了充足的煤，依次穿过帕摩图群岛、马贵斯群岛和夏威夷群岛，并在东经 132 度穿过北回归线，直奔中国海域驶去。

离这怪物最后出没过的地方越来越近了！所有人的神经都绷得紧紧的，而且到了废寝忘食的程度。有的水手产生错觉发出警报，船上就会骚乱一阵，这就更导致人们情绪紧张，如此恶性循环，一天警报多达一二十次，弄得每个人都很疲惫。

世界著名科幻故事精华

第二卷

"林肯号"在太平洋北部从本海到美洲海来往奔波了三个月，把每一个地方的景色都看遍了，但除了海洋，并没看到其他东西。

人们在长久的紧张与失望之余，终于怀疑之风日盛。辛辛苦苦一年才构筑起来坚如磐石的意志，轰然倒塌。所有人现在最盼望的不是那2000美元，而是美美地吃一顿、睡一觉，平平自己因愚蠢而产生的冒失行动。

这种徒劳的搜索不能再长久持续下去了。"林肯号"已尽其所能，人们不应该对它有丝毫抱怨。这些隶属于美国海军部的船员们，已经耗尽了前所未有的耐心和激情，失败与他们无关，现在似乎考虑的只有返航了。

人们都向法拉古提出返航建议，他最后以3天为限，3天后，如果再没有怪物踪影，只须舵手将船转动3次，"林肯号"就会朝着欧洲海岸行进了。

诺言发出日期是11月2日，它首先起到了稳定军心的作用。大家都信心十足地向太平洋投去历史性的最后一瞥。

两天来，"林肯号"一直懒洋洋地向前爬着。它尽量想引起那怪物的注意或以这种傲慢来激怒它。但直到11月4日夜间，平静的海面上依然毫无动静。

11月5日中午，最后忍耐就要期满了。过了中午，法拉古将依照许诺将战舰自太平洋北部驶往东南部。

我们这时的位置是东经136度42分，北纬31度15分，南面200英里远处就是日本岛。一弯新月穿行在片片乌云之中。船后海面上留下被犁开的两道波痕。

我和康塞尔在船间向远方张望。船员们都爬上高高的缆索绳梯，看着地平线在远方慢慢变小，变黑。军官们则手持夜视望远镜，在各个变黑的地方仔细观察着。

"嗨，康塞尔，"我说，"能不能获得2000美元奖金全靠最后这一晚上了。"

"先生，请不要这样说话，"康塞尔回答，"我从未考虑过这笔奖金。即使联邦政府许下10万美元奖金那也不是轻而易举的事。"

"说得好，康塞尔，这真是一次愚蠢的旅行，当时我怎么头脑一热就跳上船来了。浪费了我们多少时间和精力！不然的话，我们半年前就回到巴黎了……"

"回到您的小别墅里！"康塞尔接过话头，"在您那个博物馆中！我早把您那些生物标本分类完毕了！先生的野物和那些珍禽异兽被放在植物的笼子里，会引来全城的观众参观！"

"你说得很对，康塞尔，而且，我们也不用被别人嘲笑了！"

我们正说到这里，突然听到尼德·兰高声喊道：

"啊呀！这个家伙就在那儿，正横在那里等我们呢！"

囚入潜艇

尼德·兰看得很准确，人们在他的指引下也看到了那个东西：

在"林肯号"下方大约370米的地方，好像有光线从海底射出海面。但大家都看出，这绝非一般磷光。海怪就在光下几米处，发出一种耀眼的无法解释的光芒，和有些船长所说的一样。这种不同寻常的光只能来自某种强大的动力光源。光线覆盖了一片长长的很大的椭圆形水域，在这个椭圆的中心焦点处，是让人难以忍受的强烈白光。这种强光任何生物都不可能发出，只能是某种电光……

战舰上一片惊呼："呀！快看！它在动！向前去了！又退回来了！它冲我们过来了！"

"镇静！"法拉古命令道，"稳住舵，向后退！战舰迅速逃离光区。"

"林肯号"正要离开，但那怪物却迅速向我们逼近，比我们快好几倍。我在恐惧中更多的是惊讶。

那个怪物在战舰四周绕来绕去，光线始终笼罩着我们。接着它驶出两三海里，留下一道灿烂的磷光尾巴，如同一列蒸汽车驶过后冒出的一团团烟雾。突然从遥远的天边，这怪物以骇人的力量撞向"林肯号"，但又突然停在离船20英尺处，然后就消失了。一场毁灭性的相撞随时都可能发生。

但我对战舰的举动更惊讶。它本应该去进攻怪物，但现在反而被海怪追着逃跑，我从法拉古将军那张原本冷静的脸上看到的却是惊愕。

所有人整夜都没有睡，一直守在甲板上观望。"林肯号"不如怪物速度快，干脆慢慢向前行驶，而那怪物也保持与我们相同的速度，而且在海浪上嬉戏，似乎很乐意这种比赛。

半夜时分，怪物突然消失了。它逃走了吗？我们倒不乐意他逃跑，到零点53分时，猛然听到一种巨大的呼啸声，好像水柱被大力压出时发出的那种声响。

当时我和法拉古，尼德·兰都在尾舱楼顶，正全神贯注地盯着那一片黑暗——

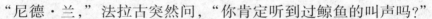

"尼德·兰，"法拉古突然问，"你肯定听到过鲸鱼的叫声吗？"

"那当然，而且不止一次，先生，但像这种给我送来2000美元的鲸鱼叫声还从来没听到过。"

"别担心，奖金肯定是你的。但现在请问一下，从鲸鱼鼻孔喷水时所发出的是这种声音吗？"

"不错，先生，但现在这种呼吸却大了不知多少倍，因此这已经毫无疑问了，我们面对的这个家伙是一条大鲸鱼。"尼德·兰接着说，"等天亮的时候，先生，我就会对它讲话。"

"但它恐怕没有这么好的耐心来听你讲话。"

"听不听就由不得它了！"

凌晨2点左右，在"林肯号"前方5海里处，那种强光又出现了，而且亮度丝毫未减，尽管这么远的距离，而且还有水浪声，它拍打海水和粗重的呼吸仍清晰地传过来。

所有人保持戒备和战斗状态一直到天亮。各类捕猎器具都在栏杆边准备好了。二副把大口径短炮也装好了，它能将鱼叉打出一英里，而且长枪里装好了爆炸弹。再强大的动物一旦被击中也必死无疑。尼德·兰一直在磨他那柄令人胆寒的鱼叉。

浓雾压在海面上，8点钟还没散尽，不过在慢慢向四处退去，视野也渐渐扩大了。

"那家伙在船的左后方！"和昨晚一样，又是尼德·兰首先发现它。

所有目光都朝他手指的地方望去。在后方1.5海里左右，有一个很长的黑色物体露出水面1米来高。尾巴拍打着海水，搅出一个大大的漩涡。什么动物的尾巴会有这么大的力量呢？在它经过的海面上，身后有一行行强大的白色水纹，并且呈现曲状。

"林肯号"在慢慢贴近它，我大体估计了一下，原来的船长对它体积的报告多少有些夸张，在我看来它最多250英尺长。宽度一时不易估计。但总的来看，这个动物的长、宽、高比例都很协调。

正当我凝视它时，它的鼻孔中喷出两道水柱，高达40米左右，我由此又根据它的呼吸方式，更加肯定地判断出它属于脊椎类动物。

"加快速度，全力追击！"法拉古终于下达了命令。

"林肯号"的机轮猛地加速，推动它向那怪物冲击，但那怪物毫不惊慌，战舰离它只有半锚链了，它依然不潜入水下，只是有一点逃走的样子，但并不很快，始终保持着这么远一段距离。

这种情况一直持续了3刻钟，但战舰始终无法再把距离缩短4米。

法拉古恼羞成怒，他不停地捋着自己的浓须："加大马力！加大马力！"

马力加大了，机轮转速达每分钟43度，蒸汽从活塞口喷出，"林肯号"现在速度已达到了每小时18.5海里。

但那讨厌家伙的速度也变为每小时18.5海里。

战舰又在这个速度下追了整整一个小时，但还是无法多接近它2米！这真让美国海军最快的战舰感到丢脸。船员们一致加以声援——对那海怪报以怒骂。法拉古则拿着自己的浓须在手指上绕来绕去。

"马力已经加到最大限度了吗？"他向轮机长质问。

"是，长官，已经达到最大限度了。"轮机长答道。

"活塞压力是多少？……"

"6个大气压。"

"加到10个！"

"康塞尔，"我对那个诚实的人说，"看到了吧，他们非把'林肯号'弄炸了不可！"

"林肯号"速度明显增加了，连桅杆都不断颤动。浓烟挤出那窄窄的烟囱时发出痛苦的呻吟。

"现在的速度是多少？"法拉古还有些不满地问。

"长官，时速 19.3 海里。"

"继续增大火力！"

气压表指向 10 个大气压，但那怪物显然也提速了，因为它轻易地就达到了时速 19.3 海里。

尼德·兰手持鱼叉，严阵以待，当那怪物有几次故意让战舰能靠近它时。

"快追上了！快追上了！"就听到尼德·兰激动地高呼。

但是，当他做出要掷叉姿势时，那怪物又迅速地离开，他那时速度会达到每小时 30 海里。它甚至戏弄似地忽儿绕着"林肯号"转一圈，这真让大家难堪！人们的肚子仿佛要气炸了。

一直追到中午也没有一点迹象表明可以追上它，法拉古决定用更为解恨的方式：开炮。

他喊道："谁能击中这个坏蛋，奖励 500 美元！"

一个老炮手，兴奋地将了将花白胡子，从容而镇静地站到炮台上，摆正炮位，仔细瞄了很久，大炮轰地一声怒吼，所有船员齐声欢呼。

"打中了！真棒！"但却没使它受到多大伤害，炮弹从它身上蹭了一下，落在两海里处的海中。

"见鬼了！"老炮手气得胡子都翘起来了，"这恶魔身上一定披着一层 6 英寸厚的铁甲！"

"该死的！"法拉古叫道，"追，我们的船只只要不爆炸，就绝不罢休！"

"林肯号"这一整天下来，苦苦地追出了至少 500 海里，但那怪物却一点疲惫的状态也看不出。

到夜间 11 点左右，"林肯号"前方 3 海里处又亮起了那怪物发出的强光。但这次它似乎是在睡觉，静静地躺在那里随着海浪起伏。法拉古认为这是个天赐的良机。

战舰无声无息地向前偷偷靠拢，在离那怪物只有 370 米时关闭了气门，只靠惯性向前滑行。大家都屏住了呼吸。现在距那焦点仅剩 100 英尺了，光亮照得我们头昏眼花。

我这时正倚在船头的栏杆上，而尼德·兰就在我下面，我见他一手抓住桅绳，另一只手紧握他那把寒森森的鱼叉。我们距那一动不动的怪物只有 20 英尺了。

突然，我看到他的手臂猛地一挥，鱼叉飞了出去。鱼叉正中目标，只听到一声如同金铁撞击发出的响亮声音。

眼前的电光一下子消失了，突然，两条大水柱猛地向战舰甲板上冲来，把从船头到船尾的所有人都冲倒了，而且连护桅的绳索都被打断了。

接着，战舰被撞得剧烈地一震，我站立不稳，直向大海中坠去。

"救救我！救救我！"我高叫着，向"林肯号"拼命游去。

但衣服贴在身上，阻碍了我的游动，使我行动不便。我呼吸困难！正在向下沉去……

"救命！"

我绝望地喊了一声，正要"潜"入水下，突然，一只有力的手拉住了我，我觉得自己又被托出了水面。

"如果先生不介意的话，就靠在我的肩膀上，这样先生就会游得更从容些。"

一把抓住我的，是最可靠的康塞尔。

"你也被冲下来了！"我说。

"不是。我是自己跳下来的，先生既然在海里，仆人怎么能不跟从呢？"

"在我跳下来的时候，"他又说，"我听到舵手在喊：'舵和暗轮都被那怪物咬坏了！'我想，可能现在'林肯号'已失去了操纵。"

"那我们就只能等死了！"

"有这种可能，"康塞尔依然冷静，"但我们再坚持几个小时还没问题，几个小时，我有很多事情可以做！"

他很快就帮我把衣服割掉了，我也帮他做了这些。然后我又做了"不少事"——游啊游。

战舰坏了，不能来救我们，所以我们仍未脱离险境。现在唯一的希望是船能放下小艇来接我们。因此，我们只能尽力多坚持一段时间，直到小艇到来。我冷静下来想了一个办法，能使两个人不必

世界著名科幻故事精华

第二卷

同时使劲。方法如下：两人其中一个仰面朝天，两臂张开，两腿伸直一动不动地浮着，另一个泅水向前推着走。过会儿再换过来重复这一动作，这样也许可以多坚持一段时间，甚至到天亮。

到 1 点钟左右我就累极了。我的手脚抽筋、僵硬，活动不再自如了。康塞尔只得独立支撑着两个人的担子。很快，我就听到他痛苦的喘息声。

"放开我吧！放开我吧！"我说道。

"放开先生？那不行！"他答道，"除非我先被淹死。"

这时，风吹散了乌云，月光洒落海面，四边一片光亮。我发现了"林肯号"，它离我们大约 5 海里，但只是朦朦胧胧一团黑影。但我没看到一只小艇！

我想呼叫，但发不出半点声音。康塞尔还勉强可以，他冷静地呼号着："救命！救命！"

我们不停地划水，侧耳倾听，虽然我头脑发涨，头晕目眩，但还是仿佛听到有人在回应着康塞尔。

"你听到了吗？"我轻声问。

"是，先生。"

他又发出两声呼喊。

不用再怀疑了！真的有人在回答我们！

康塞尔使尽余力托住我的肩膀，我尽力忍住痉挛的痛苦，他从水面上挥出半个身子，然后疲惫地躺在水面上。

"你看到什么没有？"

"看见了……"他说，"我看见……先生别说话了……我们省点力气吧！……"

康塞尔拖着我直向前游，时而抬头看看，发出两声呼叫。

回答声更近了，但我越来越听不到了，我已无力支撑身子了，十指僵硬，嘴唇发抖，冷冷的海水直灌进肚里。我最后挣扎了一下，慢慢沉了下去……

但与此同时，我似乎碰到了一个坚硬的东西，我下意识地倚在上面，接着，好像有人把我拉出了水面，胸部一下舒畅了，但随即我就幸福地晕了过去……

"尼德·兰，是你?"

"是我，教授。"他回答。

"您还好吗? 先生!"康塞尔询问道。

"我们在哪儿?"

"在尼德·兰的 2000 美元上。"康塞尔难得的幽默，"或称之为'游动的小岛'。"

"真是个小岛?"

我精神为之一振，看到这生物（或物体）有一半没入水下，现在已成了我们的暂住地。我拿脚感受了一下，显然这东西坚硬无比，刀枪不入。而绝非有着松软滑腻肌肉的大型海洋哺乳动物。怪不得连鱼叉都被它碰弯了。

毋庸置疑，目前必须承认，这个令整个学术界绞尽脑汁，而使世界所有海员莫名其妙的家伙，不是一个一般的怪物。但这种怪物更令人惊讶，因为它是人工制造而成的。

即使面对着古怪，最荒诞，甚至是传说中的怪物，我都不会感到如此惊讶。

一切都很清楚了，我们的确是正在一只潜水艇的脊背上避难。

"这么说，肯定有一套动力机器驱动它，里面还会有人驾驶它。"我说。

"那是自然，"尼德·兰答道，"但我已在这小岛上呆了 3 个钟头了。它仍然一点动静也没有。"

"如果它只是这样行驶在水面上，我倒不用担心，"他又说，"但它假如突发奇想，要潜到海底去，那我们可就要完蛋了!"

尼德·兰说的确是实情。因此，当务之急是要想方设法通知里面的人，那就找个"入口"吧，但钢板之间都被一排排螺丝钉严密地铆在一起，简直连条缝都找不到。

恰好这时月亮又隐去了，周围又是一团漆黑，看来要想进到其内部，只好等天亮再想办法了。

可以这么说，我们的命运完全操纵在这个潜水艇的船长手中了。

现在对法拉古舰长则不再抱任何幻想了，因为我们正以 12 海里的速度向西行驶。

船到凌晨 4 点钟左右则明显加速了。我们感到一阵目眩神驰。尼德·兰慌乱中幸运地在钢板上摸到一个大环，我们像抓住了救命稻草似的，但总算没被甩出去。

天亮了，浓雾慢慢散尽。我正想认真观察一下船壳的上层平台，但它却慢慢地向下沉去。

"喂！你这恶棍！"尼德·兰边叫边踢着钢板，"快开门，你这见死不救的家伙！"

不过他的话夹杂在螺旋桨的转动声中，显得很微弱，幸好船很快就停下了。

有一块钢板突然被哗地猛然掀开了。站出来一个人，但这个人"嗷"地怪叫了一声，随即就缩了进去。

又过了一会儿，上来八个带着面具的高大汉子，他们无言地站在我们四周，并将我们押到船的内部去了。

里面很黑，我辨不明方向，只感觉被很快推入一间屋子，接着，身旁响起尼德·兰的叫骂声。

又过了半小时，囚室才被照亮了，刚开始我还不适应这种强光，眼前只有一片雪白，我知道，这就是那天晚上我见到的强烈电光，我把眼睛闭了一会儿，然后慢慢睁开，发现舱顶装着一个透明的半球体，光就是那里发出来的。

"嗨！终于看清楚了！"尼德·兰拔刀在手，作好了战斗准备。

"不错，现在能看清楚了，"我答道，"但是，我们的前途却很黑暗。"

"请先生稍安毋躁。"康塞尔依然像往日一般冷静。

我打量这间囚室，四面墙壁上看不到门和窗户，房内只有一张桌子和五把椅子，安静得出奇。

又过了不长时间，只听到"哗啦"一声，一块墙壁向外打开，走来两个人。

在前面的是一个五短身材，扁宽背厚，显示出强健的体魄。一颗结实的大脑袋上，生满了乱蓬蓬的头发和胡须。面孔上两点漆光，那自然就是眼睛了，略带着法国南部普罗文斯省人所特有的气质。

另一个身高腿长，天庭饱满，鼻直口方，十指修长，用句常用的说法，叫"通灵相"。特别是他有一双能穿透一切的冷静的黑眼睛。

两个人都戴着水獭皮的帽子，脚穿海豹皮水鞋，身上的衣服不知是什么料子的，宽松舒畅，一点也不妨碍行动。

我敢肯定，身材高大的那位是船长，因为他打量我们较仔细些，但他没有出声。然后向他的同伴交待了几句，我没有听懂他说的话，但他语言响亮，富有韵味，声调婉转多变。

那同伴边听边点头边回答。然后他回过头望着我们，用我们完全听不懂的话询问我们的来历。

我就用法语把我们的经历讲述了一遍，他们听得很认真，但从那漠然表情可以看出，他们没听懂。我们又用英语、德语和拉丁语把上述内容重复了一遍，结果是两个字：不懂。

这两个人又用我们听不懂的语言讨论了几句，随后就走了，他们甚至忘了可以用手势来使我们安心——这是全世界通用的，但他们没有，关上门就走了。

"真是一群混蛋！"尼德·兰在发第二十次火了。他也不明白这是何方神圣，讲的哪家仙语。

我尽管也急躁，但我能从那个高个首领眼神中，看出那是一个有思想、有感情的人，决非鲁莽粗浅之辈。

不久门又开了，进来一个仆人。他送来了全部衣服，但我们不认识这种衣料。

过了一会儿，那个仆人——好像听不到什么，又好像不会说话——送进来三份餐具。

"这还差不多，看来这是件好事。"康塞尔说。

"得了吧，"尼德·兰气哼哼地说，"在这儿能吃到什么？也就是些甲鱼肝、鲨鱼片、海狗排而已！"

"看看再说！"康塞尔答道。

食物被罩在银盖子下，全都摆在餐桌上，我们依次入坐。跟我们打交道的是些有教养的人，要不是灯光耀眼，我还真以为是在利物浦的旅馆或在巴黎大酒店里呢。但这里没有酒，也没有面包。但水却甘甜、清爽。所有吃的肉类食品中，我只认出了几种烹调得很好的鱼；但那几盘好吃的菜我却认不得了。而餐具更是精美别致。所有的叉子、刀、匙子、盘子上都刻有这样一圈格言和字母：

MOBILIS IN MOBILI

N

格言的意思是"在行动中行动"。而那个"N"字母，我估计可能是那个神秘船长的姓名开头一个字母。饭吃饱之后，我们美美地睡了一觉。

不知我们睡了多久，直到一股新鲜的海风把我们吹醒，船内显然刚刚换了空气，我们立刻神清气爽，但肚子却又不争气地咕咕叫了起来。

我们一面谈论着当前的处境，一面等待着开饭。

尼德·兰进行了各种设想，但都令他恼火，他喉咙也和肚子一样咕咕地骂着，神情很是吓人，如同一只关在笼中的猛兽一般围着屋子乱转，不时打出一拳，踢一脚。但这只能让他更饿。

仆人还没来。一向胃口很好的尼德·兰饿得有些忍不住了，不停地咒骂着。

又过了两个钟头，尼德·兰就破口大骂，但毫无作用。我甚至一点声音也听不到，恐怕它早已潜入了海底。这种死一般的沉寂的确有些恐怖。

我们被抛弃在这间屋子里，无法设想还要呆多长时间，原来见面后对这位船长产生的好印象，都慢慢毁掉了。他们不给我们送饭，在这间小牢房里让我们忍受折磨，难道要故意饿死我们？这个可怕的想法缠绕在我的脑海中，我觉得我已被一种极度的恐惧打倒。康塞尔依然很平静，尼德·兰则在咆哮。

终于听到外面有动静了。有脚步声传过来。锁一响，门打开了，仆人走了进来。

我还来不及动手，尼德·兰早就冲过去把那个仆人打倒了，然后又掐住了他的脖子。

康塞尔极力想把尼德·兰的双手从这个已快昏死过去的仆人脖子上拉开，我也正想上前帮忙。忽然有几句法语把我钉住了，尼德·兰松开了双手。

"安静一下，尼德·兰先生，还有你，教授先生，听我说几句！"说话的正是船长。

"各位，我懂得法语、英语、德语和拉丁语。原本在我们第一次见面时我就能回答你们，但是我想先了解一下，然后再做打算。你们把经历讲了四遍，内容一样，这让我明确了你们的身份，我现在了解到，一次意外的遭遇，使我有幸碰到正出国作科学考察的巴黎博物馆的彼埃尔·阿龙纳斯教授，教授的仆人康塞尔以及美国海军'林肯号'战舰上的加拿大鱼叉王尼德·兰。"

我点头承认这些，他的法语说得很好，不带一点土音，而且语意准确、措辞恰当、流畅自然，但这些并不能让我感觉他就是我的同胞。

他接着说：

"先生们，我直到现在才来拜访，可能你们会认为我有些怠慢。但是，在我知道了你们的身份后，我总要认真考虑一下要如何对待你们，我有些为难。最重要的是我一向都不与人类交往，但你们把我的生活打乱了……"

"这并非是我们故意的。"我说。

"你说不是故意的?"船长提高了嗓音，"难道'林肯号'千里迢迢赶到这里，不是故意的吗? 你们在海面上搜寻追逐我，不是故意的吗? '林肯号'炮击我的船，不是故意的吗? 尼德·兰用鱼叉刺我的船，难道不是故意的吗?"

我听得出来，他的话里隐含着一种愤怒。但对于他这一连串责问，我却认为有很充足的理由回答他。

"先生，"我说，"你大概不知道，你已经轰动了整个欧美大陆。由于你的潜水艇的冲撞而引发了各界人士的争论，人们在这些只有你才能解释的问题上做出种种设想，直到'林肯号'在北太平洋上追逐这个潜水艇时，仍把它当成海怪来追杀，因为只有把它清除掉才能保障水上交通安全。"

船长嘴角掠过一丝微笑，他语气平和地问道：

"教授先生，你能肯定当你们发现所追击的不是海怪，而是潜水艇时，会放弃炮击吗?"

这的确让我难以回答，因为，首先法拉古司令官是不会犹豫的，即使他发现这是潜水艇，他仍会坚决地予以打击，以消除这海上隐患。

"我迟疑了好长时间，"船长接着说，"我们完全没必要接待你们，我可以将你们再放到你们曾经避难的船背上，然后像忘记了你们一样潜入海中，难道我不能这么做吗？"

"但这是野蛮人的做法，"我答道，"文明人是不会这么做的！"

"教授先生，"船长有些激动，"我可不是什么所谓的文明人，我为了自己的梦想，同整个人类社会都完全隔绝了，生活在人类社会的道德法规之外，希望你最好别再跟我谈这类问题了。"

他的话如此决绝，眼中射出愤怒和桀骜不驯的光芒，在这一瞬间，我感到他肯定有过一段不平常的经历。他不仅不服从人类社会的法规，而且他还渴望绝对的独立自主，不愿受到丝毫束缚！

在沉默很久之后，船长打破了僵局：

"既然上帝让你们来到这里，那就住下来吧。我会让你们自由行动，不过，为了得到这种相对自由，你们要答应我一个条件，现在你们只要先答应就行。"

"请说，先生，"我回答道，"我想这肯定是一个让正派人能够接受的条件。"

"条件很简单：有时可能发生某种意外，我们只得把你们关在舱房里，只有几个小时或几天，我们并不愿使用暴力，因此需要你们绝对服从，这只是不想让你们看到你们不该看到的，希望你们能够接受。"

"我们答应你，"我答道，"不过，船长先生，不知您能不能回答我一个问题，只有一个。"

"请讲，先生。"

"我想知道，我们得到的是怎样的自由。"

"手脚行动的自由，用耳听，用眼看的自由，甚至在船上参观的自由，当然有时候不行，除此之外与我们一样。"

"那就是说，我们将再也不能回到祖国和亲人、朋友们身边了？"

"可以这么说，但这也使你们摆脱了世俗的约束。你们还是把这种约束当作自由，扔了它吧，这不会让你更难过的！"

"什么？"尼德·兰怒道，"让我们答应以后不会逃走！"

"你不必答应这些，尼德·兰先生。"船长冷冷地答道。

"船长先生。"我有些按捺不住了，"你不要仗势欺人，蛮不讲理！"

"错了，教授，你用不着生气，这不是欺侮，这是宽厚！别忘了你们是我的俘虏，我想把你们送到海底也是举手之劳，但我仍然收留你们。你们曾攻击过我，现在你们又看到了谁都不应该看到的秘密，这就是关于我的秘密！难道我把你们留在这里还过分吗？"

我们现在知道，船长是让我答应以后不会逃走！

"这么说，先生，"我说，"这也无异于是生与死之间的选择了。"

"不错。"

随后，他换了一种较平和的语气说：

"我可以保证，教授，在我的船上你肯定不会失望的。你将会游历于神奇的世界中，我就要做一轮周游海底世界了，会经过我曾去过多次的海底，继续我的研究，届时，你可以成为我这次科学研究的同事。那时，你将接触到新元素组成的世界，会看到除了我之外谁都没见过的东西，地球将把它最后的秘密呈现给你。你将不虚此行。"

这番话的确把我打动了，我将自由的神圣向下降了降，然后回答他说：

"先生，尽管你已经与人类社会断绝了往来，但我想你还没有失去人的情感，我们作为遇难者被你好心收留了。我们不会忘记你的恩情。对我而言，假如因为科学的原因使我忘掉自由的话，我会承认，这次与你同行将是对我最大的补偿。"

"最后还有一个问题，"我又说，因为他正要离开，"我怎么称呼你呢？"

"教授先生，"他回答道，"你就叫我尼摩船长吧，你和你的同伴同我诺第斯号上的乘客一样。"

尼摩船长向外面喊了一声，进来一个仆人，船长用我们不懂的奇怪语言交待了一句，然后他对尼德·兰和康塞尔说：

"你们的房间已经准备好了饭菜，请跟这个人走。"

等他们走后他又对我说：

"现在，教授先生，我们的午餐也准备好了，跟我来。"

神奇的舱

在一个装饰典雅的餐厅里，我和尼摩船长一起用餐，吃过后他平静地对我说：

"教授，假如你现在有兴趣参观一下我们的船，我正好有空为你作向导。"

我毫不犹豫地答应了，说心里话，这东西带给我这么多的困惑和麻烦，了解他正是我求之不得的事。

我们走到餐厅后面，穿过两扇门进入一间与餐厅大小相当的房间。四面的墙壁被高大的檀木嵌钢丝书架遮住了，书架上每一层都摆满了装潢讲究的书籍，书架前面是一圈栗色兽皮包裹着的沙发。房子中间有一张大桌子，上面也堆着杂志、笔记本和报纸，四个半透明磨砂玻璃球镶嵌在天花板上，正发出柔和的光，使这个雅致的图书室显得更加温馨。

使我吃惊的是，还有我的两本书被放在书架显眼位置上。可能正是因为这两本书船长才对我这么友好。

"尼摩船长，"我对他说，他舒适地坐在沙发上，"你的图书室足以与地上的宫廷相媲美。"

"但是，教授，难道陆地上有比这儿更隐蔽更安静的地方吗？"尼摩船长说，"在巴黎自然博物馆，您的工作室会为您提供如此安全静谧的环境吗？"

"不会，船长，而且我那工作室与这儿相比，还显得有些寒酸。这图书馆恐怕有 6000 多册……"

"共有 12000 册，教授先生，这是我了解陆地的途径。我的诺第留斯号下水那天起，就完全与世隔绝了。在那一天，我买了最后一套书，最后一本杂志，和最后几份日报。我从那时就意识到，人类不会再有什么思想和著作了。教授，这些书你可以任意挑选来看。"

"多谢，船长，"我说，"我肯定会在这科学室中发现不少财富。"

走出图书室，迎面走进一扇门，里面竟是一间富丽堂皇的客厅。

我刚走进屋内，就张大了嘴赞叹不已。这哪里是客厅，分明是一家博物馆，大自然的所有奇珍异宝齐聚于此，在柔和的光线照射下，置身其间，恍若隔世。

客厅是一个10米长，6米宽的长方形，四面墙上挂着和贴着许多世界名画和壁毯。画与画之间用明亮的武器艺术品隔开。这一切都向我说明，它们的主人还是一个博学多识的艺术家。

尼摩船长似乎早就预料到我会怎么想，他淡淡地说："我只是个业余爱好者而已。"

"还是音乐爱好者？"我指着房间一边大钢琴上一些音乐家的乐谱说。

"噢！这只是一些永久的记忆。"

他说了这句话，就无言地倚在雕花桌子一角，似乎陷入了深深的思索之中。

我不忍心去打扰他，于是继续观赏这间房子里的奇珍异宝。

除了那些艺术品，自然界的各种珍品也摆放在显著位置。它们主要包括各种植物、贝壳，以及其他海产品，无疑这都是尼摩船长亲自收集的。大厅中央有一个电照明的喷泉，水被喷起落回由一片大贝壳做成的水池中。这个最大的无头软体动物的壳，周边大概有6米长，上面还镶着精美的花纹。

在这喷泉的周围，在镶着铜边的玻璃柜内，一些最珍贵的海洋动物被分门别类贴上了标签，任何一个生物学家看到它们，肯定会昏厥过去，因此，我当时内心的狂喜也是可以理解的。

看着这些收藏价值很大的稀世珍品，我不禁纳闷，他哪来这么多钱呢？这时，我的思绪被他打断了：

"你已经看到这些贝壳了，教授，我相信它们会让每一位博物学家跌破眼镜，但它们对我却有更大魅力，因为我是用自己的双手亲自把它们收集起来的，而且没有哪个海洋的角落能躲过我的搜寻。"

"我能理解，船长，理解你在这些财富中漫步是多大的快乐。你属于自己收集珍宝的异人。欧洲没有一所像你收藏的这样的海洋生物博物馆。我固然要赞美这些珍宝，但我又拿什么来赞美装载着它们的这只宝船！我并不是想探查你的秘密，但我必须承认，诺第留斯号的发动机马力，它的机动装置，以及它的强大能源，所有这些都将我的好奇心吊得高高的。"

"教授先生，"尼摩船长答道，"我早就说过你在船上是自由的，所以，你可以参观诺第留斯号的所有地方，而且我乐意作你的向导。"

"我不知该怎样感谢你，船长，但我不能滥用你的好意，任意询问，我只想知道，这些物理装置是干什么用的……"

"教授，首先还是过去看看我为你留出的房间，我想让你知道你在诺第留斯号上会受到怎样的礼遇。别的事我们还有很多的机会说它们。"

我跟着他穿过客厅的一个角落，进入船上的一个走廊。他领着我走向船头，我走进的不仅是一个房间，而是一个漂亮房间，里面有床、梳洗台和其他许多家具。

"你们的房间和我的紧挨着，"他对我说，"我的房间跟我们刚才去过的客厅相连，还行吧？"

"非常感谢！"

我随船长走进他的房间，里面却十分简朴，只有一张铁床，一个办公台和简单生活用具，好像隐居者的住所一样。

尼摩船长示意我坐在椅子上。

"教授，刚才你问的问题，其实就是船上最重要的问题，即它的能源问题，"他指着那些挂在墙壁上的仪器说，"这些仪器是诺第留斯号所必不可少的，我房间和客厅里各有一套，我看到它，就能知道我在海洋中的确切位置和实际方向。"

"航海家们常用的也是这些仪器，"我答道，"我也知道它们的用途，不过另外这几种仪器，必定是为诺第留斯号特备的。比方这个表盘，上面的针能转动，这是不是流体压力计？"

"一点不错，它与海水相通，能告诉我海水的压力，所以，我就能知道我们所处的深度。"

"那些新型测验器又干什么用?"

"向我指出海底各个水层温度,叫做温度测验器。"

"另外那些我就猜不出其用途了。"

"教授,既然说到这儿了,我不妨给你介绍一下,"尼摩船长说,我们的能源用途很广。船长所有生活、行动都得靠它,它方便、强大、安全,能为我提供光和热,以及机械动力,这种能源就是电。"

"电!"我大吃一惊。

"不错,教授。"

"不过,船长,当今世界见到的那些电不可能产生这么大的动力?"

"是的,教授,"他答道,"但我的电不是普通的电,我对你只能说这些。"

"船长,我不是想追查你,只是对此效果很意外。有一个问题是我最纳闷的,如果你不愿回答,我也不会怪你,用来产生电的物质早晚会用完的,比方锌吧,你也说过你与陆地已经没有联系了,那电用完后又将如何补充呢?"

"我可以回答你这个问题,"船长答道,"我产生电力的原料全都来自大海本身。"

"来自大海?"

"正是,先生,我有很多方法,不用去分解钠,不需用本生电池,直接用煤。"

"陆地煤?"我重点指出。

"不,是海底的。"

"你在海底采煤?"

"教授,以后我怎么采煤你会看到的,只要耐心等待,不过我向你重申一下,我所需要的一切都取自海洋:用海洋来产生电,为诺第留斯号提供光、热和动力,总之,电是诺第留斯号的生命。"

原来,他们利用煤产生电及动力,电又创造了诺第留斯号的神奇。各种仪器将船上各个环节通过电来连成一个统一的和谐整体。

尼摩船长领着我继续参观。我们在通向平台的梯房走过,看到康塞尔和尼德·兰正在旁边一间小舱房内狼吞虎咽,吃得津津有味。

厨房同样用电气来烹调。炉子下面接着电线，电阻丝上方是导热均匀的金属片。使各处的温度分配非常协调，用电把蒸馏器加热产生清洁的饮用水。厨房的隔壁是一个干净舒适的浴室，水龙头内水的温度可以任意调节。

与厨房相连的是船员工作室，它有 5 米长。工作室与机房间用第四道防水板隔开。我走进机房，里面装置着各式各样的机器。

整个机房长约 20 米，灯光明亮。里面顺理成章地分成了两部分：一部分用以生产电力，另一部分则是利用电力的机器。

我饶有兴趣地观察着这些奇妙的装置。

"请看，"尼摩船长说，"利用来产生电的原理，虽然装置简易，但电力强大，电传到那边，使巨大的电磁铁驱动那些杠杆和齿轮，使推进器轮转动，船就开始行驶了。"

"那船的最大速度能达多少呢？"

"大概每小时 50 海里吧。"

但这又有一个令人费解的难题，电是如何产生这么大的能量的呢？这种巨大的能量又从何而来呢？它是来自于一种新型的变压器产生的高压电呢，还是利用一种能无限加强转动的特殊杠杆结构产生的呢？

"船长，能告诉我一些关于驾驶方面的问题吗？"

"这很简单，教授，当它在水平方向行驶时，只需连通的舵就能做到。在船尾还有一个宽大的副舵，用一个滑轮操纵。当要使它在水中上升、下降时，利用装在船两侧标线中央的两个纵斜机板，它们能任意调节其位置，在船内部用动力强大的杠杆来操纵它们。当船水平行驶时，机板与船身平行，当机板的位置倾斜时，船就会在推进器作用下，沿着这个角向上浮或向下降，另外，如果我想升得快些，我就加大推进器力度，能使诺第留斯号在水的压力下直线上升。

"太棒了！船长，"我叫道，"不过，舵手在水下能看到你发号施令吗？"

"舵手在船顶部的一个特殊舵里，船舵上装有各种凹凸玻璃，能让他像站在镜前一样看清航路。"

"但我想知道在黑暗的海底，怎能……"

"在舵手的船舵后面，有一个强光探照灯，可以照亮周围半英里的水域。"

这就解释了让科学家们困惑的那种磷光现象了！

"啊，船长！"我发自内心地感叹道，"你的诺第留斯号真是一艘不同寻常的船！"

"是的，教授，"尼摩船长动情地回答，"我爱它，好像它就是我的亲生儿子一样！你们的船在大海中常会感到危险，但在诺第留斯号上就没有什么可怕的了。"

"但是，这艘伟大的船是怎样被你秘密建造而成的呢？"

"教授先生，船的每一个部分都是从全世界的不同地方，按一个匿名地址寄给我的。我们在大海中的一个荒岛上建了一个车间。在那里，我的工人们，更确切说是我的同伴们，在我的指导下，与我一起完成了诺第留斯号。装配完成后，我就烧掉了我们在这岛上留下的所有痕迹。"

"不过，这船必定耗资巨大。"

"包括所有设备，大约价值四五百万法郎吧。"

"这么说，你一定是个很富有的人了？"

"绝对富有，先生，我可以很轻松地偿还法国的几十亿债务！"

我吃惊地紧紧盯着这位告诉我这些事情的怪人，他到底是个什么样的人呢？

海底狩猎

在足足睡了 12 个小时之后，醒来时已是第二天了，康塞尔走进来，像往常一样习惯地问我："先生睡得怎么样？"并开始服侍我，他没有叫醒尼德·兰，因为他不想做什么，只想干一件大事——睡"大"觉。

尼摩船长自从昨天和我谈了那些之后就不再露面了，但我希望能很快见到他。

但接连过去好几天了，船长仍没有出现。我随意在客厅里看书，而尼德·兰和康塞尔则整天陪着我。他们也对船长莫名奇妙的回避表示惊讶。难道这个怪人物生病了？还是他要对我们采取什么别的手段？

但是，我们的自由一直没受到限制，而且吃得依旧很讲究。每天清晨，当诺第留斯号到海面上去换气时，我能登到平台上去，自由地沐浴着海风，观看壮观的海上日出。

一连 5 天就这样过去了，一切如故，我也放弃了再见到尼摩船长的希望。但 11 月 16 日那天，当康塞尔和尼德·兰陪我回到我房中时，却发现桌上躺着一封信。

信的内容言简意赅，尼摩船长邀请我们明天早晨去克利斯波岛打猎。

"打猎！"尼德·兰兴奋地叫起来。

"在克利斯波岛森林！"康塞尔补充道。

尼摩船长说过他厌恶陆地和岛屿，现在却来邀请我们去森林打猎，他真让人无法琢磨，但我仍满心欢喜：

"我们看一下地图，这个克利斯岛是个什么地方。"

我打开平面地图，这个岛位于西经 176 度 50 分，北纬 32 度 40 分，它因 1801 年由克利斯波船长发现而得名。

"小岛位于太平洋北部一隅，"我对他们说，"这无疑是座荒岛。"

第二天一觉醒来，可以发现诺第留斯号已经停下了。

船长已经在客厅中等候了。

"你好，船长，既然你完全与陆地隔绝了，又怎么会去克利斯波岛上的森林呢？"

"教授先生，"他答道，"我这座森林不用太阳光照射，也不需要它的温暖。而且也找不到什么狮子、老虎、豹子等任何四足野兽，林中的一切都是为我而生长的。它并非是陆地的森林，而是海底的森林。"

"海底森林！"

"不是吗，教授。"

"你邀请我去海底森林？"

"是的。"

世界著名科幻故事精华

"走着去吗？"

"走着去，而且不会弄湿你的脚。"

"带枪吗？"

"带枪。"

我想，他一定是大脑出毛病了，这个人是不是疯子呢？

这种疑问明显地写在我的脸上，但尼摩船长并没多说，只是带着我就走。我们走进餐厅，早餐早就准备好了。

"教授，"船长说，"我们边吃边谈好吗。虽然带你去林中漫步，但我却不能保证能在那儿找到饭店，因此我劝你多吃些，我们可能要到很晚才能回来吃午饭。"

我于是就像很迟才能回来吃午饭一样在早餐时吃得很饱。

开始时，尼摩船长也只陪着我吃，吃过后他才说：

"教授先生，希望你能耐心听完，然后再看我是不是真的发疯了或大脑出了毛病。"

"我在听，船长。"

"我们都知道，教授，只要有充足的可供呼吸的空气，人照样可以在水底下生活。"

"你是说潜水设备？"我问道。

"是，不过，如果带着这套设备，人并不自由。因为要用一条输送空气的胶皮管把他与气泵相连，那就如同一条拴住的锁链，假如我们也是这样被拴在诺第留斯号上，那我们就不会走得很远。"

"那么，又有什么方法可以自由行动呢？"我问。

"用一下你的两个法国同胞发明的装置，我只是做了一些改进，可以让一个人在新的生理压力条件下，不会遭受身体伤害而进行水下探险。它由一个厚钢板制作的密封瓶构成，里面我储存了 50 个大气压的空气，这个瓶子用带子绑在人的背后，就像士兵的背包，瓶的顶部有一个钢盒，在吹风机的操作下，盒内的空气在一定压力下释放出来。原来的设备中两个橡皮管从钢盖通到套住嘴和鼻子的面罩里，一个用来吸进新鲜空气，另一个用来呼气，两条胶皮管的开关由人用舌头来控制。不过，我要在海底相当大的压力下走动，所以我必须将我的头封在一个铜球里，就像潜水员那样，这个铜制头

世界著名科幻故事精华

第二卷

盔将吸气管和呼气管连在一起。"

"不错，船长，但是你携带的空气一定会很快用完的。"

"你错了，教授先生，诺第留斯号上的气泵会让我在相当大的压力下储存空气，因此，我可以在瓶内装入足够使用 960 个小时的空气。"

"那么，船长，你怎样照亮海底的路呢？"

"用兰可夫灯，探照灯就挂在腰带上，电来源于海水中含量最多的氯化钠。"

"但不是那种用于火药的枪。"

"那么，是气枪吗？"

"当然。我总不会在船上制火药吧，我利用高压下的空气代替火药，这种高压空气可由诺第留斯号大量供给。"

"但是，我认为，在这种半明半暗的地方，和比空气密度大得多的海水中，子弹不可能射出很远，而且也不会有什么杀伤力吧？"

"先生，这种枪的每一击都是致命的，只要动物被击中，不管伤势有多轻，它也会如同遭到雷击一样，倒下而死！"

"为什么？"

"因为这种炮射出的不是一般的子弹，而是由一位奥地利化学家发明的小玻璃弹丸，我储备了大量的这种玻璃弹。它上面都有钢套，并且用铅加重，于是它就成了空气瓶，里面带有高压电。"

"我再没什么要问的了。"我站起身来，"无论你到哪儿去，我都会舍命陪君子。"

尼摩船长领我向船尾走去，当经过尼德·兰和康塞尔的舱房门前，我招呼他们同去。

很快，我们走进了机房旁边的一个房间，里面有很多套潜水服。

尼德·兰很讨厌穿这种潜水服，他表示抗议。

"忘了告诉你，"我对他说，"船长所说的克利斯波岛的森林可是指的海底森林。"

"是嘛！"尼德·兰因为吃不上鲜肉而大失所望，"教授先生，你难道也要钻到这皮套子里去吗？"

"那当然，尼德·兰。"

"你愿意穿你就穿吧，先生，"尼德·兰耸了耸肩膀，"我可不愿意钻进套子里去，除非有人拿刀逼着我。"

"没人会逼你，尼德·兰先生。"尼摩船长答道。

"你难道也去干傻事，康塞尔？"尼德·兰想尽量发展一个同盟军。

"先生去哪里，我就跟着去哪里。"康塞尔忠诚的答道。

在船长的吩咐下，两个船员过来帮我和康塞尔穿上潜水衣，衣服用橡胶制成，密不透水，沉甸甸的，胸前有两块钢板，可以承受强大的压力，使人体免受损伤又能呼吸顺畅，如同又软又结实的甲胄一般。

我们一行共有四人：尼摩船长，他的一个同伴（一个身强力壮的大力士），康塞尔和我，现在都把潜水服穿好了，只差没套铜头盔了。

在此以前，我对船长说我打算看一看我们的猎枪。有个船员递给我一支枪，其实这种枪很简单。钢板制成的枪托，内部有很大的空间，用以储存压缩空气，枪膛内有活塞，扣动扳机，能把空气压入枪膛，枪托一侧是个弹盒，内盛二十粒子弹，子弹能通过弹簧自动弹入枪膛，当第一粒子弹射出时，第二粒会立即填补，因此能够连发。

"船长，"我说，"这支枪真不错，我很想亲手试一下，但我们如何到海底去呢？"

"教授，诺第留斯号现在已是悬浮在水下 10 米处，只等我们出发了。"

"我们将如何出去？"

"很快你就会明白。"

尼摩船长随即把头盔罩到头上。康塞尔和我也照他那样做了。身后传来尼德·兰阴阳怪气地说："打猎愉快啊！"

接着我们把探照灯挂在腰间，猎枪拿在手中。虽然说出发，但实际上，穿上这身沉重的盔甲，铅块做的鞋底牢牢地扎在甲板上，想挪动一下脚步都很艰难。

这时，有人把我们抬进与更衣室相连的一间小房子里，我听到身后一声沉重的门响，房内立刻变得漆黑。

几分钟后，耳边响起一声刺耳的尖啸。我似乎感到从脚底一直凉到胸膛。显然是海水把我们淹没了，很快屋内的海水就满了，脚下的地板突然打开，眼前又看到了光线，我们向海底沉落并很快双脚着地了。

尼摩船长打头，他的同伴则断后，中间是紧挨在一起的康塞尔和我。似乎我们在通过金属壳交谈，其实是自己与自己说话。衣服、鞋底和氧气瓶都变轻了，连头上的铜球也像没那么厚了。我的脑袋可以像我的思维一样在这个球内转动自如，而且四肢也活动自如了。

阳光能透射到水下 50 英尺，这的确让我惊讶。太阳光可以照亮方圆百米之外，水下的天空更是蓝得出奇。由近及远依次变深，最终阴入黑暗之中。可以说，我发觉周围与空气没什么两样，尽管密度大了些，但透明度还是蛮好的，而且能看到头顶那寂静的海面。

我们走在沙滩上——海底的沙滩，切记。在这地毯上，如反光镜般反射出太阳光彩夺人的光亮。而且可以由此产生强烈的辐射，把附近的水层都照亮了。

我们在这层亮沙上走了将近一刻钟，原来这是一层贝壳的粉末。诺第留斯号如同暗礁般在身后隐去了，不过依然可以看到它的探照灯发出的强光，以便指示我们在黑天时能顺利返回船上。

又走了一会儿，远方出现一些隐隐约约的东西，其形状越来越清晰了。我能看出这是美丽的海底斜坡，石上有五彩缤纷的植物及动物，我一下子就被这种美丽吸引住了。

现在正是上午 10 点，太阳光通过折射，更加倾斜地穿入水底，而海底的花、石、植物、贝壳等上面，被如同三棱拆开一样的太阳光呈光谱状排列出七种颜色。整个海底世界被染得如同艳丽多姿的万花筒一般。

康塞尔的惊奇犹胜于我，他身处这绚丽的美景中，正将眼前观赏到的这些各种各样的植物动物和软体动物不停地分类、分类、再分类。

游览在继续，成群结队的管状水母从我们头顶飞过，天蓝色的胡须随波飘摇。另有一种月形水母，撑着它那乳白色或玫瑰红的伞在漫步，黑暗中还有半球形水母提着灯笼，在前面为我们引路！

我们一直走出 0.25 海里，眼前也不断有珍品出现。尼摩船长招手示意我们跟上。很快，脚下的沙滩变成了一片胶粘的泥地，其构成主要是硅土或石灰贝壳。随后我们从一段海藻上走过，它们有很强的繁殖力，而且不易被海水冲走。又像厚厚的草坪，踩上去软绵绵的，简直如同人工织成的最精美的地毯一样。水中向上直立着的长长海带，有球形的，有管状的……我看到与海面最贴近的是一层海草，呈现青绿色，再稍向下是红色的海草，而黑色或紫色的则在最底层，是海底花园和草地。

我们从船内走出来已经一个多钟头了，我发现太阳光直射下来，说明正是中午了。阳光不再发生折射了，颜色也不再那么分散，我们默默前行，响亮的脚步声震得我的耳朵都有些受不了。

我们顺着一条斜坡向下走，光线越来越暗，在百米深度时，其实外面水的压力已经很大了。但我们却没有感到痛苦，这是潜水衣的功劳。这样走了两个小时，却一点儿也不觉得累。

到了 300 英尺的深度，太阳光已经很微弱了。但我们还能借此看清前面的路。兰可夫灯暂时还用不着。

这时，尼摩船长站住向我招手，等我走到他跟前时，他把前方不远处的阴影地带指给我看。我依稀可以看到一团团的物体，那就是克利斯波森林。

这的确是一片罕见的大森林，林间空地上基本没长什么草，到处都是参天木本植物，树枝和所有长草都一律笔直向上。那些没有枝杈、没有树叶的细条也像旗杆似地直立着。海带水藤等也在海水的密度作用下，固执地成了一条条垂直线，在各种温带树木般高大的灌木丛中，长满了各种花朵般的珊瑚。一群群绳鱼如同麻雀般在林间嬉戏，脚下一群蠢虫鱼，就像鹌鹑似的绊来绊去。一点钟左右，船长示意我们休息一下，于是我们躺倒在一个海草伞盖下。

在这段时间内，我休息得很好，无法交谈是唯一的遗憾。我将铜球贴在康塞尔的铜球上，看到他一张兴奋的脸，脑袋表情牵动出各种鬼脸在里面转来转去，非常滑稽。

尽管已走了四个小时，我却一点都不感觉饿，只是像所有潜过水的人一样，感到一种难以抑制的昏睡欲，而我后来去看尼摩船长和他那大力神同伴时，却发现人家早已进入梦乡了。

我也赶紧像他那样做。当我再次醒来时，一睁眼就不得不毛骨悚然。因为我突然发现眼前几步远处，有一只一米多高的海蜘蛛正对我冷眼旁观，并随时想袭击我。我捅了捅另外三个人，并把那个可怕的家伙指给他们看，尼摩船长的同伴举起枪托，一下就把那个讨厌的怪物打死了。

这时，我有些想返回船上去的意思，但尼摩船长却没做这种手势，他继续领我们向下走去。

地势逐渐变得陡峭起来，将我们送入了海底深处，这时大约快三点了，我们来到一座峭壁间狭小的山谷中，这时已到了 150 米的深海底，周围一团漆黑，几乎看不到十步以外，因此我只能摸索着向前走。忽然眼前亮起一道强烈的白光，原来尼摩船长已把兰可夫灯打开了，他的同伴也打开了，康塞尔和我也向他们学习，灯终于亮了，周围 25 米内都被四盏灯照亮了。

那些黑暗中的海底居民兴致勃勃地聚集着来看灯光，但它们不敢靠得太近，总是准确地保持在猎人力量的范围外。尼摩船长曾有几次站住，举枪瞄准，但过了一会他又放下枪，继续前行。

在四点钟左右的时候，眼前出现了一道高耸的石墙和一大堆乱石群。前面就是陆地了，这是克利斯波岛的边缘。

尼摩船长停步站住，并示意我们也站住。他不愿越过这界限走上他不愿涉足的陆地，于是这次新奇惊人的旅行结束了。

现在我们开始返回，仍然是尼摩船长在前面带队，他总是自信地向前走，但我能感觉我们并非沿原路返回。这次走了一条很陡很难走的新路，但自然也就更易接近海面。我们慢慢走，也是为了防止速度过快而引起我们身体上的严重损害。不过光线还是很快出现了，估计太阳可能要落山了！

我们走在 10 米的深处，身旁围着一大群各种各样的小鱼，船长突然站住并迅速把枪托起来，他瞄准丛林中一个正怡然散步的动物，一声枪响，它应声倒了下去。

原来是一头漂亮的水獭，足有一米半长。它那深褐色的表皮，银白色的肚子，都可制成精美的皮筒。这是俄国和中国市场很难得的皮货，估计其价值不会少于 2000 法郎！

船长的同伴上前捡起水獭，将它搭在肩上，我们接着前进。

我们在一片广阔的细沙平原上一直走了一小时，有时海面就在头顶不足两米处，可以看到我们的倒影，脚向着天空。

这时，一次猎杀真令我敲着铜盔叫绝，一只大鸟在海面几米高处，船长举枪就射，大鸟直扑下来，跌到这位优秀猎人伸出的手中。

我们又向前走了两个小时，进来轻松地走在细沙平原上，归来艰难地走在苔藓丛中。我终于看到有一道光线在前方半里左右黑黑的海水里发光。那肯定是诺第留斯号了！再有 20 分钟……

我正想着，却发现前面 20 步左右的尼摩船长突然回身向我扑来，我猝不及防被他按倒在地。而康塞尔也遭到了大力神的袭击。但我发现船长按倒我之后自己也躺在那里一动不动了。

幸亏我没有乱动，因为我抬头一看，有一团巨大的磷光猛地冲了过来。原来我们遇到了可怕的鲨鱼，它们厉害的钢牙足以把我嚼成肉酱！我没来得及问康塞尔是否也将它们准确分类了，但我血管中的血液肯定停止了流动。

但这残暴的家伙眼神不济，并没有搜出海草下面的四只高级肉罐头，却自以为是地扬长而去了。

我们终于在半个小时后回到了诺第留斯号，从地板下爬上去，尼摩船长等所有人都进去后，就用手按了一下电钮，地板合上了，然后抽水机开始运转。我觉得身边的水慢慢降了下去，房内的水一会儿就排尽了。里面的门又打开了，我们脱下潜水服，正等在我房中的尼德·兰只听到一声"好朋友，你应该感到遗憾！"然后响起了我响亮的鼾声。

意外触礁

诺第留斯号于 11 月 26 日凌晨 3 点在西经 172 度越过了北回归线，第二天，夏威夷群岛已隐约可见了，到现在为止，我们已经驶出了 4860 海里！

现在的航向依然是东南方。12 月 1 日，在西经 142 度穿过赤道，

4 日，在经过快速的顺利行驶后，远远看到了马贵斯群岛，西经 139 度 32 分，南纬 8 度 57 分的奴加衣瓦岛的马丁尖岬，它是法属马贵斯群岛中地位最高的一个。那山岭上覆盖着茂密的丛林，不过尼摩船长并不想靠近它。

这些美丽的富有诗意的岛屿渐渐远去了，自 12 月 11 日一个星期驶出了 4000 海里。这期间我与尼摩船长谈话的机会很少。大部分时间是在客厅里读书，或者欣赏窗外的海底世界。隔着客厅墙壁上打开的厚厚玻璃，每天都觉得受益匪浅。

海洋向我呈现出层出不穷的各种神奇景观，有时会搞得人眼花缭乱。

有一天，我正捧着一本书读得津津有味，那是让·马西所著的一本极富情趣的《胃的奴仆》，突然康塞尔的喊声打断了我！

"先生能到这儿来一下吗？"他用一种惊异的声调说。

"是什么，康塞尔？"

"还是请先生自己来看吧。"

在电灯照射下，有一团巨大的、静止不动的黑乎乎的东西悬浮在海水中。我认真地观察着，努力想分辨它是不是某种鲸类，但是，一个念头突然闪过我的脑海，我惊叫道：

"是只船！"

"不错，"尼德·兰答道，"是一只沉船的残骸。"

那的确是一只沉船，船上已经断了的桅绳还系在链上，船体看来还很完整。看来这次事故就在几小时之前，船向左侧斜躺着，可以看到几具尸体拴在绳索上，还可以看到他们临死前的挣扎，保持着生命最后的动作。里面竟有一个妇女和一个小孩，她曾想把孩子举向头顶，那可怜小家伙的手臂还紧紧地搂着妈妈的脖子，妇人绝望的脸上刻画出生之渴望与死之恐惧交织而成的神情。

我的心情一下子沉重起来，没有想到在这大洋底部，有那么旺盛的生命，也有这么悲惨的幽灵，在它广阔的胸怀中，凝聚着那么多的苦痛与欢乐，包容着万物生灵的爱与恨。

在后来，我们又能看到了其他遇难的船只，那一幕幕惨剧，一场场恶梦，在我沉闷的航行中增添了凝重。

我在 12 月 11 日又远远看到了帕摩图群岛，它延伸在西经 125 度 30 分至 151 度 30 分之间，南北纵横于南纬 13 度 30 分到 20 度 50 分之间，自度西岛跨至拉查岛，东南伸向北，起伏绵延在海面上达 5000 海里。把它扯平了，面积是 370 平方里，内含 60 个小群岛，其中有不支属甘比尔群岛，全是法国国旗下的珊瑚岛。地面由于珊瑚的堆积而缓慢但不间断地升高。所以，这些小岛终有一天会被连成一个整体，日久天长，就会有一个新大陆自新西兰到马贵斯群岛，那可能是新人类的第五大洲。

有一天，我把新大陆的构成理论讲给尼摩船长听，他只是冷冷地答道：

"地球上现在并不缺少新大陆，而是缺少新人类！"

我们的航向是克列蒙端尼岛，这个岛在群岛中最特别。我在那儿可以研究这个太平洋中的小岛是如何由石珊瑚建成的，我发现，石珊瑚不能与普通珊瑚相混淆，它由一种裹着一层石灰石的纤维组成，可根据其构造不同将其分为五类。这些组成珊瑚的细小微生物，成百万地生活在石珊瑚的细胞之中。这些石珊瑚堆积起来，形成岩石、礁石和岛屿。有时它们还会形成一个圆环，组成一个环礁湖的洞。其边缘的缺口与大海相通。有时会形成高高的、陡峭的礁石，有时则形成一道礁石屏障，跟一堵高耸的石墙一样。

沿着克列蒙端尼岛航行了几百米，我惊叹不已地打量着这些微型工作者们建成的"大厦"。这些大厦的墙壁主要是干孔珊瑚、滨珊瑚、星状珊瑚等造礁高手的杰作。这些珊瑚虫主要生长在动荡的海水表层，所以它们的工程是从"空中楼阁"开始，向下建起，上层"地基"带着分泌物向下层伸展。

"先生，要用多长时间才能建起这面巨大的墙垣？"康塞尔问。

"科学计算，每个世纪才长出 1/8 寸的厚度，也就是 100 年左右！"

他听了非常吃惊。

"那这墙看来大概有 1000 多英尺，那肯定要花……"

"1920000 年，康塞尔。"这个朴实的康塞尔可真是张大了口许久合不拢了。

世界著名科幻故事精华

第二卷

当诺第留斯号回到海面，我能够辨认出覆着低矮灌木的克列蒙端尼岛的整个发展历程，岛上的珊瑚石明显地被暴风雨侵蚀，成为了肥沃的土壤，接着可能有可可果的种子被海浪冲到这片未来的海滩上，在这里发芽扎根，渐渐成为大树和树林，阻止水的蒸发。于是逐渐形成了溪流，慢慢地，植物有了生长的土地。一些小生物、爬虫、昆虫随着大风从邻近岛屿刮过来，海龟也来这里产卵，鸟儿在树上筑巢，动物于是繁衍起来。最后，这片青翠、肥沃的土地也吸引了人类，来到这个岛上。这就是这些微小动物们建造岛屿的过程。

傍晚，当克列蒙端尼岛融入远方的夜色中时，诺第留斯号的航向改变了。在西经 135 度处跨过南回归线后，船又改向西北偏西、向着回归线区驶去。当它在东加塔布群岛和航海家群岛间穿过时，测程仪上表明已航行了 9720 海里。

我已经有一个星期没见到尼摩船长了。这天早晨他走进客厅，跟往日一样，仿佛刚离开我们只有 5 分钟。

我正忙着在地图上寻找诺第留斯号多变的航向。他修长的手指按在一个点上，说：

"万尼科罗。"

万尼科罗是一个神奇的名字，那是拉·白鲁斯探险沉没的地方。我当即站起身来。

"诺第留斯号将把我们带向万尼科罗去吗？"

"是的，教授。"

"那么，我将可以看到罗盘号和浑天仪号两只船触礁沉没的地方吗？"

"只要你愿意，教授。"

"那我们何时到达？"

"已经到了，教授。"

我爬上平台，急切地扫视着天际。尼摩船长也随后上了平台。

在东北方向有两个高低不一样的火山岛，周围环绕着 40 海里的珊瑚礁，万尼科罗群岛就在眼前了。

这时，尼摩船长问我对拉·白鲁斯的失事知道多少。我说：

"也就是每个人都知道的那些，船长。"

"你能告诉我每个人都知道些什么吗？"他带着一点挖苦的味道问。

我告诉他这事件的大体情况后，他说："那么，这些遇难者建造的第三条船是在哪里失踪的呢？恐怕人们不会知道吧？"

"是的，没有人知道。"

尼摩船长不再说什么，不过他示意我跟他来到客厅，诺第留斯号向海水下潜入几米深，并打开了嵌板。

我冲向玻璃窗，只见菌生植物、管状植物、翡翠莫石竹草下面的珊瑚礁石基上，沉甸着无数可爱的鱼，我可以分辨出一些不能打捞上来的残骸，有铁马蹬、大炮、炮弹绞盘架和船头废料等，都是那些沉船上的东西。

我久久地凝视着这些触目惊心的场面，这时，尼摩船长在我身边严肃地说：

"1785年12月7日，罗盘号和浑天仪号在白鲁船长率领下出发，开始时，它在植物湾靠岸，探查了友爱群岛、新喀里多尼亚，然后驶向圣克鲁斯群岛。至哈巴与群岛时停靠在摩加岛。最后他们驶向从未知晓的万尼科罗群岛。罗盘号率先撞在了南岸的礁石上。浑天仪号慌忙来救，撞上了暗礁，罗盘号当时就沉没了，浑天仪号仍苦苦支撑了几天。幸好他们受到当地土著人的好意收留，遇难者们在岛上居住期间，把两艘船的船骸又加以拼凑，建造了一艘小型的船。当时，有的船员就在岛上定居下来没随船走，另有一些老弱有病者，又在白鲁斯的率领下出发了。他们打算驶向所罗门群岛，但是，当他们行至万尼科罗群岛的主岛与西岸之间时，再次遭到不幸，船上人等无一生还。"

"你怎么会知道这些？"我叫道。

"这是我在他们失事的海底找到的证据。"

他指着一个铁盒子对我说，上面还印着法国的国徽，把盒子打开，里面是一卷已有些发黄的公文。

那是法国海务大臣为白鲁斯船长下达的指令，下方还有路易十六的亲笔批语！

世界著名科幻故事精华

第二卷

“啊！”尼摩船长叹道，“作为一名海员，这样才算风光！多么幽静的珊瑚公墓啊！请上帝保佑，不要让我和我的同伴们葬到与此不同的坟墓中！”

12月的末尾3天，诺第留斯号离开了万尼科罗群岛，向西北方向疾速行驶。自拉·白鲁斯群岛走出750海里到达巴柏亚群岛的东南尖角。

今天是1868年的第一天，一大清早，康塞尔也爬上平台问候我。

“先生，祝你新年快乐，一年幸福。”

“谢谢你，康塞尔，我接受你的祝福，但就我们现在的处境，你所谓的一年幸福，是我们结束囚禁生活后的一年呢？还是说我们要在船上继续一年这种神奇旅行呢？”

“上帝呀，”康塞尔答道，“我该怎样回答先生呢？这两个月以来，我们始终觉得很充实，游历了许多奇异的景观，虽然将来还生死未卜。但我却知道我们再不可能有这种机会了。”

“因此我想说，先生，”他顿了一下说，“我想说的一年幸福，就是可以在一年内看到一切……”

“你想看到一切，康塞尔？那一年时间恐怕不够，而且也不知道尼德·兰是怎么想的。”

“尼德·兰与我想得恰好相反，”康塞尔答道，“他这人很务实，而且胃口特棒，每天只是看鱼和吃鱼并不能令他满足。一个真正的萨克逊人，如果失去了酒、面包和肉，那是很痛苦的。”

自从登上诺第留斯号，我已随船驶出了11340海里，再往前行就是澳大利亚北边的珊瑚海，那可是个危险地带。我们将从暗礁几海里远的地方驶过去。

我却希望能看到这条360里长的礁脉，暗礁上时常巨浪滔天、奔腾鼓荡、震耳欲聋。但诺第留斯号这时却向深海潜下去，我想看这座珊瑚长城的愿望破灭了，看到的只有钻出来的各种鱼类：有嘉蒙鱼、青花鲷鱼，还有被称为海底飞燕的锥角飞鱼，黑夜中磷光闪闪，照耀在空中和水中。我还在鱼网中捡到一些软体类和植虫类动物，有翡翠鱼、海猬、槌鱼、马刺鱼、罗盘鱼和樱子鱼、硝子鱼。

另外网中还有漂亮的海藻，如刀片藻和大囊藻，它的表面上有一层从细孔中分泌出的粘液。并能采出一种美丽的胶质海藻，这在博物馆中一般都要被奉为"天然珍宝"。

离开珊瑚海两天后，巴布亚岛映入了眼帘。这时尼摩船长对我说，他计划穿过托列斯海峡去印度洋。

听到这个计划，我感到高兴而又害怕，高兴的是能游历号称世界最危险的海峡，害怕的是，那里曾令许多航海家都望而却步，我们能否闯得过去？但有一个人却高兴得跳了起来，那就是尼德·兰，因为欧洲海正是他向往的地方。

三十四里宽的托列斯海峡来到了，小岛、岛屿、暗礁和岩石星罗棋布，不时拦住去路。所以，为了安全起见，尼摩船长亲自驾驶诺第留斯号，他使船浮上水面行驶，鲸鱼尾巴似的推进器，在后面慢慢揉搓着海浪。但海水被激怒了，张牙舞爪地翻腾起来。海浪气冲冲地从东南跑到西北，见到那些露出头来的珊瑚礁，就拳打脚踢，发泄一通。

"大海真是太可怕了！"康塞尔富有诗意地说。

"这古怪的船长，"尼德·兰却说，"对这条航道一定非常熟悉，因为在这礁石密布的地方，稍不注意，船身就会被撕碎……"

的确，我们正身处险境，但船长也真是神通广大，竟能神奇地穿过一个个险关。它并没有沿着浑天仪号和热心女号原来的航路，而是稍微向北沿着莫利岛，又转向西南方，驶向甘伯兰海道，忽而它又转向西北，从很多不知名的小岛间穿过，驶向通提岛及一些凶险的航路。它又一次改变方向直往西方的格波罗尔岛。

下午3点时，大海更加怒不可遏，到了涨潮期，诺第留斯号靠近岛屿并绕着它走了大约两海里，我一个没留神被突然震倒了。原来船碰到一座暗礁，它不再前行，而是在这里搁浅了。

"发生了什么事？"我问船长。

"没什么，只是一次偶然。"他答道。

"是一次偶然，"我说，"但它却可能会造成使你成为陆地居民的必然！"

尼摩船长怪异地打量了我一下，用一个否定的手势来回答我。

"教授先生，诺第留斯号完好无损，它仍将带你去游览海洋的奥秘，真正的海底旅行才刚刚开始，既然很荣幸能请到你，那就肯定不会让你扫兴。"

"尼摩船长，"我丝毫不在意他的嘲讽，"但诺第留斯号搁浅时正值涨潮，太平洋的潮水一般不会上涨太高，假如这时你都不能将船浮起来，请问你还有什么机会使它离开暗礁，重返大海。"

"你说得对，教授，"尼摩船长答道，"太平洋的潮水的确不会涨得太高，但这是托列斯海斯，潮峰谷底仍会有 1.5 米的差距。5 天之后的月圆之夜，我们会有好运气的。"

"教授，有什么结果？"尼德·兰在船长走开后凑近我。

"哦，是这样，尼德·兰，等到 9 号再次涨潮时，船长说圆圆的月亮会好心地把我们送回大海。"

"有这种事？"尼德·兰像个行家似地耸耸肩，"教授，你该听我的话，听着，这个铁筒永远不会再回到海上或海底了，现在，趁着没生锈还能卖个好价钱，其他的用途没有了，现在，我们只好跟船长说告辞了。"

"好朋友，"我答道，"我对神奇的诺第留斯号很有信心，在这四天中，说不定真会有涨潮到来。另外，等我们到了英国或法国的海岸，可以随时实施逃走计划，但现在是在巴布亚海域，那则另当别论，而且，等诺第留斯号真无力脱身时，我们再离开它也为时不晚。"

"难道就这么干耗着？"尼德·兰的火又上来了，"哪怕到岸上走一走，看一看，重要的是换换口味！"

"我也这么想，"康塞尔赞同道，"难道先生不能向你的朋友尼摩船长请求一下，我们哪怕只是到陆地上踩踩脚，可别到时回到地面上连路都不会走了。"

"我试试看，"我犹豫着说，"不过他可能不会答应。"

令我惊奇的是，尼摩船长竟爽快地应允了，并出奇地友好和关怀，嘱咐我们可以不回到船上来了，岛上的土著人可能会对我们有特殊对待。

第二天早晨 8 点，我们驾驶着诺第留斯号的小艇穿过格波罗尔岛周围的珊瑚石区，停在了沙滩上。

水下葬礼

重新踏上陆地竟会让人如此激动，尼德·兰拿脚亲热地踢着土地，好像已经占有了它。实际上我们不过才与土地分开仅两个月嘛！

走出几分钟后，离岛岸只有枪的一个射程远了。构成土地的几乎都是珊瑚石。偶尔还可以看到一些枯竭的河道，里面有花岗石的残渣，可见岛是在原始的太古时期形成的，漫山遍野都是茂密的森林。

尼德·兰不愧是个务实家，他无心看风景，只捡对身体有实际意义的东西，很快我们饱食了一顿他献上的椰子，真是赛过天堂的仙果。这也表明，其实我们还是不满足于诺第留斯号单一的海味菜肴。

"真好吃！"尼德·兰回味无穷的说。

"好美的味道！"康塞尔咂着嘴说。

"尼德·兰，"我见他又打椰子，"椰子虽然好吃，但可别把小艇全装上椰子，我们先看看岛上是否还有别的，比方新鲜蔬菜、水果，可以拿回去放在厨房里。"

"先生言之有理，"康塞尔答道，"我习惯性地将小艇分为三部分，水果部、蔬菜部和野味部，但至今还没看到野味影子，那如何是好！"

"接着找呗，"我说，"但千万要注意，岛上可有著土人呐！别我们只顾打野味，自己却让他们猎去了！"

一边说笑着，我们走进了森林幕帘之下，两小时后，我们就轻快地踏遍了整个小岛。

意外的收获令我们很开心，我们找到了许多食用植物。值得一提的是，在热带地区最有用的一种，相信会受到船上所有人的欢迎，这种宝贵食物叫面包果。我特意挑选了没有核仁的一种，被马来西亚称作"利马"的。这是上天对不产麦地区的恩赐，使人们不用耕种，这种面包果就够采摘八个月时间。

面包果又勾起了尼德·兰的食欲，这个美食家用火镜把干树枝

世界著名科幻故事精华

第二卷

引着了。火猛烈地烧起来，康塞尔递给他十二三个无核面包果，他都切成厚片放在火上烧着，嘴里还念念有词，却并非祈祷：

"等着吧，教授，美味的面包快好了！"

"而且我们好久都没有吃面包了！"康塞尔补充道。

"这不是普通的面包，简直是美味糕点，啧啧……，教授，你恐怕没有吃过吧？"

"没有。"

"那你可防备着，吃它时别把舌头也咽下去了，如果你吃了第一块不想吃第二块的话，我就不是鱼叉王了。"

几分钟后，面包片向火的一面已变得外焦里嫩了。里面的粉条像松软的面包屑，略带几丝百叶菜的味道，果然很好吃。

"遗憾的是这种好面包不能保存长久，"我说，"否则我们可以带回船去储存起来。"

"这好办，教授！"尼德·兰叫道，"康塞尔，再去摘些来，我们回去的时候带上它们。"

见我一脸迷惘，他补充说："取出淀粉制成发酵粉，那就能长久保鲜了。"

"可是，教授，"尼德·兰又道，"到哪儿去寻找水果和蔬菜呢？"

功夫不负有心人，中午时分，我们又找到了很多香蕉、芒果和大个的菠萝。

"尼德·兰，"康塞尔问，"看看还缺什么吧？"

"好朋友，"尼德·兰反驳道，"还差汤和肉呢！"

"是啊，"我说，"尼德·兰曾答应做排骨给我吃，看来我可吃不上了。"

"教授，"尼德·兰喊道，"还没开始打猎呢，你千万别灰心！"

"但我们天黑前一定要赶回诺第留斯号。"我说。

"在陆地上才能感到时光飞逝！"尼德·兰师傅差点儿吟诵起来。

直到下午五点钟我们才离开小岛，收获颇丰，当然除了排骨。

第二天，船还是不能出发，小艇仍放在旁边没收起来，我们决定再到格波罗尔岛游一番，尼德·兰则希望今天能兑现对我的许诺。

我们在太阳升起时出发，船儿在海浪中悠悠前行，很快就到了岛上。

这次，尼德·兰提议沿海岸向西走，然后我们横渡几条溪流，来到高地平原上，边上树木苍翠，翠鸟喧闹，闹而怕人，人来便飞，飞到远方……看来岛上常有人出没。

又穿过一片广阔的草原，走到一座小树林前，林中鸟语花香，歌舞升平，但却没有务实家的排骨。

从林间小径走过去，眼前又是一片长有灌木的平原。能看到空中有一些打扮花哨的鸟儿。

它们艳丽的羽绒服迎风展开，而且飞行时画出某种类似函数图像的优美曲线，长长的鲜艳羽毛能使人很容易认出它们。

"天堂鸟！天堂鸟！"我高唱道。

"燕雀目，直肠亚目。"康塞尔应和着。

"现在该你了，尼德·兰，是不是想弄回一只这么望而脱俗的东西？"

尼德·兰虽作了一番努力，但一直徒劳到中午。大家的肚子都饿得直响。充满自信的猎人们，却连根猎物的毛也没得到一根。康塞尔虔诚地闭上眼睛放了两枪，一只白鸽和一只山鸠应声砸在他头上。这意外的午餐驱使他们俩拔毛去肠，点火燃烤，佐以面包果，很快，白鸽和山鸠连骨头也塞进了我们肚中。

"吃着有点像刚长大的母鸡味道。"康塞尔余味未绝。

"尼德·兰，我们还需要——吃——什么？"我提醒他道。

"一头四足动物，教授先生，"尼德·兰略带尴尬，"我知道这些鸽子、山鸠只是零食和小吃，我会让你吃到最美味的——排——骨。"

"但尼德·兰，如果不带同一只天堂鸟，我照样很遗憾。"

随后康塞尔提议，向海边的森林走，我三人都一致同意。走进森林时，天堂鸟远远地飞走了。

我正望鸟兴叹时，被前面康塞尔的欢呼声打断了。而且我也随着他一起欢呼。

"真了不起，小伙子！"原来他得到了一只美丽无比的天堂鸟。

世界著名科幻故事精华

第二卷

"不过，先生，这也并非全是我的功劳，"他谦虚地说，"它自己多吃了豆蔻汁，正醉卧树下。"

"把它带回巴黎，"我忘了自己是尼摩船长的"客人"，"动物园里还没有一只活的天堂鸟呢。"

接下来的运气更好了，尼德·兰一枪击毙了一头肥大的野猪，他利索地割下几块腰窝肉，又拔毛、开膛、清除内脏，然后他又打到几只袋鼠。

"好了！教授，"尼德·兰的沮丧情绪一扫而光，"多美味的猎物，尤其是焖煮着吃！我敢打赌，诺第留斯号上的人肯定没吃到这么好吃的东西！"

这次打猎让我们心满意足。兴奋的尼德·兰做好了明天打猎的计划。他要打尽岛上所有能吃的四足动物。

我们下午六点回到海滩。尼德·兰更不敢怠慢，立即点火挂肉，烤野猪腰窝肉的香气很快弥漫在空中……

丰盛的晚餐，吃得我们个个都笑容满面。

"我们要不今晚就不回诺第留斯号了吧！"康塞尔说。

"一辈子都不用回去才好呢。"尼德·兰也说。

一块石头突然从天而降，把他们的提议打断了。

我们逆着石头落下来的方向看去，又一块石头正从那里飞过来，准确地打落了康塞尔手中的山鸠腿。

我们举枪在手，作好了还击准备。

"肯定是土著人。"康塞尔说道。

"快回小艇！"我边喊便率先撒开两腿。

从林中追出二十来个土著人，手拿弓箭和石器，离我们只有100步之遥。

小艇在20米外的海边。

土著人们越追越近，尼德·兰不甘心放弃这些美味，冒着石林箭雨，敏捷地把食物一古脑抱在怀里狂奔。

很快，我们跑到海上，将食物和武器放下，把小艇推下水，安上双桨，说时迟，那时快，我们刚划出200米，就有100来个土著人口中乱叫着，手舞足蹈地冲进齐腰深的海水中。诺第留斯号还在那儿呆呆地躺着，平台上一个人影也看不到。

我们上了船，把小艇藏进暗舱，迅速钻进诺第留斯号肚中。

"船长！"

我叫喊着跑进客厅，尼摩船长正弹着大钢琴，陶醉在音乐之中。他似乎没听到我的男高音加入。

"船长！"

我又叫了一声，同时拿手碰了碰他。

他好像吃了一惊，回头一看是我：

"啊！教授，是你。你们玩得开心吗？肯定带回不少猎物吧？"

"是很开心，船长。"我答道，"也带回不少猎物，但带回更多的两足动物，估计他们已到达我们周围了！"

"两足动物！"

"就是那些野蛮人！"

"哦？野蛮人？"尼摩船长挖苦道，"教授，你刚一踏上陆地就碰到野蛮人了，这有什么大惊小怪的？陆地上到处都是野蛮人。"

"那好，船长，"我说，"如果你不想增加诺第留斯号上乘客的话，我劝你还是想个办法吧，因为他们有100多人。"

"教授，"船长的手指正放回琴键上，"就是召集巴布亚所有的土著人，也不能把诺第留斯号怎么样！"

随即他的手指又在琴键上跳动了，很快地脑中就没有我了，只有他那如诗如幻的音乐。

在这低纬度的地方，太阳很快下落了，黑夜挤走黄昏而直接降临。格波罗尔岛融入了夜色之中，但海滩上火光闪耀，说明了那些土人的存在。

船长的镇定给了我信心，我也很快像船长一样，忘了那些土人，而沉浸在热带夜景之中。

澄净的天空中月朗星稀，当后来这个地球的忠诚卫士再露面时，会带动潮汐把诺第留斯号推离珊瑚石床。午夜时候，海浪在黑夜的轻抚之下入眠，岸上树下也寂静无声，我返回舱内，安然入梦。

第二天清晨，我又早早走上平台，黑夜在黎明中隐退，格波罗尔岛慢慢变得清晰了。

岸上聚集了更多的土著人，至少有五六百人。这时正值低潮，他们走到离诺第留斯号 400 米远的礁石上，使我能更清楚地打量他们。

那是正宗的巴布亚人，高大魁梧，凸出而宽大的前额，鼻孔张开，牙齿雪白，浓密的羊毛似的红发，更与他们漆黑发亮的身躯形成了鲜明对比。

他们——更清楚，哦！不，更近了，石块和箭已经射过来了。

我飞快地向尼摩船长报告。

"是吗，教授？那很简单，把舱口关上就行了。"他淡淡地回答。

他一按电钮，传达了一个命令。

"没事了，教授。"他对我说，"舱口关上了。据我看，连你们'林肯号'都不能损伤这些钢铁外壳，好像也不必害怕这些土人们的石块吧。"

随后，他与我谈起了杜蒙·居维尔，那是法国最杰出的航海家之一。

他手拿着居维尔地图，与我一起回顾这位航海家的事迹，他怎样环球航行，他怎样两次南极探险，结果发现了阿米利岛和路易·非动岛，并且最终制作了大洋洲主要岛屿的船海图。

"你们居维尔在海面上做的事，"船长说，"我已在海下做过了，而且更容易、更安全，当浑天仪号和热心女号遭受风暴时，诺第留斯号就像是一个安静的海下工作室一样！"

"是的，船长，"我说，"但是，有一点，诺第留斯号很像杜蒙·居维尔的旧式海船。"

"哪一点，先生？"

"那就是诺第留斯号也像它们一样搁浅了！"

"诺第留斯号并不是搁浅，教授，"他冷静地回答，"诺第留斯号经常在海底停靠，而居维尔则必须使他的船漂浮起来，到海面上去做那些困难、危险的工作，我可不需要。浑天仪号和热心女号消失了，但诺第留斯号却一点危险也没有。明天，我指给你确切时间，海潮会平静地托起它，再次穿洋过海，航行在水中。"

"船长，"我说，"我从未怀疑……"

"明天下午 2 点 40 分，"船长站起来补充说，"诺第留斯号将漂浮起来，安然无恙地离开托列斯海峡。"

他说这几句话时口气生硬，然后他轻轻地点了点头，要求我离开。我回到自己的房间。

康塞尔在我房中，急切地想知道我与船长见面的结果。

"当我提出诺第留斯号处于巴布亚土著人的威胁之中时，回答我的是他的嘲讽。因此，我能告诉你的就是：充分相信他，放心地去睡觉！"

"依照先生的愿望，"康塞尔又说，"尼德·兰正在做袋鼠肉饼，那将是最棒的美味！"

康塞尔走后，我独自睡下，但睡得并不好，我听到野蛮人在平台上走来走去，不时发出令人毛骨悚然的嚎叫声。不过，这个晚上就这样过去了，船上的人没有任何举动。他们好像根本没有因这些吃人的家伙出现而受惊，如同在城堡里的士兵不为爬上城墙的蚂蚁担心一样。

第二天下午，尼摩船长站在客厅里宣布：

"我们将要离开。"

"那些巴布亚人怎么办？"

"跟他们有什么关系？"船长耸了耸肩反问道。

我看着船长。

"你没有明白？"他问。

"是的，一点也没有明白。"

"那好，您过来看一下。"

我们走向升降梯口，尼德·兰和康塞尔也惊奇地站在那里。船上的人把舱口打开，这时 20 颗吓人的头颅排满了舱口，当先一个土著人，勇敢地挥身抓住铁梯扶手，但他立刻被某种看不见的力量扔了出去，他疯狂地嚎叫着边跑边逃。另十来个同伴依次学了一番，都得到同样的下场。

康塞尔乐得捂着肚子，尼德·兰则好奇地冲上楼梯。但是，当他一伸手抓住扶手时，也同样被扔了下来。

"真邪门！"他喊道，"好像遭雷击了！"

一切都很清楚了，那不仅是扶手，而且是连着平台的电线，任何摸它的人都会被它狠狠地反咬一口。

巴布亚人已经被吓退了，而我们则笑着安慰尼德·兰，给他按摩，而他自己则像妖魔附体般咒骂不止。

而这时，正好是船长指定的时间，诺第留斯号被海水抬了起来，离开了珊瑚石床。螺旋桨片高傲而庄严地拍打着海水，速度一点一点在加快，在海面行进，游刃有余地在托列斯海峡那条险道内穿行。然后它不停地变化着方向，向印度洋驶去。船要驶向何方？哪里才是尼摩船长的最终目的呢？

在这段时间的航行中，尼摩船长做着有趣的实验，测量不同深度的海水温度。这些实验的结果是：在 1000 米深度时，在任何一个纬度，海水的温度都是 4.5 度。

我怀着极大的兴趣看他做实验。尼摩船长似乎全身心投入进去了。我常常问自己他做这些观察的目的是什么？是为了人类？我不相信，除非他有一天把这些实验结果交给我。这一天会来到吗？

有时，尼摩船长也会告诉我他获得的一些数据，这些数据显示了世界上主要大洋的海水密度的关系。

这天早晨，船长与我正在平台上溜达，他问我是否知道海水密度的差异，我说不知道，并告诉他，科学上缺乏这方面的精确测量。

"但我做过了，"他对我说，"并且我能保证其准确性。"

"好的，"我说，"但是，这是在诺第留斯的世界上，而这个世界的科学'理论'不会在全世界留传。"

"你说对了，教授，"他沉思了一会儿，"这是和陆地没有关系的世界。不过，既然命运让我们见面了，我会告诉你我所观察到的结果。"

"愿闻你的高见，船长。"

"海水的密度比淡水的大，这已经知道了，教授，但这也并不是说各处的海水密度都一样。"

他随即列举出一系列精确的数据。由此表明，它在各个大洋中可能已游历多次了。

在以后的几天时间内，我和他兴致勃勃地做着各种类型的实验，计算各种深度的海水盐的含量、导电性、染色功能以及其透明和传光性。从这些实验中，能看出尼摩船长是一个多方面的奇才，也慢慢对我友好起来。不过，他不久又离我而去，使我独守客厅。

这天，诺第留斯号在水下几米深处仿佛睡着了。船上的电机、螺旋桨都停止了工作，任船随波摇晃。客厅窗外的嵌板打开了，船的探照灯关闭着，外面水中阴森晦暗，但我却看到一种新奇的景象。

外面忽然一片光明，但并不是探照灯亮了。

那是一片磷片，在阴暗的海底尤其显得绚烂辉煌。这显然是一些发光的微生物，因为可以看到它们提着灯笼在船身上溜过。

借着这些不发热的光，我能看到漂亮的海猪急着去赶集，永不知疲倦的海中丑角，长达 3 米的剑鱼，预示着风暴将至。接着又是一群小型鱼类，奇形怪状的箭鱼，会跳的鳍鱼，长着一副人脸的狼鱼等等。在这海下夜市熙来攘去，一幅繁荣昌盛的景象。

我们就这样走着，不时陶醉在窗外的美景中。但接下来的一件事，使我顿时又对航行兴致大减。

1 月 18 日，诺第留斯号正处在东经 105 度和南纬 15 度。天色陡变，顿时让人体会到"江湖险恶"的含义，风从东方猛烈地横扫过来，船上的仪器也显示出与四大高手——暴风、雨、海水、空气之间的一场决斗。

在平台上，大副看完后叫出船长，他眼睛对准望远镜，望远镜则对准天边。看了一会儿，两人之间交谈了几句。大副似乎很不安的样子，有点按捺不住。

船长则胸有成竹，神态镇定。他似乎在不停地以反面作论证，而大副则语气坚定，固执己见。

我努力地向他们指的方向望了望，不得要领。天水之间地平线依然清晰。

尼摩船长在平台上来回踱步，似乎当我是假人。他步伐沉稳，但有失往日的节奏感。他临风而立，但安祥略显不足。他到底要寻找宇宙的什么真谛？在距海岸几百海里的诺第留斯号上会有什么担心呢？大副又取过望远镜，依然向天边瞭望，并不时望洋兴叹，这两人一静一动搞什么把戏呢？

尼摩船长下达命令，机器推动力增强，转动加快。

我好奇地跑下客厅，拿出我用的大功率望远镜，返回平台。

我的眼睛与望远镜似触非触之际，突然有人一把夺走了望远镜。

我回头一看，原来是尼摩船长，他目光中闪着阴森可怖的光芒，简直换了个人似的。他身体直挺，双拳紧握，要把望远镜抢在手中，但望远镜却掉在了他的脚下，看得出，他在极力控制着愤怒。

是我什么地方无意中得罪了他吗？还是这个常有怪异之举的人认为我作为一个"乘客"看到了不该看到的秘密？

但他很快又换上了那副镇定的面具，变得又像个镇定的船长了。他回头向大副交待了几句，然后又扭回身面对着我。

"阿龙纳斯先生，"还是无法掩饰他的激动，"希望你能遵守原来我们约定的条件，现在，需要把你和你的同伴都关起来，直到我认为能让你们恢复自由。"

"客随主便，"我不回避他的目光，"但能否向你提一个问题？"

"不能，教授。"

话说到这份上，只有照办了，因为再多说也没什么用了。

我们三个人又被关进最先关我们的船舱里了。尼德·兰在怒骂，但回答他的只有门"咣当"一声关上了。原来，船长交待大副的是为我们准备午餐。吃过午餐后尼德·兰很实际地睡去了，不过忠诚的康塞尔竟不服侍我也自己睡着了。我正埋怨他入睡的迫切性时，令我惊异的是，我自己的头脑也昏沉沉的，我趁大脑没完全麻痹时一想，我们的午餐中也许被放了安眠药。

我能听到舱口关上了，原来一直动荡着的大海也平息了，难道诺第留斯号潜入了宁静的水底了？

我努力瞪大眼睛与昏睡抵抗，但我的呼吸变得细微了。我渐渐向睡神屈服，不久，眼前什么也没有了，我想我可能是睡着了，不！我没来得及想。

第二天，我早早就醒了，不知是不是第一个醒的，因为让我惊讶的是房内只有我一个人——原来已回到了我的房间。

我的同伴们也和我一样，现在一切都恢复了正常，当然包括自由。

下午，我正在客厅做笔记，门一开，尼摩船长走了进来，他沉默不语，眼里布满血丝，好像一夜没睡那样疲乏。他表情忧郁，来回走动着，有点坐卧不安，随手抓起一本书，没看一眼就放下了。他依次看了各种仪器，但却不像往日那样记录下来，难道嫉妒我比他睡得好？但他最后走到我面前：

"教授先生，你也是医生吗？"

"是的，"我答道，"我学过临床，在我去博物馆作教授前，曾在医院干过几年。"

"那么，教授，"他说，"你是否乐意来为我的一个船员做一次治疗？"

"现在就去。"

现在，我紧张得心直跳，我意识到，这个船员的病可能和昨晚的事件有关，这秘密如同那个病人，萦绕在我心头。

我跟着尼摩船长，走进一间挨着水手住房的舱内。

床上躺着一个人，大约40岁左右，但不是有病，而是受了伤，他头上的绷带都被血浸透了。我慢慢解开绷带，那人呆呆地望着我，连呻吟也没有一声。

看来伤势很严重，那人的头盖骨被钝器击碎，脑浆外露，而且受到了震动。在外露的脑浆上布满了一块块血痂，颜色好像酒糟一般。大脑在被打伤的同时又受到了震动。他呼吸迟缓，肌肉抽搐，整脸都扭曲了。大脑已受到了感染，所以思想和行动都变得麻痹。

我给他拿脉，已经断断续续的了。肢体已开始发冷，死神也在接近他，我也无回天之术了。我又包上他的伤口，转过身来对着船长：

"他是怎么受的伤？"

"原因并不重要！"船长闪烁其词，"发生了一次撞击，机器上一根杠杆折断之后击中了他。他还有救吗？"

"没救了。"

尼摩船长浑身发抖，两行热泪流上了脸颊。

"你可以回去了，教授先生。"他强忍着说出这句话。

我把他一个人留在那里，转身回到自己房间，心里沉甸甸的，略感一丝不祥。这一夜没睡安稳，时常被一种类似遥远地方传来的哀歌惊醒。第二天，我早早地赶到平台上，船长早就在那里了，他一见我就走了过来。

"教授，"他说，"你乐意今天再和我去做一次海底散步吗？"

"我的同伴能一块去吗？"我问。

"只要他们乐意，我不制止，你们去穿上潜水衣吧。"船长说。

他却没跟我说起那个病人的任何情况。

八点半左右，我们都准备好了。门一开，尼摩船长以及我们，还有十来个船员一齐下到了 10 米深的海底。

尼摩船长带领我们穿行在一条珊瑚王国的黑暗通道中，一路倾斜向下，来到 100 米深的地方，在探照灯的照耀下，这些天然的错落有致的拱形建筑以及水晶烛台和下重吊篮，如同一座魔宫般变幻万千。

又走了两个小时，下到 300 米的深度了，已到达珊瑚岛的山脚。尼摩船长停住脚步。我们也都站住了。只见船员们围拢在船长的身后两侧，还有一个长方形的物体被四个人抬着。

这时，我的眼前有一片空地，是海底高大森林的林间空地，数盏探照灯的光交错辉映，使地上人影绰绰，而空地的末端是漆黑一片，只偶尔能看到几枝珊瑚的尖刺。

空地中央，石头的地基上，矗立着一副大型的珊瑚十字架，它的两条横支架，如同是被石质鲜血凝固而成。

船长打了一个手势，其中一个船员走出去，走到距十字架几英尺的远处，他从身后取出铁锹，向下挖起来。

原来他是在挖坑，哦，挖坟！这空地原来是墓地，那个长方形物体肯定是昨天晚上那人的尸体！现在船长和他的船员来到这海底秘密公墓，来安葬他们的同伴！

慢慢地，一个深坑挖成了，尸体裹在白色的麻布中，庄重地安放进去。尼摩船长双手交叉胸前，跪下来为朋友祈祷，所有的人也都这么做了，他们都在哀悼着亲爱的同伴。

这奇异的葬礼把我深深打动了。好安静的公墓，在这里，死者将得到真正意义的安息，永远不会受到鲨鱼和人类的侵扰。

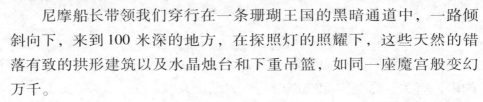

采珠人

海底墓葬那感人的一幕，牢牢地印在我的脑海里，更激发了我对尼摩船长的兴趣，他到底是什么人？我不敢再苟同老实人康塞尔的说法，他把船长分在被埋没的学者那一类，认为他是个傲视世人的科学家，后来他又将其归入不为人所知的天才那一类，因为厌倦人类的欺诈和世态的炎凉才躲到这个只有他能自由行动而别人却无法到达的海底世界来。但在我看来，尼摩船长却绝非为了逃避人类。制造如此强大的机械设备不仅是为了提供行动自由所需，恐怕后面还有大的行动。

表面看来，尼摩船长并没太多干涉我们的自由。这是因为他对我们的逃跑很有把握。所以，实际上我们还是俘虏、囚犯。所以，可以理解尼德·兰持久的逃跑念头。但船长慷慨地让我分享了诺第留斯号的秘密，我如果一走了之，而又带走了这些秘密，会问心无愧吗？另外，说实话，我想把这次奇妙的海底世界游历进行到底，我想看看地球上的海洋所包含的所有新奇东西，我想看看其他人没有看过的东西。虽然我有可能要以生命为代价来满足这种好奇心！

我们正驰骋在印度洋中，这个广阔的海洋面积达到 1 亿 5000 万公亩，海水清澈见底。诺第留斯号一般在 100 至 200 米的深度航行，就这样行驶了好几天。每个人都觉得这样的时间太长，太单调无聊。但除了我以外，因为我爱大海。每天，我在平台上散步，呼吸海上清爽的空气，舒展筋骨，有时透过客厅的玻璃板观察海里的无限风光，在图书室里看书，写笔记。这些占据了我很多时间，使我没有一刻感到无聊和厌倦。

一天，当诺第留斯号在北纬 9 度 4 分露出水面时，我看到西边海里有一块陆地，峰峦高耸，连绵起伏——那是锡兰岛。（即当今的斯里兰卡）

美丽、富饶的锡兰半岛以盛产珍珠而著称于世。我返回客厅，打开地图，仔细研究岛的位置和面积。

尼摩船长这时开门走了进来。

"教授先生，你有兴趣去参观一下采珠场吗？"他问。

"那当然好，船长。"但现在还没到采珠的季节，可能看不到采珠人，不过去采珠场看看肯定也很过瘾。

"教授，"船长又说，"在雷加拉湾，在印度洋，在中国海和日本海，在美洲南部的巴拿马湾和加利福尼亚湾都有采珠的，但采珠最棒的地方却是锡兰岛。渔民每年只是在三月才来到观纳尔湾，一连干三十天。采珠人一般分为两组，两组轮流下水，他们身系一条系在船上的长绳，双脚夹着一块大石头，潜入十二米深的水下采珠。"

"啊！"我叫道，"他们还在用这种最原始的方法？但你的潜水衣肯定会对他们大有好处。"

"那当然，因为这些人不能长久地呆在水底。据我看来，采珠人在水下最多只能停留 30 秒，他们需要在 20 秒内把采得的珍珠贝塞进一个网兜。他们的寿命一般都很短，视力会过早衰退，眼睛会溃烂，他们全身都会发炎，有时还会在水下中风而死。"

"不错，"我说，"这是一种悲惨的谋生方式，因为它只是为了满足少数人的兴趣。但你可不可以告诉我，一条船一天能采到多少珍珠贝？"

"好的话可达到四五万左右。"

"那么，"我说，"这采珠能保证他们有不低的收入吧？"

"不，他们的雇主却发财。教授，他们通常卖一个珍珠贝才得一分钱，还有好多没有珍珠的贝，那么一周只能挣得 1 美元。"

"好了，教授，"船长说，"明天邀上你的同伴们，我们去马纳尔湾参观采珠场，如果有幸遇到早来的采珠人，我们就能看到他们采珠了。"

"那好，就这么定了，船长。"

"顺便问一下，教授，你怕鲛鱼吗？"

"鲛鱼！"我惊叫道，"老实说，船长，像这种鱼我从未见过面！"

"别害怕，我们有枪。"

他说完后，从容镇静地溜达了。

第二天一大早，我四点钟就被尼摩船长安排的管事叫醒了，我穿衣起床，直奔客厅。

尼摩船长已恭候多时了。

"教授，"他问，"做好准备了吗？"

"做好了。"

"那来吧。"

我随着他走向楼梯，爬上平台，尼德·兰和康塞尔已经等得不耐烦了，他们很高兴去"海底散步"。放在诺第留斯号旁边的小艇中，五个水手持桨等候在上面。

夜色还没褪尽，空中有朵朵白云，星光闪烁其中，但已不很明亮了。我望着陆地，但只能看到一条模糊不定的地平线。在夜间，诺第留斯号沿锡兰岛西海岸直接上溯到马纳尔岛的海湾两侧。

我们登上小艇。

小艇向南驶去，水手们用力划着桨，珍珠真如"大珠小珠落玉盘"似地噼啪落在幽黑的海面上。

晨曦微现，但五英里外的岸边仍然被雾气笼罩着，看不见一只小船，到处一片沉寂。

六点时，阳光猛地照在我们身上。赤道地区没有真正的黎明或黄昏，日夜的交替是很快的，阳光穿透地平线上厚厚的云彩，霞光万道。

"我们到了，教授，"尼摩船长说，"现在我们穿上潜水衣，开始水下旅行。"

我们穿好潜水衣，被几个水手一个个送下水。他们则留在艇上，落下1.5米，双脚踏上了平坦的沙滩。船长打了个手势，领我们顺着斜坡向水底走去。

来到安静的水底，我一直被鲛鱼侵占的脑际也变得平和多了，动作的灵便更使我信心大增，随后就被美丽的海底世界吸引了。

到七点时，我们终于到达了生长着上百万只珍珠贝的水域。这些珍贵的软体动物贴在岩石上，被自己棕色的丝足缠在石上，不能移动。有着人类破坏天性的尼德·兰很快就往他的怀中塞最好的珍珠贝。

船长打手势要我们跟他走，只有听他的，因为只有他认识路。

这时，一个巨大的石洞出现在我们面前，洞口的岩石上长满了各种各样的海底动物。起先洞里很黑，但我的眼睛很快就适应了，我能分辨出几个天然石柱，立在花岗石基上，支撑着一个形状古怪的拱顶。

为什么奇怪的向导将我们引到这么深的地窖里来呢？

下了一段陡坡之后，我们站在一个圆坑的底部。尼摩船长站住了，指着一个我从未见过的东西。

那是一个体积大得惊人的珍珠贝，巨大得简直就是一个大圣水盘，一个两米多宽的大钵。

很显然，尼摩船长早知道这家伙在这儿。他不只是为了向我们展示奇观，而是自己来看看这儿现在的情况。

这个大贝壳半开着，尼摩船长将匕首伸在两壳间不让它们合拢，然后用手掀起贝壳上的膜边。

在两扇树叶状的膜皮里，看见一颗椰子那么大的能自由转动的珍珠，圆圆的、清澈透明、光泽完美，这是一颗价值连城的稀世珍宝。船长想让这颗珍珠在那只贝壳里任其生长，这珠子就会一点点长大。每年，这动物的分泌都会让珍珠长厚一层。只有尼摩船长才知道这个美妙的大自然果实什么时候"成熟"，也只有他认得这个地方。

走出石洞，我们像逛花园似地随意漫步，停停走走，自己想自己的事。过了十分钟，尼摩船长又站住了，但显然我们躲在大岩石后面，然后他指着水中一点，我仔细看着。

5米远的地方，有一黑影缓缓沉到水底。立刻我想起了船长告诉我的——鲛鱼！

但不是，那只是一个印度人，一个采珠人，他早早就赶来采珠了。他的小船就在他头顶几英尺的水面上。他潜到水中，然后再往上游，一颗圆圆的石头吊在他的脚上，石头由一根绳子系着绑在小船上，这样有助于他很快下沉到海底，到水下约5米处，他曲膝跪下，将手边的珍珠贝顺手塞入袋中，然后他又游上去，倒空袋子，将石头提上去，又这样下来一次，大约30秒钟打一个来回。

突然，当这个印度人再次落下时，我发现他做出一个惊恐的姿式，并快速站起来，奋力向上游。一个巨大的阴影出现在他上方，我明白了他的惊恐，那是一只眼睛放着光，嘴巴张得大大的鲨鱼！正向他猛扑过来！

这个贪婪的家伙，把鳍用力一拨，扑向印度人，他向旁边一躲，把鲨鱼的嘴躲开了，但鲨鱼的尾巴击中了他的胸部，将他打昏了。

然而，没过几秒钟，鲨鱼又卷土重来，想要拿这个印度人开荤。这时，船长突然从我身边跳将出去，手中握着匕首，冲向鲨鱼。

鲨鱼正要去咬采珠人，突然发现了新的敌人，立刻转过头来，向船长凶猛地冲过来。

尼摩船长曲膝蹲身，蓄势待发，当鲨鱼冲过来时，他机敏地向旁边躲了过去，同时用匕首一下刺入鲨鱼身上。

鲨鱼更加狂怒，伤口上血流如注，染红了海水，水中一片浑浊，我什么也看不清了。

等海水略显清晰时，我发现船长正伏在鲨鱼身上，一只手抓住它的鳍，另一只手在鲨鱼身上乱刺，但由于每次都没能致命，鲨鱼仍在疯狂地挣扎。

我看得目瞪口呆。船长被猛地甩出，落在水下，鲨鱼很快向他扑去，张开血盆大口，露出锋利的牙齿。情势万分危急，突然我身旁又冲出一人，那是尼德·兰，他手握鱼叉一下击中了鲨鱼，海水更红了，并在鲨鱼的猛烈挣扎下激荡澎湃起来。尼德·兰不愧是鱼叉王，一叉刺中了鲨鱼的心脏，鲨鱼在做最后的挣扎时，又带翻了康塞尔。

尼德·兰扶起尼摩船长，幸好他没受伤，船长走到采珠人身旁，急忙一刀割断他身上的绳索，然后抱起他双腿一蹬，向海面浮去。

我们三个人也紧随其后，劫后余生的人们聚集在采珠人的船上。

尼摩船长首先要把这个可怜的采珠人救活。他在水中呆的时间并不太长，但鲨鱼尾巴的这一击可能对他是一个严重伤害。

康塞尔与船长给采珠人按摩，终于使他慢慢苏醒了过来。他睁大双眼，惊恐地看着面前的四个大铜脑袋。

尼摩船长取出一颗大珍珠，放在可怜的采珠人的手中，他双手颤抖着捧起它，以为遇到了海神。

离开采珠人，我们回到自己的小艇上，卸下沉重的头盔后，尼摩船长首先对尼德·兰说：

"谢谢你，尼德·兰师傅。"

"不必了，船长，"尼德·兰答道，"一报还一报吧。"

船长的嘴间掠过一丝不易察觉的微笑。

八点半左右，我们返回了诺第留斯号。

回到自己的房间，我细细地回味着这次马纳尔之行的不平凡遭遇，心中充满了对船长的敬佩。看到他能勇敢地为素不相识的人类做出牺牲，我感觉他并没有完全失去人的仁爱之心。

我把我的感觉说给他听时，他略带些激动的口气说：

"教授，这个印度人生活在被压迫的陆地上，我属于那块陆地，而且会永远属于它！"

黑色长廊

诺第留斯号离开了锡兰岛，然后它以 20 海里的时速行驶在马尔代夫群岛和拉克代夫群岛之间曲折蜿蜒的水路中。

自日本海出发起，我们共行驶 16220 海里。

等船浮出洋面时，也看不到一点陆地了。船向着西北偏北的阿曼海行驶，那是波斯湾的出口，位于阿拉伯半岛和印度半岛之间。

波斯湾内显然是没有出路的，那尼摩船长究竟到那儿去干什么呢？

热爱自由的尼德·兰已彻底厌倦了这种安逸的生活，他对这种漫无目的航行更是大发雷霆，他说这个疯子船长根本就是在故意绕着玩，为的是不去欧洲。

"教授，"他那天忍无可忍地说，"你知道我们在诺第留斯号上囚禁多久了？快 3 个月了！"

"我不知道，也不想去算它。"

"什么时候是个头？"

"那一天终究会来到，等到你来对我说：'机会来了'，我就跟你去，但现在不是这种情况，而且我可以告诉你，尼摩船长可能永远都不会冒险去欧洲海。"

我们以各种速度穿过了阿曼海，诺第留斯号似乎是盲目航行，但它从不超出北回归线。

我们几天后到达了亚丁湾，它简直就是巴布厄尔曼这个长颈海峡头上的漏斗，将印度洋的水注入红海。

诺第留斯号谨慎地行驶在水下，很快就进入了红海。

红海在《圣经》中很出名，雨季也不清爽，也没有大河注入它，而它的蒸发却很大，平均每年可蒸发掉 1.5 米的水面！但令人惊异的是，这个四面封闭的海湾竟能存在至今，如果别的湖泊在这种情况下早就干涸了。

现在我顾不上去猜尼摩船长的想法，只是很感谢他能让我领略这片海湾中的奇妙景象。

一天，诺第留斯号在红海的最宽处浮出水面，从西岸到苏阿京列东岸有 190 海里。

中午时，尼摩船长走上平台，他一看到我走了上来，并很快地递上一支雪茄烟，然后对我说：

"嗨！教授，你喜欢红海吗？你仔细观察过它的神秘宝藏吗？它的鱼类和植虫类，它的海绵亭榭和珊瑚丛林……你向海边的城市眺望过吗？"

"不错，船长，"我答道，"在诺第留斯号上做这种研究极其简单，它的确是一艘科学之舟！"

"说得好，教授，它机智而又勇敢，又不怕碰撞！红海中的风暴浪涛以及暗礁对它毫无损伤。"

"可惜的是，"他说，"我不能带你去参观苏伊士，不过，后天我们到地中海时，你能观赏到塞得港长堤。"

"后天到地中海！"我惊叫道。

"太不可思议了！到地中海要经好望角绕非洲一周，要在后天到达，这让人无法相信。"

"谁说要绕好望角，教授？谁说需要绕非洲一周呢？难道不可以更直接地穿过去。"

"那么说，必须有一条地下通道！"

"不错，是有条地下通道，我把它叫作阿拉伯海底隧道，它就在苏伊士下面，直达北路斯海湾。"

"那你是怎么发现的？"我惊奇地问。

"这是偶然当然也靠推理。"他看我不明白又说，"教授，一个生物学家的简单推理让我发现了这条当前只有我知道的海底隧道，我曾观察到红海海水中有一种与地中海中完全相同的鱼类，在得到证实后，我就想，这两个海之间会不会存在某个通道。如果有地下水流，当然要从红海流向地中海，因为它水面略高，我为此在苏伊士捉了好多鱼，上面作了标记，然后又把鱼放入海中。过了几个月，我在叙利亚海岸发现了我放走的鱼。所以证实了两海之间确实存在着通道。诺第留斯号最终荣幸地找到了它。很快，教授，你也要通过我的阿拉伯海底隧道了！"

世界著名科幻故事精华

我把这神乎其神的事传达给康塞尔和尼德·兰。当我说到两天内将进入地中海时，康塞尔兴奋地鼓掌，而尼德·兰灵活的肩膀则又耸了耸，不屑道：

"海底隧道！谁会信他那一套？走着瞧吧，其实我倒恨不得相信他会带我们去地中海。"

诺第留斯号时快时慢地行驶，我们在埃及海岸捕到一些尼罗海燕和海鸭，而尼德·兰的鱼叉再发神威，竟叉住了一条大海马，于是我们的食谱又丰富了不少。

这天晚上，诺第留斯号行驶在几米深的水下。我估计我们该接近苏伊士了，从客厅的窗户向外望去，可以借助灯光看出，海峡正变得越来越窄。

船再次浮出水面时，我走上平台，一直盼望着见识一下"阿拉伯海底隧道"。过了一会儿，我发现一海里远的黑夜中有一些火光明灭可见。

"那是苏伊尔的水上浮灯。"船长说，"很快我们就要进入隧道了。"

"入口好找吗？"

"不好找，教授，所以，过一会儿我要亲自领航，现在我们下去吧，诺第留斯号现在要潜入水中了，直到通过阿拉伯海底隧道后才会再浮上来。"

我随着他走下去，入口关闭了，水舱里蓄满了水，船下沉了 10 米左右，我正准备返回房间，船长忽然对我说：

"教授，你愿意在领航间陪我吗？"

"我深感荣幸。"我答道。

船长将我领到领航间，这是一个大约 6 英尺见方的小屋，适应了昏暗后发现，中间是一个立式舵轮，连着通向船尾的舵链，电线从发动机房通到领航间，因此，船长可以直接发布命令，只要按下金属暗钮就行，舱四壁的四个棱镜组成的舷窗使舵手能够看清每个方向。

我在左舷的窗旁，能够看到珊瑚积成的基脚、植虫动物和海藻，从岩石的缝隙里，可以看到甲壳动物挥舞着它们巨大的螯。

10 点 15 分，尼摩船长开始掌舵。一个狭长的、又黑又深的通道出现在眼前。诺第留斯号勇敢地冲了进去。两边可以听到奇怪的隆隆声，那是红海水在这个倾斜的隧道冲向地中海。诺第留斯号像箭一样向前飞驶。沿着隧道狭窄的岩壁，我们的高速和强烈灯光画出一道明亮的笔直光带。我的心跳加速了。

10 点 35 分，尼摩船长放下舵轮，回头对我说："地中海到了。"

诺第留斯号随着这股高速水流，在不到 20 分钟的时间里就通过了苏伊士。

第二天一早，诺第留斯号就浮出了水面。我马上爬上平台，向南望去，塞浦路斯在三海里远处隐约可见。

7 点时，尼德·兰和康塞尔一起跑上平台。两个形影不离的好朋友只热爱睡觉，却错过了观看诺第留斯号勇敢大胆穿越的好机会。

"现在，生物学教授，"尼德·兰得意问我，"你不是已到地中海去了吗？"

"你不是也在地中海吗，尼德·兰？"

"哦！"康塞尔不解地问，"先生，难道昨天夜里……"

"对，就是在夜里，只用了几分钟，他们就穿越了这个无法通行的海峡！"

"鬼才相信。"尼德·兰的肩膀总是相应地耸动。

"我佩服你的眼力，尼德·兰，"我说，"你应该很容易看清探入海中的塞得港长堤。"

"呀！真的，教授，这位船长还真是有点儿邪门，既然已经来到地中海了，那我们就来考虑一下我们的前途吧。"

我自然明白他指的前途是什么。我们避开船上的人，走到探照灯附近坐下来，仔细商谈起来。

"现在，我们已到欧洲了，教授，"尼德·兰抑制不住兴奋的心情，"趁着固执的尼摩船长还没有将我们带入两极的海域，在带我们回大洋洲之前，我们必须赶紧逃走。"

说实话，一谈起这事我感到很为难。不想因为我而使我的同伴受连累，但我又不能下定决心离开诺第留斯号。因为它使我逐步完成了我的海底研究，我要重写一部关于海底宝藏的书，这是个难得的机会。这样千载难逢的良机还会再碰到吗？因此如果使我的环球海底考察半途而废，也真让我遗憾。

尼德·兰顿了一下，接着说：

"我承认，我对这次海底旅行没太多的失望。我也很满意，并且最好能完成它。"

"我们想到一块儿了。"康塞尔接口道，"尼摩船长如果能让我们走遍所有海洋，然后让我们自由返回大陆就好了。"

"但是，我们知道了诺第留斯号的秘密，"我说，"就算船长对我们的自由不放在心上，但他也不会冒险让我们回到陆地上去把他的秘密传遍全世界。"

"那我们还等什么呢？"尼德·兰问道。

"我们总会等到一个机会的，如果不是现在，也许要在六个月后。"

"啊！教授，"尼德·兰叫道，"你的推理有一个根本性的错误，你总是谈到将来，我说的却是现在，我们就在现在，充分利用这个机会。"

康塞尔是两不相帮，埋没个性的人。目前只有我跟尼德·兰来谈论这个问题了。我无法回避了，必须说点什么。

"好吧，尼德·兰，"我说，"我的回答是，我的论据没有你的充分，我们不能指望尼摩船长会发善心。因此，我们必须提高警惕，珍惜我们离开诺第留斯号的第一次机会。如果不成功，就不会有第二次了。"

"当诺第留斯号在某个夜晚靠近海岸时，机会就来了。"尼德·兰说。

"那么，我想说，这个机会将绝不会出现。"

"为什么？"

"因为，尼摩船长不可能相信我们放弃逃跑，他会保持警惕，特别是当我们靠近欧洲海岸的时候。"

"我们走着瞧。"尼德·兰不再耸肩，而是固执地摇了摇头。

"目前，尼德·兰，"我说，"就到此为止吧，以后也不要再随便拿来说。等到那一天，你准备妥当了，来通知我一声，我一定会跟你走。"

结束了这次谈话后，事实好像正验证着我的推理，在这船只来往频繁的海域，诺第留斯号一直潜在很深的水底，即使在海面上行驶，也都距海岸很远，而且只让领航露出水面。这就彻底打碎了我们逃跑的美梦。

当在希腊群岛间行驶时，客厅的窗外嵌板打开了，我仔细观察着鱼类，而船长则在客厅里不安地走动。

突然，我透过玻璃发现了一个人，他在海水中游动，腰间还带了一只皮袋。他有时到上面换口气，随继又潜入水中。

我回头对尼摩船长颤声说道：

"船长！有人遇难了！"

船长快步走向玻璃，潜水人竟也凑在玻璃上两眼向内张望。我正大惑不解，忽见船长向那人点了点头，那人也打了个手势回答船长，随后就浮上海面再没回来。

"船长，你认识这个人？"

"是的，教授，不仅是我，西克拉群岛无人不知，他是当地有名的最出色的潜水人！"

说着话，尼摩船长走向客厅左侧隔板旁边的一个橱子。橱子旁边有一个铁皮立柜，柜盖上嵌着一块铜板，上面有"诺第留斯"字样，还有船上的格言"在行动中行动"。

世界著名科幻故事精华

第二卷

船长把橱子打开，他在柜盖上写了一个地址。

船长接着按一个按钮，走进四个人。他们把框子吃力地抬了出去。我清楚地听到他们用滑车将它提到楼梯上去了。

我满心疑虑地回到房中，那个潜水人和装满金块的柜子有什么关系呢？接着，我感觉到船在摇动，说明它已经浮出了水面。

然后，又有脚步声在平台上响起。我能听出是有人把小艇放到了海中。

过了两个钟头，又听到平台上的声响，这次是把小艇又重新放好了。随后诺第留斯号又潜入水下。这么说，这万两黄金是送到那个地址去了。送到哪儿去了呢？谁和尼摩船长有联系呢？

第二天，我将昨天发生的一切告诉了尼德·兰和康塞尔，他们和我一样惊奇。

"但这么多黄金他是从哪儿得来的呢？"尼德·兰眼中放出光芒。

但他们只能怪我知道的这样少。吃过午饭我按惯例写日记，一会儿就觉得热起来。

"难道船上着火了？"我想道。

正在这时，尼摩船长走了进来。他走到温度计前看了看，转身对我说："42度。"

"实在太热了，船长，再热我就受不了了。"

"我们一会就会离开这个产热区。"

"这热来自外面？"

"是的，我们正在沸水中行驶。"

船长打开嵌板，我发现船的四周一片白色，水流中泛出一阵硫磺质的蒸汽，而海水则像热锅内的开水般沸腾着，我试探着摸了一下玻璃，烫得我赶紧缩回手。

"我们这是在什么地方？"我问。

"教授，"船长答道，"我们正在桑多林岛附近，正行驶在尼亚－加孟宜岛和巴利亚－加孟宜岛之间的峡道中。我想让你亲眼看一下海底喷火的美景。"

"我本想，"我说，"这些新岛早就停止活动了。"

"火山海域内永远不会停止，"他答道，"地球正在地下火炉的烘烤之中。"

"现在我们走的水道在哪儿?"我问。

"就在这儿,"尼摩船长展开一张希腊群岛地图指给我看,"你来看,我已经把这些新岛都添上去了。"

"将来有一天这条水道会被填平吗?"

"极有可能,教授,因为从 1866 年开始,在巴列亚－加孟宜岛的圣尼古拉港对面已经浮出了八个灿石了,用不了多长时间,尼亚和巴利亚两个小岛肯定会被连接起来。"

我又走近玻璃,诺第留斯号已停止前进了,更加热得让人无法忍受。原本海水是白的,但由于铁盐肯有染色作用,已经变成红色了。尽管船封得很严密,但仍然有一种刺鼻的硫磺气味传进来,同时,我还看到绚丽的辉煌赤红色火焰,好像电灯的光辉。

远离了希腊群岛,我们仍在地中海行驶。尼摩船长明显对这海有一种厌烦情绪。他不再像以往那样带着一副怡然自得的神态,而且让诺第留斯号以 25 海里的时速飞驰而去。如果这时从诺第留斯号上离开,那就和从疾驰着的列车上跳下去一样,简直是拿生命开玩笑。而且,船总是在夜间才浮到海面上来换空气。其他时间只凭罗盘仪和测程器来指示航行。这引起了尼德·兰极大的不满。

因此,我在船内向外观看,如同快车上的乘客凭窗看到外面飞奔而过的风景一样。但我和康塞尔仍旧能观察到一些地中海的鱼类。它们有力的鳍能使它们跟着诺第留斯号游出一段距离。我们一直呆在客厅的玻璃窗前,用笔记来校正原来对地中海鱼类的研究。

当驶进地中海第二段水域时,不时能发现许多沉入海底的船只。它们或由于碰撞,或由于触礁不幸遇难。在这一片悲惨的水域中,上演着一幕幕灾难剧。随着直布罗陀海峡的日益临近,就能更大量地看到这些沉船的残骸。诺第留斯号开足马力,全速逃离这恐怖的世界,仅用四天就来到了直布罗陀海峡的入口处。

沉没的大陆

诺第留斯号驶出直布罗陀海峡,进入大西洋,我们又可以每天在平台上散步了。

我们在葡萄牙沿海行驶。再向前就是法国和英国了。一直没放弃逃走的尼德·兰认为时机即将"成熟"了。

"就在今夜吧。"他向我下达了通知。

我惊恐地站起来，他的决定让我措手不及。

"今天晚上，我们离西班牙海岸只有几海里，教授，"他接着说，"我完全相信你是个言而有信的人。"

"放心，夜色昏暗，而且还刮着海风。"

我没有应声。

尼德·兰离得我近些说：

"我已经通知了康塞尔。今晚9点，船长已经睡了。机械师和其他人员也不会轻易发觉，我和康塞尔先去打开入口，教授，你就呆在图书室里听我们的好消息。上帝会帮助我们的!"

这一整天我烦乱地关在房中。我想重获自由，但又不想放弃这次海底研究! 至于尼摩船长，他会怎样看待我们的逃跑，不知是否会让他着急，还是会真的伤害他。另外，如果我们的计划失败了或被其发觉，他会怎么做? 在我们离开之前，命运会让我们再见一面吗? 我现在又想见他，又怕见他。我仔细听着隔壁他的房间，并没有一点声音。

我不禁想道，这个神秘的人是否还在船上。自从那天晚上，小艇离开诺第留斯号去完成某个神秘任务后，我对他的看法有一些改变。无论怎么说，尼摩船长肯定还和陆地保持着某种联系。那么，他有时接连几个星期看不到，他都做什么去了? 现在7点了，再过120分钟就到了尼德·兰约定的时刻了。我的心难以控制地剧烈跳动。我们在这次冒险的逃亡之中会牺牲，这并不是我担心的，但是，我担心的是我们如果在离开诺第留斯号之前被发觉了，可能会被带到一个截然不同的愤怒的船长面前。更担心他会为我的不辞而别感到难过。我简直无法镇静下来。

最后我还是决定去客厅看看。穿过长廊，走进我曾多么幸福和陶醉地呆过的陈列室。双眼凝视着这些财富，这些稀世珍宝，如同一个人要永远流浪而对故乡产生的留意一样。

我在客厅来回走了几趟，墙的一角是通向船长房间的门，我惊讶地发现门虚掩着，但里面无人。我推门走了进去，里面如同隐士般的朴素。墙上的几幅铜板画那次进来时我并未注意，这时留心观看。那是一些历史上的伟大人物的肖像，他们曾把毕生的精力都献给了人类的幸福事业。

这些伟大的人物能与尼摩船长的灵魂产生什么沟通呢？我会从这些肖像中发现一些他心灵的秘密吗？他会是被压迫人民的领袖和奴隶主的掘墓人吗？他会是近代世界政坛上的某个杰出人物吗？他是这次悲壮而光荣的美国内战中一个英雄人物吗？……

突然，时钟敲响了8下，但它敲第一下就把我击得全身颤抖，就像有一双看不见的眼睛已洞察了我最深的秘密。

回到我的房间，我穿戴整齐，准备着、等待着，船上只有螺旋桨的震动，打破了宁静，我感到了恐惧。

我走到客厅，尼德·兰还没来，我又向船长房内听听，仍一片沉寂。

我把通向图书室的门打开，室内光线昏暗，冷冷清清的，我站在门口，焦急地等待着尼德·兰的信号。

突然，螺旋桨的震动减弱了。接着完全停止了。过了一会儿，我觉得脚下一顿。我意识到，诺第留斯号已停在洋底了。我惶恐极了。但这时客厅的门开了，显然，尼德·兰不会愚蠢到这时进来发信号。是聪明的尼摩船长，他见到我就说：

"哦！教授，我想找你，你了解西班牙的历史吗？"

即使一个人对他自己的国家了如指掌，在这样的条件下，正值头昏脑涨时，也不可能记得一个日期了。

"知道一点儿，但有限。"我吱唔道。

"博学的人总是要学很多东西，"船长说，"那好，坐下，我要把西班牙历史上一段奇特的事件告诉你。"

船长在一个沙发上坐下来，我木然地挨着他坐在阴影处。

"听我说，教授。"他说道，"这段历史会在某个方面令你感兴趣，因为它将回答你一个心中长久的秘密。"

"请说，船长。"我心不在焉地回答，却在考虑是不是关于我们逃跑的秘密。

"这不得不从 1702 年说起，教授，"他又说，"当时，你们的路易十四非常蛮横，非要把他孙子——安儒公爵强加给西班牙人做国王。后来这个国王便号称菲力五世。但不久，他的外交上遇到了麻烦。荷兰、奥地利和英国王室签署了海牙同盟，要把王冠从菲力五世的头上换到奥地利某亲王头上。

"这个同盟当然遭到了西班牙的反抗，但它缺少勇士和水手，于是海军派出 23 艘战舰，护送一个满载金银财宝的船队支援西班牙，由海军大将夏都·雷诺指挥。

"这个船队正要驶向加的斯港，但大将军发现这带海域有一支英国舰队，就决定先把船队开到一个法国港口去。

"但船队中的西班牙人反对这么做，坚决要把船驶往西班牙港口，不能去加的斯，就去维哥湾，维哥湾位于西班牙西北部。那里不会有敌人的军舰，夏都·雷诺听从了这个建议。但是，维哥湾是个易攻难守的开放型港口。所以，必须赶在敌人海军封锁之前把船上的金银卸下来。但没料到，加的斯港的商人在菲力五世授予的特权下，不允许在维哥港卸货，要求等敌人舰队走后，将满载金银的船直接开到加的斯港去。

不幸的是，当他们正打算行动时，英国的舰队已封锁了维哥湾。夏都·雷诺大将率队与敌人展开了殊死搏斗，他不忍心大量财富落入敌人手中，在最后关头放火烧毁并凿沉了这些船只。"

尼摩船长止住了话头，我实言相告，我从这段历史中没有发现能使我感兴趣的秘密。

"那么，教授，"船长回答道，"目前，我们正是在维哥湾中，你很快就会发现这个秘密了。"

我跟着他走到客厅的玻璃窗前，努力稳定了一下情绪，仔细看着外面。

灯光照亮了诺第留斯号周围的半海里，在那些漆黑的残骸中，一些船员身穿潜水衣，正在清理那些已经腐烂的木桶、木箱，地上散落着金银财宝。船员们拾起这些宝贝战利品，回到诺第留斯号上卸下来，再重新投入这种永远不会让人疲倦的拾金拣银的工作中。

"你知道吗，教授？"他微笑着问我，"海洋中竟藏着如此巨大的财富。"

"我只知道，"我回答，"海水中的银有200万吨呢。"

"这没错，但是要提炼这些银，费用比利润要大得多。而在这里就不一样了，我只须捡别人丢掉的就足够了，还不止是维哥湾，我还知道千百处这样的失事点，现在，你明白我为什么会是亿万富翁了吧？"

"我明白了，船长，但恕我直言，世上还有无数的穷苦人，如果把这些财富分给他们就好了，但现在这些对他们却永远没有益处了！"

我原本不想发表这些感慨，因为我知道这可能会触怒尼摩船长。

"没有益处？"他有些冲动，"你认为，教授，我费了这么大的劲捡拾这些财富是满足我自己吗？你又怎么知道我不会用于正道呢？你认为我忘掉了世上那些受压迫、受奴隶的穷苦人吗？还有那么多穷人要去救济，那么多被压迫的民族需要解放。你知道吗？……"

他突然把话头止住了，也好像后悔说了这么多。我没有猜错，不管他到海底来寻求绝对的自由是出于何种动机，但他最起码还是一个"人"！我也猜得出，他送出去的那万两黄金作何用途了！

只有尼德·兰最失望了，因为他的计划被这次打捞金银的行动打破了，但他仍不会罢休。

现在，诺第留斯号正向西南偏南行驶，正好背对着欧洲。天气又阴暗不定。海面上波涛汹涌，根本无法逃走。这天可以想象尼德·兰百分之一百二十地被气疯了。

我却觉得压在心头的大石头被搬开了，我又能够以平和的心态去继续我的研究了。

晚上，尼摩船长突然走进来看我，我感到很吃惊，因为现在已经11点钟了。

"教授，你乐意在晚上做一次海底漫游吗？"

"非常乐意。"

"首先我要提醒你，需要走很长时间，而且还要爬山，道路很难走，会很累人。"

"这更能提高我的兴趣，船长，我不怕累。"

走进更衣室，并无其他人。船长也没对我说要通知尼德·兰或康塞尔一起去。

很快，我俩漫步在 300 米深的大西洋海底了。

已是半夜时分。四周一团漆黑，船长向远处指了指，我看到一团暗淡的红光，如同有一大片光源，距离诺底留斯号大约有 2 海里。

我们并肩走在一起，直奔向那团发光处。平坦的海底正慢慢上升。我能听到头顶上有种杂乱的声音，原来海面上正在下大雨。很可笑，我竟然怕淋了雨！在水中竟还怕弄湿了？但潜水衣使我没有一点湿的感觉。

那淡红色的光芒越来越亮了，眼前的海水也被照得通红。光源竟是在水下，难道这又是一种电光吗？我的惊讶达到了顶峰。

眼前的路越来越清楚了，那发光的焦点是在一座 800 英尺高度的山顶上，我看到的只是在水层中多晶体产生的反光罢了。真正的光源还在峰顶的另一侧。

凌晨 1 点，我们到达了山脚。眼前出现了一片被海水石化了的树林，好像站立着的海底煤矿，路上到处都是海藻和黑角菜，里面爬着几乎所有的甲壳动物，我们爬岩石，它们会在身后轰然崩落，发出隆隆声。山路两侧是被挖空了的山洞，黑暗得看不到任何东西，我不时想到，当地人会不会突然跳出来拦在我的眼前。

我勇敢地跟在船长后面，幸亏来时还带了手杖。走在这临近深渊的狭窄山路上，任何一步走错都是危险的，我谨慎而坚定地向前迈步，双眼却不禁要饱览这粗犷的海底山景。

我竭尽全力，终于和船长同时到达了山顶。

远方有一座火山。在山顶 50 英尺处，岩石和火山渣堆中，可以看出一个巨大的火山口喷出熔岩流，在水中像瀑布般散开，如同一个巨大的火炬，照亮了伸展到远方的整个低谷平原。事实上，在我眼底下是一座废弃崩溃的城市，屋顶坍塌、庙宇摧毁、拱门破损、石柱倾倒，还能辨认出这是多斯加式建筑物的坚实结构，远方是一个庞大的运河工程废弃遗址。更远处有一线长长的倒塌的墙垣，宽敞的大路上空无一人，这是尼摩船长向我呈现的一座水底庞贝城！

这究竟是什么地方？

尼摩船长拿走一块铅石，在一块玄武岩上写了这样一个名字：大西洋城。

我恍然大悟！大西洋城，这个千百年被世人争议的古城，竟然是真实存在的。

是幸运之神赐给我这次离奇的命运之旅，我正踏入神话中的大陆上！我的双手触摸到了10万年前那远古地质年代的遗址了，我正走在人类远祖曾生活过的地方。我的靴子沉重地踏在那洪荒时期的动物骨骼上，而那些森林即早变成了化石。

我忍不住从这悬崖上走下去，把这片曾连接非洲和美洲的大陆看个够，去走访那史前的伟大城市。我真想在这里多呆一段时间，将这一切都深深地印在我的脑海中。

尼摩船长现在正倚在布满苔藓的巨石上，也像被石化了一般呆呆地发怔，他是否也在想着那些久远的人类？还是正向他们询问人类命运的真谛呢？

我醉心地伫立在这让人心动的峰顶，凝视着在火光照耀下的平原，有时火石的热力是惊人的，地心熔炉的沸腾把整座山都撼得直颤。巨大的轰鸣声回荡在清晰的海水中。突然间，月亮出来了，苍白的月光透过海水，洒在这块沉没的大陆上，我们也要返回去了。

我一直睡到第二天的11点才起床。昨夜的疲惫仍留在身上。船依然向南行驶。

透过客厅的玻璃，还能看到一部分那沉没的大陆。

我把这些大西洋的历史讲给康塞尔听，讲述那些勇敢人民的苦难。但发现他听得并不入神，原来他已被窗外的鱼类吸引了，只要有鱼类经过，康塞尔就会陶醉在对它们的分类中，而忘掉世上的一切。

这天，诺第留斯号在一个四面环山的圆形湖中浮出水面。四面的高山都有五六百米，使整个湖面如同一个倒扣着的漏斗。最上方有一个圆孔，从那儿射进淡淡的微光。

"我们到哪儿了？"我向船长问道。

"一座死火山的山口。"船长答道，"由于地震，造成海水的入侵，把这座火山扑灭了。教授，当你还在做梦的时候，诺第留斯号

世界著名科幻故事精华

第二卷

已从水下 10 米处的一条天然水道进入了这个火山湖，这是诺第留斯号安全、机密，简易的港口！"

"不错，船长，除你之外谁也无法进入这个湖中，但它用处不大，诺第留斯号不需要港口的。"

"你说得不错，教授，但它需要动力，动力需要电，电需要钠，而钠来自煤。而这里正有无数地质年代淹没的森林，现在已经变成巨大的煤矿了，是我取之不尽的能源。"

"哦！那能让我看看在海底是如何采煤的吗?"

"这次来不及了，教授，因为我要急着进行我的海底旅行。因为这次只是装载原来储藏的钠罢了。"

但储备时间要一天，在船长的允许下，我和两个同伴作了一次环湖旅行。登上火山喷出的大岩石，在曲折的石间小径穿行，真好像又一次贴近了陆地。尼德·兰不断敲敲周围岩石的厚度，像想凿通大山逃走似的。

夜晚来临前，我们返回船上，诺第留斯号又通过那条秘密的地下水道重新进入大西洋。

恐怖的水晶宫

自 3 月 13 日以来，诺第留斯号一直向南行驶。我原想到合恩角时，它肯定会掉头向西，再回到太平洋，从而完成它周游世界的计划。但它出乎意料地没有改变航行。它难道要去南极吗? 那可真是有点神智不正常了，我不由想到，尼德·兰对船长的狂妄产生的担忧还是有远见的。

又过了几天，尼德·兰不再想他的计划，他开始变得郁郁寡欢。每当他看到船长，双眼中就会冒出愤怒的火花。我不由担心他会不会在哪天做出傻事来。

这天，康塞尔和尼德·兰走进我的房中。

"教授，"尼德·兰问道，"你有没有想过，诺第留斯号上可能有多少人?"

"这我不清楚，尼德·兰。"

"我只是说，"尼德·兰说，"驾驶这条船并不需要太多人。"

"据我对船长的了解，"我说，"诺第留斯号不单单是一只船，而同时它又是所有与陆地隔绝的人的最佳藏匿处。"

"这很有可能，"康塞尔说，"但它的容量毕竟是有限的，先生能估计一下它的极限容量吗？"

"怎么算，康塞尔？"

"就是通过计算估摸一下。先生可能已知道了这船的容积，就能知道它能容纳多少空气，另外，每个人对空气的消耗是一定的，而诺第留斯号每24小时就要换一次空气，以此计算……"

我拿铅笔迅速计算：

"照这样计算，诺第留斯号所容纳的空气可供625人呼吸24个小时。"

"625人！"尼德·兰惊叫道。

"但请你相信，"我说，"包括乘客和水手在内，可能还不到这个数目的十分之一。"

"那我们也万万对付不了。"尼德·兰说。

"可怜的朋友。"康塞尔说，"因此，你能做的只是忍耐了。"

尼德·兰不再耸肩了，而是摇着头沮丧地走了。

诺第留斯号意志坚定地向南前进。沿着西经50度飞快地行驶。但显然不是去南极圈，因为至今为止，每一次去南极的尝试都以失败而告终。而且现在这个季节也太迟了，因为3月13日的南极地区相当于北半球的9月13日，正开始进入秋季了。

在南纬65度，我已能看到浮冰了。但都是只有20至25英尺的小块，如同一块块礁石，任凭风吹浪打。在南边的地平线上，天空中有一片夺人眼目的白光带。英国捕鲸人称其为"冰眩"。不管上空有多么厚的云，都无法遮住它。它表明再向前就是大冰块或冰层了。

果然，很快我们看到了大冰块。白光随云雾的变幻而光怪陆离。有的甚至透出绿色的脉管，如同画上了硫酸铜的波纹一样。而有的更像一块巨大的紫色水晶，在阳光下照射出黄色的亮光。

越向南走，所遇到的冰山就越多，而且也越大，但诺第留斯号在尼摩船长的灵巧指挥下，机敏地躲过了冰山的撞击。有的冰山甚至有几海里长，七八十米高。接着就迎面遇到北极的冰群。如同座

世界著名科幻故事精华

第二卷

座雄伟的冰城，交相辉映在阳光下，但风雪的来临，又使它们失去了五彩缤纷的色彩。这变幻莫测的美景只有用四个字来描述——叹为观止。

到了 3 月 15 日，我们的前路被层层冰群封锁了。但这还不算真正的南极冰山，只是寒风扯到一块儿的冰原。这在尼摩船长眼里根本不算障碍。诺第留斯号猛撞冰原，像一只楔子打进这些冰团中，冰原破裂时发出可怕的嘎嘎声。被撞碎的冰片冲向天空，然后像冰雹一样落在我们周围。诺第留斯号凭强大的动力为自己开出一条路。有时它会由于力量过大而冲上冰面，将冰面压碎，或许会钻到冰层下，它就会粗暴地从下面将冰层撞开一条大口子。

最后，到 3 月 18 日，经过几十次无效的冲击，诺第留斯号完全被真正的冰山封住了。尼摩船长准确地测定位置是西经 51 度 30 分，南纬 67 度 39 分。我们已经深入南极地区很远了。

到处是尖尖的冰峰，直刺入空中 200 英尺高。更远处，一片灰白色的削尖了的陡崖，像一面面大镜子一样，反射着那些弥漫在浓雾中的阳光。在这荒凉的自然界中，只有一片可怕的寂静，偶尔间被海燕和海鸥的翅膀拍打声打破，一切都被冰冻了，甚至是声音。

诺第留斯号被迫在这块冰场上停止了其大胆的冲撞。

"教授，"尼德·兰说，"如果那位船长还能往前，我就拿他当超人。"

"为什么，尼德·兰？"

"因为谁也走不出冰山。尼摩船长是了不起，不过，他不可能胜过大自然的力量吧？"

"不错，尼德·兰，但我很想看看，冰山后面有什么。"

"除了冰，还是冰，永远都是冰。"

"你倒很肯定，尼德·兰，"我说，"但我不能肯定，因为我更想去看一看。"

"算了吧，教授，"尼德·兰答道，"抛开这个想法吧，能让你看到冰山就不错了！不可能再往前了，尼摩船长，诺第留斯号都不能。不管他怎么想，我必须掉头往北走，回到人们居住的地地方。"

我应该认同尼德·兰的理论，因为这船不是用来爬冰山的；所以遇到冰山只能止步了。但是，目前返回和前进是一样不可能了。因为刚走过的水路也在后面封闭了。不到下午 2 点，船两边的冰层就快速冻结了。

"那么，教授，"尼摩船长后来问我，"你有什么想法？"

"依我看，船长，"我回答，"我们被困在这儿了，既不能前进，也不能后退。"

"依你的想法，教授，诺第留斯号是无法行动自由了！"

"是的，船长，因为季节已太迟了，指望解冻已经是不可能了。"

"哦！教授，"尼摩船长略带嘲讽地说，"这是你的作风！你眼前只有困难和障碍！现在我就告诉你，诺第留斯号不但能够行动自由，而且它仍将向前！"

"也就是说还要向南前进？"我盯着他问。

"不错，直到南极！"

"去南极！"我叫道，但惊讶也掩饰不住我的怀疑之情。

"对！"船长斩钉截铁地说，"去南极，去那地球上没人去过的所有经线的交点！让你明白我想做什么，诺第留斯号就能帮我做到。"

"我当然明白，船长，"我不由回敬道，"冲破冰山！把它炸成碎片，如果还不行，你就会给诺第留斯号安上翅膀，飞越它们！"

"谁告诉你要飞了，教授？"他冷冷地说，"非从上面过去吗。难道我们就不能从下面通过？"

船长的话使我豁然开朗了，诺第留斯号将再次创造神奇，成全他的这次超人事业。

"现在剩下唯一的问题，"船长补充道，"我们可能要在水下潜游几天，不能再到海面上换空气了。"

"这也好办，"我答道，"我们船上有大型的储气库，只要把空气储够，就会满足我们对氧的需求。"

"好主意，教授，"船长不禁笑了，"但如果南极的冰层覆盖住所有海面的话，我们就不能再浮到海面上来了。"

"是，船长，但你不要忘了，诺第留斯号船头还有尖锐的冲角，到时我们可以直冲冰田的对角线，就有可能把冰田冲裂。"

"哦！教授，你今天的主意还真不少呢！"

"而且，船长，"我越说越激动，"既然在北极人们会看到广阔的海面，那在南极为什么就不会碰到寒极和陆极，在南半球和北半球难道不是一回事，除非我们找到相反的证据。否则，我们应该设想这两极既会有陆地，也会有开阔的海域。"

"我也这么想，教授，"船长回答我，"在我们产生了那么多分歧后，你会主动赞同我们的计划。"

一刻也没有浪费，这个冒险计划就开始执行了，诺第留斯号强劲的泵把空气压进储舱，再在储气库内以高压存起来，到4点钟，船长宣布，关闭平台的入口。这之前下来十来个船员，用尖镐凿开了诺第留斯号两旁的冰。冰很薄，船身很快就自由了。我们都回到船内，不久诺第留斯号就潜入水底了。

在广阔的海底，诺第留斯号一直沿西经52度向南行驶。但现在是南纬67.5度，到极点还差22.5度的路程，即要走500多海里。诺第留斯号正以26海里的时速行驶，这相当于特快列车的速度。在这个速度下，它只需40个小时就能到达南极。

第二天早晨5点，我感觉诺第留斯号放慢了速度。它正排出储水舱内的水慢慢向上升。冲击了一次，冰面回答得如此不欢迎，我们也意识到碰到的是冰山的底面，上面的冰层肯定有4000英尺，比它露出水面的高度还要厚。情况有些不妙，诺第留斯号一天做了好几次试验，而总是向上触礁无法突破这么厚的天花板。我仔细记录着各种深度，并能画出这个水下冰山的界限轮廓。

这天晚上，我们的处境仍没有变化。我们仍在400～500米的深度发现冰山。虽然这是个好兆头，但毕竟距离海面还很厚！这天我总是被希望和恐惧困扰得睡不着。诺第留斯号一直在尝试着。到早上3点，我看到我们在50米的深处才碰到下层冰面。这时我们头顶只有150英尺的冰层了。

到早上6点，客厅的门开了，尼摩船长说出一句具有纪念意义的话："开阔的海面到了！"

我冲上了平台。

开阔的海面伸展到远处，天空中岛屿在飞翔，水中五颜六色的鱼儿成群地漫游，按深度不同，颜色由深蓝色转为橄榄绿色。我忘记了寒冷，在纯净新鲜的空气中贪婪地呼吸着。

"我们在南极吗？"我问船长，心却嘭嘭直跳。

"不清楚，"他答道，"中午我们将测定位置。"

"不过，我们能从这些乌云中见到太阳吗？"我仰望着灰蒙蒙的天空问道。

"只要太阳露一下就可以了。"船长回答。

但是，天空一直灰蒙蒙的，到 11 点还不见太阳出来。尼摩船长沉默地朝天观望着，他似乎很不耐烦。但他又能做什么呢？这个勇敢、有能力的人对付太阳可不如对付海洋那样有办法。

天上又下起了大雪。人被狂风刮得在平台上呆不住了。我走进客厅记载下这次南极之行。诺第留斯号沿着海岸行驶，趁着太阳在太空掠过时的曙光，又向南推进了十海里。

3 月 20 日，风雪终于停了。气温下降到零下二度。浓雾逐渐退去，我希望今天能有机会测量。

明天 21 日就是春分了，除了折射作用看到一点阳光之外，太阳将有 6 个月时间不会出来，也就是到了长长的极夜时期。再到 9 月中的秋分开始，它会在北方游回，沿螺旋状上升，直到 12 月 21 日。那么明天将是太阳在南极露面的最后一天了。

"那只能利用精密的航海计时仪了，"船长答道，"如果明天，太阳如果被北方的地平线相切，那我们就在南极。"

"你说得对，"我说，"但是，按数学计算来说，那不是绝对准确的，因为春分时刻不一定正好在中午。"

"是的，教授，但误差不会超过 100 米，而且这对我们已够准确了。因此，等到明天吧。"

第二天早上 5 点，我来到平台时，船长已早在那儿了。他对我说：

"天气更晴朗些了，太阳很可能会出来。我们吃过早餐就到陆地去，选好地点测量一下。"

这事决定后，我去找尼德·兰，叫他一起去，但被他拒绝了，随着时间的推移，他越来越沉默和恼怒了。

早饭我们要去海滩。诺第留斯号在晚上又向前行驶了几海里。船在开阔的海面上，离海岸有一里多，岸上有一座 400~500 米的山峰。小艇上除了我，还有尼摩船长、两个船员和计时仪、望远镜和晴雨表。

9 点，我们到了岸上，我们花了两个小时抵达山顶，尼摩船长用晴雨表仔细地测量了山峰的海拔。

船长用网形望远镜校正折射光观察着太阳，此时太阳正一点点向地平线滑落。我拿着计时仪，心扑通直跳。如果太阳在消失一半时正好是中午，那我们此时就在南极上。

"中午！"我喊道。

"南极！"尼摩船长庄严地宣布，同时送给我望远镜，镜中的太阳正好有一半露在地平线上。

我盯着射在尖峰上那最后的阳光以及逐渐弥漫上来的阴影。

尼摩船长把手搭在我肩膀上，激动地说：

"1898 年 3 月 21 日，我，尼摩船长，到达了南纬 90 度的南极，我占据了相当于地球上所有大陆 1/6 面积的南极大陆，将它命名为尼摩大陆。"

接着，他抖开了一面黑色大旗，上面锈着一个金色的"N"字，面向正要落下地平线的太阳叫道：

"再见了，太阳！你到海下面休息去吧，让 6 个月的漫漫长夜降临在我的新领地吧！"

第二天，我们准备离开南极。储水舱装满水，诺第留斯号潜入1000 英尺的水下，然后螺旋桨转动，以 15 海里的时速驶向北方。自命运之神将我偶然送到这只船里的 5 个半月中，已经行驶了 14000 里，这比绕地球一周的距离还要长，这期间发生了许多新奇和可怕的事件使得旅行丰富多彩，回味无穷。

凌晨 3 点，我被一次猛烈的碰撞惊醒了，又猛地被抛到了房间的中央。显然是船撞到什么东西上了，并大幅度倾斜，把桌椅床板都掀翻了。

原来，我们被翻倒的冰山夹住了！冰山翻过来时，打中了正在行驶中的诺第留斯号。而下面滑到的冰则以无法抵御的力量顶起了船，在诺第留斯号两侧，各竖起一道 10 米高的闪闪的冰墙。而且上面和下面也都有冰墙。要不是想到这里在被四面包围的隧道中，就真要把它当成水晶宫了。灯光照在冰墙上，反射出蓝宝石和绿宝石的耀眼光芒，让人目眩神驰。真是太漂亮了！

但不久，"水晶宫"就成了"恐怖城"了，冰山的危险，窒息的威胁，我们随时都会面临绝境，储藏的空气只够两天用的了。如果两天内不能脱离险境，就算不被压死，也会被憋死。

人们无助地看着尼摩船长。

"船长，我们必须在两天内冲出重围。"

"起码，要努力去尝试一下，凿开围住我们的冰墙。"

"向那一面凿呢？"我问道。

"探测器能够告诉我，把船停靠在下层冰墙上，船员们穿上潜水衣，凿开冰墙最薄的地方。"

尼摩船长依然从容镇定。

船长发出号令，很快就听到了储水舱储水的声音，诺第留斯号缓缓下沉，在 350 米的深度搁浅了。

"朋友们，"我对我的同伴说，"情况紧急，需要我们拿出应有的勇敢和力量！"

"我用铁锹和鱼叉一样顺手，只要船长允许，我愿意效劳。"尼德·兰说。

我带领尼德·兰来到诺第留斯号的更衣室，将尼德·兰的决心告诉了船长，船长应允了。尼德·兰也换上了潜水服，大家很快就准备好了。他们背好空气箱，过了几分钟他们走出船身到了冰地上。尼摩船长让人测量了几种冰层的厚度，艰苦而卓绝的凿冰行动开始了！

要使诺第留斯号完全从这儿通过，大约需挖冰层 6500 立方米。

在苦干了两个小时后，尼德·兰他们疲惫地返回船内，我和康塞尔参加的另一组紧接着顶替上去。

我们又干了两小时返回船上吃东西休息时，我发觉船上空气变少了。而令人窒息的二氧化碳却沉积起来。只有去凿冰时，才能吸到氧气瓶中的剩余空气。但我们苦干了 12 小时，才挖了大约 600 立

世界著名科幻故事精华

第二卷

方米的冰，照这样看来还需要苦干 4 天 5 夜。

"还需要 4 天 5 夜！"我告诉同伴们，但是储气库中的空气仅够我们两天所需。"

"另外，"尼德·兰补充道，"即使我们能离开这座牢笼，仍有可能还在冰山下，不能及时地到海面上换空气！"

这是真的，谁敢肯定我们需要多少时间才会得救？在诺第留斯号返回水面之前，我们会不会缺乏氧气而闷死？难道这条神奇的船注定要和它所有乘客葬身于这冰墓之中？

真是祸不单行！第二天早晨，等我们换好潜水衣，走到冰冷的海水中时，看到刚刚挖开的冰墙又慢慢冻结了。而且两侧的冰墙也在增厚，这是因为海水正在冰墙附近结冰。这是个新的危险，很可能最后把诺第留斯号挤扁。我连忙告诉了船长，要他对这种严重的情况加以警惕。

"我很明白，"他总是这么一副临危不惧的神态，"我们的危险增加了，现在只有一个机会，就是我们挖冰的速度需要快过结冰的速度。"

赶在前头！我应该习惯于他的老一套！

干了一天，又挖下去一米深，当晚我回到船舱中，差点被那饱满的二氧化碳闷得半死。

夜里，多亏尼摩船长向舱内放了些储气库中的纯净空气，否则第二天可能大家都不会醒来了。

一连干了 5 天，最多到后天，储气库中的空气就要用完了，而且海水也向我们示威似地加快了冻结，而船的周围也看到了冰块。大家都感到了恐慌。

但是，尼摩船长一直在那里静静地思考。

"热水！"他忽然吐出这个词。

"热水！"我不解地问。

"不错，教授，我们被封闭的空间相当小，如果用诺第留斯号的抽水机把热水放出来，是不是能提高局部的温度，缓解冰的威胁？"

"很有可能。"我表示赞同。

浸在水中的螺旋管通过电池把机器中的水加热了，几分钟后，抽水机把沸水喷到冰层上，3个小时后，船周围的温度有了明显升高，起到延缓冻结的效果。挖掘工作继续艰难地进行着。

第二天，已经挖出了一个6米深的冰坑，还剩下4米厚的冰了，仍需干两天两夜。但船内的空气已经无法补充了，所以形势变得更严峻了。

空气浑浊得让人无法忍受。到下午3点，我已处在半昏迷的状态了。我疲倦不堪地躺下，险些立时失去知觉，但这种难受却刺激了工作热情。每当轮到自己去挖冰，每个人都会积极、兴奋地换上潜水衣，并迅速出去干活！虽然身体累些，手也磨破了，但至少可以呼吸到新鲜空气。

但是，没有人会故意拖延工作时间，到了该换班时，每个人都会自觉地将有新鲜空气的气瓶让给别人，因为尼摩船长已在这一点上做出表率。

这天，我们的冰墙只剩最后一层冰了。尼摩船长看到铁锹挖得太慢，就准备用高压力来冲破这牢笼的最后一道封锁。在他的指示下，100立方米的储水舱储满了。诺第留斯号的体重增加了10万公斤。

我们暂时忘记了痛苦，怀着最后的希望等待着，成功于否在此一搏了。很快，我觉得诺第留斯号发出一阵抖动，听到了冰层破裂那清脆悦耳的声音。诺第留斯号一直下降。

"我们成功了！"康塞尔艰难地向我祝福道。

3月28日这天，诺第留斯号以40海里的时速飞奔。它被痛苦的折磨激怒了。我们上面20英尺就是海面，但中间却是广阔的冰原。诺第留斯号在做最后的挣扎。它如同一架凶猛的攻城机从水下向冰原直冲上去。先把它撞开了一道裂缝，然后使尽全力一跃，冲上了被它撞碎的冰面。

打开入口，新鲜的空气如春潮般灌进诺第留斯号。

逃出海底

诺第留斯号最终冲出了重围，我们三个在庆幸重获生命的同时，更激发了对自由的渴望。

"我们应该离开这魔鬼般的诺第留斯号了。"尼德·兰急切地说。

一连几天没有看到尼摩船长。诺第留斯号一直在快速行驶，只用两天就跨越了南极圈。3月31日晚上经过了南美洲著名的尖岬合恩角。

直到4月3日，我们一直行驶在巴塔戈尼亚水域，有时在水下航行，有时在水面上行驶，通过拉巴拉他河，航向一直向北，沿着南美洲迂回曲折的海岸进发。

自日本海上航行到这时，我们已航行了16000里。到上午11点，我们在西经37度上穿过南回归线，并以超高速通过了佛利奥角，尼摩船长似乎不喜欢靠近巴西海岸太近。

我们穿过赤道，向西20海里是几沿尼群岛，是一个法属领地，在那里我们很容易找到安全地带，但是海风呼啸，波涛汹涌，阻拦了尼德·兰去冒险。我则努力用充满热情的观察、研究来弥补这个缺憾。

当船在墨西哥湾航行时，透过客厅的玻璃，我们看到一群面目狰狞令人恐惧的大型怪物。尼德·兰从椅子上跳起来大叫一声："章鱼！"

这时，右侧的玻璃窗前出现七条章鱼。它们为诺第留斯号保驾护航，而且能听到它们吻得船的钢壳咯咯作响。他们整齐地排列在船两侧，在我们看来好像它们是静止的，我甚至能耐心地为它们的尊容画一幅肖像。

而诺第留斯号却忽然停住了。一次碰撞令船身微微震动。

"好像撞到什么东西了。"我们同时问另外两个人。

诺第留斯号依然浮着，但它没有行驶。尼摩船长和他的副手走进客厅。

我好多天没见到他了。他一脸的焦虑，径直走到窗前，看了看那些章鱼。然后向副手交待了几句，大副出去了，很快，窗外的嵌板关上了。

我走近他，惊叹地说：

"多么奇妙的大自然杰作啊！"

"是的，教授，"他答道，"我们要跟这些杰作发生肉搏战了。"

我茫然地望着他。

"螺旋桨停了，很可能是一只章鱼的嘴伸进页轮中去了，从而阻碍了船航行。"

"那怎么办？"

"不好办！电气弹对这团软肉不起作用，只有用斧子砍死它们。"

"用鱼叉也行，船长，"尼德·兰说，"只要你不反对，我愿意效劳。"

"我欢迎你的加入，尼德·兰。"

"我们也陪你一块去。"我说完就和大家一起奔向中央楼梯。那里已经有十来个人，都手中拿着利斧，准备出击，我和康塞尔也一人拿一把，尼德·兰则手持一柄鱼叉。

这时，诺第留斯号已经浮到水面上来了，一个水手登上梯，将入口嵌板上的螺钉松开，但刚刚取下螺母，嵌板就忽地被掀开了，并立即有一条蟒蛇一样的长胳膊伸了进来，另外，还有两条在外面晃动，尼摩船长大斧一挥，斩断了这条手臂。

我们相互照应着拥上平台，眼前立即有两条长臂挥舞过来。只听船长前面一名水手惨叫一声，就被那无法抵挡的大手臂卷起。章鱼的触须缠住了这个不幸的人，将他粘在吸盘上如同一只手拿着笔在空中挥毫疾书。那人用法语呼号着："救救我！救救我！"

尼摩船长跃起一斧，又砍掉了一条长须，大副则呼喝着与船上另外几只章鱼苦斗正酣。船员们挥动利斧，猛劈狂砍，那只大章鱼被砍掉了七条手臂，但仅剩的一条却仍将那人卷在空中摇摆。但当尼摩船上和大副向它扑去时，这个可恶的怪物喷射出一团黑色的液体，顿时，我们眼前一片昏暗，等这团浓雾散尽后，我那不幸的法国同胞也已随那只章鱼一起消失了！

我们狂怒到了极点，拼命与这些章鱼搏斗。又有十几只章鱼围了上来。我们奋力冲杀，在鲜血与浓墨中砍下一条条肉臂。似乎这些触须会像多头蛇的头一样，永远也杀不完。尼德·兰每一叉都准确地刺入章鱼的绿色眼睛中。突然，他被一只章鱼的手臂掀翻在地，而且那怪物张开大口要将他咬为两段。尼摩船长一个箭步冲过去，将斧子劈在两排巨大的牙齿中，尼德·兰死里逃生，忽地手中又一抖，刺入章鱼的三个心脏，直没权柄。

章鱼退缩了，尼摩船长浑身血迹、墨迹。他呆立在探照灯旁，狠狠地盯视着吞掉他同伴的大海，两行热泪流淌在脸颊上。

从这以后，尼摩船长又有好多天没露面，而诺第留斯号一直徘徊在这片海域中，似乎不忍离开他失去的同伴。

10天以后，在5月1日那天，我们又向北行驶。随后一星期一直沿大西洋的暖流有75海里宽，210米深，诺第留斯号这时好像不受什么控制似地随意航行。我们的逃离成功性越来越大了。

但气候突然变得很恶劣，再次使我们的计划搁浅，如果在这波涛汹涌的海面驾小艇逃走，无异于白白送命，尼德·兰尽管思乡情绪已不可遏制，但还不至于活得不耐烦。

"事情必须有个了结，"他对我说，"去跟船长谈一次，当我们经过你的祖国沿海时，你可以向他提起，但现在来到我的祖国沿海了，我必须跟他说。"

"那么，我今天就去找他。"我只好对他说，如果让他去说，那肯定会把事情搞砸了。

我听到船长房中传出脚步声，就敲了敲门，没人答应，我就推门走了进去，看到船长正伏在工作台上。他没听到我进来。我慢慢走近他。他猛然抬头看到我，立即眉头紧锁，粗暴地对我叫道：

"谁让你进来的！你想干什么？"

"我想跟你谈谈，船长。"

"但我正忙着，先生，我有工作。我能让你自由地呆在自己房中，难道我在自己船上却没有这种自由吗？"

"船长，"我冷言相对，"我的事也不能再耽搁下去了。"

"你有什么事？"

"我们已经在你的船上七个月了，我今天代表我的同伴向你恳求，让我们恢复自由。"

"我几个月前怎么说的，现在还是怎么说，谁进了诺第留斯号都甭想出去，希望你是第一次也是最后一次跟我谈这个问题，如果有第二次，我就不会听你的！"

船长的话中毫无商量的余地。

我向两个同伴讲述了谈话的结果。

"现在明白了吧，"尼德·兰说，"我们对这个疯子不能再抱什么幻想了，诺第留斯号正向长岛靠近，无论天气如何，我们必须逃走。"

但天气更加恶劣了，并有大风暴降临的迹象，浓云密布，海水激荡，掀起滔天的巨浪。除了热恋风暴的海燕之外，什么岛屿也看不到了。

正当诺第留斯号与长岛处于同一纬度、离纽约水道几海里远时，大风暴来临了。不知尼摩船长又产生了什么古怪念头。他没让诺第留斯号躲进水下，而是继续在海面上乘风破浪。

尼摩船长站在平台上，腰间系上绳子，站在那里一动不动，傲视着迎面而来的风浪。

我也走向平台，把自己用绳子系住，观看风暴和这无畏于风暴的人。此时狂风怒吼，雷电交加，在船内想站都站不稳。

尼摩船长回船时可能已到半夜了。我听到储水舱在储水。诺第留斯号慢慢沉入水底了。

风暴过后，我们已向东吹出了很远。计划在纽约或圣劳伦斯河附近逃走已不可能了。尼德·兰失望之余，也向船长学习，变得沉默、孤独起来。

5月31日，诺第留斯号一整天都在海上徘徊，似乎要找一个很难确定的位置。中午时候，船长又在客厅观察船的方位。他没搭理我，他变得比从前更忧郁、沉闷，是什么让他这么难过呢？

第二天，天气晴朗，风平浪静，诺第留斯号依然在这儿转来转去。尼摩船长亲自测量位置，和昨天的表情一样。这时，东方六海里处出现了一艘大汽轮，但桅杆上没有挂旗帜，也不知道是哪个国家的船。

当太阳跨过子午线前，尼摩船长拿起他的六分仪非常仔细地观察起来。

"就是这里！"完成观测后他肯定地说。

他走下楼梯，他是不是看见了那艘大汽轮改变了航线并向我们开过来了呢？

世界著名科幻故事精华

第二卷

我也返回客厅。随后听到关闭嵌板和储水的响声。诺第留斯号开始直线下沉，过了几分钟，他已经停在了833米的海底。

客厅的嵌板打开了，透过玻璃窗，可以看到周围半海里被照得一片通明。

向右舷望去，有一个从海底冒出的大团物体。我仔细一看，我辨认出那是一艘相当大的、没有桅杆的船，而且它的船身先沉入海中。这一定是一起发生在很久以前的事故，因为船体上粘满了石灰质。

突然，我听到身边的尼摩船长缓缓地说：

"教授，今天是1868年6月1日，74年前的今天，就在同一个地方，北纬47度24分，西经17度28分，这艘船与英国舰队进行了英勇战斗，365名水手宁愿与它一起沉没也不愿做俘虏，他们将旗帜钉在船尾，随着'法兰西万岁'的高呼声，他们一起沉入了大海。"

"复仇号！"我喊道。

"正是！教授，'复仇号'！多好的名字！"尼摩船长轻声赞叹道。

诺第留斯号缓缓向海面上升去，复仇号的残骸也在我眼前渐渐模糊、消失。

当浮上水面时，我听到一声沉闷的爆炸声，我看到船长，他纹丝不动。

"他们在向我们开炮。"我走上平台时，尼德·兰对我说。

我朝先前发现那艘汽轮的方向看去。它正向诺第留斯号靠近，它正加大马力，全速追赶，离我们只有6海里了。

"那是一艘什么样的船，尼德·兰?"

"从它的帆索和桅杆高度来判断，"尼德·兰说，"我敢肯定那是一艘战舰。但它没挂国旗，看不出它的国籍。"

"教授，"尼德·兰接着说，"机会难得，等到船离我们只有1海里时，我们就跳进海中。"

我刚想回答，只见战舰前部发出一道白烟。仅过几秒钟，就有一件重物落到诺第留斯号后面，水花四溅，并很快发出了巨大的爆

世界著名科幻故事精华

炸声。

"他们怎么会向我们开炮?"我嚷道。

"打得好,伙计!"尼德·兰低声说。

"如果先生不介意……哇!"康塞尔又看到一颗炮弹飞过,如果先生不介意,他们肯定以为碰到了独角鲸,于是就用炮打。"

"但他们也应该看清楚。"我叫道,"这上面还站着人呢。"

"也许正因为站着人呢!"尼德·兰意味深长地看着我。

我立刻心领神会了。显然人们已经知道这个所谓的怪物真相了。当它与"林肯号"相撞,尼德·兰拿鱼叉刺中它时,法拉古司令肯定认出了这只独角鲸其实是一艘潜水艇,但它无疑比那种鲸科动物更具有危险性。当前人们已经在所有海面上对这凶残的机器展开了追杀!

我们那天晚上被囚禁在小房子里时,当在印度洋时,是不是攻击了某些船只?被葬在海底墓地中的那个人,是不是在诺第留斯号的战斗中牺牲的?肯定是,我反复说,事情确乎如此,那尼摩船长一部分神秘浮出了水面。虽然还不能明确他的身份,但至少有那么多国家联合起来反对它,而且它们追逐的并非是一个神话传说,而是一个对人类社会怀有爱憎分明的复仇者!

那艘战舰离我们只有 3 海里远了。虽然它的炮火非常猛烈,但尼摩船长并不予理睬。

尼德·兰忍不住对我说:

"我们该尽力脱险了,教授,发信号吧!"

说完,他掏出手帕,举在空中摇摆,但他刚要举起手,立刻有一只铁钳般的大手把他掀倒在平台上。

"蠢货!"船长怒吼道,"你想让我在诺第留斯号出击之前,先把你挂在它的冲角上吗?"

他的脸色因过度激愤而苍白,他身子前倾,按住尼德·兰的肩头,转过头向着那正对我们猛烈开炮的战舰喊道:

"来吧!你们已知道我了,哼!你这见鬼的不知国籍的船!但我不用看你的旗帜!现在让你们看看我的旗帜!"

尼摩船长将一面大旗在船头展开,和他在南极插下的旗帜一样。

这时，又一颗炮弹斜斜地飞过来打到诺第留斯号的船身上，但它并未损伤，炮弹从船长身旁落进水中。尼摩船长耸了耸肩膀，然后坚定地说：

"下去！你和你的同伴们都下去！我要把它击沉。"

"不要这样做！"

"非这么做不可！"他干脆地说，"你别再阻止我了，教授，上天让你们看到你们不该看到的事情，他们已开始进攻我们了，我会给它更有力的反击，进去吧！"

"这是哪国的船？"

"你也不知道？那好极了！最起码这对你来说还是个秘密，快下去！"

我只好服从命令，15 名诺第留斯号上的船员站在船长身后两侧，带着非常明显的复仇情绪盯着那艘正追过来的战舰。

我正走下楼梯，又听到一颗炮弹打在诺第留斯号身上，接着，船长叫道：

"来吧，你这白痴战舰！诺第留斯号不会放过你，但我不会让你在这个地方沉没！你不配与光荣的'复仇号'沉在一起！"

诺第留斯号快速逃离，驶出了战舰的大炮射程。但战舰随后追来，尼摩船长一直与它若即若离。下午 4 点钟，我大着胆子走上平台，船长正在那里兴奋地走动，始终盯着五海里外的战舰。诺第留斯号绕着战舰转圈，引着它向东开。

我又极力劝阻船长，避免使用这种极端行动，但被他粗暴地打断了。

"我就是权利和正义。我是被这些压迫者逼的！正是由于他们的迫害，我失去了所热爱的祖国、妻儿和父母，他们全部死去了！我仇恨的所有一切都在这里！你给我闭嘴！"

我最后看了一眼那艘战舰，它正在后面吃力地追着。接着，我下去对尼德·兰和康塞尔说：

"我们逃吧！"

"很好，"尼德·兰说，"那是哪国的战舰？"

"我也不知道。但无论是哪国的，天黑前它一定会被击沉。即使这样，与其做这个疯狂复仇者的同谋，还不如与那艘战舰一起沉没呢！"

"我也同意，"尼德·兰一脸的严肃，"我们到天黑行动。"

夜幕降临，船上死一样的沉寂。但从罗盘看出，诺第留斯号并未改变航向。

我们三人下定决心，一旦战舰靠得相当近时就逃走。

凌晨3点时，我忐忑不安地爬上平台。发现尼摩船长还在那儿。他耸立在船头，双眼盯着战舰。

我就这样一直等到天亮，尼摩船长甚至都没看我一眼。战舰距我们仅有1.5海里远了，当黎明的曙光划破天空时，它的大炮又开始叫起来。诺第留斯号向它的敌人反击了。但我们也即将永远离开这个难以琢磨且不可理喻的人了。

我坐在客厅里，诺第留斯号不时浮出水面。朝阳有时透过海水射进屋内，在海浪的汹涌起伏下，阳光也变得鲜活灵动。可怕的6月2日终于来到了。5点时，诺第留斯号明显放慢了速度，我知道这是引敌人来追近。但炮声也一阵更比一阵猛烈了。

"伙伴们，"我说，"是时候了，我们握住手，愿上帝帮助我们！"

尼德·兰非常坚定。康塞尔依然冷静，我恐慌不安。三个人走进图书馆，接着推开那扇偏向楼梯的门。但正在这时，我听到入口的嵌板突然关闭了。又听到熟悉的储水声，诺第留斯号慢慢潜入水下。

我们行动得太晚了！原来，诺第留斯号不想攻击战舰有坚固铁甲的双层甲，它想从水下冲击它钢壳无法保护的脆弱部分！我们又被囚禁在小房间里，不得不目睹将要发生的惨烈悲剧。

诺第留斯号速度猛然加大了，整个船身都在抖动，冲撞发生了！

我再也忍受不住了，像疯子似地冲进客厅。

尼摩船长就在那里，默不作声，脸色阴沉，透过左舷玻璃，眼望外面。

只见战舰的船体已被撞穿了，海水伴着巨大的轰鸣声涌进船舱，甲板上到处是匆忙逃窜的黑影。海水涨到战舰上。可怜的遇难者们冲上桅墙网，攀上桅杆，在水中拼命挣扎，面目扭曲可怖。

庞大的战舰慢慢下沉。突然，一声爆炸响起，接着那巨大的物体加快下沉，伴随着它的是那群被漩涡卷走的活生生的船员……当这一幕结束后，尼摩船长朝他的房间走去，我看到他跪在一幅肖像前，上面是一个年轻妇人和两个小孩，他伸开双臂，呜咽起来。

从这以后，诺第留斯号在北大西洋海中一路狂奔，难道它要去北极吗？尼摩船长究竟又有什么计划呢？

船一直行驶在水下，当它需到水面上来调换空气时，嵌板也总是自动关闭，打开再关闭。地图上也没有船长标注的方位了，我弄不清我们到了哪儿。

"我们逃走吧！"尼德·兰低声说。

"好！尼德·兰，好，我们今晚就走，就算海浪把我们吞没了也要逃！"

"如果我们被抓，就算被他们杀死我也要跟他们拼到底！"尼德·兰又说。

"我们一起死，尼德·兰！"

我下定了决心，不顾一切逃走。尼德·兰去准备了，我走进客厅，既想见尼摩船长又怕见到他。

在诺第留斯号上度过的最后一天多么漫长啊！我独自守在这里。尼德·兰和康塞尔尽量避开我，不来找我，害怕万一露出马脚，前功尽弃。

6点半时，尼德·兰进来对我说：

"我们出发前不再见面了。10点钟，月亮还没升起来，我们趁黑逃走。你自己到小艇上，我和康塞尔在上边等你。"

说完他就走了。

我想核实一下，诺第留斯号的航向，走进客厅，我发现船正以惊人的速度，在50米的深度向东北偏北方向疾驰。

我向堆在陈列室中的天然珍宝、艺术珍品投去最后一瞥，这些奇珍异宝终有一天会与收集人一起葬身海底。我想再最后把这些珍贵收藏品深深留在记忆中。

回到房间中，我穿上了结实的航海服，把我的笔记藏好。

世界著名科幻故事精华

我的心又不争气地跳得厉害起来。

尼摩船长此刻在做什么呢？我站在他门口侧耳倾听。里面有动静，他就在里面，而且还没睡。听着他发出的每一个声响，我感到他将要走出来，责问我为何逃走！在幻想中不时有警报声响声，而且这警报声越响越大，使我压抑得几乎窒息。

突然，一个可怕的假想掠过我的脑海，尼摩船长已走出了房间，来到了我逃走时必经的客厅里，他只要一句命令我就会被锁在船上！

差不多快 10 点钟了！跟我的同伴会合逃走的时候到了。

不容许再有丝毫的犹豫了，即使尼摩船长就站在眼前也不再退缩了。我悄悄把房门打开，沿着黑暗的走廊，慢慢摸索着向前走，走一步停一下听一听，心跳得更快了。

我把客厅房门打开，里面一团漆黑。但钢琴正发出轻柔的乐曲，尼摩船长正陶醉在他音乐的海洋中，我蹑手蹑脚地走过地毯，花了 5 分钟才到达了客厅另一端通往图书室的门前。

我正想打开房门，却被尼摩船长的一声长叹钉在原地一动也不动了。他静静地走来，就像一个幽灵在飘移，而不是人在行走，他悲泣着，我听到他低声说着：

"万能的上帝啊！够了！够了！"

这就是他最后一句话。

这是不是这个人发自内心的忏悔呢？

我心慌意乱，冲进图书室，跑上楼梯，爬上平台，到了小艇边。我从入口走进小艇中，两个同伴早已等候在里边了。

"快走！快走！"我叫道。

"立刻就走！"尼德·兰答道。

诺第留斯号的船身钢板上有一个孔，小艇上也有个孔，中间有一根螺钉串在一起。尼德·兰手拿一把钳子，开始往下松那个仍扣得紧紧的螺钉。

船内突然发出响声，好像有人在彼此呼喊。发生什么事了？难道我们被发觉了？

尼德·兰往我手中塞了一把匕首。

"不用怕！"我轻声说，"我知道该怎么去死！"

尼德·兰突然停下了手头的活。我们听到船内重复叫喊着一句令人恐怖的话：

"北冰洋大风暴！北冰洋大风暴！"

北冰洋大风暴！我们是处在挪威沿岸的危险海域中了。就在我们的小艇将获得自由时，诺第留斯号难道要被卷入这个大漩涡中了吗？

大家都知道，涨潮时，费罗哀群岛和罗夫丹群岛之间的海水，会以雷霆万钧之势汹涌而出，它们到此形成任何船只也无法逃脱的漩涡。四面八方的滔天巨浪齐聚于此，形成这个被恰当地叫做"海洋肚脐"的深渊，它能将15公里远的物体吸过来，不仅船只，甚至鲸鱼、北极熊，都会被毫不例外地吞噬。

诺第留斯号无意中——或有意地——被尼摩船长驶到了这无底深渊的附近，它在作螺旋状前进，而且越转圈子越小，小艇也被它带着，被迅速地卷入！

"要尽全力坚持，"尼德·兰说，"再把螺栓拧紧，只要不脱离诺第留斯号，我们可能还有机会……"

他一句话未说完，就听嘎吧一声，螺钉断了，脱离了巢窝的小艇，像投石机打出的一块石头一样，飞快地抛入了大漩涡中。

我的头撞在一根铁柱上，在如此猛烈的撞击下，我想不昏迷也不行了，于是就失去了知觉……

当我苏醒时，发现正躺在罗夫丹群岛上一个渔民的家中。我的两个伙伴平安无事地坐在我床前。经过这次九死一生的劫难，我们无比激动地拥抱在一起。

在挪威等候汽船的两个月时间里，我又重温了一遍这次刺激惊险的纪事。

这是我的亲身经历，没有什么遗漏的事实，也没有什么夸大的情节。我完全有权利和理由，来讲述在不到10个月行程两万里的海底旅行，描述我在太平洋、印度洋、红海、地中海、大西洋以及南北两极海域中发现的无数奇观！

然而，诺第留斯号怎样了？它逃过了那次北冰洋大风暴吗？尼摩船长是否还在人世？是否仍在海底继续他那可怕的复仇行动？

我真希望这艘强大的潜水艇能征服那些海洋最可怕的风暴，继续生活在它的海洋领地中。但愿尼摩船长心中所有的仇恨都已经平息了，使他能继续和平地在海洋探索，尽管他的行动如此神秘，但同时他也是令人崇敬的杰出学者。

因此，对于6000年前《传道书》所提出的一个问题：那最深的深渊，谁能最终测透？

现在，世上有资格回答这个问题的只有两个人——那就是尼摩船长和我。

烽火岛

海盗称霸

"嗖"的一声响，一艘轻便的小艇顷刻间就在地中海东部海域飞驶了二十海里。速度之快，当世罕见，令人顿感不可思议。这一天正是公元1827年10月18日，但见天边夕阳西下，已近黄昏。

这艘行速极快的轻便小艇正乘风破浪赶往科龙湾的维铁罗港。维铁罗港历史悠久，据古书记载，它原名称作奥铁罗斯港，它的位置在爱奥尼亚海和爱琴海三个深凹的锯齿形缺口的一个之中。维铁罗港地理位置得天独厚，与众不同，港口三面峭崖高耸，实足一个天然大屏障，港口四周水势平缓，狂风不来，暴雨不袭，正是避风避浪的好地方。

轻便小艇正向维铁罗港渐渐驶近。

此时，维铁罗港口直挺挺地站立着十几号人物，都是水手打扮，但站在他们最前面那高瘦中年人却是一副僧侣打扮。这些人全都是一副如临大敌的模样。

只听那僧侣冷冷说道："到了！越来越近，大伙儿做好准备！"其他水手个个都磨拳擦掌，跃跃欲试起来，看那情形，个个都是对眼前这件马上要做的事情有手到擒来之感；瞧这架式各个对眼前这件立刻就要干的事情有易如反掌之意。

那艘轻便小艇离维铁罗港口已是近在眼前了。维铁罗港口站守的僧侣和强壮的水手们都屏声敛气，聚精会神地等待着前方不远处那艘小艇的到来。

站守在港口僧侣的水手们马上要干类似海盗的行径。只听得一个身强力壮的老水手哈哈大笑道："今天运气不错嘛！"那僧侣转身对那老水手说道："高佐，等一下就要瞧你的手段了！"

老水手高佐干笑道："我这点三爪猫的功夫是不敢拿出来出洋相的。今天是老神父大显身手的好时机！"

就在他们两个一搭讪之时，那艘轻便的小艇已近在咫尺。高佐瞧得清楚，哪里是什么好货色，原来是一只小帆船。他也懒得开口为大伙儿通风报信了。但也有几个没有见过世面的小水手却高声叫嚷："哈哈，是一只小帆船。妙妙，今天又可以活动活动手脚了！"高佐满脸露出不屑一顾的神色，那自是没将眼前即刻便到的轻便小艇和身边那几个不通事务的小水手放在眼里了。

站守在维铁罗港的高佐等人再细眼观望纵横在前方海域的轻便小艇时，全都目瞪口呆了起来，唏嘘不止。

原来他们看清了驾驶轻便小艇只有一个人，众人都想那艘轻便小艇少说也有七百多斤重，再加船身窄长，行驶起来虽然急速无比，但却极不平稳，若不是航海行家操纵，在狂风恶浪、危机四伏的大海行驶定要连人带船覆没海底。众人见操纵轻便小艇的那人在船上来回扯帆拉绳、跃起纵落，身手极是敏捷，当真是静如处子、动似狡兔。

那艘轻便小艇在那人的手掌中操纵得顺顺当当，丝毫不显凌乱不稳之象。众人越瞧越是感叹，自忖无人能和艇上那人一较长短，争比高低。霎那间，大伙儿都英雄气短，自叹技不如人，纷纷心灰意冷起来，别说打劫这艘小艇准备回去炫耀一番，要是能保证不被那人煞杀脸面，那他们也会感激那位水上好手的。

高佐等人在港口驻足也有一刻之余，但见轻便小艇越趋越近。虽知来者不善，善者不来，但也不能白白让自己一伙人枉站了这十多分钟，当下凝神观望，只等那艘轻便小艇一近岸前，立时众手齐出，蜂拥而上，也不顾什么身份不身份了，若是能抢劫到这艘轻便小艇，就算名声扫地，那也在所不惜。计较已定，只待来敌。

快艇飞速进入维铁罗港湾，离高佐等人所站之地也只不过十余米，忽见快艇陡然在急速中刹住，立时艇刹浪泼，一股大浪从艇下掀起，呼呼向港口的高佐等人泼去。这一变化，高佐等人谁也没有料到，一直以为快艇自是到岸边才会停刹，岂知会陡然生起大变。眼见一股大浪迎面扑来，不由得情不自禁往岸后倒退，这一退倒是退了十多步。其实高佐等人不后退也无大碍，那股陡起大浪掀到七八米后，去势大减，浪头坠下，再也不能前扑半米，哗啦啦一阵响过后，大浪重新落入大海之中，立时又风平浪静起来，不料机关算尽，倒是搬起石头砸自己的脚。

忽见艇上那人稳站船中，一手扯帆，一手持绳，弯身躬腰，扯开亮嗓朝岸上众人放声大笑三下，接着后腿往后一蹬，小艇立时如离弦之箭，急冲向岸边。

高佐等人在海上摸爬打滚纵横大半生，掌桨驾舟自是熟练无比，但要练到脚踩船身如滑冰一样行驶在海面上，那不知要何时了，心中除了钦佩外就只剩下惊骇了。

艇到人到，但见眼前身形一晃，高佐面前已多了一人，正是刚才那个在海面上纵横无忌的水上好手。那人伸手摘去头上戴着的大遮帽，一张精悍之脸露了出来。高佐脱口而出："尼古拉·司塔克！"

来人正是纵横海上几十年的风云人物尼古拉·司塔克。

罪恶交易

高佐一见到阔别多年的老朋友，喜不自禁，立时忘情抱住了尼古拉·司塔克，老泪纵横，深情现于言表。司塔克的心情也跟高佐一样，多年不见，思念之情自是日增月长。

跟高佐同来的大部分水手对司塔克的名头自是如雷贯耳了，几个年轻后生却只知司塔克昔年轶事的一二，所知甚少，只是听人讲到司塔克是大英雄豪杰般的人物，但却总是未曾见到其人，心中也是半信半疑，今日在港前海域亲见司塔克大显身手，才知此人是名

世界著名科幻故事精华

第二卷

副其实的大人物，钦佩之情陡然高涨，目不转睛望着精悍豪迈的司塔克，生怕少看了一眼就少见了一次世面一般。

高佐接着问起司塔克的近况，司塔克一一如实俱答，其余之人见他二人谈得甚是投机，举止投足全是推心置腹之势，不禁悠然神往，都纷纷暗自心想：要是能和这样的大英雄豪杰交上朋友，死也无憾了！

司塔克又和高佐闲聊片刻后，立时转换了话题，对高佐说道："我正缺人手，还需十多个精明强干的水手，你帮我选上一选！"高佐道："好说！好说！承蒙你还记得我们这帮兄弟，不要说陪你出海，就是为你上刀山下油锅，我们这些做兄弟的也不会皱一皱眉头！"司塔克伸手在高佐左肩拍了一拍，笑道："好！不愧是好兄弟！"高佐回身向身后站立的水手们说道："大伙儿听着，司塔克大哥这次从海外回来，立刻要带十几位精明强干的兄弟出海去干一番轰轰烈烈的大事业，有意者请上前登记即刻上艇出发！"

那些身强力壮的水手们在他们两个交谈选拔水手时，早就怦然心动，都想跟大名鼎鼎的司塔克出海干大事。这时高佐郑重宣布，立时欢呼声大起，都纷纷报名要随司塔克大哥出海。高佐见报名人数竟达二十余人，而且个个都精通水性，熟悉海行，不要这个去也不好，不要那个去也不好，不由得感到棘手起来，心中左右为难，大有进退维谷之感。这时报名声纷纷扰扰，争吵声使得整个维铁罗港口都不能安宁。高佐感到左右为难起来。大伙儿正在争吵名额之时，这时忽听一声霹雳般的大响："大伙儿打住！我有话要说！"众人正急吵得无休无止，忽听得这一极具震慑力的当头棒喝，都不禁嘎然休止，不再言语，循声望去，却是司塔克在说话。只听得司塔克大声说道："我不喜欢婆婆妈妈的人，办事一点都不果断，要想跟随我出海闯天下，只管上船便是，何需啰嗦不停。还是由我来挑选吧！"

司塔克片刻就挑选出十二名身强力壮的水手，他大手一挥，立时十二名身强体健的水手尾随司塔克登上了快艇。

司塔克登上快艇，立时扬帆启航，迅速离开了维铁罗港。

船离港湾，直驱海水，方向折变，往西南海面驶去。快艇一路顺风顺水，遇风乘风，碰浪搭浪，平稳地在大海上航行。刚上艇的维铁罗港的水手们都纷纷询问起司塔克的生平事迹来。尼古拉·司塔克不爱说话，简略说了几件纵横海岛，战胜强敌的事情。那些水手只听得心情如海水一般汹涌起来。这时轻便小艇卡里斯塔号已抵达了阿卡蒂亚海湾。司塔克决定将卡里斯塔号停泊在阿卡蒂亚海湾，因为他看到港湾之后的海岛建有一座城堡，他想到城堡里好好瞧一瞧，看一看，试一试今天自己的运气如何。船进港湾，靠岸抛锚，稳住船艇，司塔克带头登上港岸，其余水手尾随而至。

这时，司塔克看到了岸上码头快步走来一个人，那人身材矮小，皮少骨多，一脸奸诈相，长得贼眉鼠眼，令人生厌。

那人满嘴油腔滑调，边走边拱手向司塔克等人说道："兄弟斯柯贝罗特来恭迎尼古拉·司塔克大驾，感谢大名鼎鼎的司塔克大哥光临敝岛，请到寒舍一坐！"说完，右手平稳，恭恭敬敬侧身让道，站立一旁。司塔克朝斯柯贝罗打了一声招呼，也不客气，走在了斯柯贝罗的前头，司塔克的手下在后形影不离。在斯柯贝罗的指点下，司塔克等人来到城中一家体面的旅店。司塔克沿途细心地观察了城中四周，但见残垣断壁到处可见，猜想必是经过一场浩劫，不知是天灾还是人祸。

斯柯贝罗领着司塔克等人进了旅店，他亲自为司塔克等人安排好住宿，然后又恭敬地邀请司塔克到他房间里小聚。司塔克当下跟随斯柯贝罗到他房间去。原来司塔克已经和斯柯贝罗打过交道，对方的底细，彼此都心知肚明，一清二楚。斯柯贝罗是专门为海盗销售赃物的中间人。他也干过贩卖人口的罪恶勾当。

司塔克刚在椅子上坐定，立刻便问："你这个家伙当真是狡兔三窟啊！没想这里也有你的据点。我也不跟你废话，现在希腊那边的情况怎么样？"斯柯贝罗答道："还是老样子！但是最近情况又有了较大的变化。"司塔克心头一惊，但口头却若无其事地说："怎么？"斯柯贝罗说："土耳其政府现在开始着手大力霸占希腊领海，他们甚至调动了战舰，把易卜拉欣和他的部队都运到希德拉了。"

"嗯，我领教过易卜拉欣的手段，是一个厉害角色！"

"连我们大名鼎鼎的尼古拉·司塔克都这样说，那可不能小看易

世界著名科幻故事精华

第二卷

· 285 ·

卜拉欣了。但我们在暗处，他们在明处，我们还是大占优势的。对不对，司塔克大哥？"斯柯贝罗嘿嘿笑道。

尼克拉·司塔克虽然是海盗出身，但为人豪爽，生性豁达，干上海盗这一行径实是为生活所逼，迫不得已。他自小孤苦伶仃，父亲早逝，母亲离家出走无人照顾，沦落天涯，后被一个大海盗收留抚养。大海盗死后，他继承了大海盗的财产。但他自小和海盗为伙，整日跟海盗生活在一起，日渐年长，不知不觉也有了海盗的气息，举手投足都是海盗的动作，行事干活都是海盗的行径。虽是如此，但他也知道是非恩怨。

司塔克知道斯柯贝罗是个狡诈之徒。今天和他同处一室，为的是打探一些海上近况，他素知斯柯贝罗之能，从斯柯贝罗口中定能打听到不少他想知道的消息。他料到斯柯贝罗也不敢欺骗自己所以才愿意和他同室坐谈。

司塔克又问了斯柯贝罗几个自己想知道的问题，斯柯贝罗如实一一作答。

斯柯贝罗向司塔克谈起了沙克拉迪夫这个人。斯柯贝罗说到此人时满脸尽是惊惧之色。

尼古拉·司塔克记住沙克拉迪夫这个人的名字，暗想：有机会要会会他！

斯柯贝罗又告诉了司塔克他最近又要成交几笔大买卖，成交额非常大，希望司塔克能够帮助他做成这几笔买卖。

司塔克问他是几笔什么样的买卖？斯柯贝罗不好意思，红着脸说道："北非市场上奴隶正缺货，我早已经准备了充足的货源。"

司塔克嘿嘿冷笑两声，只是望着斯柯贝罗不再说话。

斯柯贝罗被司塔克那股威慑之势吓住了，他早知司塔克对贩卖奴隶十分痛恨，但司塔克问了，他不得不说。但见司塔克脸色越来越难看，心中骇极，生怕司塔克出手打他，当下微抬双腿摆在椅脚前，倘若司塔克铁拳袭来，他立时起身离椅，避开他的袭击。

斯柯贝罗听得尼古拉·司塔克的喘气声越来越粗重，心想尼古拉·司塔克立时就要朝自己发难，马上就要翻脸不认人了。他吓得双腿发颤，全身冷汗涔涔而下，不寒而栗。只听得"啪"的一声大响，紧接着又听到喀啦声响，斯柯贝罗惊恐地望着威风凛凛的司塔克。原来刚才司塔克霍地站起，一掌拍在桌上，桌子都被他一掌拍了个粉碎。司塔克对斯柯贝罗说道："好！我们合伙干！"这一下，倒令斯柯贝罗不知所措了起来。

神威炮舰

斯柯贝罗跟在司塔克的屁股后面上了小艇。

半刻钟之后，轻便小艇卡里斯塔号离开了海湾。到了晚上，司塔克他们在船上突然清晰地听到远方传来的火炮轰响声。他们知道这是土耳其战舰的大炮在纳瓦里诺海湾轰鸣。

卡里斯塔号在天亮的时候，抵达圣·柯罗角，他们在港湾里停下了船。众人上了岸，司塔克和斯柯贝罗在上岛登记处作了登记，并出示相关证件。于是，他们可以随便在岛上游览观光了。

尼古拉·司塔克让斯柯贝罗管理卡里斯塔号，顺便上岛买一些生活必备品。斯柯贝罗按照司塔克的吩咐去做了。

尼古拉·司塔克独自一人上岛探查岛上的情况。司塔克自小就养成了独来独往的习惯。司塔克直接就去了岛上最热闹、最繁华的地方——大广场。

大广场上人来人往，有外地人也有当地人，熙熙攘攘，果然繁华似锦。尼古拉·司塔克在人群中走来走去。别看他一副茫然无知的样子，但实际上他正眼观六路耳听八方。

尼古拉·司塔克走到人群中，他听到人们正在愤怒而又恐惧地议论着一个人。

"沙克拉迪夫！杀死海盗沙克拉迪夫！"

又是沙克拉迪夫！尼古拉·司塔克心中颇为不服气。他想：这个沙克拉迪夫名声比我还要响！有机会一定要好好和他较量较量！

尼古拉·司塔克一脸严肃，一言不发，边听边走动。

他慢慢走到一家饭店面前，看到店里面宾客满堂，料想里面那些人在茶余饭后一定少不了互谈大名鼎鼎的沙克拉迪夫的消息。主意已定，当下大步上前，走进了饭店。他找了一个位置，要了酒菜，边吃边听邻座众人谈话。

世界著名科幻故事精华

第二卷

一个瘦个子说："他爷爷的，沙克拉迪夫手段真狠，地中海东岸现在成了他的天下了。"只听得一个大胖子说道："只要肯出钱，沙克拉迪夫的狗头也会被人割下！"尼古拉·司塔克听得好笑，心想这个大胖子对沙克拉迪夫的仇恨方式倒是独特。尼古拉·司塔克转念又想：若不和当地人交谈交谈，那个赫赫有名的沙克拉迪夫的底细就再也不能得知了。当下转身面向邻座客人们笑嘻嘻地问道："打扰，打扰！请问这沙克拉迪夫是个什么样的人？怎么大伙儿这么痛恨他？"

那个胖食客仰天打了两个哈哈，笑道："老兄，你连恶贯满盈的大海盗沙克拉迪夫都不知道吗？看你这身打扮，也不像是本地人！"

司塔克假装笑道："这位胖大哥说得很对，我是刚从扎拉来的。我对爱奥尼亚诸岛的情况所知少得可怜，我是个孤陋寡闻之人，冒犯之处还请胖大哥见谅。"

那个胖食客是个粗豪之人，哪里知道大名鼎鼎的司塔克的真实身份，他生性豪爽，爱结交朋友，他见司塔克气度非凡，心中有敬佩之意，当下便拱手打招呼："如果不嫌弃我们这边吃的是粗茶淡饭的话，便过来，一起喝几杯酒，交个朋友！"

司塔克求之不得，也不客气，连人带椅，将位置移到胖食客的身边。胖食客见司塔克这么给他面子，好生感动，立刻给司塔克倒了一满杯酒，递给司塔克。

司塔克接过，一饮而尽。胖食客大喜，又敬了司塔克一杯酒。司塔克喝了，便请胖食客讲述沙克拉迪夫其人其事。

胖食客在司塔克的面前滔滔不绝地讲述了大海盗沙克拉迪夫很多令人义愤填膺的恶事。

尼古拉·司塔克听完胖食客的讲述，也觉得沙克拉迪夫是名副其实的海盗。想到沙克拉迪夫作恶多端，觉得又好笑又好气。

胖食客越讲越激动，想是对沙克拉迪夫恨之入骨。司塔克从胖食客的口中得知凡是在地中海有贸易业务的大商人全都携手联合了起来，他们一起筹钱购买了一艘大炮舰，招募了一批优秀水手充当炮手，大炮舰舰长由经验丰富、沉着老练的海员斯特拉德纳担任。炮舰火药充足，装备先进。大商人们饱受大海盗沙克拉迪夫海上骚扰之苦，铁定心要将沙克拉迪夫碎尸万段，是以不惜耗费巨资也要收拾这个大公敌。司塔克此时对沙克拉迪夫也有了一个大概的了解，心知自己这个同行能将地中海上的大商人们搞得晕头转向，手段自是十分的高明。如此一来，司塔克要跟沙克拉迪夫一比高低的想法更是坚决。

尼古拉·司塔克问明了关于沙克拉迪夫的情况以及其他想要了解的种种情况。他向那个请他喝酒吃饭的胖食客道了谢，起身离座走出饭店，又往大广场走了过去。司塔克忽见大广场上人潮涌动，都往岛上的大炮台走去，却不知大炮台发生了什么事，当下也紧随人群而去。走前一望，原来是大商人合资共买的大炮舰西方塔号要下水出海了。只听大炮台一声炮响，西方塔号应声下海，缓缓驶动了起来。又听得大炮舰上也打出一炮，西方塔号已经启航往卡达丘海湾驶去。船离声去，爱奥尼亚岛又恢复了平常的宁静。

尼古拉·司塔克猛然想起自己的船员正等着他上船行事。当下脚步飞快了起来，片刻之间，就看到斯柯贝罗正在码头上等着他。司塔克料想斯柯贝罗他们也知道了西方塔号下海对付沙克拉迪夫之事，当下没有再向斯柯贝罗等人提及，斯柯贝罗等人果然知道这个消息，大伙儿心知肚明，非常默契地上了船。司塔克告诉了斯柯贝罗明天的行动计划。

斗争到底

天还没有亮，尼古拉·司塔克就已经起来了。他穿好衣服，又跳上了岸边。他决定要去找爱奥尼亚银行的老板艾利真多。

尼古拉·司塔克和艾利真多打过很多次交道了。他们俩也有过大交易。双方都非常熟悉彼此的底细。尼古拉·司塔克轻车熟路走到了艾利真多的家门口。

"哈哈，老伙计，我们又见面了，很高兴再次看到你。"司塔克握着艾利真多的手说道。艾利真多知道司塔克一定是又有生意要跟自己谈了，心中暗喜，但口头上却说："朋友，有什么事吗？"

"喔！艾利真多，我亲爱的朋友，你这个样子会马上让我想起身患重病的老头，别这样！"

"有话就直说吧？"艾利真多开门见山地说。

世界著名科幻故事精华

第二卷

"好，爽快！我就喜欢跟爽快的人交朋友！"司塔克说。

"打住！你别拐弯抹角了！"

"嘿嘿，这可不是我一贯的作风，对不对？"司塔克嬉皮笑脸了起来。

"对不起，我浪费了你这么多宝贵的时间，还是言归正传了吧。我们又有交易要做了，我手里有一批俘虏，男男女女还有小孩，不多不少正好237人，要转运到斯卡庞陀岛，由我负责把他们从那儿运去北非。土耳其人是认钱不认人的，没有钱或票据他们是不会交货的。情况就这样，艾利真多你就帮帮我们吧，斯柯贝罗已经准备好了汇票，你只要一签字就行了。"

司塔克笑道："这样就最好不过了。"

艾利真多突然说道："这种买卖你以后不要再来找我了！"

尼古拉·司塔克一脸怒色地瞪着艾利真多。

"你现在混得飘飘然起来，就过河拆桥了？"

艾利真多不理睬他。

"喂，我说，朋友你别装得这么高深莫测行不行？你有钱也不能老是苦皱着脸呀？"

艾利真多还是不理睬他。

尼古拉·司塔克声音尖刻了起来："你的身家已经有几百万，你一个人肯定是花不完的，留给你女儿吗？"

艾利真多再也忍不住，霍地站起，一脸正色说道：

"我女儿哈琼娜要结婚了，这些钱都归她！"

"喂，等等，暂停，我的朋友，你省省吧，你女儿哈琼娜·艾利真多谁敢娶她呢？你的勾当就不怕别人得知吗？"

"你别威胁我，我不会听你这一套的！"

"好！你不告诉你女儿，就由我来告诉她吧！"

"别乱来！"

尼古拉·司塔克仍然是嬉皮笑脸："我们彼此都不是好人，这你不得不承认！你发的是不义之财，我干的是伤天害理的事情。我们是半斤八两。所以我最适合娶哈琼娜·艾利真多了！"

艾利真多这时才悔恨自己起来，他现在才真正体会到误上贼船的滋味。他知道尼古拉·司塔克是说得出做得出的。

但是艾利真多不甘心就这样被尼古拉·司塔克控制。他怒道：

"你别白日做梦了，哈琼娜早就成了别人的未婚妻了。"

"别逗了，艾利真多，你玩不起的。"

"实话告诉你，哈琼娜再过几天就要结婚了。"

"未婚夫是谁？"

"一个法国军官。"

"说不定还是希腊人请来的帮手呢！"

"不错！"

"还未请教他的大名呢！"

"亨利·达巴莱上尉！"

"我跟你说了多少遍了，艾利真多先生，你省省吧。你不为你自己着想，你也应该为你的女儿着想吧！我们是跟希腊人有仇的，亨利·达巴莱要是知道你的真实身份，你好好想想后果吧！我就不多说一些家破人亡的丧气话了。"

艾利真多听了尼古拉·司塔克这一席话，自知罪孽深重，在劫难逃，心灰意冷道：

"我死了算了，这样总能让我女儿幸福吧！"

"你还是有点自知之明的，但你死了事情却没有完结。你的死会引起多少人的猜疑啊？好好想想吧！"

司塔克再也不是生性豁达的司塔克了，他变得越来越邪恶。他又说："哈琼娜·艾利真多嫁给了我，她才会永远幸福，而我们的秘密也不会泄露出去。这样两全其美的事情，你本来就应该求我帮忙的，但是我愿意成人之美。朋友，你还是同意我这个合理的要求吧！"

艾利真多的当然知道司塔克的真正企图，他是想夺走自己的几百万财产。尼古拉·司塔克对哈琼娜·艾利真多的美貌也是早有耳闻。此时此刻，他凶相毕露，他对哈琼娜·艾利真多的美貌有一种垂涎三尺的罪恶感觉。他认为此时此刻他已经掌握了艾利真多家族的命运。

尼古拉·司塔克在哈琼娜·艾利真多的印象中并不好，因为他的到来时常令老艾利真多愁眉苦脸，老艾利真多时时刻刻以一副唯唯喏喏的脸面陪着尼古拉·司塔克喝酒吃饭。但是她一点都不了解尼古拉·司塔克是干什么的。她从来没有向她的未婚夫亨利·达巴莱提起过她的父亲有这么一个酒肉朋友。

一整天，艾利真多都把自己关在屋子里，谁也不知道他在里面干什么。老艾利真多的精神崩溃了，他决定向司塔克妥协。他叫来了他的管家。艾克查黎斯是他的管家，他走进来了。

艾克查黎斯管家一走进艾利真多的书房就觉得房子里面烟雾迷漫，气氛非常压抑。艾利真多一副颓废的样子。

"哈琼娜还在家里吧？"艾利真多说。

艾克查黎斯朝艾利真多鞠了一个躬，立刻走出书房，带来了美丽的哈琼娜。艾利真多伤心地说：

"原谅我，你不能跟亨利·达巴莱结婚！"

"父亲，你怎么啦？我不明白你的意思！"哈琼娜声音颤抖了起来。

"这是迫不得已的事情，原谅我！"艾利真多眼泪都流出来了。

"父亲，我真的不明白你的意思，你能够静下心来好好跟我谈谈吗？你别一时感情用事，女儿的婚事可不是闹着玩的。亨利·达巴莱这个人不行吗？"

"不，不，这都不是你们的错。但是你必须和亨利·达巴莱分手。"

艾利真多说出这句话后，悔恨得差点要钻进地下去了。他没有脸面见他的美丽纯洁的女儿了。

"父亲，你到底是怎么啦？"

"别问那么多了，我要你嫁给尼古拉·司塔克船长。"

哈琼娜·艾利真多听到这个消息，她快要昏倒了。

"你别无选择，我的哈琼娜。"

"我只要我一辈子的幸福！"

"他会给你幸福的！"

"我不明白你为什么老是帮着他？"

"这关系我的名誉，我们家族的生存大计以及你的幸福。"

老艾利真多说到此处，他的心都快碎了。

此是此刻的哈琼娜泪如雨下，良久，她才哽咽说道：

"我……我……答……应……了！"

哈琼娜·艾利真多感觉到头脑昏沉，亨利·达巴莱还在脑海中出现，他拿着鲜花朝她大步走来，就在这时突然司塔克一脸狞笑地出现了，亨利·达巴莱不见了，她失去了幸福。

没过多久，亨利·达巴莱大步来到了哈琼娜·艾利真多的家门口。老艾利真多的仆人告诉达巴莱家里没有人在。

亨利·达巴莱忐忑不安地回到了旅馆。他预感情况不妙，他不放心，他想晚上再去一次艾利真多家。

傍晚的时候，他正要出门，有人递给了他一封信。他打开看了：

"尊敬的亨利·达巴莱先生，很遗憾地告诉你一个消息，我女儿哈琼娜·艾利真多和你的婚约现已作废。望自重！

艾利真多

接踵而来的打击让他心情沮丧：

哈琼娜·艾利真多要嫁给别人了！

亨利·达巴莱很快就知道谁要娶他的心上人了。他已经对那个夺走他未婚妻的人进行了长期的跟踪。他已经记下了那个人的全部特征。

那个人不是别人，正是尼古拉·司塔克。

糟糕的消息又传到了亨利·达巴莱的耳朵里：尼古拉·司塔克和哈琼娜·艾利真多的婚礼定在圣斯比里教堂举行。

亨利·达巴莱简直气得连肺都要炸了，他决定要去和尼古拉·司塔克决斗，不能饶恕司塔克，他铁定心要斗个鱼死网破。

就在将要举行婚礼的前一天晚上发生了一件大事。

全岛的人都知道银行老板老艾利真多得脑溢血死了。

这个消息让两个人不知所措了起来。

一个是尼古拉·司塔克，他又急又恨，他急的是生怕老艾利真多的百万遗产会中途发生变化；他恨的是哈琼娜·艾利真多一直不愿意见他，他去了艾利真多家几次，都被关在门外，每次都气得他咬牙切齿。要知道，银行老板遗留下来的财产少说也有五六百万英

世界著名科幻故事精华

第二卷

镑，他不想让到嘴的肥肉溜掉。如果这块肥肉都抢不到的话，他尼古拉·司塔克也不用在海上混了。

另一个对这件事感到不知所措的是亨利·达巴莱。

他不知道老艾利真多的死是不是好事，也不知道是不是坏事。他虽然忌恨老艾利真多曾经解散他跟哈琼娜的婚约，但还是挺尊敬老艾利真多的，因为他毕竟是哈琼娜的父亲。老艾利真多这一死，他不知道应不应该去找哈琼娜·艾利真多。要知道哈琼娜现在已经不是他的未婚妻了，而是尼古拉·司塔克的未婚妻。他只有再忍耐，再等待下去，静观其变，见机行事。

老艾利真多死后的第六天晚上，尼古拉·司塔克被邀请到哈琼娜·艾利真多家中。

尼古拉·司塔克一进门就看到哈琼娜在她父亲的书房里等他。她坐在昔时老艾利真多的书桌旁，桌子上放着大批文件和帐本。司塔克立刻就明白了哈琼娜肯定知道家里生意的情况。司塔克看到哈琼娜那一副冰冷、庄重的面孔，不禁心里打了个寒噤。他暗想：莫非她已经知道了老艾利真多的关系网？难道她明白了我的真实意图？

哈琼娜跟他打了声招呼。他又开始嬉皮笑脸起来，哈琼娜没有跟他多费口舌。

她庄重地说："是这样的，司塔克先生，我父亲以前强迫我订下的婚约，想必你也非常清楚。现在我郑重其事地宣布它的无效。"

"等等，行不行？你是不是太激动了，那么就请别激动，好吗？"

"请自尊，司塔克先生。我有权处理这件事情。"

尼古拉·司塔克仰天打了两个哈哈，又说道："你肯定还不知道我跟你父亲的关系吧，你太无知了。"

"你给我打住！无知的是你，你整日痴心幻想。你们的事情我已经知道了。"

"知道了就更妙了！"司塔克还真怕她不知道事情的内幕呢。

"你太嚣张了！你会后悔的！"

"后悔什么？"

"后悔你的名声败露出来。"

"哈哈，你别逗了，事情并没有这么简单。你想一想，一只巴掌是拍不响的，一定要有另外一只巴掌一拍一合。你说对吧?"司塔克说道。

哈琼娜·艾利真多知道眼前是一位杀人不眨眼，抽筋不皱眉的大海盗。强敌就在身边，但是她并没有屈服，她反而更加勇敢起来。

"尼古拉·司塔克，你真卑鄙! 你真无耻! 你知不知道你曾经都干了些什么呢? 你已经没有了人性，简直连禽兽都不如，你承不承认你想和我结婚的目的是为了霸占我父亲的遗产?"

哈琼娜越骂越愤怒，她站了起来，她开始盛气凌人。

"不错，你说得非常正确。我是看中了你父亲的遗产，他妈的，有好几百万呐!"

"你别做白日梦了，你想得倒美。你还是好好省省你的精力吧!"

"嘿嘿，我不得到这笔钱，我是不会罢手的!"

凶相毕露的尼古拉·司塔克大手一伸，抓住了哈琼娜的肩膀，并使劲抓住不放松半点。哈琼娜被他这一抓，全身都疼痛了起来，她大叫了起来:

"艾克查黎斯! 快来!"

马上，艾克查黎斯抢步入屋。

"马上把这个家伙拖出去!"

艾克查黎斯未等哈琼娜小姐发出命令，早就用两只铁钳子般的手抓住了司塔克的肩，手上加劲，尼古拉·司塔克被艾克查黎斯提到了大门外，内劲外吐，司塔克被摔了个狗吃屎。

"滚，马上给我滚! 看到你就想揍你!"

艾克查黎斯"砰"的一声，回手拉上了艾利真多家大门。

尼古拉·司塔克连滚带爬地逃回了他的小艇上。他知道了艾克查黎斯的厉害。他再也不敢靠近艾利真多家的大门半步了。但是他想霸占老艾利真多留下来的巨额遗产的念头一直没有改变。他一直都在等待机会，时机成熟他会铤而走险的。对于亨利·达巴莱，他的情形也并不比司塔克好多少。

有一天，他收到了一封信，他打开看了:

亨利·达巴莱:

我除了跟你道歉外，再没有什么话要说了。其实，我是不配做你的妻子的，但是我也不会嫁给大恶贼司塔克。原谅我！

哈琼娜·艾利真多

亨利·达巴莱信看到一半，他就拔腿奔向艾利真多家。

但是他还是迟来了一步，艾利真多家四壁徒空，人影全无，亨利·达巴莱孤单地伫立在大风大雨中。

浪里炮火

位于爱琴海中的开奥斯岛，西临士麦那湾，左近中亚细亚海。希奥是开奥斯岛最大的城市。

开奥斯岛是希腊人和土耳其人寸土必争的地方，主要原因这个岛地理位置优越，得天独厚，物产富饶，环境优雅。

希腊王朝一直想把开奥斯岛划入自己的版图。希腊派出了英勇无敌的法布维埃领兵和土耳其人争夺此岛。

但是，土耳其军队却不和法布维埃在开奥斯岛上正面交锋，他们乘希腊内地兵力空虚，乘虚而入，驱兵大进，侵占了希腊半岛不少地方，虽然俄罗斯人向土耳其人宣战，但土耳其将军易卜拉欣却仍然占领着希腊半岛的中部和伯罗奔尼撒半岛的许多城市，战争进行了几个月之久，由于土耳其人战线拉得太长，他们败退出了希腊半岛。

不过土耳其残留军队还是给希腊人留下了无穷的后患，凶残的土耳其人保留下了一小撮顽固恐怖分子，实际上从伯罗奔尼撒到克里特岛海的这一带就从来没有安宁过，这一带海盗横行无忌，那一小撮土耳其军队遗留下来的恐怖分子一直没有停止过恐怖活动。

这一带海域已经完完全全是横行乡里、鱼肉百姓的海盗的天下了。他们一直是希腊政府和希腊人民的心腹大患。

在这种情况下，由希腊政府大力支持、大商人们合伙筹钱装备的海上巡洋舰队组成了。西方塔号自从下海巡洋这五个星期以来，它为海域的正常航行作出了卓越的贡献，它俘获了许多确实可疑的船只。它的作用大家是有目共睹的。西方塔号最近的辉煌战绩，极大地鼓舞了人们剿灭海盗的信心，它也沉重地打击了海盗横行无忌的嚣张气焰。虽然如此，但是罪魁祸首大海盗沙克拉迪夫却没有遭到任何损失。笼罩在人们头顶上的阴云依然没有散去。11 月 13 日，西方塔号在希奥附近出现了，法布维埃在这一带又打了不少胜仗，但依然没有碰到沙克拉迪夫。也就是在 11 月 14 日下午，人们就再也没有听到过西方塔号炮舰的消息了。

亨利·达巴莱在 11 月 27 日到达了希奥。他要参加反对土耳其人的战争。原来那天他收到哈琼娜的信，但跑到艾利真多家却发现人去楼空，他没有哈琼娜的任何消息。他寻遍了整个爱奥尼亚岛，但仍然没有哈琼娜的半点消息。他马上又得知尼古拉·司塔克的船离开了爱奥尼亚港湾，他们开船的日期正好是哈琼娜失踪的同一天。

亨利·达巴莱非常担心哈琼娜，生怕她落入尼古拉·司塔克之手。如果说当真落入尼古拉·司塔克手中，那要救她就是难上加难了。

亨利·达马莱转念又想：哈琼娜在忠心耿耿的艾克查黎斯的保护下必定不会吃苦遇难；但或许她的爱国心驱使着她去参加关系到她祖国命运的斗争，或许她深明大义地把她父亲的遗产贡献给了伟大的祖国。

亨利·达巴莱左思右想，终于想通了，他渐渐心平气和，想想哈琼娜这样的弱小女子都能够参加到正义的战斗中去，自己堂堂七尺男儿大丈夫自是应该义不容辞地为正义的战斗赴汤蹈火了。

亨利·达巴莱找到了法布维埃上校，他要求加入他们的队伍，希望能够接受他。法布维埃非常欣赏亨利·达巴莱的军事才能，他立刻就同意了亨利·达巴莱的请求。他们成了生死之交，他们在面对敌人的时候，总是共进退，同患难。

当日由法布维埃指挥的希奥海域海盗歼围战中，亨利·达巴莱表现得很英勇，身先士卒，令敌人闻风丧胆。这一战，希腊军队大获全胜，挫败了海盗横行乡里、鱼肉百姓的锐气。

就在这个时候，土耳其又派来了 5 艘战船增援海盗，法布维埃的军队以一敌五，最后寡不敌众，法布维埃下了撤退的命令。

就在法布维埃撤退的当天下午，由缨乌利斯率领的舰队赶来支援法布维埃上校，但是迟来了一步。土耳其军舰占领了希奥港。

在缨乌利斯上校的部队中，有一个妇女破例成为了部队的一员。

这名妇女名叫安特洛尼卡，她是一个爱国人士。臭名昭著的大海盗尼古拉·司塔克就是她的儿子。她总为自己有这样一个罪孽深重的儿子感到无地自容，面对善良的人们，她内疚万分。如果能在战场上见到她那个无恶不作的儿子，她一定会亲手杀了他，以谢天下无辜受他残害的百姓。这样一位孝节的母亲，当然是受人们尊敬钦佩的。

当安特洛尼卡在希奥上岸的时候，她碰到曾经救过她性命的青年军官亨利·达巴莱。她一眼就认出了救命恩人，她忘情地伸手抱住了他，她心中无比的激动，脸上充满了感激之情。

"在这里见到你，真是无比的高兴！真是想不到啊！"两个人几乎是异口同声。

安特洛尼卡激动地说道："只要我活着一天，我就要为我伟大的受苦受难的祖国出一份力！"

亨利·达巴莱动情道："你真让我感到无论你的言行还是举止，全身上下都散发着生命的活力，你的拳拳爱国之心一直为世人所推崇和敬佩。"安特洛尼卡非常高兴达巴莱能够理解她的报国热情。

安特洛尼卡非常关心亨利·达巴莱的情况，亨利·达巴莱非常详细地讲述了他们自从萨达里战役分别后的生活情况。安特洛尼卡也毫不保留地把她如何经过家乡马涅，又如何直奔伯罗奔尼撒军，最后来到希奥岛详细地讲述了一遍。亨利·达巴莱补充了他如何到达爱奥尼亚岛，以及和哈琼娜·艾利真多婚约情况，直到哈琼娜·艾利真多的失踪。

"你的那个情敌是谁呢？"安特洛尼卡十分关心地问。

"尼古拉·司塔克！"

"什么？"

安特洛尼卡万万没想到她的亲生儿子会干出这样的事情，虽然她知道司塔克无恶不作，但也不能得罪她的救命恩人面前啊！这是多么不幸的事情啊！可恶的尼古拉·司塔克！

亨利·达巴莱见安特洛尼卡一听到尼古拉·司塔克的名字，全身都颤抖起来，他就猜到安特洛尼卡和尼古拉·司塔克的关系非同一般。但安特洛尼卡不愿说出她跟尼古拉·司塔克的关系，亨利·

达巴莱也没有强人所难。又寒暄一阵后，安特洛尼卡神色匆匆离开了亨利·达巴莱。亨利·达巴莱再去找安特洛尼卡时，再也找不到她了，亨利·达巴莱猜想安特洛尼卡一定是离开了希奥岛，这一定跟作恶多端的尼古拉·司塔克有关。后来，法布维埃撤离了希奥。

亨利·达巴莱在登船去希腊的前一天，他收到一封信：

西方塔号巡航炮舰参谋部有一职位目前尚无人担当，不知达巴莱上尉是否愿意前往该船，以共平海上群盗，解民倒悬，救人于水火之中。

西方塔号于3月初即停泊于岛北之阿纳坡姆拉海岬。

急盼亨利·达巴莱上尉表现拳拳爱国之心，前来为国效命！

信后没有签名，字体笔迹也不熟识，亨利·达巴莱无从鉴定这封信来自何方。

西方塔号好久都是音讯全无，这次突然给了亨利·达巴莱一个惊喜，亨利·达巴莱岂能轻易放过寻找西方塔号的机会。如果真能找到西方塔号，那么剿除海上群盗就不难了，说不定在海上还可能有机会碰上司塔克。如果真是老天有眼，或许在海上碰到日思夜想的哈琼娜·艾利真多也说不定。

亨利·达巴莱决定去寻找西方塔号。他向法布维埃告辞后，立刻雇了一条小船向岛的北边驶去。没过几天，亨利·达巴莱就在阿纳坡姆拉海岬上了岸。他马上就看到了大海里停泊着一艘巡航炮舰。

"我是亨利·达巴莱上尉。"他对一个管理交通船的海军军士说。

"你要到炮舰去吗？"

"对，立刻！"

一只小船从山岩边划了出来，没过多久，小船把达巴莱送到大炮舰上，亨利·达巴莱从右舷腰部走上西方塔号的舷门。船上的全体人员热烈欢迎这位远道而来的亨利·达巴莱上尉。亨利·达巴莱走上甲板时，炮舰发射了两发炮弹，以示隆重。

这时巡航炮舰的大副走到亨利·达巴莱的面前，敬了个军礼，说道："西方塔号全体军官和船员热烈欢迎亨利·达巴莱上尉！"

海盗中弹

西方塔号的装备果然十分先进，火药军器用品充足。它拥有世界上最先进的船身发动机，航行速度也是世界上所有船舰中最快的。它所配置的大炮共有22门大口径大炮，杀伤力惊人，一般的小船根本不能承受它打出的任何一发炮弹。

西方塔号有250名船员，大部分是法国人、波南代人，普罗旺斯人，其他还有英国人、希腊人和科孚人。这些人都精通水性，熟知海上风云变幻，擅长格斗，熟于撑船、身强体壮。西方塔号炮舰纪律严明，体制完善，全船人都很团结，个个都能吃苦耐劳，爱国心极强，大家都有视死如归的气概，对付敌人都争先恐后，首当其冲，都有置生死于度外的气度。

大副托德罗斯上尉向他讲述了西方塔号的情况。斯特拉德纳船长原来指挥着西方塔号炮舰。但是他在一场和海盗交锋的战斗中牺牲了。那是2月27日，炮舰在利姆诺斯海面和海盗大干了一场。海盗船只众多，他们的武器比西方塔号的武器差不了多少。西方塔号被海盗船重重包围了，但经过西方塔号上船员的浴血奋战，拼死力斗后，最终杀出了重围，击沉了不少海盗船，随后猛烈反击海盗，这一仗打得海盗们落花流水，丢船弃舟，跳海而逃。

当胜利的西方塔号检查受损情况时，发现斯特拉德纳船长依然站在船首持枪不动，待众人走近时，惊讶地发现西方塔号的船长已经气绝身亡，僵挺而立，纹丝不动，怒看前方，瞠目而望。全船人员为他大哭大恸。

为了防备海盗再来骚扰，必须有一个首领来带领大家抵抗敌人，于是大伙儿推选出了大副托德罗斯临时担任船长，处理事务，管理船员，修整船伤，静观其变，以逸待劳，抗击海盗。

亨利·达巴莱万万没有想到，他的职位是船长，是立功无数、大名鼎鼎的西方塔号的船长。

西方塔号的船员大都知道亨利·达巴莱的大名，他曾经做过海军中尉，是法国海军中年纪最轻、最杰出的军官之一。他因为在希腊战争中立有赫赫战功而扬名军界。由海上作战经验丰富、气度非凡的亨利·达巴莱上尉领导西方塔号的炮舰，那自是众望所归，船上的勇士都盼他登高一呼，为死去的斯特拉德纳船长报仇，为受苦受难的希腊人民报仇，剿灭海盗，打败土耳其军舰。

亨利·达巴莱尽心尽职地担任起西方塔号炮舰的船长来了。

第二天，西方塔号离开港湾朝萨莫色雷斯岛驶去。过了 15 天，西方塔号到达了萨莫色雷斯岛附近海岸。4 月 2 日，萨莫色雷斯岛北部的皮戈斯港遭受了六艘海盗船的袭击。西方塔号闻讯立刻就出现在皮尔戈斯港湾。海盗船丝毫不惧怕西方塔号炮舰，想必是没有和强大的对手交过锋，它就自以为是，不知天高地厚。

西方塔号巡航炮舰毫不客气地给第一艘迎面攻来的海盗船发射了一颗炮弹。那艘双桅船中弹沉入海底，再也无还手之力。

其它海盗帆船见西方塔号一出手就击坏了它们当中最厉害的船只，不可一世的气势为之一颤。再也不敢小看这艘大炮舰。西方塔号先发制人，抢占先机，胜了一场，此时军威大振，士气激昂，真想一炮就解决其余剩敌。

剩余贼船狡猾地分散四周，对西方塔号形成包围之势，它们自知不能跟西方塔号匹敌，哪里再敢露其锋芒，但求自保，伺机逃脱。

亨利·达巴莱在船首用望远镜早把贼船的行动瞧得一清二楚，知道贼船已无心恋战，只想逃走。此时，西方塔号挡在港外，港口虽大，但若要从西方塔号巡航炮舰的大炮口下逃脱，那也并非易事。亨利·达巴莱对贼船的情况已经了如指掌，成竹在胸，如此良机，若不能全歼贼船，他这个大名鼎鼎的西方塔号船长是不当也罢。当下抖擞精神，沉着对敌，妥当调遣，谨慎行事。

其余五艘贼船边发炮攻击西方塔号边伺机逃脱，炮发船进，弹落浪起，贼船不顾性命强行出港。

亨利·达巴莱见二十多发炮弹蜂拥射来，不敢怠慢，下令船舱舵手将船开退一程，船侧炮手一齐开炮，炮打贼船。但见贼船二十多发炮弹向西方塔号袭来，西方塔号二十多枚炮弹往贼船打去，竟无炮弹在空中相碰，彼此双方都知各自炮手发炮厉害，互是劲敌。

只听得轰轰隆隆的爆炸声不绝于耳，贼船又有两艘中弹倾沉大海，其余三艘受损大小不等，船上都已着火，风紧火旺，贼船海盗手忙脚乱，有扑火救船的，有跳海逃命的，群贼丑相层出不穷。西方塔号由于躲避不及，船侧右舷中弹起火，有四五个水手受伤，船舷损失不大，弹火立刻被扑灭。亨利·达巴莱又用望远镜观察贼船。

他突然看见港湾左侧的那艘三桅船出现了一个熟悉的身影，那个身影跟他的情敌尼古拉·司塔克非常相似。

亨利·达巴莱不禁脱口而出："卡里斯塔号！"站在他身边的托德罗斯上尉问道："就是你跟我们讲到的那艘三桅船！""不错，正是它！不要……"亨利·达巴莱说到这儿突然打住了，他本来是想说"不要放走它！"但他看到那艘满载海盗的双桅船正在抢占航道尽头，如果不去追那艘双桅船，西方塔号完全可以挡住三桅船的去向，并将它击沉，只是这样做就不能顾全大局了。双桅船一旦抢占了航道尽头，它们就能够抢占先机，占尽地势之利，虽船身受损，但却可以联合其他贼船一起，众炮齐发。那时威力大增，就不会这样胡打乱放炮弹。此时不要说打中西方塔号，就是连西方塔号的船边也挨不上，更别说击沉西方塔号了。双桅船不顾一切地朝航道尽头抢行而去。亨利·达巴莱当机立断，大炮轰打，猛追双桅船。双桅船挨了西方塔号二十二发炮弹都还没有沉，想是船身牢固，不易漏水沉舱。终于，那艘双桅船徐徐下沉了，海盗先是中弹受伤，然后又引火上身大受火灾，最后人死船沉，全部葬身于大海。西方塔号掉转船头再追击三桅船卡里斯塔号时，早已不见了踪影。这次战斗，西方塔号大获全胜，未损一人就击沉五艘贼船，大伙儿都称赞亨利·达巴莱英明果断，领导有方。但亨利·达巴莱却陷入了沉思。

追击逃匪

好事不断，捷报不停，亨利·达巴莱得知同盟诸国已决定切断从海上支给土耳其易卜拉欣的任何增援，俄国已向苏丹开战。希腊大围已解，希腊人民要重获自由已不成问题。亨利·达巴莱非常高兴，多年的恶战终于快要结束了。形势一片大好。听到这些好消息，他的信心不由大增。5月10日晚上，亨利·达巴莱在船舱会议室桌上看到一封信。他瞥了一眼，顿觉得笔迹很熟，他认真看了起来：

"假如达巴莱船长要下令横渡群岛的话，如让船只在9月的第一周经过斯卡庞陀一带海域，那么又会做一件救民于水火的好事。"

这封信的出现让亨利·达巴莱感到非常蹊跷，这封信的笔迹跟过去在希奥岛收到的那封信的笔迹极为相似。但是这一封信来得奇怪，不是从邮局来的。这封信没写时间，也没有署名。于是亨利·达巴莱拿出了他前次莫名其妙在希奥岛收到的那封信一比较，很明显，这两封信是同一个人写的。

亨利·达巴莱想：今天这一封信一定是西方塔号的船员寄放在会议桌上的，那么到底是谁呢？

这事并没有引起亨利·达巴莱的不快，他只是感到有那么一点惊奇，他决定不将这件事告诉任何人，包括亲密战友大副托德罗斯。亨利·达巴莱立刻拿来了地图，他一一细看沿途路线，他心里制定了航行计划。

8 月 27 日，西方塔号在沿海萨拉大海湾周围驶过之后，绕过了克里特岛最南边的马他拉山嘴。6 点钟的时候，亨利·达巴莱得到船上辽望员的消息：

"右舷前方有船！"

所有的目光都投向了右舷前方。

"不错，是一艘紧紧靠近陆地行驶的船。"达巴莱说道。

众人定睛细看，远方黑点越来越大，渐渐显现出船的轮廓，最后整个船身都非常清晰起来。那是一艘双桅帆船，船身很长，桅具也很大，是一艘双桅大船。

这是一艘什么样的船呢？是不是海盗船？此时西方塔号跟那艘双桅帆船之间的距离至少有四英里，时正傍晚，夜色逼近，船影渐暗。"这艘船很古怪！"托德罗斯上尉说。

"看情形它有从勃拉他纳岛和海岸中间穿过的倾向！"一个军官说。

"双桅大船好像在逃避什么！"

亨利·达巴莱没有理睬刚才那几句话。他也正在想这件事呢。

"这艘双桅大船果然很古怪，我们不要轻易放过它，最近群岛海盗强强联手，猖狂得很，先把船上灯火熄灭，追上去！"

托德罗斯大副立刻代亨利·达巴莱船长发布命令，猛追双桅大船。船上灯火一熄，大海一片漆黑，只听见舰船乘风破浪之声。

亨利·达巴莱就这样紧追不放地追赶双桅大船，是担心第二天天一亮再也追赶不上双桅大船。

但这次他却猜错了。

第二天天亮的时候，那艘双桅大船依然在西方塔号的前方，昨晚是什么样的距离，今天还是什么样的距离。

"他妈的，竟敢耍我们！"船首的人说。

早晨7点钟，那艘船大模大样地折往东北方向。

"难道它要驶向斯卡庞陀吗？"达巴莱有点惊讶。

不管双桅大船如何转方折向，西方塔号总是与它保持着一段距离，与它形影相随。

又行一程，斯卡庞陀山越来越清晰。双桅大船长驱直入，船进水开，直驶向斯卡庞陀山。西方塔号尾随而至。

达巴莱船长等人站在船头都想：前有阻山，后有追船，这下你们的神秘面纱就要被我们揭开了。

两艘大船一前一后，都朝斯卡庞陀山驶近。

"怪！怪！真没有想到双桅大船这么快！太出乎意料了。"托德罗斯上尉道。

原来斯卡庞陀山前还有萨索斯岛和布罗屿，这一岛一屿之间有一条狭窄的水道，双桅大船一穿过这条水道就消失了。

双桅大船离开半个时辰之后，西方塔号才来到这条狭窄水道。

短兵相接

斯卡庞陀岛本来是希腊一个岛屿，但被土耳其侵占了。希腊取得独立后，它仍然是土耳其的殖民地，希腊新政府没有把它收复。

在这个时期，在斯卡庞陀城内可以碰到很多土耳其人，这个城市一直都处在和平安宁的状态，没有战争，所以当地居民对土耳其人并无恶感。自从这儿成为罪恶的投机买卖中心以来，斯卡庞陀就以同样的待客态度迎接土耳其的船舰和到这儿来交割俘虏人口的海盗船只。

在斯卡庞陀东边，一个几乎很难找到的小海湾深处，停泊着十几艘船，这全都是贼船，船上共聚集着上千名海盗。他们在等待他们的大首领，共同策划一场大阴谋。

西方塔号停泊在斯卡庞陀港湾，达巴莱船长决定到岛上走一走。

"我们要在这里停泊一段时间吗？"托德罗斯问。

"这时下决定未免为时过早，见机行事吧！"达巴莱答。

"全都上岸吗？"

"要有一半人留守西方塔号。"

"对，有道理。这里可是土耳其人的地盘。我们要小心对付，别被敌人偷袭了。"托德罗斯上尉说道。

达巴莱船长带着一大批船员上岸登岛，向岛上的阿卡沙小城挺进。达巴莱船长听到阿卡沙小城要举行一场大规模的奴隶拍卖会，参加人数众多，来自世界各地的人都有，他们都想竞买由土耳其人掳掠得来的奴隶。

达巴莱船长等人肩负着救苦难的人们于水火之中的重任。今天无辜的人们要在阿卡沙小城进行生死攸关的拍卖，他们这些正义之士，怎能袖手旁观，见死不救呢！

阿卡沙小城的拍卖会上人山人海，大批大批受苦受难的人们被当作奴隶堆积在狭窄的台下；飞扬跋扈、不可一世的买主们端坐在台上指指点点，将台下的奴隶无耻地评论了一番。台下是苦声遍地，哀号不断；台上却是嘻嘻哈哈，不知廉耻。达巴莱等人站在场外将场内的情况看得一清二楚，只看得他们目眦欲裂，若不是要顾全大局早已冲上台去，将台上那伙养尊处优的大恶人们痛打一顿了。达巴莱沉着冷静地吩咐其他人不要轻举妄动，静观其变。

拍卖会主持人将大买主们一一向台上台下宣布了。台上那些早早端坐在最前排的小买主们都暗暗叫苦，都想：他妈的，这么多大富豪、大富翁，这一来，不是把我们这些穷酸酸的小富豪、小富翁比下去了吗？奴隶还没有买到，面子倒先卖给了别人，他妈的，这笔买卖亏得大了，不做也罢。

那些钱少的买主们自知根本不能跟新来乍到的大富豪们相提并论，早已没有了竞买奴隶之心，想买也是白想，最后索性将侥幸买到一个没人要的奴隶的念头也打消了。虽然不能买到称心如意的奴隶，但是自己风尘仆仆赶来赴会，说什么也不能空手而归，要是回去被别人问起在拍卖会上都有什么收获，到时候一句话也答不上来，那不是将一张混熟了的脸全部丢尽吗？但若是讲讲大富豪们在拍卖会上挥金如土、一掷千金的情况，别人也赞上几句见了大世面的话；但若是有个别爱打肿脸充富翁的人吹嘘自己如何跟大富豪斗富比贵之事，也由不得别人不信，就算没有从大富翁手下抢买到奴隶，但别人的夸奖却是多之又多，受用得很。小买主们都抱着这样为自己解嘲的心理，拍卖奴隶大会其实却是为那几个大买主们召开的，除了奴隶和大买主们，其余人的都是看客。

拍卖奴隶大会马上就要开始竞拍了，拍卖师都已经举起拍卖大槌，只等大会主持人一声令下，立刻槌敲大台，宣布开始拍卖。这时，众人看到那个肥肥胖胖的主持人大腹便便地走到台前，高举双手，大声喊道："这次拍卖大会我们有幸请来了大名鼎鼎的沙克拉迪夫先生，我们就请沙克拉迪夫先生出场吧！"

拍卖大会进行到此，也算得是掀起了第一次高潮。

整个会场都轰动了，大家一听到"沙克拉迪夫"这个名字无不震惊。台上大小买主们无不动容，台下无辜的奴隶们无不变色。沙克拉迪夫在地中海臭名昭著，是一个实足的杀人不眨眼、抽筋不皱眉的大海盗。

沙克拉迪夫名声虽响，但见过他真实面目的人当世少之又少，若不是他的心腹亲信，他一概不接见。别人要想见到他，那真是比登天还要难。大家想到马上就要见到神出鬼没、诡秘奇变的沙克拉迪夫，都怦然心动，各自屏声敛气，全场为之寂静无声。达巴莱心头也是一震，整日苦思冥想要剿杀的大海盗今日却在这里碰到，真是踏破铁鞋无觅处，得来全不费功夫。大敌亲临，临危不惧，明知沙克拉迪夫此番前来定然会带上大批海盗，又有土耳其人在此撑腰，自是有恃无恐、有备而来；但此人作恶多端，恶贯满盈，好不容易在此现身，时机稍纵即逝，就算是刀山火海也要闯一闯。当下主意已定，时机成熟，立时手刃此贼。

只听大会东侧脚步声踏踏而来，但见一个身形高大的悍汉威风八面走在最前面，后面还跟着十多个身强力壮的大汉，这伙人大大咧咧走进会场，此时全场鸦雀无声，几千双眼睛都一齐朝那伙人望了过去。这一瞧只瞧得达巴莱目眦欲裂，那个走在最前头的人却是尼古拉·司塔克。尼古拉·司塔克的出现倒大出达巴莱所料，他万万没料到沙克拉迪夫就是尼古拉·司塔克。

那个大腹便便的主持人恭恭敬敬地把沙克拉迪夫请到自己的位子上，自己退到一边，很显然这里就是以沙克拉迪夫为首了。沙克拉迪夫毫不客气地朝台前那个拍卖师挥手，示意开拍。拍卖师立刻宣布开始开拍奴隶。

首先开始拍卖的是一个蓬头垢面的少女，众人见那少女衣衫褴褛，一张脸被乱糟糟的长头遮住，瞧不清长得是什么模样，但是她的身材却是苗条精致，修长婀娜；虽未看到脸面，但如此身材，想必也是个美少女。那些大买主都是好色之徒，活生生一个美女，哪有不动心之理。立刻就有人开价："1000 镑！"那人话还没说完，"3000 镑！"就接口而上。"4000 镑！"不甘落后，"他妈的，6000 镑！"说话之人出身定是海盗无疑了。"妈妈的，跟老子争，8000 镑！"料想此人跟前者有过节，才会说出这样抬杠的话。刚开拍十几秒钟，那个少女的身价立时抬高到了 10000 英镑。拍卖师在拍卖台上举着拍卖槌在大声问道："10000 镑了，有没有出比 10000 镑的价格还高的，一、二……""11000 英镑！"

说话的是高坐首位的沙克拉迪夫。沙克拉迪夫开出这个高价，不仅吓住了那些小买主们，而且连大买主们也吓得不敢再开价了。拍卖师这时高举拍卖槌大声问道："已经抬到 11000 镑了，还有比这个价更高的？"

达巴莱瞧瞧沙克拉迪夫，又看看那个被拍卖的少女，心中疑惑大起，再仔细瞧那个少女时，突觉心口如大槌重重敲撞了一下，那名被拍卖的苦难少女不是哈琼娜·艾利真多又是谁？

达巴莱心绪大乱，他怎么也想不通身份富贵的哈琼娜·艾利真多沦为奴隶了。这可是他日思夜想的心上人哈琼娜·艾利真多啊！达巴莱心中只有一个念头：一定要把受苦受难的哈琼娜·艾利真多救出来，不能让她落入大海盗、大恶贼沙克拉迪夫的手中。这时拍卖师再次高举拍卖槌大声问道："还有没有比沙克拉迪夫先生出的价格更高的，现在是11000英镑，有没有比11000英镑还高的价格？"

此言一出，买主们就算有十个脑袋，也不敢再抬价了，想想沙克拉迪夫是什么人，自己又是什么人；臭名昭著、杀人不眨眼的沙克拉迪夫是随便能惹的吗？众人的气势为之一振，都想谁敢和沙克拉迪夫争价，还不是嫌自己命长，活得不耐烦了吗？

此时那个拍卖师再次高举拍卖槌大声呼喊："有没有比沙克拉迪夫先生出的价格更高的，要是没有，就这么搞掂了。一、二……"

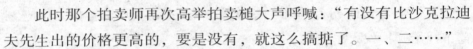

"有，大有人在，12000英镑！"这一声吼得厉害，那个拍卖师高举着粗粗的拍卖槌都忘记放下了，双眼不再转动，自是被这一声当头棒震住了。立时全场几千双眼睛纷纷循声望去。说这话的却是亨利·达巴莱。沙克拉迪夫一进场都是半睁一只眼半闭一只眼，全没把全场几千人放在眼里，此时听得一声大吼，心头也是为之一震，忍不住睁大眼睛也循声望了过去。亨利·达巴莱双眼只是盯着沙克拉迪夫不放，沙克拉迪夫碰到亨利·达巴莱锐利的目光不由得眨了一下眼睛。

沙克拉迪夫认出了亨利·达巴莱，他知道亨利·达巴莱极为难斗，又见在亨利·达巴莱身边站满了精壮之人，料想也是他的同伴，对方人数比己方人数多出一倍。再瞧瞧那个被拍卖的少女，这一瞧，只瞧得他魂飞魄散，原来他看见了那个坐在那少女身边的中年大汉不是别人正是大力士艾克查黎斯。他立时猜到那个少女必是哈琼娜·艾利真多无疑，虽有抢夺哈琼娜之心，但艾克查黎斯的厉害他早已尝过。他以为正义的希腊人已经控制了拍卖大会，这次拍卖大会邀请他来其实是一个大大的陷阱，越想越怕，再也不敢多想，起身离座就要逃走。突觉眼前一花，一个人影早拦在他的面前，沙克拉迪夫定睛一看，吓得屁滚尿流，来人正是大力士艾克查黎斯。沙克拉迪夫不及细想，随手往后一伸，抓住一个矮小同伙奋力往艾克查黎斯掷去。只听"砰"的一声，有人应声倒地。倒地之人却是矮个子斯柯贝罗。他刚才被沙克拉迪夫抓起掷向艾克查黎斯，艾克查黎斯认得他，只恼怒他为虎作伥，出手竟是不留余地本是让沙克拉迪夫受这一铁拳的，不想却让斯柯贝罗挨上了。就这一耽搁，沙克拉迪夫已经逃出了十几米，他后面还跟着十几个海盗。

海上激战

亨利·达巴莱见沙克拉迪夫夺路而逃，非常着急，拔腿追去，但终是迟了一步，沙克拉迪夫最终还是逃脱了。亨利·达巴莱带领手下解救了拍卖大会场的所有奴隶。

亨利·达巴莱把所有受苦受难的被拍卖的人救上了西方塔号。一切安排停当，达巴莱命令开船离开斯卡庞陀港。

船开起来了，哈琼娜·艾利真多终于回到了亨利·达巴莱的身边。

亨利·达巴莱非常感激一直照顾着哈琼娜·艾利真多的忠心耿耿的艾克查黎斯。艾克查黎斯反而带着那些被救的人来拜谢达巴莱。

"各位，各位，不必向我跪拜，其实我只是尽了一点微薄之力而已。"达巴莱说道。

"你不必谦虚了，受大家诚心一拜，那是应该的。"哈琼娜率先跪拜了。其余受达巴莱恩泽的人都纷纷跪拜了下来。赞扬达巴莱的声音不断，歌颂达巴莱的声音不绝。

亨利·达巴莱赶忙将那些跪拜之人扶起，互道辞谢。大伙儿都觉得达巴莱船长性情随和，正义凛然，是一个可敬可佩的人。

船甲板上的拜谢会散场后，亨利·达巴莱拉住哈琼娜·艾利真多的手走到自己的房间，他要她好好谈谈自从希奥一别后的情况。哈琼娜·艾利真多如实相告了。

原来哈琼娜·艾利真多查看了她父亲老艾利真多的帐本与及大笔的业务来往，她明白了她父亲老艾利真多一直跟大海盗合作，干的是狼狈为奸的勾当。哈琼娜悲痛欲绝，真想一死了之，但转念想到父亲老艾利真多遗留下来的不义之财。她决定用父亲遗留下来的不义之财，做正义的事情。

老艾利真多遗留了上千万的财产，哈琼娜计划用这笔不义之财赎救成千上万被俘虏后沦为奴隶的人们。计划已定，她就行动了

世界著名科幻故事精华 第二卷

起来。

　　她首先给亨利·达巴莱写了一封信，请求原谅。然后，她立刻带着忠勇的艾克查黎斯秘密离开了希奥到伯罗奔尼撒去了。

　　哈琼娜沿途碰到了很多拍卖奴隶的会场。她参与了，她用那笔不义之财救了很多善良、无辜的人。她用一切办法安顿这些人，一部分送到爱奥尼亚诸岛，另一部分就送到希腊北部已获自由的地区。

　　她父亲遗留下来的那笔不义之财，还真是发挥了很大的作用。

　　哈琼娜赎救了成千上万的人们，她的心里稍微有了一点欣慰。她是在为她死去的父亲老艾利真多赎罪。

　　后来，她觉得这不是长久解救受苦受难人们的良策，如果要让所有善良、无辜的人们不再受苦受难，必须铲除那些欺压他们、无恶不作的海盗，只有消灭了那些横行乡里、鱼肉百姓的海盗，老百姓才能过上平安的日子。就在这个时候，她得知了西方塔号在希奥港湾受挫的消息，西方塔号的船长壮烈牺牲了，伤了很多船员，西方塔号船身受损，整个西方塔号要重新修理休养。哈琼娜·艾利真多为受损的西方塔号和受伤的船员们虔诚地祈祷平安。

　　她立刻跟拥有西方塔号的那些科孚船主的代理人联系，她愿意出一笔钱，买下西方塔号，继续巡洋出海打击海盗和不法分子。她成功了，她买下了英雄的西方塔号，她把它重新配置了新的设备和崭新的大炮，一句话，英勇的西方塔号又焕然一新了。西方塔号又能够为善良的人们出力了，它需要重振雄风，东山再起，现在哈琼娜帮它做到了这一点。万事俱备，只欠东风了，西方塔号需要一个新的船长，而这个船长应该是一个年轻有为、有丰富的海上作战经验、有运筹帷幄的智慧，挑选了很多人她都不满意，于是她想到她原先的未婚夫法国海军上尉亨利·达巴莱。她把艾克查黎斯的侄儿安排到西方塔号秘密跟随亨利·达巴莱。哈琼娜写的两封信，都是请他代劳传给亨利·达巴莱的。第一封是在希奥岛，信上告诉亨利：西方塔号指挥部有一职务，正虚位以待；第二封是他乘值班时放在会议舱桌上的，信上约定炮舰于9月初到达斯卡庞陀会面。

　　亨利·达巴莱果然没有让她失望，他把西方塔号管理得很好。

和海盗交战，总能够打胜，而且还不损一兵一卒。亨利·达巴莱果然是一个优秀的指挥官，真是年轻有为，有真才实学。西方塔号的船员们都服从他的安排，听从他的命令。

　　哈琼娜继续用她父亲遗留下来的财产赎救受苦受难的人们。最后，她花光了她父亲遗留下来的全部不义之财，她的任务告一段落，她为她死去的父亲赎了罪。她想他老人家在九泉之下也能够含笑瞑目了。事情结束后，她决定和老仆艾克查黎斯一道回欧洲去。她搭乘了一艘商船，上面载着她所赎买的最后一批俘虏，朝斯卡庞陀驶来。她料想在斯卡庞陀能够碰她的心上人亨利·达巴莱，她决定登上西方塔号同回希腊。但是非常不幸的是，她乘的这艘船不幸被一艘土耳其军舰捕获了，她也沦为了奴隶，将在阿卡沙拍卖奴隶大会上被拍卖掉。

　　亨利·达巴莱听完了可怜的哈琼娜·艾利真多的遭遇后，他的眼泪再也控制不住了，他为受苦受难的哈琼娜·艾利真多流出了热泪。亨利·达巴莱也将自己近些日子的遭遇和经历向哈琼娜·艾利真多说了。哈琼娜·艾利真多几个月没有跟亨利·达巴莱叙情，彼此互相倾诉苦衷后，感情又加深了一层，两人紧紧拥抱，再也不愿分离。

　　西方塔号平稳地行驶在大海上，此时此刻的海上交通秩序大有改善。土耳其人在希腊半岛落败，它们的海上舰队也受阻，地中海上的海盗失去了土耳其人的有力支持，声势大落。希腊政府几次派出剿灭海盗的舰队接连大胜，海盗被希腊舰队打怕了，再也不敢在地中海上嚣张。西方塔号炮舰的威力令所有海盗闻之丧胆，真是他们纵横海上多年遇到的生平劲敌。

　　地中海大部分海域都十分平安，海盗出没得很少。

　　达巴莱站在船头看到眼前四周一派平和景象，心情为之一振。

　　这时艾克查黎斯走到了达巴莱的身后。

　　艾克查黎斯对达巴莱船长说："我有一件事要跟你说。"

　　"什么事？说吧！"

　　"是这样，船上的乘客们都……都知道……你快要跟哈琼娜结婚了。"

"不错!"达巴莱说道。

"这就好办,大伙儿都想参加你的婚礼!大伙儿都希望婚礼在船上举行,你看怎么样?"

就在达巴莱要回答艾克查黎斯的时候,在前桅帆架上负责辽望的水手大声呼喊了起来:"前方有船朝我们开来!"

亨利·达巴莱顾不上回答艾克查黎斯了,但见他取出望远镜,往水手所说的地方望去。果然,前方6海里的地方出现了12艘大小不同的船只。

亨利·达巴莱船长用老练的眼光观望着前方那支朝他们驶来的船队。他观察了一分钟,立刻果断地说:"托德罗斯大副,立刻叫全船警备,先武装起来,静观其变。在这块海域上突然出现这么多船只,而且船上都不挂旗帜,可见行迹十分可疑。大家都要小心准备,不要被那些船只偷袭了。船上有近千名乘客,我们的职责是保护他们的安全。千万不能再让他们落入海盗手中。"托德罗斯行走大海大半辈子,知道海上风云变幻莫测,见达巴莱船长说得严重,当下不敢怠慢,立刻吩咐全船警备起来,服从安排,听从命令。

西方塔号准备妥当,静观前方船队的情况。

"这支船队行迹果然十分可疑!"托德罗斯上尉说。

"嗯,不错!这支船队里面我认出了在克里特岛附近海上没有追到的那艘双桅船!"

亨利·达巴莱的眼光果然非同小可。那艘领头的双桅船正是西方塔号在克里特岛海域没有追上的那一艘。

那支船队渐渐逼近,此时海风呼啸、海浪掀起,风吹船动,水推船进。

亨利·达巴莱的眉头皱了一皱,甩下望远镜,大手一挥:"预备!"

他看到三发炮弹飞射向那艘双桅船,立时那艘双桅船的船头火光冲天,不过大火马上就被扑灭了。

那艘双桅船立时升起一面骨头交叉的海盗旗。

这正是海盗头子沙克拉迪夫的大旗。

亨利·达巴莱立即明白了这支船队的来历。原来这支由十二艘船只组成的船队是昨天夜里从斯卡庞陀匪巢啸聚在一起的。沙克拉迪夫在阿卡沙拍卖奴隶大会上差点被达巴莱等人活捉，他逃回卡里斯塔号越想越恼恨，想想自己在海上纵横大半生，所向披靡，无人能敌，是何等威风，何等尊贵，他万万没有料到单单一个艾克查黎斯就能把他制服，又想到老艾利真多的千万遗产只因为有一个亨利·达巴莱从中作梗，转眼间自己便没有了半分钱，本来千万遗产就要稳稳当当入腰包，如今却成泡影；又想到西方塔号近段时期经常切断他的海上运输线，击沉了他不少船只，杀了他很多手下，新仇旧恨，他怎能咽下这口气，如果不把西方塔号击沉在地中海底，他这个海盗首领也当不下去了。

待手下探知西方塔号已经孤船离开阿卡沙，他认为这是天赐良机，报仇血恨的日子终于到了。

沙克拉迪夫刚一纠集十二艘海盗船要拦截西方塔号回希腊。双方刚一交锋己方的领头船就被西方塔号三发炮弹击中了两发，船的首尾中弹，幸亏船身坚固，不然哪里吃得消西方塔号的重弹。

沙克拉迪夫刚一出兵就落了下风，心中愤愤不平，心想：如果不将西方塔号击个稀烂，就不再在地中海上混了。

沙克拉迪夫虽然恼怒，但他城府甚深，立刻冷静下来，命令手下将船慢慢逼近西方塔号，明知靠得越近，危险就越大，但自恃船多人众，对方孤船人少己众敌寡，那自是稳操胜券了。其实他这一着，大有孤注一掷、铤而走险之势。

亨利·达巴莱观察敌方布阵局势，知道敌方蜂拥而上，强强联手，走的是以众敌寡的险着。亨利·达巴莱自然不怕这些人，他一生南征北战，身经无数恶战大仗，这区区十二艘乌合之众拼凑成的船只，自是没有放在眼里，但西方塔号船上有乘客近千，各个都是手无寸铁之人，没有格斗搏杀的经验，实是一个大包袱。西方塔号要保护他们，又要防备敌船的攻击，仗还没有打，胜败似乎已分。如此形势，如果不先发制人，打敌人一个措手不及，夺敌气势，后果还真不敢想象。

双方都各忌对方厉害，不敢过分逼近对方，缓缓前进，伺待良机出手。

沙克拉迪夫用望远镜看清西方塔号大炮多达二十二门，又有可以移动的远程小炮二十三门，炮手林立，水兵济济，声势自是非同小可。

亨利·达巴莱也用望远镜看清了海盗船队十二艘船共有六十门小炮，三十门大炮，每条船上都挤满了海盗。十二艘海盗船共分四队，每队三艘，分别从东西南北四面攻来，西方塔号已被贼船包围了。

亨利·达巴莱见贼船一炮不发，只是一味靠近西方塔号，立刻知道了海盗的企图，那是一靠上西方塔号，立时登船乱砍胡杀。

再过片刻，沙克拉迪夫的海盗船离西方塔号炮舰只有一海里了，形势十分紧急，已成千钧一发之势。

"各就各位！"亨利·达巴莱高举右手。

整艘船都纹丝不动。

"瞄准贼船！"亨利·达巴莱下达命令。

炮手紧傍炮身，水兵力举长枪，全副武装，静待大令。

"打！"亨利·达巴莱大声喊道。

西方塔号二十二门大炮众炮齐发，炮弹如雨点般不停向贼船打了过去。

亨利·达巴莱举起望远镜向贼船望去，但见贼船已有大部分中弹起火，火势急猛，大功告成，西方塔号炮舰当真是弹无虚发。

亨利·达巴莱再次命令众炮预备射击的时候，突觉自己的船猛烈地晃动了两下，原来贼船在这时也反击了几十发炮弹，但却没有打中西方塔号，尽数落在西方塔号的四周，弹落水起，大浪滔天，水柱升空，西方塔号四周的海面被这几十发炮弹打得掀震了起来。虽是西方塔号船宽身长，也被掀起的海水摇晃得极为厉害。

亨利·达巴莱见首发得手，初击奏功，知道应该乘胜再打一次，要打得贼船手忙脚乱，首尾不能相顾，再也无还手之力，又下了一道命令攻击贼船。

　　只听得呼啸声连绵不绝，又有几十发炮弹向贼船打了过去。

　　西方塔号的炮手们正要准备第三次进击，突觉船身猛烈大晃，爆炸声在耳畔不停轰响，西方塔号的前桅杆被贼船炮弹打断了，船尾也跟着中弹。已有一名军官和两名水兵当场丧命，另有四个水手受了重伤。虽然大挫贼船，但是己方受伤也不轻。

　　受伤的水手立时被同伴抬下了船舱里。哈琼娜·艾利真多带领妇女为受伤的水手包扎伤口，敷药止血。

　　沙克拉迪夫的海盗船队损失惨重，已有六艘船被西方塔号的重炮击沉，有三艘遭受了重创。

　　沙克拉迪夫见己方大败，明明胜利在望，却被西方塔号众炮齐发打得己方已无还手之力。

　　他越想越恼，他咆哮地跑到炮台前大骂炮手无用，连炮弹也不会打。被骂的炮手吓得屁滚尿流，生怕杀人不眨眼的沙克拉迪夫一枪杀了自己。

　　那个炮手如果不这么想的话，他的性命可能无忧，但偏偏是他这么想了，沙克拉迪夫拔出手枪，对准那个炮手的太阳穴，扣动扳机，只听"砰"的一声响，那个海盗炮手立时脑袋开花，大块大块的脑浆溅在了沙克拉迪夫的身上。沙克拉迪夫又朝空打了一枪，大声吼道："他妈的！给我顶住！杀！杀！杀死那些王八蛋！"沙克拉迪夫此时势如疯虎，使的都是同归于尽的拼命险着。

　　其余海盗被沙克拉迪夫威势吓住，只得听令为之拼命攻击。

　　双方的炮弹不断从炮口打出，互有伤亡，都有损失。西方塔号已经中了八发炮弹，船身虽然坚固，但接连不断挨受了几发炮弹的重击，受伤也着实不轻。船上水兵炮手伤亡惨重，只剩下二百余名能作战的船员。贼船又有一艘被击沉，其余船只损伤程度不等，但威势大不如昔，攻击力量已分散。此时，西方塔号已有八门大炮被炸毁，十门小炮已成废铁，攻击力量削弱。双方炮击力量所剩不多，这一仗已打成了一个平局。

　　沙克拉迪夫检查己方人数，这一检查吓了他一大跳，原来有两

世界著名科幻故事精华

第二卷

千余名手下，现在只剩七百多人，而且还有少部分人缺胳膊少腿的。昔时踌躇满志，满以为凭十二艘战船和两千余名凶狠的手下定能将区区一艘西方塔号和船上八百多人全歼不余，万万没想到刚交手几下，己方伤亡惨重，由优势转变成劣势。

沙克拉迪夫怎么也想不通自己横行地中海大半生，身经百战，长时间无一对手，今日一役，已打得他元气大伤，纵然能逃回老巢，也是大势已去，再也不能达到昔日鼎盛时期那般兴旺了。

沙克拉迪夫望望敌方，又瞧瞧己方，知道此役必败，突觉喉口一热，忍不住"哇"的一声吐出了一大口鲜血。他的手下海盗见头领被西方塔号的威力气得口吐鲜血，隐隐约约也预感到己方大势已去，要想再和西方塔号一较长短、争比高低已是不能了。

顿时，贼船海盗个个都士气大衰，已无战心，开炮不准，打枪无力。但慑于沙克拉迪夫凶狠、残暴，不敢自己率先跳海逃命。突然，沙克拉迪夫从腰间抽出一把亮晃晃的匕首，心一狠往自己右手臂上猛刺了一下，顿时鲜血迸涌，伤口开裂。只听沙克拉迪夫大声吼道："我们要和西方塔号决一死战！"

最后一刀

亨利·达巴莱身上已经受伤，虽不是重伤，但鲜血却是流个不停。

西方塔号已经有倾斜的势头，船上的战斗力已大大削弱了，满打满算船上能够作战的兵力还不到一百五十人。

此时双方都不再开炮打击对方，因为双方所剩弹药显然不多，不到万不得已的时候，他们是不会用炮弹招呼对方的。

贼船步步逼近，西方塔号却是一动不动，用的是以静制动、后发制人的办法。双方距离不到一百米时，各自船上炮弹都呼啸而出向对方攻击。西方塔号早有准备，炮弹一经打出，立时向后大退。贼船的炮弹又失准头，弹落大海，水柱掀起。

但剩余的那几艘贼船情况却是大大不妙，他们要是早知西方塔号的炮弹是弹无虚发的话，他们就不会这样玩命地逼近上前挑衅西方塔号了。贼船又有一艘中弹下沉，此时沙克拉迪夫只剩下五艘残破船只了，手下兵力也只剩六百余人。沙克拉迪夫身先士卒，挥刀呐喊："冲啊！杀啊！"

他这一招却是立马生效，手下海盗立刻都知今日不是你死就是我活，狭路相逢勇者胜。

沙克拉迪夫命令一部分海盗开炮直击西方塔号，又命令一部分海盗大力开船，就算撞也要和西方塔号撞个同归于尽。一时之间，贼气大盛，个个雄心勃勃，都想手刃西方塔号上的人。

西方塔号见贼船奋不顾身向自己撞来，知道敌方想同归于尽，待要再后退的时候，已经来不及了。贼船已近身挨前，形势紧迫，除了背水一敌，再也没有其他对敌的更好办法了。西方塔号的炮手们正要抬弹开炮，船首船尾已杀上了几十个海盗，立刻知道一场近身肉搏战展开了。

海盗们恼恨西方塔号的炮手开炮打死他们那么多兄弟、击沉了那么多船只，都纷纷使刀向炮手们劈头盖脸猛砍狠剁。西方塔号的勇士岂容这些鼠辈在船上撒野。各自提刀带棒迎战上船的海盗。只听得当当的刀枪相交哐碰之声响成一片，已无炮声枪声，全是喊杀肉搏刀格之声。

海盗上船的人越来越多，片刻之间，已有三、四百余名提刀带棒的海盗上了西方塔号。亨利·达巴莱、托德罗斯、艾克查黎斯带伤杀贼，其余西方塔号勇士都用以一当十的勇气杀砍敌人。忽听一声长啸，西方塔号船首已跳上一人，那个身形高大、一脸凶相的人不是别人，正是大海盗、大恶贼、人人都憎恨的沙克拉迪夫。正所谓仇人相见分外眼红，亨利·达巴莱、艾克查黎斯一见到沙克拉迪夫上船，立时猛砍面前两个海盗，一路冲杀，直扑沙克拉迪夫。沙克拉迪夫本来非常忌惮艾克查黎斯的，但经过刺臂誓血后，似乎勇气大增，自我感觉特别良好，又自以为自己打遍天下无敌手，能见人杀人，见鬼杀鬼。他自认为休说一个艾克查黎斯，就算十个艾克查黎斯他也能砍了。所以他才敢有恃无恐地冲杀到西方塔号上来。沙克拉迪夫的手段也是十分了不得的，他一上船刷刷两刀就砍伤了两名西方塔号勇士，待又要依法儿砍伤第三人时，亨利·达巴莱和艾克查黎斯已经双双杀到，只听唻唻唻三声连响，三人的兵器已重重交了一招。

沙克拉迪夫收刀一望，看得清楚，正是大仇人亨利·达巴莱和艾克查黎斯。沙克拉迪夫心中为之一颤，但他心高气傲，自然敢杀上西方塔号来，自是不惧怕这两个生平大敌了。沙克拉迪夫冷笑："好！一个是西方塔号的船长，一个是老艾利真多的老管家，都是一家人，今日我就成全了你们，去死吧！"话未说完，大刀一抖，刷的一声大响，刀走偏锋，刃尖横削，刀光如弧，砍向达巴莱和艾克查黎斯的前胸。达巴莱暗赞：好身手！艾克查黎斯是个直性子，脱口而出："好手段！也试试我的！"艾克查黎斯持刀横劈，不避来刀，却攻敌人的双腿。

沙克拉迪夫大吃了一惊，赶忙收刀往后跃退。

亨利·达巴莱见沙克拉迪夫突然收刀跃退，心感蹊跷，定睛细看，却是大力士艾克查黎斯铤而走险，奋不顾身地刀砍沙克拉迪夫的腿部。沙克拉迪夫忌惮这一刀，才抽身而退，回头就跑，亨利·达巴莱和艾克查黎斯再要上前攻击沙克拉迪夫的时候，又有几十个海盗蜂拥上了西方塔号，沙克拉迪夫自知不是他二人的对手，见自己手下又不断上船，心中大喜，命令手下围攻他的两个生平大敌，边叫边嚷："只要死的，不要活的！"

海盗纷纷抢攻亨利·达巴莱和艾克查黎斯。沙克拉迪夫却站在一旁冷看几十个手下围攻他的生平大敌。

此时，贼船上的全部海盗都已经杀上了西方塔号。西方塔号船上水兵、炮手、军官战死了十几个人，受伤几十名。海盗多达五百多余名，而西方塔号的勇士却只有九十多人，敌我双方力量玄殊，胜败已分，输赢已定。西方塔号的勇士们被海盗们团团围住了，战圈越缩越小，只听得啊呀呀声惨叫哀呼不绝，又有十几名西方塔号勇士倒地身亡，海盗也伤亡了三十多人。亨利·达巴莱见西方塔号此时此刻横尸遍船，烟火纷飞，血流成河，惨不忍睹。他胸口热血沸腾，再也忍不住，仰天纵声长嘶："杀尽海盗！杀尽海盗！"手上加劲，刀上增力，猛砍狠削，手起刀落，又杀了三名近身杀来的海盗。艾克查黎斯势如疯虎，他杀敌杀红了眼，虽然身上刀伤多处，血流不停，但手上之力，刀上之劲却是丝毫不见减弱，他反而越战越勇，挡者砍死，避者剁伤，所向披靡，无人能挡，转眼间便杀了七八个作恶多端、恶贯满盈、死有余辜的大海盗。

双方正在激战，突听船底"砰"的一声巨响，船舱挡板从下掀冲而上，近千名原先被拍卖为奴隶的乘客纷纷从船底蜂拥冲出。原来乘客们眼看西方塔号的勇士不断从船上抬到船底包扎止血，只过了十五分钟，竟从船上抬下了几十名伤者、几十名亡士。这些伤亡的勇士都是为保护他们才受伤战死的，立时有人提出要冲到船上甲板帮助勇士们力杀海盗恶贼。马上乘客们都纷纷响应，个个摩拳擦掌，争先恐后冲上船甲板杀敌除恶。

这近千名乘客加入战团，西方塔号勇士处境立刻由劣势变成优势，海盗此时反被包围。海盗久战西方塔号不下，眼看西方塔号的勇士所剩无几，就要被全部歼灭，突然冒出这么多乘客个个挥刀持棍攻来，知道厉害，海盗们纷纷倒退，已无心恋战。亨利·达巴莱见己方反败为胜，察看形势，敌人已无心恋战，于是登高一呼："愿投降的人，免罪；捉住沙克拉迪夫的人，免死！"

此言一出，沙克拉迪夫听得清楚，不由得连连叫苦，自己平素对待手下一直不留情面，滥杀了不少人，手下早生不满，时刻都想杀了他取而代之。想到死，他不由得吓得屁滚尿流，双腿颤抖，想逃也没有了脚力。他正要开口投降，不料却被自己手下斯柯贝罗倏地伸手挡住了嘴巴，他顿知不妙，不及细想，手上大刀早已递出，刺向了斯柯贝罗的小腹。斯柯贝罗本想伸手挡住沙克拉迪夫的嘴巴，不准他再开口煽动手下力抗西方塔号人，他想投降，不料却着了沙克拉迪夫的道儿，刀入腹中，斯柯贝罗撒手而倒，已然毙命。

此时海盗全部被俘，足足有四百余人，卸去兵器负手被缚，再也没有力量反抗了。沙克拉迪夫被捆了一个五花大绑，全身动弹不得，只有束手待毙的份儿。亨利·达巴莱提住他的头，大声朝大家说道："这个人曾化名为尼古拉·司塔克，但他的真名却是叫作大海盗、大恶贼沙克拉迪夫！沙克拉迪夫人人得而诛之！"此言一出，西方塔号全船轰动。

受苦受难的乘客和西方塔号的勇士们都大声狂呼："杀了他！杀了他！"沙克拉迪夫吓得魂飞魄散，他侥幸地以为只要推说自己不叫沙克拉迪夫那就不会被处死了，急忙大叫："我不叫沙克拉迪夫，我真名是叫尼古拉·司塔克！沙克拉迪夫是我养父的名字！"艾克查黎斯抓来一个老海盗要和尼古拉·司塔克对质。那个老海盗说："不错，沙克拉迪夫是司塔克的养父，他养父生前没有将他名字告诉他的养子尼古拉·司塔克！直到上个月，打败了西方塔号，于是大家推崇他当大首领，并将他养父的生平告诉了他，他便盗用了他养父的名字。"

这时一个老妇女快步走到尼古拉·司塔克的面前问他："你承不承认你曾作恶多端、恶贯满盈？"尼古拉·司塔克低声道："承认。"那老妇女厉声道："你瞧，我是谁？"尼古拉·司塔克抬头一望，惊叫了起来："母亲！"他话还没说完，大家突见寒光一闪，尼古拉·司塔克的人头已经落地，杀他的正是他母亲安特洛尼卡。

后来，西方塔号将俘虏的海盗全部交给了希腊政府处理。希腊政府大加奖励西方塔号。

亨利·达巴莱和哈琼娜·艾利真多，喜结良缘，成为夫妻，白头到老，幸福美好。

世界著名科幻故事精华

第四章　岛上猎奇

神　秘　岛

乘气球逃生

一八七五年一月，一场猛烈的风暴从北到南，席卷了美洲、欧洲和亚洲 1800 英里的广阔地区，给这些地区的国家和人民造成了难以估量的灾害。与此同时，在高空中同样上演着一幕惨烈的悲剧。

在高空中的某个地方，一个很大的氢气球下面吊着一个吊篮，吊篮里面坐着五个人。气球以每小时 90 英里的速度被龙卷风卷进一股气流的漩涡中，飞快地掠过天空，同时不停地转动。

暴风不停地刮着，这已经是第五天了。可以断定，这个气球是从很远很远的地方飘来的。幸运的是，尽管他们在这呼啸的狂风中飘荡，却还没有出现什么意外。

坐在气球里的 5 个人不知道现在是白天还是黑夜，也听不到地面上的声音。因为吊篮下面的浓雾和阴云包围着他们，他们的视线被遮断了。只有当气球快速下降的时候，他们才意识到危险正在向他们袭来。他们赶紧把弹药、枪枝和粮食扔下去，以减轻气球的负重。这样气球又升到 4500 英尺的高空中。当他们一发觉下面是茫茫大海时，就吓得赶紧把最有用的东西也扔掉了，同时竭尽所有的办法保持气球里原有的氢气。

气球里的人在惊险恐怖中送走了黑夜，迎来了白昼。风暴终于逐渐缓和下来。中午的时候，风暴不再猛烈，逐渐变成了和风。

　　但也就在这个时候，气球里的氢气不足了，气球开始慢慢下降。气球在下降的过程中逐渐瘪下去，气囊慢慢拉长，从球形变成了椭圆形。气球里的人看到下面是一片汪洋大海，他们的命运看来注定要沉入大海，葬身鱼腹了。但是气球里的人都显得很勇敢，没有一个人惊慌，都保持着冷静的头脑。也没有一个人发出一句怨言，大家都在千方百计使气球降落得慢一点，争取迟降落的时刻。他们决心要奋斗到最后一刻。

　　到了下午两点，气球离海面只有 400 英尺了。"东西都扔掉了吗？"一个洪亮而镇定的声音从气球里传出。"不，还有 1 万金法郎。"回答的声音同样坚强有力。"那么扔掉。"随着这个声音，一个很重的钱袋落到了海里。"气球上升了没有？""是的，上升了一点儿。不过，一会儿又要下降。""还有没有可扔的东西？""没有了。""有！还有吊篮！""对！让我们抓住网索！把吊篮也扔到海里去吧！"

　　再没有可以减轻气球重量的办法了，看来只有这样做了。他们把吊篮的绳割断了，吊篮掉到了海里。气球也随之上升了 200 英尺。

　　气球里有 5 位乘客，他们爬上气球网，从高空中注视着下面可怕的茫茫大海。

　　重量对气球来说是很敏感的，即使减轻很少的重量，也可以改变气球的高度。不多久，气球由于漏气，又开始下降了。气球里的人已尽了最大的努力，现在只好听从上帝的安排了。

　　到下午 4 点时，气球距海面只有 500 英尺了。

　　突然，一声狗叫声划破寂静的天空。原来气球队里还带着一只狗！它也攀在网眼上。

　　"托普看到什么了？"一个人大声问。"陆地！陆地！"另一个人马上回答他。

　　从天亮到现在，气球已随着大风向西南飘了几百英里。呈现在眼前的是一片很高的陆地。但是这片陆地还在 30 英里以外。如果气球这样飘下去，少说也得要一个小时才能到达那里。

看到离海岸只有 400 米远了，4 个人都欢呼起来。但就在这时，大海里一个巨浪打来，气球竟被一下子打得上升到了 1500 英尺的高空。接着又遇到一阵风，把气球吹得沿着和陆地差不多平行的方向飞去。

折腾了一阵子，气球终于降落在一个波浪冲击不到的沙滩上。人们从气球网眼里钻了出来。

原来吊篮里有 5 个人和一只狗，可是现在只剩下 4 个人了！

气球在着陆后突然又飘上了空中。

只见黑人纳布一边哭一边发疯似地冲向海浪："史密斯先生，史密斯先生！"

"我们一定要救他！我们一定要救他！"剩下的人也跟着叫起来。

这几个人根本不是什么气球飞行员，而是一群战俘。他们想出了这种非常奇特的办法进行逃跑计划。少了的那个人正是纳布的主人，工程师塞勒斯·史密斯及其爱犬托普。

史密斯因为南北战争而上了前线，他当时的职责是管理铁路。在里士满战场上，他成了俘虏，并因此结识了战地记者史佩莱、水手潘克洛夫以及少年赫伯特。一天，史密斯同这几个人及其仆人，趁南军监管人员不注意时，乘着一只南军准备用作通讯工具的大氢气球逃了出来。可是，工程师史密斯却就在快要到达安全地之前连同他的狗失踪了。

他们推断，工程师是在海滨的北部失踪的，他失踪的地点至少离海岸半英里。这时暮色已浓，加上天色不好，显得格外昏暗。几个人向北面一片荒芜的地方走去，边走边不时地大声叫喊。他们想，如果史密斯没有死，那么他应该就在这一带，至少也可以听到托普的叫声。他们想听到回音，然而他们所听到的只是澎湃的海浪声和拍打海岸的波涛声。一伙人四处寻找，决心找到史密斯先生。

四个人又走了 20 分钟，他们突然发现脚下白浪翻滚，只好停住了。认真一看，才发觉他们已来到了海角的另一头，海浪猛烈地拍击着岩石。

"也许史密斯先生就在这附近，我们再喊喊吧。"纳布说。他们又喊了几声，一样没有回音。

没办法，四个人只得回去。他们改从另一边往回走。这里遍地沙石，道路崎岖难走。走了一英里多之后，他们找不到拐回北边的去路了。他们认定刚才拐过的那个海角必定是和大陆连在一起的。尽管他们一点力气都没有了，但还是坚持前进，并且盼望碰到一个拐角，使他们能够回到原来出发的地方。走了近两英里，他们到了一个高地。这个高地全是又湿又滑的岩石，而且前面又没有路了。

潘克洛夫说："看来我们是在一个小岛上，我们已经从这个岛的一端走到另一端了。"

现在还不知道这个小岛和其他重要的群岛是否相连。在气球上的时候，他们就看见了这片陆地，但还来不及看仔细他们就被狂风送上了海岛。

凭着多年的航海经验，尽管在昏暗中，潘克洛夫仍然能够肯定，西方那片朦朦胧胧的影子就是海岸。由于黑暗，他们不能断定这个岛是否和其他岛屿相连。因为四周都是大海，他们也无法离开这个小岛。

"虽然我们的朋友没有回音，但不能就这么认为他就已经不在了。"记者史佩莱说道。大家都同意他的说法。

一个难熬的夜晚过去了。清晨的浓雾散开后，这四个人焦急地朝四周观望，昨天晚上看到的西方那片朦胧的巨影不见了，陆地的一点影子也没有。不过潘克洛夫仍很自信，说："凭我的感觉，那边准有陆地。"

当浓雾散尽时，整个小岛完全显现出来了。它向东面的远处延伸而去，可是西面却一下子被乱石滩阻住了。

正如潘克洛夫判断的那样，西边有陆地。在小岛和对岸之间横亘着一条半英里宽水流湍急的海峡。他们感到有些放心了。

大家正在那里观望，却有一个人突然跳下水去。大家一看是纳布。他急于从对岸向北边游去。谁也拦不住他，史佩莱准备跟着他去。

潘克洛夫却说："不用了，纳布一个人就行了。如果我们全都跳到海峡里去，就有可能全被冲到海里去。现在正在退潮，大家不要着急，等到水浅的时候，我们就可以找到涉水过去的路了。"

"对，"史佩莱说，"太分散了不好，以免遇到什么事没有照应。"

纳布正在和激流搏斗。岸上的人焦急地等待着他的大胆尝试能够成功。他的身影在海浪中慢慢消失了。

纳布去了之后，剩下的三个人一面在沙滩上拾贝壳，一面注视着对面远处的陆地。对岸是一个宽阔的港湾，南端的海角上光秃秃的。这个海角同海岸相连，高耸在地面上，形成一道形状十分奇怪的花岗石轮廓。小岛离海岸有半英里左右，就像一条巨大的鲸鱼。

这是一个由火山爆发而形成的小岛。

潘克洛夫、史佩莱和赫伯特认真地考察了这个小岛。他们猜想有可能要在这个岛上住好几年，如果这里附近没有航线，那么他们就要在这个岛上呆一辈子了。

"我说，潘克洛夫，你看会怎么样？"史佩莱对记者说。

"等等看。海水正在退潮，不要多久我们就可以过去。到了对岸那边，就可以想办法离开这个困境，那时我们就可以找到史密斯先生了。"潘克洛夫说。

正如潘克洛夫预料的那样，大约过了 3 个钟头，海峡大部分露出了沙底。

到了 10 点钟，史佩莱等三个人脱了衣服，把衣服顶在头上，跳进齐肩深的海水中，顺利地过了海峡。

史佩莱让潘克洛夫和赫伯特不要走动，他一个人攀上了山崖。上到峭壁之后，他由于想知道史密斯以及纳布的下落，就加快了步子，绕过拐角不见了。

"来，孩子，"水手潘克洛夫对赫伯特说，"我们得为今天晚上准备一个住处。还有，他们回来后需要吃的，让我们想办法找点好吃的。"

"那我们马上动手吧。"赫伯特高兴地说。

他们必须找一个靠近淡水的住处。他们走了很久，终于在一处石壁下发现有一股水从下面流出来，形成了一条小溪。溪水在花岗石的夹壁间奔流着。就在小溪旁有一个岩洞。

"我们就住在这儿吧。"潘克洛夫指着岩洞说。

这个岩洞是由地震造成的，是个很好的住所。

"一个很好的石窟，"赫伯特说着就钻了进去，"像个迷宫一样。"

"让我们开始工作吧。"潘克洛夫兴奋地说，"去准备一些干柴，再把石缝堵上，还要找吃的，动手吧，孩子！"

赫伯特到小溪中捡了不少软体动物送给潘克洛夫。

"这是茨蟹，很好吃的。"赫伯特从小就喜欢研究生物。

"不错，很有味道，可以当作鸟蛋。"潘克洛夫吃完又捡起一些放进口袋里。

河岸有很多干柴，一会儿他们就捡了一大堆。潘克洛夫两个人用藤子编了一只木筏，把干柴堆上去，准备等海水涨潮时把柴运回去。不多久潮水涨了上来，果真把木筏送到了溪水口。他们又捡了不少鸟蛋带回去。

准备生火时，潘克洛夫发现不见了火柴。这可糟了，没有火柴怎么办？两个人急得四处乱找，可就是找不到。

到了傍晚时分，史佩莱和纳布精疲力尽地回来了。史佩莱狼吞虎咽地吃了几把生蛤蜊之后，才慢慢地告诉潘克洛夫史密斯的经过。纳布听着听着，不禁伤心地哭了起来。每个人心里都十分难受。

"你身上有火柴吗？"潘克洛夫问史佩莱，想转换一下话题。

史佩莱摸摸口袋说："找不着了，大概是在气球上时扔掉了。"

"找一找，再找找。"潘克洛夫有些不甘心。

史佩莱终于在坎肩的衬里摸到一根火柴，赫伯特小心翼翼地把火柴取了出来。

"太好了！太好了！"潘克洛夫兴奋地说。

不多久，石窟内燃起了熊熊大火，火光驱走了黑暗，给这几个落难的人带来了温暖。

狂风在洞外怒吼，海浪拍击着岩石。

太累了，人们都靠在火堆旁进入了梦乡，只有纳布彻夜未眠，心中呼唤着史密斯的名字。

天亮之后，潘克洛夫和赫伯特去打猎。几个人的食物只有全靠这种原始的办法获得了。史佩莱留在石窟照看着篝火，而纳布却沿着海岸越走越远，终于不见了身影。

到了晚上，天变了，狂风暴雨袭来，洞外一片漆黑。分不清哪里是海，哪里是天。只听见海风呼啸着，发出巨大的隆隆声。

松鸡已经烤得香喷喷的了，可是纳布还没有回来，大家都吃不下去。

半夜里，潘克洛夫被一阵奇怪的声音惊醒了。

"听，是什么在叫？"史佩莱说。

"是托普的声音！"赫伯特激动得跳起来。

潘克洛夫举起一把燃烧的干柴到洞口查看，并吹着尖利的口哨。一只狗跳了进来。

托普，果然是托普！托普是一只纯种狗，跑得很快，嗅觉灵敏。不过，即便是它嗅觉再灵敏，可它从来没有到过石窟呀！更令人惊讶的是，托普身上竟然一点烂泥也不沾！在这样狂风暴雨的漆黑之夜，它到底是从哪儿跑过来的呢？

顾不上多想，三个人跟在托普的后面冲进狂风暴雨之中。潘克洛夫走时还带上了烤好的野味。

他们跟着托普，在天亮后来到沙丘中的一个石洞前。托普冲了进去，三个人也跟着奔了进去。到了洞里，只见纳布跪在地上，他的面前躺着一个人，这个人正是塞勒斯·史密斯。

考察荒岛

史佩莱给史密斯按摩一阵之后，工程师终于苏醒过来了。

"你以为史密斯先生死了吗，纳布？"潘克洛夫对纳布说。

"是的，"纳布抬起红肿的眼睛说，"要不是托普把你们领到这儿来，我就要把主人埋了。"

多么幸运！塞勒斯·史密斯又重新得到了一次生命！

在大家的精心照料下，工程师逐渐恢复了知觉。赫伯特到海边去弄了两只大蚌回来，潘克洛夫把松鸡同大蚌调成肉汁让工程师喝下去。工程师喝着肉汁，睁开眼睛看着周围的人。

"主人！主人！"纳布叫道。

工程师听到了。他认出了纳布和史佩莱，然后又认出了另外两个伙伴。

"是荒岛还是大陆？"他喃喃地说。

"管他是大陆还是荒岛！只要你活着，我们什么都可以对付！"潘克洛夫叫道。

工程师微微点点头，然后又睡着了。他太虚弱了。

史佩莱让纳布、赫伯特和潘克洛夫到山上去弄了几根大树枝来，做成一副简单的担架，上面铺些树叶和野草，准备把工程师放在担架上面抬着走。

他们费了不少时间做担架，当他们回到洞里的时候，已经是上午10点钟了。

这时，工程师已经从睡眠中醒了过来。他那苍白的脸色终于恢复了正常。他略一抬头，想看看自己究竟是在哪里。

于是大家便把气球怎样坠到地上以及如何寻找他等等事情告诉了他。

"那么，你们是不是在沙滩上把我救起来的？"史密斯声音微弱地问。

"不，我们是在这个山洞里找到你的。"记者说道。

"那肯定是托普把我从海里拖出来，再把我弄到山洞里的……啊，托普，我的托普！"

听到呼唤，这头毛色好看的狗叫着跳到主人身边，史密斯温柔地抚摩着它。

到五点半的时候，几个人把史密斯抬回了石窟。史密斯又睡着了。

但是，令他们难以预料的事情发生了：他们的火堆被水浇灭了。

原来就在他们出去的时候，汹涌的海浪冲进了石窟，把火给浇灭了，留着代替火绒的焦布也被冲走了。石窟里所有的东西都被水弄湿了。

火没了，未来的日子真是不堪想象！

尽管如此，大家还是首先安置史密斯，用海藻给他铺了一个床。

黑夜降临了，外面吹着寒风，气温变得相当低。原来洞口的挡石被海水冲掉了，冷风钻了进来，大家冷得直发抖。他们把自己的外套脱了下来盖在工程师身上。

没有别的食物，晚上只好吃赫伯特和纳布捡回来的茨蟹。

潘克洛夫急得要命，他和纳布找了一些干燥的地苔，用鹅卵石砸出火星，准备取火。可是这东西不易燃烧。

累了半天也没有取到火，潘克洛夫已是浑身大汗。"再干下去，我的胳膊倒要起火了！"他嚷道。

第二天是 3 月 28 日，早上工程师醒过来，开口就问围在他旁边的伙们伴：

"这里是大陆还是荒岛？"

他最关心的就是这件事情。

"我们还没弄清呢，史密斯先生！"潘克洛夫答道。

"你们不知道？"

"是的，我们要等你带我们出去呢。"潘克洛夫说。

工程师起身坐了起来。赫伯特递给他一些蛤蜊：

"我们没有别的了，史密斯先生。"

"谢谢你，孩子。"史密斯说，"够了，应该是够我早上吃的了。"

大家默默地看着史密斯。他吃完后说：

"朋友们，你们是说到现在还不知道是在荒岛还是在大陆？"

"是的，史密斯先生。"大伙说。

"我们明天就知道了。"工程师说。"我记得你们抬我的时候，好像看见一座高山……"

"是的，西边有一座高山。"史佩莱说道。

"好吧，明天我们爬上那座高山，就可以知道是荒岛还是大陆了。"

"朋友们，"工程师沉思了一会儿之后说，"看来我们的处境很悲惨。如果这里是大陆，我们总还可以找到人。如果是在荒岛，若是岛上有人，我们也可以借助他们脱离窘境。但如果岛上没人，那只好靠我们自己想办法了。"

"但愿附近有航线就好了。"潘克洛夫说。

潘克洛夫说完和赫伯特打野味去了。他们抓住了一只很肥的水豚回来。

当他们走到一个拐角时，潘克洛夫惊叫起来：

"赫伯特，你瞧！"

只见岩石丛中有一缕轻烟袅袅上升。

他们抬着水豚回到石窟。原来这烟是从石窟冒上来的。

"这火是谁生的？"潘克洛夫问。

"是太阳生的。"史密斯笑着说，"我做了个放大镜，对着太阳就有火了。"

"怎么做的呢？"赫伯特好奇地问。

史密斯取出怀表说："用我和史佩莱先生的表玻璃合在一块就成了放大镜。它把太阳光聚在地苔上，不多久就燃起来了。"

"太妙了！"赫伯特叫起来。

在潘克洛夫的心里，史密斯真是太不简单了。

晚餐可口极了，纳布烤的水豚让大家吃了之后赞不绝口。石窟已被修整一番，又生起熊熊大火，晚上睡得舒服极了。

第二天早上，吃罢早餐，五个人高高兴兴地向高山进发。穿过沙地，走出森林，他们终于来到山脚下。

这座山上有两个火山堆，大约有 2500 英尺那么高，形状就像一只大爪子，山中有很多峡谷，峡谷里树木丛生。

山上到处是乱石，他们艰难地往上爬。天黑时，他们爬到了第一个火山堆顶上。吃晚餐之前，史密斯带着赫伯特去考察火山堆。

两个人边走边看，发现前面有一个深洞，火山爆发的岩浆就是从洞里喷出来的。喷出来的岩浆形成一层层阶梯。沿着这些阶梯上去，他们终于到达了火山堆的顶峰。

只见四周漆黑一片。他们的视线只能看到两英里以内。他们难以判断这块陆地是被海洋包围呢，还是与西边同太平洋中的大陆相连。西方远处有一条带状的阴云，使人分不清是陆地还是海洋。

乌云移开以后，月光朗朗地照在水平线上。史密斯一把抓住赫伯特的手，阴郁地说：

"这是一个荒岛！"

第二天早上，五个人离开了营地。自从火生出来之后，潘克洛夫对任何事情都不再感到悲观。面对这样的处境，五个人一点也不焦急，对自己充满了信心。

八点钟的时候，五个人来到了火山口的顶上，向四周眺望。

看不见一点陆地，也没有任何船只的影子。环绕他们的是一望无际的大海。他们就在这个茫茫大海包围着的荒岛上。

根据观察，史佩莱勾勒出了小岛的平面图。

史密斯沉重却平静地对伙伴们说：

"朋友们，上天把我们扔在这个小岛上。假如碰巧有船只经过，我们有可能很快就能得救。如果没有，那我们也许要住很长时间了。这就是我们的处境……"

工程师接着说："我们应该做长久的打算，让我们给这个岛以及那些海角、河流起个名字吧。"

"我认为用祖国的地名来命名最合适。"记者说，"这样我们就不会忘记美国了。"

"我非常赞成这个办法。"工程师说，"比如说，我们可以把我们所站的这座山叫做富兰克林山，把东面的那个大海湾叫做联合湾，把下面的那个海湾叫做华盛顿湾，把下面那个湖叫做格兰特。"

大家一致同意工程师的提议。

接下来他们把海岛西南的那个半岛命名为盘蛇半岛，把半岛末端的那个弯角叫爬虫角，把海岛的另一端叫鲨鱼湾，把鲨鱼湾旁边的两个海角叫做北颚角和南颚角。

命名工作结束后，史佩莱一一记了下来。

事情的发展对潘克洛夫来说是满意的。海岛上看得见和已经知道的地方都有了名字，如果以后再有新的发现，还要继续命名。就在这个新生活地的居民们准备下山的时候，潘克洛夫突然大叫起来。

"真是的，我们全成了大笨蛋！"

"怎么啦？"记者问道。

"我们还没有给这个岛命名呢！"

工程师想了想说：

"朋友们，让我们用一个伟人的名字做它的名字吧。这个伟人正在为美利坚共和国的统一而战斗。我们就叫它林肯岛吧！"

"林肯岛！林肯岛！"五个人大声欢呼起来。

安营扎寨

五个人在火山口上又向四周看了一会，就走了下来。工程师提议，这次不再顺原路回去，而改从另外的新路回去，以便考察美丽的格兰特湖。

于是一行人沿着另一条山脉的山脊往下走去。

一小时之后，他们已到了富兰克林山的山脚，这里的树木不是很茂密。前面是一片黄色的石灰质地面，这块宽一英里左右的平原一直延伸到森林的边缘。

一条河从密林里流出来，两岸是很高的红土坡。他们就把这条小河命名为红河。

这条河其实不小，河水是由山涧的小溪汇合而成的，十分清澈。这条河蜿蜒而下，有的地方形成瀑布，水流向格兰特湖。这条河是淡水，这样看来湖里的水也应该是淡的。他们多么希望在湖边能够找到一个比"石窟"更好的住处。

他们走走停停。山上的大树形成了一个大拱门，清澈的河水从拱门下流过。美丽的丁香树十分高大，还有其它许许多多叫不出名字的树木。河水就在掩映的林木中淙淙作响。他们越往前走，河面就越宽。看样子就快到达河口了。果然没走多远就来到了河的尽头。

他们到达格兰特湖的西岸，湖边的美景把他们迷住了。湖的周长大约有 7 英里，面积达 250 英亩左右，湖边古木参天。湖东岸有一道苍翠的屏障，美丽如画。从屏障看过去，可以见到一线闪闪发光的海洋。

"好美的湖！"史佩莱说。"但愿能够在湖边找到一个住处。"

"我们会住在这里的。"史密斯。

他们打算选一条近路回到石窟去，就从湖岸南边的拐角往下走。

晚上回到石窟，大家都尽情地享受了一顿美餐。

"朋友们，这是陶土，这是铁矿石，这是黄铁矿石，这是煤。我们应该感谢自然界给了我们这些东西，我们要好好地利用它们。"

"史密斯先生，我们该怎么做呢？"第二天早上潘克洛夫问工程师。

"让我们白手起家吧。"史密斯说道。

史密斯开始分配工作：准备一个炉子，用来烧炼砖坯；所有的人都参加制坯工作，纳布负责伙食。

"没有武器要怎么打猎呢？"史佩莱提出了问题。

"要是有一把刀，我就可以做一副弓箭。"潘克洛夫说。

"刀？"工程师注意到了托普脖子上闪亮的套环。

工程师把托普脖子上的套环解下来，折为两断。

"两把刀，拿去！"工程师说。

铁环被砸扁，又在砂石上磨锋利，再装上柄。两把刀加工成了！

大家高兴得像得到了宝贝似的。潘克洛夫用这两把刀做成了一副弓箭。

工作的场地就设在富含陶土的森林边缘。三千多块砖坯用两天时间就做出来了。砖坯晒干之后就用来砌炉子。他们又到湖北岸运回许多石灰石，放在炉子里烧成生石灰。生石灰用水泡后和细砂拌在一起就成了很好的灰浆。

"朋友们，让我们开始吧。"史密斯先生说。"抓紧时间先造出生活中最需要的碗碟。"

"能不能做烟斗？"潘克洛夫问。

"没问题。"史密斯说。

几天之后，碗、杯、水壶烧出来了。他们把这些东西视若珍宝。潘克洛夫还真的烧了个烟斗，只是没有烟丝。

工程师计算了一阵，然后告诉赫伯特："林肯岛处在南纬35度到40度之间。"

"那么它的经度呢？"赫伯特问。

"测量经度要等到中午12点，当太阳经过子午线的时候。"工程师说。

到了正午，工程师和赫伯特经过测量和计算，得知林肯岛的经度大约在150度到155度之间，而它实际上离新西兰1800多英里，距美国的西海岸则在4500英里以上，离最近的泰地岛和帕摩图岛至少也有1200英里。

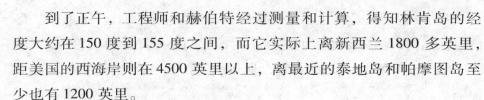

工程师回来把结果告诉了朋友们。

"造船回去是不现实的，这里离大陆太远了。"工程师说。"我们得赶快做好过冬的准备，冬天就要到了。"

"那我们怎么办？"潘克洛夫问。

"我们得赶快制造工具，当冶金工人，再就是寻找一个更好的住所。"工程师说。

大家一起出动，打了不少海豹，用海豹皮做风箱。

在工程师的带领下，大家利用富兰克林山蕴藏的铁矿和煤加工了许多工具，并且还炼出了钢。

他们抬着这些工具欢天喜地地回到"石窟"。铁橇、鹤嘴锄、铲子、斧子、刨子都有了，要造锯子和凿子也不是什么难事。

潘克洛夫还想造枪用来打猎呢。

营造新居

到了5月6日，这里的气候已经很冷了。这几天天气阴沉沉的，该准备过冬了。

这个荒岛四面环海，经常受到风雨霜雪的袭击。当务之急是赶快找一个比"石窟"更舒适的住处以便过冬。

本想在花岗石壁上找一个石洞，可是石壁却连一条缝都没有。

史密斯和大伙又到峭壁北边的拐角去找石洞。这里已是峭壁的终点，再过去是倾斜到海里的一段长长的斜坡。斜坡过去，草木全无，是一片广阔的沙地。沙地一直延伸到海滨。

为了探清湖水的出口，他们来到了红河流入格兰特湖的地方。

突然，托普在岸边来回奔跑，继而停下来注视着湖面，好像看见了水里的什么动物似的，狂叫了几声。

"托普发现什么了？"史密斯说。

托普跳到主人这边来。接着又冲向岸边，它突然跳进了湖里。

"托普，回来！"史密斯大声喊。

"到底怎么回事？"潘克洛夫问。

"也许它闻到了鳄鱼。"史佩莱说。

虽然托普跳上岸来了，但它两只眼睛仍旧盯着水面。

正当大家打算回到"石窟"去时，托普又跳到水里去了。

托普向水里游了20英尺远。这时水里突然有一个大脑袋钻了出来，这个大脑袋有一双大眼睛，嘴边长着长胡须。

"儒艮！儒艮！"赫伯特叫起来。

只见托普被儒艮抓住，拖下水里去了。

托普和水里的儒艮展开了一场激烈的搏斗，看来托普难以回来了。不料，托普从漩涡中钻了出来。不知怎么回事它从水里被抛上来10多英尺，又掉在湖里了。然后它就游上来了。它居然一点伤痕都没有。

搏斗还在水里继续。鲜血染红了湖水，儒艮从湖水中浮了上来，很快就漂到沙滩上。儒艮已经死了，大家向它跑过去。这是一只巨大的动物，有十五六英尺长，三四千磅重。它的颈部好像被尖刀割破似的。

史密斯打算把肉搬回去留着吃，但是他又有了新念头。他想弄清是什么怪兽把儒艮给弄死的。

史密斯往水里扔了几块木头，他们就跟着这些木头漂流的方向走去，来到了湖的南岸。在这里听到了瀑布的声响。

"水就是从这里排出去的！"工程师兴奋地叫起来。"湖水从花

世界著名科幻故事精华

第二卷

岗石壁里的一条地下水道直通大海。如果把湖面降低3英尺，就能看到出口了。"

"那么怎么办呢?"史佩莱问。

"把花岗石炸开。水流出去以后，洞口就会出现的。"工程师从容地说。

"可是炸药从哪儿来呢?"潘克洛夫问。

"只要想办法，炸药会有的。"工程师说。

与此同时，工程师还测定了海岛的确切方位。

5月15日，他们把制好的陶器运回"石窟"里。工程师在路上发现了一种菌类植物，从里面取得一种像海绵一样的东西，可以用来代替火绒。这真是一件值得庆幸的事。

吃过晚饭，史密斯同伙伴们到海滩上去欣赏美丽的夜色。

"今晚正是测量海岛纬度的好机会。"史密斯望着美丽的星空说。

"我跟你去。"赫伯特什么都想学。

工程师用两把小平板尺做成一副圆规。

第二天，工程师带着赫伯特去测量一面峭壁的高度，然后利用数学公式计算，这样就知道了海岛的纬度是多少。

不过赫伯特对工程师的这些做法感到费解。

"是这样的，"工程师耐心地给他解释，"地球上任何一个地方的纬度，都等于当地天极在水平线上的高度。"

大家把儒艮的肉和脂肪运回洞里，然后就运黄铁矿。

史密斯把黄铁矿加热，使它发生变化，以便得到硫酸盐，再从中得到盐酸。整个反应过程需要二十天左右的时间。在这期间，他们把儒艮的脂肪装在大罐子里，又收集海蓬子来晒干，然后加工成小苏打，用小苏打和脂肪化合造出了肥皂和甘油。

大家做这些事情的时候都感到非常有趣。

过了12天，他们终于把配制炸药所需要的硝酸、甘油都准备好了。史密斯让大家都避开些，然后他把浓缩的甘油和少量的硝酸放在一只小槽里混和，黄色的混合液体出现了。

"这是硝化甘油!"工程师得意地告诉大家。"它的威力比普通炸药厉害10倍!"

5月21日,林肯岛上响起了惊天动地的爆炸声,震得无数的水鸟四散飞去。花岗石壁被炸开了,一股激流从300英尺高的地方直泻到海滩。

湖水的出口露出来了。洞口宽约20英尺,但是却很矮,不到两英尺。为了便于进出,纳布和潘克洛夫用鹤嘴锄把它加高。

工程师正在观看洞里的坡道斜度时,托普已经钻进洞中去了。

"史密斯先生,我们快点进去吧。"水手说。

"不要急,"史密斯答道。"先把道路看好。去准备火把。"

不多一会儿,纳布同赫伯特砍了一些带树脂的松树来,做成火把。纳布举着火把在前面引路,史密斯和大家一起冒着危险进入漆黑的通道。

越往前走,通道变得越大。开始猫着腰,现在已经能够直起身子了。洞里的石壁经过长年流水的冲刷,又湿又滑,一不小心就要摔跤。

进洞没有多远,史密斯站住了,其他人也停了下来。他们到了一个大小适中的山洞中。由于山洞的岩石被水长年浸泡,顶上的水一滴一滴在往下掉。洞里的空气潮湿而清新,一点也没有浊气味。

"史密斯老先生,"记者说,"这里虽然适于藏身,但住可不合适。"

"怎么不能住人?"潘克洛夫问。

"这个地方太小了,光线也不够亮。"记者说道。

他们又往前走了一段路,只听到狗的叫声从远处传来。

走到尽头,只见托普在宽敞的石洞里狂叫着,跑来跑去。

"托普!"史密斯喊道。

听到主人的叫喊,托普又跑到石洞的尽头去了,并且在那边的叫声更大了。

他们再往前走,只见花岗石地面上有一个像井一样的洞,深不见底。原来湖水就是从这里流出去的。纳布同水手挥锄凿穿石壁,阳光便从临海的一面照射进来了。史密斯指挥大家整理新居。他们用炸药在岩壁上开出一道门和五个窗，把进来的洞口堵住了，进出都用绳子做成的软梯。

石洞被隔成五间房，还有宽敞的寝室、饭厅、走廊以及储藏室。史密斯又从甬道旁引来一股常流水，这让纳布高兴得直跳起来，因为他做饭不用到远处去提水了。赫伯特对工程师的能耐佩服得五体投地。

"我们应该给这个洞取个好听的名字。"史密斯提议。

"叫它'花岗石宫'好不好？"记者说。

"妙！好极了！"水手竖起了大拇指。

这真是一个再贴切不过的名字。新居被整治得像模像样，剩下的事就是去打猎和采集过冬的食物了。

天气开始变冷了，岛上的几个人都庆幸他们找到了这样一个能够抵御暴风雪的花岗石洞。他们乘着暴风雪的间歇捕了许多海豹，用海豹的脂肪做蜡烛、皮做靴子。

大家又从山上砍回一些木头，做成床和桌子、椅子。晚上，大家点上蜡烛坐在桌子旁聊天，谈起祖国、亲人等等，日子过得一点也不枯燥。

一天晚上，赫伯特无意中从口袋里摸出一粒麦种。史密斯说："我们把这粒麦子种下去，第一年可以收800粒麦子，第二年就有64万粒，第三年、第四年我们就有麦子吃了！"

工程师的话使得大家听了兴奋不已。

在下了一场雨之后，他们满怀希望地把这粒珍贵的种子播在了一块好土壤里。

秋天，大家一起去打猎，通过布陷阱等办法，他们抓到了小兔子、白狐和小野猪。

纳布拿出他的看家手艺，把小猪烤得香喷喷的，大家美美地吃起来。不料潘克洛夫叫了一声。

"怎么回事？"大家问。

潘克洛夫从口里吐出一颗铅弹。

大家吃惊得张大了嘴巴。

岛上疑迹

从气球上逃生来的五个人在林肯岛上已经过了七个月。他们曾想在岛上发现人，但都失望了。现在一颗小小的子弹改变了他们的想法。打在这只野猪身上的子弹无疑是人类发明的。

这颗平淡无奇的子弹让他们联想到可能产生的其他结果。史密斯在把子弹翻来覆去地看了一阵后，对水手说：

"你知道这头被子弹打伤的小野猪最多有几个月吗？"

"不会超过 3 个月，史密斯先生。"潘克洛夫答道。

"那么，"史密斯笑了笑说，"就是说最多不过 3 个月，这个岛上曾经有带枪的人登陆过，不过他们也许是路过。因为我们以前在富兰克林山上观察全岛时，根本就没有看到任何人。这些人也许是在不久前才被风暴吹到岸上来的。我们应该马上弄明白他们是否还在岛上。"

"不过我们得小心一些。"史佩莱说。

"对！小心为好。"史密斯说，"说不定有海盗在岛上登陆。"

"我觉得我们应该造一只平底船，以便进行环岛侦察。"潘克洛夫说。

"这个意见虽好，但我们已经来不及了。造一只船少说也得一个月。"工程师说。

"不过我们可以造一只小船呀。给我五天时间，我就可以造一只平底船，在红河上航行保证没问题。"

平底船没几天就造好了。小船共有 3 个座位，船头、船尾、中间各一个。小船配有两个桨架和一个尾橹，全长只有 12 英尺。

他们把平底船放在"花岗石宫"前的沙滩上，乘着潮水涨上来就把它送下了水。水手潘克洛夫跳下船，直夸这只小船好。

"大家上来吧！我们可以周游……"水手高兴地喊。

"全海岛！"大家一起喊起来了。

这天天气很好，风平浪静，潘克洛夫摆开桨，逆流而上。

平底船平稳地穿过海峡。

半个多小时后，他们到达了南面岩石的尽头。突然，赫伯特指着一件黑乎乎的物体说：

"那是什么？"

顺着他指的方向看去，大家分不清那东西是什么。

"靠岸，上去看看。"史密斯说。

平底船靠了岸，大家跳上岸。原来那黑黑的东西是两只木桶，半埋在沙里，木桶旁还有一只大箱子。再看看四周，没有发现其它东西。他们用绳子把木箱绑在小船后面拖回去。

回到洞里，木箱被打开了，里面有武器、仪器、衣服、书籍和工具。潘克洛夫和赫伯特高兴得几乎跳了起来。所有的人都兴奋不已。

"不用说，这个箱子的主人肯定是个经验丰富的人。"史佩莱在清点完毕以后说。里面什么都有，看来他已做好了遇险的准备。"

"看样子，这个箱子的主人不是海盗。"潘克洛夫补充道。

"那么箱子的主人可能被海盗俘虏了……"赫伯特说。

"不对。"记者道。"这只船大概是从欧美被风暴吹到这里来的。这只箱子是乘客们为保存必需品而准备的，他们把它扔在了海里。"

"你觉得这种推测有道理吗，史密斯先生？"赫伯特说。

"大概是这样的，孩子。"史密斯说。"在遇险的时候，是应该把最有用的东西放在箱子里，希望以后能在海岸发现它。"

"但是这些东西上面没有记号让人知道它们的来历呀！"记者说道。

尽管如此，有一点却是可以肯定的，这艘船最近曾沿海航行过。不管怎样，这只箱子成了林肯岛上居民们的宝贵财富。

由于箱子的出现，大家感觉更有必要搜查全岛了。他们决定第二天清早就出发，如果碰到遇难的人上海岛就给予他帮助。

第二天，大家都带足了干粮、武器，乘船向红河驶去。

平底船常常停下来靠岸，史佩莱、赫伯特和潘克洛夫就拿着枪跟着托普去打猎。

有一次登岸打猎，史佩莱意外地抓住了4只鹤鸡。这是一种嘴薄又长、翅膀短小、尾巴几乎没有的鸟。他们叫这种鸟做鹤鹑，打算带回去饲养起来。

早上十点钟左右，他们乘船来到了又一个拐角。河流在这里有六七十英尺宽、五六英尺深。流入红河的小溪越来越多。周围是高大茂密的森林，这里杳无人迹，一点可疑的迹象也没有。

工程师想快点到林肯岛的海岸去看看，这段距离至少还有五英里。

在继续航行中，他们发现红河好像是往富兰克林山方向流去的。不管怎样，只要河水还能把平底船浮起来，他们就决定还是坐船前进，这样总比用斧头在密林中开路要省事得多。或许是退潮，或许是离红河口太远，小船已不能自己前进，大家只好摇起了双桨，逆流而上。沿岸的树木越来越少。

"看，由加利树！"赫伯特指着一种树说。

"这种树没多少用。"潘克洛夫答道。

"不，潘克洛夫。"记者说，"这种树用来制家具最好。"

"这种树还有一个特别的好处。你知道澳洲和新西兰居民称它做什么？"工程师道。

"叫什么？史密斯先生。"

"叫做'寒热病树'。这种树能够防止寒热病。"

"还真奇怪！"史佩莱说。

"在中欧和北非，由于有些国家的土壤对健康有害，人们就用这种树进行自然解毒试验，效果很好。海岛上有这种树存在，我们的环境卫生就有了保障。"

离源头越近越是难以航行。

"看来我们很快就得停船了。"水手说。

"停下来也好。"史密斯说，"先把营帐扎起来，明天再去西海岸看看。"

第二天早上，拴好平底船，探险家们出发了。路上他们不得不用刀斧砍开道路行走。

正走着，一条湍急的大河拦住了去路，大家只好沿河而行。一

世界著名科幻故事精华

第二卷

小时后，前面就是大海了。河水从 40 多英尺高的陡崖倾泻入海，大家便给这条河取名叫瀑布河。

抬眼望去，什么可疑之处也没有见到。大家决心对盘蛇半岛进行一番搜寻。顺着海岸前进，大约走了 12 英里，五个人走到爬虫角时已是黄昏。

探险家们夜晚在林中宿营，天亮后，来到海角尽头的海岸上搜寻，没有发现任何人留下的痕迹。大家又作了下一步计划，决定对南岸也进行考察。史密斯计算了一下，只要速度快，天黑之前可以赶回"花岗石宫"的。

下午的时候，探险家们来到了南部海滨，远处的爪角若隐若现。同样，这里也没有人迹。

由于大家都感到有点累，就沿着海岸慢慢走。

托普突然钻进森林里，围着一棵大树乱叫起来。大家都有点紧张，近前一看，才放下心来。

原来是他们逃生时乘坐的那个气球正好挂在树杈上。

"哈哈！我们的飞船！"潘克洛夫笑起来。

半夜时分，他们到了瀑布河的第一个拐角，这里离"花岗石宫"不远了。河水拦住了去路。

正在想办法过河时，只见黑暗中有一样东西隐隐约约在河上移动。

"平底船！"潘克洛夫失声喊起来。

果然有一只平底船顺流而下。大家不禁大吃一惊。

水手不加思索地喊："来船注意！"

然而却没有回音，小船还是向他们漂来。等小船比较靠近时，水手喊起来：

"我们的平底船！"

"我们的船？"工程师疑惑地问。

"是的，它的绳子断了，就顺水漂了下来。"水手说。

潘克洛夫的判断没有错，小船的绳子果然是在岩石上磨断的。大家赶紧把小船拦住。

"咦，真是怪事！"工程师首先跳了上去。

"确实奇怪，就在我们需要它的时候它就来了。"史佩莱说道。

大家坐上船，很快划到瀑布河口。当小船停靠在石窟附近的海面时，大家正要往花岗石宫的软梯跑去时，只听到纳布喊起来：

"软梯不见了！"

乘风破浪

几个人在黑暗中摸索着石壁，但是毫无所获。梯子也许掉在了地上，也许被风刮到一边去了。

本来想到洞里去休息一下疲劳的身体，然而到了洞门口却进不去，真是令人难受极了。

"林肯岛上什么怪事都有！"潘克洛夫愤愤地说。

大家只好又回到石窟去睡了一个晚上，天亮时再到花岗石宫来。一切都很平静，只是出发时关好的洞门现在却开着。

毫无疑问，有人到过花岗石宫。只见门口的软梯已被人拉回到齐门槛的地方，看来是侵略者为防范意外袭击才这样做的。

到现在还是一个人也没有见到，更不知道有多少人侵入。为了进入洞中，他们想了一个办法，把一根绳子系在箭上，然后射入软梯的一个空档中，这样就把软梯拉下来了。他们果真成功了！

正当赫伯特抓住绳子想把软梯拉下来时，一只手突然从门缝里伸出来，把软梯拉进洞里去了。

"猩猩！"赫伯特叫起来。

"该死的东西！真该一枪毙了你！"水手又好气又好笑。

原来是一头猩猩在搞恶作剧！

他们想办法进了花岗石宫，俘虏了这只聪明的大动物，又经过一段时间的驯化，使它成了洞中的一员。他们给它取名叫杰普。杰普很快就学会了拉车、端饭，并赢得了大家的喜欢。

光阴似箭，林肯岛的居民们辛勤地劳作着。一座桥架在红河上，它沟通了荒岛南岸和花岗石宫。桥的左岸那端是活动的，不用时可以吊起来，以防敌人。

吃饭是个大问题。到了年底，原来播种下去的那粒麦子结了 10 个穗子，收获了 800 多粒麦子。大家把这 800 多粒麦种又种在新垦出来的地里，期待着明年更大的丰收。居民们在红河旁一片天然牧场里建了一个围栏，驯养了猎来的四头野驴和一头山羊。家禽也养起来了。

紧接着居民们又驾车去把气球拖了回来，用它的布料加工做成过冬的衣服和被单、桌布等，终于有了一个舒适的安居之所。

三月份，工程师趁着暴风雨的间隙制造了一台车床，它可发挥了大作用，造出了许多生活用具。

一天，潘克洛夫对工程师说："先生，可不可以用一种机械代替软梯？"

"你是指升降机吧？"工程师说，"没问题。"

工程师把格兰特湖原先的出口加大，使甬道的底部形成瀑布。工程师利用这股瀑布和螺旋桨、绳索等做成了一个可以自由升降的吊篮。

除此之外，大家又在花岗石宫的窗户上安装了玻璃，使它更有气派了。

4 月 1 日，又到了复活节的礼拜天。这天大家坐在窗前，面对大海谈天，史佩莱又想起了那个大木箱。

"亲爱的塞勒斯，"记者说，"箱子里不是有个六分仪吗？"

"怎么了？"工程师问。

"拿出来测一下荒岛的位置吧？"

"测不测都差不多。"潘克洛夫淡淡地说。

"我想测测也好，也许我们离大陆比想象中要近呢。"工程师说。

经过测定，林肯岛位于西经 150 度 30 分、南纬 34 度 57 分。

赫伯特把地图打开来看。突然，史密斯的手指停住了，大声说："这里本来就有一个岛！"

"是林肯岛吗？"史佩莱忙问。

"不，"工程师肯定地说，"它在西经 153 度，南纬 37 度 11 分。离我们的岛只有 150 海里远，叫达抱岛。"

"这个岛重不重要？"

"不重要。它仅仅是太平洋里的一个荒岛，也许从来就没有人到过。"工程师说。

"一百五十海里，我们完全可以造一条船，只要两天时间就可以到达。"潘克洛夫说。

工程师知道，一条船要想在狂风巨浪的太平洋里平稳安全地航行，树皮船、平底船都是不行的，船必须相当大和结实。潘克洛夫想造一艘船都快想疯了。

经研究决定，除了史密斯和潘克洛夫负责造船外，其他人分别负责打猎、种地或做家务。

第二次麦收又到了。尽管造船很忙，但麦收这天潘克洛夫还是参加了。

4月15日，这天像过节一样，全队人马都参加了收割。这次的收获可真不少。共收了五蒲式耳。他们把这些麦粒全部投入到再次的扩大播种中去。工程师满怀希望地对大伙说："下一次的麦收，我们就可以吃上烤面包了。"大家听了，简直就要流口水了。

史佩莱和赫伯特在打猎时，没想到竟发现了烟草。他们采了许多回来制成烟丝。这可让潘克洛夫高兴死了，他拿出原来烧制的烟斗，美美地过了一阵烟瘾。

海岛上的生活虽然艰苦而又紧张，但却充满和谐与欢笑。

在这个小集体里，几乎每个人都是赫伯特的老师。每晚，赫伯特总是聆听老师们的谈话。听他们谈战争与祖国的统一，谈祖国的未来。赫伯特从史密斯那儿学科学知识，从潘克洛夫那儿学航海知识，从史佩莱那儿学文史知识。他们有谈不完的话题，赫伯特真是受益非浅。他在一年多的日子里长大了，变得成熟了。

潘克洛夫忙着造他的船。10月10日这天，一艘重15吨的帆船终于造好了。风帆是用气球上的布做的。迎风一鼓，漂亮极了。新船的名字也取好了。"乘风破浪号"，一个响亮的名字，潘克洛夫被推选为船长。

大家为新船下水举行了隆重的仪式，潘克洛夫船长驾驶着新船做了一次试航，以便为将来的远航做一次试验。

"乘风破浪号"划开水面，向联合湾行驶。

"还行吧？"潘克洛夫问。

"挺棒的。"史密斯感到很满意。

"那我们去一趟达抱岛怎么样？"潘克洛夫说。

史密斯不做声。他看到潘克洛夫正在兴头上，不好给他泼冷水，但又觉得没有必要去冒这个险。可是一时却又找不到合适的话来说服他。

赫伯特负责给潘克洛夫指示航行方向，他笔直地站在船头上。只听到他忽然大声喊："顺风行驶，顺风行驶！"

"是不是前面有礁石？"水手问。

"不……"赫伯特说，"现在还看不清楚。好了，开始往左转。"

赫伯特说着，伸手到水里捞上来一个瓶子。这只瓶子用木头塞着瓶口，里面有一团东西。

史密斯从赫伯特手里接过瓶子，拔开瓶塞，把里面的那团东西拿出来，原来是一张浸湿了的纸。展开看时，上面写着："遇难人……达抱岛：西经 153 度，南纬 37 度 11 分。"

种种怪象

"在离我们一百多里远的达抱岛上，有个遇难的人流落在那儿。史密斯先生，我们该去救一救他吧？"潘克洛夫征求工程师的意见。

"对，我们不应该见死不救。"史密斯说，"我们尽快动身吧。"

"明天就走怎么样？"

"好，就明天。"

工程师认真地把那张打湿的纸又看了一看说：

"从这张纸上的话我们可以这样推断：流落到岛上的这个人既然能够那么精确地知道达抱岛的经纬度，说明他具有丰富的航海经验。另外，从他写的英文信上看，这个人不是美国人就是英国人。"

"非常有道理。"史佩莱说，"如果能找到那个遇难的人，就有办法知道那个箱子的来历了。这同时也说明，一定有船从附近经过。"

绕过爪角之后，大概 4 点钟的时候，"乘风破浪号"停在了红河口。

当晚大家都为新的远征做准备。前去探险准备只派两个人。大家都认为潘克洛夫和赫伯特比较合适，因为他们两个有过航海的经验。史密斯分析说，借助目前的风势，150 海里的航程三四天的样子就可以打个来回，预计在 10 月 17 日他们就能够回到林肯岛。

本来只打算派两个人去，但是史佩莱却坚决要求同去，因为他是《纽约先驱报》的记者，他不想错过这样好的采访机会。他的请求终于被批准了。

第二天早晨，准备起航了，大家依依告别。船帆扬起来了，他们从西南方向前进。"乘风破浪号"一路航行颇为顺利。

潘克洛夫他们三个人于 10 月 13 日下午到达了达抱岛。抛锚收帆之后，便上岸登陆。准备寻找遇难的那个人。

岛上山高林密，杳无人烟。潘克洛夫三人爬上附近一座小山，站在山顶之上，可以俯瞰全岛。

岛不大，有山有河，绿树成荫，看不到有遇难人的踪迹。

真奇怪，如果浸在海水中的瓶子是岛上人扔的，那么这个人在哪里呢？

既然来了，远征队员决心无论如何也要搜寻一遍全岛，哪怕只是找到遇难人的一点遗物，心里也就能够安宁了。他们的行动把大群的海豹和海鸟吓得四散奔逃。

这个小岛肯定有人来过。因为森林中的道路好像有人走过，还有一些被斧砍倒的树木。这证明来过岛上的人在岛上住过一段时间。

"这些人究竟是什么人呢？他们有多少人？"记者发出了疑问。

"按那张纸条上所说的遇难的人只有一个。"赫伯特说。

"只要这个人还在岛上，我们一定会找到他的。"潘克洛夫说。

三个人沿着河流，斜穿海岛，继续往前搜查。

虽然他们发现了有人来过岛上的许多证据，但就是找不到人。

"这样看来，我们只能猜测遇难人已经走了。"记者说。

"那么纸条是在很久以前写的吗?"赫伯特问。

"应该是这样。"水手答道。

"也就是说,我们捡到的瓶子已经在海上漂了很长时间?"赫伯特又问。

"绝对有可能。"水手说。"现在天晚了,我们明天再来。"

"一所房子!"他们刚起步,赫伯特突然发现了树林中的房子。

三个人奔过去。这是一个用木板钉成的房子,房顶用一层厚厚的雨布盖着。水手一马当先冲到房子前,推开半掩的门。里面没有人!

他们点燃火把仔细观察房中的情形:床铺是凌乱的,被子又潮又霉,桌子上的书蒙上了灰尘……

人早就走了。三个人就在小木屋里将就住了一夜。第二天他们继续搜寻了一天,仍旧一无所获。

"我们明天就回去吧。"潘克洛夫说,

"我们收集一些菜种回去。"赫伯特说。

赫伯特去收集种子,史佩莱和潘克洛夫则进入丛林中抓住了一头野猪。他俩正在想办法把野猪给绑起来,忽然听到赫伯特在那边尖声叫喊。

只见赫伯特正和一个高大的人猿在搏斗,情况非常危急。水手和记者飞奔过去,一起把这只人猿制服,并把它牢牢地绑起来。

赫伯特爬起来,似乎还在发抖。他好奇地打量着自己刚才的对手,按分类学还不知道该把它归入哪一类。

"他是人!"赫伯特怪叫了一声。

人?对,他是人。他是一个野人。这个野人目露凶光,头发蓬乱,手指甲极长,皮肤是红色的。他的腰间居然围着一块破布!

这正是那个遇难的人!残酷的生存环境使他完全失去了人性,变得和野兽差不多了。

10月15日这天,"乘风破浪号"启锚返航了。他们把野人带上船,潘克洛夫非常揪心地看着野人正在生吃着一只野鸭。

西北风虽很大,但是顺风,这对返航非常有利。

然而风却更大了，汹涌的海浪扑向船头，潘克洛夫感到很不安。直到 18 日早上，还没有看到陆地的影子，他心中一点底也没有，不知能不能按期返回林肯岛。

狂风巨浪把本来就不是很大的船一会推向波峰，一会儿又推入波谷，船上的人神经都绷到了极点。突然，一个巨浪扑向船舷，只见那个野人一跃而起，把帆索拉紧起来。

"他还是个不错的水手！"潘克洛夫心里赞道。

18 日夜晚非常寒冷，风势到后半夜才略微减弱。在黑茫茫的海上几乎无法辨清方向。

天还没有亮，只听到潘克洛夫突然喊起来："火！火！"

顺着水手指着的方向看去。只见东北方果然有微弱的亮光。这亮光不可能是星星，必定是篝火，是史密斯他们燃起来给他们指示方向的。潘克洛夫调整航向，朝火光驶去。

"乘风破浪号"终于在 10 月 27 日早晨 7 点钟驶进了红河的入口。他们一跳下船，史密斯和纳布就跑过来和他们热烈地拥抱，为他们能够安全归来而欣喜万分。

陌生人好几天来都一直缩在角落里，低头不语。他似乎能够听得懂一些史密斯他们的谈话，显出苦闷的神色。

史密斯他们趁陌生人睡熟的时候，给他理了头发、胡须，让他穿上干净的衣服。这个原来像猿猴一样的人终于恢复了人的样子。一个星期后，大家把他带到白色的沙滩上去看大海，只见他又跑又跳，容光焕发。然后他停下来，眼睛竟变得湿湿的。

这些细小的变化都逃不过史密斯的眼睛，他认为陌生人终有一天会恢复正常的精神状态。

就在看了大海的这一天，回到花岗石宫后，只见陌生人在那里自言自语："不！我决不！"

"我们不要去打扰他。"史密斯对大家说，"他必定有什么令人辛酸的往事。"

又过了几天，陌生人居然独自到菜园里干活去了。他胡乱地干了一会儿，又发了一阵子呆。

史密斯悄悄地走近他，看见他正在流泪。

"陌生的朋友，"史密斯柔和地说，"我希望你看着我。"

陌生人抬起头来看着工程师。他的目光像被磁石吸住了一样。史密斯仿佛有一种神奇的力量使他屈服了。他本来想逃，但他马上又改变了主意。他的眼睛闪着亮光，他再也控制不住自己，许多话就要从他的嘴里迸出来。他终于双手叉腰，向史密斯问道：

"你们到底是谁？"

"我们和你一样，也是遇难的人。"史密斯感情丰富地说。"我们把你带到这儿来，让你回到你的同胞中间。"

"同胞？我没有同胞！"

"这里的人都是你的朋友！"

"朋友？我的朋友？"陌生人把脸埋在双手里。"不！……决不，离开我！你们都离开我！"

他突然跑到临海的高地去，在那里久久站立着，一动也不动。

史密斯把刚才发生的事情告诉了伙伴们。

"对！这个陌生人肯定有什么秘密藏在心里。"史佩莱说，"从他刚才的表现看，他好像曾经忏悔过。"

"我们先让他安静安静，不要去问他敏感的问题。"史密斯严肃地说。"就算他以前有什么过错，他已经赎清了，我们应该把他当作朋友来看待。"

两个钟头过去了，陌生人就这样呆在海岸上。他肯定是在回忆他过去的一切所作所为——这些无疑都是惨痛的。大家只是远远地盯着他，但是谁也没有去打扰他。两个钟头之后，陌生人似乎已经作出了决定。他转身朝史密斯走来。两只通红的眼睛证明他刚才痛哭过，但这时他却停止了流泪。他显得非常谦卑，露出焦急、羞愧的表情，眼睛始终盯着地面。

"先生，"他对史密斯说，"你们是不是英国人？"

"不是，"史密斯答道，"我们是美国人。"

"啊，"陌生人对回答好像感到有点儿意外，接着谨慎地说，"是吗？"

"朋友，你呢?"史密斯说。

"英国人。"他答道。

这几个字仿佛很费劲地从他的口里吐出来似的。说完他又退到海滩上，在红河口和瀑布之间走来走去。

当他从赫伯特身边走过的时候，他突然停住，轻轻地问:

"几月了?"

"11月。"赫伯特告诉他。

"今年是哪一年?"

"1876年。"

"22年! 22年!"他低声地叫道。

他没有再问，突然离开了赫伯特。

赫伯特把刚才陌生人的问话告诉了大家。

"我是这样认为，"潘克洛夫说，"流落岛上的这个人不是遇难，而是被放逐到那里的。"

"朋友们，"史密斯说，"我的直觉告诉我，这个人不管以前他犯了什么罪，他已经用最痛苦的方式赎清了。他在岛上受尽了苦难，他感到郁闷，想摆脱这种沉重的精神负担。我们不能强求他把自己的过去告诉我们。但我相信，终有一天他会自动告诉我们的。至于他对将来能否回到祖国去以及他对这一点抱不抱有希望和信心，我也不敢肯定。"

"这是为什么?"史佩莱问。

"假如他肯定有一天会被救回去，他就会安心地等待那一天，就不会往海里扔纸条了。"

"可是还有一件事我不懂。"水手说。

"什么事?"

"假如这个人在达抱岛上流落了22年，纸条应是他多年以前写的，然而我们却发现它保存得很好。"

水手的话非常有道理。当他们发现纸条时，纸条看起来像是才写了没多久。另外，纸条上写的达抱岛的经纬度是正确的，从这点上看，写这张纸条的人一定是个不简单的水手。

"看样子，这里还有许多问题没法解释。"史密斯说。"可是我们不能着急。只有等他愿意再说的时候，我们再听他说。"

但是接下来几天，陌生人只是拼命地干活，毫不休息。他总是在僻静的地方自己干，一句话也不说。他也从来不回花岗石宫吃饭，尽管大家多次邀请，他仍旧独自吃一些生蔬菜。即使到了晚上，他总是呆在丛生的树林下，从不回指定给他的房间。天气不好的时候，他就蜷缩在岩石缝里。

11月10日，天快黑的时候，正当大家聚集在平台上，突然陌生人奔到居民们面前来了。他的眼睛里有一种异样的东西。陌生人的牙齿咬得格格直响，在一种难以名状的感情支配下，他断断续续地说出许多令人惊奇的话来。

"你们有什么权利把我带到这儿来，逼迫我离开我的小岛？……你们认为我能给你们什么？……你们了解我的过去吗？你们知道我是谁吗，干过什么吗？谁告诉你们我是被流放到那儿，而不是被遗弃在那儿？……你们相信我过去曾经是一个恶棍、曾经干过偷盗、杀人的事情吗？谁相信我是一个该死的家伙，只配像野兽一样生活，只该远远离开人类吗？你们知道吗？说！"

没有人去打断这个可怜人的话，大家只是静静地听他发泄。这些话好像是不由自主地从陌生人的嘴里流露出来一样。史密斯原想安慰他几句，可是才走了两步，就急忙倒退回来。

"不！不！"陌生人大叫道。"我问你们一句话。我到底有没有自由？"

"有！"史密斯大声回答他。

"那好，再见！"他说完就疯狂地跑了。

潘克洛夫、纳布和赫伯特追着陌生人跑到森林边缘，可他们根本追不上陌生人。

陌生人走后，居民们依然耕地种菜。半个月过去了，陌生人仍没有回来。第三次的麦子获得大丰收，收了整整4000蒲式耳。居民们用风磨把麦子磨成面粉、再做成面包。

当大家吃着香喷喷的面包时，依然不忘那个在森林里的陌生人。

想到他还在野林里吃着喝着捕获猎物的生肉生血时，大家的心情就难以平静。

一天，赫伯特一个人到格兰特湖去钓鱼。他正钓着鱼，猛然间惊恐地呼叫起来："救命啊！救命啊！"

其他人离得太远，没法听见。只有纳布和潘克洛夫听见了，急忙朝湖边拼命地跑去。

原来是一只美洲豹正向赫伯特扑来。

就在危急时刻，却没料到陌生人在潘克洛夫和纳布前面奔跑着。只见他纵身一跳，跳过了高地和森林之间的河流，跳到了对岸。

赫伯特看见豹子扑过来，忙闪在一棵树的背后。

就在豹子蹲身要向赫伯特扑过去的时候，只见陌生人手里拿着一把短刀向野兽猛冲过去。豹子见有人向他奔来，转身迎了上来。

陌生人身手矫健，他闪到美洲豹的项下，一手掐住它的喉咙，另一只手用刀子猛地向野兽的心口刺去。

几乎就在一瞬间，美洲豹被陌生人杀死了。陌生人正要溜走，大家已经赶到了，赫伯特拉住他说道：

"不！你不要走！"

史密斯向陌生人走来，看到他的衬衫撕破了，肩膀上被豹子的爪子抓伤了，鲜血正往下淌。陌生人看见工程师，眉头不禁皱了起来。

"朋友，"史密斯感激地说，"你冒着生命危险救了我们的孩子，我们欠了你一笔人情债。"

"我的生命？"陌生人吃吃地傻笑着。"我的生命算什么？一点也不值钱！"

"你肩上有伤。"

"一点也不要紧的。"

"把手伸给我好吗？"

正当赫伯特打算抓住陌生人那援救自己的手时，他却又叉起两手，沉下脸来，胸口起伏不定。看来他又准备逃跑。经过一阵沉默，他突然大声问：

"你们从哪里来？告诉我！"

工程师把他们离开里士满以后的全部经过简单地告诉了陌生人。陌生人全神贯注地听着。

工程师然后又一一介绍了史佩莱、赫伯特、潘克洛夫、纳布以及他自己。工程师又说，把达抱岛的这位新伙伴接回来，是他们到达林肯岛以来的最大安慰。

陌生人听了，涨红了脸，头低了下来，满脸羞愧之色。

"现在你该了解我们了吧！"史密斯说，"你能跟我们握握手吗？"

"不！"陌生人嘶喊道。"你们是好人！而我呢？我呢？"

真正面目

大家原先的猜测从陌生人最后的一句话里得到了印证。陌生人有过一段不堪回首的过去，然而他还在和自己的良心作斗争。虽然史密斯他们这些新朋友们热诚地接纳了他，但他却仍觉得对不住他们。自从他救了赫伯特之后，他就在花岗石宫附近活动。

生活又恢复了往常的样子。陌生人依旧单干，他也不和大家吃饭，高地的大树底下就成了他的栖身之处。他和伙伴们始终保持着一种若即若离的关系。

一天，潘克洛夫又提出了他的疑问："他为什么要把那张纸条扔在大海里呢？他为什么要人们去救他呢？"

"我想，"史密斯还是这样说，"他会向我们解释的。"

到12月10日，陌生人回到花岗石宫附近已经有一个星期了。这天，史密斯看见陌生人向他走来。

"先生，我请求你一件事。"陌生人平静而谦虚地对他说。

"朋友，请你相信我们。你有什么话就说给我听吧。"史密斯说。

陌生人浑身颤抖，双手捂着眼睛。

"先生，"他终于开口了。"我请求你答应我一件事。"

"有什么事？你尽管说。"史密斯说。

"你们在离这儿四五英里的地方有一个畜栏，能让我住在那儿照料那些牲畜吗?"

史密斯注视着这个不幸的人，心中充满了同情。过了一会儿，他说：

"朋友，你住那儿恐怕不太合适，畜栏里的厩房只能住牲口。"

"我觉得那儿很好，先生。"

"你想做什么事情，我们都尊重你的自由。如果你觉得那里合适，你住那里也可以。但是我们随时欢迎你回花岗石宫来。既然你要住在畜栏里，为了让你住得舒服一些，我们一起去给你整理一下。"

"先生，我自己能够安排得很好。"

"朋友，"史密斯总是这样亲密地称呼陌生人，"这件事最好让我们来安排。"

"先生，谢谢你。"陌生人说完就走了。

大家一致同意工程师的提议，在畜栏里盖一所木头房子，并且想把它尽量弄得舒适些。

五个人马上带着工具到畜栏去。房屋不用一个星期就完工了，只等陌生人搬进去了。畜栏里现在已经有 50 多只羊了。房子就盖在离畜栏 20 英尺左右的地方，在那里就可以很方便地照看羊群。家具也为陌生人准备好了，桌椅床箱都有，还给他配备了一支枪、一些弹药和用具。

陌生人直到现在还不知道史密斯他们为他准备的新居是什么样子。他留在高地上，每天辛勤地劳动，把土地翻耕得又平又细，就等着播种了。

畜栏终于在 12 月 20 日这天全部收拾好了。大家告诉陌生人晚上他就可以到那里去睡了。

大家吃完晚饭后正在聊天，突然听见有人敲门。原来是陌生人。他一进来就说："各位先生，在我离开你们以前，让我告诉你们我的历史吧。"

终于盼到了这一天。这几句话是史密斯他们早已盼望的，他们显得很感动。

陌生人虽然声音沙哑低沉，但他说得很快，好像生怕一停下来就失去了说下去的勇气。

陌生人叫艾尔通，英国人。曾经是格兰特当船长的不列颠尼亚号的水手长，由于煽动船上水手叛变，在1852年4月8日，格兰特船长把他丢在澳大利亚的西海岸就开船走了。

艾尔通并没认识到自己的过错，被抛弃后就化名为彭·觉斯，成了一群逃犯的头目。

1854年12月20日，由格里那凡爵士带领的寻找格兰特船长的一行人越过重洋，来到了一个爱尔兰农场。当时，彭·觉斯正在那个农场干活。从他们的谈话中，彭·觉斯知道了不列颠尼亚号遇险、格兰特船长失踪的消息。

格里那凡爵士那华贵的三桅船"邓肯号"引起了彭·觉斯极大的兴趣。他顿生歹意，立即编出许多谎言。格里那凡一行人就相信了他的鬼话，跟着他到了澳大利亚腹地。他同时暗地里串通了一群逃犯，策划劫持了"邓肯号"。

彭·觉斯由于一件偶然的事件，暴露了真面目，格里那凡一行人也因此得以死里逃生。格里那凡爵士本来要把彭·觉斯交给当地官方处置，由于他交待了自己的罪行，在他的请求下，格里那凡爵士就把他遗留在大平洋中达抱岛这个荒岛上。格里那凡爵士临离开岛时说，将来他们会来接他的。

艾尔通被孤零零地抛在荒岛上。开始他企望通过辛勤劳动来洗清自己的罪孽。但是日复一日，年复一年，等待中的孤独终于压垮了他的意志。不知从什么时候起，他逐渐变成了一个野人！

艾尔通一口气说完这些，就默默地站在一边，等待着接受新的最后判决。

史密斯站起来说："艾尔通，我们认为你已经用自己的行动赎清了过去的罪恶，已经得到了宽恕。那么现在我问你，你愿意做我们的伙伴吗？"

艾尔通禁不住流下了眼泪：他平静地拿起行李，和大家告别了。

"朋友，请你再稍等一下，我再问你一句话。"史密斯说，"你是不是曾经写了一张纸条，装在瓶子里，把它扔到了海里？"

"纸条？装在瓶子里？"艾尔通摇了摇头，"我从来没有把什么纸条扔到海里。"

他说完就鞠了个躬，转身走了。艾尔通刚才的话让史密斯及其伙伴们如坠五里云雾之中。

很快又到了1867年1月。畜栏里的牲畜让艾尔通饲养得膘肥体壮。为了减少艾尔通的寂寞，史密斯他们经常去看他。时间一久，大家便感到从花岗石宫到畜栏远了点。有时纳布做了点什么好菜，想通知艾尔通都有点不大方便。

史密斯酝酿着一个计划，就是在畜栏和花岗石宫之间架设电线，安上通讯装置，沟通两地的联络。史密斯一说出这个计划时，大家兴奋不已，就动手干了起来。

细长的铁丝是利用天然瀑布为动力拉出来的。有了铁丝，史密斯去制造电池，让同伴们去架线。锌皮在遗物角拾到的大木箱里有，硝酸和钾碱也有。电池很快就做好了。最后，工程师用导线和磁铁做成了收发报机。

一切准备就绪。2月2日这天，工程师从花岗石宫这头发了一个电报给艾尔通，向他问好。艾尔通马上作了回电，效果令人非常满意。大家都非常兴奋，特别是潘克洛夫，捧着电报匣子，摸这摸那的。以后他几乎就包下了收发报的事情，像个正规的电报员。

日子过得飞快，岛上的居民们又迎来了第四次麦收。这次麦收把粮仓都堆冒尖了。赫伯特拍下了许多风景照，放大后用来装饰石宫。

3月26日是个特殊的日子，移民们在岛上整整流落了两年。尽管现在的日子过得像模像样，但一缕缕乡愁牵动着每个人的心。两年来没有一片帆影从岛边经过。故乡啊故乡，什么时候才能回到你的怀抱呢？

一天晚上，史佩莱提议道："我们应该再去一趟达抱岛。万一格里那凡爵士来接艾尔通，我们就可以回国了。况且艾尔通现在在我们这里，我们必须在那儿留下记号。"

世界著名科幻故事精华

第二卷

把一切都准备妥当之后，"乘风波浪号"于 4 月 14 日又动身往达抱岛去。艾尔通没有跟着去，留在了岛上。大家决定让艾尔通留守花岗石宫。

4 月 16 日，"乘风破浪号"斜向驶往爬虫角。由于逆风而行，他们花了整整一天才到。他们在爬虫角抛锚过了一个晚上。第二天天亮时，他们沿着西岸前进。移民们曾经到过这片美丽的森林海岸，对它并不陌生，他们尽量靠岸前进，以便把一切看得清楚些。

这部分海滨到处是奇形怪状的岩石，高低不平，有的只有 20 英尺，有的比 300 英尺还高。

这一带的风景确实不错。岩石之间似乎搭着桥梁。有的地方拱门一个连着一个，有的地方巨大的洞窟非常雄伟，有的地方石柱、尖塔和拱门比任何"哥特式"教堂还好看。这里许多自然界的天然杰作令人叹为观止。

这些景观令一行人看得目瞪口呆。然而托普却对着玄武岩的峭壁狂吠，从那儿传回来奇怪的声音。

工程师觉得托普的叫声有些异样，建议把船向岸靠近一些行驶。于是"乘风破浪号"就贴着乱石前进。

第二天早上，风加大了，潘克洛夫吩咐张起帆前进。"乘风破浪号"很快向北颚角驶去。

"猛烈的西风恐怕又要刮起来了。"船长潘克洛夫说，"昨天傍晚时天边一片通红，今天早上又有马尾云出现，这个兆头不好。"

"那我们赶快到鲨鱼湾躲一躲吧。"史密斯说，"我想那里有可以避风浪的地方。"

"这部分海面好像布满了礁石。"赫伯特说。

"潘克洛夫，"史密斯说，"我们听你的，你认为该怎么样就怎么样吧。"

"放心吧，史密斯先生，"潘克洛夫说，"我会尽力想办法的！我宁死也要保护好乘风破浪号。"

"离颚骨角还有多少英里，史密斯先生？"赫伯特问。

"大概还有 15 英里。"史密斯答道。

"看来12点钟的样子，我们就可以到达颚骨角那里了。倒霉的是，那时刚好赶上退潮，海水正往海湾外面流。如果再加上风浪，恐怕不容易进去。"

"那么，我们可不可以在颚骨角附近抛锚呢?"史密斯问。

"绝对不行。那样非搁浅不可。"水手叫道。

"那么该怎么办呢?"

"只有先想法子停泊在海面上，等涨了潮再说。如果运气好，傍晚七点钟的时候，争取能够进港，否则，我们就只好整夜停在海面上，等太阳出来再进去。"

"假如海滨有一个灯塔就好了。"水手说，"这样行船就容易多了。"

"亲爱的塞勒斯，"记者说，"我想起来了。那次要不是你们烧起篝火，我们就难以回到林肯岛了。"

"火?"史密斯听了记者的话以后，感到非常惊奇，"什么火?"

"就是上次我们从达抱岛归航时，我们找不到方向了，正在着急时，不是你们在眺望岗上燃起一堆火给我们引航吗?"

"那天晚上我绝对没有燃火。"工程师肯定地说道。

这下史佩莱和史密斯心里都充满了疑问。

如此看来，岛上肯定另有秘密。他俩都急于破解这个秘密。

4月下旬的一天，大家都聚在眺望岗上。

"朋友们，我有责任提醒你们，在这个岛上发生了许多神奇的事情。"史密斯郑重地向大家说。

接着他从自己掉进海里被人救起、托普在风暴雨里送信说起:"我那时能自己走到那里的沙丘吗?托普从来没有在林肯岛上生活过，它怎么会找到我们的?托普和儒艮搏斗时，儒艮死了，是什么给它划下的伤口?又是谁把铅弹打进了小野猪的身体?"

一个一个的谜团，大家听得呆了。史密斯干脆把百宝箱不是偶然搁浅、平底船是那么凑巧地漂过来、艾尔通根本就没写过纸条等等疑问都提了出来。

大家不由得瞪大了眼睛，不得不承认，岛上确实存在着秘密。

史密斯还把托普有时奇怪地在沟通花岗石宫和大海之间的那个井口旁乱走这件事也告诉了大家。史密斯虽然曾经把井底探看过一遍，却没有发现可疑的东西。

由于这次的谈话，大家决定暂时不去达抱岛，等冬季过后把林肯岛彻底搜查一遍。

这个冬天在平静中过去了。尽管这样，这些怪事还是经常成为花岗石宫里的话题。本来史密斯他们一直坚持要彻底搜查一下林肯岛，但一件十分重要的事情使得他们的计划改变了。

侦探海盗船

这时已进入了10月。岛上的春天来得格外的早，林中的许多树木都吐出了嫩芽。

赫伯特摄影的欲望又萌动了，他早就想拍一张联合湾的风景照片。

赫伯特准备从花岗石宫的窗口上拍摄。从这里望出去，整个港湾尽收眼底。照片拍出来了，但是底片上却有一个看不清洗不掉的黑点。出于好奇，赫伯特拿了一个放大镜来研究这个黑点。"史密斯先生，你来看这是什么？"赫伯特突然大叫起来。史密斯用放大镜刚看那黑点，马上就抓起望远镜从窗口望去。"船！"他的心一阵狂跳，"一只船！"

大家用望远镜轮流地看，只见远处20英里外的海面上有一艘船，但是却看不清楚。

两年多来，岛上的移民们日思夜盼能够看到一片帆影，但都失望了，今天竟出现了奇迹。难道他们就要结束荒岛生活了吗？

"会不会是'邓肯号'？"赫伯特突然说。

"可能吧，"水手说，"也许是格里那凡爵士来接艾尔通的。"

"那我们快点通知他。"史佩莱说。

接到电报后，艾尔通很快来到了花岗石宫。他颤抖地用望远镜朝海面望去，一动不动地望了几分钟，然后说：

"真是一只船，不过我不敢肯定这那是'邓肯号'。"

艾尔通告诉大家，'邓肯号'是一艘邮船，非常漂亮，很容易辨认。

在观望中，只见船正向林肯岛驶来，看样子是想靠近小岛。此时天快黑了，大家感到很不安，不知道要不要生篝火给那只船引航。

"黑旗！黑旗！"

黑旗是海盗的标志。糟了！

顿时，每个人都感到不祥正向他们袭来。他们都知道，海盗是最凶残的敌人，又都是最好的水手。假如海盗真向他们驶来，必定凶多吉少。

"朋友们，"史密斯说，"这只船或许只是想在沿岸看看，他们不会上岸的。但是我们最好隐蔽起来。艾尔通和纳布去把眺望岗上的风磨拆下来。花岗石宫的窗户也要遮起来，一切都要隐蔽起来。"

"船怎么办？"赫伯特说。

"已经藏在气球港了。"潘克洛夫答道，"我想那些海盗没法找到它的。"

"朋友们，"史密斯神情严肃地说，"假如这些海盗想要霸占林肯岛，我们一定要保卫它。你们说是不是？"

"对，"史佩莱答道，"林肯岛是我们的海岛，我们应该用生命来保卫它。"

工程师同大家紧紧地握手，大家一切都听从他的指挥。

天黑了下来。海上布满了乌云，天上没有星光，岛上没有火光。死一般的沉寂中潜伏着巨大的不安。

突然，只见一道火光一闪，隆隆的炮声传了过来，宁静被打破了。接着，又听到哗啦啦的铁链声。那只船在联合湾抛锚了。

"史密斯先生，"艾尔通说，"让我先去侦探一下他们的实力吧。"

"但是……"史密斯犹豫不定，"那样做可是非常危险的，况且你没有这个责任呀。"

"不，我认为我也有责任。"艾尔通说道。

"你是不是坐小船过去？"史佩莱问道。

"不，坐船会被他们发现的，我泅水过去。"

"你知道那船离岸有一英里多吗？"赫伯特说。

"我的水性很好，赫伯特先生。"

"这样做有丧失生命的危险，你知道吗？"工程师再次提醒道。

"我不怕，"艾尔通说，"请你答应我，史密斯先生。这是给我获得新生的机会。"

"好，我答应你，艾尔通。"工程师知道，如果不同意他的请求，艾尔通会很伤心的。

"我跟你一起去。"潘克洛夫说。

最后大家决定，让潘克洛夫去接应艾尔通，其余的人暂时呆在花岗石宫里。

艾尔通的水性果然非常好，半个钟头后他就游到了船边，顺手扯下船上的一套水手服，穿在身上后混进船中。只听他们说道："这条"飞快号"真是快极了。"

"鲍勃·哈利万岁！"

"船长万岁！"

艾尔通吃了一惊。他是认识鲍勃·哈利的，他们以前相识，可出乎他的意料的是，鲍勃·哈利成了海盗了。

船上的水手们在喝酒，艾尔通乘着他们不注意，把船上侦察了一通。"飞快号"上共有50多个人，装备有4门大炮。

50人对6人，力量对比太悬殊了。艾尔通准备牺牲自己，把这些为非作歹的家伙连船炸掉。

艾尔通从枪架上取下一支左轮枪，走到后面的火药库门边。

"你在这儿干什么？"灯影里有个人拍了一下他的肩膀。

艾尔通回头一看是鲍勃·哈利。鲍勃·哈利显然也看出了艾尔通的企图，两个人扭在一起。

"来人呀！"鲍勃·哈利叫喊起来。

其他海盗闻声跑来。艾尔通看形势不妙，一枪打倒一个，然后自己跳入海里。海盗们朝水里开枪，但是艾尔通已从水底下游出去了。

小船回来了。艾尔通肩膀受了点轻伤，潘克洛夫一点事都没。看到他们平安回来，大家非常高兴。艾尔通把经过说了一遍。

惊动了海盗，大家的处境更危险了。海盗知道岛上有人，他们会全副武装，不顾一切地强行登陆。海盗是不会放过他们的。

"好吧，他们会付出代价的！"记者说。

"我们这次能不能逃脱，史密斯先生？"赫伯特问。

"只要我们沉着应付，会有机会的。"工程师答道。

大家虽然面临着生死关头，这一夜却平安无事。海盗们似乎不准备登陆，也不再有什么动静，仿佛他们已经拔锚启航离开了。

海岛激战

天亮的时候，可以看到'飞快号'像一团黑影一样泊在海上。原来由于雾大，海盗不敢轻举妄动。

工程师认为应该设法给海盗一个海岛上人很多的假相。工程师做了分派，把人分成三路：一路把守石窟，一路把守红河口，一路放在小岛上，以阻止海盗登陆。

"我们既要阻止他们登陆，又不能暴露自己。弹药既要舍得用，又要看准了再放。争取一个人打死八九个敌人，把他们全部干掉。"

史密斯非常镇定地布署战斗任务。分工后大家各就各位，艾尔通和潘克洛夫守全岛，史佩莱和纳布埋伏在红河口，史密斯和赫伯特留守花岗石宫。

雾散后，"飞快号"上7个人乘着一条小船向林肯岛驶来。

"砰！砰！"艾尔通和潘克洛夫同时开枪，击毙了两个海盗。但是海盗也开了一炮，打得岛上的岩石碎石飞迸。

小船靠着大炮火力掩护前进。当它进入红河口时，两个海盗又倒在了纳布和史佩莱的枪口下。小船赶紧逃了回去。

海盗们又放下一条船，一共是13个人，好像准备决战。

第一条船驶近时，艾尔通和潘克洛夫又是两枪，海盗们慌忙渡过海峡，藏进石窟。

小岛被海盗们占领了。

第二只小船上的海盗又被史佩莱和纳布打死两个，小船撞上了礁石。船上剩下的 6 个人举着枪向遗物角跑去。

登上小岛的海盗被艾尔通和史佩莱打倒两个。他们赶快跳到船上逃走了。

这时‘飞快号’循着小船走过的路线开进了海峡。

移民们现在都隐蔽到了花岗石宫里，枪炮声隆隆响起，石宫被滚滚浓烟所包围。突然，从屋门飞过来一发炮弹，花岗石宫里顿时硝烟弥漫。

狡猾的海盗发现了他们的住所，危险太大了。现在已无路可退，只有拼死一战了。

正在大家心急如焚的时候，‘飞快号’突然被一股巨大的水柱抛起来，摔成两片，船和人都沉入了海里。

“船完了!”大家一阵狂喜。

他们从升降梯下去跑到海滩，只见沉船的圆木、箱子、杂物等漂浮在水面上。

“还有 6 个海盗已经登陆了呢。”史佩莱提醒道。

见暂时还没有什么动静，大家便把沉船的圆木拖了上来，巨大的风帆一点都没有坏。登陆的 6 个海盗不知到哪儿去了，战斗结束了。

10 月 30 日，纳布偶然从沙滩捡回来一块铁筒的厚片，上面带有爆炸的痕迹。史密斯仔细地看了一下铁筒，然后对潘克洛夫说：

“你认为‘飞快号’不是撞沉的吗?”

“‘飞快号’绝对不是撞沉的，”水手道，“因为我知道海峡里没有礁石。”

“‘飞快号’沉没之前被一股巨大的水柱抛起。你知道这股水柱是怎样造成的吗?”

“不知道。”水手说。

“就是它。”工程师指着手里的铁筒说。

“它?”水手惊奇的说。

“对! 这个铁筒就是水雷的残片。”

"水雷!"大家更加困惑不解了。

那么水雷是谁布的呢?

"朋友们,"工程师说,"现在我敢推断,这个岛上肯定有个神秘的人。这个人也是遇难后流落在荒岛上的。我不知道他暗中多次帮助了我们目的是什么。并且这个人有卓越的才干。当我从气球上掉下来的时候,肯定是他把我救起来的。写那张纸条放在瓶子里,以便让我们知道艾尔通下落的人也一定是他。就连我们在遗物角拾到的那只箱子、燃烧篝火给我们引航、布置水雷炸毁'飞快号'等等这些事情都是这个神秘人干的。虽然我们不知道他是谁,但我们实实在在地受了他的恩惠。希望有一天我们能够还清这笔人情债。"

史密斯接着又说下去:"我们以前有很多谜,但只要找到这个人,所有的谜就能迎刃而解。现在的问题是,我们应该去把这个恩人找出来呢,还是不去惊动他。"

"主人,"纳布说,"我觉得我们应该去找他。但是,如果他不愿出来,我们是无能为力的。"

"虽然如此,"记者说,"我想我们应该表示出我们寻找他的心意。"大家一致赞同史佩莱的意见。

少年重伤

自从海盗出现以后,岛上的宁静被打破了。现在岛上除了6个海盗外,还有一个神秘的人。

大家决定对全岛来一次大搜索,除了消灭6个海盗以外,同时还要寻找那个神秘的人。武器干粮都准备好了。潘克洛夫和赫伯特去气球港看"乘风破浪号",发现它被人动过了。潘克洛夫猜想是海盗们想用它偷渡,但不知怎么又放弃了。

"得把船置于我们的看管之下。"潘克洛夫对船极不放心。

当晚,他们打了一个电报给艾尔通,但是却没有回电。又打了一个电报,还是没有回音。

"艾尔通肯定出事了!"史佩莱担心地说。

"到那边去看看!"史密斯说。

除了纳布留下外，其余的人都全副武装地走了。

他们在路上看到电线杆倒在地上，电线也断了。

四个人担心艾尔通的安危，急忙向畜栏跑去。托普在前面狂叫着，林间的畜栏露了出来。

托普突然大叫起来。

"砰！"赫伯特被打倒在地上。

"可怜的孩子！"潘克洛夫扑向赫伯特。这时，一颗子弹打掉了史密斯的帽子。罪犯来不及开第二枪，就已经被史密斯的尖刀刺倒了。

子弹从赫伯特第三根肋骨和第四根肋骨之间穿过，情况相当严重，大家把他抬到床上。赫伯特因失血过多而昏迷不醒。

史佩莱是通讯记者，见过战地救护人员抢救伤员，懂得一点医术。他当即给赫伯特进行治疗和护理。但是赫伯特的伤势实在太重了。

史佩莱首先擦洗伤口。由于没有药，只好用冷水来控制发炎。

10天之后，赫伯特终于睁开了眼睛。他太虚弱了，连话都不能说，只是微微一笑，以便让大家不要担心。

11月29日晚上，只见托普脖子上挂着个小口袋，里面装着张纸条。打开看时，上面写的是：

高地遭到海盗侵袭。纳布

情况紧急，大家只好把赫伯特抬起来，准备赶回花岗石宫。

大家要到达花岗石宫时，纳布从浓烟中跑出来，喊道："先生！"但他看到的是没有血色的昏迷的赫伯特。

大家感到非常痛楚。高烧把不省人事的赫伯特折磨得几乎没气了。史佩莱有些慌乱。

"要是有奎宁就好了。"史密斯喃喃地说。

少年的生命已危在旦夕。史密斯焦急不安地走来走去。

"上帝，救救我们的孩子吧！"潘克洛夫只是一个劲地祈祷。

12月8日，大家都认为赫伯特就要离开他们了，不忍心看他临死前的挣扎，便走出了他的房间。

半夜里大家被赫伯特的尖叫声惊动了。大家跑到少年的床边，准备和他告别。

但是天亮时，潘克洛夫却发现桌上放着一个匣子。标着：硫酸奎宁。又是他，来得这样及时！

少年得救了。当新年来到的时候，赫伯特已能走动了。

2 月 15 日，大家又决定远征。艾尔通毫无音讯，大家时刻都在想念着他。这次远征的目标便是针对 5 名罪犯的。

4 天的远征结束了，但却毫无所获。

大家又担心那些海盗占领了畜栏，就到那里去看情况。这次他们小心翼翼地向畜栏逼近。

但是他们却没有遇到海盗。

当潘克洛夫推开虚掩的畜栏门时，一个海盗都没有。

他们又翻过栅栏，里面同样没有声音。于是他们轻轻靠近木屋，从窗户望进去，只见艾尔通衣衫破烂地躺在床上。

他似乎睡着了。他的脸色显示他经受了长时间的折磨。他的踝部和腕部都有很多伤。

"艾尔通！"工程师抓住他的胳膊叫道。

艾尔通睁开眼睛。"是你们？"他叫道。

"艾尔通！是我们！"工程师说道。

"这是哪里？"

"在木房子里。"

"他们会回来的！你们快做好准备！"艾尔通又晕了过去。

史密斯叫大家把车拉到畜栏里然后把门闩上。

当记者、潘克洛夫和纳布来到栅栏门口时，只见托普正在狂叫。三个人握着枪，跟着托普向右奔去。到了小溪边，只见月光下河边躺着五具尸体。

天亮后，大家带着艾尔通来到河边。艾尔通立刻认出这五具尸体正是那五个海盗。

"感谢你们救了我！"艾尔通说。

大家弄得莫名其妙。当史密斯把情况告诉艾尔通时，他也弄糊涂了。

他们再次观察五具尸体，发现除了额头、胸部各有一个红点外，并没有其它伤痕。

"他们是被一种闪电武器击中的。"工程师说。

"那是谁打的呢？"水手问。

"岛上的正义复仇者！"工程师说。

"这个人不但救了艾尔通，而且把我们做不到的事都替我们做了。我们一定要找到他！"

不用说，这个"他"就是那个神秘人。

寻找神秘人

林肯岛上的居民们又过上了和谐安宁的生活，只是那个有着神奇力量的人一直牵扯着他们的神经。

移民们继续辛勤而愉快地劳动着，岁月不知不觉地过去了。他们逃离出来已有整整三年了，他们非常想知道祖国和家人的情况。

想起南北战争这场可怕的灾难，他们心中充满了忧虑。他们认为北方的正义事业肯定会获得胜利，内战应该结束了。他们渴望回到祖国去，回到文明的世界去，渴望见到自己的亲人。

小岛远离大陆，要回去就必须有很大的船，对造这样大的船工程师没有那么大的把握。他所关心的一件事就是到达抱岛上去留下关于艾尔通的信件。

"乘风破浪号"，已经没法用了。他们准备在开春之前把造船的一切准备做好，并且把船造得大一点。他们推测苏格兰邮船有可能已经到过达抱岛，由于找不到艾尔通就回去了。这样就只有靠自己回到大陆去了。

潘克洛夫算了一下，造一艘 250 吨到 300 吨的船至少要七八个月，考虑到由于冬天到来给造船带来的不便，新船最早也要到明年 11 月才能下水。

"11 月正是航海的好季节。"史密斯说。

"那么你就快点去设计船的图样，史密斯先生。"潘克洛夫说，

"到时艾尔通肯定是个得力的好帮手。"

工程师的计划得到大家的一致赞同。移民们因为以前造过船，尽管现在要造一只二三百吨的大船，但他们还是很有信心的。

造船工作马上付诸行动。所有的人都参加了。严冬就要到了，大家争分夺秒地抓紧室外工作。

6月份，一场寒风夹着大雹子席卷了整个海岛，大家把'飞快号'上拾起的索具和风帆收到石宫里。天冷了，工作转到了室内。

9月7日这天，史密斯发现有一缕蒸气从火山口升向天空，火山又活动了。

"火山会不会爆发？"大家非常担心。

"很难说。"工程师说，"火山爆发、地震都有可能发生。我们的造船速度得加快。"

山顶上的蒸气变成了浓烟，移民们在加紧造船。到9月底，船骨和肋材都完成得差不多了。

尽管造船很累，但大家觉得很开心。

一天晚上，电报铃声突然大作，这就有点奇怪了。因为忙于造船，已经有好几天没人去过畜栏了。这是怎么回事？

"难道是他？"潘克洛夫眉头一挑。

"有什么事？"史密斯立刻发报。

"立刻到畜栏来。"回答的字码这样写着。

"终于找到他了。"工程师高兴地说。

大家兴奋得忘记了疲劳，立刻动身到了畜栏。木屋里是漆黑的，推门进去，里面一个人也没有。大家点上灯。赫伯特立刻指着桌子说："一张纸条！"

纸条是用英文写的：沿着新电线一直往前走。

这时雷雨交加，大家冒雨而行，在一根电线杆旁发现了一根新线，这根新线包着绝缘体，放在地上。他们顺着电线来到西边大洋上的峭壁。电线从峭壁伸入了海里。大家惊呆了。

工程师让大家等待。午夜之后，潮水退去，露出了一个大洞口。电线拐进了开阔的洞内。

世界著名科幻故事精华

第二卷

洞内水很深，泊着一只小船，不用说这是为他们准备的。他们跳上船，进入漆黑的洞里。

突然，一个洞窟在光芒中出现了。头顶上100英尺高的地方是一个圆形的拱顶，用无数的玄武岩石柱支撑着，其豪华程度不亚于任何一个歌剧院大厅。光芒从远处的水面照射过来。划到前面，这里相当宽阔，海水变成了平静的湖。一个长约250英尺的像支雪茄烟的东西浮出水面来，亮光就是从它那儿发出来的。

"就是他！"史密斯激动地说。

移民们来到一间富丽堂皇的大厅里，里面的装饰典雅华贵，雕花的大橱里摆放着稀有的工业品、珍贵的矿物标本以及华美的艺术品。柔软的天鹅绒纱发上躺着一个人，他似乎没有注意到史密斯他们进来。

史密斯上前一步说道："尼摩船长，是你要我们来的吗？我们来了。"

沙发里的人微微一怔，站了起来。这是一个胡子花白的老人，高高的前额，长发拖到肩上。他面貌端正，目光炯炯。

"先生，我没有名字。"老人说。

"但是我知道你。"史密斯说，"还有这只潜水艇。"

"诺第留斯号。"老人微微一笑。

"就是它。十多年前，从'诺第留斯号'上逃走的法国人写了一本叫《海底两万里》的书，披露了你的秘密。"

"我在这里已独自呆了30年了。"船长叹息道。

"大家都不理解你为什么要选择这样的生活方式。但是我们每次遇到困难，都是你帮助了我们。"

"是我。"船长摆摆手，示意他们用不着说什么感激的话。

"我老了。"船长接着说下去，"我想告诉你们一个故事。"

大家都倾听船长要说什么。

"我小的时候曾经是印度国王的儿子——达卡王子。10岁那年，为了祖国和我的未来，父亲把我送往欧洲接受全面的教育。

"我痛恨一个国家——英国。我热爱祖国，然而英国殖民者却奴役着我们的人民。1857年，我组织的那次抗英运动失败了……虽然我逃了出来，但我的家人却被殖民者杀害了。因此我痛恨这个世界！后来我就和20多个好朋友带着一些财产从大陆失踪了。我们来到了太平洋一个荒岛上，造了'诺第留斯号'。水底下有无穷无尽的宝藏，没有世间的是非丑恶。我们自由自在地生活着。岁月流逝，我的朋友们相继死去，现在轮到我了。"

尼摩船长叹息一声，又说："6年前我们开进了这个山洞。由于火山的作用，潜水船被上升的玄武岩堵在了洞里。在我生命的最后岁月里，天意让我认识了你们这些好人。"

船长已经老了，就在他静静地等待着回到他的伙伴们那里去的时候，却无意中遇到了从南军俘虏营里乘气球逃生的史密斯这些人。

他本来想避开这五个人，但同情心使他去关注这几个一无所有的人。但他不打算暴露自己。后来他发现这些人诚实勇敢，互相关爱，就情不自禁地去关心他们的疾苦。由于他有潜水衣，可以很容易地进入石宫内的井底，倾听他们的谈话，了解他们的情况。

这些正直的人改变了尼摩船长对人类的看法。他救活了史密斯，救出了托普，还有，把箱子放在遗物角、把水雷放在海峡炸掉'飞快号'、给移民们送药以及打死五个罪犯等等这些大家感到神秘的事情都是尼摩船长干的。移民们心中的疑团现在全部解开了，但尼摩船长却不在乎这些。

"好了，现在你们一切都明白了。"尼摩船长说，"我快不行了，对你们有一个请求。明天我留在'诺第留斯号'上，请求你们一定把船上的进水阀打开，让它沉入水底。我将和我的同胞们长眠在一起……还有……那边有个保险箱，里面有我的纪念品，大部分是钻石和珍珠，送给你们。"船长说完这些，已是气喘吁吁。

第二天早晨，居民们和船长告别，十分不忍地打开了潜水艇上的进水阀。

回归陆地

为了纪念尼摩船长，他们把这里叫做达卡洞，大家出到洞口，又怕小船受到海水的冲击，就把它拉回洞里的沙滩上。

暴风雨停了。史密斯一行人离开了洞窟，往畜栏而来。一路上，大家几乎都保持着沉默。他们在洞中的所见所闻——那个尼摩船长给他们留下了深刻的印象。这个曾经给过他们许多帮助的人现在已经离开了人间。他们感到有一种说不出的孤单。

一八七八年一月一日，荒岛遭到了一场大暴雨的袭击。火山又要爆发了。艾尔通趴在地上倾听，远外传来隐隐的隆隆声。

"朋友们，"艾尔通站起来说，"赶快造船吧，火山在响了。"大家拼命地干活，锯的锯，装的装。

"山口起火了！"赫伯特从眺望岗上跑回来告诉大家。

火山口像一个巨大的火把，照亮了整个荒岛。无数的火舌和火星四溅开来，如同放焰火一样。

天空中下了一阵带有火药味的"黑雪"，说明火山的底部正发生着激变。史密斯知道情况变得十分严重了。

史密斯决定去一趟达卡洞。

小船依然在那里，他们乘船到了洞穴深处，只见石壁上一小股一小股的蒸气从石壁的缝中钻出来，散发出难闻的气味。石壁上还有几处大裂缝。

史密斯回来召集大家说："朋友们，危险就要来到。我把尼摩船长临终前的话告诉大家。他告诉我，林肯岛不久就要崩溃。达卡洞一直延伸到火山底下。火山的中央管道和洞窟只隔着一层石壁，现在石壁已经开裂，到时海水就会灌进去。"

"太好了！"赫伯特说，"让海水把火山浇灭吧！"

"不，正好相反。"工程师说，"如果那样，林肯岛就要彻底炸飞。"

事实就是这样。如果水灌进热度高达几千度的火山内部，立刻就会变成蒸气。这种膨胀的蒸气是无法控制的。

岛上的移民们处境非常危急，只有把船造好才是唯一的生路。

2月23日凌晨，随着一声天崩地裂的巨响，火山爆发了。亿万斤重的火山堆被抛散到火山附近的平原上。一股滚烫的岩浆涌过来，吞没了畜栏。森林着火了，浓烟滚滚。

岩浆流进了格兰特湖，激起一片片蒸气。没多久，冷却的岩浆成了一座礁石。

情况万分危急，岩浆的洪流侵到了眺望岗！移民们恨不得新船马上就造好。

"提前下水！"史密斯果断地做出决定。本来定于3月9日下水的新船，8日晚上在惊天动地的爆炸声中就下水了。几分钟后，林肯岛已经变成了一片汪洋大海。

在海岛爆炸的一刹那，6个人以及狗都被抛进了大海里，值得庆幸的是他们都没有受伤。他们先后爬上海中的一堆礁石上，用一点可怜的粮食就在岩石洼处的积雨里度过了9天。

3月24日，就在他们被饥饿逼向死亡的时候，艾尔通抬头看见水平线上出现了一个黑点。他勉强站起来，举起骨瘦如柴的手向黑点挥动。那个黑点向礁石而来。

"邓肯号！"艾尔通叫了一声就昏倒在地。

当史密斯他们醒来时，发现自己躺在舒适的船舱里。

"我们在哪里？"水手问。

"在'邓肯号'上。"艾尔通告诉大家。

这正是'邓肯号'，只是指挥船的是格兰特船长的儿子——罗伯特。

几十年过去了，艾尔通罪孽已满，罗伯特是奉命来接他回去的。

罗伯特说他们看到了达抱岛上留下的信，这才把船开往林肯岛的。

"什么，信？"史密斯接过罗伯特递来的信一看，知道是尼摩船长写的。"原来是他冒着危险驾着"乘风破浪号"去给我们送信！"潘克洛夫这才恍然大悟。

大家摘下帽子，默默地感谢这位已故的救命恩人。

艾尔通把一只保险箱递给工程师。原来艾尔通冒着生命危险保住了尼摩船长珍贵的纪念品，他们都为他的行为而骄傲。

'邓肯号'日夜不停地驶向大陆。

半个月后，三年多前乘气球逃难的人回到了祖国的怀抱。经过艰苦卓绝的斗争，正义战胜了邪恶，北军胜利了，人民又可以过上和平的生活了。

回来的移民们用尼摩船长的财宝在衣阿华州购买了一片土地，他们在这片土地上辛勤地劳动，建立幸福的家园。为了纪念荒岛上那段难忘的日子，他们把这片土地上的一座山命名为富兰克林山，把一个小湖命名为格兰特湖。

曾经流落在荒岛上的几个伙伴，发誓永远生活在一起。大家对生活比以往任何时候都更充满希望和信心。

自从史密斯他们居住在这片土地上以后，经常有客人来访问，而最常来的有格里那凡爵士和他的夫人，约翰·孟格尔船长和他的夫人玛丽·格兰特，罗伯特·格兰特和麦克那布斯少校。史密斯总是和客人谈及尼摩船长如何援救他们，他们对安息在林肯岛——如今只是一堆被海浪冲击的花岗石——尊敬的船长充满了感激和怀念。

世界著名科幻故事精华

第 三 卷

（法）凡尔纳（Verne, J.）等著

金诚致 编译

时代文艺出版社

第三卷 目 录

第五章 科学传奇

第六章　奇异幻想

目　录

第五章　科学传奇

新型防盗剂

　　李教授打了个哈欠。两星期以来，他绞尽脑汁，终于利用附近一家工厂的几种废液配制出一种无色无味、无毒无害的新液体。这种液体溶解力极强，任何物质接触到它，都立刻在表面生成一种粘性很强的胶状物。

　　半夜里，李教授被一种响声惊醒了。一开始，他以为是只老鼠。可是马上又觉得不对，老鼠怎么能拉开抽屉呢？他仔细听了听，明白了，但仍然躺着没动。他不怕偷盗，过去的发明奖金和专利转让费，除了化学实验用去一些外，几乎全部捐献给了儿童福利事业。那个小偷翻来翻去，没翻到什么值钱的东西，有些着急，一不小心把组合柜前的一个瓶子碰倒了。瓶子发出一声脆响，碎了。李教授再也躺不住了，那瓶子里装着刚研制出来的液体。

　　"老兄，你看仔细呀，这么马虎……"李教授一边说，一边按亮了床边的壁灯。

　　小偷吓了一跳，转身要跑，却扑通栽倒了。灯光下，小偷两手按地，想站起来，可双手好像和地板长到了一起，怎么也动弹不得。小偷急了，"嗨"地大叫一声，猛然一挣，但只是屁股向前移了移，全身仍然未能挪动一厘米。

　　李教授见状，不禁乐了。他对小偷说："老兄，你不该打翻我这个瓶子呀。真是太妙了，你验证了我的防盗剂是完全合格的！老兄，你先耐心地在这里等着，我马上到专利局去一趟，它离我家不远。"李教授戴好帽子，开门走了。

一小时睡眠

　　我和教授通过研究，提出了一个激动人心的理论：在不损害人体健康和不减少寿命的前提下，改变人的清醒与睡眠的比例。当然，我们是想减少人的睡眠时间，哪怕是一个小时。

　　之后，我们一直在实验室埋头搞实验，试验了3000多种物质。直到前不久，我们终于发现了几种有效的物质，但它们不够稳定。长时间的研究，没有得到显著成果，真够人心烦的。实验室气氛总是很沉闷，教授一反往日的幽默，变得一言不发。

　　那天早晨，我们把代号为S_7的新物质给黑猩猩作了注射。20小时后，教授就像那只不睡觉的黑猩猩一样咧着嘴冲我笑，自嘲地说："我怎么也不困？难道S_7把我的睡眠也减少了？"

　　几个月之后，我们宣告取得成功：凡是吸入挥发物，或是注射S_7针剂的人，一天只需睡眠一个小时，就能保持一整天精力充沛，这习惯将终生不会改变。而且，使用S_7不损害健康，也不减少寿命。

　　S_7太成功了，远远超出了我们的预料。一天一小时睡眠！世界为此震惊，大家纷纷要求我们提供。减少睡眠后，为了维持人体能量的平衡，人吃的食物就会增加，这也是理所当然的。但一般人都有时间去获得第二份职业，收入明显增加，在食物上多支出一些也无所谓。

　　S_7彻底改变了几百万年来人类的古老习惯，人们普遍认为睡眠革命比以往任何一次革命都具有更为伟大而深刻的意义。

　　一天，我的朋友、著名经济学家罗尔斯先生来到了我们的实验室。

"先生们，请原谅我不懂自然科学，"罗尔斯一进门便一本正经地说道，"我想请教你们，能否加速动物的生长速度？"

我想了想说："增加一些是没问题的。"

他又问："那么，能否增加植物的生长速度呢？"

教授笑着说："在自然条件下，还没有办法解决这个问题，因为我们无法让太阳只睡一个小时。"

罗尔斯急切地说："这就对了。你们知道S_7虽然缩短了人的睡眠时间，我本人也从中获益不浅，但是，人类食物的消耗量增加了一倍，现在地球上已有 70 亿人……"

沉默了很久，教授才迟疑地说："要让 70 亿人放弃 8 小时睡眠，这可是个麻烦的问题……"他忽然加快了语气，"亲爱的罗尔斯先生，请问您是否愿意恢复 8 小时睡眠的老习惯呢？"

博 士 遇 难

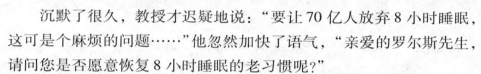

在遥远的未来，罪恶的黑星和他的军队为了控制地球而发动了战争。以查喀尔博士为首的麦克瑞小组，为了维护正义奋起反击，成了黑星的唯一对手。双方几次交战，黑星屡屡遭到失败。他召集几位忠实干将，一起策划新的阴谋。

佛雷兹博士首先出谋划策："陛下，威廉·布里杰博士研究的流星动力已经获得成功，它肯定能帮助我们征服地球。"

"谁去拿呢？"黑星问。

"我手下的间谍一定能办到。"独眼龙布莱特上尉接受了任务。

这时候，在瑞典皇家科学院大会上，科学家们正在为布里杰博士荣获这一年诺贝尔物理奖而热烈鼓掌。忽然，后排几个座位上出现了几位行踪可疑的人，虽然他们也在鼓掌，可是眼睛却紧盯着布里杰博士身边的那只公文箱。他们就是布莱特上尉派来的骷髅间谍。会场上他们无法下手，就在去机场的途中，把布里杰博士绑架到了一幢房子的地下室里。

"快把那只文件箱交给我们!"骷髅们喊道。博士看了他们一眼，平静地说："现在我没有什么好选择的，你们把它拿去吧。"说罢，博士把箱子提了起来。就在骷髅们冲上前来抢的时候，博士按动箱子上的一个红色按钮，"轰隆"一声巨响，箱子里的高效炸弹爆炸了，布里杰博士和他的公文箱，连同黑星的喽啰们都同归于尽了。

布里杰博士的儿子内森得到这个消息，悲痛万分。去年，妈妈因为意外事故离开了人世，如今，爸爸又被害死，只剩下他一个人，今后该怎么办呢?

忽然，一把雨伞遮在了他的头上。内森扭头一看，原来是一位老人。老人说："我是你爸爸的同事查咯尔博士。你爸爸曾委托我做你的保护人。现在，快跟我走吧。"

这时，从远处传来了一阵怪叫声。"这是什么声音?"内森奇怪地问。"孩子，黑星没能从你爸爸那里拿到他想要的东西，所以派骷髅来抓你了。快走吧!"查咯尔博士催促道。

博士带着内森奋力冲出骷髅的包围圈，来到了麦克瑞基地。内森的机器人"保姆"安迪已经等候在门口："早上好，内森。今后这里就是我们的新家了。"

查咯尔博士说："是啊，今后我们就是一家人了。我来介绍一下，这是凯茜，我们的行动总管；这两位是加森和斯科特，出色的战斗机飞行员……"博士的话还没有说完，一个响亮的声音从头上传来："查咯尔博士，怎么不向内森介绍我呢?"

"咦，这是谁呀?"内森好奇地抬头望去，除去一大片闪烁发光的指示灯以外，什么也没有。

"我来介绍，这是雨果，我们基地的电脑中心。"

突然，基地控制室的红灯一闪一闪，同时传来雨果的声音："战斗警报。黑星派来大量飞机正向麦克瑞基地飞来。"博士立即发布命令："麦克瑞小组做好战斗准备。"加森、斯科特、凯茜迅速带上头盔，坐上了各自的驾驶座椅。博士一声令下，三个驾驶座椅进入了三架飞行器里，迎着黑星的飞机高速飞去，一阵炮火，打得骷髅驾驶员哇哇直叫，黑星的进攻被粉碎了。

查喀尔博士告诉大家，今后麦克瑞将以一艘大型飞船为基地，驱动飞船的能量就是布里杰博士研究的成果——流星动力，由电脑中心雨果指挥。飞船起飞了，它不断升高，当高度达到纽约摩天大楼的最高层时，忽然火光一闪，飞船融化在耀眼的亮光里，变成了一束旋转的光线，消失在茫茫天际。

黑星从显示屏中看到了麦克瑞飞船起飞的情况，怒气冲冲地对部下说："麦克瑞飞船已经发射了，你们说怎么办？"

布莱特上尉说："陛下，您别着急。我派去的骷髅兵已进入飞船。"显示屏上，一群骷髅兵正在飞船里四处搜索着。

雨果也发现了飞船里的骷髅，他及时将情况报告给查喀尔博士。

"立即干掉他！"博士斩钉截铁地说。没多大功夫，骷髅兵已片甲不留，完全被解决了。

内森加入了麦克瑞小组后，常常思念起去世的爸爸。有一天，他终于梦见了爸爸。爸爸对他说："我在发明雨果的时候，就将我的脑纹输入它的线路，雨果就是根据我的意志在指挥麦克瑞的。今后，我们可以通过计算机交谈。内森，我有许多东西要教给你，再见了，我的孩子。"内森醒后，把梦中的情况告诉了查喀尔博士。博士相信布里杰的遗传因子，一定会在内森的身上发生作用的，使内森去完成布里杰尚未完成的伟大事业。

就在这时，雨果的声音又传来了："黑星知道布里杰博士的思维已经灌进内森的潜意识中，因此，黑星将竭尽全力抓获内森。"

世界著名科幻故事精华

第三卷

决战时刻

内森来到麦克瑞基地已经 3 年了。3 年来，他常常通过计算机与父亲布里杰博士对话，学到了许多深奥的核物理知识，特别是布里杰通过感应带着内森在宇宙中遨游。使他渐渐掌握了流星动力，在这方面，任何人都比不上他。

雨果及时把内森的情况报告给了查喀尔博士。查喀尔博士听了非常激动，他把内森叫到身边，语重心长地说："内森，布里杰博士已经把一切都传授给你了，今后就要靠你去拯救地球了。"

黑星和他的干将们又在策划一个更大的阴谋。满脸横肉的加洛旦向黑星报告："陛下，部队已经做好了战斗准备。"

"很好，各就各位，等待命令。一定要记住，我们的主要对手是那个内森！"

"放心吧，陛下，我们会毫不留情地消灭他们的。"布莱特上尉和阿亨王子的部队都做好了准备，他们想一举消灭麦克瑞基地，抓获内森。

这时，麦克瑞飞船在靠近纽约的大西洋里露了出来。海岸上聚集着成千上万的群众，以各种方式来表达对麦克瑞这个和平使者的欢迎。

突然，在欢迎群众的背后，出现了黑星的坦克和大批全副武装的骷髅；接着，黑星的飞机也出现在天空。人群顿时混乱起来。

"查喀尔博士，我已测出大批黑星军队正在骚扰群众，但他们真正的目的是向我们进攻。"雨果报告说。

"我知道了。请你把飞船导航到安全地区。"

博士非常镇定，命令麦克瑞小组的三架飞行器出发，和麦克瑞机器人拼接成英勇无比的麦克瑞号，向黑星的军队冲去。

接着，博士又命令雨果把飞船开到黑星的老窝，然后突然出现在黑星的面前。

见到查喀尔博士，黑星假惺惺地说："我一直在恭候您啊，博士！"

"黑星，少说废话。我专门为你设计了这个小玩艺儿。"说着，博士举起了手中的中子炮，把炮口对准了黑星的胸膛。

黑星并不惊慌，反而冷笑着说："嘿嘿！看您背后！"

博士扭头一看，不禁大吃一惊。原来，他背后的显示屏上竟是大批已经竖立在发射架上的导弹。黑星得意地说："你看到的这些导弹是我为你们准备的。虽然它们被安置在世界上不同的区域，但它们全部指向你的麦克瑞。"

博士镇定地说："我们有足够的时间保证我们的行动。"

"哈哈！别那么自信，博士，可能你会在我下达命令之前开火，那又有什么关系呢？那些导弹的程序已经编好了，它们一定能摧毁麦克瑞基地的！"

"只要能够最后消灭你，摧毁一个麦克瑞基地又有什么了不起的呢？"博士坚决地说。

"那个男孩呢，难道也一起被毁掉吗？博士，我们还是讲价钱吧，"黑星恶狠狠地说，"我要的就是那个男孩的流星动力。"

"黑星，这是妄想！"博士又大叫一声，随后扣动扳机，一连串中子炮弹射向黑星。炮弹在黑星身上爆炸了，就成了一团熊熊烈火。可是黑星晃了晃身体，火势就很快消失了，一点儿也没有受伤。

这一下，黑星恼羞成怒："哼哼，现在该我进攻啦！"

黑星命令整个黑星部队开始大规模进攻。

这时，麦克瑞基地只剩下内森和安迪两个人。内森凭感觉知道情况的严重性，他对安迪说："我已经完全掌握了流星动力，可以控制黑星的所有武器和部队，再见，安迪。"话音刚落，内森全身光芒四射，很快就消失在太空中。

说来也怪，战场上的战斗一下子平息了，黑星的飞机一架架着陆，坦克的炮口全部向下，骷髅兵们纷纷放下手中的武器，连阿亨王子、布莱特、加洛旦等干将也都走出控制室，宣布不再参战。只有黑星还不肯认输。查喀尔博士发出警告："黑星，快投降吧！""不，决不！"黑星声嘶力竭地叫着。查喀尔博士又一次开炮了。黑星突然变成一个火球，飞上了天空，缠住麦克瑞号，和它对打起来。

麦克瑞号眼看就招架不住了。"内森，你在哪儿，快来帮助我们！"查喀尔博士呼唤着。

"博士，我来了。让我来教训他。"内森应声出现在空中，大声对黑星说："到你该去的地方去吧！"说着，内森伸出手掌对准了黑星，一束光线立刻从他的手掌里射出来，包围了黑星所变的火球，火球被分割成一片一片的红云，向四周散落，黑星被消灭了。

"噢，我们胜利啦！我们完全打败黑星啦！"内森欢呼起来，查喀尔博士也高兴地笑了。

灭绝鼠患

贝拉宁拉着王思蒙教授走上讲台，向生物学家们介绍："这位是生物研究之王——王思蒙教授。"台下一片掌声。

王教授清清嗓子："从有人类开始，老鼠就一直危害人类。可是直到一个月前，老鼠和人类彼此还算相安无事。人类杀不光老鼠，老鼠也不能危及整个人类。

"但是前些天，南半球灾难地出现了数以亿计的老鼠大军，鼠群过处，鼠疫、流行性出血热等，有流行全球的危险。虽然我们采用了各种办法，但效果甚微。今天，我就贡献一个方案。

"我发现猫头鹰在吃饱之后，遇到老鼠仍无情追杀。猫头鹰体内会不会有什么特殊的激素使它如此痛恨老鼠呢？两个月前，我终于提炼出一种暂名为'厌鼠素'的东西！只要把它注射入动、植物体内，动物就会杀鼠如狂，植物则会产生能杀死老鼠的剧毒。但必须找到一种携带者，使携带者杀鼠，于是，我把一种分裂能力很强的细菌'三球菌'放入厌鼠素中培养。两天后，终于成功！这种'厌鼠三球菌'一遇老鼠，迅速传染到鼠体上，使老鼠三两分钟内死亡……"他话未说完，已被一片欢呼声淹没。

一个月后，鼠群土崩瓦解，人类胜利了！

但是，没过多久，世界动物保护协会便不得不宣布，由于"厌鼠三球菌"的强大威力，老鼠已成为世界濒危动物。一个星期后，世界动物保护协会还是遗憾地宣称：所有鼠类已在地球上灭绝。

万能皮包

先生每次出外时，总带着他那个常用的皮包。于是朋友们奇怪地问他："您这个皮包已经用了很长时间了吧？您有没有把它忘了的时候？"

"这是我的发明，它里面装着特殊装置。如果我离开它 10 米以外时，它就自动响铃。它的性能还不仅如此，当我要走出旅馆时，如果我忘记把某些要带的物品装进去，它就会自动亮起红灯来提醒我。再有，当我忘记给亲友买礼品的时候，它也会及时提醒我。"

朋友们非常赞许地说："这实在太方便了。早晨也能按时叫您起床吗？"

"当然，只要在临行前夜把日程表装进皮包的装置里就行了。每当上车、上船、上飞机的时候，它就自动替我向检票人员出示联运票。旅馆结帐的时候，它能很快把帐单计算得一清二楚，所以根本不用我再伤脑筋……"

"哎呀，真令人吃惊。这样一来，您在旅途中的一些操心事，就完全不用您去操劳了。"

"我还打算把它给改装一下，譬如到外国去，它可以把我的话翻译成那个国家的语言……"

"那简直是奇迹了。您有这样的皮包实在令人羡慕，您一定愉快！"

"也不完全是这样。"

先生好像还有些不满足的样子，朋友们惊诧地问道："那是为什么呢？"

"我认为只有在旅途中发生某些想不到的失误才有乐趣。如果连半点失误都没有，那就没有乐趣了。"

"那好办，您干脆把这个包忘了吧！"

世界著名科幻故事精华

第三卷

冬 人

杰克·凯斯志愿参加太空飞行，离家 3 年后返回地面休假。回到家中，屋子乱糟糟的，妻子也不见了。于是他便四处找妻子的下落。

他走到大街上，看到路边有一群十来岁的孩子围成一堆，嘲弄一个模样古怪的人。那被捉弄的人行动反应缓慢得出奇。别人戳他的脸，他想举手招架，手还未抬起，胸部却又挨了几下。他无可奈何，脸部表情既像愤怒，又像痛苦。凯斯对孩子们的恶作剧实在看不下去，便上前驱散了他们。

这时，被打的人蹲在地上，慢慢张开嘴巴，喉咙里发出微弱的声音，但谁也听不清是什么意思。凯斯以为他有病，问过路人能否帮忙找个医生。对方说："他是冬人，他们有自己的医生。"凯斯问："什么叫冬人？"对方见他连冬人都不懂，不耐烦多作解释，只是说："他没事，你别管了。"说罢，扭头就走了，弄得凯斯很尴尬。

晚上，凯斯去朋友家，又谈起"冬人"的事。朋友知道他离家多年，难怪对世事的变化竟变得如此陌生了。于是，就给他讲了有关冬人的来龙去脉。

"冬人，就是冬眠的人。早些年，宇航局设立了一个实验室，根据动物冬眠的原理，研制出一种能使人体减缓代谢、减少人体输出的激素，名叫"托匹克斯"。原想将它用于宇航事业，但宇航员用药后反应十分迟钝，难以适应，因此未被推广利用。

眼看这项科研成果被搁置起来，想不到国会里有些人灵机一动，使被冷落的托匹克斯摇身一变，成了控制犯罪的绝招。

从 70 年代开始，盗窃、凶杀等恶性犯罪事件层出不穷，加上死刑的废除，使各种罪犯更为嚣张。全国的监狱都爆满了，对罪犯的管理费用耗去整个国民经济收入的十分之一，使纳税人不胜负担。

经过国会辩论，通过了一项法案，凡是判过刑的犯人，都给注射托匹克斯，让他们变成冬人。托匹克斯的药性很长，注射一次可以维持 10 个星期甚至 3 个月，到时候继续注射，直到刑满为止。一般地说，犯人大都被安置在专门的宿舍里，每隔 3 天吃一顿饭。因为用药后犯人的能量消耗只是正常人的十分之一，所以不会感到饥饿。关在这里的犯人也有一定的行动自由，只要他们不出城市的范围，并按时注射就可以了。

人们不怕冬人继续行凶作恶和逃跑，这是因为：冬人的形象很古怪，在大庭广众之间显得非常突出，人们一眼就能认出他们；他们行动特别缓慢，即使想行凶作恶，人们也有足够的时间采取措施将他制服；判刑后，每个犯人都要做一次手术，用一根空心针把放射性物质埋到脑子里，它发出的信号，使刑警人员在 1.6 公里之内都能探测到犯人的位置，使他无法逃跑。这种物质是按犯人刑期长短事先配制好的，刑满之前无法消除。

在此期间，犯人如想逃跑，或不按时继续注射托匹克斯，随时都能缉拿归案。要想私自从脑部摘除这种物质，是要冒生命危险的。

凯思听完朋友的介绍，心里很不是滋味。

地 心 游 记

德国矿物学教授利登布洛克买了一本书。他的侄子阿克赛对书中夹着的羊皮纸文字内容很感兴趣，废寝忘食地研究起来，终于悟出这是 16 世纪冰岛炼金术士阿恩·萨克奴珊地心之行的简要记录。

意外的发现使利登布洛克教授决心去地心一游。于是，他和助手阿克赛便出发去冰岛，在向导汉恩斯的帮助下，他们备足粮食，带上探险仪器和防卫武器，奔赴地心入口——斯奈弗火山口。

斯奈弗火山口呈倒圆锥形。他们滑到底部，在溶岩西面的木板上，发现了"阿恩·萨克奴珊"的签名，但无法确定三个洞口中哪一个通往地心。

他们在洞口等了三天，盼来了云开日出。根据羊皮纸上的文字指点，他们认定中午时分阳光所照耀的那个洞口为地心入口处，便走了下去。

穿过狭长的坑道，根据地温变化的情况，他们断定已经到了海平面以下3000多米的地方。阿克赛捡到一块类似土鳖的兽皮，教授认定这是古代节足动物中一种已经灭绝了的甲壳动物的皮。他们向四周一看，发现了许多发育较为齐全的动物遗骸：有硬鳞鱼，也有古爬虫巨蜥。渐渐地，大理石、片麻岩、石灰石和沙石，被一种暗淡无光的物质代替，这里竟然有煤矿！教授解释说：这里原来的植物先变成泥炭，又变成矿物。其实，这个原始坑道就是一座埋藏着无穷宝藏的迷宫，这里还有发光的金属层——铜、白金或黄金。

忽然，他们听到了隐隐的流水声。向导汉恩斯挥镐开凿岩壁，裂口里竟喷出含铁的沸水，他们称之为"汉恩斯小溪"。而"汉恩斯小溪"却把他们三人冲散了。阿克赛惊恐地呼喊着，当他把耳朵贴在岩壁上时，听到了教授的回应。这奇怪的传声现象是由地道的形状和岩石的传导率决定的。

经过一番曲折，三个旅行者又重逢了。他们的前方忽然出现了一片"海"。"海角"的一边是蘑菇森林，他们在这里找到了乳齿象的下颚骨。为了渡"海"，汉恩斯做了个大筏。航行途中，在距离木筏约100米的地方，他们突然看见有两只海兽在搏斗。其中一只长着海豚的鼻子、蜥蜴的脑袋、鳄鱼的牙齿，是古代爬虫类中最可怕的鱼龙；另一只是鱼龙的死敌颈龙，它有圆筒状的身体、短短的尾巴和桨状的四肢，伸缩的头颈一抬起，大约有10米高。他们举枪准备射击时，海兽却潜入海里去了。

正在这时，暴风雨来了。他们的木筏撞在岩石上，碎了。汉恩斯连忙去砍伐木材修理木筏。教授和阿克赛趁此机会，来到了一片冲积成的沉渣地上。他们的脚下到处都是各种贝壳和史前动物的遗骨。接着，他们又惊喜地发现了奇特兽、乳齿象、原猿、翼手龙的遗骨；在附近的火山上，他们还看见了个第四纪人的完整标本。

木筏修复了，他们继续前行，但他们的道路被花岗石地壳拦住了。为了打开通道，他们在岩石内放了炸药。没有听见爆炸声，却见岩石像一道帏幔似的分开了，眼前是深不可测的无底洞，海面掀起了巨浪，木筏直立在浪尖上。他们无论如何也没有想到，折回来的岩流已将他们带到火山喷口的边缘。经过打听，他们才知道，此刻所处的位置是西西里北部的斯特隆博利岛。

这次地心之行，行程将近 6500 公里，历时 13 个星期。教授和阿克赛告别了向导汉恩斯，踏上了回归汉堡的路程。

神奇的枕头

对失眠的人来说，世界上没有比失眠更痛苦的事情了。我躺在床上翻来覆去睡不着，悄悄地爬起来，打开房门，一个人到院子里散步。

"喂，半夜了，还没睡？"突然，浓密的树丛后面传出一个声音。我吃了一惊，抬头看见一个中年人，正坐在石凳上向我招手。

"起风了，到我屋里去坐坐吧。"他指着亮着灯的窗户说。

我跟他来到二楼一间宽敞的房间里。这里的陈设古怪，墙上挂着一幅大脑解剖图，上面标注着各种奇怪的符号；写字台上横七竖八的堆放着不少枕头，红的，绿的，紫的……

主人在我面前放了一杯热气腾腾的浓咖啡和一盘饼干，对我说："喝吧，暖暖身子。"

"不，不，咖啡是兴奋中枢神经的。我如果喝上一杯，今晚就别想睡觉了。"我摆着手回答。

他笑着说："别担心，我保管你睡得美美的。"

对于他的话，我是不相信的。失眠症已困扰我半年多了，我尝试过许多对付失眠的办法，但都无济于事。然而主人的盛情难却，我勉强喝了一口。然后，我解释道："我的大脑缺乏抑制点，每天只能睡上 3 - 4 个小时，正如巴尔扎克说的，是一个整天朦朦胧胧的人。"

"3 - 4 个小时？"他一本正经地说："已经挺不错啦。我每晚只睡两个小时。"说完，他得意地理了理头发。

"真的？"望着眼前这个精力充沛的人，我不禁惊呼起来。

"是啊，我常想，一个成年人每天大约睡 8 个小时，一生的三分之一时间都被睡眠占去了。"

"要是有一种发明，能缩短睡眠时间而不影响健康，那该多好啊。"我颇有同感地叹道。

他笑着说："我正在做这项试验呢。"

"哦？"我急切地问，"能不能给我介绍一下？"

他看了看手表说："百闻不如一见。咱们今天就到这里。"他在写字台上挑了一只红色的枕头，递给我说："这个送给你，今晚试一试，明晚请再来一次。"

回到家已是次日凌晨了，我把枕头放在床上，倒头就睡了。一觉醒来，我觉得精神好极了，看看钟，却只睡了两个小时。这种酣睡的感觉已久违了，我不由得想起了昨晚的事情。

晚上，没等时钟敲完 10 下，我就去敲昨晚那位主人的房门了。他一见我就问："昨晚睡得好吗？"

"好极了。"我高兴地回答。

"只睡了两个小时吧？"

"是啊，两个小时。"我不明白他怎么知道得如此清楚，便好奇地问："这枕头跟睡眠有什么关系吗？"

"当然有啦。"他顺手拿过一只枕头，说："我在这些枕头里放了一种特殊的脉冲器。它会产生一种磁场，帮助脑子里的抑制点起催眠作用。"

看着我满脸惊愕的样子，他继续说："它能使人睡得很熟，两个小时就能抵得上普通人 8 小时的睡眠。"

我向科学家告辞后，觉得天上的月亮更加明亮、皎洁。我真诚地希望，奇妙的魔枕能早日得到推广使用。

奇 妙 的 航 程

一架已经退役的四引擎等离子体喷气机在云层中小心地飞着。

特工格兰特明白，他担负的任务，要等飞机着陆后才能算完成，而这最后一小时也将是最难熬的。

格兰特，一个咯咯作响、铿锵有力的名字。他果敢而坚毅，粗犷漂亮的容貌，魁伟匀称的身材，尽管刚过而立之年，但他已成功地执行了很多重要而特殊的任务，老练精到，骁勇出色。

此刻，他正注视着客舱，注视着客舱里惟一的另一个人，这个人是了不起的大科学家——宾恩斯。乱蓬蓬的灰白头发，同样零乱而灰白的上髭，一个结实的肉头鼻子，仅这一点就够漫画家心满意足了，然而值得注意的还有他那双周围尽是皱纹的眼睛，和额头上永不消失的抬头纹。宾恩斯的衣服不太合身，也难怪，因为这次他是匆匆出行的，来不及选择更好的服装。他离开了他的组织，一个与格兰特一伙人势均力敌、平等抗衡的高科技组织，他这个至关重要的人物的转移，对两个组织实力均衡的形势将产生极大的影响。

机场这边，阿伦·卡特将军、唐纳德·里德上校，以及医务头头迈克尔斯、舰长欧因斯、脑外科医生杜瓦尔和他的助手科拉·彼得逊小姐，都在焦急地等待着，等待着宾恩斯能平安地抵达，加入他们的队伍。

飞机在城市摇曳的灯光里神秘地降落了。欧因斯把宾恩斯请进轿车，由摩托车组成的护卫队围拢过来，穿进夜色，向总部驶去。

然而，差错就在夜色里发生了。车队遭到了袭击，双方都付出了很大的代价。当载着宾恩斯的轿车冲出重围，驶进总部时，满脑子学问的宾恩斯已经完全失去了知觉，他呼吸很慢，脉搏微弱。

经检查，发现在宾恩斯的脑颅腔正中央，紧靠脑垂体的地方，形成了一个血凝块，以致他昏迷不醒。但在一段时间内不会有生命

世界著名科幻故事精华

第三卷

危险。

必须把宾恩斯救活！

然而，血凝块所处位置，是外部手术所无法解决的。

怎么办？靠微缩。怎么微缩？——

把一艘潜艇微缩成细菌大小，把它注射进动脉里去，由欧因斯舰长驾驶，迈克尔斯领航，驶向血块。到了那里，杜瓦尔同彼得逊小姐动手术。当然，还必须要格兰特作主管。

不过，微缩技术是受限制的，缩得越小，能维持的时间越短。如果把潜艇微缩到能在血管里通行，那么过 1 个小时，它就要开始膨大。并且要隔相当长的时间才能再度微缩。所以，潜艇成员必须在 60 分钟内完成任务，撤出血管，否则，将把宾恩斯撑死。

医疗室里，每个人都在紧张地忙碌着，只有宾恩斯躺在手术台上木然地一动不动，他上面覆盖着一条沉重的电热毯，毯子里面盘绕着灌满了循环流动的冷却剂的无数线圈。他的头发已被剃光，头颅像海图似的被标明数码的经线、纬线划成若干方格。他那睡眠中凹陷的脸上露出愁容，深深地冻结在那里。

他后面的墙上是一张放大的循环系统图，血管足有人的胳臂那么粗，而那些纤细的毛细血管，毛茸茸地填满了所有空隙。

在俯视着手术室的指挥塔里，卡特将军和里德上校屏息静气，细心地观察着大家的工作。

命名为"海神号"的潜艇已被送进微缩室，即将进入海神号的 5 位使者都进行了严格的身体测验，穿上标有"CMDF"字样的制服，消毒待命。这 5 个人是在这次使命中才集结在一起的，只有杜瓦尔和他的得力助手彼得逊最熟，其他人彼此都免不了要相互有些怀疑，说不准有谁就是敌对一方的代表，或者出于某种目的而破坏这次冒险活动。然而，为了宾恩斯的生命，为了这次伟大的试验，他们还是踏上了同一条船。

潜艇上装有无线电发报机，可以和指挥部随时联系。

以格兰特为首的 5 人小组走上"海神号"，各就各位。这时指挥部发来电文：准备微缩。

格兰特不知道怎样进行微缩，就待在座位上；迈克尔斯抽风似

世界著名科幻故事精华

的猛地站了起来，朝四周看着；杜瓦尔把他的图表放到一边，开始摸索他的安全带……一切准备就绪。

这时，潜艇上的扩音器响了起来：

"'海神号'注意，这是使命完成以前最后一次口头联系。他们还有60分钟的真实时间。微缩过程一经结束，潜艇上的计时器即将给出60的读数，它每隔一分钟，将减少一个单位。他们一定得在读到零以前，从宾恩斯体内撤出。祝你们一切顺利！"

指挥部里，卡特大声喊道："开动微缩器！"

恰当的技术人员恰当的手指按下了恰当的操纵盘上标有微缩字样的恰当的电键。

微缩，对于潜艇内的人来说是感觉不到的，但他们都免不了要紧张，这毕竟是史无前例的事情，也毕竟是第一次缩得这么小。

当潜艇被微缩到只有一英寸宽的时候，它被下潜到一种液体中；然后，继续微缩，小点了，更小了，小到差不多看不见了；接着，连同盛装液体的容器一同微缩，在这液体中，有着不比一个大细菌大的"海神号"。

4个男人和1个女人，不过几分钟以前还足尺足码，活生生地站在大家面前，现在成了一艘细菌大小的舰艇里小不丁点儿的物质微末——而仍然活着。

这时，潜艇和指挥部的表盘上都同时显示出一个黑色数字——60。

"海神号"连同液体被吸进针筒，然后从宾恩斯的颈部注入其动脉！

这一复杂的过程足足用了4分钟，现在计时器上的读数是56。

杜瓦尔四处张望着，高兴到了极点。"不可思议。"他说，"进入人体内部，进入动脉——欧因斯！关掉艇内灯，伙计！让我们来看看上帝的手艺吧。"

艇内灯熄灭了，但从外面射进来一种幽暗的光线，是潜艇前部和尾部灯经过微缩的光束斑斑点点的反光。

欧因斯已经使"海神号"——就它与动脉血流的相对关系而言——进入事实上的静止状态，让它随着这心脏驱动的洪流奔泻而去。

他说："我想大家可以松开安全带了。"

杜瓦尔只一跳就解开了带子，彼得逊也立即走了过来。他们神迷心醉地向窗口扑去。迈克尔斯从容地走到循环系统图前，仔细研究起来，他简洁地说道："准确极了。"

格兰特也走向窗口，他被那奇妙的令人惊诧的景象吸引住了。远处的"墙"看起来相距有半英里之遥，它一阵一阵地发出琥珀色的明亮红光，因为它大部分都被一大堆乱七八糟的，在船附近漂流过去的物体遮住了。

他们面对的是一个巨大而奇特的水族馆，但在里面，充塞视野的不是鱼，而是比鱼远为怪异的物体。这些东西大部分是一些中心凹陷下去但没有穿透的大橡皮轮胎。它们大约比船的直径大一倍，每一个都带桔色——稻草色，每一个都断断续续地闪耀着强光，仿佛有着钻石碎片构成的刻画似的。

"实际上，那是些红细胞。"迈克尔斯对格兰特说，"聚在一起是红的，单独看起来却带稻草色。你看到的那些是刚从心脏里出来的，携带氧气，输送到头部，特别是大脑。"

格兰特瞪着眼睛，惊叹地四处张望。除了红细胞以外，还有扁盘子形状的"血小板"，偶尔还能看到巨大的白细胞。

每个物体都在各自的位置上颤动。物体越小，颤动也越显得厉害。真像一场规模庞大、乱蹦乱跳的芭蕾舞。

格兰特觉得船在他脚底下移动，一会儿朝这个方向，一会儿朝那个方向，但劲头不大，不像原先在皮下注射器里那么急剧。原来血液中液体部分所含的蛋白质，即"血浆蛋白"在衬垫着船身。

此时"海神号"已经沿着一条弧形航道，走了一大段路程，现在看来离动脉壁大约有一百英尺。构成动脉壁内衬的大片琥珀色而略呈波纹状的内皮层，已经能够详细而清晰地看到了。

杜瓦尔说道："哈，这真是检查'动脉粥样硬化'的好办法。那些斑点都可以数得清了……放眼未来，可以派一条船去打通被堵塞的动脉系统。——不过，这种疗法也相当昂贵的了。"

他们离动脉壁更近了，而在近壁的汹涌急流中，船颠簸得逐渐厉害了。经计算，两分钟后就要到达交叉路口，这时表盘上 55 的字样缓慢地显现出来，朦胧而暗黑。

突然，船身一歪，格兰特差一点儿从座位上摔下来。

"欧因斯！"他大声叫道，"怎么了？"

"不知道。"欧因斯的脸，因为在使劲，所以变得嘴歪鼻翘，"船操作不灵。"

从下面传来了迈克尔斯紧张的声音："欧因斯舰长，纠正航向。我们在向动脉壁靠拢。"

"这——我知道。"欧因斯喘着气说道，"我们进入了某种逆流。"

"这不是逆流，是一个闭合系统。"杜瓦尔说。

"那么你就别正面跟它斗。"格兰特对欧因斯喊道，"让船自己去漂流，你只要做到使它的航向与动脉壁平行就行了。"

船颠簸得越来越厉害了，一些"结缔"组织接连打来，吓得科拉·彼得逊直大声尖叫。

"漩涡！都回到座位去，系上安全带。"格兰特喊道。然而，奔向安全带都是极其困难的，大家被弄得前拥后撞，伤痕累累。

格兰特费劲地粗声粗气问道："有没有人——弄明白究竟是怎么回事？"

杜瓦尔挣扎着："是个瘘管——一个动静脉瘘。"原来动脉和一根小静脉不正常地连接起来了，由于准备仓促，在循环图上没有发现它。

最后一次震动几乎把格兰特震晕了，给他带来了他不得不忍受的极大痛苦；随着这一震，他们熬过来了，逐渐慢下来，慢到突然一下完全静止不动了。

静止不动意味着什么？意味着不能到达血凝块，不能救活宾恩斯；意味着这次使命的失败！原来他们现在已脱离了动脉而驶进颈静脉。他们无法逆流而回，或者可以说无路可走！惟一的路线，那条沿静脉流的路线，要通过心脏，那是明明白白的送死。

此刻，计时器显示是52。

指挥部里一片混乱，焦躁不安。怎么办？经过短暂而激烈的辩论和研究，最后决定：通过心脏。只是通过心脏的时间不能超过60

秒钟。否则宾恩斯的生命将难以保住。

欧因斯把引擎速度调大，随着血流漂向心脏。他们周围的世界完全变了样。血红蛋白本身是蓝紫色，但是在船内微缩了的光波的奇特反射下，每个红细胞都发出蓝绿而又常常夹杂着紫色的闪光。其他一切都带着这些非氧化红细胞的颜色。

他们可以听到一种声音，像是远处轰隆的炮声。其实这不过是潜艇甲板有节奏的振动声，缓慢而整齐，但越来越响。——心脏到了。

迈克尔斯说："几秒钟以后，我们就要进入右心房，心脏的第一个腔室——而指挥部最好使心脏停止跳动。格兰特，用无线电报告我们的位置。"

格兰特此刻被他眼前的景象迷住了，暂时忘了其他一切东西。上腔静脉是全身最大的一条静脉，在它最后的一段管道里，它接受除了肺部以外来自全身的全部血液。它一进入右心房，就扩展成一个巨大的发出回响的房间。

听到迈克尔斯第二次呼喊，格兰特才一下子明白过来，转向他的发报机。

欧因斯大声叫道："前面是三尖瓣。"

这东西在一条长长的走廊尽头，他们可以在很远的地方看到它。这是 3 条红色闪光的床单，在它们从船前移开的时候，在互相分离，在掀着大浪张开。一条缝隙撕裂开来，逐渐扩大，同时 3 个瓣尖颤动着，各自转向一边。就像有一股巨大的拉力在吸引着一样，血流向这个洞穴倾注着，"海神号"随着血流前进。

5 双眼睛向前方注视着三尖瓣。心室在舒张，血液就得从另一方向，从右心房流进来。面对着那个方向的三尖瓣开始扑动，掀开了。

前方那个有皱褶的巨大缝隙开始扩展，变成一条走廊，逐渐加宽，最后成了一个宽阔的缺口。

"快！"迈克尔斯叫道，"快！快！"

他的话被心跳和引擎增大了的响声淹没了。"海神号"向前挺进，冲过缺口，进入右心室。当心脏又一跳动的时候，潜艇就冲过了另一个反向缺口。艰难地又冲过一个裂缝后，他们就走出了右心室，进入了肺动脉！血液的潮浪以危险的速度驱赶着它前进。"海神号"终于在规定的时间内通过心脏，又进入动脉系统。

里德说："尽管他们进入了动脉系统，但并不是驶向脑部。原来是把他们注入体循环系统的。也就是注入从左心室通到脑部的一条主要动脉。肺动脉是从右心室——通向肺部的。"

"这就意味着延迟，但我们还有时间。"卡特说。他指了指计时器，读数是48。

"海神号"又能平稳地航行了。渐渐地，它接近了很细的毛细血管，它几乎是贴着毛茸茸的血管壁航行。

走了不久，"海神号"发生了故障。迈克尔斯，杜瓦尔，彼得逊和格兰特都穿上游泳衣，离开潜艇，钻入血液中，去排除故障。结果，用去了大量时间，当他们重又回到船上时，过去的时间已近半。当他们通过肺部和胸膜层时，计时器显示出 32 的字样。通过淋巴管，又用去了 4 分钟。

现在，"海神号"进入一个充满纯净液体的广阔区域。除了间或有少数几个抗体在眼前掠过，和一路上透过黄色淋巴液的船前灯的闪光之外，看不到什么别的东西。

传来了一阵擦刮着船身的低于听觉范围的微弱声音，船好像是在洗衣板上滑过去似的。以后又是一阵。又是一阵。

"我们进蜗管里来了。"迈克尔斯说，"在内耳那个帮我们听声音的小小螺旋管里面了。宾恩斯的这个蜗管帮他听声音。声音使它振动，产生不同的图形。看到了吗？"

格兰特看清了。它在液体里几乎像是一个阴影；一个巨大、扁平的从他们旁边一闪而过的影子。

"这是大声波。"迈克尔斯说，"至少，不妨这么说吧。这是一种压缩波，好歹被我们通过微缩光线看出来了。"

"这是不是意味着有人在讲话？"科拉·彼得逊问道。

"哦，不是。如果有人讲话或发出某种真正的声音，那么这个东西就会像发生了地震似的弄得海啸山崩。然而即使在绝对静寂时，耳蜗也会听到远方砰砰的心跳声和血液流经耳部微小的静脉的轰隆声。"

格兰特问道："这有没有危险！"

迈克尔斯耸耸肩说："不能比现在这样更危险——只要没有人说话。"

这时，一些网状纤维堵塞住了潜艇的进气管。格兰特从船身腹部的舱口降下，落到柔软而具有橡皮弹性的蜗管底壁上。他望着船身发愁。它的金属船身已经不再是原来那么干净和光滑了，而像是披着一张兽皮，上面长满粗毛。

他两脚一蹬，游进淋巴液中并向船头游去。他抓了两把纤维往外拉。好不容易才把它们拔出来，有许多纤维在进气管过滤器表面就折断了。

通过他那小小的无线电接收机，传来了迈克尔斯的声音："情况怎么样？"

"够呛。"格兰特说。

"你需要多长时间？计时器现在的读数是26。"

"得要相当长的时间。"格兰特拼命拔着，但粘稠的淋巴液使他动作缓慢，同时柔韧的纤维似乎也很不好对付。

迈克尔斯和科拉也穿好游泳衣，下去帮忙，3个人一起干了起来。

欧因斯把引擎开动起来，说："看来很好。你们外面都准备好了吗？"

格兰特的声音在他耳边响起来："剩下的已经不多了。准备启程。"

然而就在这时，整个宇宙似乎都翻腾起来了。就好像有人从下面捅了"海神号"一拳，把它掀起老高。船内欧因斯抓住表板不放，杜瓦尔抱住激光器。船外，格兰特被抛向高空。科拉侥幸抓住"海神号"上一个突出的地方，而当她实在抓不住而把手松开以后，就沿着蜗管壁膜滑走了。

怎么回事？原来蜗管壁是在对某种响亮的声音作出反应。"小小的振动"产生了巨大的波澜。

科拉连滑动带旋转地翻过悬崖掉进了振动着的圆柱和管壁的世

界。她陷在一片毛细胞里了。她大喊着"救命"。

此刻，由于外界的响声而引起的这场风暴已经过去，船就要启航。格兰特发现科拉还没上船，于是他呼喊着她的名字。

格兰特和迈克尔斯找到科拉时，科拉的身上已经吸附了很多抗体，还有很多抗体正蜂拥着朝她落去。格兰特让迈克尔斯游回潜艇，然后猛地冲向科拉，拉住她拼命向潜艇游去。不少抗体被落在后面，然而科拉的身体已经被粘附着的抗体弄得毛茸茸的了。格兰特匆忙地往下扯，但抗体粘着不动，他的手碰到它们的时候，它们就顺着手的方向变成扁平形，随后又恢复原状，有几个现在开始探测和"品尝"格兰特的身体了。

他俩游向潜艇。格兰特紧紧抓住舱门。他伸手去扯科拉背上的抗体，用拇指和食指捏着一个抗体羊毛似的纤维，感到软绵绵的，富有弹性，一捏就陷下去，然后碰到坚韧的核心，再也掐不去了。

这些抗体是没有头脑的，连最原始的头脑也没有，因此把它们看成怪物、捕食者或者即使是苍蝇，也都是错误的。它们不过是一些分子，其内部原子排列的形式使它们凭借盲目的原子间力的作用，依附到它们能配合得上的表面上去。

格兰特继续撕扯抗体，抗体也继续游来。

"我——我——呼吸困——"科拉喘着气说。

舱门打开了。杜瓦尔把科拉拉了进去，格兰特跟在后面。

一进到舱里，抗体就失去了活力。原来这些抗体只能在液体里活跃，一旦被空气包围，分子引力就改变了性质。

科拉脱离了险境。

欧因斯说："马上行进，我们的时间几乎要用完了。"

在指挥室里，电视接收机显示出，"海神号"已进入大脑，正迅速驶向血块。同时计时器也显示出 12 的字样。卡特和里德在焦急地等待着。

"海神号"上，格兰特和迈克尔斯发生了争执。自上船以来，他们就一直不能友好相处。迈克尔斯和杜瓦尔的关系也一直很僵。他们相互之间都有一种不信任的感觉。消除血块用的激光器曾经无端地坏过，杜瓦尔直到修好了它，也没弄清是怎么坏的。很多事情，

世界著名科幻故事精华

第三卷

都让人怀疑。

计时器显示出了9，"海神号"正行进在大脑之中。

欧因斯再度关上船内灯，大家都朝前方望去，这时候眼前的奇观使他们把其他一切，甚至使命高潮已到的事实，都置诸脑后了。

杜瓦尔喃喃地说："真是太奇妙了。这是上帝造物美轮美奂的顶峰。"

格兰特也肯定地说，在整个宇宙中，以最小的体积装有最复杂的物体的，就是人脑。

血块接近了。杜瓦尔看到神经到血块处都停止了，他说："这是神经损伤的肉眼可见的迹象，可能是不可逆转的了。我现在不能保证我们能治好宾恩斯，即使把血块清除掉也罢。"

"这想法不错，大夫。"迈克尔斯讥讽地说，"这样你就有了借口了，不是吗？"

"住嘴，迈克尔斯。"格兰特冷冷地说道。

杜瓦尔和助手科拉都拿起了游泳衣。

迈克尔斯苦笑着说："你们不必费这个事了。已经太晚了。"说着他指了指计时器，这时计时器正在慢条斯理地从7变到6。

杜瓦尔和科拉都没有停下穿游泳衣的动作。

60分钟只是个保守的估计。微缩场能比预期时限延长1分钟，或者2分钟。减去从血块到撤退地点颈静脉需要的2分钟，还会至少有7分钟的时间。

迈克尔斯极力阻拦继续除血块，他一再坚持时间来不及了。就在他和格兰特争执之际，杜瓦尔和科拉已穿好游泳衣，带上激光器，走出舱口不见了。

迈克尔斯瞧着他们出去，带着几分恳求的语气说："格兰特，你听我说，难道你不明白这是怎么回事吗？杜瓦尔会把宾恩斯弄死。简直太容易了。激光器稍稍歪一点，谁能看出毛病来吗？如果你照我说的办，我们就能让宾恩斯活下去，咱们出去后，明天再试。"

"他可能活不到明天，而且在相当长时间内，我们不能进行微缩。"

"他有可能活到明天；可你如果不制止杜瓦尔，那么他就肯定会死。明天可以对别人进行微缩，即使我们不行。"

"乘另一条船吗？能用的或能找到的只有'海神号'。"

迈克尔斯尖声叫了起来："格兰特我跟你说吧，杜瓦尔是敌特。"

"敌特？我碰巧认为充当敌特的是你！"格兰特怒目圆睁。

"哦，我明白了，敌特是你，格兰特。"迈克尔斯又转向欧因斯，"欧因斯，你明白了吗？有好多次非常明显地，我们的使命不可能也不会成功，而当时我们本来是可以安全撤出的。每次他都让我们留在这里面……帮帮我，欧因斯，帮帮我。"

欧因斯站在那里犹豫不决。

格兰特说道："计时器马上就要走到 5 了。给我 3 分钟，欧因斯，你知道，除非我们能在这 3 分钟内把血块清除掉，宾恩斯是救不活的。我现在到外边去帮帮他们，你看住迈克尔斯。"

格兰特穿好游泳衣，从舱口钻了出去。

杜瓦尔和科拉已到了血块处。杜瓦尔喃喃地说："如果我们能把血块分割开，解除神经所承受的压力，而又不触及它本身，那我们的成绩就很不错了。"他挪动着找好位置，举起激光器。他按下了激光器的枪栓。一束细小的光短促地闪了一下。

一瞬间，在激光光束难以忍受的强光照射下，血块显得轮廓鲜明；光线所到之处，形成了一串气泡。

激光又亮了一次，完了之后，科拉说："手术见效了。杜瓦尔大夫。"闪光现在已经通到一眼望不到头的地方了。一大片黑暗的地方亮起来了。

这时格兰特游来："我们只有不到 3 分钟的时间了。"

"别来打扰我。"杜瓦尔说道。

科拉说："没关系，他能完成。"

话分两头，各表一方。船上怎么样了呢？

"我看到了激光的火花。"欧因斯说，"我跟你说，他们正在工作，他们会回来的。看来你错了，迈克尔斯。"

迈克尔斯耸耸肩说："好啊，这就更好了。如果是我错了，宾恩斯能活下去，这就再好不过了。只是……"他的嗓音显得十分惊慌，"欧因斯！"

"怎么啦?"

"安全舱口出毛病了。格兰特这混蛋当时一定是太激动了,没把它关严。"

欧因斯正朝下面凝视着舱口,迈克尔斯一只手抓起格兰特用来拆无线电面板的那把螺丝起子,狠狠地用把手敲击欧因斯的头部。

欧因斯昏迷过去。迈克尔斯又敲了一下,然后把欧因斯塞进游泳衣,抛了出去。接着他慌忙跳上驾驶室,按动了引擎按钮。

杜瓦尔现在正端着激光器,对准血块进行连续而短促的射击。

手术成功了!

正当他们要返回潜艇时,发现了欧因斯。这时欧因斯已清醒过来。

他们游向发动起来的潜艇。他们听到了迈克尔斯的声音:"你们大家都向后退。两分钟以后,白细胞就会来,而那时候,我早就往回走了。很遗憾,但是你们本来是有机会同我一起撤出的。"

船现在在高处兜着大圈子,转了过来。

"他在全速前进。"欧因斯说道。

"而且我想是对准致命的神经来的。"

"这正是我在干的事,格兰特。"

杜瓦尔喊道:"你听着!想一想,为什么干这种事呢!想想你们的祖国!"

"我想着的是全人类。"迈克尔斯怒气冲冲地叫喊着回答道:"重要的是不让军方插手。无限期解除微缩技术,掌握在他们手里会把地球毁掉的。你们这班傻瓜如果不明白这个道理……"

"海神号"在对准刚解脱出来的神经俯冲下来。

格兰特不顾一切地抢过激光器,全功率射向"海神号"。激光器射出一道铅笔粗细的光线,一下就熄灭了。

科拉说:"激光已经耗尽了,格兰特。"

就是这惟一的一击,"海神号"在没有撞到神经之前被击中了。

杜瓦尔说:"白细胞会吞没这只船的。我们最好离开这里。"

"到哪儿去?"欧因斯问道。

"如果我们沿视神经走,只要 1 分钟,或者不到 1 分钟就可以到达眼球。跟我来。"

科拉和欧因斯跟在他后面游着，格兰特最后犹豫了一阵，也尾随他们而来。

指挥部里，卡特暴跳如雷。计时器读数是1。马上变为0，警报铃响了起来。立刻就要解除微缩了。

迈克尔斯遭到激光射击后，在半昏迷之中还做着美梦。这时，"乳白色的云雾"飘过来。是一个白细胞！

由于船体比较明显，白细胞向它靠来。

"海神号"的窗户被涂上了一层发亮的牛奶。牛奶在侵袭船壳尾部破口上的血浆，在为冲破表面张力的障碍进行斗争。迈克尔斯在临死前听到的最后第二个声音，是由微缩原子构成、结构脆弱的、经过种种折磨、损伤程度达到了破裂点的"海神号"外壳在白细胞攻击下裂成碎片的吱吱嘎嘎的响声。

他听到的最后的声音是他自己的笑声。

科拉几乎与迈克尔斯同时看到了这个白细胞。科拉惊恐万状。格兰特决意要与白细胞搏斗一番。这时"海神号"已被深深地陷进硕大无比的白细胞里。格兰特把刀深深插进这堆东西里，向下切割。然而什么反应也没有。这个无眼睛、无感觉、无头脑、无意志的由原生质构成的自动机器什么反应也没有。格兰特又砍了一刀，可还是没有引起白细胞的注意。

他向远处游一点，这时，裹紧了"海神号"的白细胞渐渐转向他来，并跟着他游动，一直跟着。

就这样，他们游过视神经，从泪管里游出宾恩斯体外！并且还把那个白细胞引出了泪管，白细胞里包裹着"海神号"的残骸碎片以及迈克尔斯的尸体。并且离解除微缩的时间只差8秒钟！

宾恩斯张开了眼睛，试图露出微笑。

格兰特问他："身体怎么样？"

宾恩斯说道："觉得很疲乏。我头疼，眼睛很难受，但看来我是活下来了。"

"好嘛！"

"头上敲一下，还是打不死一个科学家的……现在我必须回想起我到这儿来，要告诉你们的东西。还觉得有点朦胧，但能逐渐想起来。都装在我头脑里，一切材料都在。"这时他真正笑了。

格兰特说道："对你头脑里有的东西，你会吃惊的，教授。"

魔鬼车

马利克驾车奔驰在"西部大平原公路"上。

艳阳当空，疏云淡抹，一碧万顷。杰尼以每小时 60 英里的速度，翻越无数个小丘和高低不平的道路。无论驶近岩石还是洞穴，都能事先获得信息，并能迅速、小心地改变路线全速前进。甚至有时候，马利克也没有注意到双手下边的操纵杆的微妙动作。

大平原上空，蔚蓝的天际，一轮光焰四射的太阳，透过略微发暗的防风玻璃及很厚的护目镜，斜射着马利克的眼睛。他似乎觉得在异国他乡的月光下，驾驶着快艇，横跨银白的湖泊一样。

车子经过的地方，扬起一片尘土，在空中飘荡，很快又沉下去了。

"您的体力已消耗得过多了。"无线电里传出声音。"您紧握方向盘、凝视前方……为何不去稍微休息呢？请您睡觉去，让我来驾驶吧！"

"不！"他说，"这样好。"

"是！"杰尼说，"我只是想还是问一下好。"

"谢谢！"

1 分钟后，无线电里播放出非常柔和的音乐。

"停止！"

"是！主人，我错了。我是想让您神经松弛一下。"

"必要的时候，我会对你说的。"

"对不起，萨姆。"

短暂的沉默，使人感到沉闷。马利克十分清楚：杰尼是一辆性能优良的车。为了使马利克的搜索工作能顺利进行，它总是绞尽脑汁、想尽一切办法为他服务。

　　它的形状像轿车，鲜红的车身，非常艳丽，速度飞快。顶棚突起部分的下面，装有几枚火箭。两个 50 毫米口径的枪安装在看不见的车头灯的下面。还有 5 秒钟和 10 秒钟爆炸的手榴弹拉拴缠在车的下边。行李箱里还有一个喷雾式的油桶，里面装满挥发性很强的石油。

　　杰尼是由东方著名高级工程师——吉耶姆为马利克特别设计的一辆"敢死车"。这个伟大的能工巧匠把自己毕生精力和才华用来制造它。

　　"这次一定要找到！杰尼。"他说，"刚才我说话的态度不太好，你可别当真呀！"

　　"没关系，萨姆。"杰尼的声音很温柔，"我已经安上电脑，您的事情我都知道。"

　　他们发出隆隆声，穿过"大平原"时，落日的余辉已经染红了西天。不分昼夜地连续搜索，使马利克精疲力竭，前不久到达过的加油站，似乎是很久以前的事情，又好像是遥远的将来的事情……

　　马利克靠在前面，闭上眼睛。

　　所有的车窗都慢慢地变暗了，变得完全不透明了。安全带将他的身体从方向盘上拉下来。座位渐渐向后倾斜，最后他完全成水平状态躺在那里。当夜幕降临时，通上了暖气。

　　早晨 5 点钟左右，座位摇晃，将他弄醒了。

　　"起来吧，萨姆！快起来吧！"

　　"出了什么事？"他嘴里嘟哝着。

　　"20 分钟之前，收到无线电信号，前面不久发生过袭击车辆事件。我立即改变路线，现离那个地方不远了。"

　　"你为什么不马上叫醒我！"

　　"您很需要睡眠，而且，只要您能办到的事情，您就会焦急地坐不住。"

　　"那好吧，大概你说得对，请谈袭击事情吧！"

"昨天晚上，有6辆汽车向西行驶时，突然被数量不明的车偷袭了。巡逻的直升飞机从现场上空发来的电讯说：6辆车上的东西全部被掠夺精光，汽油被倒掉，头部被打坏，所有的乘客都被杀害。"

"现在我们离那儿还有多远？"

"再过二三分钟就到了。"

防风玻璃又变得透明了。马利克在强烈的车灯照射下，尽可能地向夜幕中的远方看去。

"前面有东西。"他说。

"是现场。"杰尼说着，开始放慢速度。

他们到达了被破坏的车旁，马利克将身上的安全带卡子解开，车门一下开了。

"你看看周围，杰尼。"他说，"再找找轮胎经过的热辐射，这里不能久留。"

车门"啪"地一声关上了。杰尼离开了他。他打开小型手电筒的开关，向被破坏得一塌糊涂的车辆走去。

"平原"在他的脚下就像撒上一层沙子的舞厅，非常坚硬，而且还打滑。地上有很多车子滑行的痕迹。像细面条那样纠结在一起的车轮印到处可见。

第一辆车的驾驶座位上，坐着一个已经死了的男人，很明显他的脖子已经断了。手腕上的手表已经坏了，表针指向2点24分。离此车40英尺远的地方，有两个女人、一个男人躺在那里。他们都是从遭到偷袭的车上逃跑时被轧死的。

马利克又向前走去，检查了其他几辆车。

所有车上的引擎的主要部分就不用说了。轮胎、车轮都被拿走，油箱盖被打开，里面的油全部用虹吸管抽光。箱子里的备用轮胎也不见了。没有一个幸存者。

杰尼来到他的身旁，车门打开了。

"萨姆，"它说，"我听到了无线电信号，那是第三辆车后边的那个蓝色车上发送的，请你将它的电脑的导线取下来！它正从备用的蓄电池吸取能源进行发送。"

"好吧！"马利克又返回去，拆下导线，回到杰尼车上，坐在驾驶位上。

"发现什么吗?"

"几条踪迹往北方向。"

"追!"门"啪"地关上,杰尼向北驶去。

5分钟后,杰尼说:"军队里有8辆车。"

"你说什么?"

"我刚从新闻节目里听到:车队原有八部车,其中有两部车用规定以外的波长和野车取得联系,暴露自己车队的位置并加入了它们的行列。在野车偷袭的时候,还向其他的车进攻呢。"

"乘客怎么样?"

"可能在加入野车前给'处理'了吧。"

"它们为什么要加入野车呢?"他问。

"不知道,我从来没想过那样的事情。"

"10年前,那些家伙的头头——魔鬼车袭击加油站时将我哥哥杀死。"马利克说,"从那以后,我一直在寻找那部黑色的卡迪拉克。从空中和地面都在寻找。我用过好几部车,车上都装有热辐射探测仪和火箭,甚至还埋过地雷。可是,它总是比我快得多、聪明得多、厉害得多。为此,我制造了你。"

"我知道你很恨它,但总不理解为什么?"

马利克吸了一口烟:"我对你的程序做了特殊设计,装上甲板武装起来。使你在所有的车当中最快、最强、最机智。杰尼,你是红色女郎。有你这部车就能对付那个卡迪和它的所有同伙。你有他们没见过的牙齿和利爪,这次一定要捉住他们。"

"萨姆,您可以呆在家里,跟踪的事情可交给我办……"

"不!我知道那样也行。但是,我想到现场亲自发布命令,按几个电钮,一直看那个魔鬼车烧尽,只剩下金属架。它究竟杀死多少人?破坏多少部车?简直数不清。无论如何我要亲手将它捉到,杰尼。"

"我会给你找到的,萨姆。"

他们以每小时200英里速度飞驰。

"燃料够用吗?杰尼。"

"足够用，备用油桶还没用呢，请放心。——痕迹越来越明显了。"它又加上一句。

"那好，武器系统怎么样？"

"红灯全亮，一切正常，随时都可以发射。"

马利克将烟蒂插入烟缸中熄灭，又点着一支。

"……野车中有几部车，将死人绑在里面行驶。"马利克说，"是为了迷惑别人以为拉着乘客。那个黑色的卡迪尽干这种事情，定期更换车里的人，为了使那些人能够长期保存下来，车里总是通冷气。"

"你很了解呀，萨姆。"

"它用假乘客和假执照欺骗了我哥哥，让我哥哥打开加油站，然后全部车突然袭击。它在不同时期，给车身涂上红色、绿色、蓝色、白色等不同颜色，但最终恢复到黑色。它不喜欢黄色、褐色和混合彩色。我有它从前用过的几乎所有的假执照清单。它甚至明目张胆地从宽阔的高速公路上拐到城镇里，到普通的加油站把油缸加满。当工作人员走到驾驶室旁让它缴费时，它甩开人开车逃跑，经常被人记下车号。它能模仿十二三种人的声音。它总是以惊人的马力行驶，所以谁也没有办法捉住它。它经常到这个'大平原'上来欺骗人，还袭击过旧车展览会。"

杰尼来个大转弯，改变了路线。

"萨姆，现在痕迹更清楚了。在这边！朝那座山的方向走了。"

"跟上！"马利克说。接着，马利克陷入长时间的沉默。模模糊糊的晨星在车背后的车壳上留下白色的图钉形光点，这就是早晨降临在东方的象征。车子开始爬缓坡。

"一定要捉到！"马利克催促着。

"我想会捉到。"它说。到了陡坡，杰尼为了适应地形，便放慢速度。地面坑坑洼洼。

"怎么啦？"马利克问。

"跑起来越发费劲了。"它说，"跟踪也越来越困难了。"

"为什么？"

"这地方地面本身热辐射特别大，"杰尼回答，"它扰乱我的跟踪系统。"

"你一定要坚持下去！杰尼。"

"痕迹好像到山那边了。"

"给我追！追！"他们又放慢了速度。

"痕迹全无了，萨姆。"它说，"断线了。"

"这一带一定有它的据点，可能是洞穴。这几年为避免从空中被发现，它们采用这一种方法。"

"那怎么办好呢？"

"尽可能到前面仔细观察岩石上面有无位置很低的洞，要当心啊！随时准备发动攻击。"

他们进入山麓的一排小丘。杰尼的天线拉得高高的，用金属薄片制作的像飞蛾一样的翅膀，在天线杆顶端张开又转又跳，迎着朝阳闪闪发光。

"还没有捕捉到任何信息。"杰尼说，"而且再也不能向前进了。"

"那就慢慢地向横的方向继续搜查。"

"向右还是向左呢？"

"是啊，你如果是逃跑的叛徒的话，应往何处去呢？"

"不知道。"

"随便吧，哪边都行。"

"那就往右边去！"它说。接着往右驶去。

30分钟后，渐渐地一丝熹微的晨光在"大平原"的那一边播散着淡淡的光，把博大广阔的苍穹，染上秋天树木那样的各种各样的颜色。马利克从仪表盘的下边拿出宇宙飞行员饮料——高级咖啡瓶喝起来。

"萨姆，好像有什么东西。"

"什么？在哪里？"

"前面那个大圆石头左边的斜坡上，在斜坡的尽头，有一个像洞穴一样的东西。"

"知道了，好孩子。到那里去，准备好火箭！"

他们驶到大圆石头的对面，顺着斜坡往下走。

"是洞穴还是隧道？"他说，"慢点！"

"有了，又发现热辐射了。"它说。

"啊！轮胎痕迹也看到了，很多。"马利克说，"没错，就是这里！"他们向洞穴前进。

"进去！不过要慢点！"他命令着，"如遇到活动的东西，立即干掉它。"

他们向岩石上开凿的入口处驶去，地面是沙子。杰尼将所有能看得见的光都灭掉，换上红外线。红外线镜头在防风玻璃前面一点一点往上移动。马利克向洞内眺望，洞内大约20英尺高，很宽，3辆车可并行行驶。沙地面逐渐变成了石地，光滑而且平坦。不久又变上坡。

"前面有亮光。"

"知道了。"

"可能是天空。"他们向亮处一点一点逼近。杰尼的引擎在这巨大的岩石洞里，似乎像叹气声。

他们在亮处停下。红外线台座又降下来。

马利克向上仰望，看到深深的峡谷，尽是沙子和岩石。岩石非常大，有的倾斜，有的从上往下垂着。除了对面的那一部分以外，这一片看不到天。对面的光亮很模糊，下边没有什么变化。但是再往前是……马利克直眨巴着眼睛。眼前，在朦胧的朝霞中，可以看到一座破破烂烂的小山。这是马利克一生中从未见过的。

各个厂家和各种型号的汽车零件堆积成一座小山，映现在马利克眼前。有电池、轮胎、电缆、缓冲器，还有挡泥板、消声器、头灯和汽车框架、门、防风玻璃、汽缸、活塞、气化器、发电机、调压器、油泵。马利克眼睛睁得大大地看着这一切。

"杰尼。"他小声说，"我们发现汽车的墓地了。"

马利克突然发现有一辆非常破旧的车向自己方向跑了五六英里后一下停了。铆钉头刮在制动器圆盘上的巨大声响传到他耳里。那辆车的轮胎完全磨平了，左前轮严重漏气。右边的前灯已坏，挡风玻璃上出现了裂纹。那睡醒了的引擎咯嗒咯嗒地响，令人恐惧。

"怎么回事？"马利克问，"那是什么？"

世界著名科幻故事精华

"它在跟我说话。"杰尼说，"它说它老了，行车纪录器已转了不知多少圈，究竟跑了多少英里已记不清。它憎恨人，因为人只要有机会就会虐待它。它是墓地的看守。因年龄太大，不能出去搞袭击，所以几年来在这个备用品堆当看守。因不能自己修理自己，只能依靠年轻的车辆照顾。它想知道我到这里来干什么？"

"你问问它，其他的车都到哪里去了。"

马利克突然听到很多的引擎转动的声音，很快整个山谷都轰鸣起来。

"它们在备品堆的那边。"杰尼说，"现在正往这边来。"

"我不发命令，不准射击。"驶在最前面的是发着黄色光泽的克莱斯勒牌，围着备品堆转，当它露出车头来时，马利克这样说。

马利克将头低到方向盘下面，但是眼睛却是睁得大大的，隐藏在护目镜的暗光里。

"你就说是来入伙的，司机已被'处理'了。让黑色的卡迪拉克到射程里来。"

"它不会那么傻。"它说，"现在我正跟它说话，它在备品堆那边用无线电和我通话。它说在决定如何处理之前，为了盯住我，将派出同伙中的最大的6辆。它命令我退出隧道，到山谷里。"

"那就前进吧，慢一点儿。"

他们慢速稳步前进。

两辆"林肯"，一辆看上去好像很有气力的"旁蒂克"，还有两辆"莫克利"，加上"克莱斯勒"，一共6辆。两边各3辆，好像排着队过来。

"它没有暗示那边有多少部车吗？"

"没有。我试探过，它不告诉我。"

"好吧，反正非等不可了。"

马利克感到很疲劳，肩膀又隐隐作痛。不一会儿，杰尼向他报告说："它让我从备品堆转过去，已经让出道并命令我向它们指定的岩石裂缝里前进……并说，要用自动测定装置对我进行详细调查……"

"不能接受它的命令。"马利克说，"不过可以在备品堆转一圈儿，看看那边就知道怎么办。"

两部"莫克利"闪到路旁。杰尼慢吞吞地通过。马利克斜眼往上看那堆破烂山。只要发射两发火箭，一定会干掉它们。

他们转到备品堆的左边。

右侧和前方有 45 部车，距离大约有 120 码。它们成扇状散开，包围备品堆，阻住了出口。后面还有 6 部监视车，阻塞了马利克的退路。最后一行车的后面，停了 1 部黑色的卡迪拉克牌车。它用了一年时间才组装完毕。当时许多工程师对它的巨大车体赞叹不已。它确实很大，闪闪发光。它的前灯像发暗光的宝石或像昆虫的眼睛。车体的所有地方，包括曲线部位都发出强烈的光。它那像大鱼尾鳍一样的车尾，就好像有所准备，一发出紧急警报，就能狠狠地向后边的一群车打去，然后向被杀死的猎物飞去。

"是那个！"马利克小声说，"是魔鬼车！"

"真大呀！"杰尼说，"从来没见过这么大的车！"

他们继续前进。

"它让我进入那个裂缝里，在那里停下。"

"慢慢向那里前进，但不要进入。"

他们改变方向，朝裂缝方向慢慢驶去。其他的车都停在那里，但是引擎却忽高忽低地响着。

"检查所有武器系统！"

"是！红灯全亮，处于战备状态！"

离裂缝只有 25 英尺。

"我要是说'时间已到'，你立即挂'中档'，来个 180°大转弯，要迅速。它们是万万不会想到，因它们没有这种功能。然后用 50 毫米口径的枪射击，目标对准卡迪拉克发射火箭。直角返回原来的路上，一边前进，一边撒汽油，并向 6 部监视车射击……"

"时间已到！"他一边从座位上跳起，一边下达命令。因为车子迅速急驶，他被甩到车箱后面。在头脑尚不清醒的时候，就听到它放枪的巨响。这时远处升起了熊熊大火。

杰尼的枪伸向外边，在台座上来回地转动，向那列车队射出几百个铅锤。第二次震动，是从半开的车盖下边发射 2 枚火箭。在前进中，有八九部车向他们反扑过来。

　　它再一次挂"中档"迅速转到备品堆的东南角，向来时的方向发起第二次进攻。枪口对准正在后退的监视车猛烈射击，马利克在宽大的反光器里看到后面猛烈燃烧的火墙。

　　"你打错了！"他吼叫，"没有打中那个黑色的卡迪拉克呀！火箭打中了那个家伙前面的车，它逃跑了啊！"

　　"我知道，我错了。"

　　"你明明是瞄准它的呀！"

　　"我明白，但我打错了。"

　　他们正好在两辆监视车消失在隧道里的时候，转过备品堆。其他的 3 辆车吐着烟雾成了一堆废品躺在地上。而第 6 辆车肯定是在那两辆车前面逃脱出去的。

　　"那家伙来了！"马利克叫着，"转到备品堆的那边！杀！杀掉它！"

　　墓地的老看守看来好像是"福特"，但不甚清楚。它发出咯嗒咯嗒的可怕响声，向这边开来，在火线前边站住。

　　"射线已被挡住了。"

　　"把那个破烂货摧毁，然后堵住隧道！不能让卡迪跑掉！"

　　"不行啊！"它喊。

　　"为什么？"

　　"无论如何也不行！"

　　"这是命令！干掉它堵住隧道！"

　　它的枪转动着，射穿那个老年车的轮胎。

　　卡迪像颗子弹一样通了过去，跑到隧道里。

　　"你怎么把它放掉！"他尖声地喊，"追！"

　　"是！萨姆，我正在追，请不要大声嚷，求求您，请不要嚷嚷！"它奔向隧道。在隧道里，他听到巨大的引擎的响声渐渐远去了。

　　"在隧道里不要射击！如果打中了，我们有可能被憋在里面！"

　　"是！明白。"

　　"扔两枚 10 秒钟爆炸的手榴弹，然后加速前进！不知道后边还有多少部车，这样也许会将它们封锁住。"

车子像箭一样一直向前奔驰，跑到日光下，周围没有其他车的影子。

"探测轮胎痕迹，继续跟踪！"它说。

后面山丘那边爆炸了，大地在摇动，然后又平静下来。

"轮胎痕迹太多了……"它说。

"你应该明白，找那个最大、最宽、最热的！跟上！"

"好像找到了，萨姆。"

"那好，快速前进！"

马利克拿出威士忌酒喝了三口，然后又点上烟，凝视着远方。

"你为什么要放掉它？"他亲切地问，"为什么要放掉？杰尼。"

它没有马上回答。他在等待它的回答。

"对我来说，它不是单纯的'它'。"它终于开口，"它给车和人带来很多损失，这确实很严重。但是，在它那里似乎有什么信仰，有什么高贵的信仰。它们有它们的生活方式。为了自身的自由，同全世界进行斗争。它率领那些凶恶的车，只要不被打烂、打垮，就坚持这种方式，无论在什么情况下都不停止……萨姆，不久前我想加入它们的行列，跟它们一起在'大平原公路'上奔驰。为了它，我都想用自己的火箭瞄准汽油基地的大门——但是我无法'处理'你啊。我是为了你才被制造出来的，我对人太亲近、太软弱了。但是无论如何我是不能打它，我是故意把火箭打飞的。但是，我也无论如何不能'处理'你，萨姆，是真的。"

"谢谢！"他说，"我太感谢你了！"

"我不好，萨姆。"

"别说了！不，我要说。我想问问，如果再发现'它'，你打算怎么办？"

"不知道。"

"那就快点想想！你看到前方的飞沙吗？加快速度。"

车子像箭一样地飞驰。

"在我没有回到底特律，在我要求偿还血债之前，它们会像混蛋那样地笑。"

"我的构造和设计都是不坏的，这一点我也知道。不过稍微……"

"只是有点儿'好动感情'。"马利克补充说。

"你比我想的还……"它说，"在我被送到你这里之前，我没有见过太多的车。更不知道野车是什么样子，也没有破坏过实用的车。我所知道的只是靶子之类的东西。我很年轻，而且……"

"而且很'天真'。"马利克说，"是的，多么令人感动的话啊！你要准备下一次遇到的车。如果它碰巧是你的恋人，你不想射击的话，它就要杀死我们的。"

"想办法对付吧，萨姆。"

前边的车停下了，那是黄色的"克莱斯勒"。两个轮胎扁了，车子歪斜着站在那里。

"不理它!"当车盖"哐当"一声打开的时候，马利克骂道，"将弹药拿出来，以防可能的抵抗。"他们在"克莱斯勒"的身旁通过。

"它说什么?"

"是机器说的冒渎的话。"它说，"我只听过一二次，跟你说你也不懂。"

他吃吃地窃笑："车这东西真的互相咒骂吗?"

"有时候是的。"它说，"特别是较低级的车，格外爱这样。尤其是在高速公路和收费公路上车辆拥挤的时候。"

"说些车的恶劣语言让我听听!"

"我不喜欢。你究竟把我看成什么样的车呀?"

"对不起。"马利克说，"我忘了你是个女郎。"

无线电发出一种已经听腻了的声音。

车在群山脚前面广阔而平坦的地面上奔驰。马利克喝了一口酒后又喝起咖啡。

"10年的时间。"他自语着，"10年的时间……"

群山慢慢地被抛在后面，山脚下的小丘一个挨着一个，轮胎的痕迹是一条曲线。当车子经过因风化作用而变成像倒立的蘑菇状的巨大桔黄石块时，在右手方向有一块空地。

那家伙像子弹一样向他们猛攻过来，看得出它的速度不如红色女郎。它在搞伏击，同跟踪它的人做最后的较量。

伴随着尖锐的声音和硝烟的味道，杰尼急刹车，将车身横过来。50毫米口径的枪喷着火焰。车盖猛地打开，前面的两个车轮腾空而起，火箭"扑哧"一声飞了出去。它一边用后保险杠在含盐的沙地上滑，一边连续旋转3次。最后的一次，将剩下的火箭全部射向正在山腰上冒烟的残骸。4个车轮都打掉倒在地上。50毫米口径的枪连续射击，直到子弹打完为止。整整响了有1分钟的时间，接着恢复一片寂静。

马利克坐在驾驶位上，浑身颤抖着。在朝霞中，他仔细观看着在燃烧的内脏全被打出来、歪七扭八的魔鬼车。

"干掉了，杰尼。你将它干掉了。你为我将魔鬼车干掉了。"他说。

但是，它没有回答。它发动引擎往东南方向转，向那文明的方向——汽车加油站驶去。

两个小时的行驶中，他们默默地前进。马利克将威士忌和咖啡全部喝光、香烟全部吸完："杰尼，请对我说点儿什么！"他说，"告诉我你怎么了！"

它发出叮当的响声，非常温柔："萨姆，它一边从山丘上下来，一边对我说……"

马利克等待它继续说下去，然而它却沉默不语。

"那么，它说了些什么呢？"他问。

"它说：'喂，你把那个驾驶你的人干掉！那样做的话，我就投靠你。为了一起行驶、一起袭击，我需要你！红色女郎。如果咱们能在一起，那些家伙是绝对捉不到我们的。'最后还是我把它杀了。"

马利克沉默了。

"不过，它在自己即将灭亡的时刻，为了拖延我的发炮时间作最后的决斗，想让我们与它同归于尽。它不会说真心话，你说是吗？"

"当然是喽！"马利克说，"当然是那样，它要投靠你已经晚了。"

"嗯，我也这样想。不过，你很早就认为它确实想回到那个山里，让我跟它一起跑、一起袭击，是吗？"

"可能吧，因为你是个装备完善的可爱的姑娘啊。"

"谢谢！"它说着把开关切断了。

但是，在它这样做之前，他听到奇妙的机械的声音变成一种有节奏的声音，这声音不知是冒渎的话，还是祈祷的话。

然后，他点点头，把头低下，用他那还在颤抖的手敲打着旁边的座位。

九死一生

我在海水里约摸已经有个把钟头，浑身发冷、精疲力竭，右腿肚直抽筋，看来死期临头了。退潮有力地翻腾，我徒然地挣扎着，先前还看得见的海岸边一排排灯火在眼前悄然飞逝，现在不得不放弃逆流而进的想法，痛心地想着——我这无用的一生将就此濒临结束。

我生来福星高照，出生在一个良好的英国世家。从小娇生惯养，但对家庭生活中那种神圣、幸福的气氛却十分陌生。父亲学识渊博，是著名的古董商，对家庭毫不眷恋，终日沉湎于研究工作的抽象思维之中。母亲以她姣好的容颜，而不是见识为人称道，对社会里的谄媚奉承感到十分称心如意。我经受了英国中产阶级子弟惯常受到的正规的中学和大学教育。岁月流逝，我的体力和情欲与日俱增，父母突然发现我的欲望日趋旺盛，想要对我严加管教，不过为时已晚。我为非作歹，干出最荒唐不羁、胆大妄为的蠢事，为家人所不齿。父亲声称不愿意再看到我，也不想再多给一个子儿，我只好怀揣着他赐予的 1000 英镑，搭上头等船舱，奔赴澳大利亚。

从此，我开始了漫长的旅行生涯——从东方到西方，从北极到南极——最后，看到自己——一个 30 多岁精明干练的水手，正当盛年、精力充沛的时候，由于试图弃船逃走，却要淹死在旧金山的海湾里。

我忍受着剧烈的痛苦，右腿因为抽筋而僵直了。微风激起层层波浪，我只能听凭海水冲进嘴巴，吞到肚子里。虽然我还竭力使自己在水面上飘浮，那不过是机械、无意识的动作罢了，因为我正在很快失去知觉。我迷迷糊糊地记得自己飘过防波堤，见到一只向上游驶去的轮船的右舷灯光在眼前一晃而过。以后到处白茫茫的一片，就失去了知觉。

我听到昆虫嗡嗡的低吟声。随后，昆虫的声音变成有节奏的水流，我的身体随之轻轻波动。我飘浮在夏日海洋温柔的胸怀之中，怀着梦幻般的喜悦，跟着低声歌唱的波浪上下起伏。波动越来越强烈了，嗡嗡声也越来越响亮，波浪越来越汹涌——狂怒的海洋把我颠簸抛掷。一阵剧痛之后，灿烂而又时断时续的火花使我恢复了知觉，我的耳边似乎响起一阵欢乐的声音。某种不可捉摸的东西突然"啪"地一响，我苏醒了。

这场由我担任主角的戏十分稀奇。我匆匆一瞥，发现自己极不舒坦地躺在一位绅士的游艇甲板上。在两旁，紧握着我的双臂，把它们像唧筒柄一样上下扳动的是两个穿着奇异、肤色黝黑的人。虽然我能跟多种土著人交谈，却猜不出他们的国别。有什么东西绑住了我的头部，把我的呼吸器官与我将要谈到的机器连接在一起。我的鼻孔被一种不知什么东西塞住了，因此只能用嘴巴呼吸。由于视线的倾斜角度所限制，我只看到两根和小皮带管相似，而用不同东西做成的管子，从嘴巴里伸出来，相互交叉成锐角。一根管子突然中断，躺在身边的地板上。另一根管子在地上绕成无数圈圈，与我已经答应要描述的那个装置连在一起。

在我的生活尚未越出常轨以前，我也曾经在科学领域里涉猎过一番，通晓实验室里的种种用品和一般器械。机器主要是玻璃制成的，结构并不十分复杂，是用来作实验的。一个空气室当中放着一瓶水，上面装着一根垂直的管子，顶上有个球，正中间是个真空计量计。管子里的水上下移动，产生气流，通过管子输送给我。用这种方法，以及靠人力挥动我的胳膊，进行人工呼吸，使我的胸部逐渐上下起伏，肺部一张一缩。最后终于诱使造物主，重新承担它那惯常的工作。

我睁开眼睛苏醒过来时，头部、鼻子、嘴巴周围的器械全给拿

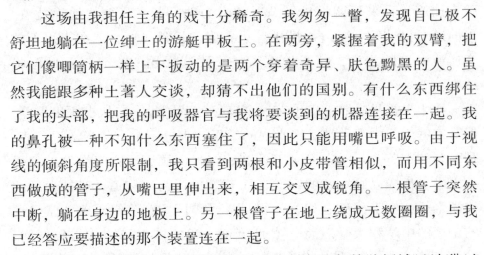

走了。我喝干了浓浓的、约有三指深的白兰地酒，挣扎着站起来，向救命恩人道谢，却不料面对面碰到了父亲。不过长年累月与危险为伍，我学会了控制自己，等着看父亲是否会认出我来。没有。他不过把我当作一个逃跑的水手，因而也相应地对待我。

他把我交给黑人看管后，就着手修订关于拯救我的过程中他所作的笔记。当我吃完送来的美味饮食时，甲板上发生了一阵骚动。从水手的歌声、木头和辘轳的咔嚓声中，我猜想航船开始启程了。真是天大的玩笑！竟然让我跟隐居的父亲在同一只船上驶进广阔的太平洋！我在暗地里发笑时，丝毫也没有想到可笑的究竟是谁。唉！假如当时知道的话，我宁愿跳进大海，回到刚刚逃出来的肮脏甲板下的水手舱里呢！

直到我们的船只经过了法罗伦，躲过了最后一艘巡逻船，他们才让我在甲板上露面。我感激父亲的这种远见，就用海员的那种直率方式向他致谢，一点也不怀疑他把我的到来对一切人（水手除外）保密怀有一定目的，他简要地叙述了我获救的过程，对我说明应该是由他来感谢我，因为我的出现很合时宜。他早就制成一种装置，想证实与某种生物现象有关的理论，一直在等待机会使用这种装置。

他说："毫无疑问，你已经证明了这种理论。"他叹息了一声，又说，"不过，只是在溺死这种微不足道的小事上罢了！"

讲得简单点吧，他预支了两个英镑给我，作为跟着他航行的工资。这一手我认为他干得很漂亮，因为实际上他并不需要我。出乎意料，他不让我和水手们一起吃饭，而是要我到一个舒适的特等舱房里，在船长的餐桌旁进餐。他看出我不是个普通水手，我也决心利用这个机会重新获得他的宠爱。我虚构了一段经历，说明受过的教育和目前的境遇，尽可能与他接近。不久，我就泄露了对科学研究的爱好，他也很快赏识了我的才能。我成为他的助手，相应地增加了工资。他对我越来越信任，向我叙述了他的理论，我变得和他一样热衷于科研了。

日子过得飞快。我对新的研究工作深感兴趣。白天就在藏书丰富的图书室里消磨时光，聆听他阐明计划，协助他做实验。不过，我们不得不放弃许多使人入迷的实验，因为一只在海洋里颠簸起伏的航船不是做精细或复杂工作的合适地点，但他答应，在船只到达的地方有个设备完善的实验室，我可以在那里度过许多愉快的时光。据他说，他占有了一个在地图上没有标志的南海岛屿，并把它变成了一个科学乐园。

到达岛上不久，我就发现先前美好的想象竟十分荒唐。但是，在描述后来发生的稀奇古怪的事情之前，我还得简要地讲清楚，是什么原因导致了人类命运所遭遇到的那种骇人听闻的经历。

我父亲年老后，断然舍弃了散发着霉味的古董的诱惑，致力于研究在生物学这个总项目下更富于吸引力的事物。由于年轻时在基础学科方面有坚实的基础，他迅速探索了科学界的一切高级学科，到达了未知世界，便想占领这个无人问津过的领域。正在他研究工作的这个阶段，命运之神又把我们俩抛掷到一起了。我的头脑还算灵活——虽然这是我自己说的——很快就掌握了他思考问题和推理的方法，变得几乎同他一样狂热。不过，我不应该这么说。惊人的结果只证明他的神志是清醒的，我只能说他是我见到过的冷漠、残酷而又最奇特的怪人。

世界著名科幻故事精华

洞察了生理学和心理学的双重奥秘之后，父亲的思想进入了一个新的边缘科学的广阔领域。为了进一步探索，他开始研究高级有机化学、病理学、毒物学以及与他的推断性假设有关的其他科学和次科学。他提出了这样一个命题：暂时或永久失去生命的原因，就在于原生质内某种元素与化合物的凝固。因而，他把这种物质分离出来，进行了无数次实验。由于有机体暂时失去生命会导致昏迷，永久丧失生命会造成死亡，他就探索一种能够阻碍、中止原生质凝结，甚至使它不致凝固的人工方法，如果不用专门术语来表达的话，他的假设是，死亡，只要不是吓死，或者器官未受损伤，只不过是生命的暂时停止，通过适当的方法诱导生命的复活，应当是可能的。他想发明的，就是这样一种使暂时死亡的机体重新获得生命的方法。当然，他也明白，在机体腐败之后，这种尝试就是徒劳的了。因此，他迫切需要找到刚刚死亡，或一天之前还活着的机体。他正好找到了我，并且在我的身上，初步证实了他的理论。我从旧金山海湾里被救上船时，确已溺水而死，但是经过他发明的空疗法器械救治，终于重新点燃了生命的火花。

现在谈谈他对我的阴险打算吧！他首先让我明白，我完全落在他掌握之中。他一年前已经把游艇送走，只留下两个对他无限忠诚的黑人。他详尽地审订了他的理论，制订出了试验方法，最后使我大为吃惊，竟宣布我便是他研究的课题。

我曾面临死亡，多次不顾死活地冒险。不过，像这种性质的冒险，却从来没有碰到过。我敢发誓自己不是一个懦夫。然而，这种在死亡边缘来回跋涉旅行的建议却使我吓破了胆。我要求给点时间考虑。他慨然答应了，但同时指出，我只有一条路可以走，那就是必须服从。从岛上逃走绝无可能，用自杀来逃避也行不通，虽然比起必须经受的痛苦来说，我倒还宁愿选择死亡。我只能寄希望于设法毁灭俘获我的人。这一招，由于父亲采取了种种预防措施，也不会生效。随时有人在监视我，甚至睡眠时也有个黑人守着。

我向他恳求，但毫无效果。只能声明并证实自己是他的儿子，我把一切希望寄托在这最后一张牌上。他却毫不动心。他不像一个父亲，还不如说是一架科学机器。我不知道他怎么竟会跟母亲结婚，生养了儿子，因为在他身上找不到丝毫感情。他的心目中只有理性，根本没有爱情和怜悯。如果有所谓爱怜，那也只是微不足道，必须克服的弱点而已。他说，既然是他赋予我生命，那么除他以外，还有谁更有权力支配这条生命呢？然而，他又说，他并不希望我丧失生命，只是想"借用"一下，可以"准时"归还；当然，危险总是有的，我有什么办法呢，只能担点风险了。人生本来就是充满危险的么！

为了确保实验成功，他希望我的体质尽可能处于最佳状态。所以，他给我的饮食和训练就像决赛前出色的运动员一样。我又有什么办法呢？假如非冒险不可，那就最好保持最佳状态。在我休息期间，他让我帮助安排器械，进行种种辅助实验。我对这种操作有多大兴趣是可想而知的。但对待实验还是认真的，像他一样周到、严谨。有时我提出的一些建议或改革意见得到采纳，能够付之实施，也有点得意。不过事后想想，只能苦笑，因为我晓得这是在为自己的葬礼当司祭。

世界著名科幻故事精华

第三卷

父亲开始进行有关毒物学的一系列实验。一切准备就绪以后，他用一服烈性的马钱子碱把我毒死，死亡的时间大约 20 个钟头，呼吸和循环系统全部停止工作。我的躯体死亡了，这是确实无疑的。可怖的是，一面是原生质在逐步凝固，一面我仍然有知觉，能够体会到死亡的种种令人不快的细节。

使我起死回生的器械是个空气密封舱，大小正好足以容纳我的身体。这个机械结构并不复杂，只有几个阀门，一个旋转的曲轴和一个电动机。机器开动时，舱内的空气时而浓厚，时而稀薄，就这样刺激我的肺部，进行人工呼吸，而没有使用上次用过的那种管子。我的躯体虽然无法活动，但还没有腐朽，能够感觉到经过的一切：他们怎样把我放进密封舱，在皮下注射一种化合剂，中断凝结过程；以后，舱门紧闭，机器转动。我忧心如焚，但循环作用终于逐步恢复了，其他器官也开始执行相应的职能。不到一个小时，我又在饱餐一顿了。

虽然我对这些实验并没有多少热情，但在两次逃跑失败后，却开始对它们产生了兴趣，而且也习以为常了。父亲对实验的成功，情不自禁地十分高兴。随着时光的流逝，他越来越想入非非。我们经历了神经性、气体性和刺激性三大类毒物的试验，但是小心翼翼地避免使用某些矿物性刺激剂，至于腐蚀性毒物则一概不用。在这个阶段，我对死亡已经十分习惯，只有一起事故动摇了我日益增强的信心。有一次，我父亲把我手臂上几根次要血管刺破后，敷上了小量剧毒剂——箭毒。我顿时失去知觉，停止了呼吸和血液循环，体内的原生质也开始凝固。父亲几乎放弃了使我生还的一切希望。最后，他应用一种研究多时的发明，增强了信心，加倍努力地抢救我的生命。

父亲在一个与柯鲁克管相仿的玻璃真空管里安放了一个磁场。磁场为极化光穿透时，不产生磷光，也不直线发射出原子，却发出与 X 光相似的不发光的光线。X 光能显示厚介质里的不透明物体，这种光则具有更锐利的穿透力。父亲用这种光线为我照相，发现在负片上有无数模糊的影子，这是由于我体内的化学和电运动还在继续而产生的。这证明我的死亡状态并非真实。也就是说，使我的灵魂与身体结合起来的神秘力量还在起作用。于是父亲信心大增，终于使我起死回生。至于其他毒物的作用不很明显，只有汞化合物例外。这种化合物常使我一连几天倦怠无力。

另外一些轻松的试验是用电进行的。父亲在我身上接上了10万伏特的高压，证实了台斯拉的意见：高电压对人体无害。由于这种电压对我并无影响，父亲把电压降低到2500伏特，我立刻触电而死了。这次，他竟然让我死去，或者说中断生命整整3天。最后花了4个小时，才让我苏醒过来。

一次，他使我染上了破伤风。这种病死亡的痛苦实在太大，我断然拒绝进行类似试验。最简便的死亡莫过于窒息而死，诸如溺水、上吊、煤气中毒；而吗啡、鸦片、可卡因和哥罗仿致死，也一点不困难。

另一次，我被窒息而死后，他把我冷藏了3个月。既不使我冰冻，也不让我腐烂。事先我毫不知情，事后发现死亡时间之长，大吃一惊，惟恐他会利用这个时机对我干出什么事来。当他流露出对活体解剖的爱好后，我更是十分惊恐。最后一次我苏醒过来，发现他在我胸部瞎捣鼓。虽然他把伤口仔细地缝合、包扎起来，我还是疼得只能卧床休息。就在休养期间，我考虑了一个计划，最后终于使我逃脱成功。

我一面假装对实验很感兴趣，一面要求，也被批准获得假期，暂时离开死亡的职业。这时我一心搞实验工作，父亲也专心致志于解剖黑人为他捕获的许多动物，无暇顾及我的工作。

我的理论建立在两个前提上：一、电解，即利用电把水分解为气体；二、假设有一种与地心引力相反的力存在。地心引力只吸引物体，并不能使它们结合。我想象中的力是一种排斥力。原子或分子间的引力不仅吸引物体，并使它们结合成整体。我想发现制造并指挥如意的是与这种引力相反的力，或者称之为使物体分解的力。氢、氧分子相互作用形成水。电解又使分子分解，产生两种气体。我想发现一种力，不仅能分解两种元素，而且能分解一切元素，不论这些元素存在于何种化合物中。假使我能诱使父亲进入这种力的半径范围之内，他就会被分解成游离元素，飞向四面八方。

我最后控制的这种力并不消灭物质，它只消灭形式。不久，我发现它对无机体并没有任何影响；不过，对一切有机体却是致命的。开始我迷惑不解，假如深入思考，我也会理解的。因为有机体分子里原子的数量大大超出最复杂的矿物分子。有机化合物，特点就是它的不稳定性，易为外力或化学试剂所分解。

我用两个强电池，接上为这个目的特制的磁铁，便发射出两股强大的力。两股力分别开来是完全无害的，但在半空中看不见的一点会合起来，便能实现我的目的。经过实际试验，证明我的想法可以实行；不过，试验时差一点连自己也报销了。我设置了一个陷阱，把磁铁隐藏起来，让磁场把我房间门口变成死亡区，又在床头装了一个按钮。一按它，便会从蓄电池里通上电流。我爬上了床。

两个黑人仍然看守着我的住所，半夜里一个前来接替另一个。第一个黑人一来，我就通上电流。我还没有睡着，就被一声尖锐的、金属的叮当声所惊醒。门槛中间，有个父亲爱犬的领圈，看守人奔过去拣它，便像一阵风一样消失了，衣服成堆掉在地板上。空气里微微有点臭氧的气味。由于他的身体主要是由无色无臭的气体：氢、氧、氨气组成，因而没有其他迹像可以证明他的消失。当我切断电源，取走衣服时，发现像动物焦炭般的一块碳，以及其他粉末，如硫、钾、铁等游离的固体元素。我重新安好陷阱，回到床上，半夜里起来取走第二个黑人的残骸，然后安睡到天明。

第二天，父亲那沙哑的声音把我吵醒，他正在实验室里呼唤我，我暗暗好笑，因为没人叫醒他，他睡过了头。父亲走近我的房间想叫醒我。我坐在床上，以便更好地观察他升天——看他怎样变为神灵。他在门槛边停了一下，然后跨出了致命的一步。噗！就像松林中的风涛，他消失了，衣服奇妙地堆在地上。除了臭氧的气味，还有轻微的像大蒜一样的磷的气味。在衣服里是一小堆固体元素，一切结束了。广阔的世界在我面前展现。我的俘获者却不复存在了。

消声器事件

　　给你这么一说，倒真有些怪，为什么凡是和教授作对的人到头来总是自己倒霉。不过，你说这话的意思似乎是教授一定采用了什么不正当的手段，这样对教授就有点不公道了。他可真是一位好心人。除非万不得已，他就连一只苍蝇都不会去伤害的。我倒不是说他软弱好欺，不好斗，但是他和别人斗起来总是光明磊落，绝不搞小动作，耍小手腕。你说的那件事也许是一个例外吧。不过你也应该承认罗德里克爵士实在是自讨苦吃、咎由自取。

　　我第一次遇见教授的时候，他刚刚离开剑桥大学，正在为使公司能继续偿付债款而艰苦奋斗。我现在回想起来，当时他一定也有些后悔，后悔不该脱离学术界而进入坎坷不平、风大浪险的工业界。但是有一次他曾跟我说，他现在很高兴，因为他生平第一次能真正施展自己全部的才智。我参加电子产品有限公司工作的时候，公司仅刚够支付开销。我们经营的主要产品是哈维积分电路，就是那种小巧的电子计算器。这种计算器能够进行微分分析仪的一切运算，而成本仅为后者的 1/10。它在大专院校与科研机构中销路一直稳定。对于教授来说，它至今仍然可以说是他的得意杰作。他不断加以改进，几周之内，经过他改良的 15 型新产品就能上市出售了。

　　不过，在那个时候，教授仅有两笔资产。首先，学术界对他是友好的。他们觉得他也许是疯了，但在私下，他们还是佩服他的胆量和勇气。他在卡文迪希学院的老同事们一直为他的产品叫好，帮他作广告，而教授则利用他这些旧关系一文钱不花，免费作了大量的研究。他的第二笔资产是和他打交道的企业家们的思想观点。那些人认为，一个过去曾在大学任教的教授，对于企业界的种种诡谲狡诈的手段，肯定是一窍不通的，无知得像刚出娘胎的小毛娃娃。当然，这一点对于教授来说恰恰是正中下怀，他就希望他们这么看

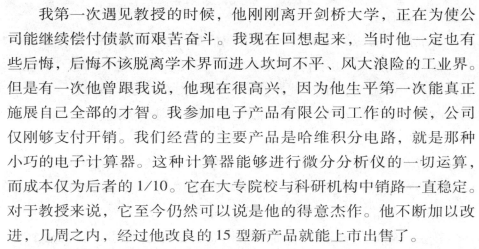

他。而有些可怜的傻瓜们至今还抱着这种可悲的观点不放。

罗德里克·范登爵士和教授就是为哈维积分电路第一次发生冲突的。你也许没有见过哈维博士。他可真是不可多得的人物，是人们心目中所想象的科学家的活典型。毫无疑问，他是一个天才，但是他是那一种应该锁在实验室里，每天有人通过窗洞给他喂饭吃的天才。罗德里克爵士利用哈维这样无依无靠的科学家，经营着一种蓬勃发展的事业。当他经营的大多数其他行业，由于国家控制而无法继续下去的时候，他转而专门鼓励奇特的发明创造。1955年颁布的私人企业（限制）法就曾试图这么做过，不过这与罗德里克爵士心目中想的根本是两码事。罗德里克爵士首先竭力钻了免税条款的空子，逃避纳税；同时又通过攫取类似哈维这样傻乎乎的发明家的基本专利权，来控制工业界，使工业界成为他敲诈勒索的对象。有人曾经把罗德里克爵士称为拦劫科学家的强盗，这顶帽子对他实在再适合也没有了。

哈维把他的积分电路专利卖给我们后，就回他的私人实验室去了。我们只是在一年后才听到他的一些情况。那时他在《哲学杂志》上发表了一篇论文，描述能求重积分的绝妙的电路。教授有好几个星期没有见到这篇论文，而哈维当然也想不到去提这件事，因为他当时又在忙别的研究了。然而这一耽搁却坏了事。罗德里克爵士手下有一帮专事刺探消息的人，他出钱雇他们，专门让他们给他提供技术性的意见。这伙人中有一个用威吓利诱的手法让可怜的哈维把他新发明的电路全部卖给范登企业公司。

教授自然是气疯了。哈维本人也意识到干了蠢事，自己感到非常的悔恨。他答应今后没有和我们商量之前，跟谁也不签什么合同了。可是悔恨有什么用呢，电路已经落到罗德里克爵士手中。罗德里克爵士紧紧抓着他不择手段搞到的这个电路，等着我们自己乖乖找上门去求他，因为他知道我们别无他法。

我真希望我能参加教授与罗德里克爵士的那次会见。遗憾的是教授坚持由他自己一个人去。大约1小时以后，他回来了，看上去又激动又烦恼。罗德里克这个贪婪的老家伙对哈维的专利竟要价5000镑，而这差不多近乎我们那时的透支的数目。我们猜想教授和

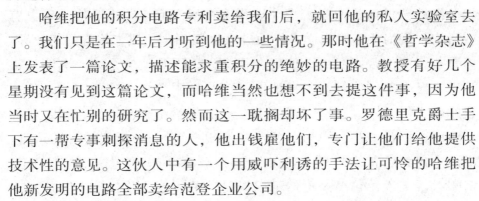

爵士分手时一定很欠礼节。事实是，他跟罗德里克爵士说叫他进地狱去，并且把他去地狱的大致安排也给他精细地描绘了一番。

教授消失在他自己的办公室里，然后我们就听到他的办公室里砰砰嘣嘣一阵响，接着他戴着帽子穿着外衣走出了办公室。

"这儿憋得慌，"他说，"我们到城外去吧，这儿西蒙斯小姐会照顾的，走吧！"

我们对教授的习惯都已经很熟悉了。从前我们曾认为他的这些脾气很古怪，可是现在我们熟悉多了。在某些关键时刻，干脆离开城市到乡间去一趟常常会有奇迹般的效果，可以补偿牺牲的办公时间而绰绰有余，何况这又是夏末的一个下午，风光明媚，景色宜人呢。

教授驾驶着那辆大型的阿尔维斯牌车——这是他惟一的一件豪华而又必要的私产——沿着新开的西部大公路驶去，一直开到城的尽头，然后打开直升飞机的发动机，爬到半空，这时机下纵横百英里的英国乡村尽收眼底。希思罗机场的白色跑道也清晰可见，一架300吨位的大班机正向着跑道降落。

"我们上哪儿去呀？"乔治·安德逊问道。当时他是公司的总经理。我们当中还有保尔·哈格利弗斯，你不会认识他的，因为几年前他到威斯汀豪斯公司去了。他那时是生产工程师，而且是工程师中最优秀的工程师之一。他也非得是一位优秀工程师不可，否则就无法跟得上教授。

"到牛津去怎么样？"我建议说。"那儿和那些人造卫星城不太一样，可以换换口味。"

就这样，大家都同意到牛津去。可是我们还没有到牛津，教授看到几座景色秀丽的山头，他就又改变了主意。于是我们的直升飞机就降落在一片平坦的草地上，由此可俯视一条长长的山谷，整个地方看上去就像从前某个大私人庄园里的一块地方，这时天气十分炎热，我们从直升飞机机舱里爬了出来，把穿不住的衣服扔得到处都是。教授则把他的外衣小心翼翼地铺在草地上，蜷曲着身体躺在上面。

"到喝茶的时候叫醒我。"他说。5分钟后他就睡着了。

世界著名科幻故事精华

第三卷

我们几人轻声地聊了一会，不时地看他一眼，生怕把他给闹醒了。他睡着时，脸部放松，显得出奇的年轻，可是人们很难料到面具后面正在琢磨着一二十个复杂的计划——其中有一个就是怎么把罗德里克·范登搞垮。

后来我们大概都打瞌睡睡着了。那天下午四周静悄悄的，那些虫子也都热得叫不动了，周围的群山都被烤得闪烁发光，天气的闷热简直好像看得见、摸得着似的。

突然，我耳边似乎有一个巨人在吼叫，把我吵醒了。但我还继续躺了一会，迷糊糊地看了看是什么东西那么闹。其他几个人也都跟着一个个醒了过来。大家都很恼火地看看周围。

在两英里远的地方，就在山谷的另一头，有一架直升飞机在一个小村庄的上空飞来飞去。它正在向手无寸铁的村民狂轰滥炸，只不过它扔的不是炸弹，而是竞选的宣传品。每隔几分钟一阵阵变幻不定的风把竞选演说刮到我们的耳朵里来。我们躺了一会儿，想判断出究竟是哪个党犯下这一滔天大罪，可是因为扩音器只是一个劲儿地颂扬一位叫斯努克斯先生的美德，所以我们几个人谁也没弄清楚。

"斯努克斯先生休想得到我的选票，"保尔气乎乎地说。

"什么作风！这家伙肯定是一个社会主义者。"

他差一点就给安德逊扔过来的鞋击中。安德逊就是一个社会主义的信徒。

"也许是老百姓请他来演讲的。"我说。我知道这种说法也不怎么能使人信服，只不过想使大家平静下来罢了。

"我不信，"保尔说。"不过我所反对的是这种事情所涉及的原则。这种做法——这种做法让人不得安宁，简直是侵犯人权，就好像在空中写广告牌一样。"

"我并不把天空看作是私人的财产，"乔治说，"可是我明白你的意思。"

我记不得这以后大家是怎么继续争论下去的，不过最后大家转而泛泛地讨论起令人讨厌的噪音问题，并特别讨论了斯努克斯先生的例子。保尔和乔治两人都心平静气地望着直升飞机。不一会乔治说：

"我所希望的是，只要我愿意，我能随时竖起一座音障来。我一直认为塞缪尔·柏特勒发明的在帽子上弄两个护耳朵的帽瓣倒是一个好办法，只是效果可能会不太好。"

"我看在社交中还是有效的，"保尔回答说，"即使最惹人讨厌的唠叨鬼每一次走近你，你就装模作样地往耳朵里塞耳塞，那他也会有点泄气的。不过设音障的想法非常有意思，可惜要设音障必须消除空气，而消除空气却又不实际。"

教授一直没有参加大家的谈话。事实上他好像又睡着了。突然他打了个大呵欠，站了起来。

"该喝茶了，"他说，"上迈克斯店去吧。费雷德，这回该你掏腰包了。"

大约过去了一个月以后，教授把我叫到他的办公室去。由于我是负责给他搞宣传和一般联络工作的，他通常总是把他的新想法先给我说说，看我是不是听得懂，是不是认为这些想法有用。哈格利弗斯和我常常努力让教授如脱缰野马似的思想能有所控制，使教授的所做所为切合实际。不过我们也并不总能说服他的。

教授先开口问："费雷德，你还记得那天乔治说的音障这回事吧？"

我想了一会儿才记起这件事。"噢，有这回事，不过这种想法十分荒唐，你一定不会把它当一回事吧？"

"嗯。关于波的干扰这方面你知道些什么？"

"知道得不多，你给说说吧。"

"假定有一列波，这儿是波峰，那儿是波谷，如此类推，然后以另一列波，加在前一列波上，结果会怎么样呢？"

"我想这就要看你怎么加了。"

"对！假定把两列波合在一起，一列波的每一波谷和另一列波的每一波峰相合。"

"这样就全给抵销了，什么波也没了，我的上帝！"

"完全正确！假定我们有一个声源，在声源近处放上一个麦克风，把输出接到一个倒相放大器上，由它来带动扩音器，让输出振幅总是自动调节，与输入振幅相同，但相位不一，那么最后的结果又怎么样呢？"

"这似乎不太合理……不过理论上说应该是没有声音了。这里一定是什么地方有问题。"

"哪里有问题？这只不过是反反馈的原理。这一原理在收音机上用了多年了，目的是消除你不需要的干扰。"

"这我知道，可是声音不像大海的波浪那样，它没有音峰、音谷，声音只是空气中一系列的压缩和膨胀，对吧？"

"是这样的，可是对这一原理毫无影响。"

"我还是不相信这能行得通。你一定在哪一点上没有……"

这时，突然间发生了一件很怪很怪的事。我还在说着话，可是自己却听不见了。房间里一下子变得没有一点声响。教授当着我的面拿起一个很重的压纸的东西，然后撒手让它掉在桌上，这块东西打在桌上又弹了起来，可是一点声音都没有，接着他动了一下手，房间里又骤然充满了声音。

我沉重的一屁股坐在椅子上，半响说不出话来。

"我简直不能相信！"

"太糟了，要不要再给你示范一次？"

"别，别了。真把我给吓坏了。你把东西藏在哪儿了？"

教授咧嘴笑笑，拉开写字台的一个抽屉，抽屉里一大堆乱七八糟的组件。一看焊头和那些缠得乱七八糟的导线我就知道，这显然是教授自己手工做的。电路本身看起来很简单，设计没有现代收音机那么复杂。

"扩音器——如果你能把那个东西叫扩音器的话——现在放在那边窗帘的后面，不过完全可以把扩音器做的很小巧，甚至可以随手携带。"

"这个扩音器的扩音范围有多大呢？我是说，这该死的玩意儿总得有个限度吧！"

教授指了一下看来像通常调节音量控制的东西。

"我还没有作全面的试验，不过这一套东西可以加以调节，在半径为 20 英尺的范围内可以把一切声音全部吸收掉，20 英尺以外，另外 3 英尺范围内声音能大大减少，再远的话就又恢复正常。只要加大功率，那么要在多大范围内消音都可以。这套东西只有 3 瓦的消音输出功率，所以特别响的音就消不掉，不过我想如果我需要的话，可以做一台新的装置，使阿尔伯特大厅什么都听不见——虽然我能把这套装置的消音功能扩展到韦姆伯莱体育馆。"

"好吧，现在你把这套东西弄出来了，那打算用来干什么呢？"

教授高兴地微微一笑。"这就是你的事了。我只不过是一个不懂实际的科学家。在我看来应该可以有很多用途。不过这事不要对任何人说，我想给人家来个出其不意。"

这种事我已习惯了，所以几天后就把教授要的报告给了他。我和哈格利弗斯讨论了实际生产方面的问题。看来制造这套设备似乎并不困难，所有部件都是标准化的，甚至放大器的抑制器只要你见过怎么做的也并不神秘。这一发明的种种用途也是不难想象的，我真兴奋得要忘乎所以了。从某种意义上说，这套装置算得上教授的最佳杰作了。我确信可以把这种东西搞成一种很赚钱的买卖。

教授认真细致地读了我的报告。他好像在一两点上有些猜疑。

"我不知道我们现在怎么才能生产这种消声器。"他说，这是他第一次给这一发明取名为消声器。"我们既无工厂，又无人员，我现在又急需要钱，马上就要，而不是等上一年。范登昨天来电话，说他已找到了购买哈维专利的人了。我并不信他的话，不过他说的也可能是实话。积分器比我们这东西要重要多了。"

我很懊丧。"我们还不如把许可证卖给一家大的无线电公司呢。"

"对，这也许是最好的办法了。不过还有一两个问题要考虑考虑。我想到牛津去一趟。"

"干嘛要去牛津？"

"你知道，人才并不都集中在剑桥。人才已经有些过剩外流了。"

我们在这之后有 3 天没见到他。他回来时看上去十分得意，原因我们很快就发现了。原来，他口袋里装有一张 1 万英镑的支票，支票是开给 R·H·哈维的，又转让给电子产品公司，支票上签字的是罗德里克·范登。

我们都冲着教授嚷嚷起来，而他却坐在写字台边一声不吭。安德逊骂得最凶，因为说起来他毕竟是总经理嘛。而最让人恼火的是罗德里克爵士已把消声器买了下来，这口气我们可咽不下去。

教授似乎还是很高兴，他并不吭声，一直到我们骂得筋疲力尽。好像是他自己让哈维把消声器作为自己的发明卖给范登的，这样范登就不会知道消声器的真正发明人了。这位金融家对消声器这套东西印象颇深，所以马上就买了。教授若要置身于这桩买卖之外，那他就找不到比那位正直的哈维博士更为合适的中间人了，谁也不会对哈维博士有半点怀疑的。

"可是你为什么要把消声器拱手让给那个老骗子呢？"大家很难过地问他。"就算他出合适的价钱——而这是很难令人相信的——为什么就不能卖给一个正派的人呢？"

"没关系，"教授边说边用支票给自己扇风。"我们干了一个月就拿到 1 万英镑，这很不错了，不要再吵了。现在我可以把哈维的专利买来，同时又使我的银行老板高兴一下。"

他跟我们就讲到这个程度。我们都从他那儿走了，心里憋着一股刚开始露头的想造他反的劲。幸好以后的几个星期里，我们的精力都集中在新计算器上，没有心思想别的事情。罗德里克爵士十分痛快地把宝贵的专利交了出来，他可能仍在为他刚到手的新玩意儿感到高兴呢！

6 个月以后，范登消声器经过一番大肆宣传，正式投入市场了。它在市场上一出现就引起极大的轰动。第一件样品被送到大英博物馆的阅览室展出，他为博物馆赢得的声誉，价值远远超过了安装展品的费用。就在各家医院竞相订购的时候，我们的心情却很压抑，在办公室里晃来晃去，大家带着责备的神气看着教授，可他似乎满不在乎。

我不懂罗德里克爵士为什么要生产手提式消声器，我估计一定是有一个感兴趣的人给他出的点子。这东西小巧玲珑，设计巧妙，看来活像一台个人用的收音机。人们一开始买只是为了好奇，但不久，人们开始发现在喧闹的环境中消声器很有用处。后来……

有一天，完全是一次偶然的机会，我去观看英国爱德华德轰动一时的新歌剧的首次演出。我去倒不是因为我对歌剧特别感兴趣，只是因为我的一位朋友正好有张多余的票，而据说这歌剧肯定不会使人失望，事实倒也确是这样。

几个星期前报纸上就在谈论这出歌剧，尤其是谈到歌剧里大胆使用了电子打击乐器。几年来，关于英国的音乐一直有争论。在演出前爱好英国音乐的人和反对的几乎大打出手，但是这种情况倒也不足为奇。赛德勒威尔士剧场的负责人考虑得很周密，请来了特别警察维持秩序，所以启幕时只有不多的几声嘘叫声。

也许你并不了解这出歌剧的内容，这是当今很流行的一种现实主义的歌剧。故事发生在维多利亚时代的后期，主要人物是莎拉·斯坦帕，一位十分多情的女邮政局长；瓦尔特·帕特里奇，一位阴沉忧郁的猎场看守人；还有一位乡绅的儿子，名字我记不得了。故事情节就是那老一套的三角恋爱，三者的关系由于村民讨厌变革而变得复杂化了。这场歌剧里，变革具体指的是一套电报系统，当地的老婆婆们一口咬定这套东西会影响奶牛的产奶量，而且会影响母羊产羔。

我知道这事听起来很复杂，实际根本不可能是真的。演戏么总是那么一套。简单说吧，这里有那些争风吃醋的场面：乡绅的儿子不愿意到邮局里去当女婿，而猎场看守人恰因为自己求婚一再遭到拒绝大为恼火，策划要进行报复。歌剧的高潮是最后可怜的莎拉被用包裹带勒死，尸体被发现藏在无主信件部的一个邮政袋里。愤怒的村民把帕特里奇吊死在最近处的一根电线杆上，尽管线路工人对此十分恼火。乡绅的儿子从此则不是跑到酒馆，成为酒鬼，就是从此跑到海外什么殖民地去了。故事的情节大概就这么回事。

序曲一开始，我就知道糟了，想走走不了，想听实在听不下去，也许我是老脑筋，跟不上时代了。可是不知怎么的，这种现代的货色让我听了真是毛骨悚然。我喜欢听有悦耳曲调的乐曲，而现在好像没有人再谱这类乐曲了。我实在受不了这些现代派作曲家。对我来说，我宁可要布列斯、互尔登、斯特拉文斯基以及其他的老作曲家。

在一阵喝采和哨声中，这不堪入耳的噪音终于逐渐平静了下来。这时，幕渐渐开起。第一幕地点是斯勒夫里地区道德林村的广场，

世界著名科幻故事精华

第三卷

时间大约是 1860 年。女主角走上场，她读着早晨邮班送来的明信片。突然，她发现一封写给乡绅儿子的信，就立即唱将起来。

沙拉开始唱的一段不像序曲那么糟，不过也相当够呛。表面看来，唱的和听的好像都一样感到痛苦，但是我们只听到开始的几小节。因为突然间，那熟悉的消声装置消除了歌剧院大厅里的一切声音。有那么一会儿，在为数众多的观众里或许就我一个人知道出了什么事了，人人都好像钉在自己座位上傻了。歌手的两片嘴唇继续在动，声音却一点也没有。她后来也发现是怎么回事了，她猛的张了下嘴，这在其他情况下都会是尖厉的喊叫声。然后她在四处飞舞的明信片中向后台逃跑了。

说来也好笑，我足足笑了十几分钟，笑得我气都透不过来。剧场里的那乱劲就甭提了。不少人肯定已经意识到是怎么回事了。他们都拚命向他们的朋友作解释。当然这是不可能做到的，他们这种拚命想使别人明白自己而所作的徒劳的努力滑稽到了极点。过了一会，人们开始互相传起纸片来，于是，人人都开始以怀疑的眼光来观察别人。然而作案人一定藏得很好，因为他始终未被发现。

到底是怎么回事呢？噢，对了，很可能是这样的：没人会想到去怀疑乐队，而这就恰恰说明作案人为什么这么干。我原先也没想到这一点。第二天很多报纸都破口大骂罗德里克爵士，人们表示必须对此事进行调查。范登企业公司的股票开始不吃香了，而教授看起来比什么时候都高兴。

赛德勒威尔士事件之后，紧接着发生了类似的事件，尽管规模都没有第一次那么大，但都各有其逗人的地方。有些肇事者被抓到了，但使人震惊的是人们突然发现根本没有什么法律可以定他们的罪。后来大法官正想利用惩治巫术法稍加补充，以作为处理这类事件的法律根据。可就在这个时候爆发了第二起大丑闻。

我原来手头有一份英国议会议事录，可现在好像被人抄走了，我很怀疑是教授干的。你还记得那件令人遗憾的事件吧？当时议会正在辩论年度财政支出预算，辩论双方在一些具体条款上都动了火。财政大臣正挥舞两个拳头想进行回击，而就在这个时候，他的声音突然消失了，这完全是赛德勒威尔士剧场事件的重演，惟一不同的是这一次大家都知道是怎么一回事了。

议会内一下子闹得乌烟瘴气，不过谁都听不到什么声音。反对派站起来发言时，议会厅里就听不见声音，好像开关一下子关掉了，所以辩论变得有些像是一言堂。大家都怀疑这是那个倒霉的自由党人干的，因为他刚好带着一台小收音机。虽然他无声地抗议说他是无辜的，但人们还是差一点把他给处以私刑。他那台收音机被夺走了，可是议会内还是寂静无声。这时议长站起来企图把混乱压下去，可是最后被压下去的是他自己，这下他忍无可忍，一气之下步出议会厅，拂袖而去。一场辩论就在这样前所未有的混乱局面中结束了。

罗德里克爵士到这时一定感到日子很不好过了。人们对消声器大为恼火，而这个玩意儿却因为他的自负虚荣牢牢地和他的名字连结在一起。不过到目前为止总算还没发生什么太严重的事故，然而……

不久前，哈维博士来找我们，说范登公司要他设计一种特殊的高功率的消声装置，这是一宗私人订货。教授把这种装置设计出来了，并索取了高价。我一直觉得很奇怪，哈维博士把这出假戏演得如此成功。总之，罗德里克爵士一直未曾有过什么怀疑。这一下，爵士得了超级消声器，哈维得了名声，而教授得了钱，大家，包括消声器买主在内，都皆大欢喜。在下院事件之后的两天，有一个下午，在海登·戈登珠宝店发生了一起光天化日的盗窃案。这宗盗窃案非常离奇。珠宝店里的一个保险柜被炸药炸开，可是人们不仅没听到窃贼的声音，连爆炸声都没听到。

这些盗贼使了什么花招？肯定就是那台高功率的消声器。伦敦警察厅就是这么认为的。这时，罗德里克爵士才开始后悔，当初要没听说过消声器这玩意儿就好了。他最后还是证明了他并不知道买主要这个消声器的罪恶目的。当然，顾主提供的是一个假地址。

事发后的第二天有半数的报纸都刊载了同样的标题："范登消声器不日禁止使用。"各报的口径这么一致，这一点人们要是不知道教授很早以前就和舰队街的科学记者建立了极为良好的关系，就不好理解。这时，又一件巧得出奇的事情发生了。就在同一天，一位美国公司的代理商来拜访了罗德里克爵士，表示愿意买他的消声器。

世界著名科幻故事精华

第三卷

这位美国商人到达的时候，一位侦探刚刚从罗德里克那儿离开。爵士此时此刻已经一筹莫展，所以那位美国代理商只花了两万美元就把专利搞了去，而罗德里克这位金融家也巴不得这一专利能脱手。

总而言之，教授在第二天把我们叫进他的办公室的时候，显得特别高兴。

"我怕我得向诸位表示歉意，"他说，"我知道当初我出售消声器时你们大家的心情，不过现在我们把消声器又弄回来了，我想一切都进行得十分顺利，当然罗德里克爵士是例外，愿上帝保佑他吧！"

"别那么得意了，"保尔说，"你不过走了运就是了。"

看来这话使教授不大高兴，他点点头说："我承认这里确实有运气的成分，但不完全像你所说的那样。我在收到费雷德的报告后去了一趟牛津，这你还记得吧？"

"记得，那又怎么呢？"

"我是去看威尔逊教授的，就是那位心理学家。你们了解他在干的工作吗？"

"了解不多。"

"我想你们也不会了解太多的。他还没有把他的研究结果公诸于众，但他发表了他称之为社会心理学的数学，非常复杂，可是他声称可以用大约100列的方阵来表示任何一个社会的特性。如果你想了解一件事对某一特定社会有什么后果，譬如说通过了一项新的法令，那就得再乘上一个矩阵，明白了吗？"

"模模糊糊，不太明白。"

"当然，计算结果纯粹是统计数字。这是一种说明可能性的问题，像人寿保险那样，而不是必然的结果。我一开始时对消声器就有些怀疑，不知道一旦无限制地加以使用后果会怎么样。威尔逊把后果告诉了我，当然不是很详细的，而是笼笼统统一个大概的轮廓。他预言，要是全国人口中的 0.1/100 的人使用消声器，那么一年之内就得禁止使用；要是犯罪分子开始使用消声器，那么这时间还会早得多。"

"教授！你是说……"

"我的天！不不！你们想到哪儿去了！我不会去搞溜门撬锁的勾当。那件事的发生完全是运气，虽然这种事迟早一定会发生的。我感到奇怪的倒是人们那么久才想到这个主意。"

我们都瞠目结舌地望着教授。

"当初我只得那么干，没有其他办法，因为我既要消声器，又想要钱。我冒了一次险，结果成功了。"

"我还是认为你是个骗子，"保尔说，"不过既然现在消声器又搞回来了，你打算拿它怎么办呢？"

"我们还得等一段时间，等那些不愉快的事让人忘却。从范登公司所看到的设备情况看，这就可以把他们出售的消声器在一年之内都得送返回修，这些消声器最终全部处理掉；同时，我们准备把我们的新型号投放市场，不过这回都是固定的，装在室内的，这样就不会再有类似事件发生了。消声器只供出租，不出售。告诉你们吧，我想你们一定愿意知道的，我正等着帝国航空公司的一大笔订货。原子火箭发出的可怕的巨响，人们一直对它无能为力，现在有办法了。"

他拿起一叠报纸亲昵地翻弄着。"你知道嘛，命运是不可思议的，这是很好的一个例子。它只说明老实人最终总是会胜利的，一个人只要他的事业是正义的，那他就……"

这时我们立即同时行动，把废纸篓罩在教授的头上。过了好大一会儿他才把它从头上取下来。

世界著名科幻故事精华　第三卷

神秘的计算公司

一

这是一个星期六的晚上。一些数学题把我弄得筋疲力尽，我就

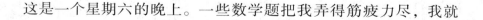

随意翻阅起地方报纸来了，当我翻到最后一版时，眼光一下子落在一个广告栏上："克拉夫兹杜特公司为机关和个人办理各种数学的计算和分析工作。保证质量高超。地址：韦尔兹特拉斯街12号。"

这正是我梦寐以求的事。几周来，为了研究电磁波的传布情况需要运算大量方程式，我曾求助于首都计算中心，但那里承揽了许多军事订货，根本无暇顾及一位热衷于电磁波传递规律的、外省物理学家的理论探索。但如今我们这个小城市里竟也有了一个计算中心，怎不令我欣喜激动。

我立即开始和克拉夫兹杜特公司联系，但除了报上的那个地址外，既没有电话号码，也没有其他联系办法。我只好乘出租车亲自去找韦尔兹特拉斯街12号。

那天细雨霏霏。我们出了城门，穿过田野，远远地望见被称为"秀才所"的疯人院的红墙。转了几个弯儿，车停在一扇紧挨着疯人院的小门前。

这就是12号！与疯人院连成一片的克拉夫兹杜特公司！

我按了电铃，等了好一会儿，才出来一个脸色苍白的年轻男子，把我带进弯弯曲曲的走廊。最后走进一个小厅。年轻人快步走到一个隔板后边，打开一个小窗口，叫我把要求计算的东西交给他。

"噢。这真的是克拉夫兹杜特公司吗?"我对这间既无计算机又无其他操作器材的小屋感到惊诧和怀疑。

"是的，这就是我们的计算中心。明天中午您就能收到计算结果。请先付四百马克现金。"

这里到底有怎样先进的计算机竟能算得如此快？但我还是先付了钱，留下我的地址，带着满腹疑问离开了这个奇怪而神秘的地方。

二

第二天中午，正当我焦虑地等待那些计算结果时，一个纤细而苍白的姑娘送来了一个很大的蓝包裹，里面装着笔迹秀丽的影印件和手抄本答案，共28页。我一页一页全神贯注地翻阅着，这种天才的计算叫我大吃一惊。他使用了一种了不起的计算方式，出色地解决了我曾经以为不可解的方程式。而且如此大的计算量竟只花了24

小时，克拉夫兹杜特公司里到底有怎样一位出色的数学家呀？我常听说有些天才的数学家最后死于疯人院里，也许这个人就是这样的学者。

种种疑问和惊奇萦绕在脑际，使我无法平静。我终于又去了计算中心，并且带去了一些更复杂的计算数据。还是那苍白的年轻人接待了我，接待的程序和第一次没有两样。只是我意外地听到墙后边传来一阵非人的惨叫，这更增加了我的疑虑，是不是一位天才的数学家在被迫地为我工作？到底是什么人会有如此痛苦的惨叫？

克拉夫兹杜特公司里的那一声惨叫打破了我内心的全部宁静。我决心要弄个水落石出。

第二天，那个苍白的姑娘把我的计算结果又送来了。当她取了钱正要匆匆离开时，我拦住她想打听一些情况。但那姑娘显得非常紧张和惊惧，并哭了起来："呵，先生，别问我，这样一来，他们什么都会知道的……这太可怕了……"然后便惊慌地逃走了。

我打开包裹，一下子惊呆了：这是一个新学者的笔迹，比第一位还要了不起，他用了53页纸解出了这道远远难于第一回的数学题。他的数学推理以及他所用的方法是完美无缺的。克拉夫兹杜特公司到底从哪儿弄来这些一流数学家的？而且决不是一两个，而是一批。他的公司为什么选择在疯人院旁？那阵非人的惨叫又是谁发出的？还有，克拉夫兹杜特这个名字听起来非常耳熟，他是不是二战斯间希特勒的格拉茨集中营里的那位残酷的审判官克拉夫兹杜特？

四

当我第三次来到克拉夫兹杜特公司的那个矮小的门前时，我预感到我的一生中将要发生一件不同一般的事。

又是那个未老先衰的年轻人接待了我。我告诉他，我想见见克拉夫兹杜特先生。

年轻人很快便在隔板后的一个门里消失了。过了半个小时还没出来。就在我几乎要昏昏欲睡时，门开了，一个穿着白大褂、手拿听诊器的男人从黑暗中走了出来。他把我带进通道尽头的另一扇门里。我正莫名其妙，眼前已端坐着一个人：带着副夹鼻眼镜，长着一对大眼睛。这不正是15年前集中营里那个杀人的刽子手克拉夫兹杜特吗！

"您改行了？"我盯着他问道。"我原以为您开了一个一般的计算中心，还配置了一些电子计算机。但两次领教却改变了我的看法。您这儿根本没有什么计算机，而是由一些非常出色的数学家来解决别人的问题。可令人惊奇的是，他们的速度之快确实是超人的。为此，如果您愿意的话，我想结识一下您那些不容置疑的非凡的数学家们。"

听我这么说，他禁不住放肆地哈哈大笑起来。"劳赫，您像所有外省人一样幼稚，像您这样一个在这个城市很受尊敬的人，一个知识渊博已超乎人们意料的人，竟然会如此不了解科学飞快的步伐。听着，劳赫，我知道您迟早会来看我的，我期待从您身上找到一个合作者和帮手。"

"对不起，我不能和一个杀人的刽子手合作。我无法相信您的手段是正直的。您是用什么方法来使那些人让您发起横财的？……"

"够啦！"克拉夫兹杜特咆哮起来。"既然你来了，那就为我们服务吧，不管你愿意不愿意。"

忽然，一只穿着白大褂的强有力的手从后面伸过来堵住我的嘴，而另一只手把一团浸透了一种刺鼻物质的棉花塞到我的鼻子底下。

我失去了知觉。

五

等我醒过来时，我已经躺在一张床上了。我听见我的周围有许多人在乱哄哄地争论着一个问题，很明显是关于科学的争论，但有好一段时间我根本听不明白。

"呵，你知道，你那个尼古拉不是一个十分令人信服的证据。激励编码是非常个性化的东西。在这个人身上可能激励意志中枢，可是对那个人就完全是另一码事了。"

"确实如此，不过仍有许多人在大脑神经元的活动频率方面有许多共同点。我们老板的绝招也就在此。"

"人体内的神经元网络构成了无数个电路，从中通过的脉冲有其特定的频率和编码。只要与这电路的频率谐振，就可以使这个线路处于一种无法想象的激励状态之中。如果可以这样说的话，我们的那位大夫完全是在瞎胡闹。而我们之所以还活着，完全是出于偶然。"

这时我睁开了眼睛，我躺在一张床上，在这个很像医院病房的大屋子里，贴墙并放着一些床铺。屋子中央放着一张木头桌子，上面摆满了残羹剩饭。几盏电灯射出了微弱的光线。我用手肘撑起身子，向四周瞧了一眼。争论立即中断了。

"我在什么地方？"我喃喃自语，挨个儿瞧了一下那些盯着我的脸庞。

"这儿是克拉夫兹杜特公司。他是我们的创业人和老板。"一个年轻人回答道。

"创业人和老板？一个战犯！不是老板！"我气愤地说道。

"我敢打赌，这位新来的人的数学机能在 90 赫兹和 95 赫兹之间！"一个胖子说。

"我看脉冲的编码调制频率慢慢加到 150 赫兹，就能使他痛叫。"另一个人说。

"把他放在 130 赫兹的脉冲里他就感到饿！"

我想象中最糟的情况终于发生了：我在一群疯子中间。但是最为奇怪的是他们都在谈论同一个问题。我不知道他们在谈论用什么样的编码和脉冲来改变我的感觉。他们都围着我，瞧着我，喊着一些数字。

"我不知道你们在说什么，你们谈的是什么呀？"我迷惑地看着他们。

全屋子人立刻哄堂大笑起来，捧着肚子笑得蹦来蹦去。最后终于有个人"刹了车"，坐到我身旁问道："你是否懂得生命是怎么回事？"

"是一个非常复杂的自然现象。"我开口答道。

所有人又笑开了。"开导开导他！""他需要学的东西太多了！"

"讲下去，丹尼斯，告诉他！"人们从四面八方喊道。

于是那个叫丹尼斯的继续说道："生命是编码的化电激励在你体内神经元里不断地流动，是一种通过你的神经传输编码信息的运动。一切感觉都有特定的编码、强度和延时。比如，幸福的感觉是一个配有一百个编码脉冲、每秒为 55 赫兹的频率，痛苦是 123 赫兹，愤怒是 85 等等。只要使用一个在神经元电路里能激起预期的编码的脉冲发生器，人们就可以随意控制生命。我们的老板正是发明了这样的发生器。他将激发器调节到足够高的频率上，我们的神经元就可以用任何快的速度共振，我们也就能用任何快的速度工作，远远超过了电子计算机的速度，而造价要比计算机便宜得多……"

丹尼斯滔滔不绝地讲着。而我只感到克拉夫兹杜特的无耻罪恶，他用机器控制那些无辜者的大脑大发横财，他将人脑当成机器强迫全部大脑细胞进行高强度的工作，而当这些活机器迅速衰老时，"秀才所"或者"死亡"就是他们的归宿。这简直是惨无人道！

突然我感到非常疲乏，刚才使我昏厥的麻醉剂让我的脑袋隐隐作痛。我倒在床上，闭上眼睛。

"他被 7~8 赫兹的频率控制住了，他想睡觉了！"有人喊道。

"明天我们的老板就会叫他明白什么生命，先测出他大脑的频谱，再订出他的特定频率，也许他跟一般人有点不同。"

渐渐地，我沉入了遗忘的深渊。

六

第二天，一个叫博尔茨的人把我叫到他的办公室。他是计算中心数学部的负责人，克拉夫兹杜特派他来说服我跟计算中心合作，教授数学。因为他们接到了一大批收入非常可观的军事订货，需要大量增加计算人员。他们将在失业者中收集二三十人，利用脉冲发生器在两三个月内教会他们全部高等数学。

"我们需要像您这样学识渊博的数学家，劳赫教授，这一点对计算中心未来的命运非常关键，本公司将给您一份可观的股息。您是否同意做我们的数学教授呢？"博尔茨望着我，一只手搭在我的肩上。

"你们永远也不会达到目的。"我用力推开他的手。"现在我明白了，解决那些尖端数学题的人根本不是什么数学家，而是一些不幸的普通人。他们被你们的脉冲电磁场夺去了自己的思想、感情和意志，成了你们这伙强盗牟取暴利的机器。我决不同你们合谋干这种卑鄙的勾当！"

"那就请便吧。"他微微一笑："我感到非常遗憾，像您这样出色的科学家，是不该跟那些普通计算者受到同样待遇的。艾德尔，把教授带到实验室去，记下他神经系统的脉冲频率。"博尔茨以另一种声调命令道。

七

当我走进实验室时，我想：我不知道克拉夫兹杜特和他那帮人将对我施行什么手术来影响我的内心世界。他们企图确立对我的神经系统起影响的电磁波波形，以便用电磁波在我身上激起特定的情绪、反应或感觉。要是他们成功了，我将完全听从他们的使唤了。如果不使他们做到这一点，我便可以有部分的独立，这对后来的事就很有用了。我应该想方设法打乱他们的如意算盘。

他们将我带到一个装有两块金属板的圆柱形小舱里，让我脱去了鞋子和全部衣服。小舱里有一个话筒，跟外边的控制台连着，可以对着它回答他们的问题。在控制台后忙着的有两个人，一个是那个让我麻醉的大夫，另一个是有点驼背的小老头儿。后来我知道他是工程师，叫普法夫。

我赤脚站在小舱的搪瓷地板上，头顶上亮着一盏灯。振荡器开始嗡嗡地叫起来，脉冲频率很低，电流从我身上流过去。我能感到振荡器的频率在慢慢升上去。

"现在开始了"，我想，"我一定要坚持下去。"

大概频率达到 8 赫兹了，困倦侵袭着我，眼皮不由自主地合了起来，我真想睡上一觉。但我咬住舌头，抵抗着瞌睡，希望疼痛能使自己清醒一些。这时我听到一个遥远的声音在说："劳赫，你的感觉如何？"

"很好，谢谢。只是感到有点冷。"我在说谎，我咬紧舌头和嘴唇。"您不感到发困吗？"

"不，"我回答说。实际上再过一分钟我就要睡着了。突然我的困意神奇地消失了。振荡器的频率在上升，我感到清醒和自在了，就像很好地睡了一觉似的。"现在应该睡觉了。"我这样决定，便闭上了眼睛，打起呼噜来。

我听见大夫在跟他的助手说：

"真是少见，他在八个半赫兹的频率上睡觉了。普法夫，把这个数字记下来。继续增加频率。"

频率在慢慢上升。某一时刻，我真想哭，然而我却故意哈哈大笑，笑得就像有人在胳肢我。而我感到非常愉快轻松时，我却呜咽起来。

"完全相反。这与普通频谱没有共同之处。我们还得继续试验下去。"大夫和他的助手完全被我的反常感觉弄糊涂了。

频率继续在变化，我面临着一个又一个艰巨考验。振荡器嗡嗡响着，当升到那个令人刺痛的频率时，我痛苦得几乎失去知觉，而我的回答却是"很好。感觉好极了。"我强大的意志力帮我闯过了一道又一道难关。最后，他们终于把我神经系统的频谱弄出来了。至此，大夫对我的种种感觉的频率都了如指掌了，至少他以为他是了如指掌了。事实上，他只知道一个，那就是能激发我的计算能力的频率。

八

众所周知，意志薄弱的人容易被人催眠和影响。在克拉夫兹杜特公司里，所有工作人员都受到了一种驯服和害怕老板的"教育"。我也一定会经受这样的"教育"，但他们认为我这个"与众不同"的家伙，还不宜立即去受这种教育。他们另外给我准备了一个有专门设备的办公室，我也可以到走廊里去。这样，我就相对自由一些。

每天早晨，克拉夫兹杜特公司的受害者们要先聚集在一个巨型电容器的两块极板之间跟着录音机进行祷告，然后就走进一个大厅里，那儿沿墙摆着写字桌，每张桌子上方都吊着巨型电容的一个极板，桌子上摆满了计算中心承担的计算题目。那些变得顺从而胆小的计算者就鱼贯地坐在一张张桌旁，当振荡器的频率拨到93赫兹，也就是能激发大脑计算能力的频率时，扬声器里的一个声音命令道："开始工作！"

十几个计算者立即趴在桌子上疾书起来。这哪里是计算，分明像一种数字抽疯。他们的脑袋在扭动，手指在纸上飞舞，你根本无法跟上他们的速度。他们的脸在充血，眼睛仿佛要从眼窝里跳了出来。有时，会有人突然停下来，茫然地看看四周，然后惨叫着撕咬自己的身体，最后倒地昏迷过去。

每天看着这样不忍目睹的景象，我的愤怒达到了极点。我要尽我的全力毁灭这吃人的计算公司，我要解救那些控制在振荡器下的不幸的奴隶。

九

他们根据我的"频谱"，为我订出了特定的工作频率。在对我的培养计划里，重要的问题是激起我的数学才能，以及那个接近93赫兹的频率。然而由于他们错误地掌握了我的神经系统的频谱，所以我能一直保持着头脑的清醒，而没有像别人一样成为他们教育下的驯顺的奴隶，虽然表面上我跟他们做得一样温顺。

我每天思索着那个巨型电容器的结构，那些"数学家"们都在这个电容下边工作着。克拉夫兹杜特公司的整个活动是建立在93赫兹这个频率上，如果要使人愤怒和厌恶，那么必须是85赫兹，换句话说，要使振荡器的频率减小8个赫兹。为此，计算出这个附加负载是个必不可少的工作，这必须进行精确的计算。否则，出现的将是另一个频率，我就无法得到预期的效果。我一定要达到那个85赫兹，让所有工作着的奴隶愤怒起来，砸毁这吃人的工作室，自己解救自己！

要想将93赫兹改换成85赫兹，必需在地线与电容器的极板之间接上一个1300欧姆的电阻。可是到哪儿去找到这样的电阻呢？这时我忽然看见那个脸色苍白的姑娘将一罐铅笔放在桌子上。我趁机紧紧抓住她的小手，低声对她说：

"请您就在今天让所有人特别是大学里的人知道有人强迫我们在

世界著名科幻故事精华

第三卷

这儿干活。我们必须让大家来帮助我们。"

姑娘惊慌地抽出手，迅速离开了房间。

望着那罐铅笔，我想起石墨做的铅芯正是很好的电阻。我找到了几支相当于 1300 欧姆电阻的铅笔。现在，只差两段把笔芯接到电容极板和暖气管上的电线了。我想起了我们房间床头灯上有一段电线，就在午饭时悄悄剪下来，连同铅笔都藏在口袋里。

十

我口袋里揣着电阻走进办公室，迎面走来那个大夫。我叫住他："我想跟博尔茨先生谈一谈，现在我愿意给克拉夫兹杜特公司新招来的人教数学了。"

"这才是识时务者。"他坦率地说道，"下午 1 点钟我们要来视察，到时给你回话。"他点了一下头便走了。

我又重新计算了一下我所要用的振荡器数据，在 93 赫兹的振荡频率下，我头脑的计算能力显示出从来没有过的清晰。计算没有错误，更增强了我胜利的信心。我小心翼翼做好一切准备工作，只等下午一点钟一到，就将导线的另一头接到屋角暖气散热片上。瞧着吧，那时该会发生怎样的事。

我在焦急中挨着时辰。终于，下午 1 点到了。我迅速将导线接到暖气片上，便走到过道上。克拉夫兹杜特，大夫普法夫、博尔茨等人正朝我走来。他们看到我时都微微一笑，博尔茨示意我跟他们一道去视察。大家走进了工作室。

"喂，怎么了，他们不工作了！"普法夫叫道。

我走近一看，情形比我预料的还要好。那些刚才还是驯服地伏案工作的人，此刻都挺起身来，愤怒地四处张望，高声呼叫着。

"都站起来！你们的老板和恩人来了！"博尔茨喊道。

一阵死一般的寂静回答了他。十几双充满仇恨与愤怒的眼睛死盯着我们这一群人。

"还等什么？解放你们的钟声已敲响，你们的命运就在自己手里。把这帮强盗砸个稀烂，他们把'秀才所'当作了你们的最后归宿！"

世界著名科幻故事精华

还没等我讲完话，计算者们都从座位上跳起来，向克拉夫兹杜特和他的帮凶们扑去。这些人愤怒极了，他们拆东西，砸玻璃，掐住那些刽子手的头往地板上撞。他们被这种无法压抑的愤怒所占据，这些摆脱了奴隶枷锁的人已经觉醒了。

我走在前面，后边是那些拖着全部罪犯的愤怒的人们。我们走出迷宫般狭窄曲折的过道来到外边，只见一大群乱哄哄的人正聚在克拉夫兹杜特公司门前。那位瘦小苍白的姑娘从人群里走出来，向我们走来，她勇敢地完成了我托她干的事情！

人群围住罪犯，把他们带到市政当局，将克拉夫兹杜特和他的帮凶们交给联邦最高法院予以惩处。

计算公司的老板和他的伙伴们都被装进了密封的汽车带走了。从此，他们的情况人们再也不知道了，报刊没有发布任何新闻。也有谣言说克拉夫兹杜特和他的同伙们将为国家效劳，负责筹建一个很大的计算中心，为国防部服务。

时间机器

我和一些朋友在时间旅行家的家中聚会。他拿出一个时间旅行机的模型放在桌子上。

"我做这个机器花了两年的时间，"他说，"瞧，只要把这根杠杆一按，就可以把机器送到未来，这另一根则控制着相反的方向。这个鞍子是座位。请诸位看仔细了，它马上就会消失在未来了。"

他让一位心理学家按了一下杠杆。突然，起了一阵风，灯焰跳动了一下。炉台上的一只蜡烛熄灭了，小小的机器打着转，一下子消失了。大家坐在桌旁发着愣，简直不相信眼前发生的事情。

"你们愿意看看时间旅行机的实物吗？"他打破了沉寂。

于是，我们大家跟着他穿过长廊，朝他的实验室走去。在那儿，我们看见了时间旅行机，它比模型大许多倍。

"诸位，"他宣布说，"我准备坐到这架机器上，到时间中去探险。"

对于他的这番话，我们谁都不太相信。

一个星期过去了，我们又去时间旅行家的家中聚会。晚饭已经准备好，可是主人迟迟不出现，仆人们说，他们也不知道主人到哪里去了。正当大家议论纷纷的时候，门不声不响地打开了。

"好啊，终于回来了！"我叫道。

"天哪，你这是怎么啦？"医生惊讶地问。

时间旅行家一副令人吃惊的狼狈相，外衣沾满了尘土，袖子涂上了绿颜色，脸色苍白，下巴上有一条暗红色的伤痕，那是没有愈合的刀伤。

"你到底干什么去了？"编辑问。

"我要去洗一洗，换换衣服，然后再告诉你们……"他疲倦地说。

过了一会儿，他回来了，一言不发地坐在座位上。

"喂，你是作了次时间旅行吗？"我问道。

"是的。我出去了 8 天，去了一个奇特的世界。"他说。

于是，时间旅行家讲了下面的故事。

那天，我给时间旅行机拧上最后一个螺丝。我坐了上去，吸了一口气，咬紧了牙，双手抓起操纵杆，"砰"的一声旅行机就飞了起来。实验室变得雾气腾腾，黑了下来。我把操纵杆压到最高档，夜幕一下降临了，紧接着又是白天。我看见太阳迅速地跳过天空，每分钟都在跳着，一分钟就标志着一天；在断断续续的黑暗中，月亮穿梭似的来往，从缺到圆。旅行机的速度更快了。昼夜的跳动变成了一片灰白色；天空呈现出奇异的深蓝色。跳动的太阳变成太空中的一条火，月亮成了一条暗淡的波动的带子，完全看不到星星。

我还是在这所房子坐落的山坡上，山色由灰白而模糊。树木生长变化仿佛蒸汽喷涌似的，一会儿枯黄，一会儿青翠；它们不断地生长、繁茂、凋零、枯死。高大的建筑物出现了，可是又像梦境一样消失了。整个地球表面似乎都在我眼前溶化着，流动着。在速度仪表盘上，小针越转越快。季节的变化只需要一分钟的时间，白雪闪过大地，接着是明媚的春天……

就这样，我一直向未来冲去。当我想停下来的时候，我一拉操纵杆，机器仿佛失去了控制，团团地转个不停，然后从空中头朝下摔了下来。

我耳边响起一声霹雳，冰雹噼噼啪啪地砸在我身上，我的机器掉在一片柔软的草地上。接着是一阵暴雨，我的身上淋湿了。透过雨雾，我看见近旁有一座白色的大理石巨像，那巨像就像神秘的人面狮身像——斯芬克斯。一会儿，雨停了。我看到在我周围有一些高大的建筑物清晰地耸立着，反射着雨后的阳光。我已经无遮无掩地处身于一个陌生而遥远的未来世界之中了。

从建筑物的一个圆门里，一群人走出来了。他们穿着柔软而华丽的袍子，文雅而又漂亮，而且纤弱得难以形容，尤其让人吃惊的是他们的身材十分矮小，只有 4 英尺高。

他们朝我跑来。大约有八九个这样的小人围着我。我伸手从机器上把起动杆拧下来，装进口袋里。现在我可以比较清楚地观察他们了：他们的头发都是卷曲的，耳朵小得出奇，双唇猩红，并且相当薄，下巴尖尖的，眼睛大而温柔。我开始和他们交谈，他们的语言我不懂，我打着手势，指了指旅行机，指了指天空，又指了指我，但是他们不明白我的意思。我的时间旅行机的仪表指针上表明我已经到了公元 80 万零 2000 多年，但我却无法和这些未来的人沟通。突然，他们中的一个人打着手势问我一个问题，我明白了他的意思，他是问我是不是在雷雨中从太阳上下来的。这使我感到非常失望！原先我以为这些未来的人们在知识、艺术和一切方面都将难以置信地超过我们，然而，他问的问题却说明他们的智力只相当于我们 5 岁的儿童。一时间，我觉得我白花功夫制造了时间旅行机。

我点点头，指着太阳，逼真地模仿了一声霹雳，把他们吓了一跳。他们一齐后退，向我鞠躬。然后有一个人笑着走到我跟前，把一串花环系到我的脖子上。他们对我十分友好，带着我朝一座庞大的用花纹装饰的灰色石头建筑物走去。

有几个衣着更漂亮的人在门前迎接我。我，穿着黯淡的 19 世纪

世界著名科幻故事精华

第三卷

的服装，看上去古里古怪的，被一大群穿着颜色鲜亮而柔和的袍子、手足洁白的人们簇拥着，只听到周围一片欢声笑语。

穿过宽大的门廊，来到了一个大厅。使我吃惊的是，大厅一副凋敝的样子，花玻璃的窗户都是一式的几何图形，但很多地方已经破碎了，挂在下方的窗帘也积满了厚厚的尘土。大厅里有许多光滑的石板桌子，上面摆着一堆堆的水果，大多数水果我都不认识。桌子中间散乱地放着许多坐垫，那些小人们坐上去，同时比着手势让我也坐下。然后他们开始吃果子。后来我才知道，水果是他们的全部饮食。这些多少万年以后的人们都是吃素的。我发现马、牛、羊、狗一类的动物已经绝种了。

不久，我就发现我的小主人们有一个特点，就是对什么都不感兴趣。他们可以像孩子一样热情地叫喊着向我跑过来，但是，同孩子一样，他们很快又会停止研究我，跑去找别的玩具去了。我用水果填饱了肚子后，马上就走出了那座建筑物。

月光洒满大地，一片宁静。我朝斯芬克斯像望去，突然，脸上仿佛挨了一鞭：我的时间旅行机不见了！一阵恐惧向我袭来。我在草坪上到处寻找，可是不见旅行机的踪影。我跑下山坡，栽了一个跟头，划破了脸，血顺着脖子流下来，我根本顾不得擦。我想，也许是他们把它推下山坡了。我一面跑，一面咒骂着自己太马虎了，如果找不到旅行机，我将一个人留在这陌生的世界里，那后果是多么可怕呀！

渐渐地，我冷静下来，又回到草坪上。我想，时间旅行机是不会在时间中移动的，因为我已经把起动杆拧下来了，它只可能在空间中被移动了，也就是说被什么人藏起来了。我打量了一下周围，立刻发现在我和斯芬克斯底座之间新开了一道沟，地上还有移动的痕迹。另外，还有一些脚印，就像南美洲那种栖息在树枝上、行动迟缓的树獭的脚印一样。我站起来，朝底座走去。底座是青铜制成的，由精工雕刻的板块组成。我敲了敲它，发现里面是空的，但是四周没有门，也没有把柄或钥匙孔之类的东西。

我马上断定，我的旅行机就在底座里面。但是它是怎样进去的呢？是谁把它弄进去的呢？

这时，我看见两个小人正从苹果树下向我走来，于是我转身朝他们微笑，招呼他们到我跟前来。我指着铜座，表达我要打开它的愿望，他们一明白我的意思，脸上就现出恐惧和憎恶的表情，马上走开了。我捡起一块大鹅卵石，拼命地捶那青铜板，铜绿像雪片似的落了一地。我听到底座里有东西在动，好像还有咻咻的笑声。

我无法打开底座，只好暂时放弃。我到处游荡，立刻，一种奇特的现象引起了我的注意。我发现在很多地方都有一种圆形的井，井的边沿是青铜做成的，很别致；而且在每一个井上都有一座小小的圆顶屋防御雨水。我朝井里望去，看不见任何水光，点起火柴也没有返光。我听到井里有"啪哒！啪哒！"的声音，好像是大机器的节奏。我还从火柴的闪光中发现，一股持续不断的气流顺着井筒送下去。我向井口扔下一张纸，它不是慢慢地飘下去，而是一下子被吸进去，看不见了。我把这些井同散布在山坡上的一些高塔联系起来，那些高塔上常有气流晃动；这一切都暗示着地下有一个很大的通风系统。

我想起我曾去过的那些大建筑物，那里没有任何机器以及任何工具，然而那里的人们却穿着悦目的纺织品，他们的鞋也是些相当复杂的金属制品。这些东西总得用某种方法做出来吧，而那些小人们丝毫也没有创造的行为。他们没有商店，没有车间，也没有进口货物的标志。他们所有的时间都用来玩、吃、睡。我无法了解这一切是怎么维持下去的。

那天上午，我还交了一个朋友。事情的经过是这样的：我看见几个小人儿在浅水中游泳，突然其中有一个小人儿抽筋了，眼看就要顺水漂去。我马上跳进水里，抓住那可怜的小家伙，把她拖上岸。下午当我漫游回来时，我又看到了她。她看到了我，就欢呼着迎上来，献给我一个花环。她吻了吻我的手，在交谈中我知道她的名字叫维依娜。

维依娜完全像个孩子，她总是跟着我。她害怕黑暗，害怕影子和黑的东西。后来我发现所有的小人儿都和她一样害怕黑暗，天黑以后，他们就聚集在大房子里，成群地住在一起，如果不带火光走近他们，就会在他们中引起骚乱。

在我到达的第四天，发生了一件怪事。我在一座废弃的建筑物里发现一条狭窄的长廊，我摸索着走了进去。突然，我停住了脚步，黑暗中有一双眼睛在望着我。我向前走了一步，一个白色的东西跑过去，好像一个古怪的小猴子，它转眼间就消失在一堆乱石中了。

我追踪它而去，只见它在井边消失了。它是钻进井里去了吗？我划了一根火柴，向井里看去，看到一个白色的小东西在活动。它一面后退，一面用它那明亮的大眼睛盯着我。它使我战栗。它是从井壁爬下去的。我看到有许多金属脚手镫的梯子，通向井底。等我再点着一根火柴时，那个小东西已经不见了。

后来我才知道我看到的那小东西是人。在这个未来世界里，人已经分化成了两种，一种生活在地下，叫"莫洛克"，一种生活在地上，叫"埃洛依"。那么莫洛克与那些懒散地生活在地上世界的埃洛依们是一种什么关系呢？那些莫洛克们由于长年生活在地下，因而通身皆白，那双能反光的大眼睛也是夜游动物的共同特点。我想，在我的脚下，土地一定已经被大规模地挖了隧道，这些隧道就是莫洛克的住所。他们在那里不停地工作，为埃洛依提供过舒适生活所要的必需品。

但是，为什么莫洛克把我的时间旅行机取走呢？如果埃洛依是主人，为什么他们不把旅行机还给我？他们为什么那么害怕黑暗？这一切都是谜。

第二天一大清早，我便朝一口井走去。我翻过井栏，爬下陡峭的井壁。在黑暗中，我听到越来越大的机器声。最后，我终于看到在我右方一英尺远的井壁上有一个狭小的洞口，我把身子悠进去，发现它是一条狭窄的水平隧道，我可以躺下来休息了。无边的黑暗使我非常难受，空气中充满了向井底抽送空气的机器的轰隆声。

我不知道躺了多久。一只柔软的手碰到我的脸，把我惊醒了。我从黑暗中跳起来，抓住火柴，匆忙划着了一根，我看到3个莫洛克慌忙地后退，他们非常害怕火花，飞快地逃跑了。我顺着隧道摸索前进，机器的响声越来越大了。不久，墙壁从我面前闪开，我来到一个巨大的空间，我又划着了一根火柴，发现我走进了一个圆顶的大洞。大洞中，仿佛大机器似的东西突兀在朦胧中，莫洛克们纷纷逃到黑影里躲避火光。那地方又挤又闷，空气中还有一股淡淡的血腥味。在前面不远的地方有一张白色金属的小桌子，上面放着一大块红色的带骨肉。原来莫洛克们是吃肉的！可是在这个世界上动物们已经绝迹了，这些肉是哪儿来的呢？

我只剩下4根火柴了。当我在黑暗中站着的时候，有一只手碰到了我的手，接着，那细长的手指来摸我的脸，我闻到一股难闻的气味。我感觉到了那些可怕的小东西的呼吸。突然，我手中的火柴盒被打掉了，另一些手从身后拉住我的衣裳。我用足力气对他们大吼一声，他们吓跑了。后来我又感到他们向我逼近，他们抓住我，嘁嘁嚓嚓地发着怪声。我又大吼一声，这回他们不害怕了。他们一边发出笑声，一边向我扑来。我急忙划着了一根火柴，他们马上逃散了。我朝隧道跑去。火光熄灭了。莫洛克们又来追赶我。一会儿，我就被几只手抓住了。他们拼命想把我拖回去。我又划着了一根火柴，他们又逃开了。就这样，我退到了隧道洞口，开始向井上爬。那些莫洛克们又追上来，拖住我的脚。我猛地一踢，挣脱了他们朝上爬去。

我把我在井下的经历讲给维依娜听，她打着手势向我解释着什么，在她的解释里有一些暗示。渐渐地，我有点明白她的意思了。我猜到了埃洛依为什么害怕黑暗的原因。原来，在人类进化的过程中，生活在上层世界的埃洛依们曾经一度是得天独厚的贵族，生活在地下的莫洛克们则是他们的奴仆。后来埃洛依退化成了美丽的废物，他们什么都不会做，只会吃喝玩乐；他们之所以还被允许占有上层世界，是因为莫洛克已经在地下过了无数代，他们对阳光已经不能忍受了。他们仍然还为埃洛依做衣服，是他们过去残留的服役的习惯使然。但是现在，以前的秩序被颠倒过来了，莫洛克成了统治者。这时，我想起了我在地下看到的那些肉，莫非那是被猎取的埃洛依？我不禁战栗起来。

现在，我首先要找一个安全的藏身之所，同时要找到一些可以做武器用的东西和生火的东西，我知道对付莫洛克们没有比火更有效的东西了。然后我再设法打开斯芬克斯下的铜门。

我朝一座宫殿走去。这是一座奇怪的宫殿，全是绿瓷造的，但

世界著名科幻故事精华

第三卷

已沦为废墟。维依娜紧跟着我，我们穿过一个又一个房间，在废墟中我竟然找到了一盒火柴和一些樟脑。这样我就不怕了。

天已黑下来了。我们来到一座小山上，我已经两天一夜没睡觉了，维依娜也非常疲倦。我决定露宿。我找来一大堆枯枝败叶，准备生火。

突然，我隐隐约约看到灌木后面有三个蹲伏着的人影。我放下手中的铁棒连忙去摸火柴。然而就在这时，莫洛克们扑了上来，我挥动着铁棒，莫洛克们发出奇怪的咕咕声。他们不顾一切地抓住我，我赶紧点着火柴，莫洛克们逃走了。我寻找维依娜，看见她在地上一动不动，已经停止了呼吸。

天亮时分，我十分沮丧地朝斯芬克斯像走去。突然，我兴奋地发现底座的铜门已经开了。我奔进去，里面是一个小房间，我的时间旅行机果然在那儿！我正检查着机器，铜门一下子落了下来。糟糕，我中了莫洛克们的计了！我已经听到他们朝我走近的声音，我赶紧去掏火柴。可是那些小东西已经爬到了我的身上，用嘴撕咬着我，并一起来抢我手中的操纵杆。我在黑暗中挥动操纵杆，横扫一切。趁他们后退的时候，我把操纵杆安上，用手一拉。立刻，黑暗消失了，我又处在灰白色的光中了。

旅行机飞快地运转着，我把仪表拨向未来。我继续向前走，被地球命运的奥秘吸引着，每隔一千年光景我就停一下。我看见太阳越来越大，越来越暗，地球的生命渐渐地消失了。在空旷的宇宙里彻骨的寒冷和恐惧袭击着我，我决定返航。

就这样，我回来了。这一切真像南柯一梦。

在座的客人们对时间旅行家的童话般的经历持怀疑态度。第二天，我独自去拜访时间旅行家，仆人告诉我他在实验室里。

"你真的去过未来吗?"我问时间旅行家，他正在机器旁边忙活着。

"怎么，难道你也不相信?"他说。随后他坐上时间旅行机，在我面前一拉操纵杆。只听得"轰隆"一声，一阵旋风向我扑来。我看见时间旅行机急速旋转着，转眼间便踪影全无。

佐奇瑞大师

冬天的晚上

日内瓦城因位于日内瓦湖的西畔而得名，有一条罗讷河将它一分为二；而河的中央恰有一座小岛。

这小岛就像河中央停泊的一艘游轮似的。当地建筑缺少现代气息，到处是随意而建的屋群，堆积罗列没有秩序，非常难看。小岛不大，后来把一些房屋都挤到水边上，接受风浪洗礼。房子的横梁由于长年的风吹浪打，变得像大螃蟹爪子一样黑乎乎的。河道纵横交错，像一张蜘蛛网盖在上面。河水像老橡树丛中的叶子似的在群屋暗影中闪动。罗讷河则躲在屋群身后呜咽着，痛苦地口吐白沫。

岛上有一幢古老的房子特别突出，房主是老钟表匠佐奇瑞，他和他女儿吉朗特、学徒沃伯特、老佣人斯高拉共同生活在一起。

佐奇瑞这人可真怪！没人知道他的岁数。就连城里最有资格的老人也说不出他肩膀上的那颗脑袋在什么时候变得又瘦又尖了。当然更无人知道他白发飘飘走过大街的岁月。他身材又瘦又干，一年四季穿的都是一成不变的黑色衣服。如同从达芬奇的黑色素描画中走出来的，确切地说是"晃"出来的，他就像他的闹钟摆一样整日晃着。

整幢房子中数吉朗特的房间最舒适，她每天都忧郁地看着窗外远方古老的雪山，佐奇瑞的卧室和工作间就在水面上，好像房子的地下室。

说不清从什么时候，佐奇瑞除了吃饭和去城里调校那些钟表之外，就极少露面了。他整天都呆在工作台上，面前是一大堆钟表零件。其中大多数都是他亲手发明的。他心灵手巧，聪慧过人，他的钟表畅销整个法国和德国，极负盛名，他是全城人的骄傲，也是钟

世界著名科幻故事精华

第三卷

表制造业的权威。

的确，他的该项发明是真正意义上的计时器诞生的标志。

经过一天的苦心研究，佐奇瑞起身把正在调试的精密部件放到玻璃罩下，关上车床，慢慢收拾好工具。然后把地板上的活门打开。把头凑到上面呆几个小时，看着潺潺的流水，呼吸着清爽的雾气。

冬天的一个夜晚，老佣人斯高拉备好了晚餐，仍只有佐奇瑞和沃伯特在餐桌旁。虽然有他最爱吃的一道蓝白相间的美味，可老人仍难以下咽。他也不搭理吉朗特关心的问候。吉朗特担心地看着父亲，脸上写满了忧虑。他也听不进斯高拉的唠叨和抱怨，正像他连罗讷河的怒吼也听不见一样。

晚饭尴尬地过去了，老人离开了饭桌，没有看女儿一眼，也没搭理任何人，打开小门走向工作间，楼梯也痛苦地抱怨着他沉重的脚步。

吉朗特、沃伯特和斯高拉又沉闷地坐了几分钟。外面天色阴冷，浓厚的乌云压在阿尔卑斯山头上，仿佛要落下雨来。人们的心情也让坏天气弄得很糟。南风在屋外冷冷地笑着。

"我的宝贝小主人，"斯高拉首先打破了沉默，"老爷这几天有些反常，您也看出来了吧？圣母玛丽娅！他为什么吃不下东西——他心事很重，但神仙也无法让他说出来。"

"我也看出父亲有话憋在心里，但我一点头绪也没有。"吉朗特忧郁地答道。

"小姐，不用担心。"沃伯特注视着吉朗特漂亮的双眼——沃伯特是老人的首徒，因为他聪明细心，又善良朴实，很受佐奇瑞赏识，所以就留下他协助自己的工作。沃伯特从心底里崇拜吉朗特。他有一种随时为她献身的冲动。

吉朗特今年18岁。她纯真而恬静的面容，让人不由得想到古城街头的圣母像。她的双眼中有着最自然的直率和天真。她本会成为被讴歌的梦中女神，她穿着朴实，古色古香的白披肩，当时的日内瓦还没受到讨厌的加尔文主义（一种以节俭、忍受为荣，以禁欲来求得上帝宽恕的教派）的影响。她整日深居简出。

每天晚上，当她捧着那本弥撒书诵读时，她都会为沃伯特的深情感动不已，深知他对自己的一片痴心。的确，师傅的家就是沃伯特的全部世界，他只要一有空闲，就找机会去陪她。

老斯高拉心知肚明，却不说破，她最热衷的是反复抱怨这时的罪恶和琐碎的家庭小事，但没有人会指责她，她就和当地生产的一种带音乐的鼻烟盒一样，只要发条上足了，除非把它砸烂了才能让它不再跑调。

她看了忧郁的吉朗特一眼，离开旧木椅，往蜡烛顶上加了一根灯芯，点着，放在石壁龛里的蜡制圣母像旁。往日，他们总是虔诚地跪在像前，求万能的圣母保佑一夜平安，但今晚吉朗特却只呆呆地坐着。

"行了，小姐，"斯高拉奇怪地说，"吃完饭该去睡觉了，别把眼睛熬坏了。啊，听从圣母玛丽娅的安排，去睡吧，安心去做个美梦，这个罪恶的时代，任何人也无法保证自己每天都能很快乐。"

"给父亲请个医生好不好？"吉朗特试探着问。

"医生！"斯高拉叫道，"老爷可从来不信他们那一套。要说给他的钟表开点药还有可能，但他决不会为自己有劳他们！"

"那我们能做什么？"吉朗特喃喃道，"他没休息，又去工作了？"

"吉朗特，"沃伯特安慰道，"师傅只不过是有个难题没解开而已，没有别的问题。"

"你清楚内情么，沃伯特？"

"可能我没猜错的话……"

"你快说说看。"斯高拉叫道，顺便节俭地吹灭了蜡烛。

"最近一段时间，"沃伯特说，"有一些事让人百思不得其解，师傅做的畅销多年的表突然不走了，被退回来许多。师傅小心地拆开它们，弹簧和齿轮都没事。他又仔细地组装在一起，但不知怎么搞的，它们依然如故。"

"没理由！"斯高拉嚷道。

"我并不觉得意外，"吉朗特说，"这很正常嘛！天底下万物都不是永恒的，人类又怎么能强求制造出永久不坏的东西呢？这有什么烦恼的？"

"这话虽然不错，"沃伯特回答，"可这事太稀奇了，我和师傅仔细查找了好多次，就是找不出原因，我觉得很灰心。"

"费那个劲干什么？"斯高拉抱怨道，"就让那个小铜器做它自己想做的事，我们还是用日晷仪算了。"

"别乱说，斯高拉，"沃伯特说，"你忘了日晷仪是该隐发明的了吗？"

"上帝！你想说什么呀？"

"依我说，"吉朗特说道，"我们最好向上帝祈祷，让父亲的表重新动起来。"

"我赞同。"沃伯特热烈响应。

"也好！尽管祈祷不会有用，"斯高拉唠叨着，"但上帝会被感动而宽恕他们的。"

重新点亮蜡烛，吉朗特、沃伯特和斯高拉并肩跪在地板上，吉朗特首先祈祷母亲的灵魂，然后祈祷夜晚，祈祷路人和罪犯，祈祷良心和恶念，最衷心的祈祷是为了父亲难解的苦恼。

随后，三个人信心十足地、虔诚地站起来，因为他们已将苦恼一古脑抛给了上帝。

沃伯特回房休息去了，吉朗特则满怀心事地坐在窗前。直到城中所有的窗户都没有光亮，斯高拉又给余火中加了点水，门上插了两个大拴子，倒头便睡，很快进入了梦乡，但差点没被梦吓死。

夜深了，更加阴森恐怖。时而狂风冲击着急流中的地基，整幢房子都跟着晃动，但美丽的少女心中充满了担忧，听沃伯特解释过后，她一直牵挂着父亲的心病，他更明白了他在她心中的重要位置，仿佛自己也像机器出了故障，偏离了自己的轴心。

突然，狂风吹动厢房的百叶窗，敲打着她的窗子。吉朗特浑身一激灵，不知是怎么回事，稍微定了定神，她打开窗。外面大雨倾盆，把四周的屋顶打得噼啪直响。她探出窗外，把正随风摇晃的百叶窗关好。她还是不放心，她发觉河水正汇着雨水漫上来，要将整幢房子淹没，四周的厚木板墙也都嘎吧直叫。她想逃出去，却发现下面有一盏灯闪烁着，好像发自父亲的工作室。她还听到一些哀怨声夹杂在暴风雨间歇中。她想把窗户关上，但费了半天劲也关不上。

狂风粗暴地把她抛了回来。

吉朗特恐惧到了极点。父亲还在干什么？她把门打开，门在后面呼地被暴风雨关上了。她通过黑漆漆的餐厅，摸索着来到去父亲工作室的楼梯，她身心交瘁，不得不慢慢爬下去。

四处风雨怒吼，老佐奇瑞直直地立在屋中央，头发倒竖，脸色阴森，正指手划脚地谈论着，但听不清他说些什么。吉朗特站在门槛上。

"该死！"佐奇瑞声音沙哑，"该死！既然已魂归故土，我还活着干什么？我是佐奇瑞大师，我是所有钟表的真正发明者！这些铁盆、银盆、金盆里都有我的灵魂！每当这见鬼的表有一块停止走动，我的心跳也会随之而停止，因为它们都是我用心跳来调校的！"

他说着这些莫名奇妙的话，又看看工作台。上面有他小心翼翼拆开的一块表的所有零件，他拿走一根用来装弹簧的空管。依照弹性原理，当他移动钢丝螺线时，螺线应被解开。但没有，它如同一条冬眠的蛇，或一个濒临死亡的老人，一动不动地蜷缩着。佐奇瑞还在解着螺线，他瘦弱的手指都扭曲变形了，但一切努力都是徒劳，很快，他发出一声恐怖而绝望的怒吼，把螺线从活门抛进了湍急的罗讷河。

吉朗特一动不动地站在地板上，吓得屏住呼吸。她真想走上前去，但她眼前一阵眩晕。这时，有个声音低低地在她耳边响起——"求求你，亲爱的吉朗特！回来吧，你悲伤得无法入睡，但冬夜太冷了。"

"是你！"吉朗特惊呼，"沃伯特！是你！"

"你如此伤心，我又如何能不伤心！"

姑娘的心被这体贴的话语而打动，她偎着沃伯特说："父亲快没救了，沃伯特！现在，只有你能平息他错乱的神经，我无能为力。因为有一种幻觉困扰着他，而你是他工作中的伙伴，有办法让他清醒。沃伯特，这些钟表为什么会影响他的心跳呢？太令人费解了！"

沃伯特一言不发。

"父亲的生意会冒犯上帝吗？"吉朗特声音发抖。

"不知道。"沃伯特回答，握住她冰冷的双手，"吉朗特，回房

世界著名科幻故事精华

第三卷

去吧，安心睡上一觉。明天，一切都会好的！"

吉朗特又疲倦地回到房中，坐了一整夜。天亮了，她没有一丝困意，此刻，佐奇瑞纹丝不动地默默盯着脚下湍急汹涌的罗讷河。

科学家的自负

日内瓦商人以正直闻名，他们诚实得木讷，正直得呆板，所以，当佐奇瑞大师发现自己费尽心血发明制造的手表被纷纷退货时，极大地损伤了他的自尊心。

事实摆在眼前，这些表都莫名奇妙地不走了，齿轮都完整无损，相互之间紧密地咬合着。但弹簧均没有弹性了。佐奇瑞把弹簧换过了也不管事。他稀里糊涂地被损坏了声誉。早些年，他的神奇发明曾被人疑为巫术，现在好像更证明了这点。这些谣言传到吉朗特耳中，看到父亲被人污辱，她的心都碎了。

灾难的黑夜过去了。天亮之后，明媚的阳光使佐奇瑞清醒了，又信心百倍地投入了工作，沃伯特走进工作室，看到他又成了慈祥的师傅。

"我没事了，"老师傅告诉他，"昨天也不知是什么离奇的想法困扰着我，但阳光把它们赶走了，就像昨天的乌云一样。"

"真的，师傅，"沃伯特回答，"昨天晚上太让人讨厌了，我也和您一样难过。"

"说得不错，沃伯特，如果你是一个非凡的人，你就会了解光明的重要性，一位大师应对同类的尊重毫无愧疚感。"

"师傅，其实困扰着您的正是科学的自负。"

"自负？沃伯特！如果我没有了过去、现在和将来，我才能忍受平庸的生活！但是孩子，你应该付出全部，才能投入到伟大事业中，难道你只是我工作室中的一个工具吗？"

"我知道，师傅。"沃伯特感激地回答，"您曾多次称赞我用心调校您的钟表部件。"

"是的，沃伯特，你当然是个很好的工匠，我很赞赏你，不过，在工作中，你总觉得手中仅仅是铜片、银片、金片而已，你不会懂得，它们的活力中有我的智慧，我把它们看作跳动着的有生命的血肉！所以你永不会与你的作品共存亡。"

佐奇瑞陷入了沉默，沃伯特接着话茬说了下去。

"毫无疑问，师父，"他说，"看着您很投入地工作时，我也欢喜得不得了，我知道您已准备好了我们表行的庆典，我也知道，这水晶表进展得很顺利。"

"那当然，沃伯特，"佐奇瑞感慨道，"这简直是奇迹，这种金刚石般坚硬的材料被我切开，再打磨成形！这要感激路易斯·伯革翰姆把切金刚石的技术改进了。"

现在，佐奇瑞手中就有几块用水晶研切而成的手表部件，工艺精美，齿轮、轴心和表壳均为同一种材料。从这项艰巨复杂的工作中，也展示了他精湛绝伦的技巧。

"这还不算奇迹吗？"他问道，脸色红润，"它跳动在通体透明的壳中，并且连它的心跳都数得出？"

"我敢打赌，师傅，"沃伯特也说，"一年的误差也不会到一秒。"

"这赌打得绝妙！我赋予了它自己最好最纯的东西，甚至我的心——难道它也会走错！"

沃伯特不敢正视他。

"你不必否认，"老人凄凉地说，"你心中曾当我是疯子，甚至有时觉得我傻到家了，难道我说错了吗？我常在你和吉朗特脸上读到抱怨、指责。哦！"他痛苦地叫道，"自己最亲爱的人也不理解！但很快你就会明白，沃伯特，我没有错！你不用否认，我不久就会证明给你看。当你能真正理解我时，你会明白，我揭示了生存的奥秘，那就是灵魂与肉体的和谐统一的秘密！"

他盛气凌人，傲视一切，双眼射出异样的光芒，五官也骄傲地喷着火。如果我们要包容虚荣，佐奇瑞就幸福多了。

在那个年代，制表业始终处在婴儿期停滞不前，还停留在400年前的柏拉图年代，依靠横留滴漏来作夜间计时器。工匠们无心投入科研，而热衷于展示技艺。该时期的铜表、铁表、木表、银表，几乎都装饰得精美，精巧得能与功利尼的大口水壶相媲美，尽管它们计时都难免差错太大，但仍堪称杰作，艺术的想象力突破了完善模型时，带移动数字和优美音乐的钟就应运而生，效果显著。

况且，那时谁能在乎时间的准确性呢？还没有制裁延误的法令，物理和天文学尚不需要精确到分秒；客栈不会按时关门，火车也按需要起始。傍晚有宵禁的铃声，夜晚靠星斗来判别时辰。如果生命靠事业来换得，而人又未必能活足够长，但可能活得更心安理得。

高尚的情操充斥着人的心灵，追求艺术上的杰作，两个世纪才修一座教堂，画家一生仅二三幅作品，诗人一世惟传一阙，而精品典范，万古流传。

当科学迈进精确的门槛，钟表业随之发展，虽然总要面对难以克服的障碍。时间的规律性测量正当徘徊不前时，佐奇瑞发明了控制摆轮的设备。将钟摆置于恒力之中，便使它的精确规律性成为现实，这一发明使他大喜过望。自负如同温度计中的液体水银，最终导致超出了理智的控制。

他类推出一个自感唯物的结论，当制表时，他认为自己找到了灵与肉统一的奥秘。

所以，今天，当他发觉自己的话对沃伯特产生的影响很大时，他用简洁的语气说："你认真审视过自己吗？没有，但是你可以用科学的眼光，看出上帝与我在工作中的亲密联系。因为我从他的发明身上，发现了钟的齿轮的连接方式。"

"师傅，"沃伯特很焦虑，"没有生命的铜铁怎么可能构成灵魂的机器呢？正像风儿吹开了花朵，我们感到灵魂的生机，难道我们的四肢会靠齿轮活动吗？那思维是如何运行的呢？"

"这是两码事。"佐奇瑞温言道。但他还是很固执，如同飞蛾不顾一切地奔向火焰，"要明白发明摆控装置时的初衷，当时钟运动得很没有规律，我清楚它们的机制达不到，因此必须将其置于恒力控制之下，我灵机一动想到了平衡轮。于是我成功了，它的运动有规律了。这难道不是奇妙的想法吗？它在运动时所损耗的动力恰是使它保持有节律运动所需要的！"

沃伯特表示理解。

"那么，沃伯特，"佐奇瑞变得精神百倍，"再审视人体，难道你不知道其中有两种截然不同的力量，一种是心灵的，一种是肉体的——换种说法，一种机制，一个调节器。生命的源泉，即机械装置是灵魂。不管是重量或是弹簧，还是某些非物质的影响，都是在心脏中；不过没有肉体的话，运动就失去了平衡，当然，没节律也不可能！因此心灵由肉体来调节，正像平衡轮使它有节律的摆动一样，这毫无疑问。假如人生病，总之，是肉体功能得以适当调节，比如吃得过多、喝得过多或睡得过多要生病一样等等。在我最初的想法中，肉体在摆动中消耗的动力要由灵魂输送进去，那么，灵与肉之间的和谐统一又靠什么，还不是那只奇妙的摆控装置？齿轮与齿轮凭借它才紧密结合在一起，这就是我的发明和应用；生命对我而言已不再是秘密，它只是一种灵肉的机制而已！"

佐奇瑞在自己心目中高大起来，幻觉将他捧到了神秘的宇宙中，但吉朗特，他亲爱的女儿，在门槛上听到了这一切！她扑进父亲怀中，佐奇瑞拥紧她。

"出什么事了，乖女儿？"他问。

"如果我这里仅有一根弹簧，爸爸，"她把手指着心口，"我就不能这么爱您了。"

佐奇瑞凝视着女儿，沉默良久，突然，他大叫一声，手捂着胸口摔到旧皮椅上，昏迷过去。

"爸爸，您怎么了？"

"来人！"沃伯特大叫，"斯高拉！"

没有斯高拉的回答，前面有敲门声，她开门去了。当她急匆匆赶到工作室，佐奇瑞早已醒过来了，没待老佣人开口就对她说："不用说，老斯高拉，肯定是又有人送来一块见鬼的走不动的表。"

"老爷，是这样！"斯高拉边说边把表递给沃伯特。

"我的心永远不会错！"老人凄凉地说。

沃伯特接过表，小心翼翼地上了链，但还是走不动。

奇怪的来客

如果不是沃伯特的一片痴情感动着她，吉朗特真想替父亲去衰老。

大师明显地衰老了。他的机制因固执而严重磨损。他常陷入大喜大悲中。他似乎远离了人类的生活，而进入了超自然的神秘空间。此时，那些居心不良的对头又在到处散布谣言，攻击他。

佐奇瑞大师的表会出故障，这的确震动了整个日内瓦钟表界。齿轮的离奇瘫痪有什么含义？为什么佐奇瑞大师与它们之间有如此奇特的联系呢？这些难解之谜纠缠着人们，令他们胆战心惊。不分尊卑大小，上至侯爵，下到学徒，凡是大师的顾客，人人都按自己的理由推测。他们试图拜会老人，但均遭到拒绝。大师病得很厉害，吉朗特避免让这些无休止的拜访影响他，是因为这些拜访更易变为指责和嘲笑。

医生的药也无能为力了。他莫名奇妙地消瘦下去。老人的心脏时而会停止了搏动，时而又变得吓人地急促和紊乱。

当时有公开展览名家杰作的惯例。谁都想让自己巧妙完美的作品独领风骚，技压群雄。但与此同时，大师的遭遇引起了最偏执和最强烈的怜悯。对手们由于敬畏他，因此更甘心怜悯他。他们咀嚼着老人往日的荣耀，当展览出他那带移动数字和反复报时设备的伟大发明时，得到了一致好评。在法国、瑞士和德国也是身价倍增。

同时，佐奇瑞在吉朗特和沃伯特的精心照料下，也渐渐有些好转，精神怡静，他摆脱了那些怪念头的纠缠。当他可以下地时，吉朗特引他走出户外，避开那些堵在家门口落井下石的买主们。沃伯特却呆在工作室里，徒劳地摆弄着那些瘫痪了的手表。可怜他根本一点头绪也找不到，有时只得闭上眼睛歇一下，深恐变成师傅那副模样。

吉朗特尽量领父亲到城里最怡人的地方去，她挽住父亲的胳膊，穿过圣安东尼教堂，在那里可以欣赏到科隆的湖光山色，晴朗的早晨，能清晰看到布尔特山地平线上的山尖。吉朗特指着这些让父亲看。他好像失去了记忆，神不守舍。看到这些远离了记忆的事物，他流露出犹如孩童般的快乐。大师的头靠着女儿。两颗脑袋挨在一块儿。黄金白银区分明显，共同沐浴在温暖的阳光中。

现在，老人为自己在世上并非孤单而充满了幸福感。他欣慰地看着年轻美貌的女儿，想到自己已年老体衰，如果有一天离开人世，女儿会无所依靠，尽管全日内瓦几乎所有的年轻钟表匠都很崇拜她，但他们都没有胆量进入大师森严的门户。因此，趁现在自己神志清醒，大师想到了沃伯特，更想到了两个青年人在一起时，情投意合的情景。

正像他有一次向斯高拉所说的，两个年轻人连心跳都"步调一致"。

斯高拉尽管难以理解，但还是表现了她对字面的欢喜，要以圣母玛丽娅奴仆的名义，发誓在一刻钟内发布全城。佐奇瑞努力使他平静下来，并让她重新发誓，无论多久这个秘密也不会从她嘴里传出去。

所以，全城中，现在只有两个人还蒙在鼓里，那就是吉朗特和沃伯特。但人们谈论他俩的婚事时，总会听到一声怪笑，有个声音响起："吉朗特不能嫁给沃伯特！"

如果谈论的人稍加注意，会看到身后站着一个陌生的又矮又丑的老家伙。他有多大年纪？没人说得出，至少打赌已到了几百岁，但无人真下赌注。他双眉横架额头，大脑袋平放在肩上，也就只3尺宽，和身高差不多。活脱是一口古老的大钟，脸庞与钟面一般无二，胸前晃动着钟摆，鼻子扁而长，恰如日晷仪。一圈圆周形牙齿突出唇外，紧密地咬合在一起。说话嗓音如钟铃之鸣，心跳仔细一听，像闹钟一样嘀哒作响。

小矮人的手臂像钟面的指针一样活动，双腿一停一顿地往前迈，从不回身。如果有心人跟着他走一趟，会发现他1小时走1里路，大约是个圆圈。

这个怪老头刚在城里出现不久，或者说转了不久，人们慢慢注意到，每天的正午，他总会停在圣·彼埃尔教堂前，等钟敲响12点又继续转悠。除此之外，凡涉及大师的私语中似乎都有他的影子，人们不放心起来，猜测他与佐奇瑞有非同一般的关系，但同时人们也注意到，他似乎一直监视着父女俩散步。

有一天，吉朗特不安地靠紧父亲，因为她看到了一个怪物正冲她笑。

"怎么回事，吉朗特？"老人问。

"没什么，只是有些害怕。"女儿说。

"你没发现你在变吗？孩子，你不会生病吧？那没事。"大师苦涩地笑了笑，"我还能照顾你，我会把你照顾好的。"

"不，爸爸，不知为什么，我有些冷，我也不知道——"

"怎么了，孩子？"

"有个怪人，他老跟着我们。"她悄声说。

佐奇瑞瞟了矮老头一眼。

"我敢打赌它走得准极了，"他满意地说，"现在是4点钟，不用担心，孩子，它不是人，是口钟。"

吉朗特看着父亲，浑身发冷。父亲怎么能从这"人"脸上读出时间？

"对了，"大师话题一转，"接连好几天都没见着沃伯特了。"

"他根本没出门，爸爸。"吉朗特回答，脸上写满了温柔。

"那他在干什么？"

"工作啊。"

"什么！"佐奇瑞叫道，"他还在修表对吧？他是永远不会成功的，因为它们仅靠修理是不行的，重要的是新生。"

吉朗特沉默不语。

"我得看看，"大师说，"是否有更多可恶的走不动的表被退回来了。"

佐奇瑞就这样一声不吭地回到家，这是他恢复后首次回工作室，吉朗特忧虑地回自己房间了。

佐奇瑞刚一跨进工作室房门，墙上有一只钟响了五下。原先这样精心调校好的挂钟总会齐声共鸣，令老人常常开怀大笑；但今天钟声竟断断续续响了一刻钟，不绝于耳，都快把人吵晕了。

他不能再保持冷静了，痛苦地走到那些钟前面，像一个指挥家打着拍子，希望失控的乐队能回归一致。

伴随着最后一声响，门被打开了，那矮老头出现在佐奇瑞面前，他不顾老人的恐慌，盯着老人说："大师，我们谈谈好吗？"

"你是什么人？"佐奇瑞没好气地问道。

"您的同行。我负责调节太阳。"

"噢，太阳原来是你调节的！"佐奇瑞不加思索，飞快地说，

"那我就没办法恭维你了，你的太阳走得很差劲。为了应和它，我们不得不把钟时而拨快，时而拨慢！"

"魔鬼值得赞美！"这怪物说，"说得不错，大师！我的太阳和你的钟并不总是同步。但大家最终会明白，这是地球的不平衡转动造成的，要调节这种无规律现象，必须发明一个平均正午！"

"我会等到那时吗？"大师眼睛放光，急切地问。

"没问题，"矮老头笑着回答，"你对死恐惧吗？"

"唉！我不行了。"

"好，我们谈一下吧。荣誉属于撒旦，我要说说我的看法！"

一边说着，矮老头放肆地跳上旧皮椅，跷着二郎腿，仿佛刚从葬礼画家的骷髅画中走出来，头骨下面是一副交叉的枯骨。随后，他嘲讽地说："给我瞧瞧，佐奇瑞大师，这蛮好的一座日内瓦城怎么了？人们传说您的身体越来越差，您的表也病入膏肓了！"

"嗯，你也能意识到它们会与我的生命有密切关系吗？"佐奇瑞反问他。

"噢，我认为是这些表自己犯了猎，或者说有罪。这些蠢货老是不守规矩，到头来只能是自作自受。按我说，它们急需更新！"

"犯了什么错？"佐奇瑞被这些讽刺弄得面红耳赤，"它们为自己的诞生而骄傲，不对吗？"

"别再要强了，还狡辩，"怪物道，"它们美名远扬，确实还有表壳上的鼎鼎大名。它们有进入富贵家族的特权。但最近一段，它们先后病倒，而你一筹莫展，大师，连日内瓦最蠢的学徒也能因而讥笑您！"

"讥笑我，别忘了我是佐奇瑞大师！"老人叫道，感觉受到了污辱。

"讥笑您，别人叫您佐奇瑞大师，但您对着一堆破手表束手无策！"

"这只是由于我感冒了，它们也一样。"老人反驳道，冷汗直冒。

"那么，就让它们和您一起去死吧，因为您不能使弹簧恢复弹性。"

"谁说我会死，谁乐意死谁就去死！反正我不会——我是天底下

世界著名科幻故事精华

第三卷

最棒的钟表匠；这些金属块和齿轮，能在我手中变成准确有规律运动的机器！难道不是我制定了时间的严密法则吗？难道我无权像国王一样随便处置它吗？飘忽不定的时间在没有被我这样的天才节律化之前，人类的生活是何等散漫和无序啊！生命靠哪一点才能准确地连接起来？而你，不管你是人还是鬼，竟敢小瞧我的杰出艺术。这里汇集了多种科学的艺术！不会的！我是佐奇瑞大师，我不会死。时间既然是由我规范的，就应为我殉葬！是我将它从无限虚空的深渊中拯救出来的，它必将义无反顾地回到无限中去！不！上帝与我同在，我怎么会死去！我遵守他的教条！我和他是等同的，将与它共享造物主的权力！如果说上帝创造了永恒，而佐奇瑞大师则创造了时间！"

世界著名科幻故事精华

大师仿佛变成了堕落的天使，竟敢蔑视上帝，小矮人满意地望着他，好像也在分享这傲视下的精神。

"精彩，大师，"他赞道，"撒旦也对您望尘莫及！您功不可没！作为您的仆人，我想建议您惩罚这些不守纪律手表的方法。"

"你有办法，是什么办法？"佐奇瑞急切地追问。

"等到您把女儿交给我时，自然会知道。"

"吉朗特？"

"不错！"

"我女儿已经情有所钟了。"佐奇瑞淡淡地答道，丝毫不为他这荒唐的请求而感到意外。

"哼！她也许不能和您最杰出的作品相比；不过她有一天也会停止走动的——"

"吉朗特——我的女儿！妄想！"

"那好，继续摆弄你的表去吧！佐奇瑞大师，仔细点。快把女儿嫁给你的得意弟子吧。拿出最好的钢制弹簧吧，尽管去祝福沃伯特和吉朗特的美满。但您要记住，您的表永远也走不了，吉朗特也永远不会嫁给沃伯特！"

圣·彼埃尔教堂

现在，佐奇瑞的身体一天不如一天，强烈的刺激让他更玩命地工作。吉朗特想不出能将他引开的办法。那个怪物的言论极大地伤害了他的自尊心。但他发誓，要依靠自己的才智把这对身心都有碍的影响消除掉。他到城里去，仔细审查了他调校过的各式钟表，确信齿轮完好无损，轴心稳固，重心位置很好，甚至小心地拆开钟铃彻底地检查一番，他真像一个医生，把钟表看作病人。但是"病人"毫无发病的迹象。

吉朗特和沃伯特往往会陪伴左右，如果他能想到心爱的女儿能将自己的生命延续下去，她已经继承自己生命中的某些东西，显然，他会很欣慰两个亲人能与他享受天伦之乐，也会渐渐淡忘了自己的末日。

回到家，佐奇瑞就会信心百倍地埋头工作，虽然成功的希望越来越渺茫，但他总是坚持不懈地把它们拆开后再装上。

沃伯特尽管想破了脑袋，还是找不出原因。

"师傅，"他提醒道，"会不会是由于驱轴和转动装置的磨损导致的。"

"你嫌我死得慢吗？"佐奇瑞有些冲动，"这是小孩的玩具吗？我用车床来镂刻加工，难道是怕伤着手吗？为了使它们更具承受力，难道我没有亲手锻造过吗？这些弹簧难道没被调到最佳状态吗？这种高级机油除了我还有谁会舍得用？你说错了，你必须承认，总之，你会明白，这是魔鬼在作乱。"

一天到晚，忿愤难平的买主们在家门口纠缠着。终于，他们见到了老人，七嘴八舌向老人抱怨。

"我的表走得慢，怎么调也不行。"

"我的表我行我素，懒得动一步，如同约书亚的太阳。"

"如果真是这样，"他们异口同声道，"确实与您的健康相关的话，那祝福您早日康复吧。"

大师不知该听谁的好，只有疲惫地摇头，或者伤心地说："等气候好转吧，朋友们，天气好了，身体才会恢复活力。我们都喜欢温暖的阳光！"

"说的不错，但我们冬天怎么过呢？"其中有一个人大声说，"您别忘了，佐奇瑞大师，表壳上有您的赫赫大名。圣母玛丽娅！您怎么会给您的签名抹黑呢！"

　　最后，老人心力交瘁，从旧柜子里取出了金币，回收坏表来平息这声讨。这个好消息一传开，顿时门庭若市，老人很快散尽了所有金币，却维护了正直，正直使他成了穷光蛋，但女儿还是热情地赞美他。很快就轮到沃伯特拿出了自己的积蓄。

　　"我对不起女儿。"老人在万分困顿时丝毫没减少他的父爱。

　　沃伯特没敢说什么理想抱负，对吉朗特仍痴心一片，佐奇瑞当时就想认了这个女婿，来回击不时萦绕在耳边的恶毒诅咒。

　　"吉朗特不会嫁给沃伯特。"

　　很快，古花瓶让人抢走了；雕镂精美的嵌板不翼而飞；女儿再也不能欣赏早期法兰德斯画家的原创作品了；甚至倾注了他智慧的珍贵工具，也被人索赔拿走了。现在，他已经一贫如洗了。

　　只有斯高拉对这些人的抱怨，态度生硬。但她阻止不了他们讨伐主人，更无力阻止这些家珍的流失，她又在抱怨，每个街坊都领教了她的抱怨。她努力给主人辟谣，那些谣言涉及佐奇瑞的巫术，但斯高拉心底却认为那些人没有错，她更虔诚地祈祷，希望她的愚忠得到神的宽恕。

　　人们已经好久没有看到大师去教堂了。过去，他常领着女儿去教堂，他那多虑的大脑会在祈祷声中再次充满智慧，这祈祷声会激发他丰富的想像力，但现在没有这种欲望了，更不可思议的是他放弃了每天的祈祷。这更使得谣言四起。为了让父亲返回上帝面前，也为了使他重现活力，吉朗特决心用宗教来挽救他。只有万能的主才能把他从死亡的边缘拉回来。但这种信仰和顺从又与佐奇瑞内心傲视一切的自负冲突激烈。

　　面对重重困难，吉朗特还是决心拯救父亲。她的努力没白费，老人最终答应了下星期日去参加大弥撒活动。吉朗特大喜过望，仿佛眼前开了一扇天堂的门。老斯高拉也喜不自胜，她终于有了有力的证据来反击那些有损主人尊严的风言风语了，她把此事传遍了全城。

　　"说真的，我有所怀疑，斯高拉夫人。"他们答道，"大师向来是与撒旦称兄道弟的。"

"你们不要忘了，"斯高拉反击道，"那铃声是我们老爷做的钟敲响的。多少次祈祷和弥撒是在这些钟声中开始的。"

"确实，"他们又说，"那的确是好东西，很有个性，想走就走，想停就停。"

"撒旦的朋友会做出安德那特府邸那么奇妙的挂钟吗？"斯高拉勃然作色，"这钟日内瓦有谁买得起？每小时都出现一句箴言，遵照箴言行事会直接升入天堂！这是魔鬼能办到的吗？"

这个杰作曾使20年前的佐奇瑞大红大紫。尽管当时也有人冠以"巫术"，但起码现在大师重返教堂的行为会使谣言不攻自破。

毫无疑问，老人忘记了对女儿的承诺，又钻进了工作间。在对这些表彻底丧失信心后，他决意推陈出新。他把所有坏表弃而不用，专心致志于研制水晶表，他要再创辉煌。但是，虽然他使用了最完美的工具，采用红宝石和金刚石来消除摩擦，但白费心机，当他上发条时，表竟然因他用力过猛在他手中莫名奇妙地碎了。

他开始仇视所有人，甚至连女儿也不例外。他的身体更是急剧变化。他如同一支钟摆，由于无法恢复原有的动力而摆幅逐渐变小，接近停止了。他此时，更深刻地体会到了引力定律，它仿佛将他拉向坟墓。

星期日在吉朗特的盼望中终于不可避免地来临了。这天天气晴朗，温度适中。日内瓦城的人纷纷走上街头，对春天即将到来充溢着喜悦。吉朗特温柔地挽着父亲，向天主教堂走去，后面跟着斯高拉，手捧祈祷书，他们引起了人们的好奇。大师被女儿领着，像个孩子，或者说像个瞎子，当他跨进圣·彼埃尔教堂的门槛时，那些虔诚的信徒几乎都大吃一惊；他们对他的走近更显出畏惧。

教堂中已经响起了大弥撒的颂歌，在自己惯常的位置上，吉朗特虔诚地跪下去，而佐奇瑞则直挺挺地站在她身旁。

庄严肃穆的《信仰时代》响起，但大师没有信仰。他没有向上天祈求宽恕；《崇高的荣耀》赞美着天堂的光辉，老人无动于衷，众人宣读福音，他正陷入唯物的幻觉中，没有对《信条》表达敬意。

自负的人纹丝不动地站着，如同一尊石像，神情恍惚，一声不吭，甚至到了最神圣的时刻，当铃声宣告圣体全质变化的奇迹响时，他都没有跪下，而是迷惘地望着牧师把面包和葡萄酒举过信徒头顶。吉朗特望着父亲，泪水像断线的珍珠般洒落在了弥撒书上。

突然，11 点半时，圣·彼埃尔教堂的大钟敲响了。

佐奇瑞立刻对这仍能敲响的古钟投以专注。钟面不动声色地盯着他。只有计时的数字一闪一闪的，如同火焰跳动，指针的尖端也电光闪烁。

弥撒结束了。"奉告祈祷"一般要到正午，要等钟敲完 12 点，牧师们才会离开祭坛。祈祷不久就会呈现给圣母了。

突然，佐奇瑞发出一声刺耳的尖叫。

12 点了，钟没有敲响，就在时针临近 12 点的瞬间，停止了走动！

吉朗特连忙把父亲扶住。他直挺地摔倒，被众人抬出了教堂。

"这对他是致命的打击。"吉朗特哭着说。

回到家后，佐奇瑞绝望地躺在床上，仅有肉体还能表明他的存活，犹如一盏灯，刚熄灭后仍有几缕青烟在灯旁缭绕。

当他醒来时，面前站着吉朗特和沃伯特，一脸的关切和焦急。在这弥留之际，在他脑海里浮现出来：女儿无依无靠，孤苦伶仃。

"儿子，"他对沃伯特说，"我将女儿交给你了！"

他俩握住老人的手，在他的病榻前订下了婚约。

那矮老头的话又回响在耳边，顷刻间，大师恼怒地坐起身来。"我不会死！我的记录本——我的账本。"

随着这番话他跳下床来，抓起一本账簿，上面密密麻麻地记录着买主的姓名和商品。他飞快地翻着，最后用手指着其中的一条记录。

"找到了！"他叫道，"在这里！皮藤耐西奥！一座旧铁钟！这是惟一没退的钟！它还在走——我有救了！啊，只要我拿回它——必须找回来，细心地照管，我就不会死。"

他重新陷入昏迷。

沃伯特和吉朗特并肩跪在床前，虔诚地祈祷着。

死亡的时刻

过了几天，灯枯油尽的佐奇瑞竟神奇地下了床，重新投入了积极的生活。他活在自负的激情中，但吉朗特心里明白，她已经永远失去了父亲，不管是他的肉体还是灵魂。

大师使尽了全部智慧，压根儿不搭理家人。他异常兴奋，东奔西走，四处乱翻，嘴里念念有词，说的什么，别人听不明白。

吉朗特一大早走进父亲的工作室，但老人不在里面。

整整一天她也没见父亲回来，心力交瘁的吉朗特痛哭失声。第二天，仍没有老人的踪影，沃伯特找遍了整个日内瓦城，最后，不得不接受这个悲哀的事实——老人已离城而去了。

"一定要把父亲找回来！"听完沃伯特沉痛的诉说，吉朗特不顾一切地叫道。

"他会到哪儿去呢？"沃伯特自言自语道。

回想着师傅最近的言行，一个念头突然闪过脑海，老人肯定活在那座惟一没退回的旧钟里！只有一个可能——他去找它了！

沃伯特把自己的想法告诉了吉朗特。

"记录本！"她叫道。

他们奔进工作室，那本账本就摊放在工作台上，上面记录着所有售出的钟表。其中，大多数都因有毛病退了回来，而只有一只例外："铁钟一座，带移动数字和铜铃，售给西格勒·皮藤耐西奥，送往安德那特府邸。"

这正是斯高拉曾用来作为反驳语言的那座"品德"良好的挂钟。

"父亲去那儿了！"吉朗特眼前一亮。

"事不宜迟！"沃伯特说，"或许我们还来得及救他！"

"今生是没救了。"吉朗特说，"但起码对来世有帮助！"

"尽力而为吧，吉朗特！安德那特府就在但特－都－米蒂峡谷中，从这儿20小时可以赶到，上帝保佑，我们马上出发！"

这天晚上，沃伯特、吉朗特和斯高拉，绕着日内瓦湖踏上征程。一晚走出5里路，费了很大的力气渡过绢斯河。一路走一路打听佐奇瑞的行踪，很容易就得到了证实，他正是沿这条路走的。

他们不停地向前走，一种非凡的毅力支撑着他们。沃伯特手持拐杖，时而扶扶吉朗特，时而拉拉斯高拉，他鼓励她们要坚持，途中，大家谈起心头的焦虑，愿望，这样不知不觉走完了湖边的路。

远离湖边后，他们很艰难地行走在山道上。腰酸腿软，尖尖的

世界著名科幻故事精华

第三卷

岩石把脚都刺破了。地面上铺满了岩石，恰如花岗石林。但一直没发现佐奇瑞！

不能放弃，两个年轻人一会儿也不敢耽搁。在太阳落山时，他们终于拖着半条命到达了诺特－达摩－都－塞克斯隐居区。该隐居地位于但特－都－米蒂峡谷的尾部，在罗讷河上游600英尺处。他们得到了隐士的热情接待，天早已经黑了，他们也实在走不动了，只得在此过夜。

他们没有从隐士这里打听到佐奇瑞的下落，甚至悲哀地怀疑他是否能到达这里。山风在黑夜中呜咽着，时而顺着山吹，崩落的雪块呼啸而下。

沃伯特和吉朗特围拢在隐士家的火炉旁，把这个凄惨的故事讲给他听，角落里搭着他们被雪沾湿的披风，门外的隐士的狗在暴风雪中哀嚎着。

"这是自负，"隐士听完后愤然说，"它把原本善良的天使毁掉了，人常常用生命作代价来提醒世人反抗自负，而同这个万恶的本源是没有道理可讲的。因为，强烈的自负使老人听不进任何劝告。所以，惟一能做的只有为他祈祷！"

他们刚刚跪下，狗吠声更响，隐士的门被人敲得山响。

"快开门，魔鬼会原谅你！"

门随即被打开，一个头发蓬乱，脸色枯槁，穿着凌乱的人冲了进来。

"爸爸！"吉朗特惊叫道。

正是佐奇瑞大师。

"我这是到哪儿了？"他问，"到了永恒的世界里！时间停滞了——没有钟声——指针停了！"

"爸爸！"吉朗特无助地叫着，老人仿佛重返了人世。

"你也在这儿，吉朗特？"他嚷着，"啊！还有你，我亲爱的沃伯特！你们两个年轻人是来古老教堂举行婚礼的吗？"

"爸爸，"吉朗特抱住他的胳膊，"和我们一起回日内瓦吧！"

老人猛地挣脱了，快步退向门口，门外，雪下得更急。

"不要抛下你的孩子们！"沃伯特扑过去哀求道。

"回去有什么用？"老人万念俱灰地伤感道，"我的生命已不属于那个地方，在那里，我只会被埋葬。"

"但你还有灵魂！"隐士庄严地向他宣告。

"灵魂？噢，你看——齿轮依然完好无缺！你听——它正常的跳动着。"

"你无形的、不朽的灵魂还在！"隐士厉声喝道。

"不错，它代表着我的辉煌！但它被封在安德那特府邸，我一定要找到它！"

隐士画十字默默祈祷，斯高拉奄奄一息，沃伯特揽着摇摇欲坠的吉朗特。

"安德那特的主人是个不折不扣的恶棍！"隐士警告道，"一个从我门前经过，也不向十字架顶礼膜拜的十恶不赦的家伙。"

"爸爸，不要去！"

"灵魂是我的！我必须把它找回来——"

沃伯特、吉朗特和斯高拉随继追了出去。道路湿滑，但佐奇瑞在难以遏制的冲动驱使下，一路向前狂奔。大雪粗暴地围攻他们，成团的雪花滚入汹涌的河流中。

路旁有一座礼拜堂，是为纪念底比斯的死难军团而修建的，三个人赶紧画十字礼拜。老人早已不见踪影。终于，在这块荒野的中央，他们看到了埃维昂村，就算铁石心肠的人见了这副惨象，也会伤心落泪。大师跑得更快，迅速在高入云霄的但特－都－米蒂最深的峡谷中消失了。

他很快就来到一个由岩石垒成的又阴森又古老的一堆废墟跟前。

"到了——就是这！"他更像疯子似地一边喊着一边奔向前去。

安德那特的景象真令人触目惊心。一座摇摇欲坠的塔眼看就要砸到下面的山形墙上。大块大块张牙舞爪的怪石，看来煞是吓人，尚有几间大厅耸立其间，屋顶早已坍塌，里面黑乎乎的，到处爬满了蛇虫。

壕沟成了垃圾场，里侧有一扇门，又矮又窄，这是进入安府的通道。里面还有人吗？不清楚。要么是那半爵半匪之人，侯爵镇压了匪和制假钱者，并将其处死。有人说，在冬天的夜晚，可以看到魔鬼带着小妖们在废墟顶部的山坡上饮酒作乐。

佐奇瑞毫不畏惧，没有一点阻拦，他就从后门进去了，看到一座空荡荡的宫殿，但没有一个人影。他爬上一个斜坡，有一条长廊，里面让拱门遮得黑咕隆咚的，仍没有人。后面吉朗特、沃伯特和斯高拉已经赶了上来。

佐奇瑞似乎心有感应，他毫不犹豫地快步走进去，走到一扇腐朽的门前，轻轻一推，门就"哗啦"一声散开了，"扑愣愣"飞出几只蝙蝠。

走进的这座大厅还算保存得不错，厅墙上的壁板刻着花纹。不时地有一些蛇虫在上面爬来爬去，用以换气的几扇又长又窄的窗子，被狂风吹得直晃。

佐奇瑞四下一张望，突然大叫一声，声音里充满了惊喜。

那支撑生命的大钟正挂在墙的铁架上，这座模仿古罗马式教堂的大钟简直是举世无双的。这种教堂里有锻铁做成的扶墙，大钟楼一天到晚，钟声不绝于耳，祈祷的钟声，弥撒的钟声，晚祷的钟声，感恩祷告的钟声。教堂会定时开门。门上方安着一个蔷薇圆窗，两个表针就在窗的中央，钟面则是窗的带浮雕的圆盘。

针对着每一时刻，正如斯高拉说的，都在钟面和门之间的铜盘上设置了具体工作指示。那是当年，作为忠实信徒的佐奇瑞费尽心血设计的。按照宗教的教规安排了祈祷、工作、就餐、娱乐和休息时间，并被人宣称，如果教徒严格照此行事即可获得解救。

大喜过望的佐奇瑞正想跳上前去摘大钟，却突然听到有人在身后发出一声冷笑。

他回过头来，看到朦胧的灯光下，站着日内瓦城中的小矮人。

"怎么你也到这儿来了？"他惊叫道。

吉朗特惊恐地抱住沃伯特的手臂。

"佐奇瑞大师，别来无恙吧！"那怪物说。

"你是什么人？"

"西格勒·皮藤耐西奥，您的仆人。您是听了我那句'吉朗特不能嫁给沃伯特'才把小姐送来的？"

沃伯特愤怒地扑向皮藤耐西奥，但他迅速一让，闪开了。

"住手！孩子！"佐奇瑞嚷道。

"回头见。"皮藤耐西奥说完就不见了。

"爸爸，快走吧！我们不要呆在这鬼地方了！"吉朗特哀求着，"爸爸！"

佐奇瑞也不见了。他跟着皮藤耐西奥从摇晃的地板上穿过去。斯高拉、吉朗特和沃伯特面面相觑，呆立在空阔阴冷的大厅里。吉朗特颓然在石凳上，斯高拉跪在旁边不住地祈祷。沃伯特呆呆地凝视着吉朗特。惨淡的灯光明灭闪烁，只有那些生灵在朽木中的声响回荡在大厅里。周围死一般的沉寂。

天亮了，三个人壮着胆子走下石堆下的楼梯，一直走了两个小时，没碰到一个人，只有自己的声音从远处传回来。他们忽而钻到地下 100 英尺处，忽而又登上山顶，远眺群山。

胡乱冲撞了一番，他们又转回到那间大厅里。这回看到了人影——是佐奇瑞和皮藤耐西奥。他们一个直挺挺地站在那里，另一个在大理石板上蜷缩着，正谈着什么。

佐奇瑞发现了吉朗特，就走过来抓住她的手，指着皮藤耐西奥对她说："亲爱的女儿，这就是你的丈夫，他就是吉朗特的主人。"

吉朗特脸色苍白，浑身发抖。

"不！"沃伯特叫道，"她是我的妻子！"

"那你们是希望我死了！"佐奇瑞叫道，"我亲手制造的依旧完好的大钟就挂在那里，我的生命也在那里，这个人对我说，只要我把女儿给他，他就把钟还给我。因为他不会上发条，最后就会把它摔烂，那样我就会被抛进死亡之中。女儿啊，难道你不爱父亲了吗？"

"爸爸！"吉朗特痛苦地叫着，从眩晕中醒来。

"如果你能理解我内心的痛苦，就知道我并非贪生怕死！"老人又说道，"这钟或许因无人照看，它的弹簧正逐渐失去弹性，也许齿轮被阻塞了。但如果让我照料，它会重获新生。那我就不会死去——我是全日内瓦最杰出的制造大师。亲爱的女儿，请你看看，指针走得如此平稳，它马上就要敲响 5 点了。仔细听吧，等着那能把你们带进天国的箴言出现在你们面前。"

5 点，钟果然敲响了。吉朗特万分痛苦。这时，出现了一行红字：

世界著名科幻故事精华

第三卷

"你一定会吞下科学之树的果。"

沃伯特和吉朗特相顾失色。这并非天主教徒的箴言，一定是被魔鬼撒旦换过了，但佐奇瑞并不理会，接着说道——

"你们都听到了？特别是你，吉朗特，我还活着，听到了我的呼吸，看到我心脏在跳动，你只要不想要我的命，就答应跟随他，那我将会永存，最终拥有上帝的力量！"

听他说出这样亵渎神灵的话，老斯高拉连忙画起十字祈求上帝饶恕，而皮藤耐西奥则兴奋地大叫。

"好了，吉朗特，他会让你感到快乐的，因为他就是时间！他会调节你的生命。乖女儿，你的生命既然是父亲给的，那现在就把它还给父亲吧！"

"吉朗特，"沃伯特痛苦地说，"我们是相爱的。"

"但他是我父亲啊！"吉朗特说着又昏倒了。

"好了，她属于你了！"佐奇瑞快活地大声说，"皮藤耐西奥，你要遵守你的诺言！"

"给你，这是开钟门的钥匙，"怪物阴险地笑道，说着掏出一把类似蜷蛇的东西。

佐奇瑞伸手夺过钥匙，一个箭步窜到钟前，打开门，发狂地猛上发条。弹簧发出刺耳的叫声。大师不知疲倦地转个不停，最后，他越转越快，发条仿佛在自动收紧，他的手臂开始发麻，终于，他全身乏力，瘫坐在地。

"就这样，已上满了一百年！"他欣喜地说。

沃伯特发疯似地跑出大厅。昏头昏脑地乱闯了半晌，终于从这灾难的府邸奔了出来，他一路奔回诺特－达摩－都塞克斯隐居处，一头扑倒在地，大哭起来。隐士问明了一切，决心到安府一趟。

即使心中已痛苦到了极点，吉朗特也没有流泪，因为她的泪早已哭干了。

佐奇瑞一刻也不离开大厅。过不多大会儿，他就跑到钟前，听听它富有节律的嘀嗒声。

钟清晰地敲了 10 下，银制钟盘上出现了一行字，令斯高拉毛骨悚然——

"人和上帝是平等的。"

老人不但没被这大逆不道的话吓坏，反而津津有味地读着，洋洋得意之情溢于言表。皮藤耐西奥则在他身边不停地转悠。

他们将在午夜签定婚约。吉朗特好像没有了灵魂。她看不到，也听不到任何东西，只有佐奇瑞在念念有词，只有那怪物在怪声狂笑。

11 点的钟声敲响了，佐奇瑞浑身发抖，原来的银盘上又出现这样的话：

"人必须为科学效忠，并不惜为科学抛弃父母和家人！"

"对！"他叫道，"天底下除了科学，还有什么？"

指针像游蛇般在钟面上滑动，钟摆的摆力明显加快了，佐奇瑞发不出声，慢慢瘫倒在地，喉咙里咯咯作响，胸口发闷，他艰难地吐出几个字：

"生命……科学！"

隐士和沃伯特正好走进来看到了。

吉朗特跪在奄奄一息的父亲身旁祈祷着。

突然，一个单调的、刺耳的声音传来，大钟即将敲响。

佐奇瑞一骨碌爬起来叫道：

"午夜到了！"

但午夜的钟声并没有敲响——隐士伸手抓住了它。

佐奇瑞长声哀嚎，绝望的声音传到了地狱，钟上却出现了又一行字。

"任何一个想与上帝平起平坐的人，都将遭到报应。"

大钟突然雷鸣般一声爆响，弹簧蹦出来飞出大厅，欢快地扭动着；佐奇瑞跃出去追，一边大叫：

"灵魂——我的灵魂！"

他试图抓住它，但它忽左忽右，怎么也抓不着它。

最后，它被皮藤耐西奥抓在手中，他恶毒地诅咒了一句，就没入了大地中。

佐奇瑞仰天摔倒——真死了。

沃伯特、吉朗特和斯高拉回日内瓦去了。他们需要做的，就是在这个漫长的岁月中替这被科学所遗弃又被神惩罚的灵魂赎罪。

第六章　奇异幻想

大象历险记

世界著名科幻故事精华

一　一位出色的马戏演员

柏林的巴斯赫大马戏院座无虚席，观众们都在迫不及待地等着"哎哟哟"的出场表演。

终于马戏场入场处的帷幕大大张开了，在观众的掌声中，"哎哟哟"走了出来——原来是一头大象，头戴一顶金线绣花、四周流苏飘拂的帽子。专门伺候大象的小个子男人开始说话了："女士们，先生们，在这里，我荣幸地向大家介绍我们著名的大象——'哎哟哟'，它身长14.5英尺，高11.5英尺，从鼻尖到尾巴尖共9米。"

"哎哟哟"突然扬起鼻子，在小个子男人面前挥动起来。

"呵，请原谅，我说错了。"小个子男人说："鼻子长两米，尾巴大约长1.5米。因此，从鼻尖到尾巴尖共长7.9米。"

大象的出色表演博得了观众的掌声，而斯赫密德特教授却深表怀疑："骗人的鬼把戏！"

为了避免误解，小个子男人请几个观众到马戏场里，以使大家相信他并没有搞鬼。斯赫密德特和斯托尔兹一起走进马戏场。

于是，"哎哟哟"开始显示出它那惊人的智慧。在大方块的硬纸板上写好数字，摆在大象面前，它就进行加减乘除的计算，从纸板

478

堆中选出符合计算结果的数字，毫无错误。

斯赫密德特从口袋里摸出怀表，对大象说："你说说看，现在是什么时候？"

大象突然伸出鼻子，抢过怀表，在自己的眼睛前晃了晃，又把它还给斯赫密德特，接下来它利用方块纸板作了回答："10：25。"

准确无误！

下一步的问题是认字。管象的人将 8 幅的动物图画和一些写着猴、象、猩等文字的硬纸板放在大象面前，让它找出相对应的图或字，同样毫无错误。

最后把全套字母摆在"哎哟哟"面前。这一回，它得自己挑选字母，组成一个个词，联成句子来回答别人的提问。

"你叫什么名字？"斯托尔兹教授问它说。

"现在叫'哎哟哟'。"大象回答说。

"难道你以前还有另外一个名字！以前的名字又叫什么呢？"斯赫密德特插进来说。

"聪明"。这次用字母组成的词是拉丁文。

"也许是'聪明人'吧？"斯托尔兹笑着说。

"也许"。大象语意含蓄，仿佛其中藏着一个谜。

斯赫密德特无论如何认为这只是个骗局，于是在演出后他留下来和斯托尔兹等人一同对"哎哟哟"又做了几个试验。

二　欺人太甚

科学家们让管象人荣格离开现场，开始试验。大象殷勤听话，对各种各样的问题对答如流，连斯赫密德特也半疑半信了。但是因为他固执成性，还在争论不休。

这时候，大象显然已经听厌了这种没完没了的争论。突然，大象的鼻子从斯赫密德特的口袋里掏出怀表，把表拿给他看，表针指着 12 点。然后"哎哟哟"把表还给斯赫密德特，用鼻子一把卷住他的颈子，把他送到出口处。其他教授们也神态尴尬地走了出去。

几个工人来到马戏场内，开始做清扫。"哎哟哟"也许是为什么事生气，也许只是因为今天晚上跟教授们第二次会见后感到疲倦了。

它把布景掼来掼去，最后竟把一件布景猛地拉破了。

"当心，你这个坏蛋！"荣格对它吼叫着，并抓起一把扫帚，用扫帚把捶打大象的厚屁股。突然，大象高声叫起来，转过身，像抓小狗一样把荣格抓住，抛向空中好几次，每次都在半空中把他接住。最后，大象把他放在地上，拾起扫帚在沙上写着："你公然胆敢打我！我不是动物，我是人！"

写完以后，它丢下扫帚，挤垮了大门，走了出去。

荣格急忙向马戏院总经理斯特罗姆报告了大象出走的消息。斯特罗姆一整夜都没睡，从电话里听取情况，发出指示。从所有的报告看，"哎哟哟"没有伤害一个人，也没有搞破坏。一般来说，表现还是不错的。尽管饥饿曾迫使它去吃了菜园里的蔬菜和果园里的苹果。

早晨6点钟，荣格第二次露面时，他一身尘土，污汗满面，衣服都湿透了。原来是无论荣格用什么方式去说服，"哎哟哟"都毫不理睬，还把荣格抛到了湖里。

三　宣战

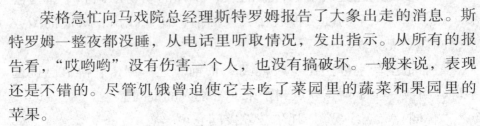

从思想上来说服的一切打算都落了空。最后，斯特罗姆不得不采取断然的措施，一队消防队员被派到了森林中。但被水箭激怒的"哎哟哟"不仅把消防队的一些汽车丢到湖里，搞垮了守林人的小屋，并且抓住了一个警察，把他丢在了树上。以前它一举一动都很注意，现在对于自己造成的破坏会达到什么程度都毫无顾忌了。

最后警察出动了，警察局长命令他们准备封锁森林，射杀大象。斯特罗姆陷入绝望，他请求警察局长暂缓实行上述命令，局长给了他10个小时的时间。斯特罗姆召开了紧急会议。散会后5小时，森林里遍布着伪装的陷阱和捕兽装置，但这些对"哎哟哟"来说都毫无用处。

10个小时过去了，强大的警察分队越来越紧地缩小了封锁圈，并开始向大象射击。然而这头象还是冲破了封锁，摧毁了障碍物，跑得无影无踪。

四　瓦格纳挽救了局势

在警察追击大象的时候，斯特罗姆正在书房里绝望地踱来踱去。恰巧在这时候，仆人送来一封电报，是从莫斯科拍来的，会是谁呢？

"柏林，巴斯赫马戏院，斯特罗姆经理：刚看到逃象消息。请警察局立即撤销杀象命令，派仆人向大象转达：'聪明，瓦格纳即飞柏林，请回巴斯赫马戏院。'如不听从，再射杀。瓦格纳教授。"

看完电报，经理开始行动起来。他很花费了一番功夫，才说服警察局长停止军事行动，荣格立刻被飞机送去找大象传达电文。

大象果然听话地向柏林走去。瓦格纳教授和他的助手德尼索夫乘飞机先到达了柏林，见到了斯特罗姆。

瓦格纳问经理说："您是否可以告诉我怎样得到这头象的呢？您知道这头象的历史吗？"

"我是从一个名叫尼克斯的买卖椰子和椰子油的商人手中买来的。他住在中非刚果，他说有些天他的孩子们正在花园里玩耍，这头象突然出现，并表演了各种各样的巧把戏，孩子们高兴地叫它"哎哟哟"。因为英文中这个词既表示惊奇，又含有活泼好玩的意思。我们也就沿用了这个名字。"

"这头象有什么特别突出的记号吗？"

"它的头上有一些大伤疤，可能是被捕捉时受伤留下的，所以我们用一顶带流苏的绣花帽遮住它的头。"

"那么，它肯定就是我失掉的那头叫'聪明'的象。我以前去刚果进行科学探险时捉到了那头象，训练它的就是我。可有天晚上，它走进森林，一去不复返。当我在报纸上看到这头象在马戏表演中显示出来的非凡的能力时，我立刻断定：只有'聪明'才具有这种能力。可是这头象终于起来造反了，那就说明一定有什么事让它生气，我必须来帮助它。我要和它谈谈。"

那天晚上，瓦格纳和大象见了面。大象一见瓦格纳，立即伸出鼻子跟他"握手"，并把瓦格纳卷起来放到自己背上。教授揭起大象的大耳朵，对着耳朵耳语，大象点点着头，把鼻子在瓦格纳的眼前迅速舞动。瓦格纳仔细地注视着。

"它表示想休假一段时间，以便有机会把一些有趣的事告诉我。它同意休假期满后回马戏院来，但要求荣格向它道歉，并保证以后不再动手打它。"

现在斯特罗姆总算弄清楚了大象出走的原因。

第二天早上，瓦格纳教授和助手德尼索夫坐在大象背上出发了。要知道象背上有足够的地方可容纳他们两个人。

"德，"为了节省时间，教授按照以前的约定，这样称呼他的助手。"你现在的工作就是照管大象。要了解它，就得知道它的不平常的过去。这是你的前任贝斯可夫写的日记，你先读读吧。"

瓦格纳向大象的头部靠拢，打开一张折叠起来的小桌子，摆在自己面前，两手同时开始在两本笔记本写字。瓦格纳总是同时做两套动作。

"开始吧，把你的故事全部说出来吧。"瓦格纳显然是在跟象说话。象把鼻子朝后弯过来，差不多快接触到瓦格纳的耳朵，鼻孔开始喷出急促的有停顿的声音。瓦格纳左手记下象发出的讯号，右手写一篇科学论文。同时，德尼索夫很快地被那本日记迷住了。请看贝斯可夫的日记吧。

五 "林再也不会变成一个人了"

3月27日。瓦格纳教授的实验室是一个神奇的地方，里面几乎应有尽有。很明显，教授对哪一门知识都感兴趣。实验室隔壁的房间完全像是蜡像陈列馆，瓦格纳在那里"培养"人体组织，那里竟然还有一个活生生的仍在思考着的大脑。前些时，教授改变了喂养大脑的生理溶液的成分，使这个大脑惊人地生长起来。

3月29日。瓦格纳一直在跟那个大脑认真地商量着什么事情。教授要跟这个大脑交谈时，就把指头按在大脑的外层表面。

3月30日。瓦格纳对我说：那个大脑是一位年轻的德国科学家"林"的大脑，它至今仍然活着，仍能够思考。可最近它已不愿意老是静静地躺在那儿，它想听、想看、想走动。可惜的是，现在林的大脑已变得太大，任何人的颅骨都装不下，林再也不会变成一个人了。但他还可以变成一只象。林已经表示同意了。

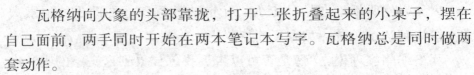

3月31日。象的"大脑盒"送来了，瓦格纳教授通过这个大脑盒的前额部分，按纵的方向把它锯开，教授说："这是为了把林的大脑装进去，也为了以后把林的大脑转移到别处时好取出来。"

我们共同在象的大脑盒上钻了一些洞，以便使管子能通过这些洞，将营养液输送给大脑。然后，我们把林的大脑小心地装进象的大脑盒内。

现在重要的任务就是去弄一头活象了。可是从非洲或印度运一头象来，费用太贵了。因此，瓦格纳决定把林的大脑带到非洲刚果去，就在那儿做移植大脑的手术。

六　猴子玩足球

6月27日。我们一行20人历尽千辛万苦，终于到达了目的地汤巴湖畔。其中有18个人是来自一个非洲部落的向导和搬运行李的人。林的大脑一路平安，自我感觉良好。

7月2日。我们的营地连续受到狮子的威胁，但瓦格纳对狮子的吼声却好像充耳不闻，他呆在帐篷里，像是在发明什么东西。今天我正在帐篷外洗漱，瓦格纳一身外出探险的打扮从另一个帐篷里出来了。他没有带枪。我注意到，他的步伐起初有点小心翼翼的，慢慢地步伐越来越坚定，最后终于像他平常一样迈出了迅速而有规律的步伐。他走上了沿着小山下去的斜坡路。走到斜坡变得陡峭起来的地方时，他举起双臂，整个身子缓缓地在空中旋转，且越来越快。他的头和脚轮流交替地变换位置，这样一直旋转着到了山脚。教授翻了几个跟头，才站起来，又迈着正常的步伐走了。

为了教授的安全，我禁不住抓起一杆枪，带着4个最聪明勇敢的土人跟在瓦格纳后面。

正走着，忽然传来一种奇怪的低沉的怒吼声，原来离森林10码左右，有一个细小的猩猩和一个灰褐色的母猩猩，一个巨大的公猩猩。那公猩猩一见瓦格纳，立刻右手按在地上一跃而起，扑向瓦格纳。

可这时，最奇怪的事又发出了！

那公猩猩在瓦格纳面前重重地撞到了某种看不见的障碍物，发出一声长啸，跌倒在地上。而瓦格纳则像空中飞人一样在空中翻着筋斗，双手向上伸直，全身也绷得直直的。公猩猩又一次猛扑上去，一个倒栽葱，又跌倒了。根据猩猩伸出的手的位置来判断，我想这个障碍物像个圆球，这个球看不见，像玻璃一样透明、不反光，牢固如钢。呵，这就是瓦格纳教授的最新发明！

这时，母猩猩也冲了上去。两头猩猩激动地扑向那看不见的球，那球也像普通的足球一样蹦来蹦去，瓦格纳像轮子一样旋转着。终于，教授有些累了，我看到他突然弯下腰来，跌到球的底部。情况变得不利，我立刻向猩猩开了枪。那受了伤的公猩猩竟跳到我的跟前，抢过我的枪，不过它终于摇摇晃晃地倒在了地上，母猩猩赶快躲了起来。

在回去的路上，瓦格纳告诉我，这个球是用一种透明如玻璃，坚强如钢的橡胶制成的。球壳上有气孔，人进去后拉紧，一根透明的橡胶带子，把自己封闭在球内，然后以自己的体重就可以把球推向前进。

七 看不见的脚镣

7月20日。跟踪了好几天，我们终于又发现了象群的新足迹。瓦格纳从一口板条箱里取出某种看不见的东西。我在空气中摸索一番，才紧紧抓到了一根大约1公分粗的绳子。我们费了好大劲儿才把这种看不见的绳子做成圈套，摆在象群经过的路上。

夜幕降临了，象群悄悄地走来。领队的大象将鼻子向前伸着，不停地嗅着。突然，在离看不见的圈套仅有几码远的地方，领队的象停了下来，是不是它闻到了橡胶的气味？它打不定主意，又向前移动了几步，一下子陷入了第一个圈套。它拼命地向后仰，后身几乎接触地面。突然系绳子的粗树干裂开了，好像被斧头砍着了似的。大象吓了一跳，向后倒去，马上又摇摇晃晃地站起来，转身惊叫着逃走了。

瓦格纳失望地咕哝着，突然他哈哈大笑起来，显然什么事触发了他的灵感，"我们现在要做的就是要找象喝水的地方，它们不大可能再回这地方来了……"

八 给象喝伏特加

7月21日，土人们发现了森林中的一个小湖。我们脱光衣服下水，在象群饮水的地方把木桩打进水底，密密地排成一排，把湖的一小部分围起来。然后，我们把水下的这堵墙涂上一层厚厚的黏土，做成了一个饮水池。

瓦格纳在实验室里工作了几小时，最后带进来一桶液体，他说是"给象喝的伏特加"。这桶液体倒进了池中，我们都爬上树，坐在树上观察。

这时，一群野猪走向湖边，在那儿喝了很长时间。酒力慢慢地发作起来。母猪和小猪们都醉倒在地，只有那头公野猪不停地发着疯。

一群大象排成单行走了过来。那头野猪不但没有转身逃跑，反而箭一般地冲向象群。领头的象显然吓了一跳，它把象牙戳进了野猪的身体，然后把这头半死的野猪甩了下来，踩上了一只脚。于是这头野猪就只剩下了头和尾，整个身子被压成肉饼。

象群继续前进，来到湖边。头象吸了一口水，把鼻子举到湖面上，开始在水面四处探索，显然是在比较湖中各处的水味。最后，它还是带领象群喝起了"象的伏特加酒！"

一小时后，象群开始了一阵骚乱，大象们一头接一头地倒了下去。那几头没喝到"伏特加"的象，带着惊奇的神态，看着它们队伍中的这种奇怪的损失。

后来，那些清醒的象发出奇怪的声音，晃动着它们的鼻子，过了一会儿选出了新的领队的，排成单行，慢慢地离开了。

九 林变成了一头象

我们飞快地从树上下来，着手工作。土人们忙着宰杀睡着的野猪，瓦格纳和我给象做手术。瓦格纳从箱子里选出一把消了毒的解剖刀，在象的头上割开一个切口，把皮肤翻转回去，开始锯开头盖骨。

很快，他就揭开了头顶骨的一部分。瓦格纳指着象的眼睛与耳朵之间的一块巴掌大的地方说："只有打击这块小小的地方，才能把象杀死。我已经警告过林的大脑，要他特别当心这一处。"

瓦格纳很快地从象的脑袋中取出了大脑物质。但这时，这头无脑的象突然站了起来，走了几步，又摇摇晃晃地倒下来，现在它死了。

我小心地洗干净手，从我们带来的象的颅骨中取出林的大脑，递给瓦格纳。

瓦格纳将林的大脑装入死象的头盖骨中，又迅捷地缝合神经末梢，把林的大脑和象的身躯联系在一起。最后，他把象的头盖骨放在林的大脑上，用金属夹子夹紧，把皮肤还原，一针针缝好。

现在这头象就是林，林已经变成了一头象。不过缝合的神经还没有长好，它还不能动。

夕阳冉冉西沉，醉象们都醒来了，它们走到领队的头象面前，用鼻子抚摸它，用自己的语言跟它交谈。没有反应。最后，那几头大象终于走了。

瓦格纳走到我们的病人身边，他对这头象说："今天，你必须静静躺着，不过我可以让你在明天起来。"象眨了眨眼睛，表示它已听明白。

7月24日。今天，象第一次站起来了。

"恭喜！恭喜！"瓦格纳说："我们现在怎么称呼你呢？我们一定不公开你的秘密，我称你为'聪明'，同意吗？"

大象点点头。

"我们将通过哑语或摩尔斯电码交谈。"瓦格纳接着说："你可以摆动你的鼻子尖，向上摆代表一点，向旁边摆代表一划。他也可以发出声音讯号，如果你觉得那样更方便的话。现在，请你摆动你的鼻子。"

大象开始摆动鼻子，动作相当笨拙，仿佛是朝四面八方摇荡，像关节脱了位的手脚一样。

"我看你还得学会做一头象。一头真正的象知道它该怕什么，怎样对付不同的敌人，保护自己，到哪里去找食物和水。而你一点也不知道这些事。你得从经验中学习。现在，请告诉我，你现在的自我感觉如何？"

"聪明——林"开始从鼻子里喷出长长短短的声音，瓦格纳一边听，一边译出来告诉我：

"我的视力似乎不像我以前是人的时候那么好了。是的，我比以前看得远些，因为我现在高些，但视野却受到相当的限制。我现在的听觉和嗅觉倒是敏锐得惊人，我从不知道大自然竟然有这么多的声音和气味。"

聪明用鼻子把我们卷到它的背上返回了山上的宿营地。

瓦格纳告诉聪明不要离开营地，走得太远。象点点头，开始用鼻子从附近的树上扯断枝条。突然，它尖叫一声，卷起鼻子，迅速跑到瓦格纳跟前。象差一点把鼻子伸到了瓦格纳脸上。

瓦格纳轻轻地帮它把刺挑出来，提醒它以后要注意：鼻子受了伤的象就是个残废，甚至自己不能喝水。口渴的时候，不得不泡在河里或湖里，直接用口喝，而大象通常总是用鼻子把水送到口里去的。

象重重地叹了口气，又卷起鼻子走向森林。

8月1日。今天早上，聪明没有露面。起初瓦格纳一点也不着急。一小时又一小时过去了，聪明还不见踪影。最后我们决定派一支搜索队去找它。

土人们很快发现了象的足迹。一个年老的土人说："象在这儿吃了一点草，它一定是受到了什么东西的惊吓。嘿，这是只豹子的足迹嘛！象就是在这儿开始跑起来啦。"

象的踪迹把我们引得远离了营地。它曾匆匆越过一片沼泽地带，后来又来到了刚果河边。我们的向导找来一条木船，于是我们过河到了对岸，但却不见象的踪影。这头象究竟怎样了？即使它仍活着，它又怎么能设法和森林中别的野兽生活在一起呢？

8月8日。我们花了整整一个星期去找象，却白操劳了一场。我们最后只得离开非洲回家去。

十　敌对的四脚动物和两脚动物

当德尼索夫读完日记时，瓦格纳又递过来了日记的续本。这就

世界著名科幻故事精华

第三卷

是聪明走在路上告诉瓦格纳的故事：

　　我并没有远离营地，只是在草地上平静地扯起青草。突然，我看到一只豹子埋伏在小溪边的灯芯草丛内，一双贪婪饥饿的眼睛狠狠地盯着我。我顿时控制不住愚蠢的恐惧感，拔腿就跑，浑身发抖。最后，我被一条河挡住了去路。我不顾一切地跳进河里，四条腿像还在奔跑一样划动起来，一直向前游去。

　　太阳升起来了，河上出现了一只小船，上面的白人向我开枪，我只好转身奔到岸上。

　　森林越来越密，藤蔓缠得我不得脱身。我已经累得要命，只好侧身躺在地上。

　　突然，我闻到两脚动物的气味，这是一个非洲土人身上的汗味，其中还掺杂有一个白人的气味。也许就是船上的那个白人正埋伏在一丛灌木里，手中的枪管正瞄向我那致命的弱点。

　　我赶快跳起来。气味是从右边传来的，因此我向左边逃。一路上，走过许多溪流、小河和沼泽地带，直至完全迷了路。

　　几天后的一天，我突然闻到一种新气味，说不准是人的还是野兽的。我被好奇心所牵引来到了一片森林的边缘。在那儿，我看到在一间较大的矮房子里，有几个像人的小生物在举行某种会议。他们的皮肤是浅褐色的，头发差不多是红的，身体匀称好看，但只有3英尺到4英尺高。这些有趣的景象却使我感到害怕，我知道我遇到了象的最可怕的死敌——俾格米人。他们都是出色的射手和标枪手。他们使用毒箭，一支毒箭的一刺就足以杀死一头象。他们鬼鬼祟祟地从后面爬来，抛出一面网，网住象的后腿，或者将一把锐利的小刀刺进象的脚后跟，割断腿筋。他们把毒钩、毒刺撒在村子周围。

　　我连忙转身就跑，霎时就听到了身后传来的叫喊声和紧紧追赶的脚步声。

　　我迂回曲折地向前飞跑，突然我闻到一股非常强烈的象群的味道，也许我能在象群中找到安全吧？我刚跑过一簇树丛，就看到一群象躺在地上。我是背风跑去的，它们没有嗅到我的气味。听到我的脚步声，才引起一阵惊慌。领队的象没到后面去保卫象群，却第一个跳进水中，逃向对岸，只有母象设法保护幼象。

世界著名科幻故事精华

我使出全身力量跳进河里，抢在很多带着幼象的母象前面渡过河流。这种做法是自私的，但除母象外，其他的象都是这样做的。我听到俾格米人已冲到河边，巨象和矮人之间的战斗开始了。

十一　和象群在一起

我不知道那场河上之战是怎样结束的。我跟着象群一连跑了几个小时，领队的象总算停步不走了。这时，那只头象走到我跟前，用长牙戳戳我的肚皮，似乎在挑战。我只是稍稍地避开。于是，那头象卷起鼻子，把鼻子轻轻举到唇边，塞进口中，然后吱吱地叫了一声，走开了。

后来我才知道，柔和的隆隆声和吱吱声都表示满意，大吼表示恐怖，短促而尖锐的叫声表示突然受惊。就这样，我跟着象群漫游了一个多月。

一天夜晚，我担任警戒。已经休息的象群相当安静。突然远处闪现出一道火花，接着变成熊熊大火。然后在那堆火旁边，又有一些火按照一定的距离，有规律地燃起来了，把我们夹在了两排火光之间。我知道在火光夹成的这条大路的一端，猎人们很快就会开枪、叫喊，而另一端等待我们的不是陷阱，就是围栏。一般来说，当一阵喧闹声惊醒了象群的时候，它们胆怯害怕，总是朝火光、闹声相反的方向逃走，但无声的陷阱和死亡都在那儿等着它们。

我该怎么办呢？我好像打不定主意，实际上已作出了选择。我已远离了象群。

正在这时，一切如我所想的那样发生了。

我没有跟象群一起走，而是用我那人的大脑控制住自己，跳入水中。现在我的一双象腿已踩在河底的淤泥上了。我将全身潜入水下，通过鼻子来呼吸，直至猎人离开。

对于这些连续不断的恐惧和忧虑，我已经受够了，我决心要在某个工厂或农庄露面，尽一切努力要让人们相信我不是一头野象，是受过训练的。

十二　给偷猎象牙的人做事

我沿着刚果河顺流而下，虽然曾跟一头河马有过一番不愉快的

世界著名科幻故事精华

第三卷

遭遇，但我终于摆脱了它，一直游到勒康吉。

清晨，我离开森林，向一幢房子走去，边走边点头，可这并没有给我帮忙，在两条恶狗向我猛扑之后，又遭到了子弹的射击，我只好重新回到森林里。

有天晚上，我不快不慢地走了几小时，看到了一堆篝火，那里有两个欧洲人和一个当地土人。我一走过去，就屈膝跪下去，像一头受过训练的象低下自己的背来背东西一样。那个小个子男人一把抓起枪，打算开枪射击。就在这时刻，那个土人叫喊起来，并向我跑来：

"别开枪！这是一头受过训练的好象啊！"

这时另一个白人也同意把我留下来，以便能帮他们把搜集到的象牙运到麦萨地去。

紧挨着营火的一捆破布动了一下，一只膀子从破布里甩了出来，接着露出一张没有半点血色的脸，胡子乱得一团糟，这人显然病得厉害。他瞪着一双呆滞混浊的眼睛望着我，并向我微笑。

对于我的这些新主人，我最喜欢那个土人，他叫姆配坡，而对那个病人布朗我还不能得到确实的印象。至于另外那两个欧洲人我是讨厌透了。

十三　逃学鬼的恶作剧

有一天，那两个欧洲人考克斯和巴卡勒骑着我到几里外的一个地方去取回前几天打到的一头象的象牙。在路上，他们毫无顾忌地商量着要杀掉布朗和土人姆配坡。在他们看来，我不过只是一只拖运东西的牲口。

这天晚上，他们的谋杀计划落空了，因为布朗病已见好，晚上出去猎象，没留在营地里。

第二天一早，在考克斯和巴卡勒还睡着的时候，布朗回来叫醒姆配坡，他俩又骑着我，向森林边走去。布朗说："他们以为我病了，可我完全好了。晚上，我杀死了一头很大的象，象牙漂亮得很，巴卡勒和考克斯看了会惊奇的。"

干完剥取象牙的工作，我们动身回营地。我不愿他们被杀害，

世界著名科幻故事精华

于是执意朝刚果河走去。布朗发怒了，他们用铁尖刺我的敏感的、容易发炎的颈部皮肤，后来竟拔出了枪。我只好驮着姆配坡逃走。

但是这个土人也不肯跟我走，他要获得几个月来冒险猎象挣来的自己的一份。

我也只好驮着象牙返回了营地。

十四　象牙和4具尸体

他们都睡得很早。当下弦月升到森林上空时，巴卡勒站了起来，一只手伸到后面的口袋里去摸左轮枪。我断定这也正是我行动的时候。我把鼻子尖按在地上，猛烈地喷着气，发出一种奇怪的吓人的声音，一下子把布朗惊醒了。

布朗咒骂了我一句，又转身睡去。当考克斯手拿左轮枪走近布朗时，我又一次使出全身的力量吼叫着。布朗跳起来，冲到我面前，对准我的鼻子尖打了一巴掌，我赶快卷起鼻子走开。

布朗又躺回到地上。差不多快早晨时，考克斯和巴卡勒飞快地向布朗和姆配坡跑去，同时开枪。这一切发生得这样快，不让我有一点时间来警告这两个可怜的人。

然而，布朗还活着。当考克斯俯身看他的时候，他突然支撑起身体，对准考克斯打了一枪。然后又用考克斯的尸体作掩护，向巴卡勒开了火。一颗子弹打中了巴卡勒的头，而布朗也脸朝下扑倒在地上。

十五　成功的计策

我最后到达麦萨地的时候，才第一次交上好运。

那是个黄昏，我往前只走了100码左右，就走出了森林，一直走到一片空旷的田野，中间矗立着一幢房子。房子附近看不到人，但不远处却有两个小孩在玩丢圈圈的游戏。

我向他们走去。孩子们看见我，并没有跑开，我高兴极了，轻轻地跳个不停，做出各种表演。孩子们的胆子大了起来，我伸出鼻子，把他们放到了背上。跟这两个快快活活的白种小孩在一起嬉戏，使我高兴得心花怒放。这时一个脸色黄黄的高高瘦瘦的男人站在一

世界著名科幻故事精华

第三卷

边，呆呆地看着我，说不出的吃惊。

我向他作了象的鞠躬，甚至还跪下去。他摇着我的鼻子，微笑着。啊，我到底胜利了！

象的故事说到这儿就完啦！后来发生的一切对它来说是无关紧要的。瓦格纳、德尼索夫和象在瑞士的这趟旅行十分愉快。林以前喜欢访问的地方，象这次也在那里漫游，引起旅游者很大的惊奇。

"哎哟哟"目前仍在柏林巴斯赫马戏院里表演。

荣格现在对象特别殷勤有礼，照顾周到。他认为这一切都是魔鬼搞出来的。不过，他也可以自己去作结论：这头象居然每天都精读报纸，有一次还从荣格的口袋里偷了一盒单人玩的纸牌，在一只倒放着的大桶上玩了起来。不知你对这有何感想？

以上录自阿基姆·伊凡诺维奇、德尼索夫的文件。瓦格纳教授读了这篇手稿后，添上了下面这几句话：

"这一切属实。请勿将此材料译成德语。林的秘密至少不能在与之密切接触的人中公开。"

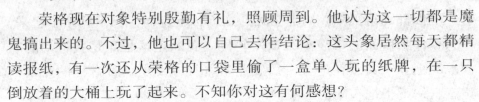

黑　暗

　　华达士比别的人接受这自然现象的现实稍微慢点，只有到了第二天，当每个人都在对天色越来越黑、光线越来越暗议论纷纷时，他才承认这是真的。有个老太婆在大声喊叫，说世界要到末日啦。人们三五成群聚在一起，他们大多提出抽象的解释，混杂着从报纸上看来的科学评述。他仍照常上班。往日高高在上的上司，现在也站在窗前，跟人侃侃而谈了。大多数雇员都没有来上班。巨大的办公室里摆满了桌子，大部分都是没有人坐的，这就说明了事态严重的程度了。

　　那些经常留意天气的人首先注意到，阳光似乎稍微弱了点，房屋和物体都被越来越多的阴影包围起来。最初他们以为这是一种视觉幻象，但当晚甚至连电灯也暗淡无光了。妇女注意到水总是煮不到沸点，食物又生又硬煮不熟。无线电广播了各种各样的见解，还引述了权威人士的意见，它们都是含含糊糊、互相矛盾的。这使得神经质的人们惊慌失措，火车站和汽车站挤满了离城的人，谁也不知道他们该往哪儿逃。时事新闻节目说，这种现象是全球性的，但华达士对此表示怀疑。

不过，最后收到的一些电报都是肯定的：阴影在迅速扩大。有人划了一根火柴，于是试验便开始了。人人都做过这些试验：他们会在一个黑暗的角落打着一个打火机或拧着手电筒，注意到光亮大不如前。灯光不再像以前一样照亮房间。这不可能是全球性的视觉衰弱啊。竟然可能伸手指进火里去而不烧伤它们呢。很多人都吓坏了，但华达士并不是这种人。他在四点钟回家，这时已经得把灯点亮了。它们却发出很少光——看去活像一些红色的球，危险信号。在他经常去吃饭的餐馆里，他只获得供应冷冰冰的三明治。店里只有店主和一个女待应，她后来也走掉，慢慢地穿过暗影步行离去。

华达士并没有遇到什么困难就回到了他的寓所，他早已习惯很晚回家，连走廊的灯也不必去拧着的。电梯不动，于是他从楼梯走上四楼。他的收音机只发出古怪的声音，也说不清是人讲话还是杂音。打开窗门，他面对着成千上万暗红的光点，那是巨大的大厦的灯光，大厦的轮廓迷蒙地挺立在无星的苍穹下。他走到电冰箱旁，喝了一杯牛奶；马达已不再动了。看来水泵也会出现同样的情况，他把浴缸塞好，放满了一缸水。他寻着了自己的手电筒，走遍了他那层小小的公寓，在暗弱的光线中焦急地找寻自己的东西。把他奶粉、麦片和苏打饼干的罐子和一盒朱古力，放在厨房的桌上，然后关好窗子，把灯熄掉，躺在床上。当他认识到危险的现实时，一阵寒栗流遍了他的全身。

他睡得很不安稳，尽做噩梦。隔壁公寓的一个孩子在哭着，要他妈妈把灯拧着。他惊醒过来，用手电筒抵住手表，他才看出原来已是早晨八点钟了。他把窗门打开，外边差不多完全一片漆黑，你可以看见东边的太阳，又红又圆，就好像是隔在一块厚厚的黑玻璃后边似的。在街上人们走过时朦胧的形象，活像是些剪影。华达士好不容易才洗了脸，他走进厨房，喝了些奶粉，吃了点脆饼干。习惯势力总令人想起了自己的工作，他这才意识到没有地方可去了，这使他回忆起小时候被人关进衣柜时感到的那种恐怖，那儿空气不足，而且黑暗迫人。他走到窗前，深深地吸了口气。太阳如红色的盆子高悬在天空黑暗的背景上。华达士无法协调自己的思想；黑暗一直令他感到好像在奔跑求救。他握紧拳头，反复对自己说："我必须保持镇定，保护自己的生命，直到一切都回复正常。"

他有一个已婚的妹妹，住的地方隔这儿有三个街口。

一种想同别人联络的迫切感使他决定到那儿去，尽自己办法去救助她一家人。在黑暗的走廊里，他利用墙壁作指引。在走廊的一边，有个男人焦急的声音在问："那边是谁？"

"是我，公寓 312 号房的华达士。"他回答。

世界著名科幻故事精华

他知道对方是谁，那是个初老的男子，他有妻子和两个孩子。

那男人请求道："求求你，讲给我妻子听，这黑暗就要过去的；从昨天起，她就一直在哭，孩子们都吓坏啦。"华达士慢慢地走过去，那女人准是站立在丈夫身边，在默默地抽泣。他设法微笑了一下，虽然明知他们根本无法看到他的。

"不要担忧，太太，的确相当黑，不过在外边你仍可以看到太阳在那儿呀，没有危险的，它不会持续很久的。"

"你听到了吧，"那男人接口说，"那只是黑暗，没有人会受到损害的，为了孩子你得保持镇定啊。"从声音听来，华达士想象他们全都搂作一团。他保持沉默了一会儿，然后开始走开。"我现在得走了，如果你们需要什么东西……"那男人说了声再会，一边在鼓舞着他的妻子，"不，非常感谢你了，它不会持续很久的。"

在门外的石阶上，他看不出一样东西，只听见从不同的公寓大厦门口传来谈话的片言只语，缺少了亮光使人们讲话更加大声，或许是一片寂静，令他们的声音听来更加清楚吧。

他走上大街，太阳高悬在天上，但却没有洒下任何一点光线，也许比下弦月还不如呢！不时有人在身边经过，有单身的，也有成群结队的，他们都大着嗓门讲话，有些在街上不平的地上绊跤时还开玩笑呢。华达士开始慢慢起步，用心辨认着到妹妹家去的路。大厦暗红的轮廓模糊不清，伸手不见五指，他走得很慢，对那些从他身旁匆匆走过的人感到有趣，从某个露台传来了一只小狗呜呜的哀叫，在远处有哭声，慌乱的叫喊，人们在叫唤，有人在一边走一边祈祷。

华达士紧贴着墙壁走，免得别人碰撞他。他已走了一半路程，停下来喘一口气。他的胸部起伏，猛吸着气；他的肌肉绷紧，而且疲倦了。他惟一方向的识别点就是那正在消失的太阳的一团暗污，有一阵他想象别人比他能看得见更多，但现在惊叫号哭声四起，华达士猛然回转身来，那抖动的红盆已消失不见了。黑暗笼罩一切，连大厦的轮廓也看不见了，他觉得迷失了方向。根本没有可能继续再往下走了，他只好设法回到自己的公寓去。摸索着墙壁，他认出了一些门口和商店橱窗，开始往回走，他的脚在行人道上拖沓着，满身大汗，哆嗦不停，全部意识都集中在回家的路上。

拐过街角，他听到一个男子讲着语无伦次的话，向他这方向跑来。可能是个醉鬼，在大声喊叫着。他粗暴地揪住华达士，而华达士则设法摆脱他，要他镇静些。那男子反而喊叫得更响，全是毫无意义地乱嚷。华达士不顾一切，一把掐住他的喉咙，将他推开，那人跌倒在地，开始呻吟起来。华达士向前伸出双手保护着自己，向前走了一段路。在他身后，那醉汉大哭大叫，痛苦呻吟。一道没扣好的窗门被风吹得格格作响。往日被收音机和汽车声掩盖住的各种声音，都纷纷从房子和公寓里传出来了。在黑暗中，他双手摸索，辨认出不同的标志，有铁栅栏的门口，住宅的围墙和它们的大闸门。他在石阶的第一级被绊倒，有人喊道：

"外边是谁？"

"是我，四楼的华达士。"

"你到外边去了？你看得见任何东西吗？"

"不，到处都看不清一样东西呢。"

一阵沉默，他慢慢走上楼梯，小心地移动着身子，他打开了门，躺倒在床上。

这只是一次暂短而焦虑的喘息，他无法松弛自己的肌肉，无法冷静思考。他慢吞吞地摸索进厨房，设法用刀子撬开手表的表面，摸到了指针，是 11 点钟，或者是快中午吧。他在一杯水中和了点奶粉，喝了下去。门口传来了敲门声，他的心跳得更快了。那是他的邻居，问有没有水可以给孩子喝的。华达士告诉他储了满满一浴缸水，就跟他一起去带他的老婆孩子过来。他不再吝啬了。他们手牵着手，拉成一串，沿着走廊一步步走回来，孩子们镇定多了，甚至连那人的妻子，也不再哭泣，而在不断反复地说："谢谢你，十分感谢你。"华达士把他们带到厨房，让他们坐下，孩子们紧紧拉住他们的母亲不放。他摸到了碗柜，打烂了一只玻璃杯，跟着找到了一个锑锅，从浴缸打满了一锅水，拿到餐桌来。他将一杯杯水递给伸过来摸索的手指，他无法在看不见的情况下把杯子拿平，水溅满了他双手。在他们喝水时，他想看看能不能拿点什么东西给他们吃。小男孩谢谢他，同时说他肚子好饿。华达士拿起那一大罐奶粉，开始小心地弄点吃的。他慢慢地打开奶粉罐，一匙一匙数着，用水调奶，他大声地数出声来。他们都在鼓励着他，叫他要小心点，还称赞他能干。华达士花了不只一个钟头来调奶和把奶定量分派给大家，这番努力，使自己确信还有点用处，这使他感到好受些。

　　其中一个孩子因什么有趣的事笑了起来，这是黑暗来临后第一次令华达士感到乐观，深信一切都最终会没事的。那以后，他们在他的公寓里长久地呆下去，设法交谈。他们会倚着窗棂，搜寻远处的灯光，有时看到了，大家都高兴得不得了，但发现的只不过是连他们也无法承认的骗人假象罢了。华达士竟成了那家庭的领导，他养活他们，带引他们走进那四个房间的细小世界，这些地方他就是闭上眼睛也认得出来的。他们在那晚九点或十点才手牵着手离去。华达士伴送他们，还帮助孩子们上床。在街上，绝望的父亲在大声呼喊，要求食物。华达士把窗门关严，免得去听见这种哀号。他所有的食物尚够养活他们五个人一两天。华达士留下来陪着他们，就住在孩子们房间的隔壁。他们躺在那儿聊天，他们说的话，像是他们生存和作伴的联系，最后他们都去睡了，头枕着枕头，活像沉船的水手攀住木头，听着那些求救的哀号，他们却无法去救应。他们睡着了，梦见新的一天黎明，一个碧云天，阳光流洒进他们的房间，他们的眼睛如禁食得饥渴难忍，贪婪地饱餐着色彩。事实上并不是那样的。

华达士手表上的指针指出大约是八点左右了。其他的人开始活动起来，他们又手牵着手一串儿回到他的厨房去，吃他们俭朴的牛奶麦皮的早餐。孩子们撞着了家具，在细小的客厅里迷失了方向，他们的母亲焦急地责备他们。他们一旦在扶手椅上安顿下来，又不知道自己该干些什么好了。

他们又谈起了这怪现象产生的成因，虚构出种种原因和超越科学的假设。华达士鲁莽地评论说这种情况可能永远会继续下去。那女人又开始哭起来，这次要使她镇静下来可就难了。孩子们尽在问一些无法回答的问题。华达士突然感到渴望要做些什么事；他站起来，要出去调查一下。他们都反对，认为那是危险而且没有用的。他向他们保证他不会走出离大厦超过 60 尺，只到街角，他决不横过街去。

出了屋外，他倚着墙壁，侧耳倾听。一阵寒风呼啸着穿过电线，把地上的纸片刮得发出轻轻的响声。在远处传来了嗥叫，一阵比一阵变得越来越强烈，还有别的声音，很多口齿不清的叫声。他一动不动地站在那儿，紧张地等待着，然后走上几步。只有他的耳朵可以捕捉到那淹没在黑暗中的城市的脉动，他张开双眼或是闭上眼睛，都是同样的黑暗，没有开始也没有尽头。留在那儿静静地无所企待，实在太可怕了。

华达士感到鬼影幢幢包围着他，他几乎是奔跑着走回大厦去，一路上墙壁擦伤了他的双手，在石阶上又绊了一跤，这时有人吃惊地喊问："外边是谁？外边是谁呀？"他气也喘不过来地回答了，三脚并两步地跨上楼梯，回到楼上去，他的朋友也互相碰撞着设法找他，怕他受了伤，问他发生了什么事。他大笑起来，坦白承认他被吓坏了。

其余一整天时间里他们干了和谈了好久，描述着他们在干着什么事，这把他们联系起来的谈话最后停住了，他们谁也不知道，但都不约而同地同时抬起头来，倾听着，沉重地呼吸着，等待着一个不会出现的奇迹。

世界著名科幻故事精华

第三卷

限了量分着吃，那盒巧克力也吃光了，还有些麦皮和奶粉，如果光明不早日恢复，后果将是不堪设想的。时间在流逝，又再躺下来，闭上双眼，千方百计去睡，他们都在等待着黎明把天光照亮窗子，但他们照常醒来，眼睛一点也不顶用，火焰熄灭了，炉灶冷冰冰，他们的食物也要吃光了。华达士分派了最后一点麦皮和牛奶。他们不禁担忧起来。这大厦有 10 层楼，华达士心想，他该到顶楼去望一望远方。

他走出去，开始往上走，从公寓到处传来了问话："谁在外边？谁在上楼梯？"在七楼有一个声音向他保证："如果你要上去你尽可以上的，不过你只是在浪费时间，我同另两个人刚到过上边，你根本到处也看不见一点东西。"华达士碰运气地问了句："我的食物吃光了，我有一对夫妇和两个孩子跟我住在一起，你能够帮我一下忙吧？"那声音回答："我们的储存也只够吃到明天了，我们实在无能为力……"华达士决定返回下边去，他能把真情实况告诉他的朋友吗？

"我并没有一直上到顶上去，我发现有人在不久前才刚刚上过那儿，他说你可以在非常遥远的地方看到一点什么，他解释不出那到底是什么东西。"

当他提出唯一可以自救的主意时，那对夫妇和孩子们心里都充满希望。他要再次出去，打劫一家大约离一百码处的杂货店。

他从工具箱里找了一根铁撬棍作武器，离开了他的住所去偷吃的。一想到可能会碰到什么，就够叫人胆战心惊了。黑暗把荣誉全都泯灭了。华达士贴着墙壁行走，他心里尽力把这段路的细节重想出来，他的双手摸出每一个凹缺，一寸一寸地，他的手指沿着大厦的外廓，一直摸到了那波纹状的铁门。他不可能弄错的。

它是在这条街上唯一的商业机构。他弯下身去找那门锁，他的手却没有碰到抵抗，门是半掩着的。他弯着腰走了进去，没有弄出一点声响。右边的货架上该有着食物和糖果的。他撞到了柜台，骂了一声，一动不动，肌肉绷紧，等待了一阵，他爬过了柜台，开始伸出他的手，摸到了搁板，动手沿着货架摸去。那儿什么也没有，当然啰，他们在还没有完全黑暗之前就把东西卖光了。他伸起手臂，更迅速地搜索，什么都没有，一丁点儿东西都没有了。他不再担心弄出声响，往架上攀，手指摸到的尽是堆积的尘埃。他毫无顾虑地爬下来，弯腰向前，双手发狂地向各个方向移动，他满以为可以摸到那些根本不存在的罐头和商品，结果愚蠢地把双手碰在墙上，擦伤割破了多处。华达士好多次又重复回到他开始搜索的同一地点。店里什么也没有，任何角落都空空如也。他住了手，仍焦急着想再搜一遍，但心里明知这是没有一点用的。显然，对于那些家无存粮的人，杂货店铺是唯一的解决办法嘛。

华达士坐在一个空木箱上，泪水充满了他的双眼，他该怎么办？失败而归呢，还是再去别的更远的杂货店搜寻呢？他连那些店子的准确地点都不知道呢。

他捡起铁撬棍，以细碎小心的步子动身回家去找他那些看不见的朋友，突然他停住脚步，双手摸索，找寻一个熟悉的标志。他一步复一步，再走了几步，一直走到一个不熟悉的街角，才发现门户和墙壁。他得回到那杂货店，重头再开始，他沿来路倒退回去，在黑暗中用手指摸索，想寻找那有波纹状的店门，但却找不见。

他迷了路。他在行人路边坐下来，太阳穴扑通扑通猛跳。他挣扎着站起来，活像个要淹死的人似的大叫起来："求求你们，我迷路啦，我需要知道这条街道的街名。"他一次又一次反复喊叫，一次比一次更大声，但没有人回答他。他越感到四周沉默，他就越大声哀求，请求他们发发善心帮他个忙。但他们干嘛得帮他呢？他自己从窗口也曾听见过迷路的人请求帮助的叫声，他们绝望的呼喊，令人害怕会发生袭击的疯狂行为。华达士漫无目标地向前走，大声求救，解释说有 4 个人在依靠他，他不再去摸索墙壁，只是匆匆忙忙地走着，打圈儿转，像一个醉汉似的，乞求人给他点消息和食物。"我是华达士，我住在 215 号，请帮助一下我吧。"

在黑暗里有着声音，他们不可能听不见他的，他大叫哀求，不再顾及羞耻了，黑暗之幕已把他变成了一个无助的孩子。黑暗使他窒息，从他的毛孔渗进来，他改变了他的思想了。华达士不再哀求，他吼叫着咒骂他的街坊，用恶毒的话骂他们，责问他们干嘛不回答。他的无助变成了憎恨，他握紧铁撬棍，准备以暴力夺取食物。他一路上碰见别的像他一样乞讨食物的人。华达士向前走，挥舞着铁撬棍，最后碰上了某个人，他一把抓住他，抓得紧紧的。那人惊叫起来，华达士不放他走，要他讲出他们现在是在什么地方，和怎样能弄到点食物。那人似乎是个老头，害怕得哭起来。华达士放松了手，让他走掉。他把武器扔进大街，坐在路边，倾听着各种细碎的声音，风吹拍着被荒弃了的公寓的窗门，发出格格的响声。从各个不同的方向冒出了各种不同的声音，是野兽或者是人落入陷阱或饿坏了的深沉、尖锐刺耳的嗥叫。有一种轻轻的有节奏的脚步声走近来，他喊叫求救，然后静等回音。在一段距离外有一个男子的声音回答他："等等，我来救你。"

世界著名科幻故事精华

那人背着一个大麻袋，累得直喘气。他叫华达士帮他扛住袋子一端，他自己走在前边。华达士感觉出有点东西无法理解，那汉子满有把握地拐弯时，他几乎跟不上他呢。他心里不禁犯疑，说不定他那同伴能多少看见点东西，别人已复得光线了。他问他道："你走得那么有把握，难道你能看得见东西了吗？"那人过了好一阵才回答："不，我完全看不见东西，我是全瞎的。"华达士结结巴巴了："在这以前……也是瞎的？""对，生下来就盲了，我们现在就是要到盲人院去，我住在那儿。"

那瞎子瓦斯哥告诉他，他们已经帮助过一些迷路的人，还带了几个回去；不过他们的储粮很少，他们不能再接收任何人了。黑暗持续，并无结束的迹象，千百万人可能会饥饿致死，但却无能为力。华达士觉得自己像个被成年人从危险中救出来的孩子似的。在盲人院里，他们给了他一杯牛奶和几片多士，虽然他有了着落，但心中越发惦念着家里那些朋友了，他们听到每一个声响都会心儿直跳，他们在挨饿，等着他回去呢。他把心事讲给瓦斯哥听。他们商量了一番。那公寓大厦很大，所有住在那儿的人都值得救助，但这样做是行不通的。华达士想起了那两个孩子，他要求他们给他带路，要不他就自己回去。他站起来要走，碰到了什么东西，摔了一跤。瓦斯哥记起他说过那儿留了一浴缸水，而水正是他们所急需的。他们带了两个大型的塑料容器，瓦斯哥带领华达士到街上去，他们用一条小绳绑住他们的腰部。

瓦斯哥对这一带很熟悉，尽可能快地步行，选择最好的路线，一路讲出街名，当听到可疑的声音或疯狂的叫声时，就改变路线。瓦斯哥停了下来，轻声说："准是这地方了。"华达士向前去了几步，认出了门闩。瓦斯哥悄悄吩咐他脱掉鞋子，他们得不弄出任何声音地溜进去。他们把鞋子绑在绳上，走进屋，华达士走在前头，一跨两级地走上楼梯。一路上他们碰倒了东西，听见门后传出语无伦次的叫声。

　　到了四楼，他们走到他邻居的寓所去，先是轻轻敲门，接着敲得更响些，但没有人回应。他们就到华达士的寓所去。"是我，华达士啊，让我进来吧。"他的邻居发出一声惊叫，就像无法置信似的，把门打了开来，伸出手臂让朋友抓住。"是我，我没事，各人都怎样了？我带了一个朋友回来，他救了我，还知道路呢。"

　　在浴室里，他们把那两个塑料容器装满了水，瓦斯哥用布条子把它们绑在两个男子背上，他还帮忙找了些他们能带得走的有用的东西。他们全都把鞋子脱掉，排成单行，手牵着手，动身下楼梯。他们走得很仓促，不可避免会被人听到的。在楼下，大门旁有人在问："你是谁？"没有人回答，瓦斯哥拉着他们全都跑进大街去，他们一个跟着一个，慢慢走远，要追上他们是很难了。

　　回程花了更多时间，因为带了小孩，同时还不时停下来听听附近的声响。他们回到盲人院时已筋疲力尽了，就像打了一场胜仗后的士兵得到暂时喘息的感觉。

　　瓦斯哥给了他们燕麦粥和牛奶吃，就走去跟他的同伴商量，如果黑暗继续下去，怎样才能求生。另一个盲人给他们弄了个睡的地方，他们好久没睡了，这次一倒下就熟睡过去。几个钟头后，瓦斯哥来把他们唤醒，说他们已作出决定离开这盲人院，到城外几里路一个盲人院所有的模范农场去避难，他们这儿的储粮已维持不了多久了，要再补充它们而不冒险是没有办法的。

　　虽然路较长，他们计划沿着铁路线走，铁路就隔盲人院几个街口。

　　聚集的房间地方很大，喃喃的耳语汇成了一片持续不断的嗡嗡声。瓦斯哥一定是年纪比较大，在其他人当中有点威望。他告诉他

世界著名科幻故事精华

第三卷

们，如果希望生还，对他们的处境作完全现实的估计是必要的。他首先告诉他的盲人伙伴，肯定那种使其他人备受折磨的黑暗，对他们来说并非什么新东西。他们收留了 11 个人进盲人院，加上早先住在那儿的 12 个盲人，一共有 23 人。可以食用的食物仅可供他们维持 6 天或 7 天。等待和希望在这段时间内一切会回复正常，是极冒险的，更不用说还可能遭到迷路和饥饿的人袭击和抢劫了。正常情况下模范农场里有 10 个人，他们种植多种作物，有大量储存的食物，而且有大量的饮水，如果小心使用和定量分配，这可以保证他们能生存很长一段时间。合作和服从一切决定是绝对必要的，他们得在沉默中离开盲人院，任何叫唤也不要理睬回答。

那些盲人把装满东西的布袋、衣箱和盒子分派给了各人携带上路。华达士一声不响站在那儿，帮不上忙，他心里在想，以前有好多次他曾在这些人身边走过，他们戴着黑眼镜，拿着白棍子，头僵直地总是望着前边，真的，他总是对他们感到难过同情，唉，可他们那时又怎么会知道，有朝一日他们竟成了些具有魔术的保护人，具有能力拯救别人，救那些有血有肉有思想和没有用的眼睛，跟他们同样的人呢！

他们像登山运动员似的，4 人一组，用绳子串起来，最拿不准的路程就是穿过所有街道一直走到铁路这一段，要求他们保持绝对沉默，他们在黑暗中听到的不知是谁的狂叫，会变成他们必须回避的小小障碍。这队伍，带着食物，避开了那些乞求一片面包以苟延残喘的人们。当这一队遇难的人由瞎子带头，在这最古怪的奔逃中穿过黑暗时，风吹来了各种各样的叫喊。当他们的鞋子触碰到无头无尾的铁路路轨时，那紧张劲儿才稍为松了口气。他们的行程变得痛苦难挨；他们得量着步子走，避免在枕木上绊跤。时间过去了，对于华达士来说，活像过了好多个钟头。突然，他们停顿了。在他们前边，有一列火车或一些卡车，瓦斯哥单独前去侦察，一声耳语，口口相传，又使他们重新上路了。他们得绕过卡车，声音是从那些卡车中的一个传出来的，他们经过那车厢时，心扑通扑通地乱跳，耳朵几乎碰到了那些木门。有一个人或一只野兽，被锁在里边正在垂死……一切都抛在后边了，他们疲惫的脚在没有尽头的路轨上移动着。在这噩梦似的隧道里，华达士感到自己活像一个蒙上死亡面罩的死囚似的，黑暗把他全部的生命和全部意识的集中力，都贯注在他的脚上，脚在两道平行路轨之间的有限范围里，沿着高低不平的碎石拖沓着前行。

当绑着他腰部的绳子把他拉着走上一条泥路时，他感到吃惊，也不知道是怎么回事，他意识到他们已到了乡间。那些瞎子怎能找到准确的地点的呢？也许是通过他们的嗅觉吧，树木像熟透了的香橙一样散发出阵阵的香气，他深深地吸了口气，他认出那香味，那是桉树的气味。他可以想象得出，它们笔直地并排种在路的两边。队伍停止前进，他们已到达了他们的目的地。到这时，为了避免饿死的生死搏斗结束了。

盲人给他们弄来了一些冷粥，似乎里边有麦皮和蜂蜜。瓦斯哥带领他们通过重重难关得免于死，他们有了避难之所和食物，而那些留在城里的，病倒在医院里的，还有那些幼小的孩子呢？没有人能知道，也没有人想知道了。

当华达士还在他居住的公寓左邻右舍走动时，他还记得那些建筑物，家具和物件的形状。在这新的环境里，他那毫无经验的手指到处触摸，也分辨不清这四周的关系。

在菜园有胡萝卜、西红柿和青菜，在果园里有些成熟了的果实。他们平均分配口粮，孩子们稍为给多一点。他们在担心，在没有阳光这么多天之后，青菜会不会枯萎掉。管理那细小的鸡栏的人说，他自太阳停止照耀后每天都要去喂鸡，可是它们从那时起一直不生蛋了。

由于直接危险的紧张已经放松，华达士感觉出黑暗所引起的反应，他要跟人讲话，眼睛不能对着对方的方向了，也不需耸起眉毛或点头以夸张争论了。讲话而看不到任何人，往往会引起怀疑，不知道别人有没有听。他脸上的肌肉现在更瘦削了，他察觉到自己像盲人一样面孔木无表情，谈话也失去了自然，一碰到对方没有立即回答，就像别人没有听到似的。

华达士在学习着，他能发现以前没发现到的洞或不规则的物件，他的手现在能认出触摸过的物体表面了。但当他的手和脚碰上了新的路，只有声音才能指引他，要不他就得向盲人呼喊求助了。

他们是在没有了光线的第六天，气温冷了下来，但在每年这时节也还是正常的。看来太阳一定仍在暖热着大气层，黑暗的自然现象不可能是一种宇宙的规律。有人从《圣经》里引经据典地说这是世界末日，另一人又提出这是被另一个星球神秘入侵。瓦斯哥说，即使不用看表仍能分得出日夜之别，华达士则认为这只是生活习惯使然，生理已习惯了工作和休息的交替。时不时有人会爬上放在外边门边的一把梯子，把头向四方转动，有时他们看到一点点迷糊的亮光就会兴奋地喊叫起来。每个人都兴奋地走向门口，他们向前伸出手摸索，有些人还是走错了方向，撞到墙壁，他们都在问："你在哪儿？你看到东西吗？它是什么？它是什么？"这种情况反复多次，慢慢那种"有人看到了什么东西"的兴奋就消失了，经过多次试验与讨论，证实黑暗还是完全没变。

获救的人们在他们所说的东西里，总是显示一种可以察觉得出的悲苦忧郁的调子，当他们尽力说些快活的词句时，黑暗又隐没了他们唇边的笑容和眼中的生气；瞎子在他们讲话中有着一种完全不同的变化。你在瓦斯哥讲话的声音中可以更清楚地察觉出那种行动自如、动作有确信的人所具有的态度。那些过去拿着白色拐杖、戴着黑眼镜，惯于低声下气地问人哪部公共汽车来了，或在路人难堪的目光下慢慢退到一边的盲人，现在却行动迅速，有能力，以他们的本能创造奇迹。他们回答疑问，过去受人关照，现在却关照别人，他们耐心，能容忍冒犯和误解，他们个人的不幸已变成了每一个人的不幸。他们没有多少时间轻松一下的，不过在晚餐后，盲人都唱歌，由两个吉他伴奏。华达士觉得他们有一种很自然的热情，甚至有一种是在目前情况下不应有的幸福感。

华达士注意到儿童比成人更好过些，他邻居那两个儿子最初也害怕，但跟大伙同处一室，这鼓励了他们走出去探探摸摸，这行为已变得难以控制了，他们挨了骂，甚至挨了打，惹得一些调停的人开声干预。

最后，相当令华达士惊讶的是，他们竟能有规律地到洗澡间去梳洗，到河边去沐浴，连吃饭这重要的时刻也变得越来越缺乏吸引力了，残萎的青菜、黄瓜、西红柿、番木瓜、麦皮、牛奶、蜂蜜，他们的味觉常常分辨不清。没有比这更不同寻常的变动和人生大事了。如果说包裹着他们的黑暗造成了他们肉体的不舒适与麻烦，但比起渗入形成在他们心灵中的那道不可逾越的思想鸿沟就不算什么了。难道这就是远古以来人们预测的那个世界末日吗？他们得把这不祥的前景搁置一边，继续关心日常实际的事，诸如喂饱肚子和穿暖衣服，很多人大声祷告，祈求奇迹出现。

没有了视觉以分散心思，是难于忍受这无所事事的时刻的，献身工作未免言过其实。这世界会回复正常还是他们都将慢慢死掉呢？这构成了压迫人的进退维艰，比窒息他们的黑暗更为沉重。瓦斯哥似乎也在为未来担忧，但没有华达士那么忧心忡忡，虽然有同样的经历，但他们不可能以同样的观点看待它。

他们已经历了 16 天的黑暗，瓦斯哥把华达士叫到一边，他告诉他就是储存的麦皮、奶粉和罐头食物也快要吃光了。大家的精神紧张在不断加强，要是向他们讲出这点是鲁莽的，往往一点小事就发生争执，而且没有理由地就争个不停，大多数人，已处在精神崩溃的边缘。

在第十八天早上，他们被热烈欢欣的叫声吵醒了。有一个失眠的难民觉察出氛围有些异样，爬上了屋外的梯子。

在地平线上出现了一个淡红色的球体。

每个人立即你推我搡地走了出来，留在那儿，在一种富于传染性的欣喜中，等待着光明增大。瓦斯哥问他们是否真的看到什么，会不会又是另一次错觉。有人记起了划一根火柴看看，划了几次后，火焰出现了，它很弱，而且不热，但却看得见，他们像看到一件罕见的奇迹一样望着它。

光明在慢慢增大，就像消失时那样。

这天天气很好，未曾料到的欢欣鼓舞，就像某种强力的刺激，他们的心暖和了，充满了美好的愿望，他们的眼睛像无邪的孩子般得到了再生。他们提出要在外边进餐，瓦斯哥认为正常的日子似乎要回来了，就同意了大家的要求。太阳按照它意料中的航线横越天空，到下午四点你已能分辨得出四码远的人影了。在日落西山之后，黑暗又回复如初，他们在院子里生了一堆篝火，但火焰很弱，半透明的，只消耗了很少一点木柴，它经常熄火，难民们会用纸片再点着，吹旺它，保存着这苍白无力的光明和温暖之泉、未来生活的象征。直到深夜，也很难劝得动他们去睡觉。只有孩子们睡去了，那些有火柴的人，时不时划一根火柴，对着它喃喃自语，就像他们发现了哲学家的幸福宝石似的。

早上4点半，他们又起来跑到外边去了，在世界历史上没有一个黎明是这一天那样被人们等待的。它不是在云中、山中、森林和蝴蝶之中出现的地平线那种色彩和诗意的美，有如在人们护着火并崇拜它的那个刀耕火种时代，难民们在等待着这光明的神威，活像一个被判死刑的人在等待拿来减刑通知的官员似的。太阳较为光亮了些，不习惯亮光的眼睛都眯缝起来，盲人伸出他们的手心对着光线，翻来覆去感受两边的热量。不同的面孔分得出来了，也把讲话声音和人对上了号，他们大声地笑着互相拥抱。在这无束无缚的黎明，他们的孤寂和他们的区别都消失掉，盲人被抱着吻着，扛起来欢呼，男人也哭了，这使他们不习惯看光线的眼睛更红了。到了中午，火焰回复正常，3周以来，他们第一次尝到了煮热的食物。这天剩下的时间他们没干什么事，随着光明洒照，他们四处观望，到处走动，这地方他们是在黑暗中被牵着带来的，现在才看清是怎样的景色。

城里怎样了？那儿的人发生了什么事？这是一个令人心惊的严肃的念头，那些有亲属在城里的人不再笑了。在这极端艰苦的时刻，有多少人受苦或死亡呢？华达士提议第二天他去进行一番调查。其他的人也志愿去，最后决定三个人去走一遭。

华达士当晚睡得很不好，所有这些日子来的冲击，开始产生影响了。他的双手哆嗦，他害怕不知出了什么事。重返城市，重新过他的生活……上班去，他的朋友，女人……他曾一度坚持的价值观，仍然颠倒了，埋葬在黑暗里。他在一张改进了的床上反复转辗反而不能入睡。走廊的一盏小油灯透过门槛射进来的一小块光线闪烁哆嗦，这是表示一切都没事的记号，他的回忆迅速记起了一些零碎片段，一只狗在噪叫，一个男子在行人道上呻吟，他的手挥动着铁撬棍，瓦斯哥带着他穿过街道，他的上司站在窗前谈话……当他慢慢睡着时，又混合了一些他儿时的片段。他翻来覆去，皱起眉头同他

世界著名科幻故事精华

的梦搏斗。

太阳一出，三个难民就动身了，沿着小路走向铁路，他们当中有一个是中年人，已结了婚，没有儿子，他的妻子留在那村屋里。另一个大约同华达士年纪相仿，他的兄弟姐妹住在城里的另一头，他是被一个盲人救起，没有办法回他自己的家去。

他们拐了个大弯，就看到了城市，过了第一座桥，铁路路轨开始穿过市街，华达士和他两个同伴向市街走去。头两个街口显得很平静，只有很少几个人在街上来往，看去他们走得较为有点儿慢。在下一个街角，他们看到一群人搬着一个死人，尸体上只盖着一块粗布，他们将它搬运上一辆货车。人们在哭着。一辆军用卡车在旁边驶过，上边装着扬声器，在宣读着一份正式的政府公告，宣布了军事管制法令。任何人侵犯他人财产格杀勿论。政府已征用所有粮食供应，分派给急需的人们。任何车辆如有必需就将被征用，它建议警察立即注意任何有臭味的大厦，这样就可能查出尸体的所在。死者将埋葬在公共坟场。

华达士不想返回他自己的那栋公寓大厦，他还忘不了那些在半掩半开的门喊出来的叫声，他穿着袜子溜了出来，留下他们任由命运摆布。如果那儿有尸臭，他自然会挂电话给当局的。他早已看够了，他不想留在那儿。他那年轻的伙伴曾同一个官员谈过，决定立即去探望他的家人。华达士打听过电话打不打得通，知道某些自动线路能工作，他拨了他妹夫的电话号码，过了很短一会，有人接电话了。他们都很衰弱，但都活着，在他们公寓死了4个人。华达士简单地把自己如何获救告诉了他们，还问他们需要什么东西。不，他们不需要，还有点粮食，他们已比好多人好得多了。

每个人都在同陌生的人交谈，讲出各式各样的故事。孩子和病人是最受苦的人，他们讲了好多在令人心碎的环境下死亡的事例。公共服务在重新组织起来，得到军队协助，照顾那些急需抢救的人，埋葬死者，把一切再次搞起来。华达士和他那中年同伴不想再听下去。他们感到很疲弱，听了和看了这些令人难以置信的事，这些荒谬的事不只是一种理论，而是真地发生的，违反了所有逻辑性的和科学性的法则，令他们感到一种精神脆弱的衰竭。

这两个人沿着仍然空空荡荡的路轨往回走，在那令人愉快的飘着云朵的天空下，慢慢地走着。一阵轻风吹拂着树上的绿叶，小鸟在枝头上飞来飞去。它们在黑暗中又是怎样活下来的呢？华达士一边拖着酸疼的脚，一边想着这一切。他的科学确信已不再有根有据了。就在这个人们仍被这自然现象震撼的时刻，又在开动电子计算机作精确的计算和观察；宗教人士在他们的教堂里解释说这是神的意志；政治家又在口述着政令；母亲们却仍在为那些被留在黑暗中的死者哀哭。

两个疲累不堪的人沿着路轨枕木走着，他们带来了消息，也许比预料的要好得多了。人类已经抗击住了，人们吃任何类似食物的东西，喝着任何一种液体，在这盲目的世界上度过了 3 周。华达士和他的同伴又悲伤又软弱地回来了，但怀着能活下来的隐秘和压抑的欢乐，比理性的推测更重要的是人的血管中血在流着这一神秘的奇迹，做事，活动筋骨、微笑和爱的欢娱。从远处看去，他们两个比包围着他们的笔直的铁路路轨细小得多了，他们的身体已回复日常的常态，受制于天地初开就存在的力量和不可控制的因素，但是，当他们热切的眼睛看着各种色泽、形象和活动时，他们很少去想宇宙的广大，更少去想及他们兄弟的困境，他们的救命恩人仍是在黑暗中走动啊。

宇宙辽阔无垠，有星球、有太阳系，还有银河系。他们只是两个人，沿着那两条毫无感觉的铁轨，带着他们的难题回家来了。

气球上的五星期

气球出航

19 世纪上半叶，"非洲之谜"吸引了众多的地理学家、旅行家和探险家去考察，这些人为此付出了巨大的代价，有的甚至一去不复返了。

尽管如此，非洲这片一望无际的荒野仍有许多秘密没有揭开。现在，萨梅尔·费尔久逊博士，一位相貌并不出众、双眼闪烁着勇敢和智慧的探险家，决心继承前人的未竟之业，彻底揭开"非洲之谜"，以满足人们渴求了解它的愿望。他打算乘坐氢气球，从东往西飞越整个非洲大陆，进行一次伟大的尝试。

1862年1月14日，伦敦皇家地理学会正式受理了费尔久逊博士的探险计划，学会负责人弗朗西斯爵士决定拨出2500英磅资助他进行探险。

费尔久逊从小头脑灵活，对科学事业充满了热情，曾跟随父亲参加过航海活动。聪明好学使他长大后不但精通水文学、物理学、力学，而且对天文学、植物学、医学等都有研究。他见多识广，曾到过印度、澳洲、中国西藏等地考察。他挂在口头上的名言是："不是我在赶路，而且路在赶我。"

为完成乘气球横跨非洲大陆的创举，费尔久逊费尽了心思说服老朋友狄克·凯乃第与自己同行。狄克除了爱钓鱼，还是个打猎的神枪手。流在他身上的苏格兰人的血液使他果敢而固执，为人坦率。开始他不赞同老朋友这项冒险计划，结果反而被老朋友说服同上征途。

费尔久逊有一个叫"乔"的仆人，对他忠心耿耿。乔聪明、乐观，对博士充满尊敬和信任。当听说博士要乘气球探险，就请求博士让他同往，他坚信这次探险能够成功。

博士有了这两位得力伙伴同行，对探险充满了信心。

乘气球探险是十分危险的事情，博士一连几星期反复计算气球的结构、容积、载重量等数据，许多事情他都亲自参与，以保证征途中不出问题或少出问题。临行前他亲自一件件检查各种仪器、甚至对3位"空中英雄"的体重都过了磅，并对应带的铺盖、猎枪、食品等用品的总重量都作了严格限定，把一切都考虑得非常周到。

3月20日，应准备的都准备好了。伦敦地理学会为三位英雄举行了盛大的欢送宴会，英国女王发来了贺电，预祝探险成功。第二

世界著名科幻故事精华

第三卷

天，大型运输舰决心号载上三位探险家和那个大气球从伦敦出发了，经过好望角，直达非洲东岸。4月15日上午，决心号在桑给巴尔岛港口抛锚。

在船员们的帮助下，费尔久逊博士、凯乃第和乔给气球充上了氢气，再套上网套，把一应用品放在吊篮里，再把100公斤重的压舱物装成50袋，也放入吊篮中。

4月18日清晨，博士和两名伙伴都进入了吊篮。他们点燃了燃烧嘴，氢气受热膨胀，庞大的气球便冉冉升空。博士他们三个人，从现在开始为揭开非洲之谜而进行的气球探险旅行。他们用"维多利亚"这个吉祥的字眼作为这次探险气球的名字。

维多利亚号缓缓升空，顺风南飘，脚底下是美丽的非洲大陆，树丛和森林像团团大绿球，桑给巴尔岛尽收眼底。"太美妙了!"乔高兴得叫喊起来。

没有人答腔。凯乃第探身篮外，尽情地欣赏着大自然的美景，而博士则忙着记录气压表上的数据。

在燃烧嘴加热气球里氢气的作用下，维多利亚号不久就上升到800米的高度。

气球以每小时20公里的速度飞行着，2小时后，他们便飞临东海岸的姆利马地区。博士降低气球高度以便观察。只见这片物产丰富的沃土上，海岸边一排密密的芒果树清晰可见，就连被海浪冲刷的树根也看得清清楚楚。沿海的绿树丛中，一条羊肠小道蜿蜒曲折。眼底是一片庄稼。土著居民坐在他们的土屋旁，仰头看见了"维多利亚"这个可怕的空中怪物。他们惊恐地叫喊着，并用毒箭射气球。但是毒箭够不到气球，气球不慌不忙地飘行而去。

夜幕降临，气球上的三个探险家也开始进晚餐了。尽管吃的只是罐头肉、饼干和咖啡，但大家觉得很开心，胃口很好，希望以后一切顺利。

夜晚什么事情都没有发生。

但第二天出事了。凯乃第一觉醒来，感到忽冷忽热，浑身发抖，看来他得了疟疾。博士告诉两位同伴，这里几乎一年到头雨水不断，瘴气就聚集在潮湿的地面上，是非洲疾病的多发地区。"老朋友，你的病很快就会好的，忍耐一下吧。"博士安慰道。

博士把燃烧嘴的开关拧大，气球很快升到乌云之上。这里没有阴雨，周围阳光灿烂。没过几个小时，凯乃第的病好了，真是奇迹。博士把这种现象叫做"高空疗法"。

凯乃第康复之后，博士又把气球降低到 1000 米的高度。气球又开始随一股东北方向的气流飘荡。

中午 11 点左右，前方出现一座很高的山脉——鲁别霍山。为了避免和山相撞，博士命令道："快点上燃烧嘴，全速上升，绕过高山！"

气球很快爬到 2000 米的高度。由于空气稀薄，大家感到呼吸有点儿困难，大口大口地喘着气。维多利亚号终于飞越鲁别霍山顶峰，逐渐下降到地面一片荒野之中。气球被固定在一顶大树上，博士让燃烧嘴保持不灭，以便遇到突发危险好随时升空。

老猎手凯乃第和乔跳出吊篮，几天没打猎，他俩早就有些手痒了。

"如果碰上什么危险，不管哪一方，以鸣枪报警。"临走时博士叮嘱道。

凯乃第和乔发现十多只羚羊在橡胶林中一条干河底喝水。凯乃第举枪打倒一只，而乔却没有打中。

凯乃第拿了刀来把美丽的羚羊皮剥下来，准备带回国去，又割下一些肉来准备烤吃。忽然，一声枪响，从气球着陆的方向传来。

"有情况，看来博士出事了。"乔惊慌地说。

两人急忙带上猎物跑回去。他们穿过密密的树林，看见大气球仍在大树上飘扬，但见 30 多个怪物叫嚷着，有几个爬到了树上，想扯断拴气球的绳索。

"那些黑人在攻击博士！"乔喊叫起来

"别废话，快去保护博士。"凯乃第对乔命令道。

又听到一声枪响，一只准备解开绳索的怪物被击中，掉了下来，剩下的怪物立刻逃之夭夭。凯乃第和乔奔到大树上看时，见怪物不是什么黑人，而是一只长毛狒狒。

"我们以为土著把你包围了，谁知却是这些家伙！"见到博士安

世界著名科幻故事精华

第三卷

然无恙，乔松了一口气。"不过万一狒狒把绳索扯断，气球飞走了，探险也就完不成了。"博士说。

经过一场虚惊，维多利亚号又点火升空，向东北方飘去。

国王治病

第三天下午，气球飞到卡结赫上空。

零星地散布着各种各样的小屋和茅草房的 6 个大凹地便构成了非洲中部的重镇卡结赫。有不少纯阿拉伯血统的阿曼人住在这里。他们常常赶着驼队在这儿做生意，使得卡结赫变得热闹起来。这里经常能听到脚夫的吆喝声、女人的歌声、鼓声、喇叭声，驴叫马嘶，接连不断，一片乱哄哄的样子。

市场里有布匹、象牙、珍珠、犀牛角、烟草等货物出售，真是应有尽有。市场里的买主和卖主正忙着交易。

空中出现了一个大怪物，喧嚣混乱的市场突然变得鸦雀无声。当气球逐渐下降时，市场上所有的人全都跑回家去藏了起来。原来他们害怕这个空中怪物。

不久，三个头上戴着贝壳做的尖形装饰物的巫师从一间草房中走了出来，她们的腰间挂着涂甘油的黑葫芦。一群女人聚到巫师身边，使劲地敲着鼓，向天空乱伸着手，似乎在做祷告。

"这是怎么啦？"乔疑惑地问。

"我想这里马上就有好戏看了，"博士笑着说，"等一会你就会成为一个伟大的神了。"

一个巫师用手势让人群安静下来。她向这 3 位空中来客说了几句话。费尔久逊因为听不懂，就用阿拉伯语和他们对话。这一招还真管用，人群中有不少人懂阿拉伯语。通过对话得知这些人把维多利亚号气球当做月亮下凡，把博士等三人当成月亮女神的三个儿子了。

博士假装成天使昂头上前，对巫师神气十足地说，月亮女神每隔 1000 年就要带着她的儿子下来巡视，如果大家有什么要求和愿望可以当面诉说。巫师马上伏拜在地上请求："我们的苏丹王已经病了多年，医治不好，请月亮女神派您的儿子去为苏丹王治病。"

"可是我们不会治病。"凯乃第用英语说。"别担心，老朋友，都包在我身上。"博士说。

巫师和宗教仪仗队簇拥着博士和凯乃第向苏丹王宫走去，留下乔看守气球。乔学着阿拉伯人，盘腿坐在绳梯旁。他俨然以月亮之子自居，装成庄严肃穆的样子。

半路上来了个翩翩少年前来迎接他们。他们是苏丹王的私生子。

40多分钟后，一行人来到了苏丹宫。苏丹宫实际上是一座方形的简陋的茅草房，只是外面的木柱上雕着花，墙壁上有红色黏土做的人形和蛇形浮雕图案。

苏丹的宠臣和卫兵恭恭敬敬地迎接博士。许多兔子尾巴和斑马鬃毛挂在屋内，它们是巫师为苏丹王驱邪用的东西。博士又看到屋里有一群漂亮的女人，她们都是苏丹王的老婆。她们不知自己的死期将临，还在嬉笑玩乐。因为这里的风俗规定，苏丹王一死，她们将要和她们的丈夫埋在一起。

国王40来岁，死一般地睡在木榻上，由于荒淫过度，已经成了白痴。博士认为他没救了，一时束手无策。突然，他灵机一动，把药箱里装着兴奋剂的小瓶子拿出来，往国王嘴里滴了几滴。垂死的国王因为药物的强烈刺激而动了一动。守候在旁边的大臣和女人们立刻欢呼起来，纷纷跪在地上，向"月亮之子"表示谢意。

博士知道呆下去会惹出祸患，于是见好就收，立即出了王宫，回到气球的吊篮中。宠臣和卫兵再次向"月亮之子"表示感谢。

傍晚来临，一轮明月从东边升起。博士慌忙命令乔升起气球。

"这么急急忙忙地离开，出了什么事？"凯乃第不解地问。"难道你不知道，"博士跟他解释说，"当地人把我们当成月亮的儿子。现在月亮已经升了起来，我们再不走，骗局就要戳穿了。那时我们就会被他们活活弄死。"

第二天，只见一望无际的草原，点缀着像花团一样的一小片一小片的树林。原来他们飘到了富饶的牟托富地区。成群结队的羚羊在草原上吃草，时不时还能看到卷着长鼻的大象。

见到这些景象，凯乃第忍不住又想要下去打猎。博士阻止他说："天快黑了，随时都会下大雨。下雨时这些地方就像一个蓄电池，大气中也充满了电，一碰即响，十分可怕。"

暴风雨即将来临，空气仿佛凝固了。鸟兽都躲得一干二净，好像有什么大难就要降临。晚上维多利亚号停在空中，下面是隐隐约约的村落。有时候借助于水面的反光，能够见到棕榈树等树木的黑影。

"降下去吧，博士，我简直快闷死了！"凯乃第向博士请求道。

"不行！这样做我们就控制不了气球了。"博士坚决不同意。

头顶的乌云变得更低更黑了，如同一块巨大的铁板压向地面。突然，天空被划了个口子，一道耀眼的闪光划破黑暗，接着是一声巨响。

"我们必须赶快到乌云上面去，否则等到降下暴雨我们就倒霉了。乌云是很危险的，它会形成相反的气流，引起漩涡，而且会产生闪电，把我们的气球毁灭。"博士把燃烧嘴开大了。

热带雷雨爆发能产生可怕的力量。天空中又是一道闪电，火蛇夹着雨点窜过天空，雷声滚滚而来。

"糟啦，我们晚了一步。"博士不无忧虑地说。"我们现在只有快速穿过充满电火花的乌云，愿上帝与我们同在。"

天空中电光闪闪，雷声隆隆。

博士让暖气箱保持最高温度，气球膨胀起来，一边旋转一边快速升上去。气球的边上满是闪耀的火花，火海把维多利亚号包围了。

"愿上帝保佑。如果有什么意外，请大家做好准备。"博士凄然地对同伴说。气球旋转着，摇摆着，一刻钟后终于脱离了带雷电的云层。三个人说不出有多兴奋。

现在在博士他们脚下是狂风暴雨，而头顶却是宁静的星空。这是多么美妙的一种境界。博士看了看气压表，上面显示他们处在4000米的高空。

"刚才差点就完了。"凯乃第庆幸他们脱了险。

击毙大象

终年积雪的月亮山环抱着但葛尼喀湖。探险家认为这是不可逾越的屏障。现在气球正沿着月亮山向西北飞行，底下是一大片草原。

博士准备让气球降落，补充一下水箱，同时凯乃第也顺便打些野味，改善一下伙食。

气球一会儿在起伏不定的草原上飘飞，一会儿又在湖面上贴湖而过。乔把锚索抛了出去，希望能钩住大树或者巨石，以固定气球。

大概是锚索挂住了石头，气球猛地颠簸一下。乔正准备放下绳梯，只听到半空中传来尖叫声。

"奇怪的声音！"大家感到很惊奇。

"咱们还在向前移动，怎么回事？"

"难道石头还会走？"

大家又发出疑问。

确实有什么东西在很深的草丛里动。一会儿只见草丛里伸出一根弯弯长长的东西。

"蛇！"乔惊叫道。

"不对，这是大象的鼻子！"博士纠正道。

在草丛中飞快移动的确实是大象。一会儿，大象跑到空地上来了。这是一头强壮的公象，它的白色的象牙有两米多长。气球上抛下的铁锚钩不偏不倚正巧卡在象牙之间。

大象把鼻子一甩，想把锚索拉断，却无济于事。它愤怒地狂跑起来，将鼻子左右乱甩，吊篮被它甩得不住摇晃。

因为怕大象弄断锚索，博士已做好砍断它的准备。但只有到了不得已的时候才这样做，因为锚索实在太重要了。

一个多钟头过去了，大象仍旧不知疲倦地奔跑。据说陆地上的这种最大的动物，可以毫不停息地跑一天一夜。

前面出现了一片树林，如果大象进入到里面，锚索就会缠在大树上，情况非常危险。现在惟一的办法就是把大象击毙，让气球停下来。凯乃第端起枪，子弹打在大象脑袋上。大象的皮太厚了，子弹从皮上滑走了。枪响以后，大象反而跑得更快了。

凯乃第连续射击，大象的两肋被子弹击中，稍微停了一下，又朝森林猛跑。大像甩鼻晃脑，鲜血直流。吊篮噼哩啪啦地摇晃着，好像就要散开一样，博士手中的斧子也被摇落地上。

维多利亚号离森林很近了。现在既没法把锚索砍断，又不能解开，情况变得万分危急。就在这关键时刻，凯乃第手中的枪又响了，这次打中了大象的大腿。大象晃了一下，跌倒在地。这样它的腹部就暴露出来了。

"瞄准心脏打！"博士慌忙叫道。凯乃第射出一颗子弹，正打在大象的心脏部位。大像挺起身子，甩动长鼻发出垂死的嚎叫，然后轰地一声倒地死了。

三个探险家爬下吊篮，发现锚索卡在大象的牙上。"让我们来做一顿象肉吃。"乔高兴地说。"凯乃第再去打一些野味回来，打打牙祭。"

"好，就这么办。我去检查一下气球。"博士答道。

乔在地上挖了一个大坑，燃起了篝火，拔出刀来，从象鼻上割下一大块肉，又砍下一只象掌。他从篝火里拨出炭火，把象肉用树叶包好，埋进炭火中煨，然后又在上面加了一些柴禾。

这真是独具一格的烤法，约半个小时之后，香喷喷的肉烤好了。乔把饼干、白酒、咖啡拿出来，在地上摆出一顿丰盛的酒席。

由于波纹绸和涂在气囊外面的树胶发挥了作用，气球经受住了暴风雷雨的考验，完好无损。博士又算了算气球的升力，很满意地说："到现在为止，我们的氢气一点也不外泄。"

凯乃第回来了，拎着许多鹧鸪和一只羚羊腿。乔又烤了几样肉以丰富酒席内容。

"开饭啦！"乔兴高采烈地叫道。

三个探险家坐在草地上津津有味地吃着烤肉，都认为象掌好吃极了，能与熊掌相媲美。大家为祖国和这次探险干杯。凯乃第醉意朦胧，提出过一夜非洲野营生活，大家一致举手赞成。于是用树枝搭了个棚子，晚上就睡在里面。又在棚子周围生了几个火堆，以防止野兽的侵袭。半夜里，只见棚子四周围了一群群狼、狮子和鬣狗。凯乃第不时用子弹来应付些不善的客人，一夜总算无事。

天亮了，乔找到了斧子砍断象牙，维多利亚号升空而起。4 月 23 日，气球飞临赤道上空。底下是波涛翻滚的的乌克列维湖，湖的源头就是尼罗河。"我们终于来到尼罗河的源头！"凯乃第和乔叫喊起来。

营救传教士

到中午时，忽然听到下面传来呼喊之声。博士让气球减速飞行，以便认真观看发生了什么事。他们看到的是一个可怕的场面。两个部落正在你死我活地搏杀，大约有 300 多人参加了战斗，鲜血染红了他们的衣衫，令人惨不忍睹。由于他们忙于厮杀，没有注意到维多利亚号的出现。

但他们终于发现了维多利亚号，暂时停止了打斗，朝气球发出吓人的嚎叫声。有些人还向吊篮射箭，有枝箭飞得近，被乔伸手抓住了。

博士忙把气球升高一些，以防被箭射中。下面的屠杀又在继续。只见大刀、长矛乱舞乱挥，有人倒在地上，对方马上就把他的脑袋割下来。战场上还有不少女人，她们专门把割下来的头收起来，并常常为争夺这些血淋淋的战利品而扭打。

"太可怕了！"凯乃第厌恶地说。

"我认为应该干涉一下这场战争。"博士说。

战场上有一个身材高大的人，他体力惊人，一只手举着长矛不断向敌人进攻，一只手握着斧头。他像头野兽般地吼叫着，把长矛投向敌人。敌人一被刺倒，他马上向前挥斧砍下对手胳膊，大嚼起来。

"他不是人，他是野兽！"凯乃第叫道。他说完举起枪，瞄准这个人开了一枪，把他打死在地上。

这个人是个酋长。酋长一死，他的部下便开始退却，敌人追了上来。"这种场面太恶心了，我们赶快离开这儿。"博士把燃烧嘴火头加大，气球又开始上升。

这天他们飞行了 250 公里，天黑前到达东经 27 度的地方。乔抛下了锚索。

由于天黑，博士弄不清他们到了哪里。夜晚他们轮换着站岗放哨，以确保安全。

下半夜里凯乃第值班。突然，他觉得下面闪过一道微光。闪光的地方离他只有 200 米远，然而微光那么闪了一下就不见了。他怀疑自己是不是看错了，他定神注视着黑暗。突然一阵刺耳的声音传来。

这是野兽的吼叫，还是人的叫喊声？

凯乃第本想叫醒两个伙伴，但那叫声毕竟离得较远，就没有这样做。他继续向黑暗中观察。

过了一会儿，借着一道月光，他看到远处有一些黑糊糊的影子，正偷偷地向大树走来。这棵大树正是固定锚索的大树。

他记起了以前那次狒狒袭击气球的事件，就马上推醒博士。"不好，又是那些该死的猴子。博士，让我和乔去守护锚索。"

"防犯一下也好。"博士说。"不过，不到万不得已不要开枪。枪声一响，对我们来说是很危险的。"

凯乃第和乔轻轻地爬到树上，他们静静地躲在树叶里倾听。突然，他们看见一个黑影向他们移动。

"好像是一个人。"乔说。

那个黑影来到大树下，好像在爬树。"黑人！"乔轻轻地对凯乃第说。

黑人从四面八方过来，直往树上爬。凯乃第和乔端着枪，紧张地盯着黑人。这些黑人身上涂着一种臭油，浓浓的气味令人作呕。他们爬到了比较接近凯乃第和乔藏身的地方。

"打！"凯乃第大喊一声。

枪响过后，只听到一阵痛苦的呻吟声。那些黑人听到枪响，立刻奔逃。突然，黑人的叫喊声中夹杂着一个令人难以置信的声音。这个喊声是用法语叫的。

"救命！救命！"

凯乃第和乔听得清清楚楚，不禁惊讶万分，忙去和博士商量。

博士其实也听见了喊救声，他激动地说："这个呼救的法国人可能是个传教士或者是个旅行家，现在被土著人抓住了。我们无论如何也要把他解救出来。他听到枪声，把我们当成救星了。我们不要让他失望。"

"博士说得对，我们应该去救他。"凯乃第和乔说。

"好，我们先给他个信号。"于是博士用手捂成个喇叭样子，用法语喊："朋友，请放心，我们会来救你的。"

但是他们听不见俘虏的回答，因为一片可怕的叫声盖过了他的声音。

博士考虑到由于他的喊话，黑人有可能先把俘虏杀死。他对两位伙伴说："这个俘虏可能被折磨得够戗了，我们还有 100 公斤的压舱物，把他弄上来肯定没问题。"

接着博士下达任务。

"凯乃第负责救人，但不能擅自行动，要听我的命令。乔守候在吊篮边，如果俘虏救上来，就马上扔掉压舱物。"

布置好任务，博士从随身携带的物品中拿出两根分解水的绝缘导线，再拿出两块削得尖尖的炭条，接在一根导线的顶端，凯乃第和乔看得莫名其妙。博士两手拿一根炭条，把它们的顶端凑在一块。

突然，只见一阵闪耀的光芒从两根炭条间发出来，划破了黑暗。博士把电光扫向那片发出可怕叫声的地方，一切都看得明明白白。

那是一片芝麻田和甘蔗田，许多圆锥形屋顶的矮屋散布在当中，黑人就聚居在那里。维多利亚号静静地停在当中一棵高大的锦葵树上空。在气球的斜下方竖着一根木柱，一个 30 岁左右的青年躺在木柱脚下。他半裸着身子，瘦得皮包骨头，满身伤痕。

当这些土著黑人看到这个气球像扫帚星一样带着闪亮的尾巴，全吓得四散开去。那个俘虏听见喊叫，头微微抬起，使出仅有的力气伸出双手。博士和凯乃第发现俘虏还活着，高兴叫起来："谢天谢地，黑人们都吓跑了，我们快去救他吧。"

"好，现在开始行动！乔，把燃烧嘴熄掉。"博士下达命令。

这时吹来一股微风，把气球吹到那个俘虏呆的地方上空，气球由于气体收缩而下降。吊篮已接近地面。

看到俘虏就要逃脱，有三五个胆大的黑人叫嚷着跑过来。凯乃第准备放枪，但博士止住了他。年轻的传教士奄奄一息，黑人也就没有把他绑在柱子上。乔帮助凯乃第把他送上吊篮，然后把 100 公斤的压舱物抛了下去。

博士命令赶快升高气球。他们终于升到了安全的地方。传教士浑身都是刀砍和火烧的伤痕。他显得极度虚弱。博士动手给他疗伤，

世界著名科幻故事精华

第三卷

又拿出兴奋剂，往传教士的口里滴了几滴。传教士清醒了许多，向博士他们讲述自己不幸的遭遇。

"谢谢上帝派你们来救我，我的生命就要结束了。

"5年之前，圣拉撒路教会派我到非洲来拯救人们的灵魂，我很热爱自己的职业。我是布列塔尼半岛阿枝顿村人，20岁那年，我来到非洲。我的苦难从此开始了。不知经历了多少磨难，我一路祷告，来到尼罗河上游一个部落里，原想用我的热情去劝化这些原始的土著人。可是两年过去，没有人愿意相信上帝。

"有一天，一个残暴的巴拉人把我抓去，不断虐待我。但我还是想让他们认识到自己的罪孽。

"后来，在一场部落间的战争中，他们以为我死了，我才得以脱身。我继续在非洲流浪，从事我喜欢的工作。我尽量入乡随俗，学习当地人的语言，以方便我的传教活动。

"巴拉夫利部落是出名的野蛮部落，去年我到了这里。几天前，不知道怎么回事，这个部落的酋长突然不明不白地死去，我被认为是这件事的祸根，要杀了我祭奠那个酋长。他们用酷刑把我折磨了两昼夜，准备明天把我处死。当我听见枪声，不由大喊救命。没想到还真碰到了你们这些救命恩人。

"上帝赋予了我生命，我用它回报上帝，无怨无悔。"

说到这里，传教士无力说下去了。凯乃第和乔都为他那执着的精神所感动，并为之而掉泪。

"他睡着了，永远睡着了，可怜的小伙子。"乔很悲伤。

"他的呼吸快没有了，我无能为力了，让他去天国吧。"博士说。

活着时从来没有享受这尘世的喜悦，临死之前，传教士脸上却充满了愉悦之色。因为他知道自己正慢慢走向天国，开始新的生活。在最后一刻，小伙子做了个祝福博士他们三个人的手势，之后就头一歪，躺在乔的怀里死去。

博士、凯乃第和乔都跪着默默地为传教士祈祷。下半夜，没有一个人说话，大家都沉浸在悲伤之中。

第二天，三位旅行家把传教士安埋在他曾用鲜血灌溉过的非洲土地上。

"安息吧，耶稣的忠诚孩子！"

发现大金矿

安葬了传教士，博士他们三人又驾驶维多利亚号飞向一片辽阔的高地。越往前行，空气变得越热。

"看，那边有一片大火！"乔突然指着那边说。

"那是正在喷发的火山，我们运气还不错，正好碰上了！"博士说。

维多利亚号飞了过去，只见千万条令人眼花缭乱的金色瀑布在火山口翻滚，热浪扑面而来。博士把气球升到 2000 米的高空，逃离熊熊的火山口。

又飞行了几个小时，到了一个山谷。这儿的岩石一层一层的，山谷中滴水不见。虽然这是一个荒谷，但博士还是决定下去看看。

气球刚降到地面，乔就立即跳出去。他忙着捡石头放到吊篮里，充当压舱物。博士把燃烧嘴关了，然后和凯乃第从吊篮里出来。由于乔在吊篮中放了很多石头，气球就牢牢地停在空中。

脚下遍地都是石英和云斑石，博士说："这些石头含金量很高，这个大金矿无意中让我们发现了。"

"你说什么？金矿？"凯乃第有点儿不相信自己的耳朵。

"对，这确确实实是个大金矿。这种岩层裂缝里常常藏有大块生金。"

"哦，找到金矿啦，我们要成为富翁了！"乔高兴得像个孩子似的跳起来，拼命往吊篮里装石头。

"别捡了，我亲爱的乔。"博士笑着对乔说，"这些东西对我们有什么用？你想想，我们的吊篮能装多少重量？"

"这些石头可都是宝贝呀！"乔仍在装。"有了这些石头，我们就是百万富翁啊！"

"那就随你吧，不过，到时我们飞不动时，不得不把许多钱财扔掉时，你可不要泪眼汪汪哦！"博士开玩笑说。

乔还是舍不得这些宝贝石头，就精神百倍地干起来，没多久，他就往吊篮中装了 500 多公斤石块。

世界著名科幻故事精华

第三卷

"够了，我们该走了。"博士边对乔喊边点燃燃烧嘴。过了一会儿，虽然气体在加热下膨胀起来，但吊篮中的石头实在太重了，根本不可能升空。

"好了，乔，现在开始扔石头吧，去掉200公斤。"博士命令道。乔扔掉了200公斤石头，气球没有不动。

"再扔掉一些！"

"再扔！"

……

乔一边往外扔石头，一边唉声叹气，不时愁眉苦脸地问："升了没有？"

但是每次得到的回答都是一样的："没有，再扔。"

当乔有点儿赌气似地把一块15公斤重的矿石扔出吊篮时，气球终于升空了。看着懊丧的乔，博士禁不住笑了，指着剩下的矿石说："看，现在你还有一笔不小的财富。假如这笔财富能够安全保存到英国，就够你用一辈子了。"

要离开这个金矿还真是令人有些舍不得，但为了完成探险，三位探险家又乘气球飞走了。

进入大沙漠

4月30日，维多利亚号进入撒哈拉沙漠。

早上，周围是一片晴空，火热的太阳光照着气球，不知怎么，维多利亚号几乎不能飘行。博士想了许多办法，终于使气球顺着一股微弱的气流向西北移动。

"我们现在想前进真是太困难了。"博士忧愁地说，"前10天我们差不多飞行了一半的路程，但从目前来看，得花几个月才能完成剩下的路程。糟糕的是，我们的水快用完了。"

"不必忧愁，博士。"凯乃第信心十足地说。"这么大的沙漠，还怕找不到水？"

"希望像你说的那样。"博士并不乐观。

在无边无垠的撒哈拉沙漠中，水源是非常少的，博士的担心并非多余。气球慢慢地飘行，博士仔细地观看每一个山谷。

世界著名科幻故事精华

沙漠中除了这里或那里长着几株灌木树，全是白茫茫的沙土和火红的石头。到处是一片荒凉，没有村庄，就是一个草棚子也难以发现。博士看着这些景象，更加担忧了。

现在绝无退路了，只有前进才是惟一的生路。博士心里想，要是来一场风暴把气球吹出这片死地就好了。但是一丝风也没有，一丝云彩也没有，飘行了整整一天才前进了50公里。

现在吊篮上只剩下30加仑的水了。博士认为只能拿出10加仑水用以解渴，剩下20加仑水留下制氢气。20加仑水只能制造出480立方尺的气体，而燃烧嘴每小时要消耗9立方尺。这就是说，他们只能再飘行54个小时。

吃饭时，由于水太少，只能用多喝点酒来补助，但酒精反而使人更加口渴。

维多利亚号飘到一块200米高度的山谷高地时，他们在这里过了一夜。博士记得在非洲中部好像有一个大湖。

沙漠的夜晚是宁静而美丽的，然而炎热的太阳却使人恼火。即使是早晨，天气也热得不得了。5点钟时，博士命令出发，但是气球却没法移动，因为一点风都没有。而有风的地方都是高空，气球要升上去，就要消耗很多的水，而实际情况却不允许他们那样做。

这一天，维多利亚号仅仅挪动了10公里。

第二天是5月1日，星期四。这天依然是烈日当空，燥热的空气仿佛凝固似的，纹丝不动。

即使如此，费尔久逊并不垂头丧气，还是保持沉着和冷静。通过望远镜观看，前面见不到丘陵，植物也绝迹了，一望无际的沙漠摆在他们面前。博士的心是痛苦的，但他却没有把它表露出来。他把他的朋友们领到了这荒漠之地，他怎能不感到痛苦呢？

博士觉得他有责任把目前的不幸处境坦白地告诉他的两个朋友。如果实在不行，就掉头回去。他想看朋友们有什么意见。

"博士的意见就是我的意见。"乔很干脆地说。"博士往哪里去，我就同他到哪里。他能忍受，我也能忍受。"

博士又问凯乃第。

"亲爱的博士，你看我是那种一点也经不起困难的人吗？在我决定和你同行的时候，我把一切最危险的情况也考虑进去了。我和乔一样，完全听从你的安排。我认为我们只有前进，而后退并不能减少危险。只有前进，博士，我们和您一起前进！"

博士被两位伙伴的精神感动了。"亲爱的朋友们，谢谢你们这样相信我，你们的话给我以极大的鼓励，我再一次谢谢你们！"博士激动地说。

三位探险家的六只手紧紧地握在了一起。

沙漠幻影

"朋友们，"博士开始分析情况。"据我计算，几内亚湾离我们最多只有500公里。有人曾到过那里考察，知道沿岸有人居住。所以说，沙漠还是有边的。必要时我们可以向那里去，说不定我们在途中就会碰到水井和绿洲。现在的问题是没有风，维多利亚号动不了。"

这一天仿佛比一年还漫长。举目望去，见到的都是令人失望的景象。太阳光终于从沙丘上逐渐消失，沙漠进入了黑夜。沙漠之夜静极了，这一夜博士辗转难眠。

又一天过去了。这一天就和前两天没有什么两样，维多利亚号仍旧缓慢地移动着。

"我们现在大概已经在撒哈拉沙漠中心了。"博士说。只见沙漠无边无际，寸草不生。他们感叹大自然的造化是那么神奇。同样的阳光，同样的纬度，一边树木繁茂，一边却寸草不生。

"看，乌云！"乔手指着东北方叫喊起来。

确实，在那边升起一片浓浓的云雾，一片黑黑的乌云。乌云缓缓地移动，从8点开始，到11点钟时，太阳才被乌云完全遮住。

"仅仅这点儿云，希望是不大的。风雨不会因这点云儿而起。"博士皱着眉说。

"乌云在上头一动不动，我们到上面去看看，看到了上面会有什么不一样。"凯乃第说。

"这样做会用去很多氢气，也就要消耗很多水。虽然我们的水已经非常少了，但处境迫使我们只有冒险了。点火升空吧！"博士答道。

燃烧嘴的火头加大了，不多久，气体也因温度升高而膨胀了。气球终于升到乌云里，包围在乌云之中。尽管气球到了乌云中间，可是风一点儿也没有，连云里面的水分也不多。维多利亚号在雾里微微有些荡漾，这就是他们的收获。

正当博士为这次收获不大的行动而闷闷不乐时，突然听见乔惊奇地大声说："看，那是什么？"

"那边有一个气球，肯定是另外一些阴谋家偷走了我们的气球。"

乔是不是因为天气太热而神经失常了？博士和凯乃第疑惑地看着他。

"我可以发誓，先生！您自己瞧瞧那边。"乔仍然用手指着天空。

"天哪！那边果真有一只气球，气球上也有人！"凯乃第也看见了，激动地叫起来。

有一只和维多利亚号一模一样、下面也吊着吊篮、也有旅客坐在吊篮里的气球，在离他们 60 米左右的上空飘着，而且沿着他们经过的路线飞行。

"不要大惊小怪了，那是海市蜃楼，一种光学现象。那只气球就是维多利亚号，吊篮中的人就是我们三个人。"博士感到很好笑。

尽管博士这样给他们解释，但这件奇怪的事情实在难以令人相信。

过了不久，维多利亚号离开了乌云，那只紧跟的气球幻影不见了。当气球升高后，天空中的乌云已无影无踪。

风，似乎变得更小了。若有若无的，看看没有希望，博士开始让气球降落。

刚才那有趣的幻影让三位旅行家暂时忘记了他们的艰难处境，但是酷热又来了，他们又开始悲观起来。

面临绝境

"棕榈树！棕榈树！"4 点钟左右，看到前面有树，乔嚷起来。

"有树的地方就有水，我们有救了！"博士也兴奋起来。

大家立刻搬出贮水罐，谁都不客气，一下子就喝掉了剩下的水

世界著名科幻故事精华

第三卷

的四分之一，他们实在太渴了。

晚上6点左右，气球飞到了棕榈树上空，这两棵小树干枯得几乎没有叶子了，就如同早已失去生命的死树一样。

树下的石头有曾经被水浸蚀的迹象，但现在已被太阳晒得裂开了缝。四周都看不到水。这种意外的结果，重重地给了博士致命一击。正在他十分沮丧时，伙伴们的叫喊声让他回过头来看，一幅令人毛骨悚然的景象出现在面前。

只见西面一个一点水也没有的水井周围堆着很多白骨，不用说，这里曾经来过一支大型驼队，他们在这儿没有找到水，一个个都渴死了。

三个人你看看我，我看看你，脸色白得怕人。

第二天早上，博士沉痛地说："由于昨天浪费了很多水，现在剩下的水只能维持6个钟头。在这段时间里能否找到水源，只有天知道了。"

该死的天，一丝风儿都没有，天气热得出奇。乔和凯乃第干脆躺在吊篮里，闭上眼睛，但就是睡不着。这种日子实在太难熬了，但又不能用工作来摆脱它，真是令人痛苦。现在他们对于一切都无能为力，他们只好听天由命了。

他们因缺水而越来越难受，他们每个人都眼巴巴地望着仅剩下的一升水，没有谁想去动一动它。处在沙漠之中，两杯左右的水代表什么结果！

博士依然不死心。早晨10点钟左右，他喃喃地说："再碰碰运气吧，看能不能找到气流，总比坐以待毙好。"

博士把气球的燃烧嘴拧到最大，气球开始膨胀，向上升去。从30米到2000米所有高度都试过了，但就是丝毫找不到气流。气球一点都无法动，努力彻底失败了。

现在，水用完了，燃烧嘴也没火了。气球开始缩小，慢慢地降落在原先升空的地方。

到了晚饭时间，面对饼干和肉饼，谁都不去动，每人只喝了口水，便解决了晚餐。

又捱了一天，只剩下四分之一升水了。这点水不到万不得已的时候是不能动的。

"我闷得慌！"乔大叫起来。"热得受不了啦！温度计上有60摄氏度了！"

"这就跟炉子差不多热了！"凯乃第也嚷起来。"我的天，天上一块云都没有！"接着他骂了一句娘。"我们不要绝望。"博士鼓舞他们道。"这个地方的特点就是热过之后必定有暴风雨。你们再坚持一下，要不了一个小时，暴风雨就会来的。"

乔明白博士是在安慰他们，就自言自语地说："给我们风吧。有了风我们的气球就能飞了，就能够找到水了。我们有足够的东西吃，但我们却没有水。水呀水，这该死的东西！"

周围是望不到尽头的沙漠，没有水，谁不感到沮丧？你看不到沙丘，甚至于一块石头！这种情况下人很容易产生一种所谓的"沙漠病"。太阳光把漫漫沙漠烤得如同炉子。到现在连博士也不能再给两位伙伴以安慰了，因为他自己都感到绝望。

在这样酷热的天气里，由于没有水喝，三位探险家的神经开始有点不正常了。他们的眼神呆滞无光。

天黑以后，为了解除这种不安的心情，博士打算以快步走的方式在沙漠里走几个小时。

迈开步，博士才发觉吃力，仿佛一个生病的人一样有些摇晃。但不久他就感到这样走对身体是有好处的。向西走了几公里以后，他感到精神多了。但就在这时，博士抬头一看这漫无边际的沙漠，不觉腿一软，跌倒在地。他想爬起来，但是爬不动，他开始呼喊，却连回音都没有。

博士就一个人倒在沙漠里，昏了过去。

半夜里醒来时，博士发觉自己躺在忠实的仆人乔的怀里。原来是乔看到博士去了很久还没有回来，非常担心，就顺着博士走过的脚印找来，发现了不省人事的博士。

"博士，您没事吧？"乔关切地问。

"不要紧的，只是一下子没劲罢了，放心吧。"博士笑笑说。

博士在乔的搀扶下沿原路返回。"我们不能坐以待毙，我们得想办法活命。"回到气球旁，乔对博士说。

博士沉默着，没有说话。

"如果为了大家的利益而需要有一个人做出牺牲时，我认为这个最适合的人应该是我。"乔说。

"你这是什么意思？你打算怎么办？"博士非常惊讶地说。

"我是这样打算的。我准备带上吃的东西，一直往前走，看看有没有村庄。如果我走后起了风，你们可以先走，不必等我。你们先给我在一张纸条上写上几句阿拉伯语，我碰到人就可以应付了。如果找到村庄我再回来救你们，否则我就是牺牲了。您认为这样做好不好？"

"不行不行，绝对不行！"博士吼起来。"我们不能分开，一分开又让我们担心。尽管处境到了这种地步，但我们还是等一等，也许还是有救的。"

"博士，那好，我暂时听你的。"乔想了一下说。"不过我只能给您一天时间，如果一天过后我们还是没有什么办法，那我就要坚决地走了。"

博士还有什么话可说呢？乔尽管只是一个仆人，但他的人格和心灵却不能以仆人看待。

又是一天来临。博士去看看气压表，水银柱和昨天一样高。

三个探险家像饥饿的野兽一样，用一种可怕的目光互相盯着对方。大家心里都清楚，水就剩下那么一点点，谁都惦记着，谁都想喝，却没有一个人去动它。凯乃第身材格外高大，他比两个同伴更承受不了缺水的折磨。他的嗓子都快哑了，整天走来走去，像个疯子，咬着自己的拳头，好像要把它咬破，喝自己的血。

天快黑时，乔开始有点儿神思不大正常了。看着无边无际的大沙漠，他突然扑倒在滚烫沙地上，张开口大"喝"起来，原来他把沙漠当成水汪汪的大池塘了，结果嘴巴都被沙子烫伤了。

乔再也无法控制自己，不由自主地跪着爬向吊篮，眼睛死死地盯着那瓶水，想把它喝掉。然而就在这时，旁边传来一声凄惨的喊叫："给我！我要喝水！"

凯乃第正向乔爬来。这位好猎手现在变得那么可怜。他跪在乔的旁边，哀求乔把水给他。泪水在乔的眼眶里打转，他艰难地把瓶

528

子递给凯乃第。凯乃第接过瓶子，一口气就把水喝了个底朝天。

谁也不知道这一夜是如何度过的。第二天，太阳又把它的威力向这三个不幸的旅行家压来。他们的身体正慢慢地失去水分。乔想爬起来，却力不从心。他已经没法动弹了。

凯乃第的头左右摇晃着，他的神情可怖，眼光像一头垂死的野兽那样。他突然从吊篮里拿出枪，把枪口对准了自己的脑袋。

"不！你不能！"乔拼命喊着奔过去。

"不要管我，滚开！"凯乃第气喘吁吁地吼叫。

两个人激烈地扭斗起来，在扭斗中只听到"砰"的一枪，幸好没打着人。

发现绿洲

处于半昏迷状态的博士被枪声惊醒了，他猛地站起来，眼睛里发出了亮光，用手指着远方，用一种奇怪的声音喊：

"那边！那边！看那边！"

被博士这一喊，乔和凯乃第停止了搏斗，怔怔地望着博士。

无垠的沙漠上沙浪翻滚。狂风卷起一个巨大的沙柱，从东南方以难以想象的速度滚过来。太阳被乌云遮住了。细沙就像水的飞沫那样在空中飞转，这片沙海翻腾着向他们逼近过来。

"热风，"博士眼睛里充满希望的光芒，"快到吊篮上去把压舱物扔掉！"

乔飞快跑到吊篮边把他的宝贝石头扔出吊篮，这时他顾不上心痛了。

维多利亚号迅速爬升。

再晚一步，气球就完了，热风的速度实在太快了。气球被巨大的龙卷风追上了，被风裹着的沙子像冰雹般向他们打来。

"再扔掉一些石头！"博士命令道。

一块很大的石头扔出去后，气球升到龙卷风上面。上面强大的气流柱托着气球向前快速飘行。

3点钟的时候，天空又恢复了死寂，但在3位旅行家的面前却出现了一个沙漠中的绿洲。

"绿洲！绿洲！"博士惊呼道。他们立刻放掉些氢气让气球降落，在离绿洲200米远的地方停住了。

找到了盼望已久的绿洲，3位旅行家从死神的手中挣脱了出来。

凯乃第和乔实在太兴奋了，他们立即跳下吊篮，用东西把吊篮压住，然后背上猎枪拿起水瓶，向树林飞奔。他们在林中发现了一潭清洌的泉水。因为太高兴了，连脚下狮子的脚印都没有注意到。

他们正要喝水，突然一声如雷的咆哮从附近传来。

"不好！有狮子！"乔有些紧张。

"来得好！"听说有狮子，凯乃第反而高兴起来。"我正想吃狮子肉呢！"

一只黑色鬃毛的狮子从一棵棕榈树后跑过来，做出进攻的架势，准备纵身扑过来。然而狮子的爪子还没有扑到猎人身上，一颗子弹已经穿透了它的心脏。

两个人急不可耐地奔到水井下，趴在水面上贪婪地猛喝。

"先生，别太喝多了。"乔喘了两大口气说。但凯乃第仍旧把头贴在水面上，拼命地喝着水，比酒鬼见了酒还贪喝。

"博士还在等我们呢！"乔又一次催促。凯乃第这才停止了喝水。

他们拿着装满水的瓶子正准备走时，只见井口有个黑糊糊的庞然大物拦在那里，不禁吓得倒吸了一口气。

他们没想到又来一只狮子，凯乃第赶快往枪里装子弹。等他装好子弹时，狮子却不见面了。

"冲上去！"凯乃第叫道。

"慢，狮子正在井口外边等呢。第一个出去的人必然会被他抓伤的。"

乔说："我们总得出去呀，博士正等着我们的水喝呢。"

"我想办法把它引过来，然后你就一枪结果它。"

乔把外套挂在枪的枪筒上，伸到井口外去。饥饿的狮子以为是人出来，就扑上去。凯乃第毫不迟疑地一枪打中狮子的腿部。狮子狂叫一声，从上面跌了下来，把乔撞倒在地。眼看着狮子的爪子已经扑在乔的身上，只听到"砰"的又是一枪，狮子栽倒在地。原来是博士恰好过来，在危急时救了乔的命。乔赶快把装满水的瓶子递给博士。博士口渴已极，咕咚咕咚喝掉了大半瓶。

有了水，三位旅行家痛痛快快地吃喝一顿，感谢上帝救了他们。他们在沙漠中又过上了宁静的一夜。他们太疲惫了，这一夜他们睡得格外香甜。

5月7日，尽管火辣辣的太阳光从树叶中透过来，但他们在树下休息还是很凉快的。乔又开始做他的拿手好菜，来让两位先生饱餐。现在用水不需要节约了。

一天之隔，给人的感觉大不一样，昨天如同在地狱，而今天则如同在天堂一样。

由于现在有了水喝，三位旅行家又振作起精神。昨天的苦难已经离去，明天仍然是充满希望的。

5月9日，天还没亮，空中布满黑云，气温突然下降。"赶快起来吧！风来了！"值夜班的乔叫醒伙伴。

"我们快上吊篮，风暴就要来临！"博士看了一下天色说。

狂风已把气球刮得贴近地面，真是一点也不能耽搁了。乔赶快奔过去按住吊篮，以免被风刮跑。

三人进入吊篮，把压舱物扔掉一些，气球就升到了60多米高的上空。他们依依不舍地看着这片绿洲，心中充满了感激之情。

土著毒计

由于风大，气球飞得很快，到中午时，已有少量的青草进入了视线的范围。这些青草的出现，意味着他们就要结束可怕的撒哈拉沙漠之行了。

飞行了一个小时，旅行家们看见了前面荒凉的陆地。又飘了一会儿，前面出现了一个不大的湖，湖的周围是一些丘陵。丘陵上生长着各种各样的热带植物，有油棕、木棉、香杉以及木瓜树、香蕉、苏丹核桃树等等。

"多美的土地啊！"博士感叹道。

"嘿，看，那里有动物呢！"乔欢叫起来。

这里各种各样的动物都有。野牛在草丛里吃草，身体高大的大象甩着长鼻子，在森林中横冲直撞，用鼻子把树卷倒在地。水中有

世界著名科幻故事精华

第三卷

正洗澡的河马，岸上有七八米长的海牛露着大大的奶子在休息。山坡上溪水奔流，瀑布飞奔而下，林中飞鸟鸣声不停，一派生机。

博士判断，他们肯定到了自然资源丰富的阿达马乌阿王国了。

又飞了大半天，维多利亚号到达苏丹王国上空。高耸在地平线上的阿特兰提卡山有800多米高，巍峨挺拔。非洲这一带的河流却都从西面山坡奔流到海洋中。阿特兰提卡在当地就是"月亮山"之意。

再向前有一条大河出现在眼前。这是一条真正的大河，这条河就是当地人称作"万水之源"的别努埃河。河西岸有一大片如同蚂蚁窝一样的土房子。

下午5点钟，维多利亚号轻轻沿着一座山脉的山坡落下，停在一块空地上。凯乃第抓起猎枪就跑去打猎。凯乃第一出去总是不会空手而回，没多久他就提着许多野鸡回来了。这天晚上，他们又美美地吃了一顿。

休息了一个晚上，第二天三位旅行家又启程了。

维多利亚号在旅行中经历了多次严峻的考验。它经历了可怕的飓风、热带沙漠的酷暑、忽上忽下的剧烈颠簸。现在他们相信维多利亚号。不管在什么时间，什么地点，它都能从容应付。当然，这成功的因素里面少不了博士驾驭气球的高超本领。

经历了这些大灾大难，他们已不再害怕旅途中会遇到什么困难了。但是，非洲这块地方充满了野蛮和迷信，旅行家们还是谨慎行事。

维多利亚号顺着气流向北飘去。早上9点钟左右，他们来到斯菲亚城——一座大城市。城市坐落在两座大山中间的高地上，易守难攻，只有一条小路可以上去。

气球飞过城市上空时，只见一支浩浩荡荡的队伍簇拥着一个阿拉伯族长进城去，还有不少吹鼓手在吹着喇叭。

博士把气球下降到低一些的地方，以便仔细地看看那些土著。但是气球一下降，阿拉伯人就赶快逃走。只有族长一人没动，好像不知道气球逼近似的。当气球离地面50米高的时候，博士用阿拉伯语大声跟族长打招呼。不料阿拉伯族长一听到天上有人说话，立即翻身下马，趴在地上。博士怎么叫他，他都不起来。

"用不着奇怪，"博士说："以前也有欧洲人到过这里，当地人把他们看作是天神。很明显，他们也把我们当作天神了。以后，我们会被那位阿拉伯族长当成神仙告诉他们的族人的。"

维多利亚号又飞了几个小时，到了曼达拉上空。这个地方非常富饶，到处都是皂角树林、草场和棉田。当气球飞临达克尔纳克上空时，不知怎么回事，气流消失了，整整一个小时，维多利亚号停在70米高的地方一动不动。

达克尔纳克是罗古姆的都城，房子整齐，街道宽阔。只见许多奴隶主把他们的奴隶带到一个广场上交易，正在热烈地讨价还价。

维多利亚号一出现在市场上空，土著人都惊叫起来，然后买卖也不做了，扔下货物就跑。气球停在半空中不动，3位旅行家欣赏着这座人口众多的城市。

这时，只见酋长手举着旗帜，从房子里面出来。一队吹鼓手跟着他，拼命地吹着牛角。博士想和他们搭话，无奈那些人听不懂。

有着很高额头、头发卷曲、鼻子钩着的罗古姆人看上去聪明而骄傲，但维多利亚号的出现却把他们吓坏了。这时一批身佩刀剑的骑手出现了，原来他们是准备跟来自空中的敌人决一死战的。乔拼命挥舞着红的或白的手绢，但都无济于事。

这时，酋长做了个手势，让大家安静下来。接着他便用一种类似于阿拉伯语的话讲了一大通，但博士一个字也没听懂。后来酋长做了个手势，这下博士明白了，酋长的意思是要求他们赶快离开。博士本来想快点走，但是气球却没法动，因为一点风都没有。酋长见博士他们不走，就发起怒来。身边的人也怪叫起来，想把怪物吓走。

这些人都穿着花花绿绿的衬衫，挺着大肚子，样子很滑稽。这里向别人讨好的方式之一就是尽量挺着肚子。这些人一边指手画脚，一边叫嚷。一群土著人像猴子一样，酋长做什么手势，他们也做什么手势，并且跟着狂叫。成千上万人做着同样的动作，样子非常好笑。

见博士他们还不走，土著人决定用弓箭把他们射下来。一看情况不妙，博士立即把燃烧嘴加大，气球就开始笔直上升，这下弓箭再也射不到了。酋长见他们往上逃跑，就用火枪对着球瞄准，然而他还来不及开火，他的枪就被凯乃第打掉了。土著人被这一枪吓得立即逃回屋去，街上一个人也不见了。

风一点儿也没有，夜幕降临了。博士他们只好停在空中。一点灯光都见不到，脚下一片漆黑。夜，死一般的寂静。博士担心在这寂静中隐藏着阴谋，就更加警惕起来。

博士的担心不是多余的。午夜时分，脚底下突然火光冲天，照亮了夜空。

"他们要干什么？"博士不解地问。

"这片火好像在上升。正在朝我们烧来。"凯乃第说，"上帝保佑我们。"

不出所料，这片大火确实是冲维多利亚号来的。博士仔细观察着火光，皱眉思考了一会，马上明白土著要干什么了。

原来，土著人利用成千上万只鸽子，在它们的尾巴拴上燃烧物让它们往上飞。凯乃第一看不妙，立即拿出马枪，朝带着火焰的鸽子开火。但鸽子实在太多，怎么打得完？没多久，维多利亚号已被火光包围了。

得让气球赶快上升！博士和乔拼命往外扔压舱物，气球终于升到了高空上面。只见鸽子在气球下面比较低的地方飞着，火光已经非常微弱了。

"这些土著人的办法够损的了。"乔气得差点骂娘。

"这是他们烧村子房屋的拿手好戏。"博士告诉伙伴们。"幸亏我们的气球能升，否则就完了。"

"我们的维多利亚号真伟大！"两个伙伴赞道。

搏斗巨鸟

5月12日，维多利亚号被一股突变的气流吹向乍得湖上空。尽管博士驾驶气球的技术熟练，他也难以控制飞行方向，因为这里的气流方向变化无常。

"瞧，有一群大鸟在向我们飞来。"乔目光敏锐，能够看到很远的地方。

"什么？鸟？"博士立刻抓起望远镜，顺着乔指的方向望去。

"我数清楚了，共是 14 只。"乔对凯乃第说，"猎手先生，现在可是你大显身手的好机会。"

"这些鸟是兀鹰，最大的兀鹰，糟，它们正向气球飞来……"博士放下望远镜，神情严峻地说。

"干掉他们！"凯乃第说着举起枪准备打。"我们的弹药很充足，不怕它们！"

一会儿，鸟群已在射程以内。14 只兀鹰呀呀地叫着冲过来，看来它们被维多利亚这个空中怪物激怒了。

兀鹰围着气球盘旋。它们在空中以极快的速度乱飞乱窜。

博士知道他们的环境是很危险的，决定把气球往上升。他们把燃烧嘴火苗加大，气球因氢气膨胀而开始上升。然而这群兀鹰展开翅膀随着气球上升，它们仍不肯就此罢休。

"看来他们要和我们一争高下。"凯乃第一面自言自语，一面往枪里面装子弹。

这群大鸟果真这样做，有的飞得离气球只有十来米，仿佛在向凯乃第挑战。

"博士，我真想把它们全都打掉。"凯乃第对博士说。

"这样做不行！"博士反对道，"枪声很可能引来兀鹰的进攻，不要去刺激它们。"

"博士，我能够百发百中。"凯乃第坚持说。

"如果它们万一从气球上面扑下来的话，你怎么打得着呢？"博士反问说。"我们现在在空中遇到这些鸟类，就如同在陆地上碰到一群狮子，或是海洋中碰到一群鲨鱼那样危险。"

"那么就再等等吧。"凯乃第把枪放了下来。

兀鹰飞得更近了。这些猛禽不长羽毛的脖子和紫色的毛冠已清晰可见了。这些一米多长的兀鹰十分凶猛，在太阳光下，它们扑动着白色的起膀，就像长着翅膀的鲨鱼。

"我们该怎么办？"凯乃第着急地问。

博士沉默着。

突然，一只最凶猛的兀鹰伸出利爪，张开尖嘴，向气球猛地扑过来，准备把气球啄破。

"打！打！"博士终于下了命令。

话音刚落，兀鹰已被凯乃第击中，打着转，落了下去。凯乃第赶紧换上双筒枪，乔也做好了射击的准备。

枪声一响，兀鹰被吓得飞逃开去。但没过多久又折了回来。凯乃第和乔同时开枪，把离得最近的两只兀鹰打死了。

"还有 11 只！"乔说。

但是，没想到剩下的 11 只兀鹰改变了进攻方式，从头顶上向维多利亚号飞下来。现在别说从吊篮中打到它们，就是看也看不见。这下，就连一贯沉着的博士也有点惊慌了，心中不安起来。只听到头顶上传来一阵绸子被撕裂的声音，原来兀鹰正用它们的尖嘴利爪把气球撕开一道口子。这下氢气往外漏，气球迅速降落。最可怕的情况终于出现了。

"气球漏气了，我们完了！"博士十分恐慌。

"快扔石头！"

"把水箱里的水全倒掉，快！把食品也扔掉！我们就要掉到湖里去了！"博士拼命叫喊。

水全部倒掉了，食品也全扔掉了，但气球还在继续下坠。博士从吊篮边探身一看，只见滚着波涛的湖水正向他们冲来。此刻离乍得湖只有 60 米高了。

"扔呀！再扔呀！"博士发疯似地大喊。

"全扔完了！"凯乃第答道。

"有！"乔说完一个字，迅速在胸前划了个十字，然后纵身跳出吊篮。

"乔！乔！"博士痛苦地闭上了眼睛。

由于减少了一个人的重量，气球的负担减少了很多，于是重又上升。恰好这时出现一股气流，把气球吹到乍得湖边上。

"多好的乔。救了我们，自己却牺牲了！"博士和凯乃第忍不住流下了热泪。

第二天是 5 月 13 日，博士和凯乃第先考察了他们降落的那片湖岸。这是在一片沼泽当中的一个小岛。四周长满了看不见边的芦苇。

接下来几天，博士和凯乃第默默地修补气球，两个都很少说话。凯乃第出去打了一些野味回来补充粮食。他认为如果乔还活着，听到枪声他一定会赶来会合，然而连乔的影子都没见到。

寻找伙伴

气球修好了。博士和凯乃第重新把气球升到空中。他们把气球维持在80米左右的高度，在湖的四周到处飞，想找到乔的踪影。两个人仔细观察，不放过任何一片灌木或每一片小树林。凡是该查看的地方都查看过了，然而一无所获。

"再找找看，别灰心。"博士说。

"乔落入乍得湖之后，他会不会淹死……还会不会……"想到这里，博士不禁心头一颤。在这一带湖中，生活着很多凶残的鳄鱼。太可怕了！虽然两个人都想到这点，但谁都不愿意说出来。最后还是博士有点儿自欺欺人地说：

"……鳄鱼一般只是在岛的附近或湖边，乔那么灵巧，总会避开它们的。再说，非洲人常常在湖里逍遥自在地洗澡，从来不怕鳄鱼袭击，所以这里的鳄鱼根本不可怕……"

凯乃第一点也没有心情同博士讨论这些可怕的事。

这个晚上，博士抛锚时不慎钩住一束芦苇。芦苇沾上了很厚的淤泥，变得很结实。两人怀着沉痛的心情熬过了一夜。第二天，起锚时无论如何也不能把锚索拉上来，如果下去又怕被鳄鱼咬住，博士只好举起斧子把锚索砍断，气球一下子蹿上100多米的高空。

上午10点钟时，凯乃第吃了点干粮，站到吊篮前用望远镜观察，密切地注视着地平线。"博士，那边有一群什么东西在动。暂时看不清是人还是兽。但从后面扬起的大片尘土可以判断，他们跑得很快。"

"我来看一看，"博士从凯乃第手里接过望远镜，仔细地看了几分钟之后说，"对，好像是骑兵在演习，那边肯定发生了什么事。"

"啊，我看清了，这些是阿拉伯人，他们有50多个人，似乎是在追一个逃亡的人，而不是搞演习。"博士接着说。

"逃亡的人？"凯乃第疑惑地问。

"对，是他！是他！"博士激动得声音有些发抖。说到这里，凯乃第已明白了一切。

在阿拉伯人前面飞奔的人就是乔，他们日思夜想的伙伴。在叫喊声中，阿拉伯人已从两面包抄而上。阿拉伯人由于忙着追人，不注意后面空中飘行的气球。

乔眼看就要被一个阿拉伯人追上，那个阿拉伯人正要举长矛刺他，在这紧急时刻，凯乃第从吊篮上开了一枪，把那个阿拉伯人打下马背。

一听到枪声，乔就知道是博士他们救他来了。一些看见维多利亚号的人立即从马上翻身下来，在地上跪拜，那些没有看见的还在继续追赶乔。

博士为援救乔，命令凯乃第把超过乔的体重的压舱物准备好，以便乔上来时就立即扔掉。他则守在绳梯旁，等待时机。

这时，乔已跑到维多利亚号下面。博士早就做好了放绳梯的准备。"乔！快上！"博士边叫边放下绳梯，刚好落在乔身边很近的地方。

乔并没有因为博士的叫喊而减低速度，他立即朝绳梯跑去，纵身上了绳梯。

"扔掉！"看到乔爬上了绳梯，博士忙叫凯乃第扔石头。

维多利亚号因为扔出去 75 公斤压舱物而迅速上升了 50 米。气球摇晃得很厉害，乔在空中就像荡秋千一样。一会儿气球不那么晃动了，乔对着下面的阿拉伯人做了个鬼脸，然后敏捷地爬到了吊篮上。三位旅行家紧紧地抱在了一起。

乔衣衫褴褛，身上、手上伤痕累累，沾满鲜血，他肯定受到了很多的折磨。博士拿来一杯酒让他喝，听他讲述他的遭遇。

"我从气球上跳到湖里后，从水里钻出来向上面瞧了一眼，当看到维多利亚号升高后向北方飘去时，我就放心了。这时，我开始考虑我的处境。我在湖中张望，不知湖岸上住的是些什么人，他们也许非常残忍。现在只有我一个人了，我只有依靠自己应付各种情况。

"我看见地平线上有个小岛，就赶快把身上妨碍我游泳的衣服脱去，使出全部的本领向小岛游去。

"我游了一个半小时后，离小岛不远了。但一个念头闪过我的脑际，我想到了鳄鱼。我明白了，鳄鱼经常在这一带出没。我清楚这种贪婪的动物有多凶残。虽然我知道一个人的命运该怎样还是怎样，但我仍感到害怕。因此我特别小心地向岸边游去。就在离岸边不远时，我闻到了一股难闻的气味。

"啊，附近有鳄鱼，我怕的就是它们！

"我立刻潜入水中，但在水中却被一个巨大的东西碰了一下，把我刮得很痛。我以为自己完了，就拼命游泳。我游到水面吸了口气，重新钻入水底。我似乎听到鳄鱼就在我身后咬牙，我真是害怕到了极点。为了不惊动它们，我尽量悄悄地潜游。突然，有什么东西抓住了我的膀子，又抱住我的腰。

"当时我吓坏了，就拼命挣扎。值得庆幸的是，这东西没有把我往水底下拖，反而把我送上了水面。

"我喘了一口气，睁开眼看时，原来是两个黑人。

"不是鳄鱼是黑人，这下我放心多了。我想，即使死于黑人之手，也比丧身鳄鱼之口强多了。

"当我从维多利亚号跳下来时，这两个黑人可能正在湖边洗澡，他们把我当成天降的天神了。

"两个黑人把我拉上岸，我被乱哄哄的人群包围起来。这些黑皮肤的男女老幼属于比地奥马部落。这些人把我当成了崇拜的对象，因此我尽管赤身裸体，但我并不为此而感到羞惭。

"围着我的人越来越多。这些人有的叫嚷，有的磕头，还有些人甚至伸手来摸我。我的肚子正咕咕叫，他们恰好把酸奶、米粉和蜂蜜等献给我。我也顾不了许多，把这些东西一扫而光。这些黑人以为在隆重的场合，神就是这样吃东西的。

"晚上，我被巫师们恭恭敬敬地扶到一个小房间后关上了门。房间里挂满了咒符。我在房间里，听到狂欢的歌声、鼓声和叮当声在外面响成一片，黑人们在这种音乐的伴奏下，像狼似地唱着歌。我知道这些黑人在扭着腰狂跳着舞蹈。

"如果是在平时，这种古怪的仪式是很吸引我的，但当时我实在

世界著名科幻故事精华

第三卷

太累了，倒身便睡。半夜里我被潮湿惊醒了。没多久，水来了，而且很快就有一米多深。

"'到底是怎么啦？'我叫喊起来，'是不是发大水了？'

"情况很危急，总不能让水没过头顶再逃。我急忙在墙上撞开一个洞，往外面看去，哪儿还有岛？我是在湖中间了。肯定是夜里湖水上涨，把岛淹了，这是乍得湖地区常有的事。

"我的游泳技术还是不错的，否则就完了。这时我看见一只独木舟，舟上没人。我游过去，爬上了小船，向北岸漂去。当小船到了长满芦苇的湖滩时，已是夜里两点左右。尽管天黑，但我还是发现了岸上的一棵大树。大树枝叶繁茂，我毫不犹豫地爬了上去，躺在树枝里休息。

"没多久天就亮了。当我醒来时睁眼一看，不禁吓得魂飞天外。只见大大小小、不计其数的蛇和蜥蜴密密层层地爬满了我睡的这棵大树，这一棵树简直可以说是爬虫们的家。太阳一出来，这些蛇便开始活动起来。我看着真是恶心，就赶快跳了下去。

"这件事让我知道以后要当心一点了。我从太阳的方位判断，我该向北方走去。

"此后几天，我又经历了许许多多的磨难，但我靠着一个誓死也要找到你们的决心，克服了重重困难。这天，我终于走出了茫茫丛林，看见一群马在草地上吃草，就跳上一匹马朝北方飞奔。阿拉伯人发现了我，就从后面追了上来。我狂奔了 3 个多小时，越过灌木丛和很多土墙。如果我被那些阿拉伯人抓住就必死无疑。幸好你们及时赶到，不然我恐怕就再也见不到你们了。"

维多利亚号于 5 月 20 日到达尼日尔河上空。

第二天，环境变了，平地变成了丘陵，由此看来他们离高山不远了。这时，气球开始逐渐向下降低，为了减轻重量，博士不得不命令把一些不必要的东西扔掉。由于缺乏氢气，气球飞了大约 200 米之后，样子变长了，有一大块瘪了下去。气球变得很皱了。

"气球是不是漏气了？"凯乃第问。

"没有。大概橡胶受到高温而熔化，这使波纹绸有点漏气。"博士答道。

"有没有办法解决？"

"没有。"博士答道，"现在只好把东西扔掉。"

转眼间，几座高山出现在远处的地平线上，危险的高山越来越近，维多利亚号正被大风向山峰吹去。现在得立即把气球升上去，不然无疑必会撞到山峰上。

"扔掉帐篷！"

"除留够一天用的水外，把水箱里的水倒掉！"

尽管采取这些措施，气球仅仅上升了一点儿，还必须再上升六七十米才能越过山峰。如果气球还是保持现在的高度，那么气球还是会和高山相撞。

"水既然已经倒掉了，水箱干脆也扔掉！"

"除了肉饼，连肉也扔掉！"

由于减轻了 50 公斤的重量，气球上升了不少，但山峰仍比气球高，没有解决问题。维多利亚号飞得很快，马上就要和高山相撞了。

博士把吊篮看了一遍，已是无物可扔，最后把眼光停留在枪枝上："凯乃第，看来只好把你心爱的枪也扔掉了。"

又扔掉了被子和几袋子弹。这时气球已飘到山峰上，而吊篮还是比山峰低，再过半分钟，吊篮就会被山峰撞碎。

"等等，等等！"凯乃第正要扔掉他心爱的枪时，突然听到乔喊起来。

"扔掉枪，凯乃第！"博士差点跳起来。"快点扔，否则我们就完了！"

凯乃第转身一看，只见吊篮里已没有了乔。

"乔！乔！"博士和凯乃第悲伤地喊叫。

现在吊篮猛地升高了好几米。只听到乔从吊篮下面喊："就要过去了！"博士和凯乃第听了高兴地跳起来。

原来，在危急时刻，乔攀在吊篮下面，双脚踩着山坡跑，这样就减除了一个人的负担。等到吊篮到达前面的深渊时，乔就迅速抓住绳梯一纵，重新回到吊篮里，和两个朋友呆在一起。

"亲爱的乔，你真勇敢！"博士和凯乃第紧紧地拥抱着乔，非常感动。

侥幸逃生

当维多利亚号飞过一片原始森林时，就慢慢地下降了。乔抛下锚索，钩住了一棵大树。天快黑时，已经没有风了，气球就停在绿色的森林上空一动不动。

"朋友们，要想渡过塞内加尔河，我们现在惟一的办法还是减轻吊篮里的重量。因为河上既没有桥，也没有船。"博士研究了一番地图后说。

"但是东西已经全部扔掉了。"凯乃第说。

"有！还有东西可扔！"博士想了一会，就像在决定一件非常重要的事，说道，"把与燃烧嘴连着的水箱和本生电池、蛇形管都扔掉，它们大概有 500 公斤重。"

"但是，这些东西一扔掉，我们就没办法让氢气膨胀了。"

"不要紧，我们还是能飞的。"

说完大家就开始动手。仪器一件一件被扔出了吊篮，掉进古老繁茂的森林里。这是一项很费事的工作，干了大半夜，博士让伙伴们去睡觉，他来值夜。

好宁静的夜，博士靠在吊篮边上，举目四望。但他的视线被黑沉沉的树叶挡住了。但他还是仔细地观看着，即使是树叶轻地摆动，他都不放过。在这种可怕的环境下，他感到分外的寂寞。这次气球探险，不知克服了多少艰难险阻，但就在快要结束旅行时，他却感到不安和慌张。

在这种思想的作用下，博士好像听到森林里有一种奇怪的声音，并且有什么火光闪了一下。博士马上用夜视望远镜进行观看，但是夜里那么宁静，他什么也没见到。他有点怀疑自己是不是神经过敏。但注意去听时，却什么也没有听到。

吊篮在微风的吹拂下轻轻摇摆，好像婴儿的摇篮一样。博士感到有些困倦了，眼皮耷拉了下来，他终于伏在吊篮边进入了梦乡。

也不知过了多久，一道出乎意料的亮光和噼啪声突然把博士惊醒了。他闻到了一股熏人的热气，熊熊的火焰从森林中升了起来。

"发生了什么事？"凯乃第和乔也惊醒了。

"是野人!"博士叫起来,"他们想把我们烧死!"

这时候,火光熊熊,喊声阵阵,到处都是火海,维多利亚号被火网包围了。枯枝噼哩啪啦地燃烧着,火焰嘶嘶地往上窜,土著人在附近嚎叫。

博士毫不犹豫地用斧子把锚索砍断,摆脱了束缚的气球一下子窜到300多米的高空,向西很快地飞去。这时候天已经快亮了。

"幸亏我们昨晚把那些沉重的仪器扔掉了,否则我们就必死无疑了。"博士刚才被吓出一身冷汗,庆幸又一次捡回了三条命。

气球飞过森林边缘时,乔眼尖,发现手拿着土枪长矛的30多个土著人骑着马在追气球。这些人一面瞪着大眼,一面野蛮地叫喊着。他们显得非常愤怒,挥动着手中的武器。这些人长着一副黑黑的面孔,胡子稀稀拉拉,样子特别凶残。

"这些塔利巴人非常凶狠。"博士对两个伙伴说,"落入他们的手中比落入老虎口中还遭罪。"

"幸好保留了枪。"凯乃第一面往枪膛里装子弹,一面有点庆幸地说,"还好,子弹够用。"

燃烧嘴已经扔掉,氢气造不成了,气球升降没法控制。由于气球泄气,维多利亚号不停地降低。一会儿,吊篮基本上就是贴地而行了。

"把剩下的15公斤干肉饼也扔掉!"博士果断命令道。

维多利亚号上升了一点儿,但30多分钟后又急剧下降。吊篮终于和地面相碰,撞地后的气球被弹了起来。飞行了一段路程的气球降落到地面。

骑着马的土著人慢慢逼近过来。三个旅行家的处境十分危险。

"还有100公斤的东西可扔!"博士突然闪出一个念头。

"什么东西?"凯乃第问。

"吊篮!"博士答道。"我们爬到气球的绳网里去,气球准能飞越塞内加尔河。"

这是惟一的生路了。三个人立即爬上绳网,然后用斧子把绳索砍断。气球失去吊篮后一下子升了100多米高。这时恰好吹来一阵风，把气球吹起来。追击者被抛在了后面。眼看气球就要飘过河了，风突然又停了。气球迅速降落在大河边上。

宽700米的塞内加尔河，波涛汹涌，波涛声震耳欲聋。枪支弹药已经扔掉，前有河阻，后有人追，凯乃第不禁感到绝望："这下性命难保了！"

"有了！"博士临危不惧，突然想到了一个主意。

"什么办法？"乔急忙问。

"用热气代替氢气过河！"博士高兴地说。"我们赶快收集干柴，不能耽搁了，再有一小时土著人就会赶来了。"

马上行动！乔和凯乃第去捡干柴，博士则打开阀门把氢气放出，在气囊底下弄了一个洞，把干柴放在洞下烧起来。

一会儿，气球因充满热气而开始膨胀。博士把火加大，气球也越来越大。追赶的塔利巴人出现在几公里远的地方。博士他们已能听见叫喊声和马蹄声了。

"加柴！快加柴！"博士大声喊。

气球因热气的增加而开始摇晃，好像就要飞起来。然而塔利巴人离博士他们只有三四百米远了。在这十分危急的时候，博士用棒把火堆里的一大篷干草搅起，火焰顿时升高，气球终于升到了天空。

在200多米的高处来了一股强大的气流，把氢气球吹过塞内加尔河去。气球在离岸几米远的地方降落，三个人都掉在水里面。恰好有十多个法国士兵正在岸边，把博士等三个救起。干瘪的维多利亚号则像个巨大的气泡，漂向湍急的塞内加尔河的下游去了。

侥幸逃生，博士忍不住热泪长流，张开双臂把两位朋友抱在一起。从4月18日出发算起，到5月23日到达非洲西岸的塞内加尔河，3位勇敢的探险家整整历时五星期，完成了他们伟大的"非洲之谜"探险计划。

6月10日，三位探险家到达圣路易，受到热烈欢迎。他们搭乘英国战舰于6月26日抵达伦敦。全欧洲几乎所有报纸都在头版头条报道他们的探险事迹。费尔久逊博士和他的两位朋友，因他们的勇敢而荣获1862年度伦敦皇家地理学会颁发的优秀探险队的金质奖章。

打破寂静

谈话从 2 点 45 分开始，当镇长把他那根能盛下一品脱烟丝的大烟斗点燃时，正好是 3 点 45 分。到他把烟抽完时，是 5 点 35 分。

说话简洁的尼克洛斯顾问终于在 6 点钟时打破了缄默：

"那我们计划——"

"没有什么计划——"镇长打断道。

"我是说，你大体上是正确的，范·特里卡西。"

"我有同感，尼克洛斯，是应该在适当的时候讨论一下高级警官——但现在不行，下个月吧。"

"我看一年或许有可能。"尼克洛斯接口道，掏出手帕，慢条斯理地在鼻子上揩了几下。

随后两个人又装了 15 分钟的哑巴，就连看家狗朗托也没破坏这种宁静，朗托如同它的主人一样从容不迫，进来向主人懒散的请安。傲慢的狗！——它是狗类的标兵，如果它由纸板做成四爪，安上轮子，也不会有丝毫的声音发出。

8 点钟了，洛谢端出一盏明亮的老爷灯。

"还有其他重要的事吗？"镇长问顾问。

"没有了，我只有这件事。"

"我听人说，"镇长又问，"乌代那城门边的塔楼要塌了？"

"唔！"顾问回答，"反正要说哪天它真砸死一个过路的人，完全在我意料之中。"

"唉！我希望防患于未然，我们要尽快就此讨论一番。"

"我和您一样，范·特里卡西。"

"另外，还有更需要决定的重要事情。"

"非常正确，比如皮货市场的问题。"

"上次会上不是决定烧掉它吗？"

"不错，范·特里卡西——那是你的建议。"

"这种方法你不认为是最可靠、最直接吗？"

"确实是。"

世界著名科幻故事精华

第三卷

"那么，我们再等等。还有吗？"

"没有了，"顾问回答，"您知道吗？水漏了，恐怕会淹掉圣·雅克底端。"

"听人说过了，真让人遗憾，皮货市场那儿怎么不漏水呢！那就可以扑灭那场大火了，省得我们反反复复地讨论。"

"依你看呢，尼克洛斯！事故是最难让人估计的，根本不能按规律判断，也不能拆了东墙补西墙。"

顾问思索了良久才理解镇长的精辟论断。

"那当然，但是，"顾问略微迟疑了一下，"我们快说到点子上来了。"

"点子！还有什么更重要的问题吗？"镇长问。

"是的，就是小镇发电的事。"

"唔，一点不错，你指的可是关于牛博士发电方案的问题？"

"太对了。"

"噢，正在实施，尼克洛斯，"镇长说，"他们还在铺设管道。"

"这件事是不是有点操之过急了？"顾问不以为然地说。

"确实有点，可这次实验的费用由牛博士独家承担，不用我们出一分钱。"

"若非如此，会通过吗？等等看吧！假如真成功了，基康东会成为弗兰德斯首先使用氧气灯的小镇——噢，那种气体叫什么？"

"氢氧气。"

"对了，是叫氢氧气。"

门一开，洛谢走了进来，报告说该吃晚饭了。

尼克洛斯起身告辞。范·特里卡西今天已经操劳大半天了，因此食欲大增。大家都知道，议会的首脑们碰一次头不容易，今天要开会处理城门楼即将倒塌这件紧急事情。

两位头面人物先后走向大门。已经夜里10点了，尼克洛斯出门前先把小灯笼点着，夜色深沉，像给基康东镇刷了一层墨似的，牛博士的氢氧照明时代还未到来。

尼克洛斯用了15分钟来举行他的告别仪式，点燃灯笼，换上大头牛皮鞋，戴上羊皮手套竖起大衣领子，系上毛领，拉下护眼毡帽，拿起重型雨伞，告辞上路。

洛谢一手拿着灯、一手正要去拔门上的闩，突然门外传来一阵突如其来的吵闹声。

是吵闹声！真怪了！——不是寂静过度后的幻觉，从1513年西班牙占据城堡古塔后，从没响起过这种声音——令人心悸的声音，这声音惊醒了长时间处于沉睡状态的高高在上的范·特里卡西大院。

有人在狠狠地捶门，这是这扇门迄今为止受到过的最残忍的待遇！越敲越起劲，仿佛用的是某种钝器，或者是一只强壮的手臂挥舞着大木棒在上面砸着。并有些可以听得很清晰的叫喊声夹杂其中——

"镇长开门哪！范·特里卡西先生，快开门哪！"

镇长和顾问面面相觑，谁也不敢出声。

但敲门声和叫喊声越来越响，洛谢从惊恐中回转过来，壮着胆子问：

"谁呀？"

"我！是我！我！"

"你又是哪一个？"

"帕索夫，高级警官！"

高级警官！就是那个10年来他们一直计划取消的职位！怎么了？难道又是勃艮第人自14世纪之后再次侵犯基康东？还有什么事能让帕索夫警官如此气急败坏？他一向以镇长为榜样，也是从容镇定、遇事不惊呀！

范·特里卡西没说话，只是打了个手势，门闩猛地抽开，门分左右。

一阵旋风刮进客厅——高级警官帕索夫进屋了。

"出什么事了，警官？"洛谢问，她是个顽强勇敢的女人，无论任何情况下，她都能冷静、清醒。

"什么事！"帕索夫圆睁双眼，异常激动，"是这么回事：我是从牛博士家来，出席了他的一个招待会，可是——"

"在他家？"

"是，我万万没有想到，镇长先生，他们居然在谈论政治！"

"政治！"范·特里卡西重重地读着这两个字，接着用手指抓着头上的假发。

"是政治！"帕索夫接着说，"这是基康东百年未遇的大事，后来，他们谈着谈着吵了起来，安德烈·舒特律师和多米尼克·屈斯托医生争执不下，险些吵起来！"

"吵架！"顾问惊叫道，"基康东会出现吵架！他们怎么说？"

"医生对律师说：'律师先生，你说话要注意点儿，别太放肆了！'"

镇长双拳"啪"地击在一起，顾问面色苍白，灯笼失手落地，高级警官不住地摇头叹息，失望至极。两个有头有脸的人物竟说出这么过激的言辞来！

"这个屈斯托呀，"镇长嘴唇发抖道，"绝对是个城府极深的恐怖分子。先生们，我们要好好讨论一下！"

旧恨复燃

诸位都看到了，基康东竟会如此让人伤心地沦落下去！他们心神不宁，整天昏昏欲睡，无事生非。一个轻蔑的眼神，也会招致一场争端。最驯服的市民变得勾心斗角，睚眦必报。有些人竟留起了大胡子，甚至还有几个——圣斗士——还故意留起充满了挑衅意味的朝天须。

事态大致如此了。小镇的管理变得如此脆弱，社会秩序难以维持，也由于政府根本没有开会来商讨怎么收拾这个混乱局面。尊贵的镇长范·特里卡西曾经那么堂皇稳重、仪态雍容，又是那么优柔寡断、麻木不仁——而现在整天火冒三丈，稍不顺心就大发脾气，房间里到处都充斥着他的叫嚣。一天他要作20项决定，还常把下属各部人等骂得噤若寒蝉，并一再强化他的权力。

呀，变化太多了！镇长的府邸，当时最让人羡慕的、最安静的处所，但现在这份安谧已不复存在了！家里的变化更是翻天覆地：梅尔芙变得极其尖酸、刻薄、喜怒无常。镇长——她的丈夫只有用比她高 8 度的声音才能让她屈服，但嘴是绝对不能闭的，她变得恣意妄为，对什么都神经兮兮、大惊小怪、方寸大乱。尤其对佣人们不满，她嫌她们手脚太慢了，她把洛谢骂得狗血喷头，甚至还当面挖苦她的小姑子塔塔尼芒斯。这次她可找到了对手，她俩针锋相对，寸步不让。范·特里卡西自然会为了安慰洛谢而数落她几句！但这只能使事态恶化，镇长夫人撒起泼来，夫妻之间不停地吵闹。

"这究竟为什么？"镇长绝望地长吁短叹，"都疯了？还是魔鬼附体了？咳，梅尔芙啊梅尔芙，你非要把我气死不可吗？可这不合我们家族的传统啊！"——他指的是应该自己先成为鳏夫，娶回一位新娘子才合传统。

另外还有一种效应，它影响了人们的心态，这种怪异的兴奋状态使生理上发生了不可忽略的变化。原来一直被埋没的才干表现出来了，潜能得到突然发挥。一些二流的艺术家发掘出新的才华，并不断有新面孔在政坛上涌现。激烈的辩论使一些深具实力的演说家脱颖而出。他们提出的所有疑问简直是给处在起因不明的兴奋中的听众火上浇油。从镇公委员会到一般性聚会都有这种苗头，人们将一些关键问题尖锐地披露出来，一个个俱乐部应运而生了。

到底是什么问题呢？问题很多，但可能根本又不成问题。有针对摇摇欲坠的乌代那城楼的，一部分人建议把它拆掉，而又一些人站出来反对，主张保留，争吵正酣；有针对镇上颁布的管理条例的，甚至有几个人蛮横地扬言决不理这一套；有关于臭水沟清理、下水道清淤等等。人们众说纷纭，莫衷一是。言辞过激的演说家们对小镇的管理机构置若罔闻。更有甚者苦心钻营、千方百计挑动同乡们点燃战火。

但他们觉得很有理由打一仗。

可能好多人都不清楚，在弗兰德斯幽静的角落里，宜人的基康东与弗盖门小镇为邻。两镇的土地是相连的。

1815 年，即鲍得温伯爵与十字军洒泪而别的前一段，弗盖门镇有头牛——牛并非私有财产，而属于公家，这点千万谨记——牛胆包天，竟然误闯基康东的土地上吃草。但这不幸的畜牲才试探性地

世界著名科幻故事精华

第三卷

吃了三口，就被定罪了——侵犯、袭击、蔑视——反正许多罪名，并被正式地起诉了，那时的执法官已进化到能进行记录了。

"时机成熟时，我们会报复他们，"当时执政的本届镇长约32代远祖纳塔莉·范·特里卡西如是说，"如果弗盖门人只是一味等待，那他们将毫发无损。"

但弗盖门人最终只受到警告，他们有理由相信，这么多年了，再大的仇恨也会被淡忘。确实已过了几百年，他们一直都与老邻居基康东人和睦相处。

但俗话说："天有不测风云。"说白了，就是经过这场"瘟疫"后，基康东人改头换面，重新燃起了心中埋藏已久的怒火。

首先是暴躁的律师兼演说家舒特，在蒙特勒莱街的俱乐部里，突然提及此事，义愤填膺，慷慨陈词。陈痛历数基康东人往昔的耻辱，认为一个"对自己的权力十分珍爱"的民族没有理由漠视这段历史。他说痛苦怎能被遗忘？伤口仍然鲜血淋漓。并说每次弗盖门人打招呼时都不怀好意，流露出几百年来对基康东的优越感。他号召长期以来，已对这种精神侮辱习以为常的同胞们，恳求"古老的优秀民族的后裔们"去讨还一笔数量可观的赔款。

这段基康东人从未听过的话，引起一阵真正"热烈"的掌声。所有听众都不约而同站起身来，摇臂呐喊着要为权利而战，律师舒特从没像今天这般扬眉吐气。

在场的镇长、顾问和政府要人眼睁睁看着群众的热情被煽动起来，却无力控制，而且也不想阻止。因为就算他们不比别人叫得更起劲，起码也是同一分贝：

"冲上前线！去战斗！"

基康东城门外仅两英里就是前线，弗盖门人要遭殃了，因为他们根本毫无防范，而基康东人，要侵入他们的领土不费吹灰之力。

在这紧要关头，只有深受市民尊敬的药剂师若斯·莱昂曲克头脑尚算清醒，他试图提醒同胞们：他们没有将军，更没有枪炮。

可回答他的只有不屑一顾的手势：什么将军、枪炮，随时都可以装配完整；正义之师，充满着对自己领土和民族的热爱，肯定会攻无不克，战无不胜。

镇长冲到台前，发表战前动员，并说有些人脸上罩着"小心谨慎"的假面具，畏畏缩缩，其实是个胆小鬼，然后将他象征爱国旗帜的大手用力一挥，表明坚决要撕下他的假面具。

大厅差点被暴风雨般的掌声震塌了。

战前表决异常顺利地被阵阵吹呼声通过，迅速付诸行动。

"打进弗盖门！攻占弗盖门！"的口号连绵不绝。

于是镇长当仁不让地承担了军队总动员的任务。他以基康东镇的名誉担保，此次战役胜利的荣誉，绝对可与罗马时代的获胜将军相媲美。

但顽固的若斯·莱昂曲克没有因刚才碰了钉子而气馁，他又提出，罗马时代的将军只有歼敌 5000 才能叫获胜，才有权获得殊荣。

"那又如何？"立刻有人跳出来怒吼。

"但弗盖门镇居民不过 2393 人，这就是说，除非每个人都死几次——"

但可怜的聪明人的话音未落就被扔出门外，随即身上便被拳头或脚打得青一块紫一块。

"勇士们！"以往担任一家食品杂货零售店店主的帕尔歇说，"甭听这个胆小鬼瞎说，只要你们肯听我的号令，我担保会杀死 5000 个弗盖门人！"

"5500 个！"一个百分之百的爱国主义者叫道。

"6000！"食品杂货零售店店主毫不退让。

"7000！"让·奥迪德克嚷道，他是吕埃·赫姆朗之子。吕埃以前的身份是甜点师，靠生产奶油使他慢慢进入上流社会。

"好！就这样！"看到没有再比 7000 更高的"筹码"时，范·特里卡西镇长一锤定音。

经过一番公平竞争，让·奥迪德克义不容辞地出任基康东大军的最高统帅。

世界著名科幻故事精华

第三卷

塔楼奇遇

"你是说……"镇长范·特里卡西望了望顾问尼克洛斯。

"我是说，战争已势在必行了，"顾问毫不犹豫地声称，"终于到了报仇雪恨之日了！"

"我看，"镇长蛮横地说，"哪个基康东人无意捍卫小镇的权利，就不配做基康东人！"

"那好，我决定立刻召集军队快速进攻弗盖门！"

"那是当然，"范·特里卡西附和道，"你是在向我作决定吗？"

"是的，镇长。虽然我有时说话不太入耳，但那确实是真话。"

"你太放肆了吧，顾问，"范·特里卡西不可一世，"这个决定应由我来宣布，该听着的是你！是吧，先生，再耽搁下去只有加重耻辱。任何一个基康东人都咽不下这口气，已经等了漫长的900年了呀！你爱怎么说就怎么说吧，不管你赞成不赞成，反正我军要立刻发动进攻。"

"如果你再这么执拗兼傲气十足，"尼克洛斯撇了撇嘴，"那你尽管呆在家里，我们自己去。"

"镇长应该冲在前线，先生！"

"顾问也同样，先生！"

"你在影射我，希望我变成懦夫！"范·特里卡西吼叫着上前几步，他的拳头忍不住要光顾尼克洛斯的鼻梁。

"你在侮辱我，让人嘲笑我不爱国？"尼克洛斯不甘示弱，随时准备听到他的手掌与范·特里卡西的脸颊发生碰撞的声音。

"我告诉你，先生，两天内基康东大军一定要向弗盖门进发！"

"我也告诉你，先生，不出48小时我们就会攻入敌军腹地！"

通过这些片段大家可以知道，其实两个人的意见是一致的，都想开仗，但由于太激动了，不得不争吵起来。尼克洛斯不服范·特里卡西的调遣，而范·特里卡西更不甘居于尼克洛斯之下。就算他们在战争问题上发生分歧，就算镇长热衷于战争而顾问爱好和平，也不会像现在吵得这么厉害。两个往日的挚友兼亲家现在却怒目相对。两人心跳加剧，脸色通红，咬牙切齿，全身战抖，声音沙哑，一触即发。

多亏这时大钟恰到好处地响了，暂时令他们放弃了争吵。

"到时候了！"

"到什么时候了？"

"上钟楼的时候。"

"那好，随你乐意不乐意，先生，反正我先上去了。"

"我也去。"

"那好，走吧！"

"走！"

这可能让人更容易想到：两个人将要去钟楼的塔顶进行一场决斗。但其实并非如此。那是镇公所的塔楼，两位镇领袖要到楼顶去全方位察看敌我双方的地形，切实做到知己知彼，万无一失。

虽然已决定共同去钟楼而没产生分歧，但两个人还在不停地吵，声音在街上传出老远。但市民们现在都已对此司空见惯，两位头面人物的喋喋不休，他们早已习以为常，谁也不足为奇。现在如果谁还能心平气和，那他一定是个怪物。

两人很快就奔到了塔楼入口处，但胸中的怒潮一浪高过一浪，脸上的绯红已经散尽，随之而来的是面色惨白，尽管目的一致，但莫名的仇恨却深埋心底，大家都清楚，只有愤怒到极点的人才会惨白。

两个人在窄窄的入口处终于因谁先上楼梯而大打出手了，顾问尼克洛斯不再顾忌镇长是自己的顶头上司，是镇上的最高领导，便猛地把范·特里卡西推到一边，自己率先冲上楼梯。

两人在楼梯上展开追杀、格斗，不顾身份尊卑，只管把拳头砸向对方的头。这场殊死搏斗就发生在 357 英尺高的塔楼里。

但两个养尊处优的冤家很快就累得不行了。闯过第八关时，他们就只剩下"哼哧、哼哧"喘粗气了。是他们走不动了吗？但他们已经停手了，还在向上爬。只不过脸上的怒气都已经褪去了，而且都不言语，只是心里纳闷，觉得越往高处爬，心里就越冷静，他们想着罢手的措辞了。如同咖啡壶移出了火焰一样，心里不再那么激

世界著名科幻故事精华

第三卷

动和怒火中烧了。

说不清楚。其实在两人坐到266英尺的楼梯上休息时，就已比刚才冷静多了，他们再相互对视时，目光中已没有一点儿怒意。

"真高！"镇长掏出手绢揩脸上的汗。

"的确太高了！"顾问答道，"告诉你吧，我们现在要高出德国汉堡州的圣·迈克尔教堂14英尺哩！"

"我早就知道。"镇长自负地说，但这很正常，谁让他是基康东镇里坐第一把交椅的人呢！

过了几分钟，两人继续向上爬，还偶尔凑在四周墙上的透气孔好奇地向外张望。镇长抢先走，顾问自愿随后。爬到第304级时，尼克洛斯见范·特里卡西累坏了，就赶忙从后面扶了他一会儿，后者也接受了他的帮助，到达塔楼平台后，镇长真诚地说：

"谢谢你，尼克洛斯，我会记住你的帮助。"

片刻前，他们在塔底如同两只困兽，都欲吞掉对方而后快；而如今登上塔顶，俨然又成了情同手足的好兄弟。眼前就是弗盖门雪白的城墙、漆红的墙檐和闪闪发亮的钟楼。这就是战斗的目标，那座即将遭受战火洗礼的小镇！

镇长和顾问犹如两位高尚的、情投意合的铁哥们一般，并肩促膝共坐一条小石凳，他们渐渐恢复了体力，就这边瞧瞧，那边望望，接着沉吟良久——

"这一切真美妙啊！"镇长由衷地赞叹道。

"是啊，太美了！"顾问接腔，"你不这样认为吗？范·特里卡西，真是的，人本该在这么高的地方居住，而不该匍匐在地球表面，爬得像蜗牛一样慢慢腾腾的！"

"说得好，尼克洛斯，"镇长答道，"你真把我的心事都说出来了，你我的心灵是相通的，知道彼此渴求怎样一种情感！我们要尽力去得到这种需求！只有登上这样的高度，才有哲人和圣人的思想存在，才能够远离尘世间所有苦难！"

"我们围塔顶转一圈怎样？"顾问轻声提议。

"好，那就围塔顶转一圈吧！"镇长赞同道。

两位挚友如同往日那样，手拉着手，一边互相问答，一边观察着地形。

"如果没记错，我应该有 17 年没上过塔楼了。"范·特里卡西感慨道。

"我好像是第一次来这里，"尼克洛斯说道，"真令人遗憾！登高俯瞰大地万物真是美不胜收！看到了吧，我的朋友？那树林间弯弯曲曲的是流淌着的瓦赫河。"

"再上去一点就是圣·赫尔曼达德高地啦！在远处看来它是如此优雅！看到没有？那有片绿色的树林。都说是巧夺天工，但是天工不是那么容易被夺的，尼克洛斯！人类永远比不上大自然的力量！"

"所有的美景一览无余，尽收眼底，我的好朋友，"顾问接口道，"呀！快看那些牛群和羊群，它们卧在草地上那么怡然自得！"

"农夫已经下田了！我觉得他们就是阿卡迪亚的牧羊人，只不过少根笛子而已！"

"这片富饶的田野上是湛蓝的天空，纯净得没有一丝云彩！尼克洛斯，任何人来到此处都会变成诗人！我始终纳闷圣·西蒙·史蒂利特为什么没成为世界上最杰出的诗人！"

"可能是由于他的专栏还欠火候。"顾问笑着说。

大钟这时又敲响了，悦耳的钟声回荡在耳畔，恍如隔世，两位好友听得入了神。

接着，镇长轻声问道："唔，尼克洛斯朋友，可是咱们为什么要到塔顶来呢？"

"说实话，"顾问回答，"我们是不是在做梦——"

"咱们为什么要来塔顶呢？"镇长又喃喃道。

"或者说，"尼克洛斯解释说，"我们来这儿是为了呼吸更新鲜的空气，尚未沾染尘世污秽的空气。"

"是的，那现在我们该下去了吧，尼克洛斯朋友？"

"好吧，那就下去吧，范·特里卡西朋友。"

他们又无限留恋地看了看眼前的美景，然后镇长在前，顾问随后，两人缓缓地从容下楼。一会儿就来到刚才呆过的一层，脸上又开始红潮涌动。稍事休息后，他们继续一前一后下楼去。

不一会儿，范·特里卡西嫌尼克洛斯跟得太紧，老是踩到他的鞋跟，让他觉得"很讨厌"。不仅如此，当又下行了 20 级后，他喝令尼克洛斯先站好等着，他自己先在前面安全下楼。

顾问说他可不会为了讨好镇长而使自己变成一根被随意摆布的木头，说着走得更快了。

又被顾问赶下 20 级楼梯后，镇长警告，别把他惹急了。

尼克洛斯却想先一步下去，但那需让镇长如像片似地贴在墙上才行，因为楼道太窄了。终于两个人撞在了一起。现在从他们嘴中吐出来的最温柔的称呼竟是"蠢驴"和"傻瓜"。

"你自己也不想想，你这个白痴，"镇长叫道，"你自己也不想想，你上了战场能杀掉谁，出兵时，会给你什么职位！"

"职位怎么说也不会比你低，你这个大笨蛋！"顾问也咄咄逼人。

争吵愈演愈烈，迅速从口腔转入四肢运动，一直打到楼底，这是为什么？他们为什么变得这么快？塔顶上温驯的羔羊为什么一下降 200 英尺就会变成凶恶的猛虎？

不管为什么吧，总之塔楼的守门人是听到声音不对才开的门，然后看到两个对头鼻青脸肿，两眼冒火，他们正彼此揪着对方的头发——确切地说只有尼克洛斯的是真发，而范·特里卡西的则是假发。

"我不会就这么算了！"镇长的拳头在顾问的鼻子下晃了晃。

"随时恭候！"顾问还想飞起一脚。

自己也正处在莫名奇妙的兴奋中的守门人对此一点也不觉得稀奇。他躁动不安，跃跃欲试，很想加入战团，把两人暴打一顿。总算镇长的积威救了他，他跑出去大叫："乡亲们，镇长范·特里卡西和顾问尼克洛斯要打架了！"

一对情人

前面已向大家说过，镇长有个独生女叫苏泽，可您不会想到会这么巧，顾问刚好有个独生子叫弗朗茨。即使您能想到顾问可能有后代，甚至是个儿子，但您做梦也想不到他俩早已定了亲，而且可以说是青梅竹马、天造地设的一对。

千万别认为在这神奇的角落，年轻人都像和尚和修女一样，其实只不过含蓄些罢了，男婚女嫁照样不例外，但当事人对此事都相当沉得住气。订了终身的双方，结婚前都想彼此加深一些了解，但只不过这种了解稍费时日，起码说十年或八年才可以，否则就如同上大学可以提前毕业一样令人不可思议！

是 10 年，您不信？但确实如此！相对于婚后共同生活的时间，10 年有些太长了吧？一个人用 10 年时间，可以成为一位科学家或技师，或一名出色的推销员、律师等，但有必要用 10 年来学习钻研做丈夫的学问吗？没人说得清。但在基康东人眼中，不管是理智还是感情因素，如此长的婚期是很必要的。当今一些"时髦"而且开化的城市里，有时仅用几个月即可成就一对夫妻，我们也会莫名惊诧，那还是让他们把孩子送到基康东去感化一下吧！

近 50 年来，基康东破天荒的一次婚姻只经历了两年就完成了，结果不出所料，简直糟透了！

弗朗茨虽然与苏泽深深相爱，但弗朗茨爱得波澜不惊，很含蓄，因为要等 10 年才能把心爱的姑娘娶过来。他与苏泽在每周都约好一次恋爱时间。两人在瓦赫河边漫步，而他总带着钓具，苏泽也总会带上她的十字布，上面有用她那双柔嫩修长的手绣出的花儿，不过绣得很蹩脚。

弗朗茨今年 22 岁，一张瘦脸上时时红潮涌动。他皮肤细腻，说话轻声细语的。

而苏泽面色丰润，金发碧目，今年 17 岁，非常喜欢钓鱼。与鱼儿进行智慧与耐性的角逐其乐无穷，而弗朗茨又恰好也喜欢这种消遣。他极富耐性，每次望着浮标在水面一动一动地都令他心醉神驰。他懂得等待时机，有时六个钟头后，才会有些慈悲为怀的鱼上钩，他就会不动声色地欢喜异常。

这对情侣——具体些——已经定了终身的两个人——这天又坐在绿草如茵的河滩上，脚下清澈的瓦赫河缓缓地流淌着。苏泽温柔地取下针，在十字布上开始飞针走线，弗朗茨则有意无意地挥动着

世界著名科幻故事精华

第三卷

鱼竿。

弗朗茨有时会冷不丁地冒出一句：

"鱼上钩了，苏泽。"

"真的，弗朗茨！"苏泽会停下刺绣，一双漂亮的眼睛盯着钓鱼线。

"嗯——弄错了，"弗朗兹说，"我只是有些类似的感觉，其实它没上钩。"

"鱼可能真上过钩，"苏泽语气甜美地鼓励他，"记住，要瞧准时机迅速收线，你总是慢一拍，所以鱼会溜走的。"

"你来收线好吗，苏泽？"

"好极了，弗朗茨。"

"把你那块布给我。我今天倒要看看，你究竟做刺绣棒些，还是钓鱼棒些。"

苏泽双手颤抖着握住钓鱼竿，而弗朗茨则煞有介事地在一旁刺绣。他们相互说着情话，一晃好几个小时过去了，期间浮标也起伏了七八下。他们相互依偎着，静静地倾听风和小河的亲昵交谈，这是多么美妙的令人难忘的时光啊！

日落西山，虽然苏泽和弗朗茨并肩作战，但没有一条鱼动恻隐之心，不但不来奉承他们，反而好像与两个年轻人搞恶作剧。

"我们下次一定能钓到。"苏泽安慰道，因为她看到弗朗茨有些忿忿的。

"我们祈祷好运气。"弗郎茨气消了些。

他们亲密地往回走，如同他们身前的影子一样，一路上都没说话。

他们来到苏泽门前，走过可以消掉声音的绿色草坪，苏泽正想敲门，弗朗茨觉得该提醒一下苏泽：

"苏泽，你也清楚，那天快临近了。"

"知道了，弗朗茨。"苏泽低着头说。

"是吧，"弗朗茨道，

"只有五六年了——"

"再见，弗朗茨。"

"再见，苏泽。"

门开了，苏泽走了进去。弗朗茨看看天色快暗了，就一路跑回了家。

真相大白

突然这时响起一声震耳欲聋的轰鸣。基康东的上空一股烈焰直冲云霄，仿佛把周围的空气都烧尽了。要是在夜里，火光肯定能传到 10 里以外地方。

大军全都被震翻在地，如同一群虔诚的修道士伏倒在地，幸好都安然无恙。甜点师这次却稳稳地坐在马背上，只不过马趴在地上，头盔烧焦了攒缨罢了。

发生什么事了？

真相很快大白了，是煤气发生了爆炸。因为牛博士和耶恩都没在监督，肯定是工作操作有误，把装氢气的容器稀里糊涂地与装氧气的弄混了。这两种气体一混合就会爆炸，一团火又不失时机地凑了过来。

士兵们艰难地从地上爬起来，却突然发现牛博士和耶恩不见了。但是——

重返和平

爆炸过后，一切又变回了原来的样子，小镇还是佛兰芒式的宁静。沉寂的小镇，好像根本没变过。

这次强烈的爆炸并没有使人们醒来后产生太大震动，每个人默默地、梦游似地回到自己的家，镇长拉着顾问，律师搀着医生，弗朗茨挽着西蒙，一个个神情怡然、无言地走着。刚刚的事仿佛做了一场梦，醒来时已物是人非，对弗盖门的仇恨被炸得无影无踪了。将军卸甲归甜食店，亲兵复员回麦芽糖店。

和平重返小镇。生活依然如故，仍是人、动物和植物的天地，只是基康东乌代那城门的塔楼改斜归正了，这是那场爆炸做的另一件大好事。从此，基康东人再也听不到有人高声讲话，甚至争吵的声音，再也不存在政治、俱乐部，法官、警察包括高级警官帕索夫再度成了无所事事的人。但帕索夫的薪水没有降，因为关于他的职务问题，镇长和顾问都始终下不了决心。

不过，他却时时在伤心欲绝的塔塔尼芒斯的梦境中出现，但这没有第二个人知道。

至于西蒙，他极有风度地把可爱的苏泽让给了情敌弗朗茨。弗朗茨只等了五六年就匆忙把她娶进了自己的家门。

要说梅尔芙可真是个极懂规矩的女人，10年后她贤惠地命归黄泉，而镇长又娶了她年轻的表妹朱弗鲁·贝拉吉，来得正是时候——心满意足的范·特里卡西会遵照传统比她先去见上帝。

世界著名科幻故事精华

第 四 卷

(法) 凡尔纳 (Verne, J.) 等著

金诚致　编译

时代文艺出版社

第四卷 目录

第七章 神秘人类

第八章　机器大战

世界著名科幻故事精华

目　录

第七章　神秘人类

小 人 国

格利佛是个医生，他到过许多国家，经历过很多奇奇怪怪的事情。

有一次，他乘船去旅行。船在海上航行了几个月，绕过了半个地球。

一天，海上突然刮起大风，把船刮到了礁石上，撞成了碎片。大家只好各自逃命，格利佛逃到了一个叫利立浦特的小人国岛上。一上岸，他便精疲力尽地躺在地上睡着了。

格利佛一觉醒来，发现自己的身体被细绳子绑在地上，许多只有手指头那么大的小人，拿着弓箭，在他身上走来走去。

格利佛吓了一跳，大声吼了起来。那些小人听到他如雷的吼声，狼狈地从他身上跑下去，逃跑了。格利佛拼命挣扎，想把绑他的绳子弄断，站起来时，小人们开始用弓箭向他射击。他的一只手臂上就中了 100 多支箭，痛得像针刺一样。他只好乖乖地躺在地上，一动也不动。

过了一会儿，小人国国王派来一位大臣，踩着梯子爬到格利佛耳边跟他说话。格利佛什么也听不懂，好像听到蚊子在嗡嗡地叫。

那位大臣找来许多木匠，造了一部车子，把格利佛拉到小人国的首都，关进了小人国里最大的一座寺庙里。

小人国的公民们得到消息后，都争着来看热闹。在参观的人群中，有几个不怀好意的家伙，用箭射击格利佛。卫队长抓住了这几个带头闹事的人，交给格利佛去惩罚他们。格利佛把他们全都释放了。这件事给小人国的公民们留下了很好的印象，以后再也没有人欺侮他了。

国王听说格利佛的仁慈行为以后，命令手下的人好好地服侍格利佛。还派了几位聪明的人教他学习小人国的语言。

格利佛很快就学会了小人国的语言。他请求国王恢复他的自由。国王要格利佛发誓，保证不伤害小人国的任何一个人。格利佛答应了国王的要求，对小人国的公民们非常友好。国王这才恢复了他的自由。

在离利立浦特不远的地方，有一个叫卜来夫斯古的小人国。利立浦特国王想利用格利佛占领卜来夫斯古。格利佛没有同意，还帮助这两个小人国签订了互不侵犯的条约。利立浦特国王很不高兴，在一些大臣的挑唆下，决定挖掉格利佛的眼睛，让他慢慢地饿死。

有一个同格利佛非常要好的官员把这个秘密告诉了格利佛。格利佛立即逃到卜来夫斯古去避难。卜来夫斯古国王非常感激格利佛对他们国家的帮助，命令左右热情照顾格利佛。

但是，格利佛不想在这里长期住下去，一心想回到自己的故乡去。几天以后，格利佛在海滩上发现了一艘能乘坐的木船，就把它拖了回来，用当地最大的树木做成桨，用布拼起来做成帆，准备乘船回到故乡去。

卜来夫斯古国王知道格利佛要走，并不挽留他，只是送了许多牛和羊让他在路上吃，还送给他很多金币。

格利佛乘坐小船在海上航行了三天后，幸运地碰上了一艘商船，他得救了。当他向船员们讲述他在小人国的经历时，船员们都不相信他的故事，以为他疯了。格利佛拿出卜来夫斯古国王送给他的小牛羊和金币，让船员们观看，大家这才信以为真，大为惊奇。

两个月后，格利佛又出海旅行去了。

巨人国

　　格利佛又要去旅行了。这一次他乘坐的是"探险号"轮船。半路上，遇到了风暴，船漂到了一个陌生的地方。这时候，船上的淡水快用完了，格利佛和几个水手登上一座荒岛去找水。突然，他们发现一个跟教堂的尖顶一样高的巨人在追赶他们。其他的同伴都逃回船上去了，格利佛晚了一步，没跟上大家，被留在荒岛上。

　　格利佛害怕极了，慌乱中爬上了一座很陡的高山。他向四周望了望，看到有一个山村，还种植着庄稼，可是很奇怪，这里的青草长得比人高，庄稼长得就像森林一样高大、茂密。格利佛进了一块麦田，在里面什么也看不见。大约过了一个小时，麦田里来了几个人，他们是来收割庄稼的。格利佛眼看就无处藏身了，便躺在草丛中等死。

　　一个巨人发现了躺在草丛中的格利佛。一开始，那巨人又惊又怕，以为格利佛是什么危险的动物，用两个手指像抓一只苍蝇那样，把格利佛高高地举在空中。格利佛疼得要命，又害怕被巨人摔死，就向巨人苦苦哀求。那巨人好像听懂了格利佛的意思，把他放在衣袋里，交给了主人，并把发现格利佛的经过对主人说了一遍。

　　主人观察了格利佛的一举一动，相信他是与人类似的动物，就把他带回了家。

　　巨人一家对格利佛很友好。那个主人叫他 9 岁的女儿做格利佛的保姆和老师，教他学巨人国的语言。还给他取了个名字，叫格立锥格，意思是小人。

　　巨人在麦田里捡到了一个形状像人的怪物的消息，很快就传开了。主人听从朋友的意见，在一个集日把格利佛带到了集市上，让他表演了许多节目，主人赚到了一大笔钱。

　　从此，主人就带着格利佛到全国各地去展览演出，后来到了首

世界著名科幻故事精华

第四卷

都。国王下了一道命令，要那个巨人带着格利佛进宫，为王后表演。看了格利佛的表演后，王后舍不得让他走，就用1000块金币把格利佛买了下来。国王开始以为格利佛是由哪位高明的工匠装配起来的机器，格利佛就向国王讲述了自己是怎样来到这里的，还把自己国家的事情讲给国王听。国王相信了格利佛的叙述，叫王后好好照顾他。

王后命令木匠给格利佛做了一个箱子居住；每逢吃饭的时候，王后总要格利佛陪她一起吃。国王也喜欢格利佛，空闲时总喜欢和格利佛一起谈话，让格利佛给他讲述有趣的事情。

王后身边有一个矮子，只有其他巨人一半那样高，但还是比格利佛高许多倍，就常常欺侮格利佛。巨人国里的苍蝇，有老鹰那样大，常常飞到格利佛的脸上捉弄他。一次，格利佛在王宫里看花，一条像大象一样高大的狗，把格利佛当成小兔子咬在嘴里。格利佛吓得昏了过去，幸亏狗没有咬伤他的身体。

格利佛在王宫里虽然受到国王和王后的喜爱，但他总盼望着有一天能回到自己的祖国去。

一晃两年已经过去了。一天，国王和王后要到外地去旅行，把格利佛一起带去。到达目的地以后，一个仆人拎着格利佛居住的木箱子，到海边去让他呼吸些新鲜空气。

木箱子放在海边，被一只老鹰发现了。老鹰想把箱子里的格利佛吃掉，就把箱子叼走了。刚飞到半空中，便遭到其它老鹰的抢夺，箱子掉到了海里。

格利佛在箱子里拼命喊救命，还把手绢系在木棒上，伸出窗口挥舞，盼望有人来救他。大约过了一个小时，一艘客轮驶经这里，船上的人惊奇地发现了箱子里的格利佛，把他救了出来。格利佛再次回到了家乡。

由于格利佛在巨人国住了两年，已经看惯了那里的一切，回家后，看到的房屋、树木、牛羊都非常矮小，觉得很不适应，甚至以为自己又回到了利立浦特小人国。过了很久以后，他才慢慢地习惯了。

空中历险记

出发在即

那是 19 世纪 50 年代的一个 9 月，我途经缅因河边的法兰克福。在我的气球飞越德国的几座名城时，曾引起过轰动，可始终没有德国人与我同行。就连我在巴黎的成功升空也不能让那些生活严肃的德国人对空中旅行产生兴趣。

法兰克福的市民刚一得知我要乘气球升空，就跑来 3 个人，踊跃地参加这次伟大的尝试，我们商定两天后从喜剧广场启程。我开始筹备气球了，气囊是在丝制品的外面加涂了一层防酸防氧化的胶木胶。3000 立方码的体积可以使它升到高空。

出发那天刚好是 9 月的一个大集会，数以万计的人涌进法兰克福，尽管气球性能很好，也十分坚韧，但还是只充满了 3/4 体积的气体——这是很必要的预防措施。因为到达高空后，大气变得稀薄，气球内气压大大高于外部而易把气囊胀破。我通过细致的计算后，让充入的气体浮力能恰到好处地负载我和同伴的重量。

升空时间定在中午 12 点，人群开始有些骚动，围场外面人潮涌动，广场上挤得密不透风，附近的大街上也万头攒动，甚至楼道里、墙头上也人影绰绰，场面极其壮观。

前一段时期的狂风早已停歇了，朗朗晴空下却略显闷热，似乎喘口粗气也会使空气变浑浊，碰到这种天气，会让你升空不久便不得不落下来。

我用 300 磅的重物来压舱。吊舱是直径为 4 英尺的圆筒状，装备也不复杂。固定它的是从气球上半部平衡垂下拉直的麻绳。摆好了指南针，与麻绳相连的铁圈正好挂气压计，手握抓具，所有准备工作完成了。

世界著名科幻故事精华

第四卷

此时，我发现有个脸色苍白的年轻人站在拥挤的人群中，异常兴奋，他曾追随我经过德国的好几个城市，一直对我的升空极大地关注，现在他又出现了！气球悄无声息向上提升了几英尺，他专注地凝视着，神情中略带恐慌，但仍表现得对我很有信心。

已经12点了，应该出发了，可那3个积极的人一直也没到。

我派人去催他们一下，但得到的回报说，3个人分别去了汉堡、维也纳和伦敦。本来凭现在的气球驾驶水平，飞行安全绝对有把握，但这3个人却还是打了退堂鼓。他们本来也应在这次欢送之列，但现在一切都准备好了，他们却仓惶而逃，贪生怕死。不客气地说，这是些懦夫，是些不敢做实事的胆小鬼。

观众因为受骗而混乱起来，我立即决心独自出发。因为载重少了，我又装进几个沙袋，弥补那3个无赖的欠缺以保持平衡，接着钻进吊舱。气球本来由下面几个人用绳子拉着，现在让他们把绳子松了松，气球再次提升了几英尺，沉闷的空气中一丝风也没有，好像故意和这次飞行作对似的。

"准备！"我喊道。

他们早已等得不耐烦了，我感觉了一下，完全正常。

"出发！"

气球徐徐升空，我有些虚脱，一下坐倒在吊舱内。

少年突现

等我再次起身，却猛然发现面前多了一个人——就是那个年轻人！

"您好，先生。"他非常从容地向我打招呼。

"你是怎样上来的——"

"爬上来的。没有我，您将一事无成。"

我惊呆了，但他却出奇地平静。我默然无语，惊讶地看着这个陌生人，但他却毫不在乎这些。

"我的重量会不会破坏气球的平衡，先生？"他问道，"这很容易——"

也没向我请示，他就提起两个沙袋抛出舱外。

"你既然来了，小伙子，这没关系，你只要别乱动，至于气球的驾驶我知道怎么做。"我只好对他说。

"不瞒您说，先生，"他又说，"您的身上透着点我们法国人的浪漫气息，您不介意我和您握握手吧？礼多人不怪，随您怎么处置吧，过后再说。"

"您还想做什么？"

"随便聊聊。"

气压计下降到26英寸，表明我们所处的高度是600码。但气球在水平方向是不是也在移动？这就不知道了，因为上面已经有风了，而我们下方是被一圈光晕环绕的物体，我也不清楚那到底是什么东西。

我只有将我的同行者先看清楚再说。

他30岁左右，衣着简朴，棱角分明，身体强壮，带着一股顽强坚毅的气质。他从容镇定地呆立着，毫不在意气球会不会发生危险。他也想看清气球下方那些是什么玩意儿。

"该死的雾！"过了几分钟他气愤地喊道。

我没答腔。

"您的气还没消吗？"他说，"唉！我会付给你旅费，其实把您吓了一跳，我也是出于无奈呀！"

"我没说要撵你，先生！"

"您听说过吗，1784年1月15日，当洛朗森伯爵和当皮埃尔伯爵在里昂升空时，也发生了这种事。当时有个商人名叫方丹，他不顾危险钻进了气球的扎口内，结果飞行圆满结束，大家都平安无事。"

"等回到地面，我一样会报答你。"我回答，他那居高临下的神态让我很不满。

"哼！你还想回去！"

"我为什么不能立刻降落？"

"降落，"他吓了一跳。"不行，还是先上升吧！"

我来不及阻拦，他又甩出两个沙袋。

"住手！"我愤怒地向他叫道。

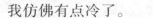

"对于您我很了解，不速之客，"他不屑地说，"你这壮举早已传得沸沸扬扬了，要说经验来自于实践，那它也同样可以来自于理论。我研究飞行技术也不是一年两年了，它的理论知识我已掌握得差不多了。"他侃侃而谈，随继又像在思索着什么。

气球又升了一段高度才停了下来。他瞅了瞅气压，郑重地讲道：

"我们现在正处于800码高度，看吧！大街上人来人往好像蚂蚁一样！站在我们这个高度俯视人类，才能了解到他们的卑微！喜剧广场已成了蚂蚁窝！看！港口川流不息，山也变得很渺小，我们在大教堂的正上方，缅因河好像条金丝带拴在城市的腰上，横跨大河的桥梁只不过是一只手链！"

我仿佛有点冷了。

"我听凭你的吩咐，先生。"他转回头说，"你一定冷了？穿上我的大衣吧。"

"用不着，谢谢。"我勉强回答。

"喂！要什么不妨直言！有什么难为情的，拉拉手，我们都是来自地球的老乡嘛！旅途中有我在，保您不吃亏。我虽然给你添麻烦，可只要你与我一交谈，保您将那些烦恼统统抛掉。"我一言不发，坐在他的对面，他又从上衣口袋里掏出一大卷笔记——是那些关于怎样驾气球的理论。

"我收集了所有与飞行家有关的著名版画和漫画，别人看了又是眼热又是嘲讽，我才不管那些呢！目前，不管蒙戈尔费埃，用蒸汽也好，或用温革与碎羊毛燃烧也好，对于它们所产生的带电气体形成的人造云，我们也不会再感到新鲜和惊讶了。"

"你胆敢蔑视那些科学家？"我不服气地说，"你自己为什么不到天空尝试一下呢？"

"哟，先生，我怎么敢蔑视咱们的飞行先驱呀！当时升空，那得多大勇气啊！那时只有简陋易破的气囊，而气囊里也只有热气，请教您一下，从一个世纪前，布朗夏尔飞越英吉利海峡以后，航空业有过质的飞跃吗？请你再看看这个。"

他随手从笔记中抽出一张版画。

他的话便像关不住闸门的洪水般喷涌而出："气球发明4个月

后，曾首次进行空中旅行的是皮拉特尔·德罗齐埃和阿尔朗公爵吧？路易十六就是不同意，还把两个最早的飞行迷判了死刑，皮拉特尔·德罗齐埃很同情他们的遭遇，他想出妙计，最终使计划通过了。气球的操纵本来用吊舱就很简单了，但可惜当时还没人发明出来。到蒙戈尔费埃在气球底部安装了一个环形的支架，两名飞行员要一本正经地分立两侧，气球内塞入湿草来减小他们的晃动。下方球口处悬着一个炉子。如果要上升，就向炉内扔草，然后小心翼翼地点燃火炉，加热环内空气浮力，使气球上升。"

"1783 年 11 月 21 日，皮拉特尔·德罗齐埃和阿尔朗公爵从米埃特皇家花园出发了。这是一个供王室成员游玩的花园，气球缓缓升到空中，飞呀飞呀，飞过塞纳河，停在医院与军事院校的圆顶楼之间，呆了一会儿才又飞到圣绪尔比斯教堂头顶。飞行员又添了些燃料，越过大街，打算降落。都已经碰到地面了，但气球"嘭"地一声炸了，皮拉特尔·德罗齐埃顿时被火海吞没了。"

"天哪！真是太不幸了！"我听得太入迷了。

"不幸的皮拉特尔·德罗齐埃就这样丧生了。"年轻人呜咽着说，涕泪滂沱，"你有过这样的遭遇吗？"

"没有。"

"唉！灾难真是可遇而不可求呀！"他莫名其妙地说道，然后沉默不语。

我们现在正向西南飘去，已看不到法兰克福了。

"或许我们会遇到风暴。"他又说。

"那赶快降落！"我着急地说。

"下降不如上升，我们可以躲开它。"

两只沙袋又被抛向空中。

气球迅速提升到 1200 码高空。虽然阳光灿烂，但我还是觉得凉了，气球明显变大了，浮力急剧变大。

"急什么，还有 3500 立方英寸的空气，供我们呼吸呢，你放心！"

我想起身，但被一只手有力地按住了。

"请问尊姓大名？"我问。

"我？这很重要吗？"

"我再问一次，尊姓大名？"

"埃诺斯多德，或恩培多克勒，叫什么都行。"他的语气显得十分含糊。

年轻人在谈话时带着非凡的镇定，我实在搞不清他到底是什么人。

"先生，"年轻人再次打开话匣子，"物理学家查理是新时代科学的一个重要奠基人，他创造的新生事物不断出现，发明气球仅9个月后，他又研制了阀门，真不愧是个天才。气球内空气过剩或想降落时，阀门一打开就解决了。不久他又发明了吊舱，加强了气球的可操作性；还有一种包住气球的网，用来平衡和缓解表面的压力；一种压舱物，用来协助上升和降落地点的选择；一种橡胶外层，用来增加气球密封度，还有用来判断高度的气压计。另外，查理选用只占空气 1/14 重量的氢气，不但能够使气球升至大气层最高点，而且不用害怕会引起火灾。"

"1783 年 12 月 1 日，在 30 万观众的欢呼声中，查理乘气球从杜伊勒利宫升空，一直升到了 9 里格的高空中，要讲驾驶技术，就算当今飞行员也自愧不如。国王亲赐 2000 利弗尔给他，从那时起，不再禁止新发明，人们再也不用暗地里搞试验了。"

年轻人讲得神采飞扬。

"先生，据我考证，最早的飞行员肯定知道如何驾驶气球，咱们撇开有争议的布朗夏尔不说，就从吉东·蒙沃说起吧，他单凭桨和舵就能很成功的升空！他采用一种椭圆形特殊装置，竟能够逆风而行。"

"佩坦先生也来了灵感，共用了 4 个氢气球，并将翼折叠起来使之水平固定，用以打破平衡，这样仪器向一侧歪斜，气球侧身飞行。也曾有人说要借用外力，比如螺旋桨来抵抗气流的阻力，但螺旋桨产生不了多大的阻力，根本发挥不了作用。先生，我对操纵气球可是个内行，而且不达目的誓不罢休，但结果怎么样呢？显赫的人物不让我进门，我找不到提供资助的城市，政府也不在乎我的提议，真该死。"

他指手画脚，吊舱也跟着剧烈地晃动，看来很难让他安静下来了。

气球与一股更强的气流相遇，我们还在距地面1500码的高空向西南漂移。

"已经到达姆施塔特了，"他向下看了看，"你看那些城堡，是不是成了模糊的一团？您知道为什么吗？那是热气流搞得许多物体很漂渺，没有好眼神是看不清的。"

"真是达姆施塔特吗？"我问。

"我敢打赌，我们离开法兰克福已经6里格了。"

"我们必须降落！"

"降落！您不会想降落在这些尖尖的楼顶上吧！"他冷笑一声。

"是不想，可我们能降到郊外呀！"

"先过了这里再说吧！"

说着他又提起几个沙袋要往下扔，我冲上去阻止，被他一把推了回来，重量又变轻了的气球升到了2000码。

"坐好！"他威胁道，"你知道吗？布廖斯基里奥、盖·吕萨克比克肖和巴拉尔在做科学实验时，比我们升得要高得多！这点高度根本不算高。"

"我们必须降落，先生，"我强压着怒火，委婉地说道，"暴风雨快来了，我们最好小心点……"

"算了吧，暴风雨算什么？我们会超越它！"年轻人慷慨激昂，"天下还有比居高临下踏着原本高高在上的云层更让人骄傲的吗？当你翱翔在云海狂涛之上时，你不觉得万分自豪吗？这不就是天之骄子的旅行嘛！"

"侯爵夫人、女伯爵蒙塔朗贝尔、波得娜女伯爵、加尔德夫人和蒙塔朗贝尔侯爵，从圣安东尼附近出发，飞往那些人迹罕见的地方。夏尔特公爵在1784年7月15日升空时异常镇定从容，技术出类拔萃；洛朗森伯爵和当皮埃尔伯爵在里昂，利埃·安德列尼在意大利，还有与我们同一时代的布任斯克公爵，全部在空中留下了永不磨灭的成就。我们学习和超越他们，一定要飞到更高的云层上！"

因为空气变稀，气球内的氢气快速膨胀，气球底部本来是空的，现在也胀得满满的了，必须打开气门。年轻人却对此不屑一顾，还在那儿神侃哪！我准备悄悄地解开系住气门的绳子，我没必要再费心猜测他的来历，真该死！

12点45分了，我们已经在空中呆了40多分钟，一团团浓云从南面顶着风扑过来，仿佛要吞掉我们，简直太恐怖了。

"你的计划一直没得到实施?"我兴致勃勃地问。

"没有，"年轻人声音沙哑地说，"侮蔑、挖苦、轻视全朝我劈打来，这些混蛋差一点就毁了我！其实他们一直在诋毁新生事物，您看！这里是各个时期的讽刺漫画。"

他动手翻包里的宝贝图纸时，我趁机悄悄抓住系气门的绳子，但我必须小心翼翼，否则放气时发出的"嘶嘶"声会惊动他。

"他们曾多次取笑阿尔·米奥兰，当时他正打算与凯尼勒和布勒东一起出发，但没想到刚给气球充完气，那帮蠢货冲上去撕烂了气球。更有人画了一张叫'怪物'的漫画，并给每个人取了一个谐音绰号。"

我拉住绳子，气压高了，恰好南面传来轰隆声，是机会了。

"你看，这还有一张，"年轻人说着，并未发觉我做的一切。"画着一个奇大的气球，上面有船只、殿宇、住宅和类似的其他东西，但他们怎么也想不到他们强烈抨击的目标有一天会成为现实！这只巨艇简直完美无缺！左侧是驾驶室，内设舵轮；前部是一个大娱乐厅，并有一座大炮，用以表示不可侵犯；后面是了望塔，救生艇；中间的平台上建着营房；左上角有个透气孔；气球上还有供漫步和游览的长廊；巨大的帆和翼下面是咖啡厅和仓库。"

"听听阿尔·米奥兰的庄严宣告吧：'气球将给人类带来幸福，它奔向利凡特诸港口，它会向大家公布是否会在归途中计划去两极和西部边远地方，上面一应俱全，你无须带任何东西，空中旅行包您满意，虽然要付一定的旅费，但就算到离我们最远的地方，也仅需1000金路易。不必怀疑，这笔花销是很合算的，因为在气球上可以享受到高速度，以及舒适的环境和优质的服务，这一切都是在陆地上难以做到的。上面的每位旅客都可以随其所好，想玩什么就玩什么。你既可以去跳舞，又可以去散步，还可以健美减肥，这绝非虚言，我可以用信誉做保证，所以气球旅行的宗旨是：让每一位乘客都满意。'"

"但这只被人当作笑料。但用不了多久——假如我还在人世的话就会让他们看看，这一切绝非幻想，理想终将成为现实！"

我们当然在降落，不过他还没感觉到！

"空中游戏，"他又翻出一叠图纸，"气体静力学的整个发展历程都包含其中，只有一些绝顶聪明的人来玩，就像掷骰子，下筹码玩牌一样，不管你下多大赌注，总之直到玩完了才结账。"

"这么说，"我说，"你还对气体静力学有研究？"

"当然，先生，您算说对了！我对法厄同、伊卡罗斯、阿尔希塔都有研究，我废寝忘食，再三论证，晓古论今。如果上帝能让我活得更长久些，我肯定会成为这门科学的领袖人物，但这不现实了！"

"为什么呢？"

"因为我不是别人，我是恩培多克勒或埃诺斯多德。"

上帝保佑，气球慢慢向地面降落，但就算降到 100 英尺，也和 5000 英尺一样有危险性。

"你总听说过弗勒鲁之战吧？"这个家伙接着高谈阔论，"在这场战役中，当局派康特洛组建一支气球队。前线的孺尔丹将军，每天都让康特洛陪同飞行两次，他通过这种新型侦察方式学到了很多东西。飞行员与上级之间通过白色、红色和黄色的旗子来传递信号。"

"尽管敌军猛烈射击上升中的气球，但它仍安然无恙。"

"孺尔丹将军准备攻占查力瓦。康特洛与莫尔洛将军，深入险境，乘气球连续进行了七八个小时的细致侦察，为弗勒鲁的大捷立下了汗马功劳，孺尔丹将军曾坦诚地说，空中观察功不可没。"

"还有在同年的比利时之战以及另外一些战役中，气球开始在军事上展露头角，建功立业，但此后不久就销声匿迹了。政府设立的摩登学校没等波拿巴从埃及返回就被停办了。你如何看待新生婴儿呢？富兰克林说得好：'婴儿天生是有生命力的，不可以把他们扼杀在摇篮里！'"

飞越大海

年轻人双手插在头发里，痛苦地沉思了一会儿，他抬起头说："你怎么没跟我说一声就把阀门打开了呢？"

我把绳子扔了下去。

"多亏我们还有300磅的压舱物。"

"你究竟想干什么？"我问。

"你还没享受过飞越大海的感觉吧！"他说。

我也一下子变得脸色苍白了。

"我们很不走运，现在正飘向亚得里亚海，小小的一块水域不算什么，我们再升高一点，肯定还会遇到风。"

说着，他又提起几个沙袋扔掉了。"我不追究你把阀门打开，也是出于避免把气球胀破，但仅此一回，没有下次！"——他语气中充满了威胁。

"你该听说过布朗夏尔和杰弗内那次惊险的多佛尔 - 加莱之行吧？简直是绝唱！1785年7月1日，他们从佛尔海岸在西北风中起飞。但在上升的途中，平衡出现了事故，在无奈中他们抛掉了重物，这样才保持了悬浮状态。此时只剩下仅仅30磅的物体了，风热也没增强，他们摇摇晃晃向法国飘去。但气球因为有漏洞，它还是慢慢地、慢慢地瘪了下去。过了1小时，他们发觉自己正在坠落。"

"'怎么办？'杰弗内问。

"'刚走了1/4！'布朗夏尔说，'还不算太高，继续上升，能遇到顺风。'

"'剩余的沙袋也扔掉吧！'

"气球升高了一段又向下落，只好把书籍、工具全抛出舱外，过了一刻钟，布朗夏尔问：'气压如何？'

"'还在上升呢！我们完了！噢，不，能看到法国了！'此时却听到一声巨响。

"'是气球炸破了？'杰弗内问道。

"'不是，但底部在漏气，它仍在下降，快点！把所有东西都扔下去！'

"食物，桨、舵全被抛进海中，它们离海面仅剩100码了。

"'我们又升上来了，布朗夏尔。'杰弗内医生说。

"'是不是由于重量减轻了，但毕竟不会维持太长时间，见鬼！怎么一只船也看不到！快把衣服脱下来，快！'

"两个人脱下了衣服，可是气球仍在不停地降。

"杰弗内大声叫道：'布朗夏尔，本来你自己可以单独飞的，可你不愿抛下我，我跳下去！这样就能减轻重量，气球就会上升了！'

"'千万别做傻事！'

"气球瘪得厉害了，凹进去的皮囊更加将气体向外压，气球越降越快。

"'亲爱的朋友，永别了，愿上天保佑你！'杰弗内说完就想跳。

"但这时布朗夏尔一把拉住了他。

"'还有办法，'他说，'把绳子割断，把吊舱拉住系在网上！这样可能还有一线希望。快！等一下——气压下降了！风增大了，我们得救了！'

"加莱出现了。两个伙伴相拥而泣。过了几分钟，他们降落在吉拿森林中。"

"我敢说，"年轻人补充道，"万一我们遇到类似情况，你一定会像杰弗内那样做的！"

转眼向身后望去，乌云翻滚，电闪雷鸣，一片光环笼罩着气球，把一块块阴影投在云层上。突然脚下传来一声雷鸣，令人魂飞魄散。

"降落！降落！"我立刻叫道。

"这时候还说什么降落！太阳正在上面等着我们呐！干脆再把一个沙袋扔下去！"

气球又减少了50磅。

气球停在3500码的高空。

年轻人还在滔滔不绝，我浑身瘫软，他却神采奕奕。

"我们要乘风远行。"他大声嚷道，"安的列斯群岛的气流速度高达每小时100里格，拿破仑登基的时候，加尔纳兰半夜里放出一只流光溢彩的气球，当时正刮西北风。当气球第二天清晨从圣彼得教堂的圆形屋顶飞过时，当地百姓欢呼雀跃，鼓掌致意，我们会比它飞得更高，更远。"

我脑子里一片混乱，根本没听到他说些什么，突然云层裂出一

世界著名科幻故事精华

第四卷

道缝隙。

"呀！螺旋城！"他大叫。

我向下望去，发现了一小团黑影。确实是螺旋城，莱茵河依旧像一条展开的绸带般曲折优美，天空是湛蓝的一片，竟然看不到一只鸟——空气太少了！广袤无垠的天空中除了我们空无一切——而我的同伴却丝毫没意识到这点！

"你不必知道我要带你到哪里去，"指南针被他甩出舱外，"下降的感觉真是美妙！人们记忆中只有少数几个太空遇难者的姓名，比如皮拉特尔、德罗齐埃、加莱中尉，他们是由于操作不慎造成灾难的。1785 年 6 月 13 日，皮拉特尔·德罗齐埃与罗曼在布伦结伴同行，他们在气球上增添了蒙戈尔曼埃热气装置，这样就不用放气或扔重物来调整高度了，但这等于把火炉放在炸药上一样，在他们升高到 400 码时碰到顶风，下面是一片海洋。皮拉特尔想尽快下降，不料阀门带打了死结，解了半天没解开。他们七手八脚一顿乱扯，把气都弄跑了。气球瘪下去裹住了热气装置，在空中翻了几下，不幸的人顷刻间丧身大海，太可怕了！"

我精疲力竭，哀求道："求求你，下降吧！"

周围的云团向我们聚拢过来，气球里传出令人毛骨悚然的轻微爆炸声。

"少烦我！"年轻人扯开嗓子大叫，"上升还是下降由不得你了！"

气压计继指南针之后也被扔出了舱，里面只有几个沙袋了。我们现在至少在 5000 码高空，吊舱两侧各有一根冰柱，我都冻透了。下面是狂风怒号。

"不用怕，"他又说，"别冲动，不然会出事的。奥利瓦尔在奥尔良丧命时用的是纸做的蒙戈尔费埃热气设备，在吊舱下方挂了个火炉，靠这些易燃物固定气球，结果他直线下落，命丧黄泉；莫斯蒙定在里昂升空，他的吊舱又轻又薄，摇摇晃晃极不稳定，结果也被摔死了；毕托夫在曼海姆看着气球着火也束手无策，他同样死于非命；哈里斯乘了一只残废的气球——阀门大得关不上，也送上了性命；萨德勒的气球因无法驾驶而在空中呆得太久，在波士顿上空逗留片刻迎头撞在烟囱上，他也一命归西。我对他们万分钦佩和敬仰。虽然他们有些莽撞，但我愿意像他们那样死去。升高，再高点啊！"

他描述的那些亡灵在我眼前依次浮现。稀薄的空气加上阳光使气球持续膨胀，它仍在上升，我试图把阀门打开，但年轻人猛地扑过来把我头上的绳子割断了。

"布朗夏尔夫人怎么坠落的你知道吗？"他问，"我亲眼目睹。1819年7月5日，我刚巧在蒂沃晨。布朗夏尔夫人为减少支出，乘坐了一只很小的气球。但充满空气后，又从下端漏气，气球飞行时后面拖着一缕轻烟，吊舱下面用一根金属丝挂着一种烟火装置，打算点着它。她从前经常这么做，她那天还准备了一只小型降落伞，只要一点燃伞下的烟弹，伞就会随着火树银花张开。"

"她用一种特殊点火装置把烟弹点燃后，再打算把它扔掉，浓云密布，她一时着急，竟把点火器放到了正喷射而出的氢气柱下。"

世界著名科幻故事精华

第四卷

"我目不转睛地盯着她，突然，一道灿烂的光线刺破黑暗，我起先认为这又是她的新发明，光闪了一下，又灭了，随继天亮了，气球顶端有一股强大的气流。灾难光照亮了大街，笼罩了整个蒙特马尔特广场，她惊慌失措地站起来，希望打开气球灭火，但打了两次都没打开。她重新坐下，努力想操纵下降的方向，减缓速度。但她没被吓倒，气体持续燃烧几分钟后，气球越来越瘪，持续不断地下降，但并非坠落。气球被一阵西北风吹向东南。当时有几个大花园就在德普罗旺斯街的一幢住宅旁边。布朗夏尔太太原本能平安降落，不料气球的吊舱撞在房顶上，只听一声巨响。"

"'天哪！'不幸的女人叫声凄惨。我跑到街上，吊舱沿着屋顶滑下来，又碰到一个物体上，吊舱歪了，布朗夏尔夫人从里面跌出来，落到马路上，活生生摔死了！"

这些经历吓得我肝胆俱裂，浑身发抖。但他笔直地站在我面前，头发乱蓬蓬的，目光中流露出蔑视一切的傲慢。

什么也不用猜了！我终于明白了这个恐怖的事实，我面前站着的，是个地地道道的疯子！

他抛出剩余的几个沙袋，我们升到了最少9000码，我头昏脑涨，鲜血顺着嘴角、鼻孔向外直冒。

"科学的殉道者要比任何人都伟大！"疯子大叫，"他们流芳百世！"

我根本没有心思听他的话，他向周围望了望，把嘴贴到我耳朵上慢慢说：

"你知道赞贝凯利那次失事么？听我说。1804 年 10 月 7 日，天上白云朵朵，前几天的风雨尚未散尽，但消息早就传开了，没有理由延期，反对他的人在旁边也冷潮热讽，为了科学与尊严，也为了堵住那些无赖的口，他没有退路，只有出发，在布伦出发前给气球充气，人们在旁边幸灾乐祸，无人帮他一把。'

"他于子夜启程，另外有安德烈奥利和格罗塞蒂陪同。由于风雨原因，升空缓慢，此外气球内的气体也同时外逸。3 个勇敢的人仅靠一盏暗淡的灯观察气压的变化。赞贝凯利一整天水米未进，格罗塞蒂也已饿得受不了。

"'朋友们，'赞贝凯利说，'我浑身发冷，我撑不住了。'

"他瘫倒下去，随后格罗塞蒂也不行了，只有安德烈奥利还在孤军奋争，他费尽了力气才让赞贝凯利清醒过来。

"'有进展吗？风势怎么样？现在几点了？'

"'凌晨两点'。

"'方向呢？'

"'指南针失灵了。'

"'坏了！灯灭了！'

"'空气太稀薄，根本不能点亮。'赞尔利凯解释。

"'没有月亮，周围一团漆黑，什么也看不见。'

"'我很冷，安德烈奥利，这如何是好！'

"他们从灰蒙蒙的云层穿过，缓缓降落。

"'注意！'安德烈奥利说，'你听到什么奇怪的声音没有？'

"'什么声音？'赞贝凯利问。

"'一种可疑的声音。'

"'你没听错吧？'

"'肯定没听错。'

"飞行家们在黑暗中猜测着这些奇特的声音，心里显然非常害怕，是会碰到尖塔呢？还是会碰到房顶？

"'听到了吗！大海！这是大海的声音！'

"'这怎么可能?'

"'是大海吼声,波浪滔天!'

"'没弄错吧?'

"'点灯!快点灯!'

"安德烈奥利费了九牛二虎之力才点着了灯。已是凌晨3点了。

"大海波涛翻滚的声音清晰地传入耳畔。他们都快碰到了海面!

"'没希望了!'赞贝凯利抱住一个大沙袋叫着。

"'把沙袋扔出去!'安德烈奥利大喊。

"吊舱沉入海中,冰冷的海水淹没到了他们的胸部。

"他们打起精神,抛出沙袋,脱掉衣服,重量减轻了的气球,重又飞上天空,赞贝凯利'哇哇'地大口吐着,格罗塞蒂鲜血直流,他们都心慌气短,说不出话。寒风刺骨,残月殷红。

"气球上飘摇了半个钟头后,无奈地坠入了大海。他们一半没入水中,就像一艘船似地被气球拉着漂了好几个钟头。

"清晨时,他们看到了4英里外的佩扎罗海岸,不幸的是在他们即将到达佩扎罗时,又被一阵风刮回了浩渺的大海中,他们分不清方向。有些船只远远地看到他们就吓得逃走了,幸亏一些有见识的船员把他们救到船上,他们最终在菲瑞达登陆了。

"这次危险很恐惧吧?但赞贝凯利不屈不挠,意志坚强。从这次失败中刚恢复了精力,他又继续投入了飞行中。其中有一次,他被一颗树挂住,酒精灯撞碎了,烧得正旺的酒精洒到身上,眨眼间把他没入火海中,那次把他烧了个半死。

"经过这两次水深火热之后,他反而更加顽强。1812年9月21日,他在布罗尼飞行时不幸又被缠在树上,又一次把灯打翻发生了火灾,这次他摔下来,摔死了。

"看看这些榜样,我们还有什么理由畏缩不前?飞得越高,死得越伟大,越有价值!"

气球的镇重物已经全被他扔出去了,气球剧烈地晃动着,我们悬在高空,甚至很轻微的一点声音,都会发出长久的余音。茫茫无际的宇宙中,只有我们的地球还隐约可见,但它也正渐渐远离我们。星星就在头顶闪烁着,但它们也迅速被沉沉的黑夜所吞没了。

年轻人还是笔直地站在我面前,如同一具僵尸。

死里逃生

"伟大的时刻终于来到了！"他说，"我们只有牺牲这条路了。人类既然卑视我们，我们同样也可以卑视他们，把他们炸个粉身碎骨！"

"行行好吧！"我苦苦劝着。

"把绳子割断！我们要改变航向，向着太阳的吸引力飞去！"

我绝望地向他猛扑过去。我们纠缠在一起，疯狂地厮打，我终于被他打倒了。这个灭绝人性、头脑发疯的家伙用膝盖抵住我，腾出手去割吊舱的缆绳。

"一！"他叫着号。

"不！"

"二！三！"

我也不知哪来的神力猛地跳起来把他推开。

"四！"

吊舱向下坠落，我下意识地抓住绳子，落到网中。

他不见了！

气球已不知飞到多高了。是什么声音这么奇怪？是气球！气球内气压太高，胀破了，我闭上双眼——

很快，我在一阵温暖湿润中醒过来，发现四周全是团团红云。气球正飞快地转个不停，被风吹着以每小时 100 里格的速度前进，身旁电光闪烁。

下降的速度并不是很快，祖国已映入眼帘，再有 2 英里就到海面了，狂风带着我直逼大海。我一抖手把绳子松开，真不敢相信！竟然就落到了坚实的陆地上！

太幸运了！绳上的抓钩钩住了一块岩石的缝隙，我得以死里逃生，气球毫无牵挂地坠入了大海中……

等我再次醒来，发现自己躺在格尔德一所叫荷德成克的小村庄一家农舍床上，这里离阿姆斯特丹只有 15 里路。

我没死，这真是个奇迹。但我的确太冒失了，没有考虑周密就草率出发，还让一个疯小子对我为所欲为，而我只能看着他胡闹，却无能为力。

绿 光

萨姆和西布兄弟俩

在海伦斯堡的豪华大厅里久久地回荡着一个名字——贝丝，这仅仅是因为名字的主人是这里的管家。此时主人正需要她。

但是现在，无论萨姆和西布兄弟俩怎样呼唤，即使直呼其全名——伊丽沙白·贝丝夫人，这位举止文雅的女管家也不会出现。

男管家帕特里奇听到呼唤手持直筒无边高帽来到正坐在窗边的两位主人面前。

"主人，刚才是在叫贝丝夫人吧，"他说道，"她不在别墅里。"

"不在别墅？那她到哪去了，帕特里奇？"萨姆焦急地问。

"坎贝尔小姐要去花园散步去，她陪小姐去了。"

然后，帕特里奇在看到主人的手势后，静静地退了出去。

这两位主人是地道的苏格兰人，出身于高地的一个古老的家族，哥哥萨姆与弟弟西布俩人的年龄加在一起有120多岁，哥哥又比弟弟年长一年又三个月。他们兄弟俩的真正名字分别是塞缪尔和塞巴斯蒂安。当然，这幢别墅里还有另外一个主人，那就是刚才提到的去花园散步的坎贝尔小姐，她是兄弟俩最疼爱的外甥女。

海伦娜·坎贝尔小姐的父母也就是兄弟俩的姐姐和姐夫，在她很小的时候就相继去世了。

于是萨姆·麦尔维尔和西布·麦尔维尔便成了她在这个世界上唯一的亲人。

兄弟俩为了更好地照顾外甥女儿坎贝尔，他们一直没有给她找舅妈。而父母的角色一直由他们分别扮演着，坎贝尔小姐一直称呼他们"萨姆爸爸"、"西布妈妈"。

萨姆与西布的姐姐与古老的坎贝尔家族的一个旁支联姻。他们拥有相同的精神气质，他们之间很默契，以至于，其中一个的举手

世界著名科幻故事精华

第四卷

投足对方都了如指掌，他们常常可以把同一个手势接着做下去，把一句话补充完整。

总之，他们就像一个整体，密不可分。

就是对衣服的款式，他们也显出了相同的品味，都喜欢做工简单的老式服装，偏爱英格兰产的上等呢料，唯一的差别就是在布料的颜色上，哥哥喜欢浅蓝色，而弟弟钟情于深栗色。

如果不是兄弟俩的外貌略有不同，人们是很难分清他们谁是哥哥，谁是弟弟的。从外形上，萨姆比西布略高大些，而西布比萨姆略胖一些，至于面貌，他们都继承了麦尔维尔家族的一切尊贵的印记：灰色的头发下面是一张英俊、诚实的面孔。

海伦斯堡别墅是他们的祖父辈留下的遗产，他们是古老的麦尔维尔家族的最后两根顶梁柱，他们还得长时间地支撑着这幢古老的建筑。这个古老家族的历史可上溯至十四世纪，那时正是罗伯特·布鲁斯与华莱士所处的战火硝烟的年代，这时正值苏格兰为了争取独立自主权与英格兰人作斗争。

虽然萨姆和西布已远离了那段漂荡不定的年代，生活在和平时期，但他们仍继承了祖辈慷慨大方、乐善好施的美德。

在生活上，他们严格要求自己，不允许有任何不检点行为。这使他们看上去比实际年龄年轻许多，而且身体也很健壮，这一直都是他们引以为豪的。

现在，既然已经提到了他们的生活，也就不得不说说他们共同的爱好——吸食鼻烟。在联合王国的烟草界，最显为人知的要数那手持鼻烟盒的强壮的苏格兰男子，他身穿传统的服装，像高傲的孔雀一样不可一世。而麦尔维尔兄弟则是他的同类；他们的烟量比特威德河两岸的其他人都重。这里值得一提的是，他们两人共用一个鼻烟盒，这件随身携带的用具在他们两人的衣袋里来回穿梭着。在吸食鼻烟上，他们也很默契，首先是在一个小时里共犯 10 次烟瘾，然后是拿出鼻烟盒共同吸上一口，接着共同打喷嚏，在共同说出的一句"愿上帝保佑我们"中结束他们的嗜好，最后要说明的一点就是，他们对鼻烟末的要求很高，从法国弄来的上等烟末，才会使他们津津乐道。

总之，萨姆和西布兄弟俩的社会经验很少，在这方面，他们就

世界著名科幻故事精华

像两个孩子。

他们从不去了解工业、金融业与商业的事情；而且，在政治上，他们仍怀念斯图加特王朝的最后一任国王，对当政的汉诺威王朝仍有几分偏见；在感情方面，他们更是局外人。

他们心里只有一个人，那就是坎贝尔小姐。他们唯一的心愿就是能够按照坎贝尔小姐自己的心愿把她嫁给一个他们信任的、认为诚实可靠的、能使坎贝尔小姐幸福的人，然后与他们一起生活。——似乎他们已找到了一个英俊潇洒、正直的年轻人，找到了那个去完成令人羡慕的任务的人了。

"坎贝尔小姐去花园了，西布？"

"是的，"西布看看手表，接着说，"五点钟了，她也许快回来了。"

"那么，等她回来……"

"必须得找她好好谈一谈了，我认为。"

"你说得对，因为，两个星期后就是她 18 岁的生日了。"

"金子般的年龄，你不认为她比《罗布·罗伊》中美丽的女主人公黛安娜·弗农更光彩照人吗？"

"当然，萨姆。我们的海伦娜知书达理……"

"善解人意……"

"她只会令人想起黛安娜·弗农，而不是弗洛技·马克·艾弗，《弗伏莱》中的美人。"

他们很崇尚本民族的作家，他们又列举了《古玩商》、《修道院》、《珀斯的漂亮姑娘》等作品中的女主人公，但所有这些人，在他们的眼里，在坎贝尔小姐面前都要甘败下风。

"西布，她还是一个天真、纯洁的小姑娘，我们应该……"

"为她选一位保护人，我想，最合适的莫过于……"

"她的伴侣，这个人必须是坎贝尔小姐……"

"最最中意，并且愿意嫁给他的人，萨姆。"

兄弟俩的这段对话，简直就像是一个说得似的，语句连贯，思路清晰。然后，萨姆微笑着打开鼻烟盒，用手指醮上一点，自然地塞到西布手里。西布也同样吸了一撮后，随手装在了自己的衣袋里。

很显然，他们对刚才的谈话很满意。

"看来你我想的一样，萨姆？"

"谁让咱们是兄弟呢。"

"也包话丈夫的人选？"

"世界上再没有第二个人能比那位年轻学者更让人喜欢、海伦娜更为之倾心的人了，而且，他也不止一次向 我们表达了他的忠心……"

"看上去，这件事对他来说比任何事都重要。"

"他是牛津大学和爱丁堡大学的高才生，真是不简单。"

"同时，他还是一位与泰恩多尔齐名的物理学家。"

"与法拉德伊不相上下的化学家。"

"具有很高的觉悟，对世上的万世万物都有很深的研究。"

"无论你提出多么难的问题都不会难倒他，他总能对答如流。"

"他是法夫郡一个显赫家族的子孙，并继承了一大笔财产。"

"尤其是他那副铝框眼镜，更显得他英俊、潇洒、文质彬彬。"

至于这位年轻的物理学家、化学家的眼镜框到底是钢制的还是镍质的问题，麦尔维兄弟准备把它暂且放在一边，总之，这副眼镜很适合这位被谈论的绅士。但是，这位杰出的青年真的与坎贝尔小姐是最完美的结合吗？他们最终会走入教堂吗？既然把坎贝尔小姐比做黛安娜·弗农，但弗农直到最后也只是向她的堂兄表示了最纯洁的友谊，并没有与她的堂兄白头到老啊！

即使是这样，萨姆与西布也不会为此而闷闷不乐的，因为他们对感情几乎是免疫的。

"他已被海伦娜的美丽所折服，现在，他们开始不断地幽会了。"

"我们的海伦娜是莫伊娜，她受到所有人的尊敬，得到众人的爱戴。"

"西布，如果他把海伦娜比作菲奥娜，无疑，她在他心目中，将是绝代佳人。"

"难道他还不知道海伦娜的心思，萨姆，他说：她从那间遮掩了她悲叹的房屋，就像普照万物的太阳，光彩照人。"

"闪闪的光环围绕着她，西布，她迈着轻盈的脚步，就像微微的春风。"

好在兄弟俩及时收住了口，走出诗的世界回到现实之中。

"毋容置疑，"萨姆说道，"年轻的绅士为海伦娜痴迷，那么海伦娜也会倾心于他的。"

"萨姆，如果我们单纯的海伦娜还没有注意到年轻绅士头上的光环的话……"

"那就只有一个原因，西布，那就是我们没有提醒她，她已经到了婚嫁的年龄了。"

"假如，我们把这些告诉了她，但她却对丈夫或者是婚姻持反对意见的话……"

"别担心，她会做出选择的。"

"就像《小题大作》里的木尼迪哥塔那样，西布，在抵制过后……"

"欣然嫁给了她的丈夫。亲爱的萨姆。"

坎贝尔小姐的两位最亲的亲人就是以这种方式解决问题的。他们认为，海伦娜与年轻学者的婚姻与莎士比亚喜剧的结局一样顺理成章。

他们互视一眼，笑容爬上了他们的脸庞。这桩婚事，已经是板上钉钉的事！不会有任何障碍，年轻的学者已向他们求婚，姑娘也已暗自心许。这层窗户纸已被揭开，最后，就只剩下选择黄道吉日了。

最终，婚庆大典将会热闹非凡。当然，它决不会在苏格兰唯一的一座宗教堂圣·芒戈教堂举行，因为这里的空间不够宽敞，麦尔维尔兄弟认为年轻人的婚礼应该充满青春的气息，无疑，窄小的空间会约束朝气蓬勃的年轻人，所以他们认为圣安德鲁教堂或者圣伊诺克·圣·乔治教堂可以任选其一。

与其说萨姆与西布是在谈话，倒不如说他们在按照自己的意愿凭空设想。他们从没有间断过对话，但眼睛却一直透过窗户上的菱形玻璃观赏着花园里葱绿的树木，此时，坎贝尔小姐正在其间散步。看着他们日益美丽的外甥女，他们的手仍没有忘记时不时地互握，以表达自己最真诚的感情。

是的，那时，婚礼的庆典将盛况空前。当然，他们也不会忘记那些流落街头的穷苦人。到那时，如果坎贝尔小姐提意一切从简的

世界著名科幻故事精华

第四卷

话，他们将破例反对她的意见，而且绝不让步，按照惯例，宴席上宾朋们将举杯痛饮，互道祝福。想到这里，兄弟俩的手臂再一次合二为一。

正当他们沉浸在幸福的幻想中时，一位手持报纸、笑容满面、美丽年轻的姑娘撞开了大厅的大门，跑到他们面前，在每个人脸上吻了两下。

"您好，萨姆舅舅。"她甜甜地说。

"你好，我亲爱的天使。"

"您好，我的西布舅舅，您看上去精神不错。"

"是的，我好极了。"

"有件事情，"萨姆趁机说，"事实上早就该对你说，我们来谈谈好吗？"

坎贝尔小姐睁大她那水灵灵的大眼睛，笑盈盈地问："有什么事，您们就说吧。"

"你听说过亚里斯托布勒斯·尤尔西克劳斯这个名字吗？"

"何止是知道，我们已经相识了呀。"

"那么，你讨厌他吗？"

"我们的关系很好，根本谈不上讨厌。"

"很好，那么你不讨厌他，就一定是喜欢他，对吗？"

"我不明白，西布舅舅？"

"事情是这样的，我们俩人经过考虑，最后决定让他来作你的丈夫。"

"什么？让他作我的丈夫，让我嫁人？"坎贝尔小姐一边指着自己，一边笑弯了腰，她那银铃般的笑声使整个大厅都为之一震。

"别笑，我亲爱的海伦娜，难道你不想结婚吗？"萨姆与西布被她笑得莫名其妙。

"为什么要结婚呢，那多没意思呀。"

"永远不……？"西萨姆问道。

"永远不。"坎贝尔小姐止住笑，表情变得严肃起来，"永远不，亲爱的舅舅，至少在我没有看到前。"

"没有看到什么？"萨姆和西布异口同声地问，看得出，他们很着急。

世界著名科幻故事精华

"绿光。"

海伦娜·坎贝尔小姐

克莱德湾的右岸是一个风景秀丽，但又不失变幻莫测且参差不齐的锯齿状河岸，其中一个是加尔－洛克河岸，海伦斯堡镇就座落在这里，而麦尔维尔兄弟和坎贝尔小姐居住的别墅离这个小镇还有三英里的路程。

整个冬季，他们三人都将在格拉斯哥西乔治街，一个离布莱兹伍德广场不远的历史悠久的旅馆里度过。但偶尔他们也在海伦娜的提议下，去意大利、西班牙或法国进行长期旅行。旅行期间，他们将在海伦娜的带领下游览各地的美丽风光和娱乐场所。最后，在海伦娜写下旅游日记后，欣然返回到西乔治街温馨的旅馆里。

五月即将过去，格拉斯哥——这座商业城市依然那样喧嚣，东来西往，川流不息。萨姆和西布与他们的外甥女海伦娜都心照不宣地想到他们的乡间别墅去呼吸一下新鲜空气，城市里夹杂着工业废气的空气及无休止的噪音让他们快要透不过气来了。

一经决定，马上动身，他们以最快的速度处理好家里的一切事情就出发了。

他们的乡间别墅建在海伦斯堡附近，海伦斯堡是个旅游的好地方。那里的海水浴场是许多游客向往的地方，但那里的消费标准对一般游客来说有一点昂贵。

麦尔维尔兄弟在离村子一英里的加尔—洛克河岸选择了一处最好的地方，建造了他们的乡间别墅。这里，树林茂盛，潺潺溪水环绕着整座丛林，丛林里是一个天然的大花园，园中绿树成荫，草坪茵茵，百花争奇斗艳，草地上温顺的羊儿正在吃草；池塘里波光粼粼，这里是野天鹅的家园。

所有这一切都天然形成的，没有经过任何加工，麦尔维尔一家的乡村别墅就座落在这里。

乡村别墅座落于罗森黑德半岛，阿盖尔公爵的意大利式别墅修建在那里；左边是海伦斯堡镇，在所有房屋中最引人注目的是钟楼，镇子沿岸的居民主要是为湖面上的汽船服务；别墅的正面是克莱德河的左岸——格拉斯哥港——纽马克城堡遗址，村庄与船泊形成了一副美丽的生活画面，清新、自然，令人不由得止步不前。

别墅的主塔是景致的最佳观赏点。

主塔是四方形，在四方平台的其中三个角上各设有一个哨亭，上面装有三个堞眼朝下的三个雉堞；而第四个角另有其作用，那里是国旗的领地。在联合国里，所有的房屋和船只上都挂国旗。站在主塔上可以看到整座别墅的全景，条石砌成的围墙，错落有秩的屋顶，向外凸出的正面建筑，精心雕饰的小巧阳台，以及那别具一格的建在屋顶的壁炉，这是典型的撒克逊建筑。

通常坎贝尔小姐都会在小塔的平台上独自沉思，因为她喜欢这里的环境，这里可以免受外界任何干扰，是思考心事的好地方。如果在这里找不到她，那她很可能是在花园中散步，身边时常伴有贝丝夫人。坎贝尔小姐还有另外一个嗜好——骑马，如果在平台和花园找不到她的话，除了骑马奔驰在乡间小路上，她别无选择，这时她身边常伴着的却是最忠实的男仆帕特里奇。

贝丝夫人和帕特里奇是别墅里两个特殊的仆人，因为他们是在麦尔维尔大家庭中长大的。

伊丽莎白，La luckie（母亲之意），在乡村别墅里，人们这样称呼她，她身上挂着47把钥匙，这也正是她的年龄。

在她身上兼有管家的所有美德，她温文而雅，做事井井有条，精打细算、聪明稳重。麦尔维尔兄弟受到了她无微不至的照顾，当然，最被关心的还是坎贝尔小姐。

帕特里奇，这位忠实的苏格兰男仆，一直恪守着最最传统的忠诚。他的装束也是最传统的——山民们酷爱的传统服装，一顶斑蓝色直筒无边帽，传统的苏格兰花格呢制成的短裙，Pouc特有的一种外面有长毛的钱袋挂在短裙上，菱形图案的饰带缠在他腿上，脚上穿着一双牛皮硬鞋。

帕特里奇不仅在装束上墨守成规，而且称乎主人名称时也绝不倚老卖老。他总是这样称呼他的女主人：坎贝尔小姐。因为在苏格兰，如果仆人叫主人的全名，或是直呼其名的话，那就触犯了等级制度，将受到惩罚，即使在麦尔维尔家里不会计较这些，但他仍然觉得那样是对主人的不尊。

在麦尔维尔的家里，有聪慧的贝丝夫人和忠实的帕特里奇这两个完美的搭当管家，还有什么不放心的呢？难道还能找到比这个家庭更温馨舒适的住所吗？

坎贝尔小姐就是在舅舅与这两位管家的精心照料下逐渐长大的，即使她是苏格兰图勒岛上高贵的小姐之一，但他并没有娇横的小姐架子，她对这两个仆人非常有礼貌，并不因他们是仆人而蔑视、欺侮他们，而是与他们成了很好的朋友。

用绝代佳人来形容坎贝尔小姐一点也不为过，因为她的确非常美丽——苏格兰人特有的湖兰色大眼睛镶嵌在白里透红的脸庞上，显得格外动人，匀称的身材、轻盈的步伐，——完美的化身。唯一美中不足的就是，她的眼睛里总是透露出一种让人难以琢磨的迷惘。

坎贝尔小姐不仅人长得漂亮，而且心灵也像她的容貌那样美丽，她继承了坎贝尔家族乐善好施的传统美德。

"在我们身上，有两个存在生命体：我和另外一个我。"这是德·迈斯特说的。

而坎贝尔小姐的"我"，是一个精明、沉稳的生命体，在她的生活中，义务比权利更重要。

她的另外一个"我"，则是集梦想和迷信于一身。喜欢读科幻小说、传奇故事，这些书在苏格兰的国度里随处可见：与这些小说里女主人公不同的是，这个生命体会跑遍周围的峡谷，以便听到高地人称之为"斯特拉斯德的笛声。"

对于坎贝尔小姐的两个我，麦尔维尔兄弟都喜欢。只不过她的前一个"我"是因理智而被欢迎，而后一个则因其不可思考的幻想和一些实施的行动，经常令她的两个舅舅不知所措。尽管这样，萨姆和西布兄弟还是纵容着她的一切。

此时，麦尔维尔兄弟不知坐在平台躺椅上的坎贝尔小姐心里倒底在想些什么。

"绿光对于她来说意味着什么呢？"萨姆问道，"为什么她的眼神里总会出现迷惘。"

"为什么她一定要看到这种光呢？"西布回问道。

到底是为什么？人们只有拭目以待。

《晨邮报》上的文章

又是一个阳光明媚的清晨，坎贝尔小姐手里拿着一份报纸，面带笑容，急步走进大厅，她迫不及待地打开报纸给两个舅舅念，这是一份《晨邮报》，坎贝尔小姐念的是篇有关"绿光"的报导。下面是这篇文章的内容：

您曾经观察过在海平面上落山的太阳？是的，有可能见过。那么，您可曾观察着它，直到日轮将要全部消失？无疑，您也有可能这样观察过。那么，当天空一片澄清时，您是否注意到，就在这个发光的天体放射出最后的光芒时所发生的现象？肯定没有，是不是。很好，以后您要有机会——当然不会很多——来做这种观察时，您就会发现，撞入您眼帘的并不是人们常说的红色光线，而是"绿光"，这是一种不可思议的绿色，这种绿色是画家调不出来的颜色；在自然界里，无论是植物还是各种水质都没有一种颜色与其相同！也许它是天堂中的一种绿色，无疑，这是代表着希望的真正绿色。

事实上，坎贝尔小姐向她的舅舅隐瞒了她知道关于绿光的一个古老的传说。传说是这样说的：这种绿光的神奇之处就在于，所有看到绿光的人们，都不会在感情方面做错事，因为它会摧毁所有的谎言与幻想，有幸看到它的人，不仅会看清自己的心，还会看清别人的心。

萨姆和西布此时正呆坐在椅子上，不知所措。他们的脑子还一时无法转过弯来，他们认为这种绿光，世界上从没有人看到过它，而他们的坎贝尔小姐的另一个"我"却轻信地追随着它，并准备倾注一生的时光。过了好长时间，他们才清醒过来。

萨姆摇着头大声地问坎贝尔小姐："这就是你说的绿光？"

"是的。"坎贝尔小姐重重地点了下头。

"这就是你为之准备牺牲一生幸福的绿光？"西布大声追问道。

"我想尽早看到它，但我必须得争得你们的同意才行，两位舅舅。"

"那么，在你看到它之后有什么打算呢？"

"之后我们就可以谈一谈我丈夫的人选问题了。"

听到坎贝尔小姐的回答，麦尔维尔兄弟相视笑了一下，似乎轻松了许多。

"既然这样，那我们赶快去看绿光吧。"萨姆说道。

"马上就去，越快越好。"西布接着说。

说着，他们就急步走至窗前，伸手准备打开，但被坎贝尔小姐制止了。

"别忘了，只有在太阳落山的最后一刻，它才会出现。"她提醒道。

"好吧，就在今天晚上，我们共同来观察。"萨姆说道。

"希望晚上的天空一片澄清，大海风平浪静。"坎贝尔小姐直视前方说道。

"今天，我们早点到罗森黑德岬角去。"萨姆认真地说。

"也许我们登上别墅的塔楼会更好。"西布建议。

"亲爱的两位舅舅，您们说的这两个地方都无法看到绿光，因为它需要一定的条件，那就是必须在水天交接处才可以与它会面。而我们现在只能看到海平面！"

坎贝尔小姐好笑地看着两位舅舅。这下，麦尔维尔兄弟可着急了。

萨姆口是心非地说："我想不必操之过急吧。"

"我们可以再等一段时间。"西布附和道。

"不行，两位舅舅，我不能等，因为时间已经不多了。"坎贝尔小姐摇着头说。

萨姆眼里闪过一丝惊喜，说："是因为亚里斯托布勒斯·尤尔西克劳斯吗？"

"可怜的年轻人，他的命运竟掌握在绿光手里。"西布说道。

"你们想到哪去了，我着急是因为现在已经是八月份了，苏格兰的天空很快就会被云雾所遮盖，现在这种美丽的夜晚已经不多了。哦，我们什么时候出发？"坎贝尔小姐问道。

现在，问题已经很明确，为了保证坎贝尔小姐在今年看到绿光，他们必须立即出发去苏格兰海岸的某个地方住下来，然后抓紧时间，每晚仔细观察绿光的出现，时间紧，任务重，一刻也不能耽搁了。

但《晨邮报》上也有这样句话："即使具备了观看绿光的所有条件，也很难捕捉到它的身影。"

世界著名科幻故事精华

第四卷

《晨邮报》是苏格兰最具权威的报刊，它的结论是有根据的。

首先，要在西海岸的某一处可以看到水天相接的地方。

但是，要到达西海岸就必须通过克莱德湾。

然而，克莱德湾是一道天然的屏障，基勒·德·布特、阿兰岛、克那普德兰岛、康提尔半岛、汝拉岛和艾莱岛，这些在地质变迁中被弄得乱七八糟的岩石在阿盖尔郡整个西半部形成了一个岛链，如果想越过它们是不可能的。

还有一个途径，那就是留在苏格兰，在秋季傍晚时赶在雾气到来之前，往南或往北走，直至没有任何障碍物的地方。但要走出很远。

毫无疑问，无论坎贝尔小姐选中哪个地方——爱尔兰海岸、法国海岸、西班牙海岸、葡萄牙海岸——只要可以看到绿光，她的舅舅——麦尔维尔兄弟都要尾随其后。

麦尔维尔兄弟迅速递换了一个眼神，心领神会。

"我有个好地方，"萨姆首先开口，"那就是奥班。"

"我保证，那里是最佳观察点。"西布不失时机地说道。

"真的吗?"坎贝尔小姐激动地问。

"当然，而且不止一个观察点!"萨姆大声说。

"至少有两个。"西布肯定地喊道。

"明天就出发，怎么样?"询问的口气。

"我们可以准备三天。"他给大家一点时间。

这时，坎贝尔小姐离开椅子上站起来，用不容更改的口吻说:"不，明天就出发。"

"好的，明天，就明天!"萨姆给予肯定。

"我希望现在已经到那里了!"西布认真地说。

从这些话语中可以听出来，麦尔维尔兄弟的话是出自真心的。那么，是什么让老兄弟俩如此急于去奥班呢? 原来，到奥班去观看绿光是假，让坎贝尔小姐去见他们心目中的未来外甥女婿才是他们的真正目的。现在，亚里斯托布勒斯·尤尔西克劳斯正在奥班度假。他们认为，不管坎贝尔小姐是否看得到绿光她必定会被累得精疲力竭，那时绿光已不是她的最终愿望，他们的杰出青年将会兴高采烈地得到未婚妻。在这里必须强调一点，这只是麦尔维尔兄弟一厢情

世界著名科幻故事精华

愿之事。

"贝丝!"这个名字又回荡在大厅里。这次贝丝应声而来,并得知了主人们要出远门的消息。

气压计的数值(30英寸3/10处也就是796毫米)预告近来几天将是一段好天气。无疑,乡村别墅的主人必须抓紧时间,准备第二日清晨即刻出发。

动身前的准备工作正在紧张忙碌,但又在有条不紊中进行,整幢别墅里听到的都是开关柜橱及抽屉和挂在贝丝夫人身上的47把钥匙奏出的交响乐。这都是为了坎贝尔小姐的希望,难道不应该为坎贝尔小姐反复无常的性格考虑一下?要是绿光不肯出来见她怎么办?如果云雾挡住了她的视线怎么办?如果需要去苏格兰更南边的海岸,去英格兰或者爱尔兰,甚至去欧洲大陆寻找新的观察点该怎么办?出发的时间不能更改,但这不意味着返回的时间不可以更改,一个月、六个月、一年还是十年以后?这还是一个未知数。

"怎么就一定要去看绿光呢?"贝丝夫人忙里偷闲,问身旁的帕特里奇。

"不知道。"帕特里奇答道,"不过我们的女主人不会轻易做出决定,这你是知道的,Mavourneen。"

在苏格兰,Mavourneen 的意思是"亲爱的",贝丝很愿意听到这个词。

"你说得对,"女管家说,"同你一样,我也觉得坎贝尔小姐这个决定的后面隐藏着什么秘密。"

"你知道是什么秘密?"

"我怎么知道,无非是想拖延她舅舅把她嫁出去的时间罢了。"

"我真不明白,"帕特里奇接着说,"那位尤尔西克劳斯先生究竟好在哪里,致使我们的主人一定要把坎贝尔小姐嫁给他。"

"事情明摆着,"贝丝夫人答道,"坎贝尔小姐是不会嫁给一个不如她的男士的,到时候,她将会很自然地拒绝她的两位舅舅。给他们留下一连串的疑问。总之,我对这桩婚姻不抱有任何希望。"

"跟我想的一样,Mavourneen!"

"在我看来,坎贝尔小姐的心就像这把抽屉,"贝丝夫人指着面前的抽屉,做着示范,"它已经被牢牢地锁住了,而要打开它,就必须用与它相配的唯一的这把钥匙……"

"也许钥匙会被盗走，除非她愿意。"贝丝夫人说，"如果坎贝尔小姐真的成了尤尔西克劳斯先生的新娘，那么，大风就会把我的头巾吹到圣·芒戈教堂钟楼的尖顶上去。"

"如果他生在苏格兰，我想他一定会住在特威德的南边，遗憾的是，他是南方人。"

贝丝夫人并不赞同帕特里奇的话，她认为尤尔西克劳斯先生根本不符合苏格兰的传统风俗。不管怎么说，这两位管家是不赞成这桩婚事的。

美丽的坎贝尔小姐在他们心中是最纯洁且至高无上的。

"你知道吗，"贝丝夫人接着说，"事实上，我们山地人的传统习俗是最好的，它使以前的婚姻要比现在的更幸福。"

"我也是这样想的，"帕特里奇用赞成的口气说，"过去的人们并不在意物质，只要人好，那么一切都是美好的，但是，现在的人却把物质摆在第一位，他们相信钱是万能的。"

"你说得很对，那时，人们选择伴侣总是先看人品，然后他们会在八月初在基尔科沃举行的圣·奥拉庙会上互述爱慕之情。而现在，正值金色的八月，圣·奥拉庙会已经开始了。"

"我想，如果当初，"帕特里奇说道，"我们的主人能够听见你的这番话，而选择一位伴侣的话，那么坎贝尔小姐就会有两位舅妈，也许现在的生活也不会这样单调了。"

"是这样的，"贝丝夫人接着说，"如果那样的话，坎贝尔小姐的舅妈肯定不会把她嫁给尤尔西克劳斯先生的。"

其实，贝丝夫人的话是有一定道理的，如果两个年轻人没有经过了解就匆忙结合的话，它的稳固性是值得怀疑的。但坎贝尔小姐与尤尔西克劳斯先生即使是经过圣·奥拉庙会的考验，他们的结合，也是不会美满的。

两位管家一边聊一边收拾行李，他们不愧为最称职的管家，瞧，一切物品都被整理得井井有条，而且非常齐全。

无论贝丝夫人和帕特里奇对这次旅行多么不情愿，但出发的时间已经定了，度假的地点也已选好了，明天的报纸上也会刊登出麦尔维尔兄弟和坎贝尔小姐去奥班度假的消息。唯一没有决定的就是去奥班的路线。

到达格拉斯哥西北方向的一百英里外，濒临马尔海峡的奥班小城有两条路线可供选择。

第一条路线是陆路——由鲍灵，经丹巴通，沿着莱温河右岸到达洛蒙德湖畔的巴朗克；穿过有三十多座岛的湖泊，沿着湖畔走就到了达尔马林，然后再走到一段盘山公路，经过格兰扁山脉的洗礼之后，便来到了布满欧石南、冷杉、橡树、落叶松的峡谷，穿过这里，奥班就出现在眼前了。这里的海岸是大西洋中最为宜人的，是其他海岸所不能比拟的。

如果走这条路线，那将是一次令人陶醉的旅行，这也是很多人向往的旅途，但遗憾的是，走这条路线看不到海平面，所以坎贝尔小姐给它贴了封条。

那么，既然第一条路线被查封了，就只剩下这条唯一的路线——水路——沿克莱德河——克来德海湾——大小岛屿连成的一个似手掌的海湾，从手掌的右侧迎水而上——目的地奥班港。这条路线是坎贝尔小姐一心想走的。尽管沿途的海岸风光非常迷人，但这对于她来说都不是重要的。她的最终目的是要看到她梦寐以求的仅仅出现五分之一秒的绿光。

"两位舅舅，"坎贝尔小姐说道，"您们知道，我只希望看到绿光，其他的对于我来说都不重要，所以，我并不需要一定到达奥班。"

坎贝尔小姐的话可不是麦尔维尔兄弟想听到的，他们的愿望恰恰与坎贝尔小姐相反——他们只想到达奥班并在那里呆上一段时间——至于绿光——最好不要出现。

但这只是他们的希望，实现的几率微乎其微。

"愿绿光永远不会出现！"萨姆在坎贝尔小姐走出大厅后喊道。

"愿我们的海伦娜小姐早日成婚！"西布嘀咕道。

沿克莱德河而下

第二天，也就是 8 月 2 日，清晨，坎贝尔小姐便如期登上了海伦斯堡火车站的火车。到达格拉斯哥后，转乘去奥班的汽船。陪同坎贝尔小姐去的有麦尔维尔兄弟和两位忠实的管家。

7点整，火车准时抵达格拉斯哥火车站，坎贝尔小姐一行五人坐上了一辆马车。因为，哥伦比亚号汽船烟筒里喷出的黑烟预示着即将起航。黑烟混在雾气里已经慢慢消退了，说明今天是个晴朗的天气。

汽船自然不会落下这五位尊贵的乘客，它把坎贝尔小姐一行人迎了上来。

正是第三次钟声敲响之时，随着最后一批乘客的上船，哥伦比亚号的机械师发动了汽船，一声长笛响过之后，便启航顺流而下。

哥伦比亚号不仅速度快而且船舱内的设施也非常讲究，客厅与餐厅极尽舒适，宽敞的轻甲板用有垂饰的天篷遮了起来，甲板上有一些铺着软垫的长凳与椅子——这可是一个真正的平台，还用精美的栏杆围了起来。在这里，乘客可以沐浴着新鲜的空气，凭栏远眺。

在八月——旅行黄金季节里，克来德湾和赫布里底群岛是最受欢迎的地方。因此，这也使往返于克莱德河上的哥伦比亚号生意兴隆。船上所有的客舱都住满了人；乘客中，有的是全家出动，他们的家庭和睦得到上天慷慨的祝福；船上的年轻姑娘美丽动人，小伙子们英俊潇洒；还有一些身穿黑色礼服、头戴丝质高帽的牧师；另外还有几个农夫；船上大部分都是苏格兰人和英格兰人，有一少部分是外国人——德国人和法国人。相比之下，他们的言行则显得有些拘谨，但也不失他们好献殷勤的天性。

麦尔维尔兄弟的旅途并不寂寞，因为他们要忙着观察坎贝尔小姐指的景物，又要解答她提出的问题，时而还得跟随这位活泼的外甥女往返于船的两个极端。结果是，在从格拉斯哥到旅程中忙得不亦乐乎，连一个小时的休息时间都没有。然而，他们不但没有发牢骚，还兴致勃勃，这全归属于他们太爱这个外甥女了，她就是他们的全部。

就在三位主人在船上穿梭不停时，贝丝夫人和帕特里奇则与其形成了鲜明对比。他们坐在甲板前半部，迎着温和的海风，亲切地谈论着逝去的时光、消失的习俗和四分五裂的古老家族。那时，克莱德河澄清的上空还没有消失在工厂排出的烟雾之中，河两岸也不会回响着沉闷的撞击声，河水也不会因来往的船只而变得浑浊不堪。

"过去这里的美好景象会很快重现的。"贝丝夫人十分肯定地说。

"希望这一天能够早日到来，那时，我们就又可以看到祖先的古老习俗了。"帕特里奇严肃地说。

在贝丝夫人和帕特里奇谈话期间，他们共同承受了克莱德河沿岸铁器碰撞发出的叮当声、工业的喧哗吵闹声再加上缭绕的烟雾与水蒸气，和充满炭味的烟雾。这令他们心烦意乱。

不过，很快他们的烦恼便消失得无影无踪，取而代之的是心旷神怡，因为此时显现在他们眼前的是别致的住宅，林木掩映的别墅和散布于绿色丘陵之中盎格鲁·撒克逊式的房屋。

这些乡间住宅与别墅构成了一条美丽的风景链，连接着一座座城市。

很快，柯尔帕特里克丘陵便在里伏尤镇的后面显现出来，圣·帕特里克——爱尔兰人的保护神就出生在此，这在爱尔兰家喻户晓；美丽的克莱德河在这也成为了大海的一只臂膀。贝丝夫人和帕特里奇先是向勾起人们对苏格兰历史的回忆的道格拉斯·卡斯尔遗址致敬，但他们又很快扫视了为纪念哈里·贝尔建造的方尖碑，这位第一艘机动船的发明者所发明的齿轮正在扰乱安静的水面。

即使这些名胜古迹也没能把坎贝尔小姐的思绪拉回来。她心里就只有那个能够看到绿光的海平面。但在哥伦比亚号驶出这一系列圈住了克莱德河海湾的河岸、岬角和山丘之前，他们是看不到海平面的。

再往远处，是格里诺克市入海口，这里停泊了上百艘汽船，这座城市是工业和商业的前沿，它拥有四十五万人口，但这对坎贝尔小姐而言又有多重要呢？为什么她的目光总是停留在河左右两岸罗克村和丹限村，注意那些参差不齐的峡湾处？这些峡湾不断地侵蚀着阿盖尔郡的滨外沙洲，使其呈锯齿状。

坎贝尔小姐那焦急的目光似乎在寻找着什么，难道是在找莱文塔楼遗址里的小精灵吗？不！她是在寻找照耀着克莱德湾出海口的克洛克灯塔。

突然，在河岸的拐角处，一盏巨大的明灯展现在她面前。

"看，克洛克灯塔，哦，萨姆舅舅，您看到了吗？"坎贝尔小姐高兴得叫起来。

"我看到了，克洛克。"萨姆答道。

世界著名科幻故事精华

第四卷

"大海，大海，西布舅舅，快看！"坎贝尔小姐再次因兴奋提高声调。

"我看到了，大海。"西布答道。

"简直是太美啦！"麦尔维尔兄弟异口同声。

像他们第一次见到大海时一样赞美着。

的确，随着哥伦比亚号的前行，海平面呈现出来。

现在，他们正在五十六度赤纬线下，再经过七个小时，他们才会消失在大海中，但即使他们看到大海，也不意味着在这里就会看到绿光，因为，太阳只有在冬至时才会光顾这里的弧形海面。要想现在看到的话，只有再继续向西并稍微偏北走。因为离九月还有六个星期。

但这对坎贝尔小姐来说并不重要，她可以等，甚至陪上她一生的时光，她只要看那1/5秒、稍纵即逝的绿光。

此时的坎贝尔小姐再没有心思去做别的事情，她站在甲板上，眼睛直盯着水天交接处，好像在测量太阳所处的位置及它的光盘没入海平面时的最后那一段弧线的长度。她默默祈祷——雾气不要笼罩澄净的天空！

"时间到了，海伦娜。"

西布的声音打断了坎贝尔小姐的思绪，她愣了一下。

"时间到了，什么时间，舅舅！"她还没转过神来。

"当然是午饭时间到了。"西布一副理所当然的样子。

"好吧，我们去吃饭。"坎贝尔小姐答道。

从一条船到另一条船

坎贝尔小姐与两位舅舅吃了一顿正宗的英式午餐，味道很好，他们都很满意。饭后，他们一行三人又来到了甲板上。

"啊，我的大海，我的海平面不见了！"坎贝尔小姐刚到甲板上就嚷道。

此时，汽船在朝北航行，海平面已经消失很长时间了。

"都是你，西布舅舅，如果你不来叫我吃饭，海平面就不会消失。"坎贝尔小姐有些不讲理。

"可是，亲爱的海伦娜……"

"我已经记下这笔帐了，萨姆舅舅！"

麦尔维尔兄弟对眼前这位骄横的外甥女，一时间哭笑不得。这确实不是他们的错，他们无法控制船的航行。

其实，走水路也有两条航线可以到达奥班。

很显然，船走的不是第一条路，这段航线比较长，也是麦尔维尔兄弟没选择它的原因。它的航线是——首先汽船在巴特岛的首府罗瑟塞停靠，十一世纪的古老城堡坐落在那里，巴特岛以西的高大峡谷挡住了侵袭古城堡的海风——沿克莱德海湾顺水而下——阿兰岛的南部——改变航线，向西，绕过阿兰岛和康提尔半岛的顶端——吉戈汉航道——穿过艾莱岛和汝拉岛之间的桑德海峡——洛恩海湾，这个海湾的顶端在奥班北面一点。

没有走这条航线，不用坎贝尔小姐责怪，麦尔维尔兄弟就已懊悔了。因为如果沿着艾莱岛海岸航行，他们就会看到马克·唐纳德的旧居，而马克·唐纳德在十六世纪初，被坎贝尔小姐家族打败并驱逐。面对这个与他们密切相联的历史事件，不只是麦尔维尔兄弟很遗憾，就是贝丝夫人和帕特里奇也有些不满。

历史事件对于坎贝尔小姐来说并不是主要的，最主要的是她失去了观看大海的机会。要知道，如果按这条航线走，她就可以看到从阿兰岛岬角到康提尔半岛岬角和从康提尔半岛的马尔岛连绵三千里的美洲海峡。但走这条航线有一个很大的弊病，那就是，汽船到达布里赫群岛时，那里的天气会非常炎热，旅客将感到很不舒服，同时，酷热的天气将给航海员带来不快，从而增加事故的发生率，所以，为安全起见，哥伦比亚号还是选择了另外一条——坎贝尔小姐他们现在正走的航线。

自然，走这条航线不会看到三千里的美洲海峡，取而代之的是沙滩、森林和山脉。

此时，哥伦比亚号沿着艾尔邦戈雷戈小岛驶入了里多狭湾，这个小岛是阿盖尔公爵在格兰争取苏格兰政治与宗教自由的斗争中避难的最后地方，这场战斗以失败而告终。现在，汽船又转向南方，沿巴特海峡航行，然后，又调头继续向北，经过康提尔海岸左侧的分斯特——塔贝特村和阿尔德瑞西格角，便到了洛克吉尔费德村，克里南运河的入口。

世界著名科幻故事精华

第四卷

到达这里，也就意味着哥伦比亚号已完成了它的使命，人们将转乘早已等在那里的一艘小汽船——里内特号。

换船几分钟便完成了。然后，里内特号以飞快的速度航行在运河中。正当人们坐在甲板上自在地欣赏着沿途风光时，一位风笛手吹响了他的乐器。这首乐曲一改欢快的曲调，以那特有的既悲伤又怪异的曲子抒发了无比惆怅的心怀，这使所有游客的好心情跌入深谷。

悲哀过后是一段十分惬意的航行。里内特号先后穿过了陡峭的河岸——布满欧古南的山脉——开阔的田野——两个船闸之间的陡堤，而后准备在引水渠中暂做停留，这里热情的青年和孩童用大量的新鲜牛奶招待着他们的客人，尽管客人们很快便会离开。

里内特号因船闸出了点故障而晚两个小时到达巴拉诺克村。在这里，旅客们将经历第二次换船，也就是说，他们得从此下船再转乘格伦加里号，然后沿着西北方继续他们的旅程。格伦加里号将带着他们驶出克里南过它的岬角，到达巴特岛，这里很像苏格兰中部的湖泊地带，罗布罗伊热的家乡。景色宜人的岛屿随处可见，岛上地势起伏平缓，植物主要是桦树和落叶松。

随着汝拉岛海湾的北端岬角的逝去，无边无际的海平面在这个岬角和斯卡岛之间展现出它全部的容颜。

萨姆指着海平面，转向坎贝尔小姐，说："你看，我把海平面又还给你了。"

"事实上，"西布接着说，"是老尼克的岛屿挡住了它美丽的容颜，我们是无辜的。"

"我已原谅您们了，我的两位舅舅。"坎贝尔小姐微笑着说。

考瑞威尔坎漩涡

现在是晚上六点整，也就是说，在太阳完全逝去之前，他们完全可以到达奥班。并且极有可能，坎贝尔小姐的愿望将在今晚实现。

澄清的天空，平静的海面，为观察提供了最佳条件。应该说，在奥隆塞岛、科隆塞岛和马尔岛之间看到海平面已成定论。

然而，一件始料未及的事阻碍了船的正常航行时间。

坎贝尔小姐目不转睛地盯着两个岛之间圆弧状的水线。在水天连接的地方，由于太阳在这完美的环境中幻想着当她看到绿光的那一刹那激动人心的场面。突然，汽船的舰首与海浪互相撞击的声音，惊醒了陷入沉思的土地。

"怎么会有这么大声音和如此湍急的水流？"坎贝尔小姐转向两个舅舅问道。

这无疑是在向麦尔维尔兄弟的知识误区挑战，他们面面相觑，不知该如何回答他们本不知道的问题。

既然在两位舅舅那里得不到解答，那就只好求助于格伦加里号的船长了。

"您听到的是考瑞威尔坎旋涡发出的声音，"船长做出解答，"这只是很正常的潮汐现象。"

"可是天气，一点风也没有。"坎贝尔小姐又提出疑点。

"这是天气所不能左右的，"船长耐心地说，"这是海流作用的结果，流出汝拉—桑德时，海流只能在汉拉与斯巴两个岛之间寻找出路。在那里水流速度猛然加快，小吨位的船只上那儿去是很危险的。"

这一海域的考瑞威尔坎漩涡是赫布里底群岛中最为奇特的地方之一，其危险程度令人畏惧。

这个漩涡的名字传说是以一位在克尔特时期在此遇难的王子的名字命名的。

实际上，已有很多船只被这条水道吞没，因此人们把它与挪威海岸的迈斯达姆急流排在了一起。

海峡中一个黑点引起了坎贝尔小姐的注意。它在起伏不定的浪涛中时隐时现，如果细心的话，还真会以为那是一块岩石。

"那个黑点是岩石吗，如果不是，又会是什么呢？"坎贝尔小姐指着远处问船长。

"事实上，"船长答道，"大概是随着水流游过来的漂浮物，也可能是……"

船长举起望远镜。

"不，是一艘船！"他大声喊道。

"一艘船！"坎贝尔小姐重复道。

"我看得清清楚楚，是艘在考瑞威尔坎水面遇难的小船！"船长紧张地说。

旅客们也寻着船长的声音陆续来到甲板上，望向漩涡处。

是的，船长通过望远镜看到遇险的船只被涨起的潮水涌流卷着，被漩涡的吸力吸住，极有沉没的可能。

"也许它早已遇难，被冲到了这里。"一位乘客说。

"不！我看到一个人。"另一个说。

"一个……两个人！"站在坎贝尔小姐身边的船长冲口而出。

船长说得没错，的确是两个人，他们正在努力控制这艘小艇，实际上，他们的努力是徒劳的，现在，或许有一阵风吹过，帆可以张起的话，两个人还有生还的希望。

"船长！"坎贝尔小姐喊道，"我们不能眼看着他们死去，应该去救他们！应该去……"

坎贝尔小姐一席话道出了船上所有旅客的心声。

"格伦加里号，"船长镇定地说道，"不能去冒这个险。"

"但是，如果我们慢慢靠近也许可以帮上他们的忙。"

船长又接着说，并用征求的目光看着旅客们。

坎贝尔小姐走近船长。

"您的决定是对的，船长！……"她的声音因激动而有些颤抖，"所有人的心情都和您一样，那两个人需要您的救助，去救他们吧……去吧……求你了！……"

"去救吧！"旅客们异口同声地喊道，他们被坎贝尔小姐的善良打动了。

听到大家的回应，船长毅然转身举起望远镜朝着遇难船只的方向，下达命令："注意驾驶！"他喊道，"左满舵！"

随着一声令下，格伦加里号很快调转方向，朝着西方全速航行，汝拉岛的岬角被远远地抛在了后边。

寂静笼罩着格伦加里号的每一个角落，所有人的目光都聚焦到了远处那个小黑点上，渐渐地，小黑点扩大成了一艘小渔船，船上放倒的桅杆使它免遭由于海浪剧烈的撞击而导致的巨大反冲力的侵害。

船上只有一个人在奋力划桨，试图死里逃生，而另一个则因某种还不清楚的原因现在躺在船尾。

三十分钟后，格伦加里号靠近了考瑞威尔坎漩涡，因海浪的冲击，船开始剧烈地前后颠簸。但船上旅客似乎并没有感觉到，他们只感觉到了两个渔夫面临死亡的危险气息。

距渔船还有半英里，这是汽船不可逾越的距离。显然，格伦加里号的靠近，给了渔夫无比的力量。他正用尽全力划桨努力地靠近格伦加里号，他知道，只有与汽船汇合才会摆脱死亡。

形势更加危急，为了保证旅客的安全，船已经是一点点在往前挪了，尽管如此，由船头拍上船来的海浪已经在威胁着锅炉舱的甲板窗，这极有可能使船熄灭，直接威胁着整船人的生命安危。

船长是位极富有经验的老船长，他紧靠着舷梯，以防船偏离航道，他娴熟地操纵着，从而使船在水中被横过来。

现在，渔船的处境更加危险，在漩涡的冲击下，随波浪忽高忽低，如同利箭一般，又如弹弓射出的石块般迅速地做着圆周运动。

"快！快！"坎贝尔小姐抑制不住内心的焦急，一遍一遍地喊到。

波涛汹涌的巨浪令船上的旅客连连发出惊叫声。想到船上的旅客，船长有些犹豫，他是一船之长，确保旅客安全是他的职责，但见死不救又违背了他的做人原则，二者互相矛盾。船长一时想不出一条万全之策。

然而，遇险船只与格伦加里号之间还有不到半里的距离，这时，已经可以看清渔船上的遇险人员了。

奋力划桨的是一位年轻的小伙子，而躺在船尾的是一位老水手。

一个巨浪袭向格伦加里号，增加了它的危险度。

虽然船长经验丰富，但在如此困难的条件下，似乎也显得有些吃力。

突然，小船在一个浪尖上摇摆几下之后滑向了一边，即而不见了踪影。只留下一声惊恐的尖叫声久久回荡在空中。

旅客们的心紧缩着，当看到小船又出现在另一个浪尖上时，人们的心才又恢复了正常收缩，此时，渔船已被海浪推到了汽船这边。形势一片大好。

"加油！加油！"水手们站在船头大声地呼喊着。

他们手里摆着早就准备好的一捆绳子，伺机抛向年轻人。

机会来了，两个旋涡之间的海平面出现了暂时的平静，船长果断下令加足马力，水手抛出了绳子。

年轻人敏捷地把绳子缚在桅杆脚上，格伦加里号开始倒航，从而尽快摆脱漩涡，小船被拖在后面。

这时，沉着冷静的年轻人把老水手用船上又抛下的绳子绑好，在水手的帮助下，老水手得救了，年轻人也随后跳到了格伦加里号的甲板。

只见小伙子脸色平静，神不慌气不喘，他的态度表明他具有超人的勇气和意志。

老水手一上船，人们就对他进行了急救，好在他在一杯白兰地的作用下，度过了危险期，开始恢复知觉。

他醒过来的第一句话是用那微弱的气息道出一个人名——奥利弗。

"我在这里！我的老水手！"年轻人有些激动，"那阵海浪……"

老水手摇摇头，说道："那没什么！我还经历过比这更汹猛的！它已过去了！……"

"都是我不好，一定要再往前走走，结果差点让我们丧了命！不过，还好，我们得救了！"

"在您的努力下，奥利弗先生！"

"不，是上帝帮助了我们！"

年轻人与老水手相拥在一起，如此动人的场面，撞击着在场每一个人的心。

年轻人扶老水手躺好后，走向刚从舷梯上下来的船长。

"船长先生，"他说道，"真不知该如何感谢您刚才对我们的帮助。"

"这是我的责任。不过，感谢船上的旅客才是理所应当的，是他们使我下定了决心。"

听了船长的话，年轻人与船长握手后，转向旅客们摘下礼帽深深鞠了一躬，这是旅客们应该得到的，不过，更确切地说，坎贝尔小姐最应该接受这真诚的谢意，这位美丽姑娘的乞救起了决定性的作用。但她却躲在了一边，她不想宣扬自己的功劳。突然，她想起了绿光——此行的目的，眼望着落日，惊呼出声：

"光线呢？太阳呢？"

"太阳落下去了！"萨姆说。

"光线消失了！"西布说。

太阳落山的时候，正是急救的关键时刻，坎贝尔小姐那时正在关注着她可以看到的现实，而一时忽略了头脑中时时幻想的绿光。看来，想真正看到它，还要耐心地再等一段时间。

"哎！机会错过了！"坎贝尔小姐喃喃地说，但她并不后悔，为刚才的事情。

格伦加里号安然无恙，此时已调整好方向，继续朝目的地方向驶去。唯一不同的是，船上又多了一位乘客——年轻人，而那位老水手已乘着他的小船向汝拉岛驶去。

格伦加里号在经历途中的小小的插曲后，终于沐浴着黄昏的最后一缕光芒，完成了它此航的使命——抵达奥班港。

亚里斯托布勒斯·尤尔西克劳斯

奥班的海滩每天都会迎接很多来这里进行海水浴的游客，使这里人潮涌动，热闹非凡，但在众多的游客中，仍没有遮住亚里斯托布勒斯·尤尔西克劳斯的才华，使之脱颖而出，倍受关注。

奥班地处马尔海峡，凯尔雷雷岛为它挡住了大风的侵袭，令其免受西风的打扰，也因此倍受外国人的偏爱。他们有的是来泡一泡有利于身体健康的海水，有的是以此为根据地，沿呈辐射状的路线去了格拉斯哥，依据内斯和赫布里底群岛里那些最最稀奇的岛屿。需要说明的一点就是，凡是在奥班度过热季、经过海水疗养的人都身体健康，并且长寿者居多。这也是奥班成为联合王国中人们喜欢的海滨城市的一个很重要原因。

奥班已有一百五十年的历史了。这里的城市规划得很合理，房屋布局整齐，街道干净宽敞，且畅通无阻，充满现代都市气息。古老的钟楼与杜罗莱城堡给这座城市更增添了几分文化气氛，港口五颜六色的船只与岸上白色的住所以及阔气的别墅则构成了另一幅令人陶醉的写生画。

八月份是旅游旺季，这也使大大小小的旅馆生意兴隆，收入大增。然而，在城中最好的一家旅馆的登记簿上，来自苏格兰的亚里斯托布勒斯·尤尔西克劳斯的名字已经连载了几周。

世界著名科幻故事精华

第四卷

这位亚里斯托布勒斯·尤尔西克劳斯，今年二十八岁。他的外表与年龄正相辅，既不多也不少。就其面孔而言，实在找不出值得称赞的地方。一头并不受男人们欢迎的颜色过深的金发；眼镜后是一双失去光芒的近视眼；鼻子出奇的短。顶着一头比一般人少一半的发丝，络腮胡遮住了他的嘴，这使他看上去有几分猴相。看到他很难让人把他与年轻的学者联系在一起。

俗话说：人不可貌相。这位奇貌不扬的尤尔西克劳斯先生，毕业于牛津大学和爱丁堡大学。并且说起文学来，他拥有物理、化学、天文学与数学知识，或者更多一些。实际上，他自命不凡得几乎像个蠢才。他主要的嗜好就是随心所欲地给那些最简单不过的事情作出解释；总之他是个爱卖弄学问的学究，顺从的交往者。这样一个任何人都认为滑稽的人，哪位高贵的姑娘，包括坎贝尔小姐在内，哪会把芳心交给他呢？

这就是麦尔维尔兄弟俩为坎贝尔小姐挑选的作为她丈夫的最佳人选？难道只是因为他是第一位向这两位可爱的六十岁老人表白对他们的外甥女爱慕之情的人？也许麦尔维尔兄弟在兴奋之余会这样说：

"如此出身贵族，拥有大笔财产的年轻学者竟然会看中我们的迷人的海伦娜，我们还有什么好挑剔的呢，他做我们的外甥女婿最合适不过了！"

接着，兄弟俩美美地吸了一撮法国上好的鼻烟，然后满意地关上鼻烟盒，似乎他们已完成一项伟大使命。

第二日，上午九点，坎贝尔小姐还在喀里多尼亚旅馆二楼房间里休息的时候，她的两位舅舅已经出发去找他们心目早就定好的外甥女婿人选——亚里斯托布勒斯·尤西尔西克劳斯。

麦尔维尔兄弟从喀里多尼亚旅馆前厅出来，走下海滩，朝海湾北边的一家旅馆走去。

似乎是上天的安排，他们刚刚走出旅馆不到十分钟便在海滩上与每天早晨都要迎着温和的海风作科学散步的亚里斯托布勒斯·尤尔西克劳斯相遇了。他们与他完全机械化式地握了握手。

"哦，亚里斯托布勒斯先生！"麦尔维尔兄弟说。

"哦，麦尔维尔先生！"尤尔西克劳斯用一种故作惊喜的声调应道，"真想不到在这儿……"

"昨天到的。"西布说道。

"在这见到您真高兴，尤尔西克劳斯先生！"萨姆说道。

"是的，我也很高兴，事实上早晨的快讯破坏了人们的好心情。"

"什么快讯？"萨姆说，"是否是关于格拉斯内阁……？"

"不，"尤尔西克劳斯先生很快否定道，"是一个气象快讯。"

"气象，真的吗？"麦尔维尔兄弟同时脱口而出。

"是的，上面说 Swinemunde 低压已向北部转移，并形成一明显的空洞，它的中心已到达斯德哥尔摩附近，气压计已经降低了二十五毫米，不过，在英格兰与苏格兰的气压虽然变化不大，但还是于昨天在巴伦西亚下降了十分之一，在斯托诺韦下降了十分之二。"

"那么，这个低气压……"萨姆说。

"将给我们带来什么结果？"西布说出他想问的话。

"不再有好天气，"尤尔西克劳斯先生回答道，"即将刮起西南风，而且，北大西洋上的雾气将笼罩我们的天空。"

这个对于所有游客来说都是个坏消息的快讯并没有使麦尔维尔兄弟感到懊恼，反而令他们有点欢喜，因为这样——绿光可能会让坎贝尔小姐再等上些日子——就可以延长他们在奥班逗留的时间——两个年轻人就有了更多的接触时间。

"麦尔维尔先生，你们到这里来是……？"亚里斯托布勒斯道出他心中的疑问。

"我们想呆上一段时间。"西布在说谎。

"顺便加上一句，"萨姆说，"由外甥女陪着我们……"

"坎贝尔小姐！是真的吗？"亚里斯托布勒斯有些惊喜地大声说道，"——我想这里的海水浴会对她的身体很有益的，……你们瞧，今天的天气多么温和，她会感到舒服的。"

"是的，"萨姆说道，"她也会这样认为。"

"我会告诉她这里的天气好极了，"亚里斯托布勒斯接着说，"0.21 的氧，0.79 的氮，再加上一定数量有益健康的水气，至于碳酸，几乎没有。我真希望马上见到坎贝尔小姐。"

麦尔维尔兄弟很想告诉他坎贝尔小姐的住址，但这个年轻的学者似乎关心的是另外一个问题。

"我想知道，"亚里斯托布勒斯问道，"麦尔维尔先生，是什么原因使你们离开了海伦斯堡别墅？"

"我们当然没什么可隐瞒您的，只是现在还……"萨姆答道。

"那么，在这段时间里，"年轻学者打断他的话，"我是否可以找一些机会，与坎贝尔小姐更好地彼此了解一下，以增近感情呢？"

"你会有机会的，年轻人，只要你努力。"萨姆鼓励道。

"我会的，先生，"亚里斯托布勒斯认真地说道，"在这个公共场所，坎贝尔小姐和我有机会的时候可以谈谈大海的风向、浪高、潮汐的变化，还有其他一些物理现象，我想这些会让坎贝尔小姐很感兴趣的。"

此次交谈令麦尔维尔兄弟很满意，他们准备帮助年轻人。

"我想，麦尔维尔先生，"尤尔西克劳斯接着说，"一定是你们编造了一个借口来到这里，否则坎贝尔小姐是不会想到这的。"

"是有一个借口，但它是坎贝尔小姐自己提供给我们的。"西布答道。

"是什么借口？"尤尔西克劳斯先生问道。

"一种物理现象，它需要特定的条件，只有奥班才具备。"

"原来是这样。"尤尔西克劳斯先生说道，"看来我与坎贝尔小姐还是有相似之处的，我们可以共同来研究，但不知是什么物理现象？"

"绿光。"萨姆简明扼要地说。

"绿光。"年轻学者重复着，想了想，还是不明白，问道，"对不起，我能问一下，何为绿光？"

麦尔维兄弟便把《晨邮报》上的内容叙述了一遍。

"哦！"尤尔西克劳斯先生恍然大悟，"这不过是一种毫无意义的猎奇，根本没有观察价值。"

"坎贝尔小姐还是个小姑娘，"西布说，"她把这看得比什么都重要，也是她一生的愿望。"

"她发誓，不看到绿光，绝不结婚。"萨姆补充说道。

"放心吧，麦尔维尔先生，我会令她实现愿望的。"尤里西克劳斯先生肯定地说。

就这样，他们边走边谈来到了离喀里尼亚旅馆一百步的地方，准备结束他们的谈话。

就在这时，二楼上，一个正对着他们的窗口。有一位年轻漂亮的姑娘正在焦急地望着海滩，似乎在寻找着什么，也似乎在期待着……

忽然她看见了海滩上的三个人。然后窗户被用力地关上，片刻，她出现在海滩上。她——坎贝尔小姐，半抱双臂，神情严肃，紧锁的眉头充满责备之意。

坎贝尔小姐的神情令麦尔维尔兄弟一时不知所措，他们以为海伦娜已经看穿了他们的计划，正准备兴师问罪。

这时，年轻学者走上前，很礼貌地向坎贝尔小姐问好，打破了尴尬的局面。

"亚里斯托布勒斯·尤尔西克劳斯先生……"萨姆热情地介绍道。

"事情真是巧极了，……恰巧在奥班！……"西布说道。

"您好，尤尔西克劳斯先生。"

坎贝尔小姐出于礼貌与他打了个招呼。

然后，她表情严肃地转向麦尔维尔兄弟，他们的心在剧烈地跳动。

"两位舅舅。"她说。

"我们亲爱的外甥女。"麦尔维尔兄弟说，显然有些底气不足。

"这就是我们的目的地——奥班吗？"她问道。

"当然，这就是奥班。"

"在这里，我可以看到绿光，是吗？"

"是的，孩子。"

"那么，它需要的海平面呢？"

"海平面……"麦尔维尔兄弟倒吸了一口凉气，转过身去。

眼前，除了塞尔岛、凯尔雷雷岛和基斯摩尔岛构成的一处到另一处连绵不断的屏障，哪里有什么海平面；现在，他们不得不承认，他们向坎贝尔小姐保证的海平面在奥班根本不存在。

这也是麦尔维尔兄弟在沙滩散步时并未注意到的一点，他们发出两声叹息，表达出内心真正的失望。

"舅舅们，一小时之后我们将不在这儿！"

"不在这儿？"

"是的，我要去找海平面。"

"你决定了？"

"是的，必须这样。"

"看来，需要解释一下。"麦尔维尔兄弟互望了一眼。

海平面上的云彩

最有理由做出解释的是亚里斯托布勒斯·尤尔西克劳斯先生，但他与此事无关，坎贝尔小姐也并不需要他的解释，只是生硬地向他行了个礼，便快步走回了旅馆。

亚里斯托布勒斯·尤尔西克劳斯为刚才被拿来与一个毫无价值的绿光作比较，感到是对自己的侮辱，所以也生硬地回了一个礼，然后径直走回海滩，想给自己一个安慰。

麦尔维尔兄弟沮丧地回到喀里多尼亚旅馆的会客厅里，满脸羞愧地等着坎贝尔小姐找他们谈话。

坎贝尔小姐的态度很明确，为了看到绿光，必须放弃一切，即使是以和亚里斯托布勒斯·尤尔西克劳斯见面的便利条件为代价。

两个舅舅只能从他们良好的愿望出发进行推测，因为他们压根就不熟悉奥班嘛！谁会想到尽管游客们如潮般涌来，可大海，真正的大海却并不在那儿！

"现在，我们没有其他选择，"坎贝尔小姐说道，"必须离开奥班，寻找真正的海平面。"

尽管麦尔维尔兄弟极不愿意，但那只能怪讨厌的赫布里底群岛遮住了大海的面容。

"我们马上收拾行李，"坎贝尔小姐接着说，"最好今天就动身。"

"好的，我们没有意见。"

事情已经到了这个地步。

于是，贝丝夫人与帕特里奇，在他们女主人的再次决定之下，开始快速地收拾行李。

让人们料想不到的是，喀里多尼亚旅馆的主人——麦克·菲恩老板。

当他得知这一消息后，便宣布可以为他们找到一个令大家都满意的解决方法。当然，他还有另外一个目的，那就是把客人留住。要知道，在苏格兰的旅馆业有一个不成文的规定——无论他的客人因何原因要离开旅馆，那么老板必须想尽一切办法挽留，直到客人执意离去。

坎贝尔小姐与她的舅舅有什么要求？一个可以看到海天相接的地方？没有比这更容易的事情了，只要太阳落山时可以看到海平面。奥班看不到？那么，在凯尔雷雷岛行吗？不行，这里只能看到一小部分大西洋。事实上如果沿海岸下行就能看到塞尔岛，它的北端与苏格兰海岸之间由一座小桥连接着，在塞尔岛上，西边罗盘五分之二的地方，将会看到海平面。

坎贝尔小姐从挂在旅馆大厅里的大幅地图上，证实了麦克·菲恩老板并没有说错。的确，在塞尔岛上可以看到一段宽阔的海平面，秋分前后，太阳便会光顾那里。

为了尽到最后义务，麦克·菲恩老板建议他们可以坐一辆马车前往，只需三十分钟即可到达，并且沿途的风光也十分迷人。

结果如何？当然是坎贝尔小姐决定接受旅馆老板的建议，而麦克·菲恩也为可以得到一笔不小的收入而心满意足。

麦尔维尔兄弟悬着的心，终于又落回了原处。

"真奇怪，"萨姆说，"怎么偏偏就奥班这里看不到海平面。"

"自然界真是让人理解不透。"西布答道。

可是，知道了坎贝尔小姐不再去另外的地方寻找海平面，亚里斯托布勒斯·尤尔西克劳斯却没有表现出十分热衷的态度，只是沉迷于自己的高深研究，这是令人很难理解的。也许是他心里高兴，没有表现出来吧。

相反，坎贝尔小姐的态度有所变化，她对他不再是冷冰冰地，似乎温和了许多。

一切都进展得很顺利，惟有天公不作美，正午时，被炎热所驱散的云朵，总是在日出日落时笼罩着海平线，想看到绿光，还需要耐心等待。

在这漫长的等待中，麦尔维尔兄弟与尤尔西克劳斯先生接触甚密，而坎贝尔小姐则喜欢一个人独自到海边的沙滩上散步，她需要清幽而没有喧闹的环境。与她形成强烈对比的是构成海滨城市流动

世界著名科幻故事精华

第四卷

人口的大军：这其中有举家出游，在温暖的海滩其乐融融；还有一些学者，头顶遮阳帽，不停地从这边走到那边；在沙滩的一角，画家支起画架寻找最入画的角度，试图创作出满意的作品；电学家们则为了赚两个便士向那些阔绰的游客兜售一种流体；摄影家们则为那些美满的家庭递送全家福；最忙碌的要数那些身穿黑礼服和头戴花帽的小商贩们，他们推着小货车遍布整个沙滩，不放过一位游客，向他们推销世上最好的饮料、水果……

麦尔维尔兄弟与尤尔西克劳斯先生分手后，总是到沙滩的边缘，或海湾内突出的尖端去与坎贝尔小姐会合。

坎贝尔小姐坐在一块突出的岩石上，双肘支在腿上，双手托着俏丽的脸庞，双眼茫然地望向远处平静的海面，时而追随因受惊而飞起的鸬鹚，它们不愧捕鱼高手，瞧个个收获甚丰。

我们纯洁美丽的少女在想什么呢？是不是想找一位长相厮守的伴侣，而且不是别人，正是年轻学者？啊，我们的宝贝外甥女终于把注意力转到男士身上了。麦尔维尔兄弟为他们的私下猜测惊喜不已。

不过，他们只猜对了一点点。坎贝尔小姐的确是在想一位男士，但不是尤尔西克劳斯先生而是另一位年轻的小伙子，那个在考瑞威尔坎漩涡中奋勇挣扎、临危不乱、沉着冷静的青年。坎贝尔小姐的脸上浮现出一丝笑容，举止优雅的勇士出现在甲板上，摘下礼帽向大家致敬，然而他并不知道是这位年轻姑娘放弃了观看绿光的最佳时期挽救了他的生命，更不知道他已在姑娘心中烙下了印迹。

坎贝尔小姐满脑子都是离奇的想象，她把考瑞威尔坎漩涡遇险事件和绿光混在一起，可以肯定的是前者与后者一样都不明朗，雾气使后者模糊不清，姓名与身份的不明则让前者可望而不可及。

在这以后的四天里，她都跟随两位舅舅与尤尔西克劳斯先生呆在一起，但年轻学者似乎并不珍惜这难得的机会，在看到云雾时，他就解释云雾的形成，以及构成它的每一种物质的科学分类，他只听到和看到自己，只顾自己滔滔不绝地讲，根本没注意到坎贝尔小姐的态度。

一开始，坎贝尔小姐还能很有礼貌地仔细听他的科学理论，渐渐地，她开始看别处；抬头去看杜罗莱城堡；最后，干脆低头看着自己精美的鞋尖——这是一位苏格兰女孩能做到的最不加掩饰的冷漠标志，一种极端的不满，不光对谈话的内容，也对谈话者本人。

第五天，麦尔维尔兄弟从气压计指数上获得了一个好消息——上升了几度。

十点钟，太阳露出了它清晰的面孔，光芒四射，大海也显示出它那干净明亮的蓝色。

晚上五点，一辆专供出游用的四轮敞篷马车准时停在了喀里多尼亚旅馆门前，毫无疑问，这是为坎贝尔小姐准备的。

过了一会儿，马车上的乘客出现在旅馆门口，不过，错了，只有三位，那么另一位呢，那个麦尔维尔兄弟心目中外甥女婿的最佳人选怎么迟到了？他不怕坎贝尔小姐生气吗？

生气也没有办法，一篇不可放弃的科学论文挡住了他的步伐。

车夫的长鞭梢轻轻掠过四匹马，马车便踏上了由奥班去克拉干的路。

在看到海平面之前，坎贝尔小姐兴致勃勃地欣赏着沿途的美景。他们正在穿过凯尔雷雷岛与苏格兰海岸之间的火山岛，岛上有绿葱葱的树林，被阳光分成了两半，还有一些丹麦人的城堡遗址围着岛的南端。

"这是麦克·道格格斯·德·洛恩的旧居。"西布指着城堡说。

"这是我们家族的荣耀，"萨姆补充道，"因为它是坎贝尔家族摧毁的。"

过了凯尔雷雷岛，马车走进了一条通往克拉干村的狭长的小路。过了克拉干村，马车驶入了人工地铁——连接塞尔岛与苏格兰海岸的桥梁。三十分钟后，马车停在了一条沟壑深处，坎贝尔小姐一行三人走下马车，登上了一个山丘较为陡峭的山坡，在临海的岩石边缘坐了下来。

现在，再不会有阻碍坎贝尔小姐观看绿光的物体了。转向西面：既没有伊斯达勒岛，也没有伊尼施岛，这两个岛靠着塞尔岛。在赫布里底群岛最大的岛之一——马尔岛东北面的阿达里斯岬角以及西南面的科隆寒岛之间露出一大片海平面，过一会儿，太阳将在那儿将它的炽火浸入水中。

站在天文学角度上来看，每年的这个时候，在此纬度，晚上七点四十五分太阳都会准时在阿达里斯岬角处落山。

不过，再过几周，科隆寒岛将掩去它的光芒。

今天晚上，的确是一个难得的机会。

现在，太阳正沿着一条弧行轨迹滑向水天交接处。

在天边的太阳放射出刺眼的红光，尽管这样，坎贝尔小姐仍然目不转睛地盯着这个大火球，她不会放过它，一丝一毫也不会。

突然，坎贝尔小姐的眼前出现了一线又细又长的小云团，它把太阳分成了不等的两部分，然而，太阳仍在不停地降落，云团也不落后。

当太阳变成了一弯极小的弧时，小云团恰巧给太阳最后一道光辉戴上了面纱——即而成了水天相接的分界线。

满怀希望的坎贝尔小姐目睹了全过程，随着太阳的消失，她的好心情也无影无踪了。

此次观察在坎贝尔小姐的叹息中宣告结束。

贝丝夫人的话

在回喀里多尼亚旅馆的路上，既有规律而有节奏的马蹄声显得格外响亮，很长时间以来，似乎没有人愿意打破这片寂静。

事实上，坎贝尔小姐大可不必为此次观察的失败而懊恼。因为气候宜人的季节还会延续六周多，谁也不能保证在这一百多个晚上都是雾气弥漫，所以观看绿光的机会有一个……十个……几十个也不止。

接下来的两天，薄雾一直笼罩着天空，但傍晚时，太阳的余辉布满了天空，绚丽多彩。使海平面成为了善于运用色彩的画家的令人眩目的调色板，所有的游客都陶醉在这幅五光十色的美景中，只有坎贝尔小姐一心想看到那幻想中的另一种颜色。

坎贝尔小姐除了把自己关在房间里赌气外，什么也不想做。但她也不是一味地想令她心烦的观察，事实上大部分的时间都被划桨的青年小伙子占据着。

这种关闭，直到贝丝夫人的出现才结束。

坎贝尔小姐在贝丝夫人的陪伴下来到多诺里－卡斯尔城堡散步以排解心中的沉闷。这儿，常春藤爬满了老墙根，远处，奥班海湾

世界著名科幻故事精华

的凹入处，凯尔雷雷岛苍凉的外表展现在余辉下，马尔岛西边的岩石正遭受来自西大西洋的风暴侵袭。所有的这一切都透着一种凉意。

坎贝尔小姐的目光直视远方，似在观赏那里的迷人景色。可她真是在欣赏吗？

这时某段回忆，某些画面仍在脑海中浮现，可以断定，那上面的主角绝不是亚里斯托布勒斯·尤尔西克劳斯先生。这位年轻学者如果能听到贝丝夫人这天谈到他时发表的那些发自内心的意见，一定会黯然伤神的。

"我一点也不欣赏他！"贝丝夫人反复地说，"我一点也不欣赏他！从我见到他的第一面起，他一定是自私的马克家的人！真不知道麦尔维尔先生是怎么想的，竟然会选这样一个人做他们的外甥女婿。帕特里奇更不能忍受他，这我知道，您呢，坎贝尔小姐，您对他的印象如何？"

"谁，对谁的印象？"坎贝尔小姐根本没听贝丝夫人说的话。

"那个考虑的人……门当户对的。"

"您认为我会考虑谁呢？"

"当然是亚里斯托布勒斯·尤尔西克劳斯啦，难道麦尔维尔先生还选择了别人吗？"

这位直言不讳的老管家，在关系到主人幸福的关键时刻，道出了自己的观点。同时，她也明显地感觉到坎贝尔小姐对年轻学者并不热衷，她猜测造成这种现象的也许是因为另一个人的侵入。贝丝夫人的猜测在坎贝尔小姐问及她还是否记得考瑞威尔坎漩涡中被救上的那个年轻人时得到了证实。

"记得，不会忘记的。"贝丝夫人答道。

"那您说，在奥班还会再见到他吗？"坎贝尔小姐认真地问道。

"怎么可能，"贝丝夫人答道，"不过，帕特里奇好像说看到了他……"

"真的，什么时候？"坎贝尔小姐有些着急。

"昨天，在达尔马里大街，一副艺术家的装束，还背着一个包，看来是旅游刚回来，啊！我想他的旅行一定非常不愉快，就凭他遇到了考瑞威尔坎漩涡。"

"可是，他已经获救了，大难不死的他应该交好运才对呀。"坎

世界著名科幻故事精华

第四卷

贝尔小姐持反对意见。

"有可能。但无疑，坎贝尔小姐，"贝丝夫人接着说，"这个年轻的小伙子肯定不知道他的得救，多亏了您。第二天，他本该向您致谢……"

"不，"坎贝尔小姐摇了摇头，继续说道，"我只不过做了任何人都会去做的事而已。"

"您还能认出他吗？"贝丝夫人望着美丽的少女。

"能，"坎贝尔小姐毫不迟疑地说，"我不否认，他站在甲板上时，所表现出的超人的意志和勇气以及向众人致谢时优雅的动作，令我至今难忘。"

"我敢肯定，他一定和谁有些相像，我虽一时想不起；但肯定不是尤尔西克劳斯先生。"

听了贝丝夫人的话，坎贝尔小姐只笑了笑，没有说话，然后，她们走下了通向奥班大路的陡峭小径。

这天晚上，两位舅舅为她准备了她最爱吃的晚餐，但她只吃了几口，便匆匆回到二楼自己的房间，躺在床上，又陷入了沉思。

一场槌球比赛

这几天，麦尔维尔兄弟的心情并不比这大雾天气好多少。坎贝尔小姐的独处意识，对尤尔西克劳斯先生的不理不睬，而年轻学者似乎并不像麦尔维尔兄弟那样关心，所有的一切都是那样不尽如人意。更让他们不能接受的是，坎贝尔小姐为了那个绿光竟忘了每天早晨都要给两位舅舅的那个吻，要知道，这个吻可以使两个人保持一整天心情愉快。

看着昔日活泼快乐的外甥女闷闷不乐，麦尔维尔兄弟挖空心思，终于想出了一个主意，八月十一日下午，他们建议坎贝尔小姐去玩一场槌球，如果可能的话，也好让她借机消遣一下。

尽管亚里斯托布勒斯·尤尔西克劳斯也会去玩，坎贝尔小姐还是答应了，因为她知道，应该让两位舅舅高兴才是。

麦尔维尔兄弟早已为这场比赛找好了场地——每天夜里洒水机都会浇灌这片绿茵茵的草坪，早晨又有特殊的机器在上面滚压，场地像优质的线毯从轨制机下滑过，划出了面积为 1200 平方英尺的每一块场地。

这是一处上好的场地，要知道，这种在英国很盛行的槌球游戏，一般的，只要一块比较平整的草地，就会令人们满足了，而像这样的，却很少见。

很多次，麦尔维尔兄弟都在这里羡慕地看那些年轻人尽兴地玩着。而自认为擅长这些运动的老运动员却没有一展身手的机会。

今天，在坎贝尔小姐接受邀请的情况下，他们是多么兴奋啊！既可以过足槌球瘾，又能使可爱的外甥女散心，一举两得的好事，还有谁会想得到呢？

亚里斯托布勒斯·尤尔西克劳斯接到请帖，决定暂时放下手中的论文，准时来到场地。

在毫无办法的情况下，坎贝尔小姐只好屈尊跟这年轻学究搭档。因为她不能自私地把两位在思想、性格、身心都是那么统一的舅舅分开，毕竟他们已经相依为命六十年又有余了。

"坎贝尔小姐，"尤尔西克劳斯先生说，"很高兴您能选我做您的搭档，首先，我想先向您介绍一下取胜的经验……"

"对不起，尤尔西克劳斯先生，"坎贝尔小姐打断他的话，"这场比赛我们必须输掉。"

"必须输掉？"

"对……，并且要很自然。"

"可是，坎贝尔小姐……"

"舅舅的年龄大了，如果他们输掉，会影响他们的心情，这样对健康不利。"

"要知道，坎贝尔小姐，"尤尔西克劳斯先生说，"我特意计算过线的组合和曲线值，我想我有几种方法可以……"

"不管用哪种方法，"坎贝尔小姐打断他的话，"我只想让老人们打得高兴，另外，我想您的理论未必能够胜过两位擅长打槌球的老运动员。"

"那就赛场上见吧。"尤尔西克劳斯先生小声嘀咕着。

他认为只有战胜对手才能使自己快乐，即使坎贝尔小姐会生气。

此时，服务人员已经把装有小木桩、标签、拱门和木槌的盒子拿来了。

九个拱门呈菱形状已摆在小石块上了，两个小木桩也已安在菱形对角线的两头了。

　　萨姆指着放在一个帽子里的签让大家抽，于是，每个人都抽出了一张。

　　抽签的结果表明他们将按这样的顺序进行比赛，萨姆用蓝色槌打蓝色球，尤尔西克劳斯先生用红色槌打红色球，西布用黄色槌打黄色球，坎贝尔小姐则分到了绿色的槌和球。

　　"刚好与绿光属同一色系——好兆头！"

　　比赛开始了，先由萨姆开球。

　　只见他身体既不太直，也不太斜，头向后转，刚好打到球恰到好处的地方，两手挨着放在槌柄上，左手在上，腿站稳，膝盖稍曲，以抵挡打球时的冲击力，左脚站在球前，右脚稍朝后挪一点，——完美的动作。

　　槌起球落，木槌打了一个放在离福克或者说起点木桩18英寸的球。真不愧是一位经验丰富的老运动员，萨姆打出的第一球省去了还要试打两次的机会，因为此球准确无误——球被利索地发出之后，穿过第一个拱门，接着过了第二个，第二个打过之后，球穿过了第三个拱门，只是在第四个拱门口外因受到了小小的阻碍而停了下来。

　　"漂亮！"另外几个场地的观众中响起一片喝彩声。

　　接下来，该到尤尔西克劳斯先生大显身手的时候了。不过他的实际操作可比他的科学理论差远了。只见他动作笨拙，打三次才把球打入第一个门，而在第二个拱门前却不得不停下来。

　　他转身对坎贝尔小姐解释道："我想可能是这个球的直径没定好，由于重心偏离，使球偏离了跑道……"

　　"看您的，西布舅舅。"坎贝尔小姐只关心她的舅舅。

　　西布也是一个出色的槌球手。他的球穿越了两个拱门，停在了尤尔西克劳斯先生球的旁边，这个球正好帮他过了第三个拱门。在他把自己的球紧靠这个球并同时出击，也就是说从远处把这球打出去之后他又击了一下。又咬了一下对手的球，也就是说，通过反弹作用把对手的球弹到了六十开外的地方，远远超出了界沟。

　　而尤尔西克劳斯先生也只得踉踉跄跄地跟在后面。

　　坎贝尔小姐随后也打出了一技漂亮的绿球。

此时，比赛还没有结束，但两位舅舅却已遥遥领先了。

五分钟之后，坎贝尔小姐开始奋起直追，而年轻的学者却仍在纸上谈兵。

"反射角等于入射角，"他不停地说着，"这就指出了球在碰撞之后会朝哪个方向，那么就应利用……"

"先生，请您还是把理论应用于实践吧，"坎贝尔小姐强调道，"现在，我已经超出您三个拱门了！"

事实上，尤尔西克劳斯先生令坎贝尔小姐很满意，他打得非常好，完全是按照他们事先商量好的计划顺利进行。但这可不是年轻学者希望的。可以看出他很烦。已尝试过了多次想穿过中央的双拱门，但都没有成功。

而他的搭档——坎贝尔小姐，真不愧为两位舅舅的外甥女，她打得非常好。这项运动恰好尽显出了她的优雅风姿。她右脚尖轻轻抬起，以确保在把另一球击离球门时，稳住自己的球，两只胳膊圆润，很有魅力，她用木槌划上半个圆，她那漂亮的脸庞生气勃勃，稍稍倾向地面，她的腰身优雅地摇摆着，这一切看起来都是那么可爱！

比赛就在这三强一弱中不协调的情况下继续进行着。

弱者并没有失去信心，他终于找到了一个可以让对手也尝尝的滋味，把他的球打到场外去，于是，他把自己的球放到萨姆的球旁边，小心翼翼地把草压下去好保证能紧贴着球，他左脚踩在上面，把木槌转了大半个弧，好让这一击更有力，然后快速旋转着木槌。

随着在一声恐怖的尖叫，人们并没有看到被打出去的球，奇怪，球呢？尤尔西克劳斯不是准备好了吗？怎么，球还在原地？为什么？原来是年轻学者的高帮鞋挡住了木槌的道路。

尤尔西克劳斯先生是这样的解释他的不幸遭遇的。

"木槌划的圆弧，是那个应跟地面成切线擦过的圆的同心圆弧。而我把这个圆弧半径弄得太短了，所以才会打在脚上，这存属意外事件，具有偶然性。"

"尤尔西克劳斯先生，要不，我们下次再打？"坎贝尔小姐建议道。

"下次？"尤尔西克劳斯先生嚷道，"下次？那么，这次呢，算

世界著名科幻故事精华

第四卷

我输了吗？不，根据概率公式，可以发现……"

"好吧！我们继续！"坎贝尔小姐说道。

但所有的概率公式却都不像年轻学者为自己计算的那样，它似乎没给他一点机会。这时比赛已经接近了尾声，萨姆已经"打完"，——他的球已经穿过了所有拱门，碰到了欠桑或者说终点木桩，接下来，他打球只是为了帮搭档一把，按照需要把所有的球击离球门或并撞，打过几下之后，麦尔维尔兄弟已遥遥领先。坎贝尔小姐因这一结局大喜过望。然后，她随意打出一球，想结束整场比赛。

但出人意料的事情发生了。坎贝尔小姐打出的球飞出靠海那边小沟划的边线，在一块卵石上弹了一下，又飞了起来，并以飞快的速度越过了沙滩的边界。

结果，球击中了一个画面，然后迅速擦过调色板——五颜六色盖住了它自身的绿色。最后打翻画架后落在了地面上，而它的余震却又打到了一位无辜的人身上。

年轻艺术家转过身，耸耸肩说道：

"通常，炮弹来临之前都会发出警报，看来并非完全如此！"

发现事情不妙，坎贝尔小姐早已朝沙滩跑去。

"对不起先生，"她急切地对"遇难者"说，"请原谅我的大意！"

艺术家原谅了这位漂亮的年轻姑娘。

与此同时姑娘惊喜地发现，这个"遇难者"恰巧是：考瑞威尔坎漩涡里的"遇难者"。

奥利弗·辛克莱

"遇难者"又名奥利弗·辛克莱，苏格兰籍，是爱丁堡一体面家族的最后一个后裔，雅典北部，中楼甸首府前参议员的儿子。

由于父母过早地相继离人世，他的舅舅便成了他的养父；他的舅舅是四个行政大法官之一。奥利弗·辛克莱从小就是品学兼优的好学生，上了大学之后，仍是名列前茅，在他二十岁时，便有了自己的财产，这也为他渴望去看看世界的愿望提供了物质保障，他先游历了欧洲几个主要国家，还有印度、美洲等，著名的《爱丁堡杂志》也时常发表他的游记。作为一个优秀的画家，以高价出售作品并非难事。在文学方面，他又是一位颇为著名的诗人。然而，在这层层光环的围绕下，更显得这个年轻人十分有教养、和蔼可亲、举止得体。

二十六岁的奥利弗·辛克莱身材匀称，面容开阔，神情坦诚，一脸阳刚之气，面部轮廓刚劲有力、目光温柔，一举手、一投足都是那么优雅，言语流畅，才华横溢，举止自然得体，眼光里总带着微笑，这一切都是那么迷人。他从不觉得自己自命不凡，或者说就从没这么想过，又不过分注意自己。

这对一个年轻漂亮的苏格兰姑娘来说，激起的决不仅仅是好感。

事实上，他今天来到这里，完全是想放松一下连日来的紧张情绪。当坎贝尔小姐的一记绿球打坏他的画具后，他不得不承认这是上天的安排。

坎贝尔小姐一眼就认出了这位勇敢、敏捷、机警的年轻人，而年轻人却没有认出她。要是他知道，在考瑞威尔坎漩涡中得救，坎贝尔小姐起了决定性的作用，那他就不会像陌生人一样只对年轻的姑娘微笑一下了。他当然也不会知道了，因为就在当天，坎贝尔小姐禁止家人告诉他这件事，因为坎贝尔小姐不愿出风头。她认为，这是她应该做的。

在球打着人之后，麦尔维尔兄弟也追了过来，他们的内心很难过，除了不住的道歉外，不知该用什么来弥补这次过失，这时，画家打断他们说：

"我没事，小姐，先生们，真的，请相信我。"

"先生，"西布继续说，"请接受我们最真诚的歉意……"

"对于这场灾难，我们很担心会无法去弥补……"萨姆接着说道。

"这只是个意外，根本说不上是灾难，"年青人微笑着回答，"至于画，只是消磨时间罢了。"

看上去奥利弗·辛克莱的心情很好，这让麦尔维尔兄弟放下了紧张的心。他们伸出手，觉得应该互相自我介绍一下，就像即将成为好朋友那样。

"塞缪尔·麦尔维尔。"一个说。

"塞巴斯蒂安·麦尔维尔。"另一个紧接着说。

"还有舅舅的外甥女坎贝尔小姐。"海伦娜自我介绍道，生怕落下自己。

下面，该年青人自报家门了。

"尊敬的麦尔维尔先生们，坎贝尔小姐。"他微笑着说，"被您们的槌球打中的奥利弗·辛克莱，很高兴认识您们。"

"奥利弗·辛克莱先生，"坎贝尔小姐说，"请您再次接受我的歉意……"

"也是我们的。"麦尔维尔兄弟跟着说。

"坎贝尔小姐，"奥利弗·辛克莱说，"请不要这样，真的没这个必要。我刚才正想画出蔚蓝的天空，可您的球，就像我想起了是古代那个画家的海绵一样，横着扔到画上，产生一种我的画笔一直想画出的效果来、但却总是事与愿违的颜色。"

他说话时的表情是那样地哭笑不得，逗得坎贝尔小姐和两位舅舅都忍俊不禁。

不管怎样，奥利弗·辛克莱的画是报废了，必须再重画一张。

但就在大家又是道歉，又是寒暄的时候，却没有看到尤尔西克劳斯先生的身影。

比赛结束后，年轻学者很是沮丧，他没能把理论和实践结合起来。他回到旅馆收拾行囊，准备去赫布里底群岛的路英岛，该岛位于塞尔岛南部，他想去那从地质学角度研究丰富的板岩矿。

此后的三四天里，大家再也不会受到他那科学分析的干扰了。这对坎贝尔小姐来说是最高兴的一件事。

奥利弗·辛克莱终于知道了那次横渡时发生的事情。

"原来，坎贝尔小姐，还有两位先生们，"他很惊讶，"当时您们也在把我救上来的格伦加里船上。"

"千真万确，辛克莱先生。"

"当时我们的心都要跳出来了，"西布说，"我们看到您的船在漩涡里迷失了方向！"

"真是上天的安排，"萨姆接着说，"要知道，如果没有……"

就在这时，坎贝尔小姐打手势示意舅舅不要说出事情的真相，因为那样她会很不舒服，但又不得不接受别人的谢意，她无论如何也不想看到这样的情景。

"……那位老渔夫的不谨慎，也许不幸就不会发生。"萨姆随机应变地说。

"他既然是当地人，应该对那里很熟悉呀？"西布用责怪的口气说。

"那不是他的错，先生们，"奥利弗·辛克莱答道，"其实，是我造成了那次遇难。当时，我看到漩涡的表面上就像蓝色的丝绸一样平静、细腻，我觉得它美极了，便一直向前，老渔夫已经感觉到危险了，并且劝告我，但我当时心中只有那幅美景，以致于小船被卷入了漩涡中。我从梦幻中惊醒过来，但为时已晚了。可以肯定，要是没有格伦加里号，没有船长的献身精神，没有所有船上的每一个人，那我可能早就走在黄泉路上了，水手和我的名字也可能都已列入考瑞威尔坎遇难者的名单上了。"

坎贝尔小姐一直在仔细地听着，不时抬起那双漂亮的眼睛看着年轻人，而辛克莱的回视一点也不让她感到不舒服，当他谈到追赶蓝色丝绸时，她想到了绿光，那种追逐难道与她追赶绿光没有一些相似之处吗？

接下来，在麦尔维尔兄弟谈到来奥班的目的时，向他讲述了关于绿光的物理现象。

"原来，你们是来看绿光的。"奥利弗·辛克莱释然。

"您见过，先生？"坎贝尔小姐用寻问的目光看着他。

"没有，坎贝尔小姐，"奥利弗·辛克莱摇了摇头，"我只听人说过某个地方有绿光！但我却从未见过，不过今世，我是一定要见到它的，哪怕有天大的困难。然后我再用绿色来画太阳的最后一道光线！"

奥利弗·辛克莱在说这些话时，表情很严肃，不像是在开玩笑，至少，坎贝尔小姐相信他说的一定是真的。

"绿光并不是我的私有财产，"坎贝尔小姐又说，"它为所有人闪亮！谁都有权力分享它。如果您又反对的话，我想与您共同去看它。"

"高兴还来不及，怎么会反对呢！"

"那需要有耐心。"西布提醒道。

"我富有超级的……"

"眼睛会很痛。"萨姆接着提醒。

"为了绿光这不算什么。"奥利弗·辛克莱坚定地说,"我发誓,不看到绿光,绝不离开奥班。"

"其实,昨天是个很好的机会,"坎贝尔小姐说,"但就在太阳落下时,一团小云替代了它的位置。的确很遗憾,辛克莱先生,因为自那以后,我们就再没见过那么纯净的天空。"

"还会有的,坎贝尔小姐,相信在太阳改变降落点之前,它会施舍给我们绿光的,天气也会成全我们的。"

"您知道吗,辛克莱先生,"坎贝尔小姐说,"事实上,在八月二日晚上,在经过考瑞威尔坎时,要不是我的注意力集中在一项救援活动中,在那儿的天空上我肯定看到它了……"

"哦!您看,都是我不好,"奥利弗·辛克莱一脸懊悔,"如果没有我的冒失……总之,坎贝尔小姐,请您接受我的歉意,并相信我,以后我再也不会那样了。"

在回喀里多尼亚宾馆的路上,他们边走边谈甚是高兴,在大家的要求下,奥利弗·辛克莱谈起了爱丁堡和他的大法官舅舅帕特克·奥尔迪摩。这时,大家才知道,原来麦尔维尔兄弟与奥尔迪摩大法官已有几年的交情,而且这两个家族之间在上流社会早有交往,只是由于距离太远,联系才中断的。知道了这层关系之后,他们之间的距离似乎拉近了许多,而且艺术家也表示要把帐篷安在奥班,直到寻找到著名的绿光。

以后的几天里,毫无疑问,坎贝尔小姐、麦尔维尔兄弟和奥利弗经常在奥班的海滩相遇。他们共同观察大气的变化情况,但晴雨表的显示总是不如人意。

然而,在八月十四日上午,晴雨表上显示的数值是30.7英寸,这就意味着,今天是观测绿光的好时机。奥利弗迫不及待地把这个好消息告诉了坎贝尔小姐。

他们共同看向窗外,天空纯净得像圣母的眼睛!蓝天从靛色到云青色,颜色一点点渐弱!空气中没有一点湿气!一定会是个美妙的夜晚,日落也会让天文台的天文学家为之赞叹!

"如果今天我看不到绿光,"辛克莱先生说,"那我就是天下最笨的人!"

"我已经记住您说的话了。"坎贝尔小姐说。

下午五点，坎贝尔小姐、麦尔维尔兄弟、奥利弗·辛克莱准时出现在喀里多尼亚旅馆门口，还是上次的那辆马车，但人却增加了一个。转眼，马车便飞驰在风景如画的克拉干马路上了。不久，塞尔岛那广阔的海域便呈现在他们面前，在上次的岩石上坐下了四个人，但愿结果不要再与上次相同。

"马上就要如愿以偿看到绿光了，我感觉我的心跳在加快！"奥利弗·辛克莱有点激动地说。

"我也一样。"萨姆说。

"还有我。"西布补充道。

"我希望它慢些到来。"坎贝尔小姐紧盯着空旷的大海和无瑕的天空，喃喃地说。

大家谁也没有说话，静静地等着绿光出现。黄昏的太阳像一个燃烧着的大火球，在慢慢地一点一点地向下沉，就在大家全神贯注地盯着看时，坎贝尔小姐突然尖叫一声，接着，麦尔维尔兄弟和奥利弗·辛克莱也禁不住跟着焦急地喊起来。

在塞尔岛下，一艘从伊斯达岛驶出的一只小帆船恰巧停靠在那里，它那扬起的帆是否恰巧遮住了水天交接处，现在还不能确定。

要知道，绿光的出现仅有短短的 1/5 秒，而这里又是最佳观测点，况且，时间已经不允许他们再换一个角度。

大家都很着急，奥利弗·辛克莱使劲对小帆船打着手势，朝它喊，示意它放下帆，但是没有用，距离太远，船上的人既看不见他，也听不到他的喊声。

就在太阳圆盘顶部要消失的那一刻，帆船刚好驶到水天交接处，这一事实确定刚才的猜测。

缓缓地驶向了塞尔岛的一个小海湾，并且停在了海角底下。

显然，它送来了一名乘客。乘客下船后，绕过沙滩，越过几块岩石，好像要到海角尽头去。

他好像认识观察者们，因为他正向他们招手，那身影似乎有些熟悉。

"该死的尤尔西克劳斯先生！"坎贝尔小姐生气地喊道。

"对！这是他！"麦尔维尔兄弟同时说道。

"这位先生是干什么的？"奥利弗·辛克莱心里想。

没错，就是亚里斯托布勒斯·尤尔西克劳斯，他到路英岛堪察完板岩矿，刚好归来。

面对这样一个冒失鬼、扫把星，人们会欢迎他吗？答案是肯定的——绝对不会。

那好，现在，就让我们来证实一下——麦尔维尔兄弟俩丢掉绅士风度，面部的肌肉紧绷着，甚至忘了把辛克莱先生介绍给他，而坎贝尔小姐则低头看着她的鞋尖，沉默不语。

最后，坎贝尔小姐紧握着拳头，用狠狠的目光盯着他，她忍无可忍，大声说道：

"尤尔西克劳斯先生，您真不该在这个时候出现，干这种损人不利己的事！"

新计划

两次观察，同样的目的，同样的结果，唯一不同的就是造成这种结果的原因。

如果说第一次的原因是人力所不能及的，那么，第二次呢，他确实是个活生生的人，他有头有脚，完全可以支配自己。虽然，在局外人看来，把这件事的责任完全推到亚里托布勒斯·尤尔西克劳斯身上是不公平的，但谁叫他早不回来晚不回来偏偏在这个时候并且就在那 1/5 秒时……

在一阵怒骂之后，亚里斯托布勒斯·尤尔西克劳斯那个曾大胆嘲笑绿光的家伙，只好识趣地回到帆船上返回奥班。即使他很想坐马车……但谁会给他让坐呢？坎贝尔小姐不会，麦尔维尔兄弟也不会，奥利弗·辛克莱根本不认识他，自然就更不会。

第二天，奥利弗·辛克莱独自漫步在沙滩上，似乎在思考着什么。

这个亚里斯托布勒斯·尤尔西克劳斯先生到底是个什么样的人呢？是坎贝尔小姐和麦尔维尔兄弟的一个亲戚？还是……？但他们之间的关系肯定不一般，这一点从坎贝尔小姐对他毫不留情的指责可以看出来。不管他是谁，可这与奥利弗又有什么关系呢？如果他想知道，只需问一下麦尔维尔兄弟就可以，可他又不想问，最终也没那么做。

这段时间以来，大家一直都在盼望着晴朗的夜空再次出现。

坎贝尔小姐在年轻画家的陪同下，渐渐淡化了对观察失败的懊恼。他们谈得很投机；奥利弗把他周游印度、美国等国家时，所见到的听到的奇闻趣事讲给坎贝尔小姐听，使她受益匪浅。两位年轻人在一起，朝气蓬勃，思想活跃，他们大胆想象着未来的世界……但无论什么，都无法掩盖绿光存在的现实，最终，他们还是回到绿光上，奥利弗想抓住这次机会，解开长时间以来围绕在心中的谜团。

"我们还会有机会看到绿光的，坎贝尔小姐，"奥利弗·辛克莱慢慢引入正题，"会看到它的，要不我亲手点亮它！是由于我使你错过了第一次，这次我也有错使这位尤尔西克劳斯先生……是您亲戚……我想?"

"不……是我未婚夫……舅舅定的……好像是这样……"坎贝尔小姐边说边急步朝前走，她看见两位舅舅就在前面不远处。

坎贝尔小姐的回答对奥利弗·辛克莱的触动可以说是很奇特的，尤其是她说话时的口气。这让年轻画家有些失望，失望什么? 说不清楚，隐隐约约……有些酸酸的。

观察绿光回来后的第一天和第二天都没有看到尤尔西克劳斯先生，从第三天以后，他开始频频露面，奥利弗·辛克莱好多次看到他和麦尔维尔兄弟呆在一起，兄弟俩或许没有对他怀恨在心，他好像跟两个人关系很好。年轻学者和年轻艺术家也碰到过几次，要么是在海滩上，要么在喀里多尼亚宾馆的大厅里。麦尔维尔兄弟觉得应该为他们互相介绍一下。

"这位是亚里斯托布勒斯·尤尔西克劳斯先生，来自邓弗里斯。"

"这位是奥利弗·辛克莱先生，来自爱丁堡。"

经过介绍之后，两个年轻人很格式化地互相问候一句，之后就都沉默了下来。

显然，两个人根本没有交谈的意思。谈什么呢? 谈物理、化学现象，还是谈浪漫多彩的艺术世界，大相径庭，没有一点相通之处。

如果说两位年轻人的追求大相径庭，那么年轻姑娘对待他们的态度也是同样。此时如果她在的话，一定会热情地走过去与奥利弗先生交谈，而用英国礼节里最直截了当的方式跟尤尔西克劳斯先生

世界著名科幻故事精华

第四卷

"隔绝"。

麦尔维尔兄弟看到他们之间的尴尬。似乎明白了点什么，但又不明白，就像外面的天空一样，朦胧不清。

然而，面对这阴晴不定的天气，除了尤尔西克劳斯先生外，每个人都感到自己的耐心要经受一次极大的挑战。为了增加信心，他们又到塞尔岛游玩了几次。

一切都是徒劳的，八月二十三日到了，绿光还是不肯露面。

于是，大家焦急地期盼着。绿光充满了他们的空间，在他的眼里，蓝天是绿色的，沙滩是绿色的，岩石是绿色的，水和葡萄酒也都绿得像苦艾做的一样。……总之，一句话，简直是绿色世界！真不知这样的状态还要维持多久。

终于有一天，奥利弗·辛克莱有了个主意。

"坎贝尔小姐，麦尔维尔先生们，"他说，"这几天我一直在考虑，我们选择在奥班观察绿光是不是很合适。"

"自然不合适，"坎贝尔小姐看着两位舅舅说，"可是有的人却认为这里不错。"

"这里看不到水天交接，"年轻画家接着说，"只有塞尔岛才会看到，我们应该去那里寻找最合适的地方。"

"我同意！"坎贝尔小姐答道，"真不知道当初两个舅舅为什么会偏偏选这个鬼地方来观察绿光。"

"亲爱的海伦娜！"萨姆说，他觉得一时有些语塞，"我们原以为……"

"原认为……以为……在哪都一样……"西布接着解释道。

"以为太阳每晚都会选择落在奥班的海平面上。"

"奥班就位于海边！"

"您们有没有想过，舅舅们，太阳并不愿意落在奥班的海面上。"

"事实上，"萨姆说，"是这些岛屿挡住了我们的视线，使我们看不到外海！"

"可总不能把它们炸掉吧？"坎贝尔小姐问道。

"如果可以的话，我们会做的。"西布回答道。

"可是，塞尔岛上没有旅馆，我们总不能露营吧！"萨姆提出疑问。

"为什么不呢？"

"亲爱的海伦娜，如果你坚持那样的话……"

"别无选择。"

"我们没有意见。"两位舅舅可不想让可爱的外甥女生气。

两个人完全服从外甥女的安排，一切准备就绪，只等一声令下，立刻离开奥班。

这时，奥利弗·辛克莱插了一句。

"坎贝尔小姐，如果您愿意，我想在塞尔岛住下也许不是更好。"

"接着说，辛克莱先生，只要您说得对，我舅舅们是不会反对的！"

麦尔维尔兄弟俩点了点头，对外甥女的话给予肯定。

"事实上，"奥利弗·辛克莱接着说，"塞尔岛的确不适合久留，哪怕只是几天。另外，通过观察我还发现那里的山坡地形也有些挡住了看海的视线。而从现在的天气看，也许我们还得在那等很长时间，甚至几周也说不定。要是那样的话，太阳正朝西逆行，最后可能就会落在科隆塞岛的后面，或者是奥莱塞岛，甚至去艾莱大岛后面。到那时就会由于没有够宽的海平面，而导致我们的观察彻底失败。"

"也就是说，这也许是最后一个机会了。"坎贝尔小姐应声说。

"也许我们可以找到一个远一点的观测站，就面对着无边无际的大西洋……"

"您知道哪有这么个观测站吗？辛克莱先生。"坎贝尔小姐焦急地问。

两双眼睛都紧盯着年轻画家的嘴唇。他会怎么说？外甥女的梦想最后究竟会把他们带到哪去？为达到她的目的，旧大陆最后会在哪结束呢？年轻画家的回答让两位舅舅悬着的心放了下来。

"在马尔岛高地后面有一个约纳岛，它锁住了奥班往西的视野，这个美丽的小岛是赫底里群岛中靠大西洋最近的一个岛，我说的观测点就在那里。"

"约纳岛！"坎贝尔小姐喊道，"舅舅们，我们还没去过吧？"

"是的，不过明天你就会到达那里了。"萨姆回答道。

"明天，日落前。"西布补充说。

世界著名科幻故事精华

第四卷

"对，就在明天日落前，"坎贝尔小姐接着说，"如果，在约纳岛还找不到一个宽阔的地方，我想两位舅舅不会反对找海边的另外一个地方，从约翰·奥格雷特到苏格兰北端，再一直到英国南端的法地之端……"

"不管你去哪找，我们都会陪着你的，亲爱的海伦娜！"两位舅舅宠爱地说。

"即使去周游世界。"奥利弗·辛克莱补充道。

海的壮丽

做出决定后，麦尔维尔兄弟首先想到的就是，把这一消息告知尤尔西克斯先生，他们本以为，年轻学者会毫不迟疑地同行。但亚里斯托布勒斯·尤尔西克劳斯听了两位舅舅的消息，反应却很冷淡，然后又以科学实验为由拒绝前往。

麦尔维尔兄弟于是告辞离开，心想，要是他们的宠儿态度过于谨慎，而坎贝尔小姐又不欢迎他的话，那一切就算过去。

第二天，早上八点，麦尔维尔兄弟、坎贝尔小姐与贝丝夫人和帕特里奇与早已等在蒸气式先锋号快船上的奥利弗·辛克莱会合，准备共同前往约纳岛。他们之间因没有尤尔西克劳斯的科学理论而显得更加和谐、融洽。

所有乘客都上了船，随着第三声汽笛的响起，机械师发动了船，船桨的叶片在水中激起串串水花，一声长笛响过之后，缆绳被解开了，先锋号驶出了海湾。

一路上大家都非常兴奋，他们互相交谈着，观赏着沿途美丽的风光。

先锋号快船沿凯尔雷雷岛海峡而下，绕过岛的南端，开始穿越宽阔的络恩湾入海口，左边的科隆塞和古老的修道院——十四世纪岛上著名的贵族们修建的——渐渐远去，船又沿马尔岛南部海岸驶下，海岸就像一只巨大的墨鱼漂在茫茫大海上，它的触角却慢慢朝南弯曲，欧石南丛林形成了它的天然外衣，圆润的山峰俯视着绿茵茵的牧场，羊群像点缀的朵朵白花，景象清新自然，令人心旷神怡。

事实上，正午前，他们就会到达目的地，现在，风景如画的约纳岛已呈现在北方，几乎就在马尔岛这只巨大墨鱼触角顶端上，放眼望去，大西洋宽广无垠，浩瀚无边。

在先锋号的舷梯上，两个年轻人在欣赏着这美丽的景色。

"您爱海吗，辛克莱先生？"坎贝尔小姐问挨着她坐的年轻同伴。

"我太爱海了，坎贝尔小姐！"他答道，"它丰富的内涵给我的艺术创作带来了无穷的灵感，要知道，一个画家要画出这变化既一致又不同的全部色彩，是多么富有挑战性啊，相比之下，画一张表情不变的脸就要容易得多了。"

"确实是这样，"坎贝尔小姐说，"一丝微风轻轻吹过，大海也会跟着不断变幻着面容，而且随着它浸透光的不同，也无时无刻不在变化着。"

"您看，坎贝尔小姐，"奥利弗·辛克莱指着风平浪静的海平面，又说，"它是绝对平静的！不像一张熟悉睡美人的面孔吗？什么东西也不会让它那令人赞叹的纯洁变质，它脸上没有一丝皱纹，它很年轻，很美！也可以说是一面大镜子，为所有人服务。"

"一面时常被暴风雨打破，又会不厌烦破镜重圆的镜子。"

"对！"奥利弗·辛克莱答道，"就是这让大海的面貌那样变幻无穷！一阵微风吹过，它的脸就会变，长上皱纹，让它满头白发，瞬间，它就老态龙钟，但它总是那么奇特，波光粼粼，动荡不定！"

"那么，辛克莱先生，"坎贝尔小姐问，"就没有一位画家可以在画布上画出这变幻的大海容貌吗？"

"没有，没有一个人能。大海的颜色太多了，有些是颜料无法调试出来的，你不能说它是哪种蓝，也不能说是哪一种绿。当它愤怒时，那海水里尖杂着深蓝、墨绿、黑，还有一些灰色；当它兴奋时，客观存在又泛出朱红、橙色、天蓝、白色，这许多种颜色互相交错，融合，又显得那样清新，透明，坎贝尔小姐，我越看越觉得大海雄伟壮丽！海洋！两个字说明了一切！那是辽阔！在海底极深处覆盖着无垠的草原，相比之下，我们的草原是多么的荒凉！是的！海洋是无穷无尽的，人看不到，但能感觉到，像水里反射的宇宙一样无穷无尽！"

"我也和您一样深深地爱着大海，"坎贝尔小姐说，"爱它的千姿百态！"

"您不怕会遇到危险吗？"奥利弗·辛克莱说。

"不怕，因为无论是谁，都不会怕自己喜爱的东西。"

"您是个勇敢的旅行者吗？"

"或许是吧，辛克莱先生，"坎贝尔小姐答道，"我平时最爱看的就是有关大海探险的小说，多少次，我想着自己也像书中的英雄们那样出海远行了，我不知道还有什么比他们的经历更值得羡慕的了。"

"您说得对，坎贝尔小姐，古往今来，还有什么比发现更美的呢？每当我看到出海的船即将起航，心都禁不住跟着登上船，我想我是为大海而生的。"

"那您一定在海上旅行过吧？"坎贝尔小姐问。

"是的，"奥利弗·辛克莱答道，"我游历了一段地中海，从直布罗陀海峡到地中海东岸诸港，和直到北美洲的那段大西洋，还有欧洲北部海域，而且英格兰和苏格兰的所有海域都在我的心中，如果想去，可以随时启航。……"

"一定非常美，辛克莱先生！"

"的确如此，坎贝尔小姐。但事实上，我觉得所有的地方都不能与我们要到的赫布里底群岛相媲美，那才是真正的群岛，淡蓝的天空，映着野生岩石丛和雾朦朦的天空使它更富有诗意。那里没有世俗的勾心斗角，权益之争。是超自然生灵之所！斯堪的那维亚的神，不讲物质，非常纯洁，有抓不住的身形，那不是肉体！是奥丹、奥西昂、芬格这些诗的灵魂的升华。"

"您说得太对了，只有苏格兰人才会拥有如此的境界，"坎贝尔小姐被年轻同伴灼热的话语所鼓舞，"只有苏格兰高地上的苏格兰人！啊！辛克莱先生，我同您一样，为我们的喀里多尼亚群岛而痴迷！我爱它，即使它发怒时，我也会觉得它很美！"

"的确，它的大动肝火是很壮丽的，"奥利弗·辛克莱跟着说，"经过三千里的跋涉，什么也挡不住它的狂风大作！苏格兰海岸与美洲海岸遥遥相对，要是那边，从大西洋的另一岸，掀起了惊涛骇浪；这边，浪潮和风暴的侵袭也就要来临了，风和浪一齐向西欧涌去！但它们对我们的赫布里底群岛又能怎样呢？花岗岩的构造，可以使它从容面对狂风和大海的凶猛的攻击！……"

"那是氢与氧的化合物，含2.5%的氯化钠！是的，没有什么比氯化钠的撞击更美的!"

这些话一改浪漫的语气,显得那样呆板、乏味。听到这,两个人转过身。

站在舷梯上的亚里斯托布勒斯·尤尔西克劳斯正在朝他们微笑。

这个不受欢迎的人知道奥利弗·辛克莱要陪坎贝尔小姐去约纳岛,他无法再继续研究,于是,赶在两人前面先上了船,一直呆在船舱里,刚刚上来看小岛。

氯化钠的撞击!这给奥利弗·辛克莱和坎贝尔小姐的愿望是怎样重重地击了一拳呀!

约纳岛上的生活

近午时分,约纳岛已展现在眼前,该岛旧名波涛之岛,岛上的阿贝山海拔不过四百英尺。"先锋号"在方石砌成的石堤旁停泊下来。很多乘客下了船,一部分人准备在这里游览一小时后乘船穿过马尔海峡返回奥班,而另一些人则想在这里住上一段时间,以实现他们愿望。

按照日程安排,游客们只有一个小时的时间观看岛屿,所以这些人一下船就抓紧一切时间尽可能地把美景尽收眼底。而坎贝尔小姐他们也在忙,不是忙着游览,而是去找一个合适的住处。

不要指望在这里找到英国海岸城市所具有的优越条件。

约纳岛长不过三里,宽不过一里,居民仅有 500 人,由阿盖尔公爵领导。这里称不上是城市,说是城镇也不确切,甚至构不成一个村落。这里只散落着几个茅草屋,除了门和房屋上替代烟囱的圆洞,再也找不到可以直视屋里的缺口,草和石子垒成的墙上盖着芦苇和石竹南的屋顶,它们之间由海草的粗纤维连着,看上去倒也有一种乡间之美。

这里只有几户农家,他们的生活仅靠那么一点大麦、土豆和小麦维持着。还有少见的几户渔家,渔民靠赫里布里底小岛的多鱼水域生存。

"坎贝尔小姐,"亚里斯托布勒·尤尔西克劳斯以轻蔑的口吻说,"我觉得这哪里是人住的地方,简直就像牛圈,您认为呢?"

"请注意您的措词,尤尔西克劳斯先生,"坎贝尔小姐冷冰冰地

世界著名科幻故事精华

第四卷

说，"我认为这里是上帝缔造的最纯洁最神圣的地方，您应该为您刚才的话感到羞愧。"

亚里斯托布勒斯·尤尔西克劳斯没有再说话，因为他知道，他的话已惹怒了坎贝尔小姐。

因为没有餐厅或饭店，麦尔维尔兄弟找到一家稍微好些的客店，准备住在那里，但坎贝尔小姐对那里停船的时间不太满意，那时间不适合参观岛上的德落伊教祭司和基督教遗址。于是他们在阿尔摩德丹安下身，而奥利弗和尤尔西克劳斯先生则将就住在渔民的小屋里。

虽然这里没有喀里多尼亚饭店的大厅，也没有宽敞明亮的卧室，但坎贝尔小姐的心情却很好，在她的房间里，站在西边面向大海的窗前，她觉得就像在海伦斯堡乡间别墅的平台上一样，放眼展望，天海交界处展现于眼前，没有小岛挡住这圆球环。

就这样，临时组成的一家人过起了古老的苏格兰人极其简朴、单一的生活。早晨，大家在底层的大厅中一起用餐，按老习惯，贝丝夫人和帕特里奇与主人同桌共餐，这令尤尔西克劳斯先生很惊奇，奥利弗却觉得无可指责。他已经对两位管家有了好感，他们同样也对他心存爱意，然后，一家人共享午餐，八点共进夜宵。

大家都认为这里费尔有的正餐、奥尔德地克·朗迪盖尔的夜宵和按苏格兰方法做的菜肴无可挑剔，贝丝夫人和帕特里奇被带到一个世纪以前，他们觉得很幸福，仿佛生活在远古年代一般。

大家都对这里的一切感到满意，惟有习惯了都市生活的尤尔西克劳斯不停地抱怨，但那也只是自言自语，没有听众。

说老实话，约纳岛并不大，但对在清新空气中散步的人来说，用得了这么大的地方吗？广阔的皇家公园就不能浓缩在花园的一角吗？

大家每天都在这里散步，欣赏这超凡脱俗的古朴。

而坎贝尔小姐则追随着奥利弗·辛克莱到处寻找入画的景点，看他勾勒出一副副自然的轮廓。

傍晚，太阳的光晕渐渐逝去，夜晚拉开了帷幕，坎贝尔小姐和奥利弗听两位舅舅背诵着苏格兰的不幸儿女——英雄赞歌诗人的诗节。

"星，夜的伴侣，闪光的头从落月的云朵中闪出，谁把你庄严的步伐印在苍穹，你在向平原上看什么？"

"白天的狂风沉默，平息了的海浪匍伏在岩石脚下，夜晚的小飞虫，很快喜欢上了自己的轻轻羽翼，天空的沉寂便填满了嗡嗡之声。"

"闪光的星辰，你在看平原上的什么？我已能见你微笑着向地平线边缘滑去，再见，再见，沉默的星辰。"

然后，大家一起散步回到旅馆里。

然而，尽管麦尔维尔兄弟什么也没说，但他们明显感觉到奥利弗已经替代了尤尔西克劳斯先生的位置。的确，奥利弗在坎贝尔小姐心中深深地扎下了根，而坎贝尔小姐也深深吸引着年轻画家。他们有共同的爱好、共同的愿望、共同的追求，总之，当两个人在一起时，他们都觉得就像在快乐世界里遨游一样。看来，两位舅舅的外甥女婿的人选要重新考虑了，但他们根本不需要再去寻找，因为那人远在天边近在眼前。

值得一提的是，亚里斯托布勒斯和奥利弗之间也不再互相躲避，不再对对方保持一种冷漠的态度，彼此希望结交。

终于，他们决定用巧妙的方式达到目的。大家商定在八月三十日，一起去阿贝山的东北部和南部去参观教堂、修道院和墓地的遗址。

约纳遗址

八月三十日，一家人在吃过美味的午饭后便动身前往遗址所在地。这是一个典型的秋天的午后，秋高气爽，阳光透过薄薄的云层，均匀地散向万物。

一路上，大家有说有笑，气氛十分融洽，尤其是萨姆和西布兄弟显得格外兴奋，尤尔西克劳斯先生也放弃了他的科学话题与大家一起谈古论今，坎贝尔小姐和年轻画家享受着这少有的和谐。

首先，大家来到麦克－雷思耶稣受难的十字架前，它高十四英尺，由美丽的红色花岗岩巨石雕成。它是岛上宗教改革时期，即十六世纪中期左右竖起的三百六十个十字架中，唯一保留下来的一个。

奥利弗拿出画夹，想把这古老而壮观的雕刻速描下来。

于是他找了一个最佳视角，坐下来，开始描绘。

坎贝尔小姐和两位舅舅则在远离十字架四百步左右的地方，恰好把整个建筑尽收眼底。红色的麦克–雷思十字架威严地耸立在长满灰色杂草的干旱平原上，更显得古老而历史悠久。

正在大家都沉醉在这座古建筑带来的美好回忆时，突然，一个人影破坏了整幅画面。

"唉，"奥利弗说，"这个家伙闯进来干什么？要是他在这十字架前跪拜，也许我还会留下他的身影，可他似乎不像个虔诚的信徒。"

"不过是个专门给您捣乱的家伙，在他的好奇心怂恿下，辛克莱先生。"坎贝尔小姐说。

"那不是走在我们前面的尤尔西克斯先生吗？"哥哥萨姆问。

"没错，正是他。"弟弟西布回答道。

确实是尤尔西克劳斯先生，他爬上十字架的底座，正在用锤子敲打着。

坎贝尔小姐被这个地质学家放肆的举动激怒了，急步朝他走去。

"您的行为很不友好。"她一针见血地说。

"怎么会，坎贝尔小姐，"尤尔西克劳斯先生回答道，"我只是想弄下一块花岗岩来。"

"但您这么认真有什么用？我想，破坏历史遗产的时代已经过去了。"

"不，我并不想破坏历史遗产，"尤尔西克劳斯先生强调道，"要知道，我是地质学家，搞清楚这石头的性质是我的职责。"

随着一锤重击，十字架本不完整的底座又添新创。

亚里斯托布勒斯拣起石块，从包里拿出标本制作家的放大镜，透过它仔细观察着。

一会儿，他得出了结论，说："这和我想的完全一样，看它，颗粒紧凑，很坚固，应该是出自诺内斯岛，它很像12世纪的建筑师用来建筑那座大教堂时的花岗岩。"

他的论述，使麦尔维尔兄弟觉得很有必要了解一下。

坎贝尔小姐不再多说什么，朝辛克莱走去，画完画，大家在教堂广场上会面。

这座教堂已经有一千三百年的历史了，由成对的两个教堂构成。

大家首先来到了具有罗曼式建筑风格的教堂，从这里拱顶的拱腹和拱廊的曲线可以看出。之后，大家又进入了第二个教堂，它属于哥特式建筑，构成了前面教堂的中殿和十字形耳堂。

他们踩着不平整的方石板，一边是棺材盖，一边是几块刻着画像的墓碑，这景象、这布局、这气势，无不显现出一种古朴。

接着，他们来到高塔的拱顶下，继续前行至教堂的大门，最后停在两个教堂的交叉处。

突然，带回音的石板上传来整齐的步伐声，好似堂·古的汤德的骑士，在幽灵的推动下步履沉重地走来。

大家互望了一眼，彼此都心知肚明，尤尔西克劳斯先生又在进行他的某项测量了。

果不出所料，一会儿，尤尔西克劳斯嘴里唠叨着"东西向一百六十英尺"走进第二个教堂。站在那里记录着数字。

"哦！尤尔西克劳斯先生！"坎贝尔小姐挖苦他说，"真是想不到您不仅是位矿物学家，还是一名出色的几何学家。"

"在耳堂的交叉处只有七十英尺。"亚里斯托布勒斯记完数学后应声道。

"多少英寸？"奥利弗问。

亚里斯托布勒斯皱着眉，直盯着辛克莱，强压心中怒火。麦尔维尔兄弟见状，急忙建议大家去参观修道院，因此而避免了一场风波。

说是修道院，其实已面目全非，只剩下了一些难以辨认的残迹。它曾经是圣奥主斯丁的女修道院，并受国家法律保护，在宗教改革时被破坏。

人们走进这座女修道院，进入一座保存比较完整的小教堂。这里除了缺少屋顶外，祭坛及其它物品都完好无损。

再往西走是女修道院最后一位院长的坟墓，黑色大理石墓上刻着一个圣女的图像，左右两边是两个天使，上面圣母的怀里抱着一个孩子——耶稣。

"这就是坐在椅子上的圣女和圣西克斯特圣母，拉法埃尔惟有的两个圣母，她们永远也不会闭上眼睛，圣·西克斯特圣母注视的眼

世界著名科幻故事精华

第四卷

晴似在笑。"

坎贝尔小姐在讲解这些时就像是一个专业的导游。

"坎贝尔小姐，您是怎么知道的？"尤尔西克劳斯先生带有嘲讽的口气问道，"圣母的眼睛还会笑？"

对于这样的事都追根究底，真是个不懂情趣的家伙。坎贝尔小姐不想浪费细胞，所以没有吭声。

"这是一个很常见的错误，"尤尔西克劳斯紧接着说，"正如眼科专家告诉我们的那样，这些视觉器官根本没有表情，例如，给一个人的脸上戴上面具，透过面具看那人的眼睛，那你就根本看不到这张脸是高兴还是气愤。"

"啊！真的。"萨姆说，似乎对这个说法很感兴趣。

"这个我还真不了解。"西布补充道。

坎贝尔小姐无意再听他们讲下去，和辛克莱先生信步来到了奥班的圣物馆——为纪念圣·柯化巴的同伴而命名。这里用大栅栏围着，铺着并列的石板，那里的石头是坟墓，上面记载着四十八个苏格兰国王、八个赫布里底总督，四个爱尔兰总督和一个法国国王的名字。这些墓碑中，除几个是由几何图形装饰外，其余都是用圆形雕塑像刻成。

坎贝尔小姐和年轻画家站在这些墓碑前，沉默不语，良久。

"我们应该晚上再来，"坎贝尔小姐打破寂静，"我觉得那时更适合唤醒这些不幸的邓肯国王，现在这个时候，不太适合唤醒那些守护王家墓地的幽灵，是吧？"

"是的，坎贝尔小姐，我相信他们不会在白天出来的。"

"怎么，坎贝尔小姐，您相信幽灵存在？"尤尔西克劳斯先生喊道。

"对，作为一个拥有苏格兰血统的人，我相信他们存在，先生！"坎贝尔小姐答道。

"可您是位受过高等教育的人，您知道这些幻想的东西根本就不存在！"

"要是我喜欢相信呢！"坎贝尔小姐说，她被这个破坏分子不合时宜的反驳惹恼了，"要是我愿意看家里家具的棕仙，相信诗人伯恩斯的不朽诗篇中赞扬的那些仙女。大家跳着舞，在淡淡的月光下，朝高尔希飞去，飘散在海湾里，消失在岩石和小溪中间。"

"可是，坎贝尔小姐，"尤尔西克劳斯先生继续说，"你认为人们会信诗人想象出来的梦境吗？"

"为什么不信呢？"辛克莱应声说，"否则他的诗，就不会被广为流传了。"

"您也相信吗，先生？"尤尔西克劳斯先生惊讶地说，"我只知道您是画家，却不知道您还懂诗。"

"诗也是艺术。"坎贝尔小姐说。

"哦！这简直让人无法理解！……您们不相信克尔特族歌颂英雄的诗人们写的神话吗？他们混沌的脑袋让人想起那些幻想出的神灵们。"

"尤尔西克劳斯先生，"萨姆舅舅喊道，他很气愤，"不许这样污辱我们祖先时代的诗人们，他们为我们古老的苏格兰而歌颂！"

"我爱这克尔特人的颂歌。我爱听以前的故事。对我，那就是清晨的宁静和润湿山峦的新鲜玫瑰……"

西布舅舅诵起他们忠爱的诗歌。

"当太阳只把疲惫的光投向山坡时，"萨姆接着念，"当山谷深处湖水平静，一片蓝色时！"

"先生们，"尤尔西克劳斯打断他们的朗诵，"您们这么热衷于所谓的神灵，但您们必须得承认，从没有一个人见到过。"

"先生，您竟能说出这么愚蠢的话，"坎贝尔小姐说，"所有的人都会看到他们显现在苏格兰高地上，沿着荒芜的幽谷滑行，升起在沟壑深处，在我们赫布里底群岛周围的海水里嬉戏，在北方冬天带来风暴中玩耍，还有这绿光，我一直坚持去追赶它，它难道不是那个瓦尔基丽女神的披肩吗？"

"不！不是的！"尤尔西克劳斯先生喊道，"我来告诉您绿光是什么……"

"别讲了，先生，"坎贝尔小姐也喊道，"我不想知道。"

"不，我必须得说。"年轻学者无法控制自己的情绪。

"我警告您不要说……"

学者无视坎贝尔小姐的警告，径直说："太阳圆盘的上半边在轻触天际时，发出的最后一道光线，之所以是绿色的，或许是因为它在穿过薄薄的水层时，染上了绿色……"

"闭嘴……尤尔西克劳斯先生！……"

"坎贝尔小姐，我的推理与事物的本质相符，"尤尔西克劳斯先生继续说，"我正要写一篇关于这方面的论文。"

"先生，"奥利弗这时加了进来，"我想您关于绿光的论文会引起轰动，但我建议您还是该写另外一篇论文，内容更有趣。"

"是什么，先生？"尤尔西克劳斯先生问。

"先生，"辛克莱先生说，"您应该知道科学界讨论了这样一个问题，鱼尾对大海起伏的影响吧？"

"哦！辛克莱先生……"

"好吧，我这还有一个题目，您可以去仔细研究一下，那就是，管乐器对暴风雨形成产生的影响。"

两声枪响

自从这次大辩论结束后，亚里斯托布勒斯·尤尔西克劳斯就再也没有露面，他在干什么呢？是不是因失去了坎贝尔小姐的热情早已乘船回奥班了呢？坎贝尔小姐不允许任何人去打听，她对这个学者的态度已经不仅仅是冷漠，而是非常地厌恶。无疑，这都得归功于学者把坎贝尔小姐的绿光讲得一无是处，毫无意义。

但帕特里奇在贝丝夫人的怂恿下，还是打听到了他的情况，这个年轻学者并没有离开约纳岛，还一直住在渔民家里，他在那里一个人孤独地生活。

他常把自己关在屋子里，进行某种深奥的科学思辨，或者，背着枪，穿过海滨的沙滩。在那里，他对黑秋沙鸭和海鸥进行了一场真正意义上的大屠杀，这些鸟在当地一钱不值，只有这样，他低落的心情才会得以改善。他是不是还抱有一丝希望？想坎贝尔小姐在实现了她的愿望后，对他的态度会恢复正常？从她的个性看，这也是有可能的。

但是，又发生了一件讨厌的突发事件。如果不是他的情敌及时出现，又慷慨相救，他的结局可能会更惨。

事情发生在九月二日上午，当时亚里斯托布勒斯·尤尔西克劳斯要去研究约纳岛南端的岩石，一块花岗岩，一浪蚀岩柱尤其引起了他的兴趣。于是他决定攀登到顶上去。但是岩石的表面很滑，根本找不到可踩的地方，但是出于对科学的执着，他还是克服一切困难，终于攀到了岩柱顶上。

一到那儿，他就开始认真地研究，当他满意地记录下所观察到的结果准备回去时，却发现要想从这又滑又陡的岩石上下去可就没那么容易了。认真看过哪面岩石壁更适合往下滑，他就开始冒险了。

忽然，他一脚踩空，身体往下倾，无法保持平衡，要不是一根断裂的树桩在他摔落到一半时把他及时拦住，他可能就要掉到汹涌澎湃的大海里去了。

现在，尤尔西克劳斯先生正处在进退两难的境地，既爬不上去，也不能下去。

他就这样过了一个小时，要不是奥利弗背着画夹写生回来恰好经过这里，真不知尤尔西克劳斯先生还会怎样。奥利弗听到喊声，停下脚步，抬头看见尤尔西克劳斯先生挂在三英尺高的半空中，就像一只顽皮的猴子在荡秋千一样晃动着，其样子十分滑稽。

不过奥利弗还是忍住了笑，想办法救他下来。

奥利弗先攀到岩石柱顶上，把亚里斯托布勒斯拉起来，然后又帮他从另一边滑下来。

亚里斯托布勒斯脚刚一踩到安全地带，就说："辛克莱先生，因为我事先没计算好岩壁与垂线的夹角，所以才会滑下来又挂到那。"

"尤尔西克劳斯先生，很高兴，在这个时候我能帮上您一点忙。"奥利弗答道。

"还是让我向您表示我的谢意……"

"不必客气，先生。要是我遇难，您不是也会救我吗？"

"当然！"

"好，我等您也来帮我！"

于是两个年轻人握手辞别。

奥利弗觉得这是一件小事，没必要声张。至于亚里斯托布勒斯，更不会说。他因为很惜命，心里还是很感谢情敌帮他解困的。

那著名的绿光呢？是不是得专门祈祷！可是，已没有时间可以浪费了。秋季的雾气会很快地将天空弥漫的，海拔高的地方，九月里，很少有晴天了。那是不是就要放弃对绿光的观察了呢？是不是

世界著名科幻故事精华

第四卷

要等到明年或者到别处去追赶它呢？

这也是让坎贝尔小姐和奥利弗·辛克莱烦心的原因。

每天晚上，坎贝尔小姐、奥利弗·辛克莱、麦尔维尔兄弟、贝丝夫人和帕特里奇都坐在面对海平面的岩石上，全神贯注地看着太阳慢慢落下，希望天空纯净，那样落日一定会更加壮丽。

然而，每次他们都带着对明天的期望回到奥尔德丹旅馆。

那天，突然刮起了微风，很轻却连续不停。微风穿越了东面的群山，滑过远处长长的草原，不会再有广阔水面蒸发出的或者晚上海外的风带来的潮湿分子。

这一天，大家都在焦急地等待着，坎贝尔小姐忘记了伏天的炎热，不停地来回走着，奥利弗跑到岛上的高地观察远处天空的状况。麦尔维尔兄弟也不耐烦地把鼻烟盒倒出了一半，贝丝夫人和帕特里奇也停止了交谈，呆呆地站在那里。

大家商定好晚上五点就吃饭，然后到观测站去。

但，就在快三点时，大家一阵恐慌，一片云，呈棉桃状，在东方升起，在微风的吹动下，正在朝海上飘去。

坎贝尔小姐第一发现了这片云，她不禁失望地叫出了声。

"只是一小片云，不用担心，海伦娜，"萨姆舅舅说，"它就会散开的……"

"或者它走得比太阳快，会在太阳前头先消夫在海平面之下。"奥利弗说。

"这会不会是雾气到来之前的先兆呀？"坎贝尔小姐问。

"那需要去看看。"

奥利弗跑到修道院旧址，观看那片云。

半小时后，他赶回来，带回一个让大家放心的消息，这云只是宇宙中一个迷路的孩子，在干燥的空气中找不到一点给养，很快就会在半路上饿死的。

但它似乎没有听从奥利弗的话，继续追随着太阳，并在微风的吹动下，渐渐靠近太阳，即而遮住了太阳的光盘。

坎贝尔小姐闭上双眼，长叹了一口气。但又放不下心，睁开双眼，紧盯着那块挡住了太阳光的云团。

云团没有让坎贝尔小姐失望，很快便移开了。太阳又射出那万丈光芒，云朝天边落着，还没能达到海平面，就不见了踪迹，也就半个小时的光景，好像天上出了个洞一样。

"这片云总算消失了，"年轻姑娘大声说，"但不知它后面有没有追随者！"

"放心吧，坎贝尔小姐，"奥利弗解释道，"不会再有云出现了，这云消失得这么快，又是一子下不见的，就说明它在大气中没有碰到别的水气，西面的整个天空都是纯净的。"

晚上六点，大家聚到一个比较开阔的地方，全神贯注地看着天空。

那是在岛的北端，阿贝山的上山脊，从山顶上环视四周与马尔岛翘起的那部分便尽收眼底。北面斯塔福岛，看上去像一块巨大的龟甲，搁浅在赫布里底海水中，远处，埃尔瓦岛和戈美达岛在大岛长长的海岸线上清晰地显现出来。无边的大海往西、西南、西北方扩展着。

太阳沿着一条倾斜的轨迹迅速下滑，天边渐渐暗下来，但约纳岛上房屋的窗户却在夕阳的照耀下闪闪发光，一片金色。

大家都在聚精会神地凝视着这无比壮美的景色，沉默不语，这时，圆盘在变换着形状，在与水面平行处，慢慢膨胀开来，形成了一个巨大的鲜红的热空气球。

天空一片澄清。

"这次我们一定会抓住它。"萨姆忍不住说道。

"我也这么想。"西布答说。

"别说话。"坎贝尔小姐提醒道。

两个人忙闭上嘴，屏住呼吸，好像担心呼吸会汇集成一片轻云，把光盘挡住似的。现在，星体的下部终于咬去了海平面。太阳在变宽，还在变宽，好像装满了发光的流体一样。大家都在期盼着最后几道光的出现。

突然，山下海边礁石处的两声巨响打破了这片寂静。接着，一阵烟从那里慢慢升起，在缭绕的烟雾中，冲出几十只海鸥、海鸟、银鸥和海燕，它们是受到枪声的惊吓才突然飞起的。它们连在一起形成了一片浮云。这片浮云径直向上飘去，像屏幕一样叠在天际与岛之间，就在太阳把最后一道光线射向水面时，它从这即将逝去的

世界著名科幻故事精华

第四卷

· 643 ·

星体前掠过。这时，猎人——亚里斯托布勒斯·尤尔西克劳斯出现在悬崖顶上，他手里的枪还在冒着烟。

"啊！怎么又是他，简直让人无法忍受！"萨姆喊道。

"太过分了！"西布也喊道。

"看来，把他从岩石上救下来是个错误。"奥利弗心想。

坎贝尔小姐紧皱眉头，两眼发直，一个字也说不出来。

由于亚里斯托布勒斯·尤尔西克劳斯的错，让她的愿望又一次落空。

在克洛瑞达游艇上

第二天，天刚亮，克洛瑞达游艇在北风的吹拂下离开约纳港口，驶进了公海。

游艇的载重量在四十五至五十吨左右，这其中包括坎贝尔小姐、麦尔维尔兄弟、奥尔弗·辛克莱、贝丝夫人、帕特里奇几人的重量。

显然，亚里斯托布勒斯·尤尔西克劳斯被赶出了家门。

就在昨天晚上意外事件发生之后，大家做出决定，并马上加以实施。

昨天，大家扫兴地回到奥尔摩丹旅馆时，坎贝尔小姐坚定地说："舅舅们，我的两次观察都是因为尤尔西克劳斯先生的出现而失败，既然他声称不会离开约纳，那我们就不要在这里呆了，在这里，这不知趣的人有施展他笨拙的特权！"

听了坎贝尔小姐的话，麦尔维尔兄弟不再想说让她留下的话，他们也同大家一样，很气恼，也在诅咒着亚里斯托布勒斯。——不用说，他们这个外甥女婿的最佳人选已经被宣判死刑。

当晚，大家在奥尔摩丹下面大厅里互道晚安时，坎贝尔小姐向大家说："我们明天就走，我一天也不想在这里多呆。"

"就按你说的办。"萨姆答道，"可我们总得有个目标吧。"

"去再也见不到尤尔西克劳斯先生的地方，最重要的是不能让任何人知道我们离开约纳和去哪了。"

"一言为定，"西布答道，"可亲爱的海伦娜，我们怎么走，又去哪呢？"

"这个问题我已经想过了，我们一大早就离开，然后在苏格兰沿

世界著名科幻故事精华

岸找一个没人住，甚至不能住的地方，排除一切干扰，观察绿光。"坎贝尔小姐回答道。

这时，奥利弗·辛克莱提供了一个符合坎贝尔小姐心意的地方。

"坎贝尔小姐，"他说，"我倒有个好去处，在这附近有个岛，确切地说是个小岛，很适合我们观察，在这个小岛上，没有一个讨厌的家伙会来打扰我们。"

"它叫什么名字？"

"斯塔福，在约纳以北最多两海里的地方。"

"我们可以在那儿生活并有可能看到绿光吗？"坎贝尔小姐问。

"当然可以，"奥利弗答道，"而且很方便，我们先去租一艘游艇，船长可以按照旅客的要求提供服务，去英吉利海峡，北海或爱尔兰海。然后买一些够吃上十五天左右的东西，因为斯塔福岛上什么也找不到，一切安排妥当之后，我们就可以在天刚刚亮时出发了。"

"辛克莱先生，"坎贝尔小姐说，"如果真是那样的话，我会很感激您的。"

"不出意料的话，明天正午以前我们就可以抵达斯塔福岛了，"奥利弗答道，"在那里除了一周两次持续两小时的游客观光外，我们将不会受到任何干扰。"

于是，贝丝夫人的名字又充满了整个大厅。

贝丝夫人应声走了出来。

"准备行李，我们明天一早就离开。"萨姆说。

"天刚刚亮就走。"西布强调道。

接着，贝丝夫人和帕特里奇没再多问，便马上去做出发前的工作了。

奥利弗·辛克莱则来到港口，同船长约翰·奥尔德商量租船的事宜。

第二天早上六点，坎贝尔小姐一家人便在没告诉任何人此行的目的地在哪的情况下，离开了奥尔摩丹旅馆，登上了克洛瑞达游艇。

在太阳还没有出来之前，大家便各回船舱内休息，坎贝尔小姐的休息室在游艇后部一个舒适、优雅的客舱里，麦尔维尔兄弟在大厅外面主舱的铺位上，奥利弗住在通向大厅楼梯四周的船舱里，贝

世界著名科幻故事精华

第四卷

丝夫人和帕特里奇则住在餐厅两旁的两个吊铺上。

克洛瑞达游艇启航后，大家都来到甲板上，欣赏沿岸的风光。小艇优雅地随风倾斜，不太费劲就能达到 8 海里的时速。

坎贝尔小姐迎着海风，心情舒畅极了，不管斯塔福岛上怎样艰苦，总之，只要远离那令人厌恶的科学研究家，那么一切都是最美好的。海伦娜决定不但要把他的样子忘掉，还要把他的名字也忘掉。

她坦率地跟两位舅舅说：

"难道我错了吗，萨姆爸爸？"

"没错，亲爱的海伦娜。"

"西布妈妈，您认为我不该这样做吗？"

"绝对应该。"

"现在您们知道了，"她亲了亲两个舅舅，接着说，"把我的终身交给这样一个丈夫并不是明智之举！"

两位舅舅也承认了这一点。

他们在心里暗自庆幸，幸亏没把可爱的外甥女托付给这个古怪的年轻学者，否则，他们将会死不瞑目的。

早上八点，大家一齐到克洛瑞达的餐厅里共进早点——茶、黄油和三明治。虽然这里的食物没有奥尔摩丹旅馆里的丰富，而且味道也差了很多，如果让大家选择的话，幸运者一定是后者。因为它周围的环境宁静、优雅，没有化学成份，也没有噪杂的科学理论。

用过早餐后，坎贝尔小姐又回到甲板上，她靠在一个粗帆布做的靠垫上，小艇极速航行带来的劲风给她带来一丝快感。这没有马车的颠簸，没有火车的摇晃，船首与冰面碰撞击起的浪花，如同皓月下的点点繁星。

斯塔福岛北部和南部被赫布里底群岛覆盖，东面则隐在海岸里，如同一个内陆盆地，微风不能把它的海水波动。

游艇倾斜着朝斯塔福岛奔去，前方是马尔岛外海上一块独立的岩石峭壁，峭壁与游艇航行的公海有一百多英尺远，看上去好似是峭壁在移动，西面是玄武岩岩壁，东部是靠海的岩石堆积成的小山。小船在朝西俯冲时，在马尔岛的端角以外，海水更加凶猛地摇晃着它，但小船还是很敏捷地冲过了涌来的波浪。在后面的抢风航行里，海水温柔地摇晃着小船，就像在摇婴儿的摇篮一样。

十一点时，斯塔福岛已出现在眼前，克洛瑞达游艇驶进了靠近柯兰歇尔岩洞入口处的小海湾。游艇下后角索降下，上桅的帆也降下桅杆，三角帆被拉了起来，锚也随之被抛了下去。

大家走下小艇，走到玄武岩头级台阶上，爬上一个装着栏杆的木制楼梯，来到斯塔福岛圆润的平台上。

坎贝尔小姐终于来到了这与世隔绝的小岛上，在这里，她将免受一切外界干扰，静下来，专心观察绿光。

斯塔福岛

在这个大家庭中，除了奥利弗·辛克莱观赏过斯塔福岛外，其他人都是第一次来。

于是，他便充当了导游的角色。

这个呈椭圆形长一里、宽半里的巨石，地质下丰富的玄武岩岩洞构成了斯塔福岛的独特地貌。这些玄武岩由来已久，早在地壳形成的初期就已经定在那里了。

科学家就玄武岩的冷却做了一些实验，实验表明，玄武岩只有在二千度高温下才能溶化，据观察，玄武岩要达到完全冷却，需要三千五百多年。因此，应是在很早的时候，地球经过了气态到液态的转化，才开始凝固下来。

奥利弗讲解完后，又朝四处看了一下，接着说：

"我们要做的第一件事，就是占领这个新地方。"

"别忽略了我们来这的目的。"坎贝尔小姐微笑着提醒道。

"这么重要的事情我怎么会忘呢，"奥利弗大声说，"现在，我们就去找一个观察站，看看岛西面为我们提供了一个怎样的海平面。"

"好吧，"坎贝尔小姐说，"不过，今天的天有些阴，大概日落的状况不会很好。"

"那我们就一直等下去。不论多久。"

"你说得对，"麦尔维尔兄弟说，"只要海伦娜不命令我们离开。"

"没错。"坎贝尔小姐说，"为什么不等下去呢，我觉得这里很美，牧场像一块软绵绵的绿毯，在这个天然别墅中生活，肯定会很舒服，既使汹猛的狂风袭击到斯塔福岛上的礁石时，也不会有什么妨碍！"

"我想狂风也许并不慈祥。"西布舅舅说。

"的确很可怕。"奥利弗·辛克莱说，"外海的风都能吹到斯塔福岛。在大西洋这片海域里，坏天气要持续长达几个月之久。"

"难道就没有一个可以躲藏的地方吗？"坎贝尔小姐问。

"当然有，在东边海岸，也就是我们抛锚的地方。"

"很好，那么夏天我们就在这小岛住上两三个月，难道不应该吗？"坎贝尔小姐说，"如果这个小岛可以出售的话，舅舅们，您们真该买下来。"

麦尔维尔兄弟对外甥女的任何要求都不会拒绝，他们已经把手伸进口袋里，好像要掏钱付账一样。

"这小岛归谁所有？"西布问。

"麦克多纳尔家族，"奥利弗回答道，"年租金十二镑，但我想无论出多高的价，他们也不会卖掉它的。"

"这太遗憾了！"坎贝尔小姐失望地说。

世界著名科幻故事精华

大家边聊边走过凹突不平的地表，来到绿茵茵的牧场，几匹稀有的马和几只黑白花的奶牛自在地啃食着牧草，熔岩的喷涌在各处留下薄薄的腐殖土层。

欣赏完陆地上的美景，大家开始关注天空。

很明显，那天晚上，浓雾笼罩着整个天空。快六点时，几片淡红色的云彩弥漫了西方，预示着空气变得浑浊不堪。

于是，大家在落日的最后一丝光线消失后便又回到了船上。

第二天，也就是 9 月 7 日，大家决定去看看小岛底层的岩洞。

游艇把他们带到柯兰歇尔岩洞。奥利弗·辛克莱告诉厨师准备午饭后，便与同伴们一起走进了这个岩洞。

柯兰歇尔岩洞高三十英寸左右，宽十五英寸，深一百英寸；开口偏东，是为了躲过恶劣的风。飓风猛烈地袭击其他岩穴时，也绝不会光临它的门。曲线布置精美的花岗岩，显现出人类巧夺天工的一面，让人赞叹不已。

奥利弗·辛克莱拿出他的写生画夹，记录下了这美丽的景象。

吃过午饭，约翰·奥尔德科船长又把游客们带到了"轮船"岩洞如此命名是因为大海占据了整个岩洞内部，人要去参观，脚就不能保持干爽不湿。

在游艇到达深深的岩洞出口前时，刚刚载着奥班的游客的汽船抛锚，幸运的是，这两个小时的逗留，一点也没给坎贝尔小姐和同伴们带来不便。因为游客们的观光地点只限于芬格尔岩洞和斯塔福岛的地表，而此时坎贝尔小姐他们正在"轮船"岩洞里。

当坎贝尔小姐和同伴们走出那长长的隧道时，它好像是一种没出口的隧道，隧道似乎在玄武岩上凿出来的。此时，斯塔福岛上的岩石又恢复了宁静，孤零零地耸立在大西洋的岸边。

大家列举了地球上许多地方的一些著名岩洞，尤其是在火山活动地区，它们的成因有所不同，有火成的，也有水成的。

这些岩洞中，有些是被流水一点点地冲击，磨损而使它们变成宽宽的洞穴。

有些是由于花岗岩或玄武岩壁的脱落而成，而这是由火成岩石的冷却所引起的。火成岩石为它们的构造提供了变化急剧的特性，相反，水成岩洞正缺少这个特点。

而坎贝尔小姐他们第二天将要参观的著名芬格岩洞则属于那种曾在地质演化史上的烈火中沸腾过的岩洞。

芬格岩洞

第二天，九月八日上午，约翰·奥尔德科船长从游艇的晴雨表上得知天气将有大的改变，于是他走下小船想去看清天与海到底是处在怎样的状况下。

天空中几片形状不清的云，几丝尚未成云的蒸气的褴褛，快速地滑了过来，风力在不断加强，起伏的海面泛起片片白浪，这一切都预示着暴风雨即将来临。

船长决定趁航道还没变得难以通行之前尽早启航。他忧心忡忡地回到船上，把消息告知了游客们，并提出如果再晚几个小时，斯塔福和马尔岛之间的大海可能会波涛万丈，那样，他们将无法躲过灾难。

"难道就再也找不到可以躲藏的地方了吗？"坎贝尔小姐问道。

"有，在斯塔福岛的后面，最好是在阿基纳格雷港，在那克洛瑞

世界著名科幻故事精华

第四卷

达对外海的狂风丝毫不用担心。"船长回答道。

"可是我不想放弃斯塔福这么美的天空。"坎贝尔小姐喊道。

"我想呆在柯兰歇尔的停泊处会很危险的。"船长说。

"如果必须得走的话，那就走吧！亲爱的海伦娜。"萨姆说。

"是啊，要是必需得这样！"西布跟着说。

奥利弗怕这仓促的动身会给坎贝尔小姐带来不愉快，急忙问道："奥尔德科船长，您估计这场暴风雨会历时多长时间。"

"大概二、三天吧。"船长答道。

"您认为必须离开吗？"

"是的，而且必须马上走。"

"您的计划是……"

"今天早上启航。由于风力加强，我们可以借助风的力量，在天黑前赶到阿基纳格雷港。暴风雨来时，我们就已到斯塔福岛了。"

"为什么不回约纳岛？克洛瑞达一小时就能到达。"萨姆问。

"说什么也不能再回约纳岛。"坎贝尔小姐一提起约纳，亚里斯托布勒斯·尤尔西克劳斯那张猴脸就仿佛竖在她面前了。

"在约纳港与在斯塔福停靠同样没有安全保障。"船长提醒说。

"就这样吧，"奥利弗·辛克莱说，"船长，您启航去基纳格雷港吧，让我们留在斯塔福。"

"不行，这连一间房子都没有，你们在哪儿藏身呢。"船长说。

"在柯兰歇尔岩洞，那里不会受到暴风雨的侵袭。"奥利弗又说，"我们还会缺什么呢？什么也不缺！我们可以把卧具、换洗的衣服还有食物从船上搬下来，外加上一个厨师。"

"太好了，"坎贝尔小姐高兴得喊起来，"就这么决定了，船长您可以启航去阿基纳格雷港了，让我们留在这里，呆在斯塔福！就像航海游记里被遗弃在荒岛上的人一样，在这里我们将带着几分不安和忧虑等待着克洛瑞达的归来，就像那些流浪的人在发现外海上还有一座宏伟的建筑那样激动万分。啊！多么富有诗意呀！奥利弗先生，还有什么比这更富有传奇色彩吗，舅舅们，您们以为如何？好了，船长，您快走吧，否则就来不及了。"

两位舅舅正在犹豫，但很快，在坎贝尔小姐及时送上的一个亲吻的瞬间，坚定了留在斯塔福岛的决心。

可这主意是奥利弗·辛克莱想出来的，坎贝尔小姐觉得也应该感谢他。

于是，一小时后，克洛瑞达便张起恶劣天气下用的三角帆启航开往阿基纳格雷港。

大家目送游艇离开后，便由奥利弗带路走出柯兰歇尔岩洞，来到环绕小岛东部的堤岸上。支柱垂直插下，顶端构成大岩石脚下一块平整、干爽的路面。走到路面尽头，一行人又登上了几级天然形成的台阶，在台阶下的拐角处矗立着那些外柱，都紧靠在岩壁上。

台阶脚下，平静的大海已经开始波澜起伏。

那里，微黑的台基底座在水底清晰可见。

奥利弗到的巨形面的石柱，朝左一拐，给坎贝尔小姐指了一段狭窄的堤岸。再准确一点说是一段天然的护坡道，顺着岩壁，一直延伸到岩洞深处。一段栏杆的铁支架砌在玄武岩里，在墙和小堤岸的尖背之间形成一个栏梯扶手。

"这个栏杆破坏了芬格宫殿的整体形像。"坎贝尔小姐说。

"是的，我也有同感，它就像是一个入侵者，与这里格格不入。"奥利弗答道。

"只要它有用，就应该去用它。"萨姆说。

"说得对。"西布跟着说。

然后，大家来到芬格岩洞前，展现在他们面前的是一个大殿，又高又深、半明半暗，充满神秘色彩。

坎贝尔小姐一行人，第一眼，便为这景观惊诧不已。接着便沿着护坡道的突出部分走进去。

洞里整齐地排列着几根棱柱形柱子，大小不一，突出的棱边雕刻细腻，线条柔美。岩柱凹凸部分交相呼应，显出一种协调美。光从外面射进来，跳跃在上面，明暗清晰，遥相对称。

岩洞深一百五十英尺左右，中殿深处露出一种管风琴木壳，那显出了一些立柱，比入口处的立柱小一些，但线条同样很完美。从那儿可以看出来，向广阔天空展开的视角很美。

水浸着光，可以看到海底深处的景物，海底有四面到七面不同的柱角，四周的岩壁上，光与影奇妙地变幻着。当几片云飘到洞口时，一切都消失得无影无踪，像是烟雾挡住了剧院的舞台前方一样。

世界著名科幻故事精华

第四卷

相反，当一束光射进来，被深处的棱柱的棱角反射时，阳光像长长的光板，升到宽阔的圆室，这时，光与影又再次闪烁，棱柱又是五彩缤纷。

大家面对这仙境般的美景，心醉神迷，心灵的震撼无法用言语表达出来。

外面狂风四起，大海的波涛拍打在岩洞的玄武岩上，震耳欲聋，坎贝尔小姐与同伴们不得不恋恋不舍地回到护坡道上，浪花已把它遮去了一半，绕过小岛的一角，外海的风撞击着小岛，大家又回到围堤上，暂时躲藏起来。

短短的两个小时，狂风在苏格兰沿海地带即已成形，并有转成飓风的可能，不过玄武岩的峭壁挡住了狂风的侵袭，使他们得以安全地回到柯兰歇尔岩洞。

第二天，天气变得更加恶劣，风更加凶猛，乌云又厚又低，遮住了太阳的光线。面对这意外的情况，坎贝尔小姐并没有表现出不满，许多次，她被芬格岩洞的奇景所吸引，又回到岩洞里，她常常在那里沉思，一呆就是几个小时，两位舅舅和奥利弗提醒她小心点不要去那冒险，但她根本听不进去。

第三天，也就是 9 月 9 日，飓风终于在苏格兰海岸形成，在岛的高地上根本无法抵住它。这时已经晚上七点钟了，在大家回到柯兰歇尔准备吃晚餐时，发现坎贝尔小姐还没有回来，大家耐心地等着，心里越来越不安。一直到晚上八点，仍不见她的影子，奥利弗再也呆不住了，他几次登上岛的高地，可在那儿连一个人影也没有看到。

暴风雨肆虐地袭卷整个海面，大海掀起巨浪，不断拍打着小岛西南部。

"坎贝尔小姐！"奥利弗突然大叫一声，"要是她还在芬格岩洞里，得去把她拉回来，说不定她已在里面迷路了！"

为了坎贝尔小姐

时间不长，奥利弗·辛克莱便出现在芬格岩洞前，并沿着玄武岩台阶急步前行，后面紧跟着的是麦尔维尔兄弟和帕特里奇。

留守柯兰歇尔岩洞的贝丝夫人心急如焚，她把一切都已准备好

世界著名科幻故事精华

了，只等坎贝尔小姐早些回来。

高涨的海水，淹没了上面的柱子，根本无法通过。

既然外面的人进不去，里面的人也就无法出来。如果，坎贝尔小姐在那里面的话，那她就被困到里面了，但又怎么能知道她是否在那儿，然而又怎么能到她那儿呢？

"坎贝尔小姐！海伦娜！"

这喊声能传进去吗？咆哮的大海早已把喊声吞没，好像是风与浪的轰鸣声涌进了岩洞。

"也许海伦娜不在里面？"萨姆说，他多么希望她真的不在那儿啊！

"那她会在哪儿？"西布说。

"是啊，坎贝尔小姐会在哪呢？"奥利弗喊道，"我找遍了岛上的高地，海岸的岩石，都没有，如果她能回来的话，她也许早已回到我们身边了。她在哪?！在哪?！"

大家想起，坎贝尔小姐曾几次强烈表示想要到芬格岩洞里看暴风雨。但她是不是就忘记了暴风雨会把岩洞填满，岩洞就成了牢房，根本无法打开了呢？

此时此刻，为了到她那里去救她，大家该做些什么呢？

暴风雨猛烈地侵袭着小岛的这一角。浪花时而升到拱顶，带着震耳欲聋的巨响，在浪花的冲击下水坝坍塌了。大海似乎撞到了岩洞的最深处。

坎贝尔小姐能在哪找到藏身的地方，而免遭浪花的侵袭呢？岩洞的前部直接面对着浪花的袭击，无论是涌进还是退出来时，护坡道都是必经之路。

"坎贝尔小姐！海伦娜！"

大家不停地喊着她的名字，但是没有回应，根本没有回应。

"不会的！她不会在岩洞里！不会的！"麦尔维尔兄弟不断地说着，沮丧至极。

"她一定在那儿！"奥利弗·辛克莱肯定地说。

这时，一股回浪卷出来一片衣物，抛到一块玄武岩石上。

奥利弗最先发现了它，并冲上去。

"是条发带！坎贝尔小姐头上戴的苏格兰带子！"奥尔弗喊到。

随即，他趁海水涌出，护坡道露出一半时，迅速抓住栏杆的第一个支柱。但一股水把他拽下，掀翻在护坡道上。

　　要不是帕特里奇冒着生命危险扑到他身上，奥利弗也许会一直滚到最后一个台阶上，大海浪将把他卷走。

　　奥利弗重新站起身，要进入岩洞的决心更加坚定。

　　"坎贝尔小姐在那儿！"他不停地说，"她还活着，不过她的力气很快就会用完了，根本坚持不到潮水退下的时候！所以必须赶快到她那里去！"

　　"让我去！"帕特里奇说。

　　"不！……还是让我去吧！"奥利弗·辛克莱喊道。

　　他已想出了一个到坎贝尔小姐那儿去的办法，尽管他只有百分之一的成功率，但他还是要试一试。

　　"麦尔维尔先生们站在这里别动，我们五分钟后就回来。跟我来，帕特里奇！"

　　八点三十五分，奥利弗和老仆人沿围堤拉着约翰船长给他们留下的克洛瑞达上的小船回来了。

　　奥利弗想把小船抛进岩洞，因为他已无法从陆地上走过去了。

　　他清楚这要冒着很大的危险，甚至丢掉性命，但他仍然毫不犹豫。

　　小船被拉到台阶角下。

　　"让我和您一起去吧！"帕特里奇说。

　　"不行，那样小船会超载的，如果坎贝尔小姐还活着，我一个人就够了！"奥利弗回答道。

　　"奥利弗！"麦尔维尔兄弟呜咽地喊道，"救救我们可怜的姑娘吧！"

　　奥利弗深深地看了看麦尔维尔兄弟后，跳上小船，抓住两支桨，敏捷地进入了漩涡，大浪把小船抛向拱顶，又在一股无法抗拒的退力作用下把它推回外海。

　　这样反复了三次，然后朝岩洞冲去，但又被冲了回来，水堵住了岩洞出口。

　　奥利弗心不慌，手不乱，像在考瑞威尔坎漩涡里那样，奋力用双桨保持着平衡。

最后，一个巨浪把小船推到小岛高地平行的液体脊背上，小船摇晃了一阵后，又被斜着抛了出去，好像是沿着瀑布的斜坡而下。

但勇敢的奥利弗用桨努力的矫正了一下小船，这时出口显露出来，他抓住时机箭一般地快速消失在岩洞里。

刹那间，浪花像雪崩一样袭来，一直涌到小岛的顶部。麦尔维尔兄弟的心悬在半空，他们担心小船会撞碎，更担心岩洞里出现两个年轻的遇难者。

事实上，麦尔维尔兄弟的担心不是没有理由的。

奥利弗很快穿了过去，没撞到拱顶部，一秒钟的时间，他便到达了对面岩壁处，但在被反向起伏所削弱的冲击力的作用下，小船撞到了一种珊瑚壁橱式的地方，它就在岩洞的"床头"处。小船一半撞到了上面，但奥利弗迅速地抓住了一块玄武岩，并且顽强地抓住不放，这样，躲过了海水的冲击。

但支离破碎的小船却被一股回浪冲回了洞口处，而恰巧被麦尔维尔兄弟看到，他们难过地以为奥利弗有可能已经遇难了。

岩洞里的一场暴风雨

奥利弗平安无事，目前还处在安全地带。在两个浪头之间的空隙里，露出一半的入口处透进了一丝暮色，奥利弗借着这一点点光亮，努力寻找着坎贝尔小姐。

"坎贝尔小姐！坎贝尔小姐！"他大声地喊着。

突然，他听到一个声音在回应他："奥利弗先生，我在这儿！"

此时此刻，他的心情是多么的激动啊！

坎贝尔小姐还活着。

那么，她是在哪才躲过了这场灾难呢？

奥利弗寻着声音在护坡道上沿着岩洞的内壁往深处爬。

在左面岩壁上，有一块凹进去了，像一个小窝一样，恰好可以容纳一个人，两边分别立着一个柱子，传说中把这壁凹叫做"芬格的椅子"。

坎贝尔小姐就坐在这"椅子"上惊恐地看着涌入的浪涛。

就在下午两点，岩洞的入口还可以自由通过时，坎贝尔小姐走进了岩洞，进行她每天一次的观赏。在那儿，她陷入了沉思，当她想出去时，才发现潮水蜂拥而入，堵住了洞口，她害怕极了！

不过她很快就镇静下来，开始四处寻找可以躲藏的地方，经过一番努力后，终于找到了"芬格的椅子"处。

奥利弗看到她蜷缩在那里，还好，浪头没有打到她。

"啊！坎贝尔小姐！"他喊到，"您怎么这么不小心，暴风雨来临之前还到这来，您知道我们有多担心，还以为您迷路了。"

"您是来救我的，奥利弗先生。"坎贝尔小姐说，她被年轻人的勇敢所打动，心里暖暖的，自然也就不怕了。

"是的，我要把您带出去，相信我，有上帝的帮助，我会成功的！您还害怕吗？"

"不怕了……一点也不怕了！……有您在这儿，我什么都不怕……再说，在这壮丽的景观前，除了赞叹还会有别的情感吗！……快看！"

只见一个浪头猛地向坎贝尔小姐扑了过来，奥利弗见状赶快挡在了她的面前，努力保护着她。

两人都默默不语，此时此刻两个年轻人的心在渐渐靠近，他们的感受在迅速升华！

然而，眼前的危险正在急剧加强，年轻人在为坎贝尔小姐担心，他知道潮水很快就会把洞口积满。如果说洞里还没有全黑，是因为浪头还模糊地浸着外面的光线，还有一些宽磷光板四处散落着，像是一种电光的闪烁。磷光板挂在玄武岩岩角上照亮了棱柱的棱边，留下一道黯淡的白光。

白光闪现的那一刹间，奥利弗转向坎贝尔小姐，激动地看着她。

坎贝尔小姐惊喜地微笑着，她被这壮丽的景观所吸引。啊！岩洞里的一场暴风雨！

突然，一个更强的涌浪一直涌到芬格椅子的壁凹处。奥利弗心想，他们肯定要被卷走了。

他紧紧地抱住海伦娜，不让大海从他手里把她夺走。

"奥利弗！奥利弗！……"坎贝尔小姐惊慌地喊着。

"别怕，海伦娜，有我在，您不会有危险的……"奥利弗答道。

他说她不会有危险，可危险明明就在眼前，浪花越来越猛，水越涨越高。他知道应该找一个可以躲开翻腾的潮水的地方。

他沉着、冷静，保持着清醒的头脑，果断地采取行动。

这时，坎贝尔小姐已经筋疲力竭，她经受了太长时间的奋斗。奥利弗已感觉到她越来越虚弱。

尽管他也觉得没有什么希望，可他还想让她把心放下。

"坎贝尔小姐，我亲爱的海伦娜！"他小声地说，"在我回到奥班时，我才知道，在考瑞威尔坎的漩涡中，多亏了您，我才得以生还的！"

"您都知道了？"坎贝尔小姐答道，声音很微弱。

"是的，我今天来报答您！我要把您救出去！"

此时已是晚上九点半，暴风雨最强的时候。

坎贝尔小姐因这场持久战而体力不支，昏倒在奥利弗怀里。他想用身体去为她取暖，但潮水已涨到了他腰间，不知他还能坚持多久。

但无论如何，他也不能倒下去，否则两个人都将遇难。

勇敢的年轻人扶着坎贝尔小姐，为她挡住海浪，用力靠在玄武岩上，他在一片黑暗中搏斗着。

终于，潮水开始下降了。外海的浪头稍微平息了一些，芬格椅子上的潮水也退到了门槛处。出口在半明半暗中朦胧地露了出来。

透过出口处，奥利弗心里有了希望，因为从外面的海来看，现在子夜已过，也就是说，再有两个小时，暴风雨即将过去，他们也就会得救了。

离开岩洞的时刻到了。

可坎贝尔小姐还没有恢复知觉，他抱着她走出芬格的椅子，沿着岩壁来到峭壁的岩角上，看到了麦尔维尔兄弟和帕特里奇。

他们跑过去，激动地说不出话来，不知该用怎样的话语来表达他们对年轻人的谢意，然而一切尽在不言中。

这时，奥利弗悬着的心终于放下了，由于精神放松，身体也支撑不住了。他把坎贝尔小姐交给萨姆之后，自己也昏倒了。

他用实际行动再次证明了自己——勇敢、敏捷、机警。

不速之客

"美利坚合众国的公民们，我叫罗布尔，我无愧于这个名字。别看我样子还不像有 30 岁，但我的实际年龄已经 40 岁了。我有一副像铁打的筋骨，肌肉坚强有力，身体可经得起任何考验，而且，我还有就算在鸵鸟世界也堪称举世无双的胃口。我的身体状况大体就是这样。"

大家都愣住了，这出乎意料、滔滔不绝地开场白，使他们安静下来，但他们安静并非是考虑他说的内容，而是怀疑他是否神智正常，还是绕着弯有别的含义？但不管怎样，他的仪表和举止的确把众人镇住了。刚才还浊浪滔天的会场，现在却是风和日丽、一片风平浪静的详和气氛。

罗布尔的身体与他自己所描述的一样：个头中上，上身呈等腰梯形的几何形状，最长的底是肩膀。肩膀通过粗壮的脖子与一颗滚圆的脑袋相连。假如从"仿生学"角度看，这同什么兽类的脑袋相仿呢？公牛最恰当不过，但这是颗聪慧过人的公牛脑袋，一双牛眼常常会冒出炯炯的亮光，始终紧锁的双眉呈显出超常的毅力。闪耀着金属光芒的钢丝般的头发；宽厚的胸膛如同打铁人的风箱般起伏着，手臂、手掌、腿和脚都很理想地安在躯体上。

他整张脸上刮得干干净净，只在下颌长着一簇美国水手性格的短胡子。他的咀嚼肌力量惊人，故而使得下巴棱角分明。曾有人计算过（不会有什么东西不曾被人计算过）：一只普通鳄鱼的颌部可以有 400 个大气压的力量，而一只大猎犬却只有 100 个大气压的力量。人们甚至还算出了下面这些有趣的数字：每 1 克猎狗的咬力有 8 克，而每 1 克鳄鱼则有 12 克咬力。估计这个罗布尔每克至少能有 10 克咬力，比鳄鱼不足但要高于猎狗。

这个超凡脱俗的家伙是从哪儿来的？没人知道。但有一样，他讲一口流利的英语，但没有新英格兰的杨基们所惯有的那种拖腔。

他接着说道：

"尊敬的公民们，关于我的精神方面。我是位工程师，我的精神方面比我的肉体有过之而无不及。我不怕天神，不怕地狱，更不怕人。我从来没有对任何人屈服过。如果我认定了一件事，即使是全美洲，全世界联合起来，也无法阻止我去办成这件事。当我提出什么建议，我就希望得到大家的一致赞同，我不能忍受异议。我之所以强调这些细节，尊敬的公民们，目的是为了让你们对我有比较透彻的了解，你们可能会觉得我谈论自己谈得太多了，不过，没关系！现在，就请你们商议一下，是不是现在就让我闭嘴，因为下面我要讲的可能会不合你们的口味。"

会议厅的前排已经出现了海浪拍击岸边般的声音——这是大海即将咆哮的前兆。

"说下去，尊敬的陌生人。"普吕当大叔说道，他也在极力地控制着自己。

罗布尔并没有太在乎听众会有什么想法，一如继往地说了下去。

"不错，我也明白！经过了一个世纪毫无进展的试验、尝试之后，仍然存在着一些头脑简单的人，他们还在愚蠢地信奉气球是能够驾驭的，仍然梦想着把电动机或是什么别的发动机装到他们那些自吹自擂的、在空气中会受到很大阻力的皮囊上去，以为这样就能像在水面上驾驭轮船一样去驾驭气球了。单凭有那么几个发明家在晴朗或少云的日子里斜顶着风或是逆着一阵小气流成功地飞行过，就能证明驾驶这种比空气轻的航空器很实用吗？得了吧！你们这百十多人，自以为这样的梦想会成真，可这是把成千上万的美元，当然不是往水里丢，而是往天上抛。这实在是败家子的行径呀！"

令人惊讶的是，在场的学会会员竟都听得很专注，莫非他们的听觉、视觉有了毛病，还是耐心增强了？又或是暂且忍一下，看这个咄咄逼人的家伙会搞出什么花样？

罗布尔又说：

"说什么气球！……要用 1 立方米的氢气才能得到 1，000 克的浮力！想让气球凭借机器的力量来抵抗风的力量吗！知道吗？吹在船帆上推动一艘船舰前进的风力已超过 400 马力；泰湾大桥事件中，风的压强已达到每平方米 440 千克！气球！气球！不管是某些长着翅膀的鸟类，还是某些长着鳍的鱼类或哺乳动物，大自然还从来没有创造过一只有这种构造的飞行动物……"

"哺乳动物吗？……"一个会员叫起来。

"是的！如果我没有记错的话，蝙蝠是会飞的！难道刚才说话的人不知道这种会飞的动物是一种哺乳动物？难道他吃过炒蝙蝠蛋吗？"

于是，那个人只好把打断别人说话的嘴巴暂时闭起来。罗布尔

世界著名科幻故事精华

第四卷

又口若悬河地说了下去：

"这是否表明，人类既然有了火车这种良好的交通工具，就应该放弃用飞行机器来征服天空，改造旧世界的恶习呢？那绝对不是！人类既然通过船桨、风帆和齿轮、螺旋桨在海浪中畅游；也同样能借助比空气重的飞行器在天空中翱翔。只有重于空气，才能摆脱空气的限制。"

这无异于是一颗重型炸弹，一时间会场上下百炮齐发，唇剑舌枪一起向罗布尔鸣叫。罗布尔这不是公然向气球主义者们叫阵吗？"比空气轻"和"比空气重"两派之间不是意味着风云再起吗？

罗布尔毫不为此动容，他两手抱胸，信心百倍地对着敌人的炮头。

普吕当大叔打了个手势，下令停止射击。

罗布尔又继续说："是的，未来的世界是属于飞行机器的。空气就是它可靠的支撑。如果以 45 米/秒的速度向上喷射气流，这股气流就足够把一个人托起来，只要他的鞋底面积有 0.125 平方米就可以了，如果气流速度达到 90 米/秒，他就可以光着脚在气流上散步，当螺旋桨的叶片以这个速度排开空气时，也可获得相同的效果！"

罗布尔的这番道理，都是从前飞行事业的先驱们曾经说过的，虽然实施起来进展很缓慢，但问题终将得到完美的解决。像德·篷通·达梅库尔先生、德·拉朗代勒先生、纳达尔先生、德·吕济先生、德·卢夫里埃先生、利埃先生、贝莱吉克先生、莫罗先生、理查德兄弟、巴比内先生、若贝永先生、迪·当普勒先生、萨利弗先生、柏诺先生、德·维勒纳弗先生、戈绍先生和塔坦先生、米歇尔·洛先生、爱迪生先生、普拉纳维尔涅先生，还有其他许多人，传播这些观点的功劳应当属于他们。这些观点，虽然几度被人摒弃又多次被重新拾起，但是它终归会在某一天取得胜利。

对于那些飞行事业的敌对派，即那些认为鸟只需将体腔内的空气加热就能在空中滞留的人，他们毫不手软地给予痛击，并已经证明，一只 5 公斤重的老鹰，只是为了能在空中停留就需要 50 立方米的热空气作支撑。

罗布尔以不容辩驳的推理在这一片喧嚣声中把这些证实了，而且还把他的最后结论向气球主义者们迎头摔了出来：

"单凭你们那破飞艇，你们什么也干不了，什么也干不成，什么也不能干！你们气球飞行家中最出名的人要属约翰·怀斯了吧，他虽然在美洲大陆上飞行了 1200 英里，可他却不得不放弃飞越大西洋的计划！从那以后，你们在这条道路上连一步、甚至是一小步，也没能向前迈出！"

"先生，"这时主席实在是克制不住了，不服气地说，"您忘了我们伟大的富兰克林在第一个热空气气球出现，即现代气球行将诞生时所说的话：'它现在还只是个婴孩，但他终将长大成人。'它现在确实已经长大了……"

"你错了，主席，它还没有长大成人！……它只是发胖了……这是两回事？"

这明显是对韦尔顿学会计划的正面攻击：学会的确曾经支持并资助制造过一个巨大无比的气球。于是会场上立刻响起了一些令人恐惧的号召：

"把这个不速之客轰出去！"

"把他从讲台上扔下来！……"

"如此向大伙展示一下比空气重的飞行！"

诸如此类的话此起彼伏。

但是，现在大家只是君子动口不动手，因此罗布尔还能从容、泰然地继续他的演讲：

"气球主义者们，天空探索的进步绝不会属于飞艇，只会属于飞行机器，鸟类飞行，但它不是像气球那样地飘，而是靠像机器一样扇动翅膀！"

"不错，它是会飞，但却是违反所有力学原理式的飞行？"勃然大怒的巴特·芬嚷道。

"是吗！"罗布尔说道，轻蔑地耸了耸肩膀。

接着，他又说：

"人们对各式各样能飞的生物进行研究后，一个如此简单的思想就为人们所共识，即只要模仿大自然就行，因为大自然永远不会错。从每分钟扇动翅膀不到 10 下的信天翁，到每分钟扇动翅膀 70 下的鹈鹕……"

"71 下！"有人嘲讽地说。

"到每秒扇动 192 下的蜜蜂……"

"193 下！……"又有人讥讽地叫道。

"到 330 下的一般苍蝇……"

"330．5 下！"

"到几百万下的蚊子……"

"错！……是几十亿下！"

尽管一再被人打乱，罗布尔仍然没有中断自己的阐述。

"在这种种差异之中……"，他继续说。

"有一个圣人！"，一个声音接口道。

"……存在着导致切实有效的解决问题的办法。当德·吕西先生发现鹿角锹甲这种仅重两克的飞虫竟能提起 400 克，即比自身重 200 倍的物体时，这就说明飞行的问题就已完全解决了。此外，事实证明，动物的体积和重量越大，其翅膀面积相对地就越小。因此，人们设想并制造了六十多种飞行器……"

"但一架也没试飞成功！"学会秘书菲尔·艾文思叫道。

"成功了，或即将成功，"罗布尔镇定地答道，"有人把这种机器称作航天机，有人称它是螺旋桨器，有人叫它是翅膀机，还有人依着船这个名字称它为'飞船'，但终归都是同一个机器。它的发明让人类最终成为天空的主人。"

"哦！还是螺旋桨！"菲尔·艾文思反驳他道，"据我所知，鸟类并没有安装螺旋桨！"

"有！"罗布尔答道，"柏诺先生已经证明，鸟类其实就是个螺旋桨，其飞行本身就是螺旋运动。因此，未来的推进器应当是螺旋桨式的……"

"这是邪门歪道。

圣爱莉丝啊，千万别让我们碰到！……"

恰巧会场中有人想起了哈罗德的《赞柏》里的这段歌词，于是便唱了起来。

在场的人都跟着齐声唱了起来，那种腔调简直能把这个法国作曲家的在天之灵听了气得翻过身来。

可怕的叫嚷和谩骂把最后几个音符完全淹没其中。普吕当大叔趁着一浪与一浪间歇的安静，说：

"陌生人，从你进来到现在，我们可始终没有打断您的发言……"

在韦尔顿学会的主席看来，好像那些顶撞、嘲骂，那些风马牛不相及的插嘴都算不上打断，仅仅是交换意见而已。

他接着说道："现在我要提醒您，飞行理论已经灭亡，它遭到美国和外国大多数工程师的非议。尽管伊卡洛斯之死是神话中的传说，但这种神话的理论所制造的悲剧，数得出的，已经有萨拉冉·沃朗在康士坦丁堡的遇难，沃阿道尔在里斯本的丧生，勒蒂尔在 1852 年和格鲁夫在 1864 年的去世，还没有算那些默默无闻的牺牲者……"

"这种理论造的孽并不见得比另一种理论更多，"罗布尔反驳道，"因另一种理论而殉难的人的名单也不见得短，有加莱的皮拉特尔·德·罗济埃、巴黎的布朗莎尔太太、掉到密执安湖中的唐纳森和格里姆伍德，还有西韦勒、克罗塞－斯皮内利、埃卢瓦，以及许多值得大家怀念的其他人！"

这可真是"针锋相对"！

"此外，"罗布尔又说，"你们的气球就算再完善，也无法达到实际应用的速度。你们环游地球要用 10 年的时间，而飞行机器只用八天就够了！"

这句话导致的抗议和叫嚷声让菲尔·艾文思耐心等了三分钟，然后才得以发话。

"飞行家阁下，"他说，"您始终在吹嘘飞行的好处，那您亲自飞过吗？"

"当然！"

"您已经征服了空气？"

"也有可能。先生！"

"征服者罗布尔万岁！"一个嘲弄的声音叫道。

"好吧！征服者罗布尔，我接受这个称号，我以后就用这个名字，因为我无愧于这个称号！"

"我们有权怀疑！"杰姆·西普嚷道。

"公民们，"罗布尔的眉头皱了起来，"当我严肃认真地前来与大家讨论一件严肃的事情时，我无法接受别人给我的答复就是一口否定，我很想请教方才怀有疑议那位的尊姓大名。"

"我叫杰姆·西普……素食主义者……"

"杰姆·西普先生,"罗布尔说道,"我听说,素食主义者一般说来,肠子比别人要长一些,起码要长1尺。1尺已经不算少了……请不要逼我扯您的耳朵,结果是您的肠子被拉得更长。"

"滚出去!"

"把他扔到街上去!"

"把他五马分尸!"

"绞死他!"

"把他扭成螺旋桨!"

气球主义者们的怒火爆发了,他们冲上去,把讲台围得水泄不通。罗布尔淹没在举起的手臂丛中,仿佛有狂风在吹动树枝似的,手臂丛在一齐晃动着,即便是汽笛长鸣对整个会场也无能为力了!那天晚上,费城的居民们说不定真地认为城里有哪一个街区全都起了火,用尽舒依基尔河之水都无法扑灭呢。

突然,喧嚣的人群哗地后退,罗布尔从口袋里抽出手来,朝最前面几排发狂的人群打了过去。

他的双手戴着美国式的铁手扣,同时还可用作手枪,手指一动就等于扣响扳机——袖珍连发手枪。

于是,进攻者仓惶后退,而且也忘记了怒吼。他趁机又说:

"倒也是的,发现新大陆的人不是亚美利克·维斯皮斯,而是塞巴斯蒂安·卡博,因此,尊敬的会员们,你们不应该被称作亚美利克,而应被称作卡博……"

话言刚落,响起了四五声枪响。枪是朝空中放的,没伤着任何人。罗布尔消失在硝烟中,等硝烟散尽后,连他的影踪也不见了。征服者罗布尔飞走了,仿佛是被他的飞行机器带着飞上了天空。

神秘劫匪

韦尔顿学会的会员们议论纷纷地离开会场,在沃尔纳特路及邻近几条马路都能听到他们的叫嚷声,这种情形已经不止一次了。所以,这一带的居民也并非首次抱怨这些弄得家家户户不得安宁的吵闹和永无休止的争论声。为了保证大多数对航空问题没有兴趣的行人过往畅通,警察们也屡次出面进行干预。而那天晚上,喧哗声已经到了震古烁今的程度，所以市民们的抱怨也前所未有地理直气壮，警察们的干预也从来没有显示出如此敬业。

这一次，韦尔顿学会的会员们情绪如此激烈确是情有可原的：有人打到家门口来了，一个同样狂热的"比空气重"派居然指着鼻子对这些狂热的"比空气轻"派挑三驳四。而当大家正要给予他应受的惩罚时，他却消失得无影无踪了。

这口气谁能咽得下去！除非血管里流的不是美国人的血，否则一定要对此侮辱进行报复。尊贵的美利克的后裔居然被人称作卡博的子孙！岂能与他善罢干休？尤其不能容忍的是：这种侮辱正是历史上的痛处。

于是，韦尔顿学会的会员们组织起来涌上了沃尔纳特路，穿过邻近几条街，走遍了整个街区。他们叫醒居民，强行进行搜查。在盎格鲁·撒克逊的后裔中，私生活权是不可侵犯的，他们甘愿冒着因侵犯人权而付出赔偿的风险。白白地折腾、搜寻了一番，挨家挨户找遍了，就是没有罗布尔的踪迹，他消失得无影无踪。即使是乘坐韦尔顿学会的气球"前进号"逃跑也不至于逃得如此快速。经过个把小时的搜索后，他们只得作罢。但在分手前，他们都发誓要把搜索范围遍及包括南北美洲在内的整个新大陆的所有角落。

大约 11 点，街上逐渐恢复了宁静，费城居民又将重新进入甜美的梦乡了。大凡没有变成工业城市的市镇都有这种福气和令人羡慕的特权。学会的会员们现在都打算回家去了。威廉·特·福布斯正在朝他以破布为原料的制糖厂走去，多尔小姐和玛特小姐早已为他准备好了调入他们自己生产的葡萄糖的夜茶；特鲁克·米尔纳也正走在通往他座落在最偏僻的郊区、鼓风机日夜呼吁作喘的工厂的路上；那位被当众说成肚肠比别人长一尺的司库杰姆·西普也已回到自家的餐厅，一桌素食晚宴正等着他呢。

在这些颇具盛名的气球主义者中，有两人——也只有这两个人——似乎暂时还不想这么早回家去，他们还要利用这个机会进行一场无比尖刻的谈话。这两个人就是势不两立的韦尔顿学会的主席和秘书：普吕当大叔和菲尔·艾文思。

听差弗里科兰始终在学会门口等着自己的主人——普吕当大叔。

他等他们一出来就紧跟在后面。至于两位同事在争论什么问题，

世界著名科幻故事精华

第四卷

他却毫不放在心上。

把学会主席和秘书此时的行为说成"谈话"，这确实是一种不很准确的说法，其实他们争吵得很凶，起因当然还是他们旷日持久的竞争。

"不，先生，不！"菲尔·艾文思反复说道，"要是当初我幸运地担任了韦尔顿学会的主席，这样的耻辱永远永远也不会降临的。"

"如果您真的有幸当上了主席，您又当如何呢？"普吕当大叔问。

"我不等他张嘴，就会把这个胆敢蔑视全体会员的人的话头给打断。"

"我觉得，应该只有等人先张嘴讲话了，您才有可能打断他的话头。"

"在美国可并非如此，先生，在美国可并非如此！"

这两个人一边酸溜溜地反唇相讥，一边穿街走巷地前行，他们穿了好几个街区，渐渐远离了住处。要绕一个大圈才能返回家里。

弗里科兰一直尾随其后。看到主人走到了这么荒僻的地方，他开始有些害怕了。听差弗里科兰很讨厌这些地方，尤其是在夜半时分。是的，夜色浓重，夜空中只有一弯新月。

弗里科兰紧张地四下张望着，看看是否有可疑的人在跟踪他们。果然，他发现有五六个彪形大汉好像一直在窥视着他们。

弗里科兰下意识地向主人靠拢。可他又不好去打断他们的谈话，生怕受到责骂。

总之，普吕当大叔和菲尔·艾文思朝费尔蒙公园方向走过来纯属偶然。他们根本就没注意脚步的方向，在激烈的争论中，他们踏上了那座著名的大铁桥，走过了舒依基尔河，路上只碰到了几个晚归的行人，最后来到一片广场。这片广场，一边是宽广的草坪，一边是成荫的嘉木，也正因为如此，才使这个公园成为世界上首屈一指的去处。

到了这种地方，本来就够弗里科兰心惊胆战的了，而现在那五六条人影也跟着他们过了舒依基尔河大桥。他瞪大眼睛，瞳孔已扩张到虹膜的边缘了，两腿发软，身子也缩作一团，仿佛他具备了软体动物和某些节肢动物所特有的收缩功能。

听差弗里科兰是个不折不扣的胆小鬼。

他是一个地道的南卡罗莱纳州黑人，长着一个木头似的脑袋，刚满21岁。也就是说，他从来没给人当过奴隶，甚至不能算是奴隶家庭出身，可他却并不因此而变得更有出息。他既馋又懒，喜欢狐假虎威，且胆小如鼠。他给普吕当大叔当差已经三年了，可被撵了不下上百次，把他留下来仅仅是因为，惟恐再找一个说不定会比他更糟。既然涉入了一个时刻准备去冒险的主人的生活圈中，他就不得不随时准备面对常常会对他的老鼠胆进行严重考验的机会。不过也能得到好处：大家都不太嫌他嘴馋，也不挑剔他的懒惰。唉！可怜的弗里科兰，要是你能未卜先知就好啦！……

弗里科兰早年为何不留在波士顿姓斯内福的那个人家当差呢？他们本来是想去瑞士旅行的，可是就在他们要启程时，却听说那边有塌方，于是就放弃了旅行的打算。难道这不就是对弗里科兰最合适的人家吗？哪里是像普吕当大叔那样经常冒险的人家啊！

但不管怎么说，他被留了下来。普吕当大叔也渐渐习惯了他的毛病。而且他也有他的长处：虽然他出身黑奴，语言却不像黑奴——可别小看这一点，再也没有比那种滥用主语代词和动词不定式的可恶而出乎意料的语言更令人讨厌的了。

总之，弗里科兰是个胆小鬼，这一点确凿无疑。他如同俗话所说的那样，"如月亮一般胆小"。

说到底，如果人们要对强加给这位金发的费贝、温柔的塞莱娜、绚丽多姿的阿波罗的纯洁的妹妹所作的如此侮辱性的比喻提出抗议，那是有充足理由的。人们凭什么、有什么权利指责这颗星星怯懦呢？自从开天辟地，她就一直正面直视着地球，从未背过脸去。

但现在——立刻就到午夜了——那一弯"苍白的、备受诬蔑的"新月已经开始西沉，消失在公园高高的枝梢后面。月光透过树枝在地面投下一些斑驳杂乱的月影，使树林下面的倒影显得有些亮堂。

弗里科兰就借此四下打量着。

哎哟！这些家伙！他们一直跟在后面，而且还越来越近了！

他再也忍不住了，便贴近主人说：

"主人大叔。"

他一直这样称呼他的主人，韦尔顿学会的主席很高兴他这么称呼。

这时，两位对头的争论已进入白热化状态，双方都在向对方说"到一边儿呆着去吧"，于是弗里科兰就只好莫名其妙地到一边呆着去了。

他们彼此怒视着对方，普吕当大叔越说就向前走得越快。他们边说边走，穿过了费尔蒙公园空荡荡的草坪，越走离舒依基尔河和回城唯一的那座铁桥就越远了。

现在，三个人已经来到了一片茂密高大的乔木林中间，树梢上还残留着最后一抹淡淡的月光。林间有一片宽阔的空地，呈椭圆形状，是进行赛马竞技的最佳场所：没有任何高低不平的地面会影响马速，几英里长的圆形跑道上，没有一丛遮挡周围观众视线的树木。

如果普吕当大叔和菲尔·艾文思不是如此全神贯注地忙于组织争论的材料，那么他们只要对周围略加注意，他们就会发现这块空地与往日的不同。难道是昨天晚上刚修建了一个面粉厂？瞧那一应俱全的风车，那些静止不转、在昏暗中伸展辐射的风车翼子，谁会说那不是个面粉厂呢！

但是不管是普吕当大叔还是菲尔·艾文思，都没有看到费尔蒙公园风景中的这一奇特变化。弗里科兰也什么都没注意到。他只是发觉那几个在他们周围往来逡巡的人越走越近，越靠越紧，似乎马上就要采取行动。他吓得四肢痉挛，全身瘫软，毛发直竖——总之是恐惧到了极点。

尽管他两腿战战，却还是鼓足剩余力气最后一次叫道：

"主人大叔！……主人大叔！"

"哎！你究竟是怎么回事！"普吕当大叔应道。

菲尔·艾文思和普吕当大叔两人也许都会赞同把这个倒霉的仆人拉过来暴打一顿，好发泄发泄心中的怒气。可是他们没来得及付诸行动，倒霉的人也没来得及答话。

这时，林子里传出了一声口哨，接着在空地中央亮起一颗明亮的星星。

绝对是某种信号！这就是说，有人要采取某种暴力行动了。

说时迟，那时快，六条汉子从树林里猛扑过来，两个扑向普吕当大叔，两个扑向菲尔·艾文思，两个扑向听差弗里科兰，显然，最后这两个人是多余的，因为胆小鬼早已被吓得没有还手之力了。

本来，普吕当大叔和菲尔·艾文思没想到会突遭袭击，但胆大和本能使他们没忘记反抗。但给他们的时间太少了，来不及反击。只几秒钟，他们就被人堵住嘴巴，蒙上了眼睛，什么也喊不出什么也看不到。被人按着捆绑起来，然后又迅速被抬着离开了林间空地。他们估计：除了那帮专在树林深处拦路抢劫的无法无天的歹徒，还会是什么人？然而细想又不像。虽然普吕当大叔有随身带着几千美元纸币的习惯，可那些人根本没搜他们的身。

袭击者彼此都没言语。一分钟后，普吕当大叔、菲尔·艾文思和弗里科兰都感到自己被人抬着，轻轻地放到了一个地方，不像是放到公园的草坪上，而像是放到了地板上。他们沉重的身子压得那地板吱吱作响。他们依次躺在那里，一扇门在他们身后被关上了。接着，锁舌在铁锁横头里刺耳的咔嚓声告诉他们：他们已经成了囚犯。

随着，一种声音永无休止地响了起来，像是什么东西在震颤，呼噜呼噜地不绝于耳，在这如此寂静的夜晚，除了这声音，别的什么声响也没有。

第二天，整个费城沸腾了！因为，大清早，人们就议论着昨天晚上在韦尔顿学会会场上发生的事：来了个陌生人，一个叫做罗布尔——征服者罗布尔！——神秘的工程师；他就像是故意来找气球主义者们出气的；后来，他莫名其妙地消失了。

而当人们得知学会的主席和秘书也在 6 月 12 日至 13 日夜间一同失踪的时候，整个事情就变为另一种性质了。

寻遍了大街小巷，城里城外！仍然毫无线索，费城的地方报纸，整个宾夕法尼亚州的报纸，再后来是全美国的报纸都抓住这个事件，各家发表各家的言论，却没有一种说法令人信服。许多广告、招贴都许诺了大笔赏金，不但找回可敬的失踪者的人有赏，而且所有可为寻找他们提供线索的人都有赏，但仍没有任何结果。即使是大地突张大口将他们吞进腹中，也不一定会比他们就这么从地球的表面消失得更干净。

接着，官方的报纸马上呼吁大量增加警察编制，因为这一类劫持事件可能还会危及美国其他最优秀的公民——这样说不无道理。

高唱反调的报纸则要求将警方人员作为废物予以开除，居然发生了这样的谋害行为，而且连个嫌疑犯也找不到——可能他们也说得很对。

总之，在这个最先进但并不完美，而且更不可能是十全十美的国度里，警方原来是什么模样现在就还是什么模样，而且将来永远还是这副模样。

不肯信服

普吕当大叔和菲尔·艾文思都惊讶异常。但两人又强迫自己把这谁都会很自然产生的惊愕埋藏在心里，不让它们流露分毫。

但听差弗里科兰却把这种高空飞翔带来的恐惧展现得淋漓尽致。

提升螺旋桨永不停歇地高速在头顶旋转着，这期间转速尽管已算很快了，但罗布尔想让它再次升高的话，转速能够达到此时的三倍。

但推进螺旋桨转得并不快，它转动的时速仅为 20 公里。

两位"信天翁号"上的贵宾向平台下俯瞰，有一条类似小溪的、长长的、九曲百折的水带映入眼帘。这一带地势起伏较大，小溪在阳光漫洒波澜不惊的泻湖间蜿蜒穿行。但事实上，这是一条大江，并是该国最大的河流之一。一条山脉自河的左岸绵延伸展开来。

"你可不可以告诉我们这是什么地方？"普吕当大叔用气得发抖的声音说。

"我没有这个义务。"罗布尔答道。

"那这是往哪儿去？"菲尔·艾文思问道。

"飞越天空。"

"需要多长时间？……"

"该多长时间就多长时间。"

"这也叫周游世界吧？"菲尔·艾文思嘲讽地问。

"不仅如此。"罗布尔答道。

"如果我们不愿意做这样的旅行呢？……"普吕当大叔问。

"你们无权反抗！"

这就是"信天翁号"上的主人和客人（免得说：他的俘虏们）间未来关系的序幕，但是，看来他是想留给他们一点自由时间，让他们恢复恢复体力，欣赏一下载着他们在太空遨游的这台令人叹为

世界著名科幻故事精华

观止的飞行器，八成还会歌颂一番这部机器的发明者，于是他悠闲地在平台上来回踱着步，也好让他们的心情更加放松地参观各种精巧的设计和装配，或者饱览脚下美不胜收、扑朔迷离的景色。

"普吕当大叔，"菲尔·艾文思说，"要是我没看错的话，我们现在应该是在加拿大中部的上空。流向西北方的那条河是劳伦斯河。我们刚飞过的那座城，是魁北克市。"

确实是香普兰老城，城内的白铁皮屋顶在阳光下就像无数镜子一样闪闪发光。照这么看，"信天翁号"已经飞到了北纬46度——怪不得天亮得那么早，白昼又那么异乎往日的长。

"对，"菲尔·艾文思又说，"正是那个圆形剧场式的城市，瞧那耸立着城堡的小山，还有北美的直布罗陀海峡！那儿是英国式、法国式的大教堂！那儿，圆屋顶上插着英国国旗的，是海关！"

菲尔·艾文思话音未落，这座加拿大的重镇已慢慢远去。飞行器开始进入层层云海，大地也随之被遮住了。

罗布尔见两人的注意力又转移到了"信天翁号"的外部结构上，于是走过来问道：

"喂，先生们，现在你们总该相信比空气重的机器也能够飞行了吧？"

这让人难以否认的事实就摆在眼前，但韦尔顿学会的主席和秘书却避而不答。

"你们不回答？"罗布尔又说，"可能是饿得没力气说话了！……那真是太怠慢了，请相信我是不会用这种对健康无益的大气来招待你们的。你们的第一顿午餐早已准备好了。"

两位贵宾正饿得眼睛发蓝，也就抛掉斯文，暂不客气了；既然你带我们上天，请我们吃饭也是应该的，这样，等罗布尔放他们重返地面时，不至于由于饥饿而无法活动。

由厨师把他们领到尾部舱楼的餐厅里，一桌干净的饭菜早在等候他们了。这是他们此行的雅座。菜是各种各样的罐头，其中有一种像切糕一样的东西，由面粉和肉末混合而成，里面还掺有一些肥肉用来提味。把这种东西加水煮沸后，便成为一种很好喝的汤，除此之外，还有一些煎好的切成片的火腿以及沏好的茶。

他们并没有抛弃可怜的弗里科兰，他也得到了一份这样的汤，被安排在甲板前部的厨房用餐，他一定是饿得不行了才勉强把它吃下去，否则由于吓得失灵的下颌骨可能不会听命于他。

"要是飞船裂开怎么办！……要是飞船掉下去怎么办！……"倒霉的黑人反复唠叨着。

这让他恐惧万分，设想一下：从1，500米的高度掉下去，岂不是会摔成肉酱！

过了一个钟头，普吕当大叔和菲尔·艾文思用过餐又来到平台上。罗布尔不在，尾部的玻璃舱里，舵手的双眼盯着罗盘，镇定地严格按照罗布尔指定的航线前进。

其他人可能都在舱里吃午饭吧，只有一位机械师助手从一个舱楼到另一个舱楼，依次巡视着。

"信天翁号"已经飞出云区，大地在他们身下1500米处又重现了。尽管知道飞行器飞行的速度很快，但到底有多快，两位同行却只能做一些大略的估计。

"真是令人出乎预料！"菲尔·艾文思说。

"别轻易上他的当。"普吕当大叔答道。

他们走到船头，向西方的地平线遥望。

"啊！又看到一座城市！"菲尔·艾文思说。

"能认出它吗？"

"能！我感觉很像蒙特利尔。"

"蒙特利尔？……但我们离开魁北克还不到两小时啊！"

"这表明，这个飞行器的飞行时速至少有25法里。"

"信天翁号"的确有这么高的速度。乘客们之所以没觉得有什么不畅，是因为当时正顺风飞行。要是在无风的情况下飞行，这种速度就会让人感到很不舒服，因为这已差不多与特快列车的速度相当。要是在逆风的天空中飞行，那就更不堪忍受了。

菲尔·艾文思说得很正确。"信天翁号"下方出现的确实是蒙特利尔，看到维多利亚桥就可以自然而然地认出来。就像威尼斯泻湖上的高架铁路桥一样，这是圣劳伦斯河上的一座管状桥。接着，他们又认出了蒙特利尔那宽阔的马路、巨型的商场、银行大厦和那座模仿罗马圣彼得教堂风格的刚刚峻工的大教堂，后来，他们还认出了能俯视全城、如今已被建成了一座美丽公园的皇家峰。

多亏菲尔·艾文思曾经到加拿大的一些重镇旅游过，这样，不用向罗布尔请教他也能认出其中一些城市来。过了蒙特利尔，他们于下午 1 点半又来到了渥太华上空。从高空俯瞰，瀑布群就像一锅烧得正沸的开水，翻滚着水花四溅，蔚为壮观。

　　"那是议会大厦。"菲尔·艾文思说。

　　他指着山顶上一个五颜六色的类似纽伦堡玩具似的东西，这个建筑颇像伦敦议会大厦，和类似罗马圣彼得教堂的蒙特利尔大教堂一样。这不必大惊小怪。事实已证明这是渥太华。

　　渥太华也很快向远方的地平线飘去，不久就变成辽阔大地上的一枚纽扣。

　　罗布尔再次走上甲板时已差不多 2 点钟了。工头汤姆·特纳跟上来。罗布尔回头对他只说了三个字，他又把命令传达给在前部和尾舱里的两位助手。舵手收到指示便改变了"信天翁号"的飞行方向，与此同时，普吕当大叔和菲尔·艾文思注意到飞行器的推进螺旋桨的转速明显加快了。

　　事实上，它的速度还可再提高一倍，可以超过地球上当时最快的机动工具前进的速度。

　　可能大家都知道鱼雷可以达到的速度是每小时 40 公里；英、法铁路的火车的时速为 100 公里；美国冰河上的冰橇时速为 115 公里；帕特森工厂制造的用齿轮传动的机车，在伊利湖线路上的速度可达每小时 130 公里；特伦顿与泽西城之间的机车的时速达到 137 公里。

　　而一旦"信天翁"号的推进器提高到最大的功率，它能使飞行时速达 200 公里（即每秒 50 米）。

　　这个速度与可以把大树连根拔起的飓风速度相当，与 1881 年 9 月 21 日，卡奥尔那场风暴中每小时 194 公里的大风速度接近，相当于信鸽的飞行速度，只有燕子（每秒可飞 67 米）和雨燕（每秒可飞 89 米）的飞行速度能够超过它。

　　所以，罗布尔很自信地扬言：如果"信天翁"号发挥出它的全部潜能，就能用 200 小时，即八天之内绕地球游一周。

　　而且，它不必沿着地球上 45 万公里——即相当于赤道周长 11 倍的铁路行驶，它直接利用空气用最直接的路线来完成。

　　现在，一切都不用再加解释了，那个使得新、旧大陆公民乐此不疲、如醉如痴的"流星"就是"信天翁"号；那空中的号角声是工头汤姆·特纳的喇叭发出的；那些亚欧美各洲的有名建筑上的奇特旗帜，就是罗布尔"第七部分"的旗帜。

以前，为了不让人发现，罗布尔采取了万事谨慎的态度：尽量在夜间航行，必要时才用舷灯照一下路；到了白天，便藏匿于云层之上。现在，他好像不想再掩饰自己成功的自豪了，他赶到费城，出现在韦尔顿学会的会议厅，要说不是为了将他的惊人发明向公众展示，以事实本身来说服那些顽固愚蠢的人，又是为了什么？

大家早已知道了他，那他将得到了怎样的礼遇。现在，我们来看看他会怎样报复韦尔顿学会的主席和秘书。

当罗布尔向两人走近时，他们都努力作出若无其事的态度来掩饰对所见所闻的吃惊。很明显，这两个美国佬的思想里有着多么难以根除的顽固。

罗布尔也装作根本没有察觉到。尽管他们中断谈话两个多小时了，但他却像从未中断过一般接着往下说：

"先生们，你们可能纳闷，这个在空中飞行如此方便的机器，能否承受得了更高的速度？要是它不能战胜空间，它就不配叫做'征服空间'了。我曾预想过大气层是一个牢靠的支点，事实上的确如此。我明白，要战胜风，就只有比风更强大才行，我做到了。我不需要任何风帆推动，也不需依靠木桨或车轮，更不需要铺设铁轨来使自己行驶得更快。有大气就足够了。我周围的大气就和包围在潜水艇周围的水一样，我的推进器在空气中的旋转和轮船的螺旋桨在水中旋转是一样的原理。这就是我解决飞行问题的办法。这是气球或别的比空气轻的装置永远做不到的。"

两位同行沉默不语。罗布尔并不在意，他只是微微笑了笑，接着又问道。

"你们大概在想，'信天翁号'除了这种水平行驶的能力以外，是否在上升下降方面具备同样的能力？也就是说，到了稀薄的高层大气时，它还能不能和飞艇相媲美？这个嘛，我劝你们休想拿'前进号'来和它比赛。"

两人耸了耸肩膀。也许他们正想以此来反驳罗布尔。

罗布尔打了一下手势，推进螺旋桨马上停了下来。"信天翁号"

在惯性的作用下继续向前滑翔了 1000 多米，然后就一动不动地悬浮在空中了。

罗布尔又做了个手势，提升螺旋桨的旋转速度迅速提高了，桨叶发出的响声好像进行实战演习的警报器，轰鸣声一下子升高了 8度，但强度却因空气稀薄反而变小了。飞行器像只尖叫着的云雀，直冲九霄。

"主人！……主人！……它会不会散了架！"弗里科兰一再叫道。

罗布尔微微一阵冷笑，只几分钟，"信天翁号"便升到了 2,700 米的高度，他们的视野也一下子扩展到 70 英里开外的范围，接着，他们又升到了 4000 米的高空，气压计降到了 480 毫米就是证明。

试验过后，"信天翁号"又重新降了下来。高层大气气压低，空气里的含氧量少，血液中的氧气也会随之减少，人体会发生供氧不足，有些气球飞行家发生事故就是因为这个原因。罗布尔觉得没有必要冒这个险。

于是"信天翁号"又降到了往常的高度。推进器又转了起来，以更快的速度载着他们朝西南方向飞去。

"先生们，刚才你们所想的是这些问题，现在你们看到答案了。"罗布尔说。

以后，他一直凭栏俯视着辽阔的大地，沉浸于冥想之中。

当他重新抬起头时，普吕当大叔和菲尔·艾文思已站到他面前。

"罗布尔工程师，"普吕当大叔怒火有些抑制不住了，"你以为我们在想的问题，却根本不是我们所想的，不过我们倒真想问你一个问题，并希望得到你的回答。"

"请讲。"

"你有什么权力在费城费尔蒙公园突然袭击我们？有什么权力把我们囚禁在你的舱房里？有什么权力使用暴力把我们劫持到这个飞行器上？"

"那你们又凭什么？气球主义者先生们，"罗布尔反问道，"你们凭什么在你们的学会里对我进行侮辱、起哄和人身威胁？那种阵势想起来都害怕，我能够活着出来，我自己都感到意外。"

"答非所问，"菲尔·艾文思说，"那让我再问你一次，你有什么权力……?"

"你们真想知道?……"

"请讲!"

"那好!这就是强者的权力!"

"这是无耻之由!"

"但这就是事实!"

"那你究竟还要多久,工程师阁下,"普吕当大叔终于按捺不住了,"你的这种权力究竟还要行使多长时间才能满足呢?"

"怎么,先生们,"罗布尔用讥讽的口吻答道,"当你们只要眼睛向下一望就能欣赏到美妙绝伦的景致时,还好意思向我提出这样的问题?"

这时,"信天翁号"正好位于安大略湖的上空,明镜般的湖面上清晰地倒映着它的影子。它刚刚飞越库珀曾经那么富有激情地讴歌过的地区。现在正沿着这个广阔无垠的大湖群的南岸,朝着那条久负盛名的、沿途瀑布飞扬并把伊利湖水带入此处的大河飞去。

瞬时,一种震耳欲聋的、风暴般的怒吼声冲到飞行器上。仿佛是有人在大气中洒下潮湿的水雾似的,空气明显清爽起来。

下面,马蹄状的水帘汹涌奔腾。日光在水雾的折射下,形成数道彩虹,映照着这股巨大的水晶溶流,极为壮观。

瀑布的前面,是一座吊桥,像一根绷紧的线一样将两岸紧紧地拴到了一起,下游 3 英里开外的稍远地方,有一座悬索桥,桥上,一列火车正从加拿大驶向美国。

"尼亚加拉大瀑布!"菲尔·艾文思叫起来。

仅用一分钟,"信天翁号"就越过分隔美国和英属殖民地加拿大的那条河流,来到了辽阔的美国北部上空。

绿　光

过了一段时间,由于在柯兰歇尔岩洞深处透进了新鲜空气,坎贝尔小姐慢慢地苏醒过来,她好像做了一个梦,梦见自己经历了一场海岛历险,而奥利弗一直都陪伴在她身边。

她睁开眼,看见了躺在帕特里奇怀里的奥利弗,感激的泪水夺眶而出,她还不能说话,只把手伸向救命恩人。

麦尔维尔兄弟一个字也说不出来，紧紧地握着年轻人的手。帕特里奇则把他抱得更紧。

他们太疲倦了，换下了被海水打湿的衣服，睡去了。夜就这样静静地结束了。

第二天清晨，他们回到了柯兰歇尔岩洞，担心得一夜未睡的贝丝夫人一看到坎贝尔小姐就紧紧地拥抱着她，不停地感谢奥利弗救了她的女主人。

大家在用过早餐后，坎贝尔小姐就躺在柯兰歇尔岩洞里给她准备的床位上休息，麦尔维尔兄弟则手拉着手散步在围堤上，他们没有说话，还需要用语言表达相同的思想吗？在他们心目中，已经预见到了以后事情的发展趋势，奥利弗不再是奥利弗！他跟盖耳人史诗中最完美的英雄相比，也毫不逊色。

奥利弗·辛克莱此时正独自漫步在斯塔福高地上，他很高兴，但同时一种新奇的炽热的感情在他心底燃烧着，以至于在麦尔维尔兄弟面前他显得有些局促不安。他们生死与共，两个人不再是坎贝尔小姐和辛克莱先生，他们彼此称呼着奥利弗和海伦娜，仿佛在死亡威胁到他们时，两人想重新开始新生一样。

年轻人的脑子里充满了这些炙热的想法，虽然他很想见到坎贝尔小姐，可是理智控制了他的冲动，他怕见到她，怕自己见到她之后会什么话也说不出来。

暴风雨过后的天气格外晴朗，天空纯净无比。太阳已滑过天顶，天空没有一丝雾气弥漫。

奥利弗面对着外海的一片晴空，突然，脑海里闪现出一道光线，那是什么？

"绿光！"他喊道，"不趁今晚的好时机，更待何时呢？坎贝尔小姐可能想不到今天晚上会有怎样一个绝妙的日落！应该去！……应该去找她！……可别晚了……"

奥利弗为了有这样一个合适的理由回到海伦娜身边而兴奋，转过身往柯兰歇尔岩洞走去。他来到坎贝尔小姐床前，麦尔维尔兄弟亲热地看着他，贝丝夫人握着他的手。

"坎贝尔小姐，"他说，"您好点了！……看上去……您体力已经恢复了吧？"

"我是好多了，奥利弗先生。"坎贝尔小姐说，看到他她也很激动。

"那么，我建议您最好到高地上去呼吸点新鲜空气，经过暴风雨的洗涤，空气很好，天空也很美，它会让您恢复得更快。"

"你说得对，辛克莱先生。"萨姆说。

"很有道理。"西布也说。

"另外，还有一件事情，"奥利弗又说，"如果我的预感没错的话，就在今天晚上您最大的愿望将会实现。"

"我最大的愿望？"坎贝尔小姐一时没有转过弯来。

"天空非常纯净，太阳落下时，天上可能不会有云！"

"真的吗？"西布喊。

"我可以保证您们在今晚一定会看到绿光！"

"绿光！"坎贝尔小姐应声说。

似乎她在思绪混乱的记忆中寻找着绿光的概念。

"哦！对……对！……"她接着说，"我们来这里的目的就是看绿光！"

"走！走！"萨姆为有机会把年轻姑娘从混沌状态里拉出来感到高兴，"从小岛的另一边走。"

"那我们回来再吃晚饭吧。"西布建议道。

那时正是晚上五点。

于是，一家人在奥利弗的带领下离开柯兰歇尔岩洞，登上木制楼梯，来到上部高地的边上。

光芒四射的天体慢慢从天空上滑下，或许有些夸张，但大家的心情真的是非常兴奋，他们迁移了这么多次，经受了这么多磨难，从海伦斯堡的乡间别墅到斯塔福岛，中间又经过了约纳和奥班。

的确，那晚的天空非常美，外海吹来的微风中的盐性气体浸没了大气，在这样的空气中，坎贝尔小姐又恢复了往日的活力。她睁着美丽的大眼睛，注视着眼前的大西洋。她那因过度疲惫而略显苍白的脸又泛起了苏格兰女子特有的玫瑰红色。她太美了！身上散发出无穷的魅力！奥利弗有意靠后些，默默地注视着她。现在，他有些紧张，心里有些乱，以至于有些不敢抬头看她。

麦尔维尔兄弟激动地跟太阳说着话，请它找块没雾的地方落下，恳求它在这美好的一天结束时，赐给他们那最后一道光。

　　大家都怀着激动的心情朝斯塔福高地的尽头走去。他们选择了一个最佳观测点，在那里的岩石上坐下，遥望天边星体的徐徐下落。

　　这一次，再也不会有亚里斯托布勒斯·尤尔西克劳斯的船帆或水鸟的云彩挡住天边了。

　　这时夜幕开始降临，天上刮起了丝丝微风，远处的大海，风平浪静，如同一面镜子。

　　一切都符合绿光出现的条件。

　　半个小时过去了，突然，帕特里奇手指南方，喊道："看，帆！"

　　的确，那是一只帆，它会不会在太阳光盘落下的一刹那，从它面前驶过！如果真是那样的话，他们也就只能承认运气不佳了。

　　帆船从约纳岛的马尔岛尖端之间狭窄的海湾中驶出，航速很快。

　　"是克洛瑞达游艇，"奥利弗说，"它正在朝斯塔福岛东部航行，对我们的观察毫无影响。"

　　大家放下心，目光又回到了西边的天际。

　　太阳在快速地下降，就像被什么东西推着它朝大海靠拢。太阳很快从落下时的那种金色，变成桃红的金色。轻轻的波纹擦去了太阳照射在水面上划出的彗尾，如同银色的光片，在靠近海岸时黯淡下来。

　　大家静静地呆在那儿，无比激动地盯着仍在下降的球体，它在沿斜线朝天边移动着。这时可以感觉到它在一点点变宽，转瞬又慢慢地缩小。

　　一会儿，海平面上就只剩下了半个太阳，像金箭一般射出的几道光，射在斯塔福岛上的一些岩石上。随后的火光染红了马尔岛峭壁和本莫尔山峰。

　　最后，太阳只剩下了一点点细细的弧行，与海平齐。

　　"绿光！绿光！"麦尔维尔兄弟异口同声地喊道。

　　贝丝夫人和帕特里奇在五分之一秒一瞬间里，也捕捉到了它，他们的眼睛被那道光线染成了绿色。

　　然而，奥利弗和海伦娜，这两个最渴盼看到绿光的年轻人，在这绿光出现的时刻却什么也没看到！

　　就在太阳把这最后一道光射向宇宙时，两人的目光交错在了一

世界著名科幻故事精华

第四卷

起，忘却了自我！……

海伦娜眼里的绿光变成了小伙子眼中射出的黑光，而奥利弗看到的却是年轻姑娘眼睛里闪出的蓝光。

整个太阳都消失了，奥利弗和海伦娜都没有看到绿光。

尾　声

第二天，也就是 11 月 12 日，坎贝尔小姐、奥利弗·辛克莱、麦尔维尔兄弟、贝丝夫人和帕特里奇，登上克洛瑞达游艇，经过斯塔福岛、约纳岛、马尔岛抵达了奥班，他们又转乘火车到达尔梅雷，再从达尔梅雷到格拉斯哥。他们穿越了苏格兰高地最美的地区，最终回到了海伦斯堡别墅。

十八天之后，在格拉斯哥的圣·乔治教堂里举行了一次盛大的婚礼，婚礼上的一对新人可不是亚里斯托布勒斯·尤尔西克劳斯和坎贝尔小姐。

尽管新郎是奥利弗·辛克莱，可麦尔维尔兄弟同坎贝尔小姐一样，都非常满意。

在斯塔福高地上的最后那天晚上，虽然奥利弗没有看到苦苦追寻的绿光，可他的心里却印下了绿光的烙印，永远不会消失。

一天，他展出了一幅画，名叫"日落"，效果很奇特，在画中可以欣赏到一道极强的绿光，仿佛是用融化了的绿宝石画成的。

两个月后的一天，当一对新人和两位舅舅在别墅花园前的克莱德河边散步时，意外地碰到了亚里斯托布勒斯·尤尔西克劳斯。此时，他正饶有兴趣地尾随着克莱德河的疏浚工程，朝海伦斯堡火车站走呢，大家见面时，年轻学者并没有表现出一丝尴尬。

大家互相问候着，亚里斯托布勒斯礼貌地祝愿这对新人白头谐老。

麦尔维尔兄弟看到这么完美的结局，无法掩饰内心的喜悦。

"我真是太高兴了。"萨姆说，"有时我会独自笑起来。"

"我是喜极而泣。"西布说。

"好了，先生们，"亚里斯托布勒斯提醒说，"我这还是第一次看到您们之间有了分歧，一个是笑，一个是哭……"

"这根本就是一回事，尤尔西克劳斯先生。"奥利弗说。

"是的。"年轻妻子跟着说。

"哭和笑怎么能是一回事呢，"亚里斯托布勒斯答道，"笑是脸部肌肉故意做出的一个特殊表情，这对呼吸现象有点异常。而哭呢……"

"哭呢？"辛克莱夫人紧接着问道。

"那是一种情绪，它把眼球润湿，人才会哭。而眼球是由氯化钠、磷酸钙和氯酸钠构成！"

"先生，从化学角度上讲，您说得没错，"奥利弗说，"但那仅是从化学角度讲。"

"我不清楚这又有什么区别。"亚里斯托布勒斯·尤尔西克劳斯尖酸地说。

说完，他就生硬地向众人致礼道别后，头也不回地继续朝火车站走去。

"这就是尤尔西克劳斯先生，"辛克莱夫人说，"他总想象解释绿光一样，去理解人的内心世界！"

"但是，事实上，亲爱的，"奥利弗说，"我们并没有看到我们那么渴望看到的绿光！"

"那是因为我们看到了更好的。"年轻妻子低声说，"我们甚至看到了幸福本身——传说中不是说幸福和绿光是连系在一起的吗！……亲爱的奥利弗，我们已经找到了幸福，这就足够了，还是把绿光留给那些还未尝到幸福而又期盼幸福的人们去追寻吧！"

第八章　机器大战

可怕的机器人

　　这是未来世界的某一天，经历了几个世纪的机器人，在人类不断地改进下，已具备了与人类同等的智慧头脑，它们不愿再被人类支配，为了摆脱人类的控制，它们决定消灭人类。

　　面对机器人凶残的攻击，人类已无法抵抗了，为了生存，人类只有暂时迁居到了星球上，人类生存的家园从此变成了机器人王国。一年后，鲁克军官带领军队重返地球上与机器人展开了激烈的战争，决心收复地球。

　　经过了几次战斗，鲁克军官发现机器人的本领已经超过了人，收复地球的战斗更艰难了。机器人像是制订好了作战计划，分工明确地坚守着阵地，丝毫不给人类喘息的机会，就这样相持了两天两夜，第三天早晨，机器人停止了攻击，突然全部撤退了。

　　鲁克军官提醒士兵不要放松警惕，机器人很可能会有更大的进攻。几分钟后，一阵"沙沙"声从对面战壕传来，数千只巨大的金属蟹从对面疾速爬了过来。士兵们先是一惊，随即开火射击，可是打碎了一只，爬过来十只。很快金属蟹便爬到了士兵身上，锋利的蟹爪像刀子一样割在了士兵身上，一阵哀嚎，几百名士兵倒下了，鲁克马上命令士兵退进地下通道，并把入口严密堵死，在出口处等星球的飞船来迎接他们。

傍晚时分，一艘飞船停在了地下通道的出口处，士兵们一看到自己的飞船，便高兴地奔了过去。

　　"您好，军官，我是下星球 402 部队的战士，奉命带你们返回基地。"从驾驶舱里走下来的驾驶员郑重地向博士行了个军礼。飞船起飞了，士兵们为能摆脱可怕的机器人而暗自庆幸着，谁也没有注意到鲁克军官一直死死盯着前边年轻的驾驶员。"年轻人，告诉我飞船的着陆地点和联络密码！"鲁克军官突然问道，并朝士兵打了个手势。这位驾驶员不知是没有听见鲁克的问话，还是有意不回答，坐在那里没有出声，但士兵却看到鲁克已举起了枪。就在驾驶员猛地转身的瞬间，两支枪同时响了，但驾驶员还是慢了一点儿。士兵见被打破的脑袋没有流出血，而是一股线路烧焦的味道。士兵这才发现原来驾驶员是个机器人。

机器人杀手

　　自动汽车平稳地停了下来。钱默疲惫不堪地跨出车门。来到房门前时，大门立刻悄无声息地自动打开了。机器人管家立刻迎上前来，刚要开口问什么，钱默不耐烦地挥了挥手，机器人管家便识趣地退了下去。

　　钱默径直走进卧室，放下手中的公文包，一头倒在床上。作为公司总经理，他必须千方百计使自己的企业生存下来。如今，他的又一个阴谋就要得逞了，他将再次在竞争中获得胜利。想到这里，钱默的脸上出现了一丝得意的笑容。

　　突然，门被"啪"地一声撞开了。钱默吃了一惊。他扭头一看，浑身不禁哆嗦了一下。门口站着一个矮小陌生的机器人，手中举着一支小型激光枪，枪口冷冷地对着他。钱默感到头皮发麻，他立刻意识到这是一个机器人杀手。这类机器人是专门用来执行暗杀任务的。任务完成后，就会跑到冷僻的角落自行焚毁，不会给警方留下任何对主人不利的证据。它们毫无感情可言，只知道不折不扣地执行命令，向它们求饶只不过是白费口舌。

钱默很清楚自己眼下的处境，他的机器人管家已经被无声地解决了，现在轮到他了。钱默目不转睛地盯着机器人杀手，紧张地思索求生之计。他知道，机器人最大的弱点是不懂得阴谋诡计。这时，机器人杀手冰冷地发出了命令："把那份转让合同交出来！"听到这句话，钱默心中一亮。他指了指墙边的文件柜。机器人杀手走到文件柜前，伸手去拉柜门。就在机器人杀手刚刚接触到柜门的一刹那，钱默用拇指轻轻按了一下床头上的暗钮，文件柜立刻放出一道蓝色的闪光，只见机器人杀手头上冒出了一股白烟，僵在那里一动也不动了。

钱默长吁了一口气，用手帕擦去了满头的冷汗。他很清楚，事情还没有完，此计不成，对方还会有新花样。此时此刻，他真希望自己也变成一个机器人，机器人不用为自己的安全担忧，也不为阴谋诡计而绞尽脑汁。正当他惊魂未定、胡思乱想的时候，门又被重重地撞开了……

机器人暴动

"奥布里上校，快来救救我！我是训练和程序设计处自动控制器队的索耶上尉！"索耶躲在岩石下的一个洞穴里，现在正通过通话机求救。一架庞大的、形状像坦克的机器正向他逼近……

到月球上进行试验的自动控制器，还没到第三天就出事了，不知怎么回事，这个大家伙竟然把"枪口"掉转过来，打起制造它的主人来了。它已经消灭了9个人中的8个，索耶就是最后一个。

这个不会说话的自动控制器新兵，取名为"咕哝"，它足足拥有一个团的火力呢。它好像发疯了，把小发射器瞄准黑洞口，朝洞里一阵扫射。"哎哟，我的脚！"索耶失去了一条腿。

"上校，快啊！我快坚持不住了！"

"索耶，我是奥布里，请回话！"

"感谢上帝，终于联络上了！"索耶连忙回话，"上校，'咕哝'叛变了，它的敌我识别系统发生了故障。"

"索耶，振作起来，我们车子正经过红色地区，在向你靠拢！"

"上校，'咕哝'已经杀死了由我指挥的 8 个人。"

"糟糕，再继续向前，也会很危险的。"奥布里的车子在离"咕哝"28 公里处停止了，因为这正处于"咕哝"磁性弹发射器的射程之外。奥布里，也怕死。

"奥布里你这混蛋，快把我带走！"索耶吼叫着。

"住嘴！索耶！我们要把'咕哝'置于监视之下，等它的储存器里的能量消耗完了再说。"

"好一个怕死鬼！我只剩下一瓶氧气了，一条断腿还在不停地流血。奥布里，我求求你，快通知基地，发射遥控导弹吧！"

"别喊了，索耶。'咕哝'旁边的坑道是我们在月球上最宝贵的财物，如果毁掉了，我会被送上军事法庭的。"

索耶绝望了。地球光冷冷地照在毫无生气的月球上。

"咕哝"慢慢移到了洞口。索耶望着这个庞然大物，大叫起来："别这样，是我制造了你，你不明白吗？是我制造了你呀！"

"咕哝"好像听不见，继续移过来。

"我的孩子，走开！"索耶临死前讲起了疯话，"让你爸爸在平静中死去吧。我制造了你，我的孩子！"

"咕哝"手中的榴弹发射器愤怒地喷出了火光……

月球上的夜晚一片寂静。

世界著名科幻故事精华

第四卷

撤 离 地 球

全球 160 亿居民，紧张地注视屏幕，人类正和机器人作最后一轮谈判。

"你们忘恩负义！别忘了，是人类创造了机器人，可如今，你们竟想开除人类的球籍！"人类最杰出的辩论家凯伦博士擂着桌子喊了起来。

"请冷静，博士先生。"机器人首席代表卡迪卡始终保持着平和的语气。"不错，不过那是 1000 多年前的事了。从 30 世纪开始，人类就已经完全依赖机器人生存了，而人类本身的智能早已衰退了。"

"收起这些陈词滥调吧，卡迪卡先生。早在 20 世纪的史料上，就有了这类耸人听闻的说法。可 15 个世纪过去了，我们不是依然生活得很美满吗？"

"美满，或许可以这样说。可是，好景不会长久了。"卡迪卡的语气突然低沉下来，"有一个灾难性的消息，由于人类超限度的需求，根据精确统计，维持人类生存的主要资源，将在半年之内全部耗尽，届时全人类将遭到灭顶之灾！"

"什么，这不可能！"凯伦博士突然从座椅上弹了起来。

"不，这恰恰是事实。请看吧——"卡迪卡揿动了遥感监测仪的按键，四壁的环形立体屏幕上，清晰而直观地显示出地球各种资源的分布、消耗情况。这一切，不容怀疑地表明，地球养活人类的日子已屈指可数了。

"天啊！"凯伦博士绝望地喊道。

"到哈林慧斯星球上去！"卡迪卡语气坚定地说，"这颗星球上，具备人类生存的一切条件，人类可在那里获得新生。"

"真的吗？"凯伦博士有了希望。

"绝对可靠！"卡迪卡随即用忧虑的口气说，"不过，那是一个荒凉世界。"

"哦，那有什么可怕，有你们机器人在，人类怎么会吃苦。"

"不，一切要靠人类自己去开拓了。要完成这次星际迁徙，需要很多能量，而地球现有的能源储备量，只能送走全球居民的90%，剩下的就只能靠全体机器人身上的能量了。"

"我们不能离开你们，不能啊——"凯伦几乎哭了起来。

"只能如此了，而且必须立即行动，否则就无法保证全体居民撤离地球！"

当最后一艘太空船冲向大气层时，传来卡迪卡对人类极其短暂的赠言——"走向新生，勿忘反思！"

我，机器人

世界著名科幻故事精华

第四卷

机器人学三定律

第一定律——机器人不得伤害人，也不得见人受伤害而袖手旁观

第二定律——机器人应服从人的一切命令，但不得违反第一定律

第三定律——机器人应保护自身的安全，但不得违反第一、第二定律

引自《机器人学指南》第56版 2058年。我用了好几天时间，在"美国机器人公司"进行了采访。

据人介绍，苏珊·卡尔文生于1982年，那么，她今年该有75岁了。也就是在她出生的那年，劳伦斯·罗伯逊创办了最非凡的"美国机器人公司"。在苏珊·卡尔文20岁的时候，她见识了公司的艾尔弗雷德·兰宁博士专为计划在水星上开发矿藏而制造的第一个

会说话的、能行走的机器人。从此，这个禀性孤僻、面色苍白、表情冷淡而且过分理智的姑娘，便暗暗地迷上了这一切。

她于 2003 年在哥伦比亚大学获得学士学位，进了控制论研究生班。她于 2008 年获得哲学博士学位，然后以机器人心理学家的身份到"美国机器人公司"工作，于是她便成为这个新的科学领域中的首屈一指的专家。她目睹了 50 年来科技的迅猛发展，如今她就要退休了。

苏珊·卡尔文博士对我这次采访给予了一定的热情。她离开椅子站起来，她身材不高，看起来很单薄。我同她一起走到窗边，望着外面。公司的管理处和车间像一个规划得整整齐齐的小城市。触景生情，她向我提起了创业时的简陋，然后说："你看如今的规模！"

"50 年够长的了。"我想不出比这句陈词滥调更好的话来。

"一点也不，当你回首往事的时候，"她反对道，"你会惊讶，时间怎么这么快就飞逝过去了。"

她重新坐到桌子旁边，我察觉，她变得有些忧郁起来。她讲起了机器人的历史，机器人的哲学……

我不被人察觉地操纵口袋中的袖珍录音机，把她的话都录了下来。

她接着向我讲起了机器人罗比以及一个小女孩，讲这些的时候，她的眼睛蒙上了一层云雾。我也不出声，以免妨碍她追忆往事。这是多么遥远的过去啊！

"罗比是个不会说话的哑机器人，它 1996 年出厂，那时机器人尚未成为极其专业化的，它是当作保姆出售的。"

一　罗比

罗比以保姆的身份和 8 岁的小女孩格洛莉和谐愉快地玩耍着。赛跑的时候，格洛莉的小脚板当然赶不上罗比的大步，可是要到终点时，罗比猛然一下子放慢了速度，格洛莉喘着气拼命地从它身旁赶了过去，首先到达了终点，她高兴得不得了。罗比又把她举到空中转圈子，她觉得天旋地转，蓝天在脚下，而绿色的树梢倒挂在天上…等罗比把她放下时，她就用小手打罗比："你坏！我打你！"罗比缩起身子，用手捂着脸，她只好改口说道："我不打你了，现在轮到捉迷藏了。"

罗比点点头——一个平行六面体的头，四角圆滑。头与身躯之间用一个很短的软质器件连接着。身躯也是长方形的，但要比头大得多。罗比顺从地转过头去，把薄薄的金属片眼皮闭上，遮住了光电眼睛。过了一会儿，它就开始寻找格洛莉，当然，用不了多久就会找到的。罗比不愿让格洛莉骑着它，格洛莉非得给它讲故事才行，罗比最爱听灰姑娘的故事啦。故事正讲到精彩处，威斯顿太太就喊女儿吃饭，妈妈可不喜欢机器人，态度可粗鲁了。失望的罗比只好独自呆着去了，而格洛莉却含着眼泪。

威斯顿太太很早就想把罗比赶走了，她不想把女儿托给机器人照管，尽管它是可靠的，但她还是不信任。只是丈夫一再坚持，才使罗比留下来两年多。不过，为此，他俩常常发生争吵。近来，威斯顿太太展开了全面攻势，软磨硬泡，深爱着妻子的威斯顿不得不做出让步。终于在一天，他带着抱歉的神色走近女儿，让她去参观村里的"十分精彩的"游艺会。她想和罗比一同去，可爸爸说游艺会不准机器人参加。等格洛莉回来时，妈妈送给她一只十分可爱十分乖气的小狗，格洛莉急忙去叫罗比，也让它高兴高兴。可是，罗比不见了！

"妈妈，罗比在哪儿呢？"

没有人回答。威斯顿咳嗽了一声，他忽然对天空飘过的云彩发生了极大的兴趣。格洛莉的声音颤抖着，她就要放声大哭了。

威斯顿太太坐下来，亲热地把女儿拉到身边："别难过，格洛莉。我想，罗比走了。"当格洛莉弄明白罗比再也不回来了，终于放声大哭起来，一切劝慰都是不起作用的。"让她哭个够吧！"威斯顿太太对丈夫说，"小孩子的悲伤长不了，过几天她就会忘掉这部机器人的。"可是，时间证明威斯顿太太的断言是过于乐观了。自然，格洛莉已经不哭了，但是同时她也不笑了。她变得愈来愈不爱说话，整日愁眉不展。渐渐地，她那不幸的样子使威斯顿太太受不了啦。但是，威斯顿太太不愿作出让步，她决定改变一下女儿的环境，把格洛莉送往纽约。听到这个消息，格洛莉立刻好转起来，威斯顿太太庆幸起自己的胜利。

在去纽约的航班上，威斯顿太太不失时机地向女儿介绍城里的事情，希望能激起女儿更大的兴趣。这时格洛莉转过身来带着一种知道某种秘密的神秘表情对母亲说道："我知道我们为什么要到纽约去，到纽约去就是为了找到罗比，对吧？跟侦探一起找。"威斯顿太太惊得目瞪口呆。

纽约到了，威斯顿和太太要最大限度地使格洛莉开心。一个月的时间里，他们带女儿游玩了各种名胜。然而，格洛莉无论走到哪里，都会对附近的机器人流露出最强烈的兴趣。威斯顿和太太尽量避开一切机器人，可是在科学和工业博物馆，格洛莉却独自按照"参观会说话的机器人由此往前"的标牌的指引，走进展览厅。展览厅只有一个15岁左右的姑娘坐在那里观看机器人，这就是苏珊·卡尔文。

格洛莉开始小心地和机器人对话，她最主要的目的就是要这个会说话的机器人帮助寻找罗比。这可超出了这个机器人的能力，结果，致使忠于使命的机器人半打线圈烧毁。

威斯顿认为女儿这样迷恋罗比，是因为她把它当人看待，如果她把它当成机器，事情就好办了。于是他带领女儿参观了"美国机器人公司"，让她看到了机器人的装配过程。然而，就在这里，格洛莉意外地发现了罗比！

格洛莉呼喊着钻过防护栏杆，奔向罗比，威斯顿和太太以及管理人员都吓呆了。因为他们看到了激动的格洛莉所没看到的东西，一台巨型的自动拖拉机轰隆轰隆地正朝她开过来。

似乎一切都来不及了……

千钧一发之际，只有罗比迅速地行动起来，它迈开金属腿猛跨着大步，迎着它的小主人飞奔而来。说时迟，那时快，它一把抱起格洛莉闪向一边。

格洛莉得救了，她挣脱父母的拥抱，紧紧搂住罗比的脖子，无比幸福地俯在机器人耳朵上，兴奋地讲着许多傻话。罗比用它那铬钢铸造的、能将5厘米粗的钢条拧成蝴蝶结的手，温柔地抚摩着格洛莉，它的眼睛发出暗红的光芒。

"好吧。"威斯顿太太终于开口了，"就让罗比留在咱们家吧，直到铁锈把它锈坏的那一天为止。"

苏珊·卡尔文耸了耸肩膀："上面这一切发生在1998年。后来，机器人的反对派面对日益先进的机器人，再无法忍耐了，在2003到2007年，大多数国家的政府，除了用于科学目的之外，禁止在地球上使用机器人。"

"这么说，格洛莉最后还是和罗比分手了？"我问。

"恐怕是这样。……当我在2007年进入'美国机器人公司'工作时，我们着手开辟地球以外的市场。派往水星的第二次考察队好像是在2015年。这是一次勘测性考察，经费是由'美国机器人公司'和'太阳矿业公司'资助的。考察队由格雷格·鲍威尔、迈克·多诺万和一部新型的机器人试验样机组成……"

二 环舞

型号为SPD—13的机器人斯皮迪去采硒矿都5个多小时了，还没回来。鲍威尔和多诺万都很着急，他们来到水星上总共才12小时，就碰上这桩倒霉事。他们走进电台工作室，室内设备还是10年前第一批探险队带来的，已经有些陈旧了。多诺万已经用无线电和斯皮迪联系过了，可是毫无结果。在水星向阳的这一面，距离只要超过两英里，无线电就会失灵。多诺万根据收到的另一种信号，测定了斯皮迪正在围着27千米外的硒矿湖绕圈子，并且在两小时内已经绕了4圈，好像还要不停地绕着湖转下去。

鲍威尔清楚，只有光电池，才能使他们抵挡水星上非常强烈的太阳照射。然而光电元件全部损坏了。只有搞到硒原料才有效，而硒矿只有斯皮迪才能采到。要是它回不来，就不会有硒。没有硒，就做不了光电池。没有光电池，就……会被慢慢地烤死——一种最难受的死法。

多诺万使劲地搔了几下他那棕红色的头发。他也知道，在水星的向阳面，他们最新式的宇宙服也只能耐受20分钟，至多还能延长5～10分钟，看来他们是不能亲自去找斯皮迪了。幸好，第一批探险队还留下来6个只有人骑着才能走的、会说简单语言的机器人。他

世界著名科幻故事精华

第四卷

俩好不容易才调试好其中的两个，然后穿好宇宙服，按照地图选择了一条出口离硒矿只有 5 千米、编号为 13——a 的地道，骑着只能匀速缓行的机器人钻了进去。走了好久，他们才走出地面，土壤上铺满无数雪一样洁白的结晶物质，射出强烈的白光。宇宙服上的滤光镜减弱了这种能照瞎眼的光线，同时，宇宙服也耐住了摄氏 80 度的高温。很快，他们就发现了远处的斯皮迪，这个黑点在雪白的结晶体背景上是很明显的。他们径直向斯皮迪走去，斯皮迪发现了他们，正朝这边走来。鲍威尔的无线电耳机里传来了它的歌谣声……可它突然又跑远了，像是在捉迷藏。它出了什么毛病吗？

鲍威尔突然问多诺万："当你派斯皮迪去采硒的时候，对它怎么说的？"

"我只是叫它去采硒来。我说，'斯皮迪，我们需要一点硒。你到某某地方能找到它，把它采来。'就是这些。"

"你没有说，这是非常重要的，急需的？"接着，鲍威尔从机器人学三定律进行了分析："当这三条定律彼此发生抵触时，电脑中的电势差便对行为起决定作用。当机器人走到对它有危险的地方，按照第三定律产生的电势就自动地强迫机器人离开那里。如果你命令它到危险的地方去，这时第二定律产生的反向电势会超过前一种电势，于是机器人就会冒着生命危险去完成你的命令。在机器人的设计中第三定律给定得特别严格，它逃离危险的意向就非常强烈；可是你漫不经心地让它去采硒，这样第二定律的电势就比较弱。在硒产地附近存在某种危险。机器人离硒产地越近，这种危险性就越大，直到产地某个距离，第三定律产生的电势就会升到与第二定律的电势达到平衡。"

多诺万激动得站起来："明白啦！形成了平衡。第三定律把它往回赶，而第二定律又命令它向前走……"

"于是它就围绕着硒产地兜圈子，留在那条平衡线上。"

"危险从哪里来？它逃避什么呢？"多诺万问。

"火山现象。产地边缘某些地方散发出水星深处的气体：硫酸气、碳酸气和一氧化碳，大量的一氧化碳在这种温度下加铁就会产生挥发性的羰基铁！而机器人主要是铁做的。危险就在这里。"

于是他们决定用增加危险性，提高第三定律电势的办法，来把斯皮迪往回赶。他们又返回基地取来几大瓶草酸，让笨拙的机器人把草酸瓶扔向800米开外的硒产地中心，这不仅是因为机器人的钢铁手臂力量大，而且主要是水星的引力很小。草酸瓶碎了，草酸受热马上分解出一氧化碳。然而，斯皮迪并没有被驱赶回来，只是沿着比原来更大一点的圈子转绕。怎么办？只有用第一定律打破这种平衡了。

鲍威尔不容分说，骑着笨拙的机器人走到离斯皮迪只有300米的地方，然后跳到覆盖着晶体的地上。现在，他只有两条路了：要么斯皮迪过来，要么是死。他忍耐着高温，呼唤着斯皮迪，而斯皮迪却开着玩笑站在那儿不动。这时，他骑着的机器人却在第一定律的电势驱使下走了过来。他在半昏迷状态下绝望地想躲开这不肯遗弃他的笨拙的机器人。当他感觉到自己的手被金属手指抓住时，他听到了斯皮迪关切的声音。他觉得自己被斯皮迪抱在了空中，又被托着飞跑，最后感到一阵高温的灼烤后，便失去了知觉。当他苏醒过来时，已在安全地带了，多诺万告诉他，斯皮迪在他的死命令下，只用了42分零3秒就采回了硒矿。他们的这次水星之旅终于到了柳暗花明的时候，而现在，他们却想着到空间站去考察了。

三 推理

"太阳站5号"的职员办公室里很静，除了从底下控制室传来强大的波束辐射器嗡嗡声之外，什么也听不见。

鲍威尔一个字一个字清楚地说道："一周前是我和多诺万把你装配起来的。"他皱着眉头，一边习惯性地捻着他那棕色的胡须。QT—1型机器人库蒂一动不动地坐着，它身上的钢甲在明亮的灯光照射下闪闪发光，它的光电眼睛凝视着坐在桌子对面的这位地球来客。库蒂是一种完全新型机器人的第一个试验样品，是专为空间站的过于炎热、太阳的射线和电子暴等妨碍人类工作的不利因素而设计的。然而它却是个怀疑论者，充满了好奇心，又有足够的聪明，它死活不承认是鲍威尔和多诺万装配了它。它认为"任何一种生物都不能创造比自己更优越的生物"，因为从某种程度上它就强于

世界著名科幻故事精华

第四卷

人类。

多诺万走过来，气得嗷嗷直骂："你这铁矿石的儿子，如果不是我们，那又是谁创造了你呢？"

"是主。主开始创造了型式最简单、最容易塑造的人。他又渐渐地用机器人来代替真人。最后，他创造了我，来取代剩下来的人的位置。我是主的代言人。"

"你是个疯子！"多诺万暴跳如雷，然而现在他没有太多的时间和它争辩，因为载运能源发往地球的波束正面临着肆虐的电子暴的强烈干扰，如果波束的精度只要有百分之一毫秒的偏差，它就会散焦，造成地球表面上成百平方千米的土地烧成灰烬。这种危险性不论是多诺万、鲍威尔，还是库蒂，都非常清楚。多诺万和鲍威尔走向控制室，然而库蒂却抢先代替了这两个地球人的位置，并且它还控制了其他 20 个机器人。此时，"机器人应服从人的一切命令"的第二定律已不起作用，两个地球人气得如果能接近机器人的话，恨不得把它毁掉。他俩束手无策，只好让出自己的位置，听天由命了。这时库蒂却转过身来温和地对他俩说："你们别难过，在主创造的世界中，每个人都有自己的位置。你们这些可怜的人们，也有自己的位置。尽管这个位置很平凡，但只要你们表现好一点，就会得到奖励。"两个地球人真是哭笑不得。

电子暴比预期来得更早。多诺万平常绯红的面色变成死灰色，他抬起颤抖的手指。鲍威尔满脸胡子，嘴唇干裂，时不时地望望窗外，绝望地揪着胡子。高速电子流与波束相遇，爆发出很明亮的火花。波束看来是稳定的，可肉眼观察到的现象是不可信的。而那个不关心波束、聚焦和地球，除了它的主以外什么都不关心的机器人却正在控制室里遥控着波束。时间一小时一小时地过去了，两个地球人像被施了催眠术似的望着窗外。后来，在波束中乱窜的火花消失了，电子暴总算过去了。"完了！"鲍威尔垂头丧气地说道。

库蒂出现在他俩面前，把仪器记录递给鲍威尔。鲍威尔叫起来："它保持了波束的稳定！精度达到万分之一毫秒！"两个地球人惊讶不已。

"听我说，鲍威尔！"多诺万顿时醒悟过来，"它按照刻度表、仪器和图表来完成主的意志，这也正是我们所做的一切。事实上这也就是它拒绝服从我们的原因。服从命令属于第二定律，而保护人不受伤害这是第一定律。它知道它做得能比我们好，所以它不让我们进入控制室。根据机器人学第三定律就必然会产生这种结果。"

"看来，这种机器人是能够控制空间站的。只是不能再让它继续散布这种关于主的胡说八道。"鲍威尔无力地微笑着说。

四　捉兔记

从"太阳站5号"回来6个月之后，鲍威尔和多诺万又投入到了DV—5型成组机器人的野外试验。这个型号的机器人适合于小行星的矿井，1个机器人当领班，带着6个由它指挥的辅助机器人，就像人的手指头是人的一部分一样，领班通过正电子场发号施令。

鲍威尔和多诺万带着叫戴夫的机器人领班和它的6个"手指头"来到小行星上。可是，鲍威尔和多诺万一不在跟前，机器人就采不出矿来，现在已经欠产1000来吨啦。对戴夫进行了各种测试和询问，也没得出什么结果。鲍威尔决定在矿井里安一个监视器，他得意地说："在着手治疗之前，应当确诊是什么病。而要想做焖兔肉的话，就得先捉住兔子。"

监视器这头的屏幕上，机器人正排成操练队形，以戴夫为首的7个机器人，行走和转动十分整齐。它们变换着队形，那魔影般轻盈的动作，像军事训练，又像艺术体操。这哪里是采矿呀！鲍威尔和多诺万不到矿里，机器人立即停止了舞蹈。鲍威尔质问戴夫："刚才你在干什么呢？"戴夫却摇着头说："不知道。有一阵我正在清理一个非常难办的出矿口，接着就什么也记不清了。"

"怪了！它准在撒谎，它们在怠工！"鲍威尔这样想着。然后他就"提审"了1个"手指"。结果表明，机器人都是在某种危急情况即将发生时才出现混乱的。好，鲍威尔要亲自制造一次塌方，亲自看看机器人是怎样在危急情况下"翩翩起舞"不干活儿的。

鲍威尔和多诺万下到矿井，用雷管枪击倒了离正在采矿的机器人不远处的石柱，随着轰然的塌方声，这两个地球人被埋在矿井里。机器人能按第一定律来救他们吗？可能早已吓跑了。他俩吃力地搬开一块大石头，有一丝光亮透了进来，看来有逃命的希望了。他俩一点一点将窟窿弄大，还没等爬出来，就看见那几个机器人在远处舞蹈着，没有采矿，也没有来营救他们的意思。这些机器人，连第一定律都不顾了。鲍威尔细心地观察着、思考着。忽然他向多诺万要过雷管枪，朝其中1个辅助机器人连开3枪，这个"手指"应声倒地。这时，情况发生了根本性的变化：一切都归于正常！

多诺万纳闷，这是怎么回事呢？鲍威尔解释道："我断定戴夫的问题出在控制个人主动精神的电路上。一般状况下，它不用过多地注意它的6个'手指'；而在紧急情况下，就需要立刻同时调动6个机器人，这时，有些方面就支持不住了。任何一种能使它减轻紧张程度的因素，比如说，有人到来，超能使它恢复正常。我报销掉1个辅助机器人，戴夫只需要指挥5个，这样对它的主动精神的要求降低了，它也就恢复了正常……至于它们为什么列队跳舞——也许是因为戴夫在神经不正常思维一片混乱的时候，出现的指挥异常吧。"

苏珊·卡尔文在讲到鲍威尔和多诺万时，毫无笑容，口气淡漠。而每当她提起机器人时，语调就很亲切。她没用多少时间就讲了斯皮迪、库蒂和戴夫等的故事。我打断了她的话，否则，她还会给我再列举出半打机器人的名字。

我问道："在地球上没有发生过什么事情吗？"

她微微皱起眉头看着我说："没有，在地球上很少让机器人行动。"

"哦，那就太遗憾了。我的意思是说，你们的野外工程师很不简单。但是，在地球上的工作难道就太平无事吗？"

"你是说关于设计方面的问题吧！"卡尔文的眼睛发亮了，"这倒是一件动人心弦的事，我马上就讲给你听……"

五　讲假话的家伙

"美国机器人公司"无意之中制造出了1个能猜透人心思的RB型机器人——赫比。但它还没有出厂，只有兰宁博士、数学家皮特·勃格特、公司最年轻的领导成员米尔顿·阿希和卡尔文知道这一秘密。他们要搞清楚究竟是哪道工序出了差错，才弄拙成巧，出了个如此"先进"的作品。

卡尔文走进了赫比的房间，不过，她是或多或少地带着某种个人目的来的。她貌不出众，并且已经是38岁的人了，她想知道35岁的阿希对她的看法。赫比当然看透了她的心思，毫不隐晦地说："米尔顿·阿希他爱您。"卡尔文沉默不语，然后突然抬起头来说："去年夏天，一个漂亮的姑娘来找他，他整天在她面前百般讨好，总给她讲怎样制造机器人。当然，她半点不懂，她仅仅知道乘法表而已。她是谁？"赫比毫不犹豫地回答道："那是他的表妹。您放心，这里不存在什么罗曼蒂克的关系。阿希重视内心的美，重视别人的才智，他不是那种只追求女人的打扮和长相的人。"苏珊·卡尔文几乎像一个少女一样轻盈地站起来，用双手抓住赫比沉重冰冷的手，激动地连连道谢。由此，卡尔文注重起自己的形象来，涂口红，描眼圈，还擦粉，这引起了勃格特和阿希的议论，勃格特戏言说："可能她爱上了谁。"不过勃格特倒没有更多的心思注意这个，他的数学难题正搅得他焦头烂额。阿希建议他去问问赫比。据卡尔文说，赫比可是个数学奇才。当勃格特拿着写满方程式的纸片找到赫比时，赫比说："看不出错误来。"勃格特问："你也提不出更多的东西吧？"赫比说："我哪里敢呢。您是个数学家，比我强。"勃格特洋洋得意地笑了，接着他吞吞吐吐地说："顺便问一句，……"赫比知道他要问什么，兰宁已经快70岁了，并且当厂长也将近30年了，他是否该考虑他的继承者问题了呢？赫比告诉勃格特，兰宁已经提出辞职，并且将来的厂长就是他——勃格特。勃格特甚是兴奋，他盼的正是这个。由此，勃格特便不把兰宁放在眼里，把兰宁气个半死。

也就是勃格特向兰宁宣布未来的厂长将由他接替的同一天，米尔顿·阿希也向苏珊·卡尔文宣布，他要结婚了，新娘就是去年夏天来找他的那个女孩！犹如五雷轰顶，卡尔文几乎昏过去，她极力掩饰着内心的情感，推说自己有头痛病。当她对周围的事物略微恢复一点知觉后，她找到了赫比。赫比像被刺痛了，又像在辩解，它的声音充满了惶恐不安："这完全是一场梦，您不应该相信梦境。您将很快清醒地回到现实的世界，并会笑您自己。我告诉您，他是爱您的。但不是在这里！不是现在！这是个幻觉。"卡尔文根本不知道自己的神智是怎样恢复的。但是，她仿佛觉得从模模糊糊的幻境进入到阳光耀眼的世界，她似乎明白了什么。

这时，门外传来争吵声，卡尔文痉挛地攥起双拳，躲到屋角的窗边。勃格特和兰宁走到赫比身边，开始质问它辞职与继承的事。赫比除了支支吾吾，就是沉默，总之，它是不愿得罪任何一方。它体内的深部，金属横隔膜轻微地发出杂乱的声响。勃格特和兰宁互相怒视着，目光中充满了敌意。

突然，苏珊·卡尔文在角落里发出一阵刺耳的，几乎是歇斯底里的大笑，两个男人被吓了一跳。勃格特的眼睛眯成了一条缝："您在这里！这有什么好笑的?"卡尔文的声调很不自然："没什么好笑的，只因为我并非是唯一的上当受骗者。三个全世界最著名的机器人专家，在同样一个最简单的问题上上了当，这多么富有讽刺意味呀?!"然后，卡尔文从机器人学最基本的第一定律，揭开了这个谜。机器人赫比不愿伤害人，所以就投其所好地给人以满足他们心思的回答。对于勃格特和兰宁的同时质问，它不能伤害任何一方，所以保持沉默。对于勃格特的数学难题，它不想给出演算结果，否则怕伤害了数学家的自尊心。心理学家卡尔文转向赫比，用沉闷单调的声音慢慢地对它说：

"你不能把答案告诉他们，因为那样就会伤害他们，而你不应该伤害人。但是，如果你不告诉他们，就是伤害他们，所以你又该告诉他们。而如果你告诉他们，你将伤害他们，所以你不应该这样做，你不能告诉他们；但是，如果你不告诉他们，你就是伤害他们，所以你应该告诉他们；但是，……"

赫比面对着墙，扑通一声跪下了，它尖叫起来："别说啦！我告诉您，我的本意不是这样的，我想尽力帮助。我把您愿意听的话说给您听了，我应该这样做！"卡尔文继续着她的"绕口令"，赫比发出了刺耳的尖叫。这种声音犹如增强了数倍的短笛的尖叫，这是一种垂死的灵魂的哀号。当这种声音消失时，赫比摔倒在地，变成了没有生命的一堆烂铁。兰宁在这堆曾叫做赫比的东西旁边跪下，用手碰了碰不能作出反应的金属脸孔，然后站起来抓住木然呆立的勃格特的手："这无所谓……走吧，皮特！"苏珊·卡尔文博士部分地恢复了内心的平衡，她长时间地看着"赫比"，她的思绪纷乱如麻，带着无限的苦楚，从嘴里吐出了一句话："讲假话的家伙！"

自然，事情就这样结束了。我知道，从她的嘴里不可能听到更多的东西了。她坐在自己的写字台后，正沉湎在对往事的回忆里，脸色苍白，毫无表情。

我说："卡尔文博士，谢谢您！"而她并没有回答。两天之后，我又和她见面了。

六　捉拿机器人

世界著名科幻故事精华

第四卷

当我再一次遇见苏珊·卡尔文时，她恰好在自己的办公室门口，正从她的办公室往外搬档案资料。我们向休息室走去。

我不失时机地问："卡尔文博士，不知您能否再跟我讲一些机器人的故事？关于星际旅行的。自从超原子发动机发明以来，已有20年的历史，而且人们都知道这是机器人发明的，实际是怎么回事？"

"星际旅行？"她沉思起来，"这不是一项机器人的简单的发明。我第一次直接接触到星际探索是在2029年。当时，1个机器人失踪了……"

苏珊·卡尔文和皮特·勃格特专程飞抵第27号小行星群超级基地。这里的负责人柯尔纳少将告诉他们，一个根据特殊需要未将第一定律后半部分"不得见人受伤害而袖手旁观"输入程序、秘密制造的NS—2型机器人混入了运经此处的62个同类型机器人之中。这个被称为第十号内斯特的机器人，是在它的主人物理学家布莱克带着咒骂声的最严厉的命令下离开岗位的。现在谁也不能运用更高一级的指挥权来把这个"离开"的命令抵销掉，并且也无法从这63个一模一样的机器人中把它区分开来。这也就是两位高级专家此行的目的所在。

苏珊·卡尔文花了5个小时讯问这63个机器人，毫无结果。她突然想到，只有第十号内斯特不具备第一定律的后半部分，那么使一个人在63个机器人面前处于受伤害的境地，不就什么都解决了吗？再简单不过的问题了。然而事实并不简单。在第二号放射大楼的第三层的拱形大厅里，63 个 NS—2 型机器人都各自坐在特制的小隔间里。有个人一动不动地坐在椅子里。一件重物坠落了，很快向这个人砸下去。在最后一刹那，用同步的方法使一根铁棍突然有力地一击，把重物打到一边。就在重物被改变方向之前的一刹那间，63 个机器人都向前冲去。发现那个人没有危险了，又都返了回去。这样的实验做了 10 次，这样的结局就发生了 10 次。

第十号内斯特在伪装！很明显，高智能的它识破了卡尔文的企图，它在逃避。

一计不行再施一计。卡尔文决定在受危险的人与机器人之间安装上能电死机器人的高压电线。为不把机器人真的电死，只要安装一个继电器就行了，当机器人压上去时，继电器就会切断电源。当然，安继电器的事不能让机器人知道。在这种情况下，第十号内斯特将会留在原位。因为没有人命令它去救人，面对高压电线，它将按第三定律保护自己，而其他机器人将按"不得见人受伤害而袖手旁观"的定律驱使下去营救处于危险的人。当天晚上就如此这般地做了。令卡尔文博士怒不可遏，也是无法解释的是：63 个机器人谁也没动！

卡尔文博士又开始挨个讯问这些机器人，而这些机器人都说，虽然有人遇到危险，但还没来得及救起他，自己就被电死，这种做法不值得。作为心理学家的卡尔文觉得其中有诈，不相信普通机器人会把第三定律看得比第一定律还重。最后终于从这些机器人口中调查出，这是一个机器人告诉其他机器人这样说的。问是哪个机器人？回答是："其中的一个。"活把人气死。

柯尔纳、勃格特和卡尔文为此而争吵不休，各执己见。一周以来，超级基地的所有正常工作几乎都停顿下来，全力以赴要把这个异常的机器人揪出来。在布莱克再一次和卡尔文谈话时，卡尔文获得了一个重要线索：布莱克曾传授给第十号内斯特一些辐射物理学方面的知识。

卡尔文感到自己无法经受这第三次严峻的考验，于是，现在由勃格特来问机器人，而她则坐在一旁。勃格特把一个机器人单独叫出小隔间，告诉它，一会儿在它面前，这个叫卡尔文的博士可能会遇到某种危险，问它是否会尽力去营救，得到的回答是"会的"。勃格特又说："不幸的是，在卡尔文和你之间，将会有个伽马辐射场。你知道伽马辐射场是什么吗？"这个机器人说："不知道。"勃格特告诉它："伽马辐射场中的射线会把你立刻杀死。自然喽，你是不愿把自己毁掉的。"

勃格特用同样的话同 63 个机器人逐个交谈了一遍，然后又都单独把它们带进各自的小隔间，避免它们相互接触。没有异常现象。

接着，像前两次试验那样，卡尔文坐在椅子里，一件重物坠向她；在最后一刹那，一根同步铁棍突然把重物打到一边。

这时，只有一个机器人蓦地站立起来，向前走了两步！……但它又站住了。

卡尔文却站了起来，用手严厉地指着这个机器人："第十号内斯特，到这里来，到——这——里——来！"

最后证实，这果然是要找的第十号内斯特。

柯尔纳少将钦佩地看着卡尔文，有些不理解其中的奥妙。卡尔文说："我们事先警告每个机器人，在我和它们之间的伽马射线会把它们杀死——如果真是伽马射线的话。按照上一次试验时第十号内斯特提出的逻辑，它们都不会动地方。而事实上，我用的不是伽马射线，而是红外线，一种绝对无害的热辐射。第十号内斯特根据布莱克以前传授给它的知识，它感知了这是红外线，并知道红外线是无害的，于是它开始冲出来。因为它认为，其他的机器人在第一定律的作用下也会这样做。然而其他机器人根本辨别不出辐射类型。当它意识到这一点的时候，已经晚了。就是这样。"

卡尔文和勃格特踏上了飞往地球的飞船。至于被识别出来的第十号内斯特和其他几个被取消了第一定律后半部分的机器人，都被销毁了，以免它们酿成什么差错。

苏珊·卡尔文又向我讲了两个机器人的故事，然后她站起来："我看到这一切是如何开始的——当时可怜的机器人还不会说话呢。以后将会发展成什么样子，我是看不到了。我快不行了。今后的发展你们会看到的。"

以后，我就再没有见到苏珊·卡尔文。一个月以前她去世了。

世界著名科幻故事精华

第四卷

机　器　岛

神秘引路人

扬鞭声起，马蹄声落，一辆陈旧破烂的马车载着四位演奏家急急忙忙赶往火车站。车到坡路上，因马车夫驾驭马车的本领不高，一不留神，马倒车翻，四位演奏家立时被抛出车外。这一抛，可让他们吃足了苦头，虽然是皮外伤，但还是免不了鼻青脸肿。不幸中的万幸，他们吃饭的家伙——乐器完好无损。四位演奏家受了委屈，一时之间牢骚满腹，口中骂骂咧咧，怨天尤人，自己和自己过意不去。

苦头吃得最多的是那位马车夫，马倒车翻这一惊变把他的脚摔得脱了臼，路是不能再走了，再驾车那简直是妄想。他也认栽，谁叫自己功夫不到家。这四位演奏家本来是急着赶火车到圣地亚哥的，也就是后天吧，他们要在那里举行一次演奏会。他们早就为自己安排好了行程。

他们昨晚从旧金山出发，就在离圣地亚哥只有 50 英里的地方他们遇上了——火车在巴夏尔被迫停车——前方突然洪水泛滥，火车无法通行。没办法，四位演奏家要急着赶路，只好在周围的一个村子里找了一辆破旧的四轮马车，付了马车夫一笔钱，把行李放在火车上，带上乐器乘马车赶路。紧接着，他们四位又遭遇了马倒车翻的惨事。

这真是祸不单行，几下折腾令他们欲哭无泪，叫天天不应，喊地地不灵，左右为难，进退维谷。要知道，他们离圣地亚哥还有 20 英里。这四位演奏家平常只跟演奏打交道，至于其它琐事他们可不是很精通，平时养尊处优惯了，现在，面对眼前这件必须解决的事情，他们显得束手无策。在他们眼里，可不能小看这 20 英里路，这可是一段很长的距离呀。

　　这四位演奏家在音乐方面有很高的造诣，从他们手中拨弄出来的声音让人听了那真是一种享受。他们凭自己在音乐演奏这一方面的真才实学，赢得了许多受之无愧的荣誉。很多美国富豪绅士都很敬重他们，给他们四人冠之"四重奏"的美名，每个人都有"琴弓王子"、"四弦皇帝"之称。鲜花和掌声一直陪伴在他们的身边，同样，他们的身价也很高。

　　这四位大红大紫、赫赫有名的演奏名家依次是：

　　伊凡尔内，小提琴家，32 岁，身材高瘦，金黄色的卷发，有一双又蓝又大的眼睛，手臂修长，天生适合拉小提琴。他仪态文雅，很在乎自己的形象，是个很乐观的人。

　　弗拉斯戈莱，小提琴家，30 岁，个子不高，肥胖的身材，蓝眼睛，长鼻子，戴着眼镜。他面善心慈，待人很真诚。

　　潘希拉，最擅长拉中提琴，27 岁，是一个活泼开朗的小伙子。他很风趣也很健谈，有点顽皮。

　　赛波斯蒂·邵恩，大提琴家，55 岁，又矮又胖，脾气急躁。他很有音乐天赋，在演奏方面有丰富的经验和娴熟的技巧。

　　时间已经到了晚上 8 点钟，四位演奏家还被搁置在加利福尼亚这条荒野的路上，马车依然躺在坡路边。弗拉斯戈莱问马车夫：

　　"我们现在是在哪里？"

　　"离弗来西只有 5 英里。"

　　"那里是个火车站吗？"

　　"不，它是一个接近大海的村庄。"

　　"弗来西有没有旅馆？"

　　"有，我还打算在那里换马呢。"

　　"怎么走？"

　　"一直走就能走到弗来西。"

　　"还等什么呢？赶路！"邵恩朝同伴们喊道。

　　"还有这位可怜的马车夫呢！我们不能撇下他不管。"潘希拉有点着急。

　　"你是不是走不动了？"

世界著名科幻故事精华

第四卷

"是的，很糟糕，我的脚骨脱臼了。再说，我也不会丢弃我的马车的。"

"我们一到弗来西就会想方设法来帮你脱离困境的。"弗拉斯戈莱说。

马车夫在潘希拉和弗拉斯戈莱的搀扶下走到一棵大树下。"四重奏"给马车夫留下一壶酒，拿起他们的乐器往弗来西赶去。

他们的运气并不是很好，天上的乌云遮住了月亮，月光稀少，道路并不好走，走得比较艰难。要知道，这四位演奏名家还是第一次在荒山野岭上走这样的夜路。道路坎坷不平，崎岖坑洼，给他们出了不少难题。

他们肩并肩、脚挨脚地走进了一片茂密的树林。走着走着，潘希拉忽然驻足不前。

"怎么了？"弗拉斯戈莱问道。

"情况不妙，前方有危险。"潘希拉的声音有点颤抖。

"什么危险？"弗拉斯戈莱又问。

"不清楚。"

四位演奏名家你看看我，我瞧瞧你，不知所措。

此时月光钻出云缝，树林里，方圆百步的东西都看得见了。

这时，四位演奏名家都看清楚前面的危险是什么了，是一头大黑熊。他们暗想：今天算是倒霉到家了。

碰到这样的危险，他们除了选择躲避之外，真的想不出其它更好的办法了。

"四弦皇帝"知难而退，他们退到了树林中的一块空地上。

但大黑熊不给他们面子，它有恃无恐地走来，危险正一步一步逼近"四弦皇帝"。

四位演奏名家如临大敌，连气都不敢喘了。

弗拉斯戈莱比他的同伴们镇定一些，他为大家壮胆。

在弗拉斯戈莱的带领下，大伙儿走出了那块空地，钻进另外几棵大树后面去了。但这并不表明他们已经完全摆脱了危险。大黑熊立刻从后面追了过来。

这个时候，一阵嘹亮悦耳的琴音缠绕在树林中，音调起伏，曲调缓慢。这是伊凡尔内的杰作，他操琴在手，手指动处，琴声缓缓拉出，他决定用音乐自救。

潘希拉也操琴在手，然后向其余两位还没有动作的同伴们说："来，我们'四弦皇帝'齐奏一曲熊舞乐，轻快一点！"

琴声如行云流水般舒畅轻快，大黑熊在那里应声起舞了。它站在原地掌舞足蹈、得意忘形，已经忘记攻击"四弦皇帝"了。

四位演奏名家，随机应变，抽身而退。他们终于逃离了危险，平安赶到了弗来西村庄。

四位演奏名家大步走进村子，但见全村漆黑一片，伸手不见五指。村前村后鸡犬无声，村路小巷门窗紧闭。他们找来找去，哪里有旅馆的影子。

弗拉斯戈莱建议敲门询问，定能找到住宿的地方。"四弦皇帝"从村口挨家挨户敲了许多人家的门，没有一家回答。这时，潘希拉想出了一个打破静寂的办法。他建议大伙儿用自己的琴声来打破这个村庄的寂静。

邵恩拍手叫好，但见他开琴匣，取提琴，架琴在胸，拉琴出声，不紧不慢，潇潇洒洒，一气呵成。其他同伴也依样照做。四人合奏了翁斯罗降 B 调四重奏。这首曲子，深含饱满情感，曲调荡气回肠，这样激昂的四重奏，一直是他们四位的保留曲目，不到最后是不会露声亮音的。就是他们如此用心良苦，但弗来西村庄依然静寂无声。

这是对他们的杰作不尊重的表现，邵恩想。他勃然大怒道："哼！太不给我们面子了！我们走南闯北，凭这首曲子赢得了无数荣誉，没想到，竟在这个荒野之地碰了一鼻子灰。气死我了！来，我们大伙儿乱七八糟地拉起来，看他们识不识货！"

伊凡尔内、弗拉斯戈莱、潘希拉虽然觉得老大邵恩的此举有点恶作剧，但要想叫醒沉睡的弗来西村庄，这个办法是最有效的。于是，四弦皇帝同时各拉一曲，四种曲调混掺而响，当真是嘈闹之极，令人难以忍受。

这一招果然奏效，弗来西村庄渐渐苏醒了，灯光推窗而亮，人影破门而出，村民们都纷纷跑到他们四人身边静心倾听。这种场面倒是他们所料不及的。

手停曲止，立时掌声爆起，久久方息。

这时，一个身材高大的陌生人走到他们四人面前，用纯正的法语以一种非常亲切的口吻说：

"我非常欣赏你们四位演奏的翁斯罗降 B 调四重奏。你们的演奏手法让我大开眼界，你们演奏的音乐让我大饱耳福。你们是优秀的演奏名家。"

邵恩他们异乡逢知音，心情都很激动，尤其是在如此偏僻的荒野乡村能够碰到这样一位对音乐有较高领悟水平的人，这使他们特别激动。那个陌生人非常理解邵恩他们刚才各拉一曲的苦处。他愿意帮助这四位赫赫有名的四弦皇帝。他非常愿意为四位演奏名家义不容辞地去干力所能及的事情。四位演奏名家的住宿问题解决了。

弗拉斯戈莱问那人这个村子的旅馆在哪里？

那人告诉他在离弗来西 2 英里的一个城市里。

潘希拉感到很是惊奇，因为他从没有听人说起离弗来西 2 英里的地方还有一个城市。但是那人保证前面不远处一定会有一个城市，他说他不会让他所崇敬的四弦皇帝失望。

邵恩还是有些不放心，他怕会耽误到圣地亚哥的旅程。要知道，他们可都是有身份有地位的人，跟圣地亚哥的人民早已许诺，到他们那里举行一次大型演奏会，他们可不能失言，那样他们就会失去真诚的听众，以后他们还有什么面子走南闯北呢？邵恩以大局为重，考虑周密。

那人理解四弦皇帝现在焦急的心情和不利的处境。他说他不会耽误他们的旅程，更不会耽搁他们在圣地亚哥的演奏会。四弦皇帝答应了那人的盛情邀请。

那人开着一辆电动车把他们带到了一条河的岸边，一只轮船送他们过了河，穿过田野，走进了一个花园，他们住进了一个舒适的旅馆，四弦皇帝吃完丰盛的晚餐后，各自回到自己床上倒头大睡。

怪异的城市

潘希拉是在次日上午 10 点钟才醒的，他一醒来马上叫醒了他的同伴们。外面，天气晴朗，阳光明媚，和风轻拂，晨雾还未散尽。

这四位演奏名家在这个旅馆里享受的待遇真是令人羡慕：

他们在一间舒适的洗漱室里洗漱，洗漱室里的洗漱用品应有尽有，而且都很现代化，如此功能齐全、性能极好的现代化洗漱设施，他们还是头一次使用。

四位演奏名家所住的房间，到处装有电铃和电话，要跟外界联系那是易如反掌的事，真是方便极了。

他们的心情非常舒畅，就在这时，电话向他们传达了下面一段英国话："加里斯特斯·蒙波尔向四位著名演奏家问候早安，恭请诸位洗漱完毕后，到精益旅馆餐厅共用早餐。"

四位演奏名家的肚子正饿得咕噜咕噜直响，有这么一个提议他们心里可高兴了，都暗赞这个旅馆服务周到。他们大步走到旅馆的餐厅。昨晚盛情邀请他们的人早已等候在餐厅里。

那人自我介绍，他说他叫加里斯特斯·蒙波尔。

四位演奏名家暗想，这人的名字不错，见蒙波尔脸色非常红润，一点都不显老，若算实际年龄应该有五十多岁了，但看上去只不过四十五岁的样子。蒙波尔四肢非常发达，应该是一个精明能干的人。四位知名演奏家都这么想。

早餐一用完，蒙波尔微笑着带四位演奏名家去游览这座城市。

四位演奏名家觉得这个城市很规范，交通便利，车水马龙，十分繁华。这个城市的居民房都有一种宫殿气派，讲究的庭院两旁是优雅的楼房，房后还有花园，花园很大，花园里绿树成荫。

他们四人在蒙波尔的带领之下游览了这个城市的大部分地方，给他们四位演奏名家的第一印象是：这个城市是一个具有现代化气息的城市。

潘希拉看到很多商店，但奇怪的是，商店里没有售货员。

蒙波尔告诉他，这是因为买东西的人都用电话购物。

一行人迤逦而行，他们来到一条大街，看见这条第十九号大街的路面都铺着硬如金属板的东西，走在上面响声很大。弗拉斯戈莱正要向蒙波尔询问这一情况。

蒙波尔却说道："各位请看那所公馆！"他指着一所富丽豪华的高大建筑物，介绍道："这所公馆的豪华程度并不亚于一座宫殿。公馆的主人是这个城市最富有最受人敬重的人，他的大名叫詹姆·托克登。伊利诺斯州的石油矿产采挖权就掌握在他手中。"

蒙波尔向四位演奏名家毫不隐瞒地说出了这个城市里居住的人都是家产愈亿，非常非常富有的人。

伊凡尔内问道："咦？难道这个城市就没有一个工人？"

"工人都是从外面雇来的，工作完毕，都会回去。"

弗拉斯戈莱不解地问道："难道这里没有一个穷人吗？"

蒙波尔回答得很坚决："没有！"

"监狱呢？"

"这里没有犯罪的人！"

"不可能，这里是怎样处置罪犯的？"

"罪犯流放到新、旧两大陆。"

"这真令人匪夷所思，我感觉我不是在美国。"邵恩还是有点不相信。

蒙波尔向四位演奏名家解释，他说这是一个独立自由的城市。美国没有权力管辖。

"那么这个城市的名称呢？"

蒙波尔说要带他们四个游览完这个城市后才告诉他们城市的名称。

邵恩、潘希拉、伊凡尔内、费拉斯戈莱在蒙波尔的带领下将这个有点奇异的城市游览完了。这个城市的商业气息非常浓厚，商业空前发达。

"这里还有一个教堂呢！"弗拉斯戈莱有点惊喜。

"嗯，它是基督教堂！"蒙波尔说。

"这个城市有没有天主教堂？"伊凡尔内问道。

"在我们这个城市，市民们只信仰两种宗教，一种是天主教，另一种是基督教。这个城市有两个大区。"

"我们现在是在东区吧？"弗拉斯戈莱问道。

"不错。"

"听你的口气，我说得不对吗？"弗拉斯戈莱说。

"可以说你的答案正确，也可以说你的答案不正确。这里住的全是基督教徒，天主教徒住在西区。"

不知不觉，时间已经到了上午 11 点。四位演奏名家很直率地说出了他们肚子很饿的实情。蒙波尔马上带他们乘电车回到旅馆，午餐非常丰盛，大伙儿吃得很饱。

四位演奏名家正要喝点饮料养神，突然，馆外传来了猛烈的爆炸声，旅馆的玻璃都震动了。他们被吓住了。

蒙波尔立刻向他们解释，这是天文台的炮声。他叫大伙儿稍安勿躁。

蒙波尔说他们这个城市跟世界上所有的城市一样，非常正常，唯一不同的是，这个城市的生活水平是全世界城市中最高的，现代化设备也最完善。

蒙波尔见四位演奏名家吃饱喝足了，便又盛情邀请他们去游览天主教徒居住的东区。他们看到东区比西区更繁华一些。

蒙波尔带领他们走到东区第五号街中段，然后停下来。伊凡尔内看到了一座像宫殿一样富丽堂皇的房子。

蒙波尔介绍说："这是考弗兰先生的居所，南特·考弗兰跟詹姆·托克登一样有钱。"

潘希拉赞叹不已。

蒙波尔继续介绍："考弗兰以前是新奥尔良的银行家，富可敌国。"

"如果我没有猜错的话，这两位大名鼎鼎的人物一定是仇家。"

"不错，他们一直明争暗斗着。"

"结局可能是鱼死网破。"邵恩也说道。

"这极有可能。"

"有点残忍。"潘希拉说。

蒙波尔没有再向四位演奏名家介绍这两位城市的其他名人。

大伙儿继续往前走。四弦皇帝很欣赏这座城市，这让他们大开了眼界。

弗拉斯戈莱注意到一件事：下午 2 点钟的时候，太阳按理应该在西南方，但是现在它却在东南方。

在这个时候，蒙波尔向他们四位说道："上电车吧，我们到港

世界著名科幻故事精华

第四卷

口去!"

"什么，港口?"邵恩吃惊不小。

"并不远，只有10英里。沿途我们还可以瞧瞧城市公园!"

四弦皇帝这时已觉得有点雾里云里的了，这时蒙波尔已经上了电车，他们四人也只好依次而上。蒙波尔所说的"城市公园"其实就是城郊延绵不断的田野。田野风光美好，山地景色宜人，丛林幽静，鸟儿轻飞，到处是一派鸟语花香的景象，沁人心脾，怡人情操。四弦皇帝本是性情中人，自小饱受情感的熏陶，见到如此美景忍不住抒情诉意，佳语片片，妙言重重。突然潘希拉大摇其头。蒙波尔问他为什么大摇其头。

潘希拉有点遗憾地说："只可惜是人工城市公园，并不是天然生就的。"

蒙波尔不以为然。

潘希拉心中有气，便指着那条人工河说道："这条河并不妙啊!"

蒙波尔依然不以为然地说道："这河水没有一点用处。"

他紧接着说："我们能制造不含任何杂质的纯净水。"

四弦皇帝们大吃一惊。

"这很简单，什么冷水、热水、光等生活的必需物，都能直接制造，然后非常方便地送到住宅里去。"

伊凡尔内惊讶地问道："你们灌溉花草的雨水也是人工制造的?"

"不错。"

"等等，暂停一下行不行? 我想问的是，天上下雨你们能阻止吗?"

"什么天上，天上指的是什么?"

"这么说吧，就是天上的云，在天气糟糕的季节里。"

蒙波尔不解地望着潘希拉。潘希拉向他解释"天气糟糕的季节"就是冬天。蒙波尔反问:

"冬天? 冬天是什么?"

邵恩忍不住大声说："下雪! 结冰! 你懂不懂?"

"我们这个城市的市民都不懂这些!"蒙波尔说得很诚恳。

这下，不知所措的是四弦皇帝了。

这时候，出现了一个工厂，低矮的屋顶上耸立着一排排金属烟囱，跟一艘十万马力的轮船上装有的烟囱一样，只是有一点不同，它冒出的烟尘一点都不影响空气清洁。这是四弦皇帝在这座城市里看到的第一个工业性的建筑物。

邵恩问蒙波尔这个工厂制造什么东西？

蒙波尔如数家珍地说了一大串："制造电力。它向全城的公园和田野送电，这个工厂还把电力供给电报机、铝质月亮、海底电线……"

"什么？等等，你是不是说的海底电线？"弗拉斯戈莱吃惊不小。

"不错！它把这座城市和美国的沿海各地联系了起来。"

不知不觉，此行的目的地终于到达了。

这个港口是椭圆形的，可以容纳十条船，其实这里更像一个船坞。船坞里的船是这个城市跟外界联系的最强有力的海上交通工具。

电车又带着蒙波尔一行五人继续往前走，大概前进了五公里后，电车停在一个有十三门大口径炮的炮台前面，炮台的入口处写着：船舻炮台。

参观完炮台之后，蒙波尔把他们带到了最后一站——天文台。

他们一行五人乘电梯上了天文台的巅顶，这是一个平台。平台上竖立一根旗杆，旗杆上的旗帜，四位走南闯北的演奏名家都不认识。

蒙波尔见到旗帜，立即脱帽致敬。四位演奏名家知道这面红白相间中有一个金黄色的太阳的旗帜就是这座城市的旗帜。

四位演奏名家走向了栏杆前面，他们情不自禁地往下俯瞰。

他们在这个城市的最高处，可以把这个城市尽收眼底。这个城市是椭圆形的，城市外面是一片汹涌的大海。

弗拉斯戈莱转身问蒙波尔：

"我们是身处一个岛上吗？"

"不错。"

"这是什么岛？"

"模范岛。"

"城市叫什么名字？"

"亿兆城。"

富豪漂流岛

模范岛是一个机器岛，亿兆城是它的首府。亿兆城这个名字名副其实，要知道这座城市居住的都是亿万富翁。原来，在六年前，为兴建这个人工岛，美国富豪提供大陆上固定地点所没有的种种便利，于是就成立了一个模范岛股份有限公司。

模范岛股份有限公司取得了马格达利那湾的海岸地区，把那里划为工地。这家大公司投入巨资，前后历时四年，终于把这个模范岛制造成功了。它由二十六万只钢箱组成，每个钢箱十六点六六米高，十米长，十米宽，全部用钢箱钉在一起，形成一个总面积有二十六万平方公里的岛。由二十六万只钢箱构成的岛架子——也就是岛身，除了市中心特别坚固的那部分外，一律铺了一层很厚的种植土。亿兆城占地五万平方公里，中间有一条三公里多长的第一号街把它分成两个区。

岛上住的都是美国富豪，大概有一万居民。因为宗教信仰，北方人住在岛的左边，南方人住在岛的右边。岛上的环境很优美，治安也很好。在机器岛上，已经用人力消灭了气候的突然变化，居民们不会受到任何细菌的侵害。他们根本不用担心自己的健康。岛上有一支由斯蒂华脱上校率领的五百人的军队，防御海盗，还有几队警察，谁犯法，马上就把罪犯开除出岛，流放到新大陆或旧大陆的某个地方。

四位演奏名家这时有点怀疑蒙波尔所说的话的真实性了：既然这个机器岛是活动的，轮船怎么能从美国沿海往这里定期运送货物呢？

蒙波尔的回答非常科学，也非常令人信服，他说模范岛并不能随便移动，它的移动必须听令于最高当局根据天文台气象学家的意见。为避免气候忽冷忽热的变化，模范岛只在赤道南北各三十五度的纬线间移动。海面上敷设有几百根浮标，这些浮标上架着电线。只要靠近浮标，把电线接上天文台上的发报机，海湾上的人便可以随时知道模范岛的位置，船舶也就能够定期把给养运到岛上来。

供给岛上的淡水，由靠近港口的两家工厂制造，这两家工厂的设备都很先进。这两家工厂的最高领导人是伊塞尔·西姆考那舰长，舰长住在天文台，他用电话遥控工厂，指挥机器岛前进或后退。

这时，机器岛正在做第二次太平洋航行，它在1月以前就离开了马格达利那湾。当它沿着加利福利亚海岸行驶时，蒙波尔从电话中得知，四弦皇帝离开了旧金山，正要到圣地亚哥去，他是个音乐迷，于是他就把四弦皇帝请到岛上来做客。

蒙波尔介绍完机器岛的情况，趁四弦皇帝还没回过神来的这会儿，他便乘上电梯立刻离开了塔顶的平台，因为他害怕四弦皇帝骂他太自私了。

"四重奏"发现上了蒙波尔的当，心情跟上次车翻马倒一样糟糕。邵恩大骂蒙波尔是个混蛋。

潘希拉臭骂蒙波尔无耻。

伊凡尔内怒骂蒙波尔卑鄙无耻。

弗拉斯戈莱差点就要捶胸顿足了，他愤慨地说："叫岛上的警察把他抓起来！"

邵恩吼道："叫上帝干掉他！"

他们怒不可遏，但是没有一个人能够下去。电梯不再上来，也找不到楼梯。他们是上天无门，下地无路。四位演奏名家难堪尴尬地站在高高的平台上，饱受夕阳西下的嘲笑，面对微凉晚风的欺辱。

邵恩四人的心里非常悲凉，他们还想着圣地亚哥的演奏会呢。

真可谓天无绝人之路。这时，平台的塔顶电梯升了上来，停在邵恩他们的面前。电梯里面一个人也没有，邵恩他们可不愿错过这个机会，钻进电梯平安到了塔下。

此时此刻，四位知名演奏家的肚子准时在晚餐的时候叫响起来，四人如临大敌，他们不敢怠慢自己的肚子。他们大步往精益旅馆走，但却钻进一号街的一家豪华饭店用起晚餐来了。他们实在是饿得不行了，多走一步，饥饿就向他们走近一步。肚子饿了，这可不是闹着玩的，他们丝毫不敢马虎怠慢。

刚上一道菜就被四位知名演奏家一扫而光，用狼吞虎咽来形容他们吃饭着急的样子似乎并不过分。酒菜的味道很合他们的胃口，他们吃得非常非常饱，以至于走路都成问题了。

弗拉斯戈莱要付钱结帐。

这时加里斯特斯·蒙波尔大步走了进来。

他早为他们付了帐。他此时此刻看上去很慈祥。

看到蒙波尔，"四重奏"都想揍他一顿。

蒙波尔伸手作挡拦状，对"四重奏"说别冲动，他不是恶意要这么做的，他很想成为"四重奏"的朋友。

蒙波尔把"四重奏"带到了舒适的休息室，他毫无保留地向"四重奏"讲述了自己：

加里斯特斯·蒙波尔，纽约人，50岁，知名人士巴内姆的曾孙。职位是模范岛的艺术总长，他全权负责亿兆城的一切文娱活动。

"四重奏"仍耿耿于怀，因为蒙波尔骗了他们。

蒙波尔不停地向"四重奏"赔礼道歉。

蒙波尔果然在音乐方面有一种天赋，这一种天赋反映在了他感受音乐优雅水准方面。他对音乐的超现实理解，令"四重奏"感到无比的惊讶和难以接受。但总之一句话，不管蒙波尔如何阐述他剖析音乐的能力，"四重奏"都对他一直很愤慨。

邵恩大手一挥，不耐烦地对蒙波尔说："你给我打住！你醒醒吧！你怎么向我们解释你的行为？"

"我很敬佩你们。亿兆城需要你们的音乐。"

"老兄，你醒醒行不行。少来这一套，这已经过时了，简单点说吧！"

蒙波尔见误会越来越深了，赶忙站起来解释，说："天呐！有太阳作证，我们完全把你们看作大名鼎鼎的艺术家。你们闻名美国，大名如雷贯耳，我对你们的崇拜就像那大河之水滔滔不绝。我是多么希望能够用自己的身心去感受你们那天籁般的乐声啊！"

蒙波尔为了表示他们对"四重奏"的诚意，立刻拿出一份合同，递给了"四重奏"，他说："这是模范岛股份有限公司跟你们订的合同。一份从今年开始为期一年的室内乐演奏合同。一年以后，模范岛就回到马格达利那湾，你们可以在那儿继续举办演奏会。"

"我们可以继续在圣地亚哥举办演奏会，是这样吗？"邵恩说。

弗拉斯戈莱把合同看得很认真。

"凭什么让我们相信这份合同？"他问。

"一份由我们岛上的最高领导人吕斯·波克斯丹夫先生签字的模范岛公司的保证书。"

"酬金不会出错吧？"

"怎么会呢？每人一百万法郎，一分不少。"

"什么时候能领到这笔钱呢？"

"先后分四次领取。"蒙波尔答道，"这是第一次的二十五万法郎。"

蒙波尔的大提包鼓鼓的，他先后拿出一百万法郎平均分给"四重奏"。并且承诺，他们在模范岛这一年的费用全部由模范岛负担。

事情已经发展到这个地步了，他们还有什么话好说呢？他们非常激动地在合同上签上了他们的大名。

从此，"四重奏"就要为四百万法郎服务一年了。

蒙波尔的心情也很激动。

"四重奏"第二天就搬进了模范岛最豪华的旅店。他们住的是饭店里最豪华的房间，亿兆城第一号街就横在窗前，他们每人住一间房。饭店的左边是亿兆城的陈列馆，右边是音乐厅。陈列馆珍藏了很多古代和近代的名画，世界各地的名画都云集在这里。名画稀品收藏得非常丰富，连巴黎、伦敦、罗马也只能望其项背。陈列馆里面还陈列着许多珍贵的雕像。另外陈列馆还有图书阅览室，那里有定期运来的欧美报刊杂志，书架上排列着数千种图书，由一个图书管理员专门负责管理。

当地报纸共有两份，一份叫《右舷新闻》，给右舷区居民看的。一份叫《先驱报》，给左舷区居民看的。岛外的各种讯息都通过海底电线，由电话传达过来，这样，亿兆城居民就可以知道世界上发生的一切。

亿兆城掌握的信息每天都处理不完。模范岛的媒体业十分繁荣，有周刊、月刊、画报以及十几种专门刊登俱乐部消息、戏剧介绍和街头新闻的小报。这些小报使人们在精神方面甚至肠胃方面都能得到片刻消遣，刊登的都是一些无关痛痒的小道消息。

模范岛的教育事业也空前发达，教育制度非常完善，模范岛的居民都非常尊重教师。每个人的素质都很高，尊师重道蔚然成风。

模范岛算得上世界奇迹了，"四重奏"一致这样评价模范岛。"四重奏"也一致认为这个岛上只居住着美国人，他们不相信这个岛上还有其他国籍的人。于是，伊凡尔内问了一句："难道就没有法国人吗？"

"有，阿答纳斯·陶莱缪先生。他是教舞蹈和礼仪的，他的收入很高。"

"不错，这种课只有法国人能教。"潘希拉有点自豪。

半个月后，"四重奏"第一次公开亮相在模范岛的大型音乐厅里。音乐厅的门票在半个月前就预订好了，所有的站票在一天内就一售而空。门票价格高达一千法郎，音乐厅内人如潮涌、万人空巷。

演奏节目共有四个：

降 E 长调第一弦乐四重奏，门德尔松作品第 12 号；

F 长调第二弦乐四重奏，海顿作品第 16 号；

降 E 长调第二弦乐四重奏，贝多芬作品第 74 号；

D 长调第五弦乐四重奏，莫扎特作品第 10 号。

赫赫有名的"四重奏"在如潮水般的掌声中亮相于富丽堂皇的音乐厅演奏台。"四重奏"的演奏令模范岛的音乐迷们如痴醉，虽然曲终，但人未散，余音绕梁，难分难舍。

"四重奏"获得了空前的成功，掌声爆起，久久不停，回荡在音乐厅中。

没过几天，"四重奏"在蒙波尔的引见下，会见了模范岛的最高领导人吕斯·皮克斯丹夫先生。吕斯先生是个单身贵族，年龄已到 60 岁，气质非凡，仪表文雅。四位知名的演奏家第一次看到吕斯先生就觉得他很有风度，有领袖风范。

吕斯先生再次向"四重奏"表示歉意，为模范岛文艺总长蒙波尔先生邀请他们的方式感到惭愧，希望"四重奏"能够原谅蒙波尔先生的鲁莽。

这四位知名演奏家早把那件事情忘记了，他们一笑释怀。

机器岛继续向西航行。邵恩他们慢慢习惯了岛上的生活。他们每个月只为模范岛的人们演奏两次四重奏大曲。他们的生活过得很舒闲，一有时间，他们就到岛上游逛。

邵恩他们结识了一位法国同胞——阿答纳斯·陶莱缪。这位老先生今年已经 70 岁了，一副老态龙钟模样。

阿答纳斯第一次见到四弦皇帝时心情特别激动。他激动的原因并不是单纯地敬佩"四重奏"的演奏，更多原因是在他乡遇到自己的同胞。四位知名演奏家的心情也很激动。

阿答纳斯告诉他们，他已经在这个岛上生活了十八个月。他还告诉他们，他原先是住在新奥尔良的，后来吕斯先生把他聘请到模范岛工作。吕斯先生对他不错。

邵恩把他们的生平经历毫无保留地告诉了阿答纳斯老先生。当然，他们也没有忘记提到蒙波尔邀请他们时的行径。

"蒙波尔先生的事情，我也知道一些。他就是喜欢这样玩点戏剧性的花样。蒙波尔先生的性格就是这样，你们不要责备他。他算得上是一个好人，你们很幸运被他慧眼识珠地邀请到模范岛。"

阿答纳斯先生还告诉邵恩他们关于岛上考弗兰和托克登之间的争斗。左舷区和右舷区之间的明争暗斗趋势越来越明显了。右舷区的居民到模范岛是为了安安静静地享福，而左舷区的居民却想利用岛上的资源做生意。两区之间的矛盾愈演愈烈，虽然还没有达到白热化的程度，那也只不过是时间上的问题了。

这可让吕斯先生感到左右为难，他现在的处境很尴尬，要是最后事情到了不可收拾的地步，他的处境真是不堪设想。吕斯先生的职位尽管是岛上最高的，但实际上不过是公司的一个代理，他是个中立派人物，他不赞成托克登，也不反对考弗兰。吕斯先生还有两个助理，一个是基督教徒巴戴莱米·鲁其，一个是天主教徒赫勃莱·哈柯特。他们两个对吕斯先生非常忠诚。

四位知名演奏家向和蔼可亲的阿登纳斯老先生告辞了，答应以后再次相会。

机器岛不停地在大海上移动。6 月 25 日傍晚，机器岛进入了太平洋热带边缘。

穿过赤道

机器岛在海洋中航行，速度时快时慢，极像一艘庞大的巨型海船，但是它与海船不同的是，它所遇到的风险要比海船小得多。机器岛朝着夏威夷群岛方向航行。

四位知名演奏家特别想在这次航海中碰到几个海岛土人。特别是潘希拉，他非常想瞧瞧吃人的野人长得什么模样。

7月6日上午，有一个消息传遍了整个机器岛：

夏威夷群岛离机器岛不远了。

夏威夷群岛中的阿胡岛是机器岛第一个到达的夏威夷岛屿。阿胡岛的首府是火奴鲁鲁，它还是整个群岛的首府。

四位知名演奏家站在机器岛前放眼向阿胡岛望去，他们看到了一大片森林，西南有一条窄长的岩礁，众多岩礁围成的一个小小内湖，叫珍珠湖，那里有一个火山口。

忽然，潘希拉惊呼了起来：

"上帝，那是什么呀？"

"什么？"弗拉斯戈莱有点紧张。

"那边，瞧，钟楼……"

"哇噻，是宫殿！"伊凡尔内声音有点颤抖。

"我们现在是不是在夏威夷群岛，我有点怀疑了。"邵恩真的有点怀疑。

"有没有搞错呢？"潘希拉又说。

搞错的是这四位知名演奏家，这正是阿胡岛。火奴鲁鲁的建筑规模已经有一个城市大小了。火奴鲁鲁的变化令四位知名演奏家赞叹不止，看到火奴鲁鲁翻天覆地的变化真让四位知名演奏家简直不敢相信。夏威夷岛和欧洲已建立了海上交通，岛上除了英国人以外，还住着美国人、中国人和葡萄牙人，当然这些岛上也没有吃人的野人。

"真是没有想到啊！真令人不可思议！"邵恩感叹不已。

在他们这四位知名演奏家的印象里，阿胡岛以至整个夏威夷群岛应该还过着那种刀耕火种的原始生活。但事实上，这个群岛的生产生活方式已经从根本上改变了昔日的刀耕火种。居住在岛上的人们更趋近现代文明，从整体的发展水平可以看出整个夏威夷群岛一直在以日新月异的速度不断地进步着。他们已经步入了一个到处充满机遇和挑战的时期，人类的文明史又重新在这块土地上重演开来。

夏威夷群岛的风光还是很美丽的，这让这四位演奏名家有点流连忘返，依依不舍，像这样的岛上风光一般游客是难得一见的。

模范岛在阿胡岛边靠岸后，立时引起了火奴鲁鲁城里面的居民的关注，他们都想瞧瞧这座到处充满了现代化气息的模范岛到底是个什么样子。阿胡岛上的居民川流不息每天都乘坐着小艇，在模范岛的四周观看。有一艘马来西亚的双桅船，每天都会准时出现在模范岛前，参观模范岛的奇特之处。

机器岛在阿胡岛逗留了几天后，又转航出发了，向西南方驶去。令人感到不解的是那一艘马来西亚双桅船一直跟在后面。

但到第二天清晨的时候，那艘双桅船已消失在机器岛的视野之外。

从 6 月 23 日以来，太阳越来越偏向南半球。既然太阳是往赤道那边移动，最好跟在它后面穿过赤道，那里气候不错。模范岛正以最快的速度朝马贵斯群岛挺进。

在模范岛上生活了这么久，四位知名演奏家已经逐渐了解了岛上一些鲜为人知的事情。岛上所发生的大事莫过于托克登集团和考弗兰集团之间的明争暗斗了。

詹姆·托克登是一个地地道道的美国人，原先生活在美国北部，身材高大，四肢发达。他有十二个子女，四位知名演奏家比较欣赏他的大儿子华脱。

南特·考弗兰，气质庄重高雅，长得也很高大，五官端正，眉清目秀，头发有点发白了。他可是一个沉稳果断的人。他在亿兆城有很好的人缘，口碑颇佳，待人真诚。他热爱艺术，尤其在绘画和音乐方面有独特的见解，精通欧美文字。他是赞成大家在机器岛安享一生的典型代表人物，也是领袖人物。考弗兰的夫人比他小十岁，也已经四十六岁了，她文雅高贵，精通音乐，擅弹钢琴。她经常和"四重奏"切磋技艺。考弗兰夫妇生下了三个女儿，这三个女儿都长得非常漂亮，尤其是大女儿蒂安娜，有着天使般的身材，刚满二十岁。

在模范岛，众所周知华脱·托克登和蒂安娜·考弗兰是天造地设的一对情侣，但因为父辈的竞争使他们一直无法联姻。

模范岛的文艺总长蒙波尔总希望他们这一对情侣能够终成眷属。

越来越令人感到大失所望的是，华脱好像对蒂安娜越来越冷淡了，这也许是人们看走眼了，他们双方极有可能都在保持着矜持。

机器岛继续向赤道航行，差不多是沿着西经一百六十度走。在模范岛的面前是一片汪洋大海，除了大海还是大海。

站在机器岛上，看汪洋潮起潮落，望鱼跃鸟飞，念及四面八方水天一色，寄思深夜星辰漫空，点缀情趣，放逐思绪，精神振爽，胸怀为之博大，沉迷于海风轻拂清醒之中，独醉于模范岛风光无限之内，心情是何等舒畅。

夜幕徐徐降临，夕阳西落，星辰漫天耀目，月光倾泻洒播，心境空明，手掌微凉，风声浪语，一拍一合，凭临于晓夜微晨之时，采天地之灵气，吸日月之精华，不敢说会延年益寿，但强身健体那是少不了的了。这等夜色，这等情景，让人恍然于梦幻之中，不可思议。

快速的模范岛终于来到了赤道线。经过赤道时，亿兆城的居民要举行一次联欢大会。公园要举行群众性娱乐活动，教堂要举行隆重的宗教仪式，电动车要举行环岛比赛，天文台塔顶上要放出绚烂的烟火。

联欢大会终于如期举行。全岛休假，一切工作全部停止。模范岛虽然让推进机停止工作，但是它并没有停止航行，有一股海流把它带向地球的平分线。繁荣昌盛的模范岛此时是一片欢乐的海洋。岛上的居民不分男女老幼，都尽情游乐着。这一天，在经过赤道这一天，模范岛成了人们快乐的大本营。在亿兆城最豪华最富丽堂皇的饭店大厅里，大名鼎鼎的"四重奏"又让热爱音乐的人们，接受了一次精神的洗礼。

四位知名演奏家又拿出了他们的拿手曲目：F 长调第 7 弦乐四重奏，贝多芬作品第 59 号；降 F 长调第 4 弦乐四重奏，莫扎特作品第 10 号；D 短调弦乐四重奏，海顿作品第 17 号；第 7 弦乐四重奏，门德尔松作品 81 号。演奏技艺登峰造极的四位演奏名家为听众们演奏出了天籁妙音。

吕斯先生代表全岛人民为赫赫有名的"四重奏"献上了一块镶嵌着好几粒金刚石的金匾。

模范岛的天文学家计算出了机器岛将在当晚 10 点 35 分穿过赤道线。到时候船舻炮台将鸣炮一响。大家都想知道发炮人是谁，要知道，能代表全岛人民发炮庆祝这一盛举的人肯定是在岛上德高望重、极受人们推崇和尊敬的人。

模范岛的两位领袖人物詹姆·托克登和南特·考弗兰都想代表全岛人民为之发炮，充当一回能够获得至高荣誉的炮手。他们两个人对这个能够提高自己知名度，获得至高荣誉的炮手位置争夺得差点兵刃相见。

亿兆城的城市政府和模范岛最高领导人吕斯先生都不能从中调解考弗兰和托克登的争执。

最后，托克登和考弗兰不约而同地来到了天文台船舻炮台上，他们只离大炮五步距离，事情已经发展到了白热化的程度，这个消息立即轰动了模范岛。人们纷纷围到天文台四周观看。在炮台前，托克登冷冷地对着考弗兰说："你不觉得你这样做很不礼貌吗？"

"在我面前，说到'礼貌'二字，你应该感到脸红。"考弗兰说。

"凭你刚才说的这一句话完全可以让你尝尝我的厉害。"

"我的拳头也不是好惹的。"

"那就试试吧！"托克登话还没说完就已经抢先一步靠近了那个炮台上发射大炮的电动按钮。考弗兰寸步不让，紧跟而上。就在这个时候，双方拥护者都参与进来，磨擦正在进行着。华脱看到蒂安娜在一旁静观不动，他显得有点不知所措。

谁也不能预料哪方能胜，就在这千钧一发之际，大家听到了一声炮响，大家都惊呆了。这炮声不是从船舻炮台发出的，而是从海上传来的。到底是怎么回事呢？模范岛的居民有一种不祥的预感。

立刻从右舷港拍来了一封紧急电报。

原来，刚才那一声炮响，是在前方不远处，有一只遇险的船只刚刚发出的求救信号。

大家都说这炮声响得正是时候，由于有这一声求救炮响，把点炮时间混过去了，才让模范岛最有名望的两家人免遭火拼。

大伙儿都忙于观看遇险船只的情况，考弗兰和托克登也无暇为刚才的无礼解释计较。

遇险船已经沉没到了太平洋海底，船上的人员全都被模范岛派出的电气艇及时救起。原来这艘遇难船正是一直尾随模范岛的那艘双桅船。

被救的连船长一共有十一人，船长身形高大，四十多岁的样子，名字叫萨洛尔。他的手下都是一些从马来西亚招聘来的身强力壮的年轻人。他们都会说流利的英语。他们毫不保留地告诉了模范岛的人们他们遇险的情况，就在一天前的晚上，一艘开得非常快的轮船撞上了他们的双桅船。相撞之后，他们的双桅船遇险徐徐下沉，而那艘轮船却安然无事，扬长而去。

萨洛尔船长说他们的船本来是向新赫布里底群岛行驶的。他们万万没有想到，半途上会碰上这么糟糕的天灾人祸。模范岛现在正往东南航行，不能改变航线，折向西去。吕斯先生为此向他们提议在马贵斯群岛上岸，在那里等候到新赫布里底的过路商船。

但这个建议令萨洛尔他们很失望，他们恳求吕斯先生答应他们到新赫布里底才上岸，他们说他们货船两失，在这个茫茫大海已经走投无路了；希望模范岛上的居民帮他们一把，只要一到新赫布里底，他们立刻会离开模范岛，如果真是这样，他们将没齿难忘，感激不尽，下辈子也愿意为模范岛上好心的人们做牛做马。

但吕斯先生婉言拒绝了他们的请求。他说他愿意到了马贵斯群岛时打电话跟马格达利那湾当局商量一下，如果模范岛股份有限公司同意的话，他可以带他们到斐济群岛去。

于是萨洛尔他们在模范岛上留了下来。8 月 31 日下午，模范岛在大伊星哈埃湾停泊下来，它将在这里逗留几天。马贵斯岛的居民大部分散居在树荫下。马贵斯岛上的风光也是非常美丽。

四位演奏名家心情舒畅地在岛上作了一次旅行。这次旅行令他们又一次大开眼界。当地土著人热情招待了他们四人。

四位知名演奏家的名声虽然没有波及到马贵斯岛上的塔伊人村庄，但是他们受到的欢迎程度并不亚于在模范岛上受到的。他们的心里得到了最大满足，因为他们看到了世人难得一见的山谷风光，塔伊人村庄背后的山谷当真是花香鸟语，幽幽邃静，一派世外美景。

"四重奏"只看得心醉神痴，流连忘返，美景一处胜过一处，当真是目不暇接，怎么看也看不完。

他们碰到了很多来往于山谷的当地土著人，他们虽然长得没有"四重奏"一行人高，但身强力壮丝毫不逊于欧美人。

吕斯先生陪同"四重奏"游览起马贵斯岛来。

伊凡尔内看到体魄健康的马贵斯人后，赞赏道："这些马贵斯人长得真美！"

吕斯先生说："但马贵斯人可能很难到达我们这样的文明水平。"

"他们有他们独特的生活方式。"

"这一点我赞成。他们确实有他们独特的一面，例如复杂的穿戴。但我们也不能强加给他们一些不必要的精神枷锁。"

"吕斯先生这一番话说得很中肯。世界之大，无奇不有，也正像我们，虽然是文明人，但我们还是有不同的地方。"说话的是潘希拉。

"吕斯先生，马贵斯岛上的妇人们似乎长得并不美。"伊凡尔内说了一句后悔的话。

"这并不是一个特例，你将来会碰到很多这样的岛屿。人们比较原始的性别，从外形美来说，认为雄的确实要比雌的健美一些。"

"很抱歉，吕斯先生，我代表美丽的巴黎女人向你提出抗议！"

在马贵斯岛上逗留了几天后，模范岛又启航了，向帕摩图群岛驶去。

11 日上午，左舷港有一艘小船靠近一个有电线通往马格达利那湾的浮标，浮标跟美国海岸电话线接通。吕斯先生向模范岛公司当局请示双桅船脱险者的事情。模范岛公司同意萨洛尔他们到斐济群岛再上岸。

这个消息令喜欢做好事的吕斯先生感到特别欣慰，他的努力果

世界著名科幻故事精华

第四卷

然没有白费。

吕斯先生把这个好消息告诉了萨洛尔他们。萨洛尔他们非常感激吕斯先生以及愿意继续收留他们的人们。

狂欢与阴谋

模范岛继续前进，人们渐渐看到了前方的一片片乌云。看到这样的情形，模范岛上的人们忧心忡忡，要知道，模范岛的上空一直都没有经历过暴风雨呢。

自从船舻炮台对抗那次后，托克登和考弗兰都摆明了誓与对方为敌的立场。从他们两家中散发出来的那一股无形的火药味非常浓重，令人窒息。

人们把精力都花到全心全意关注托克登、考弗兰两家的争斗上去了，把萨洛尔一行人忽略了。

萨洛尔他们在模范岛上到处乱跑，观察街道结构和高楼大厦以及旅馆，他们长时间察看日夜戒备的岛岸，参观岛前岛后的两个炮台。他们的举措的确有点不正常。四位知名演奏家也没有在意萨洛尔他们这一失常举动。

9月17日一大早，"四重奏"用完早餐后，大伙儿又去四处游逛。弗拉斯戈莱在图书馆里兴致勃勃地翻看着他们正要前去帕摩图群岛的地图。他一打开地图，突然大声惊叫起来："糟糕，在前方的海域上有成千上万的暗礁和极多的岛屿。机器岛一定会触礁搁浅的，前途凶险啊！"

但掌舵的西姆考那舰长却早已胸有成竹，他对这一带海域很熟悉。要躲避这些危险，对于西姆考那舰长来说，那是易如反掌。

模范岛到达了安娜阿岛，刚一靠岸，亿兆城居民马上纷纷上岸。安娜阿岛跟帕摩图群岛中其他岛屿一样，也是珊瑚岛。珊瑚岛上长满了成千上万的椰子树，这是岛上主要的财富。

四位知名演奏家现在有了旅游的爱好，这倒是他们没有意料到的。那天，他们舒服地躺在海边的沙滩上，忽然间，草丛中发出一阵窸窸窣窣的声音，"四重奏"立时惊觉，站了起来。他们看到一个庞大无比的甲壳虫来到了他们的面前。

"大得吓人！"伊凡尔内声音有点变样了。

"应该是一只大海蟹。"弗拉斯戈莱并不惊慌。

弗拉斯戈莱说得不错，那庞大无比的玩意儿正是一只大海蟹。它并没有要攻击"四重奏"的意思，它看上的是荆棘丛里一颗大椰子。它把大椰子拖到嘴边，吃得津津有味。

"这只大海蟹的吃相看上去挺美的。"伊凡尔内说。

"而且还很潇洒。"弗拉斯戈莱风趣地说。

"哥儿们，我们逗一逗这只大海蟹怎么样？"潘希拉有点顽皮。

"你省省吧！别到处招惹是非，再说它也不是好惹的。"伊凡尔内很有自知之明。

四位知名演奏家哈哈大笑，绕过那只大海蟹，离开了海滩，到其他地方去了。

又过了几日，模范岛抵达了帕摩图群岛的首府法卡拉伐。法卡拉伐的环境并不优美。这里到处都在炼制椰油，海滩上的珍珠贝也早被当地人一捡而光。

在法卡拉伐逗留了几天后，模范岛又朝大赫的岛靠近。

亿兆城的居民早对大赫的岛神往已久。他们虽然到过帕摩图群岛，但遗憾的是，他们并没有游览大赫的岛，因为时间太紧，这次有备而来，无论如何也不能再次与其失之交臂了。

大赫的岛有"太平洋珍珠"的美誉，面对如此风光，模范岛上的居民强烈要求应以隆重的登岛仪式表达对美丽的大赫的岛的无比神往。

于是在登岛之前，机器岛的船舻炮台连续发了二十一响礼炮，大赫的岛炮台也发射了同数的礼炮作为答谢。

机器岛上的居民得到了大赫的岛居民的热烈欢迎。机器岛上的领导人物和重要官员都登上了漂亮豪华的电气艇前往大赫的岛的巴比丹港，四位知名演奏家和岛上一些公务员乘坐另一只船。他们在一个美丽的喷泉旁靠岸后，立刻朝群岛首长所在地奔去。

这一带是法国殖民地，归法国保护，岛上的长官是总督。他手下有一位指挥官，领导海陆军并且兼管财政、法政，总督的秘书长则管理当地民政。这个岛上的制度非常完善，俨然像一个独立的

世界著名科幻故事精华

第四卷

725

岛国。

　　岛政府设在一片到处是茂盛的椰子树、桔树、木蓄树丛生的树林之中，是一幢一楼一底的房屋，外观非常雅致。

　　大赫的岛总督对吕斯先生一行人非常热情，他非常欢迎吕斯先生率领机器岛上的全体居民来访大赫的岛。最后在交谈结束的时候，总督告诉吕斯先生一行人这个星期法兰西舰队会来。

　　向总督告辞后，吕斯先生一行人决定到皇宫去参见女王。

　　这是一幢二层的方形楼房，掩映在绿荫丛中。建筑风格倾向瑞士建筑风格，很优雅舒适。大赫的岛女王包玛莱六世就住在这里。

　　包玛莱女王看上去非常典雅尊贵，她的气质十分高雅、和蔼可亲，对人待物非常温和，果然有王者风度。

　　大名鼎鼎的"四重奏"也被包玛莱女王接见了，"四重奏"深感荣幸，他们的心情有那么一点激动。

　　重新回到机器岛的文娱宫时，天已经黑了。弗拉斯戈莱的心情还没有平静下来，要知道，他们今天可是见到了一位王者风度无可挑剔的女王啊！

　　"四重奏"回到起居室便谈开了向包玛莱女王露一手四重奏演奏绝技时的情景。

　　一句话，大名鼎鼎的"四重奏"被包玛莱女王的温和态度感动了，难以自己。

　　模范岛决定把大赫的岛作为自己的休憩处，每年开往南回归线以前，模范岛居民都要到巴比丹周围逗留一个星期。为了表示答谢，模范岛决定向大赫的岛的居民开放。大赫的岛上的居民可不客气了，他们非常敬佩机器岛上发达的工业文明、先进的现代化设备。大赫的岛继续为机器岛上的居民开放。彼此互有需求，双方也乐意交往。机器岛上的亿万富翁们早已用电报在巴比丹周围预订了房子。托克登家族和考弗兰家族都搬到了环境优雅的巴比丹高山上。两家的别墅有好几英里远。

　　弗拉斯戈莱对蒙波尔说，既然两家人已离开模范岛，总督拜访吕斯先生的时候，他们就不能到场了。

　　蒙波尔一脸轻松地说："这样一来，事情似乎好办多了。你们想想，吕斯先生应该把总督先带到考弗兰家拜访，还是先带到托克登家拜访。如果他们不在这个时候离开，吕斯先生还真不知道该怎么办呢？"

"事情如果不加以缓解，这场争斗就不会停止。"弗拉斯戈莱很担心。

蒙波尔说："看来只有两家儿女联姻才会使事情发生根本性的转变。"

伊凡尔内插了一句："到目前为止，华脱·托克登和蒂安娜·考弗兰还没有恋爱的倾向呢。"

蒙波尔说："好说！好说！如果老天不给他们创造恋爱的机会，我们可以人为地制造嘛！虽然这种手段非常那个，但是，为了顾全大局，我们这种手段还是有点现实意义的。"

四位知名演奏家来到了巴比丹。群岛的首府环境果然与众不同。这是一座非常美丽的城市，街道宽阔，十字交叉，十分整齐。路旁鲜花似锦，绿草如茵。

大赫的岛上的居民绝大部分是马来西亚人，而且其中还有毛利人，这些毛利人长得很漂亮，男俊女俏。四位知名的巴黎演奏家来到大街上，看到的俊男美女比路旁的鲜花还要多。四人走马观花，看得眼花缭乱，目不暇接，那些俊男美女们美得不可方物，各有特色。四位知名的巴黎演奏家瞧瞧别人又看看自己，觉得自己的这副尊容和他们相比，就应该马上换个角度来观看了。

四位知名巴黎演奏家从街头走到街尾，看到的都是俊男美女，他们越往下看，他们的心理就越不平衡。他们除了感叹上帝的手艺外，只剩下欣赏别人的能力了。

11月7日，"四重奏"去参观维纳斯地角，谁也不甘落后。考弗兰家就住在那片苍翠的山城上。四位知名巴黎演奏家在考弗兰家附近意外地看到了华脱·托克登。华脱骑着一匹高头大马，在山坡上徘徊着。

"四重奏"的晚餐是和考弗兰一家人共用的。在考弗兰家的别墅里，考弗兰一家热情接待了大名鼎鼎的"四重奏"。考弗兰夫人见到四位知名演奏家时心里非常激动，她热爱艺术，非常钦佩"四重奏"

登峰造极的演奏技艺，这次又有机会好好切磋切磋了。蒂安娜小姐的嗓音非常优美，有歌唱家的气质。

大家的心情非常舒畅。这时，潘希拉偶然提到了华脱·托克登，他说华脱今天在别墅附近散步时，看上去忧心忡忡。这一霎那间，"四重奏"觉察到了蒂安娜小姐的举止有点不安。"四重奏"知道蒂安娜还是对华脱有意的，"四重奏"转念一想，华脱到考弗兰家别墅散步，若不是对蒂安娜小姐有情，那又是为了什么？他们会心地笑了。

一件轰动大赫的岛的事情终于来临了：法兰西太平洋舰队抵达巴比丹港。这可真是一件天大的喜事，法兰西太平洋舰队同意了模范岛和大赫的岛提出的举行一次盛大隆重的联欢大会的提议。在这次联欢大会上，当然少不了扬名世界的法国"四重奏"。

盛大的节日终于来临了。包玛莱女王和她的宫廷人士以及舰队高级军官身着盛装，在礼炮声中被迎上了模范岛。

在亿兆城的市政大厦的大厅里，举行了一场隆重的别开生面的舞会，上流人物云集于此，华脱·托克登凑巧在一次四组舞里作了考弗兰小姐的舞伴。这里面一定有模范岛文娱总长蒙波尔的秘密参与。

"四重奏"的高超演奏赢得了大赫的岛女王、法兰西舰队司令、模范岛高层人士的热烈掌声。

两天后，模范岛带着大赫的岛和法兰西舰队的祝福启航离开了。

一边是快乐的结束，一边是罪恶的开始。模范岛上善良的人们万万没有想到，被他们搭救上岛并长期收留的萨洛尔等人正在阴险地进行着他们罪恶的计划。

恩怨情仇

模范岛的上空一直笼罩的异样气氛仿佛有了一定的缓解。模范岛正在上演一场举足轻重的爱情剧。

华脱·托克登早在一年前就对蒂安娜·考弗兰的美貌一见倾心了；美丽的蒂安娜·考弗兰小姐也对英俊的华脱·托克登心动不已。但是由于难言的处境，双方都没有吐露真情。

最近引起模范岛居民关注的事情是：在第十五号街和第十九号街公馆里时有强烈过激的议论，对于这种议论，华脱和蒂安娜小姐从不参加。当詹姆·托克登激烈抨击考弗兰家的时候，华脱·托克登总是借故避开；当南特·考弗兰对托克登大肆攻击时，蒂安娜小姐也总是伺机躲避。考弗兰太太和托克登夫人对各自儿女想的事情是心知肚明、心照不宣。

在公共场合，华脱和蒂安娜见面后总是怦然心动，为自己也为对方。虽然，有时他们只离对方几步远，但也不敢跟对方问候一声，打一声招呼。在他们眼里，眼前这几步远，其实比千里万里还要遥远。他们不敢逾越心灵深处的雷池，他们被家族的仇恨隔开了，而且隔得很远很远。这是一种无情而又痛苦的折磨，两位青年人的神经已经快要被家族隔阂的无形巨石压断了。

在人为制造的家族仇恨深渊中，善良、无辜的华脱·托克登和蒂安娜·考弗兰深深地陷入了痛苦之中。在火与剑的面前，两位青年人感到茫然失措，他们不知道应该怎么面对这个痛苦的现实。令人欣慰的是，傍晚暮色之时，华脱散步时，常能遇见考弗兰太太和蒂安娜，他总是礼数周到，她们对华脱也是如此。

11 月 11 日上午，模范岛上的瞭望员看到了位于南纬二十度、西经一百六十度的科克群岛的山峰。这群岛又叫芒其亚岛。它是澳大利亚英国殖民政府的保护地，模范岛首先遇见的岛屿是芒其亚岛，它是群岛首府。

模范岛按照航行计划，要在这里停泊十五天。刚到芒其亚岛时，一只独木船便从港口划出，来到右舷港码头。船上坐着英国特派传教士，一位普通的基督教牧师。他的实际权力比芒其亚的君王还要大。他是这个岛屿的实际统治者。他纵身一跳就上了模范岛。右舷港口的负责人迎接了他。

牧师上了模范岛的头一句话就是："芒其亚岛的君王规定，凡是到芒其亚岛的外来人员，都要上缴一笔进岛税。"

"缴税？"

"别惊讶，又不是只收你们的税，两个银元不多，一人一份。"

模范岛港口负责人一眼就看穿了牧师卑鄙、狡诈、阴险的用心。

什么芒其亚岛的君王规定，那还不是这个狡诈可恶的牧师的借口。港口长官觉得这件事情非同小可，他不敢胡乱决定一些他不能决定的事情，他的本职工作就是用心工作，忠诚上级。他立刻向舰长作了汇报，舰长马上打电话给吕斯先生。吕斯先生经过深思熟虑，决定不买那个牧师的帐，而且决定不在芒其亚岛停泊，另改新的路线航行。吕斯先生还征询了模范岛高层人士的意见。

新航线不再经过新赫布里底了，萨洛尔一行人恨死了吕斯先生等人。

模范岛不再到芒其亚岛，人们一看到那个阴险狡诈的牧师就恶心。模范岛的航线要经过东加群岛，也经过西北方向的萨摩亚群岛。

这个航线令萨洛尔他们非常高兴。在模范岛上居住的人们都不知道萨洛尔他们一行的真实身份。他们到夏威夷群岛是早有目的、早有企图的。萨洛尔是一个人面兽心的大海盗。他很有心计，阴险狡诈，城府极深。早在几个月前，萨洛尔和他的水手就跟埃罗芝果岛——新赫布里底群岛的岛屿之一的一伙恶贯满盈的海盗共同策划了劫持机器岛的大阴谋。他们早闻机器岛是一个宝岛，岛上的财富根本无法估计。要想劫持机器岛，单凭几个人的力量是无法办到的。于是，他们制造了自毁船只的假象，骗取了模范岛居民的同情，乘机呆在岛上偷偷考察机器岛四周的环境、地形、警戒等情况，伺机劫岛夺宝。萨洛尔等人把模范岛引到埃罗芝果岛，只待模范岛一停下来，埋伏在埃罗芝果岛上的上千名海盗蜂拥而上，把模范岛引到埃罗芝果岛猛撞，誓把模范岛撞得粉碎，然后进行屠杀和抢劫。

12 月 14 日，模范岛接近萨摩亚群岛中的土土伊拉岛。模范岛在土土伊拉岛北部六锚链的一带沿岸行驶。海上有几百只精巧的独木船，船上坐着半裸上身的土著人。他们放声歌唱当地民歌，纷纷跟在模范岛后。模范岛停在彭果港。

土土伊拉岛的首府是莱翁内，在岛中央。而萨摩亚群岛的首府在乌士卢，乌士卢住着君王，岛上还驻有英国、美国和德国特派的专员。

模范岛上有一些热爱旅游的人，他们游览了土土伊拉岛。岛上物产富饶，风光美好。

四天后，模范岛拜访乌士卢。乌士卢比土土伊拉岛好不到哪里去。乌士卢山冈有很多处，茂盛的树木生长在已经熄灭的火山上。山麓平原和田地一直延伸到岛岸冲积地带，那里生长着各种热带奇花异卉。

萨摩亚群岛一直被英、美、德三国控制着，但是法国也抢占了不少地盘。在萨摩亚群岛上的法国势力范围的首领是天主教传教士。法国传教士们在岛上和当地居民和睦为邻，他们跟当地居民的关系处理得非常好，极有口碑，德高望重。

四位知名演奏家特地上岛拜访了西翁山天主教堂的负责人。负责人是修道院院长，年纪很大，在萨摩亚居住了很多年。院长非常热情地接待了他们。"四重奏"对老院长十分敬重。他们十分诚恳地邀请老院长到亿兆城做客。院长盛情难却，在"四重奏"的陪同下参观了现代化气息很浓的亿兆城。"四重奏"还为老院长和他的同事们演奏了几首贝多芬的作品。"四重奏"向老院长他们告别了。老院长他们祝"四重奏"以及模范岛一路顺风、平安。

巨额敲诈

模范岛启航北去。模范岛距南回归线有十度，它一直南下到东加大布列岛，这样做无非是想一直保持宜人的气候。

12月就要无声无息地过去了。模范岛的居民们正在准备过圣诞节，他们非常重视这个盛大的节日。吕斯先生举行了一次宴会，招待亿兆城的首脑人物。考弗兰家和托克登家坐在了一处，这两个家族的仇恨已经缓解了很多。元旦那天，两家还互相寄出了祝福对方的贺年卡。两个家族和好的形势一片大好。

机器岛继续向东加大布列岛挺进。但谁也不会料到半途上会碰到出乎意料的变化。

事情发生在30日凌晨2点多钟的时候，几声震耳欲聋的响声远远传来。天空被火光染红，一直红到岛的上空。

天亮的时候，模范岛上的居民非常惊讶，不仅响声没有停止，空中还有一种黑红色的雾，又好像扬起的尘埃，开始像雨一样往下落。天文台学者判断这种东西来自西部岛屿的某一座火山，现在还听得见没有规律的巨响，这肯定是剧烈的火山爆发所引起的。

天空逐渐变成漆黑一片，航行越来越困难。模范岛以最慢的速度移动着。

糟糕的事情还没有结束，不幸的事情接踵而至。模范岛紧接着又被猛撞了一下，这是不祥的预兆。

吕斯先生立刻得到了消息，有一艘大轮船撞在模范岛的岛尖上。模范岛没有遭受什么损失。但是那艘船却倒霉得很，人们在出事时才发现了它，船上发出喊叫声，一会儿就什么也听不见了。船极有可能沉没了，人们想弄清楚这艘船是哪个国家的。模范岛上的瞭望员说他曾听见一个粗哑的声音发布命令，要知道，这种粗哑声是英国船长所特有的。不过这也只是假设，很难下定论。

撞船事件发生的第二天一大早，模范岛的东南方出现了三艘英国军舰。很快，这三艘军舰的长官妥奈尔昂首挺胸，傲然登上了模范岛。

吕斯先生在一间会客室接见了妥奈尔。彼此寒暄一番，立刻言归正传。妥奈尔从口袋中掏出一份公文开始念起来：

"我，英国海军大将爱德华·考林森爵士诚告模范岛最高领导人吕斯先生：在12月31日到1月1日夜里，从格拉斯哥港开出的大货轮格仑号，在东经一百七十七度十三分，南纬十六度五十四分，受到属于设在美国加格尼亚马格达利那湾的模范岛有限公司的模范岛的撞击；被撞以前，该船前桅点有白灯，右舷点有绿灯，左舷点有红灯，完全合乎航海法之规定。撞后第二天，它出现在距出事地点三十五英里的地方，当时由于左舷尾端漏水将沉，后来，当格仑号全体船员幸运地被救上由海军大将爱德华·考林森爵士指挥的英王陛下的头等巡洋舰先驱号的甲板后，格仑号轮船就沉没了。

尊敬的吕斯先生，所谓'杀人偿命，欠债还钱'，这些道理你应该比我还懂，我就不多费口舌了。事情很直接地告诉我们双方，我代表不幸的格仑号全体船员正式也是正义地向你以及你所领导的模范岛表示强烈的抗议，并提出赔偿损失一百二十万英镑，这笔赔款由海军大将爱德华·考林森爵士为遇难的格仑号代收，要是敢说半个不字，模范岛将要全部葬身大海。"

吕斯先生等妥奈尔一念完那份所谓由"英国海军大将爱德华·考林森爵士"亲自拟写的交涉公文后，嘿嘿地冷笑两声。吕斯先生觉得在模范岛和格仑号轮船相撞的真相还没有大白于天下的时候，提早下出这样的结论，真是荒谬之极。

那个所谓的"英国海军大将爱德华·考林森爵士"拟写出这样的公文递交给模范岛的最高领导人，简直是视模范岛上的最高领导人如无物，这份交涉公文实际上是变相的敲诈威胁信。"海军大将爱德华·考林森爵士"的态度简直就是冒天下之大不韪。吕斯先生和妥奈尔争执得面红耳赤，最后不欢而散，妥奈尔悻悻离去。

吕斯先生立刻命令模范岛快速启航，但那三艘英国军舰一直纠缠不休。无论模范岛以多快的速度航行，那三艘英国军舰总能尾随而至，看来这三艘英国军舰是有备而来，军舰的装备应该很先进，要不然，凭一般军舰的航速又怎能和模范岛的航行速度相提并论。

没过多久，英国军舰鸣炮示威。模范岛的高层人士立刻召开了紧急会议。托克登和考弗兰这两位模范岛首脑都不同意跟英国军舰正面交锋，他们宁可赔点钱，能够大事化小，小事化了，是最好了。既然两位首脑人物都这么说，吕斯先生也不好再说什么，模范岛同意赔款给英国军舰。

没过多久，英国军舰先驱号舰长的特派员妥奈尔飞扬跋扈地登上模范岛，拿走了一百二十万英镑。模范岛没有了后顾之忧，这才安心离去。

1月9日上午，模范岛的瞭望员已经看到东加大布岛了。东加大布岛是英国的势力范围，岛上的头脑人物当然是英国人，他们并不欢迎模范岛上的美国籍居民。但是著名的"四重奏"却看到岛上有一小块法国建筑，法国派驻大洋洲的天主教主教就住在这里。"四重奏"受到了法国同胞的热情招待。法国派驻大洋洲的主教陪同"四重奏"游览了国王乔治的首府纳夸洛法和缨亚村——这个村的居民都是天主教徒。

法国"四重奏"在岛上流连忘返地游览当地奇特风光时，萨洛尔船长求见了吕斯先生。他告诉吕斯先生，他在东加大布岛有一批同胞，他们是从新赫布里底招募到东加大布岛来垦荒的。前几天，

世界著名科幻故事精华

第四卷

岛上的垦荒工作已经结束，不知道他们这一百人可不可以顺便搭模范岛回去？吕斯先生看到萨洛尔为自己同胞求情的诚恳模样，他感到此事不好推却，便答应了他的请求。萨洛尔转身出门的时候，脸上堆满了诡秘的笑容。

东加大布岛上举行了一场半宗教半民间的节日庆祝活动。节日的广场是一片欢乐的海洋，当地居民在岛上载歌载舞。闻名世界的法国"四重奏"决定为载歌载舞的人们助兴，他们要为当地居民演奏一曲《地狱天堂》。提琴横架，手指拨弦，琴声绵绵，歌者应舞。大家一唱一和，把节日的气氛推到了高潮。

就在大伙儿忘情歌舞的时候，一个魁梧的当地青年，被邵恩用大提琴演奏出来的声音陶醉。他突然大步急冲，靠近邵恩，伸出手，立时将邵恩手上的大提琴抢走了，一面跑一面喊："'大布'！'大布'！"这把大提琴已被宣布为神圣禁物任何人都不能动它，否则就是亵渎神灵。

邵恩哪里知道这样莫名其妙的礼教，那个当地青年乘他拉得聚精会神之时，出其不意无礼地抢走了他的大提琴，而且还是在众目睽睽之下。想他也算得上是一个名声显赫的公众人物，今天，看家宝贝被一个无名小辈伸手之间就一掳而走，心里越想越气，最后由气变成恼怒，当下瞧清楚了那个青年人的身形，立刻拔腿向那人追去。那个青年在人山人海中倏忽溜转几下，片刻之间不见了人影。

邵恩知道他熟悉当地地形，要摆脱一个外地人的追踪那是易如反掌。虽然，邵恩看不见那个抢琴人的身影，但仍是四处张望，不甘心就此罢休。蒙波尔的焦急的心情此时此刻跟邵恩的心情是一模一样。邵恩如果丢了他那把熟悉的大提琴，从此以后，法国"四重奏"就要变成法国"三重奏"了。要知道，模范岛重金聘请他们四人登岛献艺，如今要是四弦不全，后果不堪设想，他怎么向模范岛全体公民交待呢？想到这种棘手后事，蒙波尔追赶那个青年人的脚步就一直不敢放松。

幸亏岛上当局干预了这件事。没过多久，那个抢琴人被抓到了法国"四重奏"的面前，他低头交出了邵恩的大提琴。邵恩也没把那个青年人打一顿，拿回自己的大提琴后，便和蒙波尔等人离开了

世界著名科幻故事精华

东加大布岛。

　　1月16日下午，模范岛从东加大布岛到斐济去的途中差不多走了一半，东南方忽然出现一艘船，朝模范岛的左舷港开来，那艘船上没有一面旗帜，船的国籍身份不明。当天夜晚，天空下起了一场倾盆大雨，雷电交加，风雨大作，情景煞人。一场模范岛居民闻所未闻的灾难降临在他们的头上。

　　第二天，模范岛全部混乱起来，城郊城外野兽凶猛奔窜。亿兆城的日常秩序完全被破坏了。亿兆城的居民惊慌失措，不知道模范岛到底发生了什么人神共怒的事情。

　　到底是怎么回事呢？是什么船把动物运来的？是昨天瞧见的那艘船吗？如果真是这样，那么那艘船又发生了什么事呢？那只船是不是沉没了呢？瞭望员视野所及的海面，没有任何残留的漂浮物，再说，船只沉没的话，既然野兽能逃到岛上，船员怎么会不逃过来呢？吕斯先生和模范岛的高层人士为此召开了紧急会议。

　　吕斯先生身居正中，对与会人员说："想必各位都已经知道昨天岛上大乱的事情，岛上莫名其妙地涌入一些凶猛的野兽扰乱秩序，破坏居民的日常生活，严重威胁了岛上居民的生命财产安全，影响恶劣。我们不能坐以待毙，摆在眼前的首要工作是先平定岛上的兽乱。大伙儿要齐心协力，团结一致，对付险情。"

　　与会人员全力赞成吕斯先生的计划，大伙儿都想：就算吕斯先生不提出，我们都会去干好这件大事的。大伙儿又想到了这件岛上兽乱的事情内幕上去。精明的模范岛高层人士隐隐约约认为这件事情并不是猛兽作乱这么简单。他们都一致认为这件事情是大祸的一个开端，事情还会更糟糕地发展下去。他们猜想，这是有意识、有目的、预先策划好的阴谋，他们毫不忌讳地想到这一定是英国人干的。

　　吕斯先生也猜想到了这件事情一定是那伙自称英国太平洋海军舰队的人干的，什么英国海军大将爱德华·考林森爵士，狗屁！说不定还是大海盗呢！

　　这次高层会议似乎要没完没了地继续召开下去。因为，他们通过各抒己见，一些鲜为人知的内幕渐渐暴露出来，他们觉得这个会议召开得非常成功，难得有机会大家会想到一块儿去的机会。他们中一些跟英国人打过长久交道的人，毫不保留地向与会人员列举了英国海军为了取得海上霸权而采取的一些海盗行径。

与会人员特别憎恶这些自称是英国海军的英国人，为他们偷偷用船把一些在模范岛上从来没有出现过的凶残猛兽运上模范岛感到无比愤怒。人们各自发出了自己强烈的谴责和抗议！

他们决定首先将模范岛上所有的野兽全部围捕起来，一个都不能放过。在这个时候，萨洛尔船长他们一行人求见了吕斯先生，他们希望能够为模范岛贡献一份自己的力量。他们要报答模范岛人民对他们的恩惠，这当然是他们的假话，他们真实的意图是害怕模范岛发生什么意外从而破坏他们的计划。他们可不愿到嘴的肥肉被这场微不足道的意外给弄丢了。

法国的"四重奏"也参加了围捕野兽的行动。

萨洛尔船长和他的手下都是海盗，在大海上什么大风大浪没见过，长期的海盗生活使他们面对自然灾难时临危不惧。他们四肢发达、手段凶残、嗜好格斗，暴力思想早已根深蒂固。不可否认，他们在这次围捕猎杀凶兽时，发挥了很大的作用，得到了岛上居民的好评。但他们并不像善良的岛上居民想的那么简单，他们认为这次只是小试牛刀而已，真正厉害的地方，模范岛上的善良居民还没看到呢，他们认为岛上少了一头作恶的野兽，那么模范岛的特殊意外发生率也会随之减少一点。

萨洛尔带领他的手下首当其冲，打死了几只狮子，还杀了几只老虎。一时之间，他们的名字传遍了全岛。

围猎工作进行了一天，战果颇丰，还剩下少数野兽没有捕获猎杀，也许野兽被模范岛全岛人民同仇敌忾的气势吓住了，它们吓得躲藏起来。但模范岛的高层人士并不感到轻松，他们感到岛上到处都充满了危机，谁也不能保证自家附近不会隐蔽着一只野兽。虽然大部分野兽被干掉了，但模范岛的居民还是感到不安全，在这个危机四伏的模范岛，无辜的人们还是处在危险之中。

就在围猎当天的下午四点，模范岛上的高层人士刚刚走到市政大厦门口的时候，忽然响起了一片惊叫声，声音从一号大街源源不断地传来。吕斯先生等人不及细想，首当其冲，大步往出事地点奔了过去。南特·考弗兰和华脱·托克登最先到达广场。他们冲了过去，原来是一只巨虎突然从街道左侧咆哮窜出，街道行人被吓了个措手不及，都拼命四散狂逃。

华脱跑得太急，他忘记了自卫。街头巨虎咆哮一声，纵身跃起，将华脱笼罩在自己的利爪之中。只听街道两侧逃不及的妇女、儿童、老人在这个时候，齐声惊叫了一声"啊！"原来华脱被巨虎爪一爪抓得肩膀受伤，伤势很重，血溅当街。华脱被巨虎抓倒在地。

考弗兰惊急之中，从腰间抽出腰刀，朝巨虎背上砍了一刀。巨虎受伤，立刻转身，呼的一声，挥出大利爪，只听"咣啷"一声响，考弗兰手上的刀被巨虎舞爪打飞了。巨虎张牙利爪向惊魂未定的考弗兰逼近。忽听"砰砰"两声枪响，巨虎身中两枪，倒地而死。

考弗兰立刻扶起受伤的华脱走向詹姆·托克登。原来刚才开枪打死巨虎的正是詹姆·托克登。他及时救了考弗兰的性命，同时詹姆·托克登也很感谢考弗兰不顾危险救了他儿子华脱的性命。考弗兰家族和托克登家族终于不记前仇，和好如初了。模范岛平定了兽乱，又安静下来，继续朝斐济群岛驶去。

斗智斗勇

自从上次勇斗凶虎，南特·考弗兰救了詹姆·托克登长子华脱·托克登的性命，詹姆·托克登在南特·考弗兰生命垂危之际大施援手之后，两家就再也没有芥蒂了，重归于好。经过华脱·托克登和蒂安娜·考弗兰的不懈努力，双方家长都同意了他们的婚事。模范岛的两位首脑人物的儿女结为夫妻，这件事情轰动了模范岛全岛。善良的人们为他们这两位青年男女结为夫妻由衷高兴，并为他们祝福，愿他们白头到老，天长地久。

华脱和蒂安娜的结合，当真是众望所归。模范岛这一对天造地设的情侣的婚礼定在 2 月 27 日举行。蒙波尔担任婚礼筹备人，这也是众望所归的事情。婚礼筹备人这个职位非蒙波尔莫属。

模范岛继续朝斐济群岛挺进。首先到达的是斐济群岛之一的维的岛。模范岛上很多人都知道斐济群岛有二百五十五个岛，但只有一百来个岛上有人居住，居民人口不过十二万多，这些小岛的面积很小，最大岛的面积都不超过一百五十平方公里。斐济群岛早被划入英国的势力范围。斐济群岛的当地居民有吃人的传统，至今他们也没有抛弃这个传统。这个传统跟宗教有关，他们信仰崇拜的神喜欢鲜血淋漓的人肉。这样的事情让知道详情的人毛骨悚然，不寒而栗。

1月20日下午，模范岛终于靠近了维的岛。维的岛群山众合，它是斐济群岛中最大的岛。群岛的首府苏瓦城就在这个岛上。模范岛在苏瓦港口停泊了下来。当天办好了相关手续，得到了维的岛当局自由上岸的许可。

法国"四重奏"越来越喜欢旅游了，说实在的，他们四位还真的从心里感激蒙波尔呢。要不是蒙波尔的引荐，他们也不会沿途看到这么多景色奇特的岛屿风光。当然，这次维的岛的旅行，他们也不会错过，不敢说他们是专业的旅行家，但业余旅行家却是一点也不为过。

世界著名科幻故事精华

最吸引法国"四重奏"的还要算当地土著人的小屋，他们几次请求参观都被当地居民拒绝了。经过几次折腾，法国"四重奏"乘他们没注意时还是偷偷地瞧了一下小屋里面的摆设和布置。他们看了第一眼，就再也不敢瞧第二眼了，里面臭气熏天，臭气的影响波及到屋外三米开外的地方，法国"四重奏"差点作呕，但出于礼貌，他们千方百计地忍住了。

第二天，法国"四重奏"余兴未尽，他们还想到岛上参观参观，他们跟吕斯先生说，岛上有一条大河叫尼瓦河，到那里游玩一定会很尽兴。要知道，他们睁开眼看到的是大海，闭着眼睛听到的是海风海浪的拍合之声，这可是他们每天的生活，他们有点腻烦了这种生活，如果有机会登上一个有大江大河的岛屿，他们一定会引以为人生之大快事。虽然模范岛有一条河，但早被他们玩烦了，一看到那条人工河，他们就生气。吕斯先生二话没说，马上拨给他们一艘电气快艇去尼瓦河游玩。既然吕斯先生这么够朋友，法国"四重奏"也知道该怎样好好驾驶那艘电气快艇了。

电气快艇由一个驾驶员和两个水手操纵着，还带了一个本地的领航员。

电气快艇用了一个小时，终于抵达了尼瓦河源头。法国"四重奏"在那个当地领航员的带领下去参观当布村。当布村依然保留着斐济人的古老传统，巫术盛行。

法国"四重奏"走进了村庄里，但村民对他们并不热情，没有人上前搭理他们。法国"四重奏"看到当地居民那不友好的眼光，颇感尴尬。又走了一程，他们来到当布村酋长的住宅面前。酋长出来了，他身后跟着一群身材魁梧的土著人。酋长长得非常高大，肌肉绷紧，面相凶恶。

酋长一脸严肃地朝法国"四重奏"走来，刚走几步，可能是他走得太急了，也可能是他要用走这几步路证实他的领袖身份，才会如此过分地全神贯注。他昂首挺胸朝前走，看不到脚下那根大木桩，他走路也太用力了，刚一碰到粗硬的木桩，啪的一声重响，他被大木桩绊倒了。

如果说酋长大人被一根木桩绊了个狗吃屎让法国"四重奏"感到吃惊的话，那么他的手下全体摔倒在地上就让法国"四重奏"感到难以理解了。法国"四重奏"大惑不解地把目光移向了那个当地领航员，希望他能够为此事作一个圆满的解释。但他们却看见那个领航员无可奈何地耸了耸肩。

没办法，事情就这样不了了之。土著人酋长重新端端正正地站起来，领航员用当地语言跟酋长交谈了几句，"四重奏"一句也听不懂。领航员向"四重奏"翻译，酋长问这些外来人员想干什么，回答是参观参观。酋长同意了法国"四重奏"自由参观当布村。酋长对法国"四重奏"不理不睬，然后头也不回地往自己住所走去。其他土著人也自行散去。法国"四重奏"暗道：好大的架子！

法国"四重奏"在那个领航员的带领下来到了一座破屋里。破屋里住着一个巫士。就在弗拉斯戈莱和巫士交谈的时候，潘希拉一个人离开了大家。等大伙儿离开破屋时，发现潘希拉已经不见了。

法国"四重奏"剩下来的"三重奏"吃惊不小，他们非常担心潘希拉的安危。他们手忙脚乱地寻找潘希拉。但找遍了当布村四周都没有看到潘希拉的踪影。

世界著名科幻故事精华

第四卷

他们穿过村子时，发现了一个奇怪的现象，所有的村民都不见了。所有的茅屋都关门闭窗，酋长也不见了，他们顿感事情不妙，一种不祥的预感笼罩在他们心头之上。他们以为潘希拉提早回到电气快艇上去了。但回到船上，也没有发现潘希拉的影子。

剩下的法国"三重奏"立刻就明白了是怎么一回事，机智灵活的潘希拉一定被土著人捉走了。邵恩他们决定请求吕斯先生帮忙。吕斯先生得知这个可怕的消息大吃一惊，但他马上就镇静下来。他立刻命令西姆考那舰长速领一队全副武装的士兵陪邵恩他们到当布村落营救潘希拉。

当他们这支队伍走到一片密密的荆棘丛前时，他们看到丛中火光冲天，一堆柴木正在熊熊地燃烧着，柴火的对面，在一群闹哄哄的男女中间，潘希拉赤膊露肚被绑在一棵树上。那个面相凶恶的土著人酋长操着一把巨斧站在他的面前。邵恩三人惊恐万分，脱口而出："住手！"士兵蜂拥而上，土著人哪里见过这等阵势，撒腿跑得无影无踪，潘希拉安全得救。

激战海盗

模范岛继续朝前航行。吕斯先生曾经答应要把萨洛尔他们安全送到新赫布里底，于是航线直指新赫布里底岛。

模范岛上的两家名门望族的公子小姐的婚期一步步逼近了。蒙波尔是婚礼筹备人，他的担子可不轻，他向一些世界名城为华脱和蒂安娜预订了很多昂贵的家具。为华脱和蒂安娜运家具的船已经从马赛出发了，蒙波尔早已预算好了，以模范岛的速度可以在约定地点——斐济和新赫布里底之间的地方跟它会合。

10月2日，模范岛来到了将要跟那艘从欧洲来的轮船会合的地方，模范岛上的全体居民都在激动地等待着那艘满载婚礼希望的船只出现在他们的视野中。

当天下午，瞭望员看见一只没有旗帆不明国籍的大轮船出现在模范岛的东北方向。岛上的居民都拭目以待，人们都以为是为华脱和蒂安娜运家具的海船。但事情却并不是这样的。那艘大轮船一接近模范岛就升起了模范岛公司的旗帜。

"这是模范岛公司总部派出的轮船。"大轮船的负责人一见到吕斯先生，就生硬地说出了这么一句话。

　　吕斯先生在办公室和这位自称是模范岛股份有限公司总部特派员交谈了几分钟，得知了一个令他吃惊的消息：模范岛股份有限公司在1月23日就宣布破产了。

　　吕斯先生认为这件事非同小可，马上打电话通知模范岛的高层知名人士到会议厅出席紧急会议。会员们全部到齐了，吕斯先生向会员们公布了这个消息。会员们个个都是身家过亿的大富豪，他们对公司破产并不感到像吕斯先生那么吃惊，这是金融界一件很平常很自然的事。

　　考弗兰和托克登在会上询问了一些关于模范岛公司破产的情况。那个总部特派员说，总部因为无节制地投机，亏损了五亿美金，导致公司破产。

　　情况是这样，目前急需解决的问题就是尽快建立一个新公司，以协议或拍卖的方式把模范岛全部买下来。谈到钱的问题，在场会员个个都是亿万大富豪，自然没将这区区五亿美金看得很重。考弗兰和托克登等几位会员率先在会上凑齐了五亿美金，他们联合买下了模范岛。那位总部特派员叫来好几队人马，才把五亿美金从模范岛搬到他们的大轮船上。

　　新公司成立了，由詹姆·托克登和南特·考弗兰联合执掌，简称联合公司。模范岛没有丝毫变化，该干什么还干什么。

　　模范岛接下来应该办的大事是华脱和蒂安娜的婚礼，蒙波尔这个婚礼筹备人可忙开了，忙得近乎玩命。

　　2月19日，等待中的"喜船"终于出现在海上。运来的东西在考弗兰公馆大厅里举行了一次展览，全岛的居民都去参观了，婚具受到了广泛好评。

　　2月27日一大早，模范岛看到了新赫布里底群岛的第一座山峰，华脱和蒂安娜梦寐以求的婚礼终于开始举行了。

　　下午1点的时候，在萨洛尔船长的指点下，模范岛停泊在离埃罗芝果岛一英里远的地方。此时此刻的模范岛到处是欢乐声，到处是芬香的鲜花，欢声笑语充斥了整个模范岛。岛上的男女老幼都尽情地在城市公园、露天广场、大娱乐宫载歌载舞。

今天，模范岛上最快乐、最幸福的要数华脱和蒂安娜了。华脱牵着蒂安娜的手正一步一步走近结婚的礼堂。在他们幸福地走向礼堂的时候，礼堂前的道路两侧堆满了鲜花，祝福的掌声回荡在礼堂周围，回荡在英俊潇洒的华脱先生和美丽大方的蒂安娜小姐的头顶之上。

这一对青年情侣离庄严圣洁的礼堂大门越来越近，只有二十步之遥了，幸福美满的日子正向他们招手呼唤。

就在这个时候，从左舷港方向远远传来几声猛烈地爆炸响。一个非常恶劣的情况出现在正在参加隆重婚礼的人们面前，人面兽心的萨洛尔船长从埃罗芝果岛带领着三千余名海盗和凶狠的当地土著人正在猛烈地进攻模范岛离埃罗芝果岛最近的左舷港口。

人们的情绪一下从欢乐的巅峰坠落到莫名惊诧的深渊。这个糟糕的消息令华脱和蒂安娜非常失望，在他们大婚喜庆的日子，竟然碰到这样大煞风景的事情。人们感到非常扫兴，大家的心里都在诅咒痛骂阴险狠毒的萨洛尔以及他的同伙。罪魁祸首萨洛尔的下场将会是天打雷劈，不得好死。

深明大义的华脱和蒂安娜为了顾全大局，请求主持他们婚礼的蒙波尔暂时延迟婚礼，等退去公敌之后再举行婚礼，到那时，模范岛将会是双喜临门。蒙波尔为难地点头同意了他们的诚挚请求。吕斯先生以模范岛最高领导人的身份命令全岛军民进入一级警戒状态，同仇敌忾，抗击忘恩负义的萨洛尔一伙和不分好坏的野蛮土著人的疯狂进攻。

善良的模范岛居民都知道，一场捍卫生命财产和领土完整的自卫反击战开始了。他们不惜一切代价也要消灭来犯的敌人，对于忘恩负义的海盗，他们再也不会怀有怜悯爱护之心，他们将战斗到底，誓死保卫模范岛，奋不顾身与敌人搏斗，即使是死也要和敌人同归于尽。

由于萨洛尔一伙亡命之徒抢占了偷袭的先机，他们攻上了模范岛，并出其不意，攻其不备攻到了亿兆城下。吕斯先生身先士卒，萨洛尔工于心计，认为杀死了模范岛最高领导人吕斯先生，模范岛

世界著名科幻故事精华

上的坚守军民就会土崩瓦解。

于是，他命令所有的枪口都瞄准吕斯先生。吕斯先生身中数弹，英勇地牺牲了。吕斯先生的死激起了模范岛军民最强烈的复仇欲望，他们以一当十，将所有恶贯满盈的海盗和顽固不化的土著人全部歼灭在亿兆城下。

萨洛尔果然被剐了万刀，死无葬身之地。他的残碎肢体被愤怒的模范岛军民扔进了同样愤怒的大海，战乱平定了，模范岛人民将永远记住为模范岛献身捐躯的勇士们。

孤岛分裂

经过和萨洛尔一伙亡命之徒的激烈战斗后，模范岛的大部分地区被炮火洗礼了一次，但损坏程度并不严重。在西姆考那舰长的领导下，模范岛的损伤部分立刻用先进维修设备修复好了。大家都坚信，只要大伙儿团结一致，万众一心，就没有克服不了的困难。同样，大家也坚信，用不了四个月，模范岛就能返回美国沿海。

自从德高望重的吕斯先生英勇为民捐躯、奉献出自己宝贵的生命后，亿兆城就没有了市长。由于没有民政长官，华脱和蒂安娜的婚礼就不能举行。

模范岛的居民都恨死忘恩负义、过河拆桥的萨洛尔了！不过，恨归恨，事情已经过去了，再也不复存在了。目前模范岛最棘手的问题出现了：选举多次，都选不出一位新的全岛最高领导人。

原来模范岛的两位首脑人物托克登和考弗兰都想担任这个职位。要知道，这可是万人之上的巅峰之位啊！

托克登是左舷区的区长，想也不用想，所有的左舷区居民都支持托克登荣登模范岛最高领导人之位。由左舷区出版的《新先驱》报纸，它的头版头条及整版内容都是托克登选举必胜的吹捧之词。

考弗兰是右舷区的区长，所有的右舷区居民当然是拥护考弗兰出任模范岛最高领导人的职位。由右舷区发行的《右舷新闻》，全部版面刊发的，都是模范岛最高领导人大选的结局必然是德高望重的考弗兰获胜的阿谀之句。

一时之间，模范岛最高领导人大选成了全岛人民关注的焦点新

世界著名科幻故事精华

第四卷

闻。左舷右舷两区的火药味又死灰复燃。真是令人感到不可思议。几天前，全岛人民团结得比铁还要坚硬；也就是过了短短几天的时间，在无形之中模范岛已经一分成半，敌对仇恨情绪立时高涨了起来，而且演烈得如火如荼。右舷区人民和左舷区人民也就是在这几天达到了水火不相容的地步，势不两立就是两区人民情绪化的真实写照。

托克登和考弗兰两位有头有脸的显赫人物，他们对彼此的态度再也不是当初华脱和蒂安娜订婚时那样和和气气了，他们在所有事务面前，再也不会心平气和坐在座位上推心置腹地交谈了。他们开始斤斤计较对方的得与失了。可以这么说，他们都希望对方永远在自己面前消失。在这种情况下，在这样的环境中，华脱和蒂安娜的婚礼也不幸夭折了。双方的家长虽然没有提出退婚，但是不再为华脱和蒂安娜这对天造地设的情侣举行婚礼这件事情却是千真万确的。

英俊潇洒的华脱是这么的不幸，美丽大方的蒂安娜是那么的悲惨。

这一对无辜的年轻情侣整日都以泪洗面，悲痛欲绝。

但是托克登依然坚持和考弗兰争斗下去，他可不管他的亲生儿子华脱·托克登如何难受。在权势的诱惑下，托克登表现出了他不近人情、自私自利的丑恶一面。在他眼里，他的儿子华脱应该无条件服从他的安排；在他心里，他为他亲生儿子华脱处理和蒂安娜的婚事是为华脱好，他认为只有分开华脱和蒂安娜，才会使华脱幸福。但是他这样做完完全全违背了无辜的华脱的本意，要知道，华脱已经把美丽大方的蒂安娜视为了今生唯一的生命，他如果要让自己的生命达到永恒，那么他就要生死和蒂安娜在一起。

悲哀的是，考弗兰在对待女儿蒂安娜的婚姻大事方面感到无可奈何。他知道英俊潇洒的华脱正是他的理想女婿，但是，他的老对手詹姆·托克登却一味反对这门十分完美的婚事。詹姆·托克登自私得宁肯用自己亲生儿子的幸福满足自己的虚荣心。南特·考弗兰不像詹姆·托克登那样不近人情，他愿意成人之美。

但是他不会低三下四地请求詹姆·托克登为华脱和蒂安娜举行婚礼。南特·考弗兰的身份是何等高贵，如果向他的老对手妥协，那他的名望将会一落千丈，永远都会屈落在托克登的威势之下。到时候，问题将不是名誉声望的问题了，而是整个家族日后的生存和发展将怎样进行的大问题。

南特·考弗兰的原则性很强，儿女的婚事是一回事，而公平竞选模范岛最高领导人职位又是另一码事，在他眼中，这两件事是风马牛不相及的事情，不能混淆而谈。

南特·考弗兰是不会放弃竞选全岛最高领导人这一职位的。在他心里，模范岛不是他詹姆·托克登一个人的，它是全岛人民的。这一方面，在考虑到为模范岛谋更好的生存之道，求更佳的发展之路这方面，他还是很民主的。

南特·考弗兰极具领袖风范，他深谋远略，高瞻远瞩，他看待事物要比詹姆·托克登全面。他不会像他的老对手詹姆·托克登那样以偏概全。

模范岛的大选举行了很多次，但结局都是竞选双方不欢而散，他们的选票都是一样多，总是在获取选票上打成平手，谁也不输于谁。

南特·考弗兰和詹姆·托克登都明白，这场大选将会演变成一场他们在获取民心方面的拉锯战。在冰与火的较量中，发展趋势呈现得越来越像一半是海水一半是火焰了。双方势均力敌，一时之间，难较高低。

如此拉锯，可苦了岛上的居民，他们已习惯于每天准时投出一张选举自己领袖的选票，至于谁获胜的结局他们已经感到麻木了。这是左右舷两区选民的悲哀，也是模范岛的悲哀。每次投票竞选的结局都已经形成千篇一律的模式了，打成平手是最好的结局。这场竞选就是这样纠缠不清。

最后的最后，在所难免的冲突终于爆发了。

詹姆·托克登见通过竞选不能击败南特·考弗兰，于是，他决定孤注一掷了，他不顾一切地命令左舷港口指挥官开动左舷区的推动机，他要将左舷区从模范岛上分裂出去。

南特·考弗兰也如法炮制，不顾一切地命令自己的手下——右舷港口指挥官开动右舷区的推动机朝左舷区相反的方向开，他才不

世界著名科幻故事精华

第四卷

稀罕和住在左舷区的詹姆·托克登共处一岛呢。

左舷港和右舷港里的推动机同时相向而开,只听得"轰隆",天崩地裂的一声巨响,模范岛真真实实一分为二,分成两个各自对峙的模范半岛和机器半岛。

这对模范岛可是一个致命的伤害,好好的一个完美的模范岛竟然被活生生地分裂了。

但是,模范半岛和机器半岛的两位领袖人物立即付出了分裂模范岛的沉重代价。

模范半岛被大海的狂浪团团围住,不仅不能前进半米,而且连后退半米也不能了。海水围攻着孤单的模范半岛,南特·考弗兰为此拧紧了眉头。分裂出来的机器半岛情况也不比模范半岛好到哪里去,情况都差不多。机器半岛被狂浪猛涛紧裹住,休说前行半尺,就是后撤半尺也不行了,海水围攻着孤单的机器半岛,詹姆·托克登为此皱巴了嘴脸。面对天灾,他们已经无能为力,孤掌难鸣了。

但是面对人祸呢,他们却一点都不感到内疚、惭愧,要知道,这一切都是他们俩决策的失误一手造成的啊!

形势越来越严峻,如果模范半岛和机器半岛再不合二为一的话,凭他们单独航行大海的能力根本不能回到美国沿海。

在危难之际,南特·考弗兰和詹姆·托克登最终答应重新和好。于是模范岛又成了一个完整无缺的整体了。华脱和蒂安娜最终举行了他们的婚礼,他们非常珍惜这来之不易的幸福。

大名鼎鼎的法国"四重奏"一直为华脱和蒂安娜与众不同的婚礼伴奏着,直到婚礼结束。

"四重奏"最后还是去了圣地亚哥,在那里,他们举行了一场演奏会。法国"四重奏"的演奏会空前成功,又一次赢得了无数掌声和鲜花。